HEYNE BÜCHER

SCIENCE FICTION

Herausgegeben
von Wolfgang Jeschke

Von **Elisabeth Vonarburg** erschien in der Reihe
HEYNE SCIENCE FICTION & FANTASY:

Die schweigende Stadt · 0605644
Die Maerlande Chroniken · 0605888

ERZÄHLUNGEN:

Äon ✔ Heyne Science Fiction Jahresband 1995,
hrsg. von Wolfgang Jeschke · 0605250
Band ohne Ende ✔ Heyne Science Fiction Jahresband 1997,
hrsg. von Wolfgang Jeschke · 0605398
Die säumige Zeitmaschine ✔ Die säumige Zeitmaschine,
hrsg. von Wolfgang Jeschke · 0605645

Elisabeth
Vonarburg

Die Maerlande Chroniken

Roman

Aus dem Amerikanischen
von
Usch Kiausch

Deutsche Erstausgabe

WILHELM HEYNE VERLAG
MÜNCHEN

HEYNE SCIENCE FICTION & FANTASY
Band 06/5888

Titel der französischen Originalausgabe
CHRONIQUES DU PAYS DES MERES
Titel der englisch-kanadischen Ausgabe
MAERLANDE CHRONICLES
Titel der amerikanischen Ausgabe
IN THE MOTHERS' LAND
Deutsche Übersetzung von Usch Kiausch
Das Umschlagbild ist von Rallè

Umwelthinweis:
Dieses Buch wurde auf
chlor- und säurefreiem Papier gedruckt.

Redaktion: Wolfgang Jeschke

Printed in Germany Juli 1997
Umschlaggestaltung: Atelier Ingrid Schütz, München
Technische Betreuung: M. Spinola
Satz: Schaber Satz- und Datentechnik, Wels
Druck und Bindung: Elsnerdruck, Berlin

ISBN 3-453-12657-2

Inhalt

Fünfhundert Jahre sind vergangen, seitdem Elisa die ›schweigende Stadt‹* – Hort des wissenschaftlich-technischen Wissens in einer verseuchten, verrotteten, im Niedergang begriffenen Welt – für immer verlassen hat. Im Land der Mütter, dem Maerlande, lebt Elisas Erbe fort im ›Wort Ellis‹, das als neues Evangelium der Föderation der Frauen dauerhaften Frieden gebracht hat. Und in den Menschen, die wie Elisa über besondere körperliche und geistige Fähigkeiten verfügen. Wie in Lisbeï, die dazu ausersehen ist, das Land der Mütter in eine neue Epoche zu führen.

* *Die schweigende Stadt*, HEYNE SF # 0605644

Gewidmet allen meinen Müttern,
insbesondere der ersten.

Einige Teile dieses Romans habe ich geschrieben oder überarbeitet, während ich vom Kanadischen Rat bzw. vom Kultusministerium in Quebec Zuschüsse erhielt. Ihnen möchte ich an dieser Stelle besonders danken.

Darüber hinaus gilt mein Dank den Freundinnen und Freunden, die sich durch die verschiedenen Fassungen des Romans gekämpft haben: Daniel Sernine (vor zehn Jahren) und Elisabeth Gille, die mit gutem Grund die Veröffentlichung von zwei der Romanfassungen ablehnte; aus jüngerer Vergangenheit Jean Pettigrew, Serge Mailloux, Jean-Claude Dunyach und Yves Meynard.

Nicht zuletzt danke ich besonders meiner Übersetzerin, Jane Brierley, und meiner Freundin und Schriftstellerkollegin Candas Jane Dorsey, ohne die diese Geschichte ganz bestimmt nicht so ausgesehen hätte – weder in der englischen noch in der französischen Fassung.

Für alles übrige trage ich allein die Verantwortung.

Erstes Buch

*

Bethely

479 – 487 N.G.

Kapitel 1

Die andere Seite der Sonne. So nannte Lisbeï den Mond, als sie noch klein war. Die Hüterinnen im Westhort – damals einfach ›der Hort‹ für Lisbeï – fanden das lustig. Manchmal mußte sie den Mond wohl auch tagsüber am Himmel gesehen haben, ehe die Sonne hinter der Gartenmauer verschwand (»Wenn Ellis' Augen strahlen, ist's Zeit, Gutnacht zu sagen«, sagten die Hüterinnen immer). Jedenfalls kommt ihr stets *die andere Seite der Sonne* in den Sinn, wenn sie an den Westhort denkt. Die Worte gleiten durch ihre Erinnerung, so wie die blassen oder rötlichen Monde der Kindheit über den Abendhimmel glitten, für die kleinen Mostas Symbole einer verbotenen Zeit und eines verbotenen Raums. Denn der Mond bedeutete Bettzeit, Schlafenszeit, Zeit für die weißen Reihen des Schlafsaals, Zeit für die dunkle Stille, in der nur das Atmen zu hören war.

Allerdings hätte Lisbeï wohl nie wachgelegen und mit offenen Augen von anderen Seiten geträumt, wäre da nicht Tula gewesen. Denn Tula kam aus dem unsichtbaren Raum, den es ganz bestimmt irgendwo außerhalb des Horts, jenseits der kreisförmigen Gartenmauer geben mußte.

Lisbeïs erste wirkliche Erinnerung ist die an Tula-Tula, wie sie plötzlich im Spielzimmer des Horts auftaucht. Lisbeï ist allein in ihrer Ecke, das ist bereits Gewohnheit. Sie muß damals fünf Jahre alt gewesen sein, denn die kleinen Mostas verlassen die Krippen und werden in die Gemeinschaft der älteren Hortkinder aufgenommen, sobald sie laufen können, und Tula (ja, die abenteuerlustige Tula!) hatte erst sehr spät laufengelernt, erst mit beinahe drei Jahren. Lisbeï ist fünf und allein in ihrer Ecke. Ihr ist es lieber so.

Warum das so ist, kann sie noch nicht genau sagen. Sie fühlt sich einfach nicht wohl, wenn sie von zu vielen Mostas umgeben ist. Glücklicherweise waren die Krippen kurz vor ihrer Geburt in ziemlich kleine Gruppen aufgeteilt worden, sonst wäre Lisbeï bei den Hunderten von Babies und später Kleinkindern wohl durchgedreht. Aber so hatte sie Zeit gehabt, sich fast instinktiv schützen zu lernen. Inzwischen empfindet sie in der Gegenwart anderer nur noch ein unbestimmtes Unbehagen – so, als machten sie zu viel Lärm, selbst wenn sie still waren; als gingen vielleicht auch zu viele seltsame Gerüche von ihnen aus, selbst wenn sie feucht, rosa und sauber gerade aus dem Bad kamen. Jedenfalls zu viel von irgendwas. Lisbeï weiß, es ist besser, Abstand zu halten.

Umgekehrt haben die anderen Mostas auch Zeit gehabt, sich an Lisbeï zu gewöhnen. Sie vergessen, in welche Verlegenheit Lisbeï sie gebracht hat. Allmählich glauben sie, sie selbst hätten die Grenzlinien gezogen, sie haben sogar angefangen, Lisbeï von ihren Spielen auszuschließen. Die Hüterinnen sind an Lisbeïs Eigenarten gewöhnt. Anfangs haben sie versucht, sie in den Kreis der Mostas einzubeziehen, aber das hat nicht geklappt. Jedenfalls scheint sie allein ganz gut zurechtzukommen, solange ihr niemand das Spielzeug wegnimmt (wie es Meralda und ihre Bande seit kurzem tun). Noch haben die eigentlichen Schulstunden nicht angefangen. Im Augenblick sind die kleinen Mostas damit beschäftigt, Reime auswendig zu lernen und aufzusagen, sie lernen mit Nadel und Faden umzugehen, Papierfiguren auszuschneiden und mit Lehm zu kneten. Lisbeïs Verhalten fällt da nach Meinung der Hüterinnen nicht weiter ins Gewicht. Zuerst hatte Lisbeï es zu erklären versucht. »Was für ein Quatsch!« hatte die alte Tessa sie angeschnauzt, als sie ihr von den seltsamen Wahrnehmungen erzählt hatte. Sie hatte es nicht noch einmal versucht. Das Unverständnis und die Ablehnung der Hüterin waren so stark gewesen, daß

Lisbeï erkannte: Sie mußte wohl anders sein als alle anderen.

Sie ist fünf Jahre alt und spielt still vor sich hin. Inzwischen ist sie daran gewöhnt und glaubt sogar, sie selbst habe sich fürs Alleinsein entschieden. Trotzdem ist es bei ihr irgendwie anders als bei Rubio, Turri und Garrec, die ebenso allein in einer anderen Ecke spielen. ›Jungen‹ werden sie von den Hüterinnen genannt. Warum und seit wann, weiß Lisbeï nicht so genau. »Ihr Jungen«, sagt die Hüterin, und das Trio hebt wie auf einen Schlag die Köpfe. Die drei sind immer zusammen, machen alles zusammen, deshalb werden sie fast nie persönlich angesprochen. Vielleicht ist es aber auch genau umgekehrt: Da sie immer nur als ›die Jungen‹ adressiert werden, können sie sich selbst als Einzelpersonen kaum auseinanderhalten – aber Lisbeï ist noch zu klein, um das zu verstehen. Jedenfalls sind sie auf andere Weise allein als Lisbeï. Warum, kann sie nicht sagen. Wenn man sie gefragt hätte, wäre ihre Antwort wohl gewesen: Die anderen Mostas spielen nicht gern mit Jungen. Und das ist anders als bei ihr, die von sich aus nicht mit den anderen Mostas spielen will. Lisbeï ist auch noch zu jung, um zu erkennen, daß die Ausgrenzung der Jungen an der Einstellung ihrer Hüterinnen liegt und daß sie selbst, genau wie die anderen Mostas, die Hüterinnen nachahmt. Wie sollte sie das auch merken? Die Hüterinnen selbst merken ja gar nicht, daß sie die Jungen anders behandeln. Wahrscheinlich wären sie sogar ganz überrascht, wenn man sie darauf hinwiese.

Würfel, Quader, Kugeln, Pyramiden: Lisbeï spielt mit Bauklötzen, die genau in die besonderen Aushöhlungen eines Holzstücks – quadratische, rechteckige, runde und dreieckige Löcher – passen. Jedes Teil gehört an einen, an seinen Platz, aber Lisbeï macht es merkwürdigerweise Spaß, den kleinen Würfel in das viel zu große Rechteck zu schieben oder die zwei Pyramiden auf die Spitze zu stellen und in den runden Löchern im Gleichgewicht zu halten. Jede neue Hüterin sagt ihr, daß es so nicht richtig ist, läßt sie aber in Ruhe, sobald Lisbeï zeigt, daß sie das Geschicklichkeitsspiel sehr wohl beherrscht. Dann wenden sie sich kopfschüttelnd ab, während Lisbeï die Würfel wieder in die Rechtecke steckt, und die Kugeln in die Dreiecke. Außer ihrem ausgeprägten Bedürfnis nach Alleinsein ist das ihre einzige Schrulle. Ansonsten ist sie ja eine Muster-Mosta. Die Hüterinnen sind bereit, ihr den kleinen Streich durchgehen zu lassen.

Die Tür geht auf, eine runde blaue Silhouette füllt die Öffnung. Die Hüterin muß außer Tula wohl auch noch andere neue Mostas mitgebracht haben, aber Lisbeï kann sie sich nicht mehr vorstellen. Obwohl ihr klar vor Augen steht, wie die großen Mostas später darum gestritten haben, wer sich um wen kümmern soll. Sie erinnert sich nur noch an … ja, an was? Richtig, an das Licht. Tulas Erscheinen ist in Sonnenlicht getaucht. Später hat Lisbeï gemerkt, daß das gar nicht so gewesen sein konnte: Im Spielzimmer des Westhorts reichte das Licht von den Fenstern nie ganz bis zur Tür. Aber Tulas Farben strahlen so hell, sie wirkt so … frisch, so wie eine wunderschöne lebendige Puppe mit ihrem kastanienbraunen, fast rötlichen Haar, das sie wie ein Glorienschein umgibt; mit ihrer Haut, die sich so weiß gegen den apfelgrünen Kittel abhebt; mit ihren großen aquamarinfarbenen Augen – aber damals kannte Lisbeï das Wort noch gar nicht. Die Augen waren einfach blau, nein grau, nein blau-grau-grün, funkelten und waren fest auf Lisbeï gerichtet. Tulas kleine Hand läßt den Kittel der Hüterin los, auf ihren kurzen Beinchen schwankt sie vorwärts, mitten durch das Zimmer zu Lisbeï. Der kleine rosa Mund verzieht sich zu einem feuchten Lächeln. Lisbeï hat unbewußt einen Schritt nach vorn gemacht und drückt jetzt den kleinen Körper an ihren eigenen. Da ist Wärme, Licht, Duft – wie bei den anderen Mostas, aber auch wieder ganz und gar anders. Wie soll sie das erklären? Mit jemandem zusammensein, seine Gegenwart innerhalb oder außerhalb des eigenen Körpers als Wärme, Licht oder Duft empfinden… Aber mit Tula tut das gut, sie spürt, hier gehört sie hin. So wie auch Tula weiß, daß sie an diesen Platz gehört. Das weiche Fleisch an ihrer Wange erinnert sie an etwas, sie weiß nicht an was, aber sie hat schon einmal die warme Kontur des Fleisches an ihren Lippen gespürt, die Arme, die sie umschlingen, irgendwann, irgendwo. Und auch damals war sie umfangen von diesem Licht, von dieser Wärme, in der innerer und äußerer Körper sich miteinander vertauschen, hatte sie diese plötzliche Freude erfahren, den nachgiebigen Druck gegen ihr Gesicht und diesen geheimnisvollen Körper, der mit ihrem verschmilzt und die hungrige Leere ausfüllt…

In Wirklichkeit ist sie sich gar nicht so sicher. Sie hat sich Tulas Ankunft seit damals so oft ins Gedächtnis gerufen, daß sie zu einer Erinnerung an eine Erinnerung geworden ist. Vielleicht hat sich alles auch ganz anders abgespielt. Wer von ihnen beiden hat die andere zuerst erkannt? So erkannt, wie ein gerade aus dem Ei geschlüpftes Küken instinktiv auf das Abbild seiner Mutter reagiert. Wer von ihnen beiden hat sich zuerst in der anderen wiedergefunden – Tula, die aus der Kinderkrippe auftauchte, in Lisbeï oder Lisbeï, die aus der Zeit vor jeder Erinnerung auftauchte, in Tula?

Damals hatte sie allerdings nicht weiter darüber nachgedacht. Wie eine Fünfjährige sich ja auch kaum den Kopf darüber zerbrochen hätte, daß Tula ein wunderbares Geschenk war, die Schnittstelle zu einem anderen Raum, eine Bresche in der abgeschlossenen Welt ihres Horts.

Den beiden Hüterinnen verschlug es vor Verwunderung zuerst die Sprache, aber sie hatten sich schnell wieder im Griff. »Also gut, Lisbeï, du wirst dich um Tula kümmern«, sagten sie, und so erfuhren Lisbeï und Tula ihre jeweiligen Namen. Die anderen Mostas waren überrascht und auf diese unbegreifliche gegenseitige Wahl sofort neidisch. Lisbeï weiß noch, wie Meralda sie in den folgenden Tagen heimlich kniff und Streitereien und Raufereien vom Zaun brach. Sie glaubt sich auch daran zu erinnern, daß sie damals von einem merkwürdigen Gefühl des Triumphs und gleichzeitiger Sorge erfüllt war und ganz sicher wußte: Von jetzt an heißt es Lisbeï und Tula gegen alle anderen.

Wie war sie darauf gekommen, daß sie alles über Tula erfahren mußte, wenn sie das Triumphgefühl bewahren und die Sorge beschwichtigen wollte? Jedenfalls war sie zu diesem Schluß gekommen. Aber im Hort stellte man keine Fragen. Besser und schneller als jede andere Mosta hatte Lisbeï gelernt, sich in die Stimmungen der Hüterinnen einzufühlen, Zuwendung oder Ablehnung voneinander zu unterscheiden, und sie unterwarf sich dem ungeschriebenen Gesetz dieser kleinen Welt: *Du stellst den Hüterinnen keine Fragen. Du wartest, bis sie dich fragen.* Damals wußte Lisbeï es nicht, aber sie empfand diese ungeschriebene Regel deutlicher als alle anderen, diese Regel, die wie der nachschwingende Ton einer großen Stimmgabel in der Luft lag: *Es ist gut so, wie es ist. Was nicht ist, zählt jetzt nicht. Alle Fragen werden beantwortet werden.* Wer weiß? Vielleicht wäre Lisbeï eine Mosta, dann eine Dotta und später eine Erwachsene wie alle anderen geworden, hätte es nicht Tula gegeben.

Lisbeï war damals eingefallen, daß Tula ebenso plötzlich wieder verschwinden konnte, wie sie aufgetaucht war. (Eigentlich war das kein bewußter Gedanke, sondern eine unbestimmte, aber hartnäckige Sorge). Vorher hatte Lisbeï sich bewußt zum Alleinsein entschlossen, jetzt wollte sie die frühere Situation auf keinen Fall zurückhaben. Zum ersten Mal in ihrem Leben hatte sie etwas zu verlieren.

Eigentlich zum zweiten Mal. Aber sie hatte keine Erinnerung an ihre Ankunft in der Krippe des Westhorts, an die zwei Wochen, in denen sie zwischen Tod und Leben geschwebt hatte, an die verwunderten, verärgerten, beunruhigten, bekümmerten Ammen, die sie schon aufgegeben hatten – bis Lisbeïs Mutter erschienen war und sie über mehrere Monate selbst gestillt hatte. Das war in Bethely noch nie vorgekommen. Von Selva sollte Lisbeï auch nichts darüber erfahren. Die Mutter von Bethely ließ sich nicht gern an diesen unorthodoxen Schritt erinnern.

Von den drei Horten Bethelys war der am Westturm als letzter entstanden. Anders als bei den Horten am Süd- und Ostturm, großen altmodischen Kästen, hatte man sich hier zu einer kühneren Architektur entschlossen. Umgeben von einer großen, geschlossenen Gartenanlage, ähnelte das runde Gebäude fast einem Schneckenhaus, ja, der Schneckenhaus-Spirale des Hinke-Pinke, das die Kinder in Bethely spielten. Lisbeï hatte diese Ähnlichkeit zu ihrer Freude entdeckt, als sie einen Plan des Gebäudes zeichnen lernte. Damals war sie ungefähr sechs. Die drei fast gleich großen inneren Windungen der Spirale machten die Obergeschosse aus. Hier waren die großen Kinderkrippen untergebracht, von hier kamen die kleinen Mostas: Das war eine der recht belanglosen Gewißheiten im Hort. Bis jetzt hatte Lisbeï dieses Wissen auch gereicht, allerdings konnte sie sich nicht daran erinnern, daß sie selbst von der Krippe gekommen wäre. Sie wußte, daß im Erdgeschoß, der größten Windung der Spirale, andere, noch größere

Mostas lebten. Die Haupttreppe hörte dort auf. Auf dem Weg nach draußen in den Garten konnte man ein bißchen von dieser Etage sehen: eine große, runde Eingangshalle, aus der Gänge abzweigten, blau-gelbes Farbmosaik, Türreihen, nicht anders als im zweiten Stock. Nicht weiter aufregend. Die großen Mostas, die älter als sechs Jahre waren, sah man nie. Wie ja auch die Kleinsten in den Krippen nie die Mostas sahen, die älter als drei waren. Jeder Abschnitt war autonom, verfügte über Speisesaal, Schlafsaal, Krankenstation, Duschräume, Arbeits- und Spielzimmer. Sogar die Stundenpläne für die Gartennutzung waren so gestaffelt, daß sich dort nie alle Mostas gleichzeitig aufhielten. (Trotz der wachsamen Hüterinnen hätte der Garten wohl auch kaum die Verwüstungen überlebt, die Hunderte von tobenden Kindern anrichten konnten, wenn sie endlich ins Freie durften und vor Energie schier übersprudelten).

Wie allen gleichaltrigen Mostas war auch Lisbeï dunkel bewußt, daß sie eines Tages zu den großen Kindern im Erdgeschoß gehören würde. Aber das war kein konkretes Wissen, sondern eine Vorstellung ohne jeden zeitlichen Zusammenhang, so wie sie sich ja auch in der Zeitlosigkeit des Horts hatte treiben lassen, ohne Fragen zu stellen. Vor Tula.

Der Hort, die Stockwerke, die man entweder kannte oder sich vorstellte, der große Garten machten die Welt am Anfang aus. Anders ausgedrückt: Der Hort *war* während der ersten vier oder fünf Lebensjahre die ganze Welt. Der Westturm stand gerade so weit weg, daß er vom Garten aus nicht zu sehen war, und die unteren zwei Drittel der Ostfenster waren auf allen Stockwerken überstrichen. Nur langsam sickerte bei den Mostas im zweiten Stock der Gedanke durch, daß die Welt jenseits des Horts und nach dem Hort weiterging. Langsam, weil die Hüterinnen niemals darüber sprachen. Langsam, weil es eine der Fragen war, die man einfach nicht stellte, das lernte man sehr bald. Langsam, weil (wie Lisbeï sehr wohl durchschaute und die anderen Mostas vage spürten) die Hüterinnen selbst an eine solche Welt eigentlich gar nicht glaubten. Weder Lisbeï noch die anderen kleinen Mostas konnten unterscheiden, ob die Hüterinnen wirklich die Außenwelt leugneten oder nur Zweifel daran hatten, daß die Mostas in dieser Welt irgendeine Zukunft haben würden.

War den Mostas denn nicht klar, daß die Hüterinnen aus der Außenwelt kamen und zu ihr zurückkehrten? Nein, eigentlich nicht. Natürlich wechselten die Hüterinnen von Zeit zu Zeit. Aber nie sah jemand sie den Hort betreten oder verlassen: In der Gartenmauer gab es keine Tür. Ebensowenig hatte jemals irgend jemand die Ankunft der kleinsten Mostas beobachtet oder das Fortgehen der Mostas, die niemals zurückkamen. Lisbeï war jetzt seit mehr als einem Jahr auf der zweiten Etage (damals jedoch hatte sie eigentlich gar kein Zeitgefühl). Als sie aus der Krippe hierher gekommen war, hatte man sie einer Gruppe zugeteilt. Inzwischen waren die meisten älteren Mostas der Gruppe verschwunden. Sie wußte (ein nutzloses Wissen ohne jeden Zusammenhang): Jetzt mußten sie im Erdgeschoß sein, denn sie waren nicht auf die Krankenstation verlegt worden.

Mostas, die auf die Krankenstation kamen: Das war eine der weiteren Gewißheiten im Hort, eine wesentliche Gewißheit. Es passierte so oft, daß es Teil des ganz normalen Lebensmusters war. Man wurde krank. Man kam auf die Krankenstation. Manchmal kehrte man zurück, öfter nicht. »Sie ist zu Elli heimgegangen«, sagten die Hüterinnen dann. Wahrscheinlich ins Irgendwo oberhalb der Zimmerdecke (aber höher gelegen als die Krippen) – denn die meisten Hüterinnen sagten das mit einem Blick nach oben. Alle Mostas und besonders Lisbeï konnten spüren:

Dies war eines der Dinge, die so-sind-wie-sie-sind, irgendwie ganz in Ordnung. Die Hüterinnen waren nicht traurig, sie akzeptierten die Tatsache. Es war ganz normal, ›zu Elli heimzugehen‹ oder ›bei Elli zu sein‹. *Elli ist alles, ist überall, ist alles, was du siehst und nicht siehst,* fügten die Hüterinnen in leichtem Singsang hinzu. (Später erkannte Lisbeï, daß hinter diesem Tonfall stets eine zurechtgelegte Antwort steckte). An diesem Punkt hörten die Fragen der Mostas auf.

Aber Lisbeï konnte an diesem Punkt nicht aufhören. Tulas Existenz verlangte weitere Erklärungen. Lisbeï brauchte mehr Sicherheitsgarantien dafür, daß Tula auch in Zukunft da sein würde. Verwirrt nahm sie Bewegungen am Rande ihrer Welt wahr, ein geheimnisvolles, heimliches Kommen und Gehen. Sie mußte dem auf den Grund gehen, nur so konnte sie damit fertigwerden. Es gab die Zeit *vor Tula* und *nach Tula*. Einige der Sicherheiten des Horts zerbröselten angesichts einer neuen Sorge: Woher kamst du wirklich, *vorher?* Wohin gehst du wirklich, *danach?* Solange diese doppelte Bedrohung nicht ausgeräumt war, beherrschte Lisbeï das Gefühl, sie könne Tula an die Schatten verlieren, die an diesen beiden Rändern ihrer Welt auf der Lauer lagen.

Sie fing an, Fragen zu stellen, und so begann ein unvermeidlicher Kreislauf: Zuerst waren die Hüterinnen irritiert, dann insgeheim verärgert. Die anderen Mostas merkten schnell, wie die Erwachsenen reagierten, und begannen ihrerseits, Lisbeï zu necken, manchmal auch zu attackieren. Bisher hatte ihre Fähigkeit zur Anpassung darauf beruht, daß sie sich in andere Menschen einfühlen konnte (wenn auch auf eine irgendwie verwirrte Weise, nur bei Tula war da ein direkter Draht, ein deutlicher Widerhall). Gerade diese Fähigkeit wurde jetzt zur Quelle ihrer Loslösung von den Hüterinnen. Früher hatte sie das Unbehagen oder die Verlegenheit der Hüterinnen angesichts ihrer Fragen als Signal aufgefaßt, nichts weiter zu sagen und alles zu vergessen. Jetzt bedeutete das Signal: Denk dran und komm auf das Thema später und auf Umwegen zurück. Bislang waren die Hüterinnen ihr als beinahe übermenschliche Wesen erschienen – Wesen, die Respekt und Bewunderung in ihr weckten. Aber jetzt teilten sie sich nach und nach in zwei Gruppen auf: in diejenigen, die bereitwillig Fragen beantworteten, und die anderen, die es ablehnten, die ungerechten Trägerinnen eines Wissens, das man ihnen aus der Nase ziehen mußte. Sie wurden zu Gegnerinnen und Mittel zum Zweck.

Natürlich dachte sie damals nicht so darüber, nicht als Fünfjährige (später aber doch, da war sie sieben und verließ den Hort). Sicher wäre sie schnell auf den Verteidigungswall gestoßen, den die Hüterinnen in ihrer Verschwörung des Schweigens errichtet hatten, wären da nicht Mooreï und Tulas Krankheit gewesen.

Als Lisbeï Mooreïs Namen noch nicht kannte, war sie für sie die ›Hüterin-die-antwortet‹ gewesen. Genau wie die anderen Hüterinnen war sie eines Tages aus dem Nichts aufgetaucht. Bald war sie diejenige, die sich öfter als alle anderen um das Dutzend Kinder in Lisbeïs und Tulas Gruppe kümmerte. Sie trug ein rotes Gewand und wirkte viel jünger als die normalerweise blau gekleideten Hüterinnen. Es war nicht üblich, daß Rote diesen oder irgendeinen anderen Hort besuchten. Mooreï war die erste Rote, die Lisbeï je gesehen hatte. Vielleicht fiel ihr deshalb der Altersunterschied auf. Und plötzlich hatte Lisbeï einen Geistesblitz und fragte sich, ob die Hüterinnen einfach groß gewordene Mostas seien.

Lisbeï lag weit weg von Tula auf ihrem Bett. Es war Zeit für den Mittagsschlaf. Die unsichtbaren Gezeiten des Schlafsaals hatten Tula und Lisbeï noch nicht in denselben Winkel gespült. Lisbeï stellte sich nur schlafend, in Wirklichkeit war sie hellwach. Bis jetzt hatte sie das Wort ›werden‹ ohne jedes weitere Nachdenken benutzt. Aber plötzlich nahm es eine andere Bedeutung an. ›Werden‹ schien genau das Wesentliche jener geheimnisvollen Bewegung auszumachen, die ihr seit Tulas Ankunft aufgefallen war. Man *wurde* groß, größer, und immer größer. Bisher war sie der Meinung gewesen, man sei erst klein und dann auf einen Schlag größer, so wie die endlos zusammengestückelten Decken, die die Hüterin Melanthe während der Nähstunden zusammenfügte. Man schnitt Stoffteile ab und nähte sie eines nach dem anderen zusammen, bis man eine Patchwork-Decke hatte. Körpergröße und Lebensalter waren unterschiedliche Zustände, und wenn man sie addierte, kam eine Patchwork-Decke dabei heraus – das heißt, eine fertige Mosta. Aber jetzt merkte sie, daß es so gar nicht war. Der Stoff und die ausgeschnittenen Teile *veränderten sich und blieben dabei doch gleich!* Der Stoff *wurde* zu den Teilen und diese zur Decke, so wie Tula zuerst ein Baby und dann eine kleine Mosta *geworden war*… Das neu entdeckte Vergnügen, auf logischem Weg Rückschlüsse zu ziehen, wurde an diesem Punkt gebremst. *Wurde* man ein Baby? Durch was? Was war man, ehe man ein Baby wurde?

Mooreï, damals für sie noch die ›Hüterin-in-Rot‹, zeigte weder Ärger noch Überraschung. »Was glaubst du, was könntest du gewesen sein?«

Diese Bemerkung kam so unerwartet, daß Lisbeï für ihre Antwort eine Weile brauchte. Hüterinnen taten doch nur so, als ob sie richtige Fragen stellten. Aber diese wirkte so ernsthaft, so aufmerksam, als sei ihr die Antwort wirklich selbst nicht klar.

Ehe man ein Baby war, mußte man klein, noch kleiner sein… War Tula kleiner gewesen? »Klein, klein, klein?« sagte Lisbeï und streckte dabei Daumen und Zeigefinger leicht auseinander.

Die neue ›Hüterin-in-Rot‹ drückte Lisbeïs Daumen und Zeigefinger zusammen. »Sogar noch kleiner.«

Konnte man sie denn damals gar nicht sehen? Und plötzlich kam Lisbeï die Erleuchtung: »War sie damals bei Elli?«

Die Hüterin lächelte überrascht, aber freute sich. Lisbeï konnte es spüren. Das Lächeln war ihre Einladung, weiter zu fragen, und Lisbeï verfolgte die Kette bis ins letzte Glied: Tula jetzt – davor kleiner – davor ein Baby in der Krippe – davor noch kleiner – und noch kleiner... *je weiter man in der Zeit zurückging*. Auf diese Weise *wurde* man: mit der *Zeit*!

Die immer noch aufmerksame Hüterin nickte: Richtig, mit der Zeit. Dann war Tula in früherer Zeit also bei Elli gewesen. Und so winzig damals, daß man sie gar nicht sehen konnte – genauso, wie ja auch Elli unsichtbar war, und dennoch überall. Aber auf welchem Weg war sie von Elli gekommen? Da war NICHTS, und ganz plötzlich war da ETWAS, JEMAND – Tula?

Die Hüterin wartete ab. Als sie merkte, daß Lisbeï nicht weitersprach und verwirrt war, sagte sie: »Es ist wie mit dem Apfel und den Samenkernen, Lisbeï.«

Im Garten gab es Apfelbäume, die kleine, köstlich saure Früchte trugen, Früchte mit einem ziemlich symmetrischen rosa Kerngehäuse. Aber dieser Themenwechsel kam Lisbeï zu plötzlich, ihre Augen wurden rund. Die Hüterin hielt ihre Antwort zurück und beobachtete, wie sich die anderen Kinder, die miteinander gespielt hatten, wegen eines Hinke-Pinke-Spiels zu streiten begannen. Sie ließ einen heimlichen Seufzer los. »Jedenfalls bist du bald ein großes Mädchen«, sagte sie und wandte sich Lisbeï zu. »Bald wirst du lernen, wie man Pflanzen züchtet. Man entnimmt einer Pflanze den Samen, ein Samenkorn, ein winziges, winziges Samenkorn, und legt es in die Erde. Die Erde nährt es, der Samen wird immer größer, bis er eines Tages aus dem Boden schießt und zur Pflanze wird ... Wenn die Pflanze groß genug ist, hat sie auch wieder Samen. Und der Apfel, Lisbeï, macht genau dasselbe mit seinen Samenkernen, verstehst du das?«

Lisbeïs Augen waren zwar immer noch genauso rund, aber jetzt vor freudiger Verwunderung. Sie hatte es verstanden. Dieses plötzliche innere Licht war wieder da, fast so wie damals, als Tula in ihr Leben eingebrochen war. Samen wurden zu Pflanzen, Pflanzen zu Samen. Tula war ein unsichtbarer kleiner Samen in Elli gewesen. Also war Elli die Erde?

»Die Erde, der Himmel, alles und überall«, sagte die wunderbare ›Hüterin-die-antwortet‹. Das war keine zurechtgelegte Antwort, sondern freudige Bestätigung. »Aber Babies sind ja nun nicht gerade Pflanzen, Lisbeï. Sie wachsen nicht in der Erde.«

Lisbeï merkte, daß die Hüterin auf eine weitere Frage wartete (so etwas war noch nie dagewesen!). Die Frage kam beinahe ganz von selbst, sie mußte nicht lange danach suchen. Schließlich gab es in ihrer Welt nur zwei Sorten Menschen: Hüterinnen und Mostas. »Sie wachsen in den Hüterinnen?«

Die Hüterin brach in erfreutes Lachen aus (– oh, wie neu und schön das war, dies Gefühl, jemand wirklich eine Freude bereitet zu haben!).

»Ja, Lisbeï, in den Bäuchlein von Frauen. Aber nicht alle Frauen sind Hüterinnen.«

Frauen. Ein neues Wort. Lisbeï musterte verstohlen den Bauch der Hüterin. War sie ... eine *Frauen?*

Eine *Frau*. Ja, natürlich, genau wie Lisbeï.

»Ich kann Babies wachsen lassen? Tula hätte in meinem Bäuchlein wachsen können?«

Die Hüterin merkte, daß Lisbeï das erst seltsam, dann komisch fand. »Nein, jetzt noch nicht.« Lisbeï war dafür noch viel zu klein. Aber wenn sie erst einmal größer wäre, dann ja. Erst mußte man ein Apfelbaum sein, ehe man Äpfel tragen konnte, nicht wahr?

Die ›Hüterin-die-antwortet‹ strich Lisbeï leicht über die Wange und ging zu den Hinke-Pinke-Spielerinnen hinüber, um ihren Streit zu schlichten.

Ohne auf die fragenden, schockierten (und eifersüchtigen) Blicke von Meralda und ihrer Bande zu achten, die diesen Wortwechsel aus der Ferne beobachtet hatten, rannte Lisbeï zu Tula. Sie hatte eine neue Geschichte auf Lager. Ihre Begeisterung bekam einen leichten Dämpfer, als Tula fragte: »Warum denn? Und wie?« Wie kamen die kleinen Samen in die Bäuchlein von Frauen?

»Vielleicht sind sie schon drin, wie die Samenkerne im Apfel.« Welch ein faszinierender Gedanke! Gab es Samen in den Samen in den Samen? Die vierjährige Tula allerdings konnte an einer solch abstrakten Spekulation gar nichts Interessantes finden. Sie war durchaus bereit zuzugestehen, daß irgend jemand Samenkerne in den Bäuchlein unterbrachte. Sehr wahrscheinlich Elli. Aber wie? Also gut, mit Hilfe von dem kleinen Knopf mitten am Bauch. (Lisbeïs Phantasie galoppierte heiter und befreit mit ihr davon). Aber wie kamen die Babies dann wieder heraus? Ein Baby war schließlich um einiges größer als ein Samenkern. Na ja, vielleicht schnitten sie ja den Bauch auf, wie einen Apfel, und ...

Tula rümpfte die Nase. Nein, das war eine zu gräßliche Idee. Die Babies kamen bestimmt durch den Bauchknopf heraus, da waren sie sich einig. Als sie sich an diesem Abend zum Schlafengehen fertigmachten, untersuchten sie ihre Bäuche. Der Knopf sah eigentlich nicht so aus, als könne man ihn öffnen. Aber vielleicht würde sich das ja ändern, wenn sie groß wurden.

Was für ein schönes Spiel: Lisbeï merkte, wie ihr die Gedanken wie bunte Schmetterlinge durch den Kopf schossen, sie mußte sie nur einfangen und zusammenfügen, dann hatte sie eine Geschichte für Tula! Eine Geschichte wie eine Patchwork-Decke. Aber je weiter sie diese Geschichte spann, desto schwieriger wurden die Fragen, die sie aufwarf. Konnten die Hüterinnen im zweiten Stock denn wirklich all die Mostas gemacht haben? Sie waren zwar groß und konnten bestimmt mehrere Babies auf einmal wachsen lassen, aber ihre Bäuche waren doch sicher nicht so ausgestattet, daß … Allein die Vorstellung, Lisbeï mußte kichern, die Vorstellung von einer kugelrunden Hüterin, die wie ein Ball, der nicht mehr herunterkommen wollte, in den Himmel entschwebte!

Andererseits hätten eigentlich viel mehr Mostas im Hort sein müssen, wenn die Hüterinnen tatsächlich Babies trugen wie ein Apfelbaum Früchte – selbst, wenn man die unsichtbaren Mostas im Erdgeschoß und die vielen anderen in den Krippen der drei Obergeschosse dazuzählte. Und wenn die Mostas Frauen wurden, Frauen, die Babies machten, wo blieben sie dann alle? Im Hort gab es doch gar nicht genügend Platz für sie, wo also …?

Als Lisbeï nachts an dieser Frage herumrätselte, breitete ein weiterer Schmetterling die Flügel aus und ließ sich bereitwillig einfangen. Die Frauen, die Babies machten, waren *irgendwo anders*. Sie waren *draußen*. So wie der Garten außerhalb des Horts lag, lag der Hort außerhalb dessen …, das sich jenseits der Mauer befand, was immer das auch sein mochte. Von dort kamen die Hüterinnen! Und die neuen Babies! So wie es ein ›vorher‹ und ›nachher‹ gab, gab es ein ›hier‹ und ›dort‹. Und irgendwie (die Schmetterlinge flatterten in schwindelerregendem Tempo durch ihren Kopf) war *beides dasselbe*. Wenn man groß wurde, bewegte man sich nicht nur in der Zeit, sondern auch im Raum. Ja, natürlich: Auf der anderen Seite der Mauer gab es einen anderen Raum.

Hier reichte Lisbeïs Vorstellungskraft plötzlich nicht weiter. Was lag auf der anderen Seite? Es mußte Horte, weitere Horte geben ... Ihre Phantasie machte wieder einen Sprung. Mit Erleichterung und schweren Augenlidern ließ sie sich durch eine endlose Reihe von Horten treiben. Alle hatten sie ihre Gärten und Schlafsäle und, wer weiß, vielleicht auch ihre Lisbeïs und Tulas.

»Nein!« sagte Tula am nächsten Tag und schob die Unterlippe vor, »es gibt nur mich und dich, sonst niemand.«

Aber Lisbeïs Spiel ›Kleiner-Größer‹ hatte durchschlagenden Erfolg. Tula ist kleiner als Lisbeï; Lisbeï kleiner als Sita; Sita kleiner als der Apfelbaum; der Apfelbaum größer als der Brunnen; der Brunnen ... und so weiter und so fort. Dann gab es noch das ›Älter-Jünger‹-Spiel. Sie hatten stundenlang ihren Spaß daran, verschiedene Ketten zusammenzufügen. Die Ketten liefen kreuz und quer oder waren miteinander verknüpft, erstreckten sich in alle Richtungen und reichten so weit, wie man wollte. Tula war ein Glied in der Kette der sehr kleinen Mostas, die sich als Kette der jungen Mostas fortsetzte, die gleichzeitig die Kette der Grüngekleideten war. Die Kette war genauso lückenlos wie die Abfolge der Ereignisse, die stete Veränderung brachte: Zuerst kam man von draußen in die Krippen, dann in den zweiten Stock, dann ins Erdgeschoß, dann ... Ja, wohin dann? Wo landete man danach? Lisbeï wollte die Kette in dieser Richtung eigentlich gar nicht weiterverfolgen.

Für sie war die Außenwelt vor allem der Ort, von dem die ganzen Leute kamen, die Hüterinnen, die Babies ... und Tula, das Wunder Tula. Die Vorstellung, daß Menschen dort auch *hingehen* konnten, lag ihr in zu enger Nachbarschaft eines anderen Gedankens: Tula konnte auch wieder an den unbekannten Ort verschwinden, von dem sie einst gekommen war.

An diesem Morgen wollte Tula nicht aufstehen. Lisbeï mußte damals wohl beinahe sechs gewesen sein. Da es im Hort weder Kalender noch Geburtstage gab, konnte man den Zeitpunkt der Ereignisse nie genau bestimmen. Tula war zu heiß, Tula war müde …

Tula war krank!

»Nur eine leichte Temperatur«, sagte Nereï, die Hüterin. Nichts Dramatisches, nur dieses kurze undurchsichtige, resignierte Schweigen. Sie nahm Tula auf den Arm und ging weg. Lisbeï folgte und berührte heimlich Tulas herunterbaumelnde Hand. Aber das war nicht wirklich Tula, deren schwaches Strahlen hier in den Tiefen des Baumwolltuchs erstickt wurde, deren Echo verhallte wie die Stimme eines Menschen, der in einen dunklen, tosenden Schlund fällt. Lisbeï brach in Tränen aus. Die Hüterin drehte sich mit einem ärgerlichen Seufzer um: »Um Himmels willen, Lisbeï, geh mit den anderen in den Speisesaal. Stell dich nicht so an.«

Krank, Tula krank, Tula auf der Krankenstation! Während Lisbeï die anderen Mostas einholte, versuchte sie abergläubisch den einen verhängnisvollen Gedanken nicht zu denken: Wird sie *zurückkommen*? Aber natürlich konnte sie gar nicht anders, als genau diesen Gedanken im Kopf hin und her zu wälzen. Wie denn auch, wenn doch Meralda (mit einem verschlagenen Glitzern in den Augen) und die anderen sagten: »Vielleicht kehrt sie zu Elli zurück. Tula hat Glück!«

Tula wieder bei Elli, wieder unsichtbar, überall gegenwärtig, aber nirgendwo zu erreichen? Nein. Nein! Elli brauchte Tula doch gar nicht! Elli war alles und überall, Elli war ja immer bei Tula, wie sie stets auch bei allen anderen war, Elli brauchte Tula nicht. Elli hatte *kein Recht darauf*, Tula zurückzufordern, nachdem sie Tula doch Lisbeï geschenkt hatte. Wenn Elli das jetzt wirklich tat, war sie böse und gemein!

Die Hüterin Tessa tauchte in einer Woge rechtschaffener Entrüstung hinter Lisbeï auf. Es war schlimm, sehr, sehr schlimm, solche Dinge zu sagen. Es war eigensüchtig, wenn Lisbeï Tula ganz für sich haben wollte (Eigensucht galt im Hort als eine schlimme Sünde). »Elli weiß, was Elli tut. Wenn Elli Tula zurückhaben will, dann deshalb, weil sie ihr mehr Liebe schenken kann als du, Lisbeï!«

Ohne ein Wort zu sagen, stocherte Lisbeï in ihrem Frühstück herum. Zusammen mit den anderen verließ sie den Speisesaal. Das Herz war ihr schwer vor Schuldgefühlen, dennoch konnte sie ihre Rebellion nicht unterdrücken. Nein, Elli konnte Tula nicht mehr Liebe schenken als sie selbst, das war einfach nicht wahr!

Den restlichen Tag erlebte sie wie durch einen Nebel, Lisbeï erinnert sich kaum noch an Einzelheiten. Sie hatte wohl den normalen Tagesablauf über sich ergehen lassen: Nähen, Zeichnen, Basteln, längere Aufenthalte im Garten und mittags im Speisesaal, Zeit für den Mittagsschlaf. Sie lag mit weit offenen trockenen Augen im abgedunkelten Schlafsaal. Und keine Mooreï da, Mooreï, die ihre Fragen bestimmt beantwortet hätte! Nur Nereï, außerdem die alte Blaue, Tessa. Die beiden ärgerten sich über die stumme, unbeholfene Lisbeï, deren Gedanken ganz woanders waren. Die anderen Kinder warfen ihr verstohlen Blicke zu – zuerst belustigte, dann verwirrte, verwunderte und besorgte Blicke. Was ist denn überhaupt mit Lisbeï los? Tula ist auf die Krankenstation gekommen, aber schließlich ist es doch ganz normal, daß Mostas krank werden. Oder etwa nicht? Die Hüterinnen waren wütend, weil sie fürchteten, Lisbeïs Reaktion könne ihrer kleinen Herde die Gnade des Nichtwissens nehmen, und sie mußten neue Spiele erfinden und bis zur Abenddämmerung Geschichten erzählen, damit die anderen Kinder Lisbeïs unbegreifliches Verhalten vergaßen.

Zum ersten Mal in ihrem Leben verstieß Lisbeï in dieser Nacht gegen die Vorschriften. Eigentlich nicht mit Absicht. Sie konnte nicht schlafen, in ihrem Bett und in ihrem Kopf zwickten unsichtbare Nadeln. Ihr war so, als müsse sie schreien, weinen, im wahrsten Sinne des Wortes aus der Haut fahren. Schließlich stand sie auf. Alle schliefen. Sie schlich sich an den schlafenden Gestalten vorbei, ihre nackten Füße machten keinen Lärm auf dem kühlen Mosaikboden.

Und nichts passierte.

Dabei war es doch verboten, den Schlafsaal nachts zu verlassen, es sei denn, man mußte zur Toilette. Und in diese Richtung ging sie nicht, sie war auf dem Weg zur Außentür. Nichts passierte. Keine Stimme schimpfte, keine Hüterin war da, keine Elli, obwohl Elli doch alles überall und immer sah. Lisbeï fand sich auf dem Gang wieder. Im Halbdunkel, das nur von den heruntergedrehten Gasleuchten erhellt war, wirkte alles anders, größer, höher. Lisbeï ganz allein in diesem leeren, stillen Raum. Merkwürdig, es war ihr gar nicht unangenehm, ganz im Gegenteil. Aber dann schwand diese seltsame, freudige Entdeckungslust. Sie wußte nicht genau, wo die Krankenstation sein konnte, in diesem Teil ihres Stockwerks war sie noch nie gewesen. Kleinere Schnitte oder blaue Flecke wurden im Schlafsaal behandelt, die Krankenstation war schweren Fällen vorbehalten.

An diesem Morgen war Nereï Richtung Hauptsaal und Treppe gegangen. Lisbeï tat jetzt dasselbe und stieg die dunkle Treppe hinab. Flüchtig ging ihr der aufregende Gedanke durch den Kopf, daß sie, wenn sie wollte, die Treppe ganz hinuntergehen konnte, bis zur unbekannten Hauptetage. Dann hielt sie an, ihr war nicht klar, wohin sie sich als nächstes wenden sollte. In einem der Gänge drang unter einer Tür Lichtschein hervor. Da sie irgend etwas tun, sich zumindest weiterbewegen mußte, ging sie auf die Tür zu. Die Lampe drinnen tauchte das Milchglas in grünliches Licht. Kein Laut war zu hören. Was sollte sie machen? Der innere Drang, der sie aus dem Schlafsaal getrieben hatte, schwand mit dem Gedanken an die Regeln des Horts. Lisbeï stand vor der erleuchteten Tür. Vielleicht war dies nicht einmal die Krankenstation. Sie stand da wie angewurzelt, unfähig wegzulaufen oder vorwärts zu gehen.

Plötzlich bewegten sich Schatten hinter dem Glas, war Stimmengemurmel zu hören. Lisbeï starrte auf den Türgriff, der sich gleich bewegen würde… bis Mooreïs Stimme sie aus dem Alptraum riß.

»Lisbeï! Was machst du denn hier?«

Und gleich danach begann ein anderer Traum. Zumindest erschien es ihr später, als sie sich auf ihrem Bett wiederfand, wie ein Traum, wie ein völlig losgelöster Augenblick. Bei Mooreï war eine andere Hüterin, eine Fremde in blauem Gewand. Lisbeï stammelte etwas von Tula, und Mooreï sagte: »Sie schläft und darf nicht gestört werden. Sie wird mehrere Tage schlafen, Lisbeï.« Was Lisbeï bei Mooreï spürte, war grau, eine mutlose Müdigkeit. Entsetzt brach sie in Tränen aus. Die andere Hüterin kniete sich nieder und faßte sie bei ihren nackten Armen. Was war das – diese Welle wie von einem Echo, dieses Glühen, das sich übertrug, dieses Erstaunen, das zwischen ihr und der Hüterin hin und her sprang? Das Gesicht der Hüterin mußte sehr nah an ihrem gewesen sein, aber sie konnte sich daran nicht erinnern, nur an dieses matte Leuchten und an die Empörung, die sie mitten in ihrer Betäubung blitzartig erfaßte: Welches Recht hatte diese Hüterin… Dieses Leuchten, dieses Echo, dieses Teilhaben am anderen gab es doch nur mit Tula!

Die Hände ließen sie los, der Widerhall verklang. Die Hände kamen zurück, der Widerhall wurde stärker. »Sie hat keine Schmerzen, Lisbeï«, sagte die Unbekannte. »Aber vielleicht wacht sie nicht mehr auf. Wir müssen tapfer sein, Lisbeï. Es ist die *Schlimme Krankheit.*«

Die Schlimme Krankheit. Lisbeï verstand. Zuerst war man müde und hatte Fieber, wie bei anderen Krankheiten auch. Aber dann fiel man in einen tiefen, tiefen Schlaf. Falls man wieder aufwachte, würde man nie mehr krank, sagte die Fremde. Angesichts des inneren Aufruhrs, den Lisbeï bei ihr spürte, wurde Lisbeï selbst seltsam ruhig. Die starken Gefühle der Hüterin – Sorge, Zorn, aber auch Hoffnung – waren so ganz anders als die sichere, phantasielose Gelassenheit aller anderen Hüterinnen, eine Ausnahme war da nur Mooreï. Auf Lisbeï wirkten diese starken Gefühle so, daß sie ihre ganze Aufmerksamkeit auf die Worte der Hüterin richtete. *Falls man wieder aufwacht, wird man nie mehr krank* Aber vielleicht wachte man nicht auf. Sie mußte geduldig sein. Mußte zum Schlafsaal zurückkehren und abwarten. Mooreï würde sie begleiten. »Ich kann allein zurückgehen«, hörte Lisbeï sich sagen. Und sie wunderte sich noch mehr, daß keine der Hüterinnen böse wurde.

»Dann renn«, sagte Mooreï. »Ich sag dir Bescheid, wenn Tula aufwacht.«

In den (drei, vier?) Tagen danach beachteten die anderen Mostas Lisbeï nicht weiter und bestärkten die Hüterinnen in der Überzeugung, daß Lisbeï wieder die alte war. Sie wußten ja nicht, daß sie auf Mooreï wartete.

Und Mooreï kam. Es war während der Pause. Elli ließ es regnen, und die Mostas waren nicht im Garten, sondern im Spielzimmer. Meralda und die anderen spielten ziemlich lustlos Himmel und Hölle, es war einfach zu wenig Platz, und man durfte nicht schreien. Lisbeï saß mit ihrer Tafel in einer Ecke und malte einen Brunnen, dessen Wasser zirkulierte und immer wieder zum Ausgangspunkt zurückkehrte. *Zurückkehrte.* Mooreï trat ins Zimmer. Lisbeï wäre am liebsten sofort zu ihr gerannt, beherrschte sich aber mit Müh und Not und bekam ganz weiche Knie. Mooreï ging im Zimmer herum, begrüßte die Kinder, fragte, was sie denn so trieben. Lisbeï hob die Augen nicht von der Tafel. Sie spürte das Rot, das bei ihr anhielt, eher, als daß sie es sah.

»Sie ist wach«, murmelte Mooreï.

Ohne jeden Laut fiel die Tafel auf den dicken geflochtenen Teppich. Aber Mooreï war bereits weitergegangen und saß jetzt bei den anderen Hüterinnen. Aus einem großen Korb hatte sie sich ein blaues Strickzeug geholt und begann jetzt, daran zu arbeiten. Sie sang beim Stricken ein unbekanntes Lied. Nach einer Weile fragte sie, ohne jemand bestimmtes anzusprechen: »Kennt ihr Ellis Lied?« Nein, natürlich kannten die Mostas es nicht. »Was für ein Lied?« fragte Meralda, die jede gute Laune einer Hüterin auszunutzen wußte.

»Das Lied, das Elli beim Fadenziehen singt.«

Was für ein Faden? Ach, das ist eine lange Geschichte.

Die Mostas scharten sich um Mooreï. Selbst bei Lisbeï, die am liebsten gleich zur Krankenstation gerannt wäre, siegte schließlich die Neugier, und sie schloß sich dem Kreis der Kinder an. Die Hüterinnen erzählten oft Geschichten, aber das waren immer sehr lehrreiche Geschichten. Wie die von der dummen Mosta und dem kleinen Streichholz. Oder die von der Treppe, die Mostas verschlang. Oder die von der Mosta, die sich ihr Bettzeug stricken mußte. Nie hatten sie Geschichten von Elli erzählt.

»Ja, was für ein Faden?« wiederholte Mooreï nachdenklich. Im Handumdrehen zog sie die Nadeln aus ihrem Strickzeug heraus, ribbelte die Reihen auf und wickelte die Wolle auf das Knäuel. Dann nahm sie ein anderes Knäuel, diesmal ein gelbes, riß ein paar Fäden ab und verknüpfte sie in unregelmäßigen Abständen mit dem aufgeribbelten blauen Faden. Wie gebannt schauten die Mostas ihr zu, sie wunderten und freuten sich.

»Das ist natürlich der Faden, mit dem Elli strickt«, sagte Mooreï, als sie schließlich die blaue Wolle mit den gelben Noppen aufgewickelt hatte. »Wie ihr wißt, hat Elli alles geschaffen. Eines Tages hatte Elli vom Alleinsein genug. Deshalb nahm sie ein bißchen von ihrem Selbst und rollte es aus, so wie man ein Wollknäuel ausrollen kann. Und so schuf Elli Tag und Nacht, Erde und Wasser für die Pflanzen, und …« – während sie weitersprach, wickelte sie auch das blaue Knäuel immer weiter ab, bis sie zum ersten gelben Knoten kam – »und seht mal! Elli hat uns geschaffen – dich, Meralda« (ein gelber Knoten), »und dich, Tallie« (noch ein Knoten), »und Garrec und Lisbeï, Meï, Pia …«

Bald hatte Mooreï eine ganze Lage blauer Wolle auf dem Schoß. Sie nahm die Fadenenden auf, knüpfte sie zusammen und begann zu stricken. Unter den Nadeln tauchte jetzt die erste blaue Maschenreihe auf. »Und während Elli ein Stück von ihrem Selbst ausrollt, um alles zu schaffen, zieht Elli auch an ihrem eigenen Faden, so wie Aragna, die Spinne. Kennt ihr Aragna?«

»Ja, ja!« riefen die Mostas im Chor. Sie kannten die unermüdliche Spinne, die immer als Beispiel dienen mußte. Ja, und weiter?

»Also gut. Von dem einen Fadenende aus strickt Elli die Welt. Aber *gleichzeitig* ribbelt sie die Welt vom anderen Fadenende aus wieder auf. Da ich nicht Elli bin, kann ich es nicht so gut, aber es ist ein bißchen ähnlich wie das, was ich gerade mache. Natürlich strickt Elli nicht immer dasselbe. Das wäre ja auch viel zu langweilig. Elli wechselt mal die Farbe, mal das Muster, so gefällt ihr das Stricken. Immer kommt etwas anderes dabei heraus. Elli macht es außerdem Spaß, ab und zu etwas von ihrem Selbst in dem zu finden, was sie geschaffen hat. Denn wie ihr ja wißt, strickt Elli ihren eigenen Faden und zieht das Gestrickte an ihrem anderen Fadenende gleichzeitig wieder auf.«

Der erste gelbe Knoten tauchte auf der Stricknadel auf. »Da, Meralda, das bist du. Elli hat dich gerade gestrickt. Und dich, Tallie, und Garric, Lisbeï, Meï, Pia ...«

Die Mostas hatten alles genau verfolgt und riefen jetzt ihre Namen, als die gelben Knoten in den blauen Maschenreihen auftauchten. Bald war die Wolle bis aufs Ende aufgebraucht, das mit dem Anfangsfaden des Strickzeugs auf Mooreïs Schoß verknüpft war.

»Zeit, von vorn anzufangen«, sagte Mooreï und hielt Meralda die Nadel voller Maschen hin. Meralda kicherte und zog die Stricknadel heraus. Die Mostas, die am nächsten standen, zogen am Faden, um das Gestrickte aufzuribbeln.

»Es hört nie auf, seht ihr? Wir kommen stets von Elli und kehren immer wieder zu Elli zurück. Manche früher, manche später. Wie Ricia oder Fenora ...«

... die auf die Krankenstation gekommen und nie zurückgekehrt waren. Im Brustton der Überzeugung ergänzte Meralda: »Und so wie Tula.«

Natürlich konnte Lisbeï sich nicht zurückhalten und platzte wütend und gleichzeitig voller Freude damit heraus, daß es Tula wieder besser gehe und sie bald von der Krankenstation zurücksein werde.

Die anderen blickten Mooreï an, die zustimmend nickte. Alle schwiegen wie vom Donner gerührt.

»Egal«, sagte Meralda schnippisch nach kurzer Pause. »Elli hätte sie ja sowieso wieder gestrickt.«

»Ja, du hast recht«, lächelte Mooreï. »Tula hätte wieder ihren Platz in der Liebe Ellis gefunden. Aber ihr Name wäre nicht mehr Tula gewesen, und sie hätte anders ausgesehen, weil Elli ihre Muster so oft ändert.«

Wie konnte man dann wissen, wer zurückkommen würde?

Mooreï lächelte und zauste Pias Haare. »Das weiß allein Elli. Elli, die der Anfang und das Ende ist. Elli wählt das Muster aus. Sie weiß, wer zurückkommt und wer fortgehen muß.«

Warum nur hatte die kleine Meï dann fragen müssen: »Geht man immer zu Elli, wenn man fort muß?«

»Nein«, sagte Mooreï. »Wenn ihr größer seid, und das ist bald – einige von euch sind demnächst sechs, so wie du, Meralda, oder Tallie, oder Rubio und Turri, oder du, Lisbeï – dann (ihr Tonfall versetzte Lisbeï in Alarmbereitschaft) kommt ihr ins Erdgeschoß und nicht mehr zurück. Die Kleinen bleiben hier. Ihr seht sie dann nicht mehr, und sie sehen euch nicht mehr. Für die Kleinen wird es fast so sein, als wäret ihr zu Elli gegangen.«

Man würde sie und Tula sowieso trennen? Weil Lisbeï eine große Mosta werden und fortgehen mußte? Schon bald?

Mooreïs Stimme fuhr fort: »Auch die Kleinen werden einmal groß und kommen dann genauso wie ihr ins Erdgeschoß.« Lisbeïs Schmerz und Zorn ließen ein bißchen nach. Tula war ja gar nicht so viel jünger. Man würde sie ja nicht für lange trennen, oder? Aber sie konnte Mooreï im Beisein der anderen nicht danach fragen. Ebensowenig, wie sie in diesem Moment die wichtigste aller Fragen stellen konnte: Würde man sie und Tula nach diesem ersten Mal auch in Zukunft trennen? Und spielte es dabei eine Rolle, daß sie immer größer wurde und Tula sie altersmäßig nie einholen konnte?

Kapitel 2

Antonë an Linta

Bethely, 12. Juna, 479 N.G.

Wie Du siehst, meine Süße, bin ich endlich im sicheren Hafen von Bethely gelandet (sozusagen), wo die einzigen Wellen Hügel sind. Ich glaube, ich werde hier eine Weile bleiben, du kannst mir also hierher schreiben. Zumindest deinen nächsten Brief. Ich hoffe, er kommt schneller an als dein letzter. Zwei volle Monate für eine Strecke von sechshundert Kilometern ist reichlich lange, selbst wenn man die sprichwörtliche Langsamkeit der Post im Südosten berücksichtigt. Ich vermute, die Merici haben den Brief in irgendeiner Ecke ›vergessen‹, weil auf dem Umschlag keine Adresse angegeben war. Sie waren wohl nicht allzu unglücklich, daß ich ihnen den Rücken gekehrt habe. Ich habe zwei, drei ihrer wunderbaren, allumfassenden Gewißheiten zu sehr erschüttert.

Nach zwei Monaten in einer Familie von Judditen bietet Bethely eine angenehme Verschnaufpause! Wohlgemerkt sind sie hier keine fanatischen Fortschrittlerinnen. Ich würde sie pragmatische Traditionalistinnen nennen, irgendwo zwischen Gläubigen und Fortschrittlerinnen. O je, Liebe – ich zieh mal wieder alle möglichen Schubladen auf (wie du es nennst). Es ist wirklich schwer, die Gewohnheiten aus Wardenberg abzuschütteln.

Ich hab nicht vor, für dich den Gästeführer durch Bethely zu spielen. Die Capterie sieht genauso aus wie in den Büchern beschrieben. Die alten Stiche, die du mir geschickt hast, sind irgendwie überholt, insbesondere auch deshalb, weil sie von jemandem stammen, der Tonilú von Caranthes Trilogie einmal zu oft gelesen hat. Die Türme sind nicht so düster oder majestätisch, die Festungsanlagen schon lange verschwunden. Kurz gesagt: Das Verlies wirkt nicht so, als brüte es in alle Ewigkeit unter einem stürmischen Himmel finstere Pläne aus. Natürlich stimme ich dir zu, daß es in mehrfacher Hinsicht ein historischer Ort ist, aber die Menschen, die hier leben, denken nicht jede Minute des Tages daran. Klar, einmal im Jahr schon, während der Wallfahrt zu Garde – aber selbst dann scheint es für sie eher Last als Lust zu sein. Zumindest hat man mir das so erzählt. Dennoch spucken sie keineswegs auf das Geschäft, das mit den Wallfahrten verbunden ist, ganz im Gegenteil!

Sie empfingen mich höflich und freundlich und hörten sich meine Erklärungen mit ebenso höflichem Interesse an. ›Sie‹ bedeutet vor allem Selva, die Capta (22, aber sie wirkt jünger), und ihr Gedächtnis Mooreï (34, aber immer noch eine Rote, Bethely ist nicht ohne Grund für seine Fruchtbarkeit berühmt). Mit der übrigen Familie habe ich bisher nicht viel Kontakt gehabt. Sie haben mir bereitwillig den Zutritt zu den Archiven gewährt, nach Merici war das eine angenehme Abwechslung. In Bethely ist das Buch der Erblinien wie auch das ganze übrige Archiv allen zugänglich. Wohlgemerkt sind es sowieso nur wenige, die diese Bibliothek nutzen. Sie sind alle viel zu sehr mit ihrer Arbeit anderswo beschäftigt. Wenn ich den Mut hätte (und den nehme ich mir jetzt), würde ich Bethely einen wahren Bienenstock nennen! Fast alles wird von Hand gemacht. Wasserkraft haben sie schon seit fast zwanzig Jahren, aber anscheinend nutzen sie die nur für die Werkstätten. Wie in ganz Litale gibt es hier keine Elektrizität, obwohl an der Capterie ein Fluß vorbeifließt. (Die Harems haben ihn kanalisiert, und die Bienen haben seinerzeit auf die Zerstörung des Kanals verzichtet, obwohl sie ja einen fanatischen Haß auf alle Errungenschaften der Harems hatten). Ich nehme an, es hängt mit der Religion zusammen. Andererseits verhält sich Bethely ja eher distanziert zu religiösen Angelegenheiten. Vielleicht ist es also eher eine Gewohnheit, die so tief in der Geschichte verwurzelt ist, daß sie nicht erschüttert werden kann. Erstaunlich, nicht? Gerade von Bethely müßte man doch annehmen, daß hier alle fanatische Gläubige sind.

Es sieht nicht so aus, als ob die derzeitige Capta hier das Unterste nach oben kehren wird, auch wenn sie interessanterweise wohl eine eher lässige Haltung zum religiösen Brauchtum hat. Beispielsweise hat Bethely unter ihrer Leitung erst kürzlich Gasbeleuchtung eingeführt. Sie verfügen über Methantanks und Pumpen, die noch ganz neu glänzen. Die ältesten Familienmitglieder betrachten all das mit gewissem Argwohn. Die Capta hat mir einige kluge Fragen gestellt, als ich mein Forschungsprojekt über die Schlimme Krankheit *kurz erläuterte (nicht in allen Einzelheiten, keine Angst. Das verhängnisvolle Wort habe ich nicht ausgesprochen!).*

Und schon bin ich wieder beim Thema, unverbesserlich, wie ich nun mal bin. Aber inzwischen mußt du ja daran gewöhnt sein. Hier erkranken im Schnitt 46 Prozent an der Schlimmen Krankheit, *aber der Prozentsatz, der überlebt, liegt inzwischen schon bei neun Prozent! Ganz enorm, findest du nicht auch? Wenn man ihren Archiven trauen darf, dann steigt nicht nur die Zahl der Erkrankungen langsam aber stetig, sondern auch der Prozentsatz der Überlebenden. Jedenfalls ist es keine Infektion, die Krankheit ist nie ansteckend. Und denk mal: Von den Überlebenden erkranken später nur noch 0,04 Prozent an einer Infektion. An meiner Theorie scheint also einiges dran zu sein, nicht? Ich will versuchen, meine ›wissenschaftliche Objektivität‹ zu wahren. Aber du mußt zugeben, daß die Zahlen und Statistiken … na, du weißt schon, worauf ich hinauswill. Meine Hypothese mag subjektiv gewesen sein, aber meine Intuition hat mich nicht getrogen. Ich kann doch nichts dafür, wenn meine eigene* Schlimme Krankheit *mich so traumatisiert hat …*

Aber ganz im Ernst: Also, ganz im Ernst ist mir völlig klar, wie wenig objektiv ich bin. Du wirst mir aber doch zugestehen, daß ich mein persönliches Interesse an dieser Forschung sehr wohl einschätzen und in Rechnung stellen kann. Jedenfalls liegt mir nichts daran, ›objektiv‹ zu sein oder zu scheinen. Die Leute in Bethely haben eine sehr ›ob-

jektive‹ Art, die sich zum Beispiel darin zeigt, wie sie mit dem Problem der Kindersterblichkeit umgehen. Nicht viel anders als sonstwo in Litale, trotzdem empfinde ich es als… abstoßend. Sie haben mehr von einem Bienenvolk an sich, als sie freiwillig zugeben würden. Die Kinder wachsen in der Abgeschiedenheit von Horten auf, bis sie sieben sind. Wie in den strengsten Judditenfamilien. Bis dahin sind sie ›Mostas‹, Nicht-Personen (sie wissen nicht einmal, was ›Person‹ bedeutet, bis sie aus den Horten entlassen werden). Kein Wunder, vor dem siebten Lebensjahr erhalten sie ja auch so gut wie gar keine Erziehung. »Je weniger die Mostas wissen, desto weniger haben sie zu verlieren, wenn sie zu Elli heimgehen müssen.« Denk nur mal an diese Vergeudung von Potential!

Unter einem anderen Gesichtspunkt verstehe ich das allerdings: Ja keine Gefühle oder geistigen Bindungen an die Kinder verschwenden, solange es nicht sicher ist, daß sie auch überleben. Eine logische, ›rationale‹ Sichtweise. Natürlich kann ich leicht Einwände dagegen erheben – schließlich habe ich nie ein Kind verloren.

Aber genug davon.

Es ist schon merkwürdig, daß Mißbildungen hier selten sind, wenn man bedenkt, daß die großen kontaminierten Gebiete in unmittelbarer Nähe liegen. Hier fassen sie die Kriterien für ›lebenswertes Leben‹ nicht so eng wie in Wardenberg. Vor ein paar Jahren zogen sie die Grenze noch bei den Armen: Du konntest ohne Beine in Bethely leben, aber nicht ohne Arme. Die Schwerbehinderten leben getrennt von den anderen auf einem der Bauernhöfe. Allerdings sind sie fast alle sterilisiert. Eine weitere Vergeudung. Dennoch gebe ich den Judditen recht (und Wardenberg, obwohl es sich damit in seltsamer Gesellschaft befindet), daß es bei unserem gegenwärtigen Wissensstand über Genetik in extremen Fällen wohl besser ist, vorzubeugen als später für unheilbar Kranke sorgen zu müssen. Meiner Meinung nach wird aber die Frage, was denn ein ›extremer Fall‹ ist, noch viel zu unterschiedlich beant-

wortet – es hängt davon ab, in welchem Landesteil man gerade ist.

Alles in allem sind die Leute in Bethely keine Judditen, grundsätzlich ist die Atmosphäre sogar ganz angenehm. Die Kinder scheinen in den Horten nicht unglücklich zu sein und sich trotz allem gut ins Leben der Familie einzufügen. Ihr Leben ist ziemlich genau, aber nicht übertrieben streng geregelt. Manchmal sind Ausnahmen von der Regel erlaubt, manchmal macht Bethely selbst in besonderen Fällen auch Zugeständnisse. Die Capta selbst ist dabei sogar richtungsweisend, das habe ich ja schon erwähnt. Ihre Erstgeborene konnte sich anfangs nicht an die Kinderkrippe gewöhnen. Natürlich werden hier Mütter und Babies gleich nach der Geburt getrennt. Das geht ohne Probleme, denn die Mütter – hier sagt man normalerweise ›Genitrix‹ statt Mutter – sind seit eh und je darauf vorbereitet. Auch die Kinder passen sich bereitwillig an, und die Hüterinnen in den Krippen haben alles voll im Griff. Dieses Baby jedoch wäre wirklich verhungert, wenn Selva sich nicht entschlossen hätte, nach dem Rechten zu sehen. Entgegen aller Bethely-Tradition hat sie das Baby monatelang selbst gestillt. Die Kommentare der Familie kannst du dir sicher vorstellen … Immerhin hat das Kind überlebt, und jetzt sind die Vorwürfe verstummt. Nicht, daß irgend jemand ihrem Beispiel gefolgt wäre – natürlich nicht, da sei Elli vor! Dazu bestand ja auch keine Notwendigkeit. Sie haben ihr dieses Abweichen von der Tradition vergeben. Immerhin gibt es jetzt einen Präzedenzfall.

Ich fand diesen Vorfall insofern bemerkenswert, als er einiges über Selva enthüllt. Aber es wartete eine Überraschung auf mich: Als ich letzte Woche ankam, traf ich das Kind, von dem hier die Rede ist. Sie heißt Lisbeï. Ihre Schwester hat man demselben Hort zugeteilt. Und (gib acht!) sie sind fast zwei Jahre auseinander. Selva hat sich dazu entschlossen, im selben Abstand schwanger zu werden wie die normalen Roten auch. Ihre Familie hat dazu nichts gesagt. Ich nehme an, dahinter steckt Mooreï, ihr

Gedächtnis. Mooreï hätte eine ideale Vermittlerin abgegeben, sie ist zur Beraterin geboren, und gläubig ist sie obendrein. Zweifellos würde sie sagen, daß das eine ohne das andere gar nicht denkbar ist.

Aber zurück zu Lisbeï. Sie wird bald sechs und hat die Schlimme Krankheit *bislang nicht gehabt. Normalerweise müßte sie jetzt verschont bleiben (obwohl ich die Krankheit ja sehr spät bekam, genau wie du, nicht? Aber das ist immer noch eher Ausnahme als Regel). Tula, die jüngere Schwester, wurde genau an dem Morgen meiner Ankunft krank. Ich bat um Besuchserlaubnis, und Mooreï nahm mich noch am selben Abend mit auf die Krankenstation. Lisbeï war aus dem Schlafsaal weggelaufen, weil sie Tula besuchen wollte, stell dir vor! Wir überraschten sie an der Tür zur Krankenstation. Ich war gerührt. Obwohl sie nicht wissen, daß sie Schwestern sind, müssen die beiden sich sehr liebhaben. Ich nahm Lisbeï in die Arme und tröstete sie… Erinnerst du dich an das erste Mal, daß wir beide einander berührten? Es war ganz genauso. Ich ging sofort zur Jüngeren, Tula, zurück. Als ich sie vorher berührt hatte, war mir nichts weiter aufgefallen, das Fieber hatte die Ausstrahlung ziemlich abgeschwächt. Aber jetzt war sie da – nicht so stark wie bei Lisbeï, aber vorhanden. Vier Tage danach erwachte Tula aus dem Koma. Als ich sie erneut berührte, war meine Empfindung sehr viel deutlicher.*

Übrigens wurde das ältere Mädchen für ihren nächtlichen Ausflug nicht bestraft.

Sicher verstehst du, warum ich wahrscheinlich ein bißchen länger als geplant in Bethely bleibe. Selva habe ich bis jetzt noch nicht berührt, dazu war keine Gelegenheit. Aber ich werde es versuchen. Ich möchte herausfinden, ob sie die Quelle dieser Ausstrahlung ist oder ob es an den Vätern der Mädchen liegt. (Lisbeï ist eine Callenbasch, Tula eine Belmont). Mach dir keine Sorgen, ich paß schon auf. Nein, ich verfang mich nicht noch einmal in meinen zehn Jahre alten Theorien. Ich theoretisiere überhaupt nicht mehr. Ich will einfach nur Tatsachen sammeln. Ich habe die Schlimme Krankheit *überlebt, genau wie du, wie die drei aus Lletrewyn, die beiden aus Angresea und die kleine Tula, und wir alle haben diese… Fähigkeit, allerdings ist sie unterschiedlich ausgeprägt. Wenn das keine Tatsachen sind…*

Ich gebe zu, Dutzende anderer Leute haben die Schlimme Krankheit *ebenfalls überlebt (vor allem in Bethely während der letzten sechs Jahre), ohne daß sich bei ihnen irgendeine Spur dieser Fähigkeit zeigt. Laß mich trotzdem einfach Fakten sammeln, wenn es denn Fakten gibt.*

Zeit, zum Ende zu kommen, die Botin, die für den Norden zuständig ist, will gleich fort. Ich hoffe, daß du diesen Brief bald in den Händen hast und mir schnell ein Lebenszeichen gibst.

Mit meiner ganzen Liebe

Deine Antonë.

Kapitel 3

Wie Lisbeï erwartet hatte, war das Erdgeschoß der großen Mostas genau so wie das Stockwerk oben drüber. Andere Stundenpläne, aber dieselben Regeln: An erster Stelle stand das stillschweigende Tabu, nach Dingen zu fragen, wenn nicht die Hüterinnen selbst das Thema anschnitten. (Hier gab es keine Mooreï, die ihr helfen konnte. Lisbeï würde sie erst wiedersehen, wenn sie aus dem Westhort herauskam). Wie im oberen Stockwerk wurden die Neulinge zum Eingewöhnen älteren Mostas anvertraut. Diese Tutorinnen nahmen ihre Rolle ernst und gaben sich von Anfang an autoritär. Fragen beantworteten sie nur, wenn sie Lust hatten. Es brachte nichts, sie zu nerven, auch nicht diejenigen, die Lisbeï schon vom zweiten Stock her kannte, wie Sorel oder Fendig mit den roten

Augen und weißen Haaren (›Albino‹ war das richtige Wort). Dennoch fand Lisbeï nach kurzer Zeit eine Möglichkeit, ihrer Gruppenführerin Clara einige Würmer aus der Nase zu ziehen. Das war ganz einfach: Sie durfte nur nicht so tun, als stelle sie Fragen. Vielmehr mußte sie laut vor sich hin sprechen, so als führe sie ein Selbstgespräch. Wenn sie etwas Falsches sagte, konnte Clara gar nicht anders, als sie zu berichtigen. Dabei rollte sie mit den Augen und spitzte ihre Lippen genau wie die Hüterin Marli. Diese Taktik verlangte von Lisbeï, daß sie sich als Dummkopf ausgab. Aber sie merkte schnell, daß ihr Dummheit leichter verziehen wurde als Neugier.

Jetzt, da Tula weit weg war und die Zweisamkeit Lisbeï nicht mehr vor der bedrückenden Atmosphäre des Hortes schützte, sehnte sie sich manchmal danach, von den anderen akzeptiert zu werden. Eine Zeitlang rechnete sie auch damit. Schließlich gab es genügend Mostas, die sie nicht von früher kannten.

Aber Meralda und ihre Bande aus dem zweiten Stock waren ebenfalls hier gelandet. »Lisbeï ist ein bißchen seltsam, müßt ihr wissen«, begannen sie zu tuscheln.

Lisbeï konnte den inneren Rückzug der anderen spüren und merkte, wie sie Abstand hielten. Sie wußte, im Erdgeschoß würde sie keine Freundin finden. Aber wenn die Traurigkeit sie überwältigte, dachte sie an die kommende Nacht, und ihr Kummer verschwand.

Sie schlich sich leise durch den abgedunkelten Schlafsaal, übers Parkett und den inzwischen vertrauten Mosaikboden. Immer noch hatte sie Angst, aber es war gleichzeitig ein köstliches Gefühl, denn jenseits der Furcht gab es Tula, die im Dunkeln wartete. Sie trafen sich in einem kleinen Abstellraum unter der Treppe, in dem Schuhputzmittel und Bürsten aufbewahrt wurden. (Jahrelang überwältigte schon allein der Geruch blankpolierten Leders Lisbeï mit Nostalgie). Gegen Ende hin trafen sie sich im Garten, denn es war Sommer und sicherer, nach draußen zu gehen. Lisbeïs wirklicher Tag begann genau mit dieser Stunde, beim Erzählen mit Tula durchlebte sie alles noch einmal.

Bald nach Lisbeïs Umzug ins Erdgeschoß schien des öfteren die Sonne. Es war *Frühling*. (Ein neues Wort für etwas bereits Vertrautes. Es änderte eigentlich gar nichts. Eine für Lisbeïs Zeit im Erdgeschoß sehr typische Erfahrung). Bislang hatten die Jahreszeiten keinen Namen gehabt. Warum nicht? Clara verriet die Antwort durch eine herablassende Bemerkung: Viele kleine Mostas kehrten zu Elli heim, noch ehe sie sechs waren. Wer wollte sich da die Mühe machen und ihnen Dinge beibringen, die ihnen sowieso nichts nützten? Fast hätte Lisbeï gelacht. Sie dachte an all die Dinge, die sie Tula vorzeitig beigebracht hatte – Tula, die ihre *Schlimme Krankheit* überstanden hatte und jetzt nicht mehr zu Elli heimkehren würde, jedenfalls nicht so bald. Irgendwie empfand sie das als Rache, aber gegen wen oder was diese Rache gerichtet war, hätte sie nicht sagen können. Manchmal richtete sie sich gegen Elli, aber Lisbeï fühlte sich dabei gar nicht wohl und versuchte schnell, an etwas anderes zu denken. Es war nur allzu klar, daß Elli mächtiger war und als Gegnerin gefährlicher als alle Hüterinnen zusammen.

In Lisbeïs Leben war etwas Neues getreten. Zu den wichtigsten Pflichten der großen Mostas gehörte es, die Jüngeren in das Wort Ellis einzuführen.

Am Anfang war Elli.
Elli war vor dem Anfang und Elli wird am Ende sein.

Der Anfang und das Ende, genauso hatte sich Mooreï ausgedrückt. Aber wie konnte es etwas geben, ehe alles anfing? Aus welchem Samen war der Anfang gewachsen?

In der Ewigkeit der anhebenden Ruhe
In der Ewigkeit des anhebenden Schweigens
In der Ewigkeit
ohne Körper, ohne Stimme, ohne Augen
war Elli alles und alles war Elli.

Die einzige Stelle, die irgendwie Sinn machte, war die vierte Zeile, aber die fünfte verwirrte Lisbeï hoffnungslos. Ohne irgend etwas war Elli alles? (Marli geriet etwas aus der Fassung und nickte zustimmend, runzelte dann allerdings schnell die Stirn: »Sag das mit den anderen zusammen auf, Lisbeï.«).

Vor dem Anfang war Elli.
Und Elli war der Anfang.
Denn in der Ewigkeit der anhebenden Ruhe
In der Ewigkeit des anhebenden Schweigens
war Elli die Liebe
und die Liebe war Elli.

Ellis Liebe war so stark, daß sie auf irgendeine geheimnisvolle Weise zu tanzen anfing, Elli schuf den Tanz *und deshalb* auch die Ruhe – so ähnlich verstand es jedenfalls Lisbeï. Und weil Elli ihre Freude über diesen ersten Schöpfungsakt ausdrücken wollte, schuf sie das Wort *und deshalb* auch das Schweigen. Auf dieses *und deshalb* legte die Hüterin großes Gewicht, aber Lisbeï verstand es nicht. Wie hing diese Geschichte überhaupt mit Mooreïs Strickzeug zusammen? Aber der Kehrreim ging noch weiter:

Und in ihrem Körper und in ihrer Stimme
in der Ewigkeit
war Elli blind aber alles war Elli.

Warum blind? Weil sich Elli ohne Augen nicht sehen konnte. Aber war Ellis Allmacht wirklich so beschränkt? Elli hätte doch einfach einen Spiegel schaffen können.

»Genau«, sagte die Hüterin kurzangebunden. Aber die nächsten Zeilen waren sogar noch rätselhafter. Beim Tanzen sieht (macht?) Elli ein Spiegelbild (wo?), das sie *ErSie* nennt. Als Elli es berührt, verliert sie es. Schließlich beschließt Elli, ihr eigenes Selbst erneut zu schaffen (oder den Faden wieder aufzuribbeln, wie Mooreï erklärt hat). Dann heißt es:

Wie der Tanz und das Schweigen.
Das Wort und die Ruhe.
Elli betrachtete Elli sah Elli
Und aus der Ewigkeit wurde die Nacht geboren
und der Tag
Das Wort wurde zu Erde
und Himmel
Und die Liebe Ellis schuf die Frau
und den Mann

»Was ist die Fraundenmann?« fragte Meralda, zweifellos dadurch ermutigt, daß die Hüterin Lisbeïs Bemerkungen nicht sonderlich übelgenommen hatte.

»Die Frau, das sind wir«, warf Lisbeï vorlaut ein, »die Hüterinnen und die Mostas.«

Die anderen sahen sie an und wollten sich schon über diese letzte Bemerkung lustig machen, aber die Hüterin zog leicht die Augenbrauen hoch und sagte: Ja, wenn Elli so will, werden Kinder zu *Frauen.*

»Und was ist Underman?« fragte Meralda tollkühn weiter.

»Der Mann, ein Mann«, seufzte die Hüterin und sprach das Wort deutlich aus. »Das ist ein Junge, wenn er ausgewachsen ist.«

Was? Jungen waren gar keine Mostas, die sich irgendwie falsch entwickelt hatten?

Im zweiten Stock hatte es ›die Jungen‹ gegeben, das Dreigestirn, das ›Rubio-Turri-Garrec‹ hieß. (Eigentlich waren da ja noch zwei gewesen, aber sie waren sehr bald zu Elli heimgegangen, Lisbeï konnte sich kaum noch an sie erinnern). In Wirklichkeit unterschieden sich die Jungen allerdings voneinander. Schon im Alter: Nur Rubio und Turri waren mit Lisbeï und ihrer Gruppe nach unten zu den großen Mostas gekommen. Seit damals fielen auch die Unterschiede auf. Der rothaarige Rubio war der Freche. »Ich, ich …«, sagte er dauernd, und die Hüterinnen nannten ihn ›Dudu‹, bis er damit aufhörte. Der blonde Turri stotterte, aber in seiner Schwatzlust stand er den anderen Mostas deswegen nicht nach. (Sogar nach sechs Jahren im Hort! Das sprach für Charakterstärke. Als sie noch im zweiten Stock lebten, hatte Turri das Spiel vorgeschlagen: Wer kann am weitesten pinkeln? Die Hüterin hatte das mitbekommen und war sehr böse geworden. Er hatte es nie wieder versucht).

Für die Hüterinnen waren Rubio und Turri aber immer noch ›die Jungen‹, eine untrennbare Einheit, und die Mostas übernahmen es so. Die Jungen waren immer zusammen, antworteten unisono, wenn man sie rief, und machten jetzt immer öfter gemeinsame Front gegen die anderen Mostas.

Sehr früh – an den genauen Zeitpunkt konnte Lisbeï sich nicht erinnern – hatten die anderen Mostas damit angefangen, einander zu erklären, was es mit den Jungen auf sich hatte. Alle wußten, daß sie ›Jungen‹ genannt wurden und es ›er‹ statt ›sie‹ hieß, wenn über einen von ihnen gesprochen wurde. Sie waren Mostas, die irgendwie einen Fehler hatten, da mußte man ja nur auf das Schläuchlein gucken, das sie heraushängen hatten. Selbstverständlich hatte keine Hüterin je so etwas gesagt. Zweifellos hatten sie die unvermeidlichen ersten Fragen über Jungen stoisch wie immer beantwortet: »So ist es nun mal.« Aber die Jungen waren Fehlentwicklungen – das war so offensichtlich, daß sich niemals jemand die Mühe gemacht hatte, sich bei den Hüterinnen rückzuversichern. Schließlich konnte man mit den Jungen nicht mal wild herumtoben. Das machten die Hüterinnen ein für allemal klar, als sie bei den allerersten Versuchen dazwischenfuhren. Geraufe unter Mädchen war schlimm, aber Geraufe mit Jungen war noch viel schlimmer. Jungen durften nur bei zwei Spielen mitmachen: beim Kerkerspiel und beim Königinspiel. Die Hüterinnen, die den kleinen Mostas das Spielen beibrachten, hatten nie einen Grund dafür genannt. In ihrer eigenen Kindheit war es schon genauso gewesen. Warum sollten sie etwas in Frage stellen, das einfach zu den Tatsachen des Lebens gehörte? Das Pfand, mit dem man sich aus dem Kerker freikaufen konnte, der Preis, den man für richtige Antworten auf die Rätselfragen der Königin erhielt – all das war Jungensache. Punktum. Und wenn es keine Jungen gab? »Einige gibt es immer«, hatte die Hüterin traurig geantwortet. Ihr Tonfall hatte die kleinen Mostas davon überzeugt, daß Jungen ihnen wirklich unterlegen waren. Bei anderen Spielen landeten die Jungen normalerweise bei den Mostas, die als letzte in die Mannschaft gewählt wurden und das Ballspiel nie anführten … wie Lisbeï, ehe Tula kam. Seltsamerweise trug das sogar noch dazu bei, daß Lisbeï Jungen nicht gut ausstehen konnte. Und sowieso gab es ja nur so wenige, daß sie kaum zählten.

Aber warum? Wenn Jungen Fehlentwicklungen waren und Elli alles geschaffen hatte, warum hatte sie dann Mostas gemacht, die zu gar nichts taugten?

Aber so war diese Frage nie formuliert worden. »Warum gibt es nicht so viele Jungen?« hatte Turri (oder Rubio oder Garrec) eines Tages gefragt.

»Das ist eine Strafe, die Elli geschickt hat«, antwortete die Hüterin – wahrscheinlich die alte Tessa – nach kurzem Zögern.

Das bedrückte sie alle: Konnten sie sich in Jungen verwandeln, wenn sie nicht brav waren?

»Natürlich nicht.« Tessa spitzte die Lippen, ein sicheres Zeichen dafür, daß sie mehr nicht sagen würde. Den Mostas reichte das sowieso: Die Jungen hatten etwas Schlimmes getan und waren dafür bestraft worden. Vielleicht wurden sie ja normal, wenn sie größer wurden, dachten die Mostas (und ganz besonders die Jungen). Ob das Schläuchlein nun der Fehler oder die Bestrafung war, blieb dabei ungewiß, aber eigentlich machte das ja auch nichts. Die Jungenfrage war ein für allemal geklärt.

Und jetzt war da Marli und sagte etwas ganz anderes! Daß die Jungen auch weiterhin Fehlentwicklungen bleiben würden und zu ›Männern‹ heranwuchsen. Wurden sie denn bis in alle Ewigkeit bestraft? Rubio und Turri waren kreidebleich, die anderen hatten ein bißchen Mitleid mit ihnen.

»Sie werden nicht bestraft – sie haben ja gar nichts getan!« sagte Marli heftig. Sie sah aus, als frage sie sich, wie, um alles in der Welt, sie denn auf diese dumme Idee gekommen seien. Aber sie setzte schnell wieder ihr vernünftiges, wissendes Gesicht auf und erklärte, die Jungen seien Teil der Schöpfung Ellis, so wie die anderen Mostas auch. Elli liebe sie genauso wie alles, was sie geschaffen habe.

»Aber die Hüterin Tessa hat gesagt ...«

»Ganz bestimmt nicht«, unterbrach Marli mit Nachdruck. »Sie hat sicher gesagt, daß es eine Strafe Ellis ist, wenn es so wenige Jungen gibt.«

War das denn nicht dasselbe?

Nein, ganz und gar nicht. Alle waren bestraft worden, und die Jungen waren in Wirklichkeit nicht Ursache der Strafe, sondern ihr Mittel. Ihr kleiner

Schlauch war von Elli so vorgesehen, es war weder eine Mißbildung, noch eine Strafe. So waren sie geschaffen, deshalb hießen sie ›Jungen‹. Denn darin bestand ja der Unterschied, obwohl alle im Hort ›Mostas‹ waren.

Rubio und Turri strahlten. Aber als Marli weitererzählte, verging ihnen das Lächeln. Am Anfang hatte Elli einen großen Garten geschaffen, in dem ein Apfelbaum wuchs. Am Anfang gab es genau so viele Jungen wie Mädchen. Aber die Jungen aßen die Äpfel samt Kernen, ehe sie reif waren, und Elli wurde sehr böse.

»Warum?« fragte Meralda. An diesem Tag war sie nicht zu bremsen.

»Weil so aus den Äpfeln nicht mehr andere Äpfel oder Apfelbäume werden konnten«, gab Lisbeï aufgebracht und unüberlegt zurück. Marli sah sie mißbilligend an.

»Wer hat dir das erzählt?«

»Mooreï«, flüsterte Lisbeï und merkte, wie Kummer in ihr hochkam. Gleichzeitig spürte sie Marlis ablehnende, aber resignierte Reaktion. Anscheinend hätte Mooreï ihr das nicht erzählen dürfen. Sie hatte ja gewußt, daß Mooreï anders als die anderen Hüterinnen war!

»Als Strafe«, fuhr Marli fort, ohne sich weiter auf das Thema Mooreï einzulassen – sehr zu Lisbeïs Erleichterung – »als Strafe und auch deshalb, weil sie den anderen Bäumen eine Chance geben wollte, beschloß Elli, sehr viel weniger Jungen als Mädchen zu schaffen. Aber das ist nicht die Schuld der Jungen, die heute leben.« Sie stand auf und klatschte in die Hände. »Also, jetzt mal alle von vorn: *Am Anfang war Elli* ...«

An jenem Nachmittag im Garten übertrumpften sich die Kinder gegenseitig mit Mutmaßungen. Meralda fiel sofort über Lisbeï her. Sie hatte Mooreïs Namen mitbekommen. Mooreï bedachte Meralda, die sie ihrerseits sehr mochte, stets mit einem Lächeln. »Was hat Mooreï dir noch erzählt?«

Lisbeï konnte sich nicht um eine Antwort drücken, sie wollte es eigentlich auch gar nicht. Irgendwie ging ihr Meraldas wachsender Einfluß auf die anderen Mostas inzwischen reichlich auf die Nerven. Nachdem Lisbeï Mooreïs Worte wiederholt hatte, stellte Meralda die Frage, die alles auf den Punkt brachte:

»Und wer macht dann die Jungen?«

Wenn in den Bäuchen von Frauen Babies wuchsen – so wie Äpfel aus den Samenkernen anderer Äpfel – und wenn Jungen mitsamt den kleinen Schläuchen geschaffen wurden, wer machte dann die Jungen? Mädchen hatten keine Schläuchlein, und Frauen ja wohl auch nicht. Die Vorstellung, Mädchen könnte so etwas vielleicht später wachsen, wurde gleich vom Tisch gefegt: Wer wollte schon mit so einem lächerlichen Ding herumlaufen?

»Vi … vielleicht ma … machen d … die M … Männer Jungen?« warf Turri stotternd ein.

Das ging allen grundsätzlich gegen den Strich, aber zweifellos sprach für diese Theorie ihre elegante Symmetrie: Frauen machten Mädchen – Männer machten Jungen. Allerdings konnte niemand die nächste Frage beantworten: Wozu waren Jungen und Männer überhaupt gut? Warum sollten sie Teil von Ellis Schöpfung sein?

Lisbeï hätte eine Antwort liefern können, aber sie hob sie für Tula auf. Die genau festgelegte Abfolge des Wortes, akzentuiert durch den Rhythmus der Verse und den Singsang der vorsprechenden Hüterin, schlug sie in den Bann. (Erst später sollten die Mostas die wirkliche Musik des Wortes, die Feier des Wortes kennenlernen: an jenem Tag, als Mooreï die Melodie sang und Elli für sie strickte). *Wie der Tanz/ und das*

Schweigen. Das Wort/ und die Ruhe. Die Nacht/ und der Tag. Die Erde/ und der Himmel. Die Frau/ und der Mann: Vielleicht waren in Ellis Schöpfung die Jungen so etwas wie ein Spiegelbild der Mädchen, so daß die Symmetrie gewahrt blieb ...

Eine schiefe Symmetrie. Die wahre Symmetrie, an die Lisbeï bei der Vorstellung einer Spiegelwirkung sofort gedachte hatte, war *Lisbeï/ und Tula* – der fortwährende Austausch von Gefühlen, der Widerhall, das Licht, das sie teilten ... (Sie hatte Tula nicht von Antonë erzählt, sie hatte es tatsächlich vergessen).

Tula zog die Nase kraus. »Aber wir sind uns überhaupt nicht ähnlich«, rief sie aus und berührte Lisbeïs schwarzes Kraushaar und die braune Haut, während sie Lisbeïs Hand auf ihre weichen, flammendroten Locken und die milchig weiße Haut zog. Als Antwort gab Lisbeï ihr einen Kuß. Wie konnte sie Tula ihre Gewißheit klarmachen? Die körperlichen Unterschiede spielten keine Rolle. Was zählte, war das Licht, das sie teilten, *das* Licht.

Tula, warm und weich, schmiegte sich schweigend an sie, und für eine Weile hörte Lisbeï auf nachzudenken. Sie streichelten sich gegenseitig und rieben sich aneinander – dieses lustvolle Gefühl hatten sie vor kurzem entdeckt. Danach betrachteten sie mit innerem Frieden die andere Seite der Sonne, die jetzt durch die Wolken glitt.

»Kann ich Garrec die eine Sache mit den Jungen erzählen?« fragte Tula plötzlich mit leiser, schüchterner Stimme.

Lisbeï zuckte zusammen, der Gedanke war ihr schrecklich.

»Er ist hier ganz allein«, sagte Tula schnell. »Wo jetzt doch die anderen Jungen alle weg sind, spielt niemand mehr mit ihm ...«

Und mit mir auch nicht, ging der Satz weiter, aber

das sprach Tula nicht aus. Lisbeï ließ sich jedoch nicht erweichen. Was dachte sich Tula? Niemand und am allerwenigsten ein Junge durfte erfahren, was Lisbeï Tula sagte. Lisbeï durfte Tula gar nichts beibringen, sie sollte sie ja nicht einmal treffen!

Natürlich gab Tula nach. Aber dieser Abend … dieser Abend ging irgendwie daneben.

Sie sprachen nie mehr darüber. Schließlich gab es genügend andere tolle Sachen, die Lisbeï Tulla erzählen konnte. Das Wort Ellis, klar, aber vor allem, wie es war, *Lesen* und *Schreiben* und *Zählen* zu lernen. Die wohlgeordneten Zahlenreihen, die Verwandlung von Lauten in Buchstaben, Silben, Worte und Sätze, die Abfolgen, Veränderungen und Verbindungen waren alle so … so logisch, so befriedigend. Gleichzeitig eröffnete dieses neue Wissen neue Sphären. Sphären, in denen ständig neue Ideen auftauchten. Sphären, in denen Lisbeï sich unendliche Geschichten erträumen konnte. Ihr erschienen sie wie lebendige Dinge, die sich fast ohne ihr Zutun in etwas Neues verwandelten. Und doch war ganz bestimmt sie diejenige, die diese Worte schrieb und las. Welch außergewöhnliche Macht!

Als sie zum ersten Mal die Buchstaben ihres Namens auf die Tafel malte (Großbuchstaben, die etwas wacklig auf den Beinen waren), schrieb sie auch ganz schnell TULA und wischte es hastig aus, als die Hüterin Faï ihren Kontrollgang durch die Reihen antrat.

Nach und nach ebbte die Welle von Mutmaßungen ab, die der erste Kontakt mit dem Wort Ellis ausgelöst hatte, und verschwand schließlich ganz, als sie die Verse Tag für Tag herunterleierten. Das Wort wurde zum Morgengebet, zu einem weiteren täglichen Ritual. Viel wichtiger und faszinierender waren die anderen neuen Rituale der großen Mostas.

Bis zu dem Tag, als der Hüterin Belinda mitten im Speisesaal plötzlich übel wurde.

Sie wurde bleich und rannte aus dem Saal, aber nicht schnell genug. Die Mostas, die dem Gang am nächsten saßen, konnten hören, wie sie sich übergab. Eine andere Hüterin beschwichtigte den Stimmentumult. Faï, die strenge Schreiblehrerin und älteste Hüterin im Erdgeschoß, ging ohne übermäßige Hast auf den Gang hinaus, was die Mostas irgendwie beruhigte.

Aber Belinda verschwand. Das beunruhigte Lisbeï mehr als die anderen. Belinda war eine rotgekleidete Hüterin und jung, ein im Hort seltenes und deshalb kostbares Exemplar, denn solche Hüterinnen waren normalerweise eher bereit, Fragen zu beantworten. Glücklicherweise wurde Belinda durch eine ebenfalls rotgekleidete junge Hüterin ersetzt. Sie hatte noch nie in einem Hort gearbeitet und war voller guter Absichten, aber ungeschickt. Was war Belinda zugestoßen? Die Mostas fragten sich, ob auch Belinda zu Elli heimgekehrt war.

»Aber nein!« sagte die junge Hüterin unbesonnen und lachte vergnügt. »Sie wird bald ein Baby haben!«

Meralda sprach laut aus, was auch Lisbeï bei sich gedacht hatte: »Aber ihr Bauch ist ja gar nicht dick...«

Die Hüterin lächelte. Dazu war es noch zu früh, es fing ja gerade erst an, erklärte sie. Ihr war nicht bewußt, daß die Mostas keine blasse Ahnung davon hatten, wie Babies auf die Welt kamen.

»Machen Babies einen krank?« fragte Meralda, die diese Chance nicht ungenutzt verstreichen lassen wollte.

»Manchmal, am Anfang, wenn der Samen sich noch nicht richtig festgesetzt hat.«

»Aber wie fängt man damit an, das Baby zu machen?« wollte Meï in aller Unschuld wissen. Die rosige, pausbäckige Sechsjährige sah selbst noch wie ein Baby aus.

Die junge Hüterin streichelte Meï über die Wange.

»Also, die Mutter mischt in ihrem Bauch ihren eigenen Samen mit dem Samen des Mannes und ...«

Sie mußte wohl gemerkt haben, daß Meïs Augen immer größer wurden. Ein Blick auf die anderen Mostas machte ihr den Schnitzer vollends klar. Sie hüstelte und errötete, ihre Verlegenheit war nicht zu übersehen. »Ihr werdet bald alles darüber erfahren«, murmelte sie. »An die Arbeit jetzt. Faï wartet.«

Arbeit! Faï, die sich über die allgemeine Unaufmerksamkeit ärgerte, kürzte die Schreibstunde ab und schickte sie alle zur Gartenarbeit hinaus. *Mutter, Mutter* sagte Lisbeï wie im Fieber vor sich hin und riß willkürlich und mit ziemlich unnötiger Kraft gute Pflanzen und Wildkraut aus ihrem Erbsenbeet. Also war der Mann die andere Seite der Medaille. Aber warum ein männlicher Samen im Bauch der Mutter, wenn sie doch Mädchen machen sollte? Und wie konnte man die Samen überhaupt mischen, wie ging das vor sich? Warum überhaupt die Samen mischen?

Meralda sprudelte vor Antworten über. Sie holten die Samen mit einer Nadel aus den Bäuchen der Männer, so wie sie es ja auch mit dem Blut auf der Krankenstation machten. Und dann setzten sie den Samen in den Bauch der Mutter ...

»Kann sie den nicht einfach schlucken?« wollte Meï wissen, der Nadeln verhaßt waren.

Meralda, die ihre Sternstunde hatte, war ganz Großmut: »Oder sie schluckt eben den Samen. Jedenfalls vermischen sich die Samen, und in den Bäuchen der Mütter wachsen Babies. *Alle Babies*«, sagte sie mit Nachdruck und sah dabei die Jungen bedeutsam an.

Lisbeï verschluckte mit Müh und Not die Frage, wie die Frauen sich denn zu Jungen statt Mädchen entschließen konnten. Oder entschied das Elli? Immerhin hatte Elli ja auch festgelegt, daß es weniger Jungen als Mädchen geben sollte.

Die übrigen gaben sich anscheinend mit Meraldas

Erklärungen zufrieden – außer Turri und Rubio, denen die Vorstellung, daß die Männer in *ihren* Bäuchen keine Babies machen konnten, offensichtlich nicht gefiel.

»Ich weiß es!« platzte Turri plötzlich in das selbstzufriedene Schweigen der anderen. »Ich weiß, wie der Samen reinkommt. Dafür ist das Schläuchlein da!«

Die Mädchen tauschten verächtliche und belustigte Grimassen. Typisch Turri, daß er wieder mal nach einer guten Rechtfertigung für das plumpe Hängeding suchte. Aber er ließ sich nicht mehr bremsen und fuhr fort, ohne auf die Grimassen zu achten (und ohne zu stottern, wie Lisbeï auffiel): »Da es ja hohl ist, kann es in den Bauch vom Mann reingehen und Samen einsaugen. Und dann kommt es wieder raus und bringt den Samen durch den Bauchknopf in den Bauch der Mutter.«

»Es kann sich umstülpen!« rief Rubio, der endlich Licht sah. »Wie ein Handschuh!« Er sog laut seine Backen ein, so daß sich sein Mund zu einem komischen senkrechten Schlitz schürzte.

»Und wenn die Jungen wachsen und Männer werden, ist es immer so eingesaugt. Wie bei Mädchen, nur hübscher. Und es kommt nur raus, wenn es Samen abgibt.«

Und die Mädchen kamen an ihren eigenen Samen nicht heran, weil sie nicht so ein Schläuchlein hatten, stellte er abschließend mit einer Überlegenheit, die sie alle nervte, fest. Die Mädchen machten Babies in ihren Bäuchen, weil sie gar keine andere Wahl hatten.

Die Mädchen waren schockiert und sprachlos vor Entrüstung. Lisbeï hatte plötzlich eine Eingebung und vergaß, daß sie sich ja eigentlich immer heraushielt. Sie drehte sich zu den Jungen um: »Zeigt es uns!«

Turri, der zwischen einer guten Idee und der Wirklichkeit nicht immer unterscheiden konnte, begann seine Hosen aufzuknöpfen. Rubio setzte dem würdevoll ein Ende. »Wenn wir *groß* sind, wenn wir *Männer* sind, dann können wir das.«

Lisbeï kicherte, und die anderen taten es ihr begeistert nach. »Ihr werdet es nie können. Ihr seid nur ein Paar ausgeleierte Handschuhe ohne Finger dran!«

»Handschuhe ohne Finger. Handschuhe ohne Finger!« krähten die anderen Mostas, spontan angetan von dem absurden, aber irgendwie treffenden Ausdruck. Sie taten so, als wollten sie sich auf die Jungen stürzen und sie kitzeln (die einzig zulässige Anwendung von Gewalt). Die Jungen ergriffen die Flucht. Turri stolperte über seine halb heruntergelassenen Hosen und brach sich die Nase.

Alle Mostas, Mädchen wie Jungen, wurden mit einer Woche Zwangsarbeit im Garten bestraft.

»Du warst ziemlich gemein«, sagte Tula an jenem Abend.

Die Mißbilligung, die sie zur Schau trug, reizte Lisbeï. Schließlich hatten die Jungen selbst schuld, wenn sie so blöde Geschichten erfanden!

»Du erzählst doch auch viele Geschichten, oder nicht?« gab Tula zurück.

Lisbeï starrte sie betroffen an. Das war doch nicht dasselbe!

»Warum nicht?«

Lisbeï sagte einen Augenblick gar nichts. Ihre Meinungsverschiedenheit und Tulas »Warum nicht?« gingen ihr wie ein Mühlstein im Kopf herum. Natürlich gab es einen Unterschied zwischen den Geschichten, die Jungen erzählten, und den Geschichten von Mädchen. Vor allem gab es ja auch mehr Mädchen, und die kannten sich ganz gewiß besser aus als Jungen.

Aber Tula widersprach. Vielleicht war etwas dran an ihrem Widerspruch. Denn wer hatte letztendlich recht, wenn Tula mit Lisbeï oder Lisbeï mit Tula nicht übereinstimmte? Keine von ihnen war ›mehr‹ als die andere. Tula faßte die Geschichte der Jungen einfach anders auf, das war alles.

Tula sah sie aus Sicht der Jungen. Wie konnte sie nur?! Aber Lisbeïs Empörung schwand bei der Erinnerung daran, wie ihr zumute gewesen war, als sie dem weinenden Turri mit der blutigen Nase auf die Beine geholfen hatte. Sie hatte seinen Kummer gespürt und gewußt, daß nicht die gebrochene Nase schuld an seinen Tränen war. Aus Sicht der Jungen waren die Mädchen gemein gewesen. Die Jungen hatten ihrer eigenen Geschichte geglaubt, von ihrem Standpunkt aus war diese Version besser als jede andere. Wenn aber jede Geschichte auch noch eine andere Seite hatte, wie konnte man dann wissen, wer im Recht war? Es konnten doch nicht alle gleichzeitig rechthaben, oder doch?

»Warum nicht?« sagte Tula noch einmal, an diesem Abend war sie entschieden aufmüpfig. »Wenn wir ›Jungen‹ oder ›Männer‹ sagen, benutzen wir ja auch unterschiedliche Wörter, obwohl wir vielleicht über dieselbe Person in verschiedenen Lebensabschnitten sprechen. Obwohl wir nicht dieselben Wörter benutzen, weiß doch jeder, was gemeint ist, oder?«

Lisbeï fand das ziemlich rätselhaft, aber beugte sich Tulas Logik. Allerdings beschloß sie, eine weitere Geschichte lieber für sich zu behalten. Sie war ihr nach dem Vorfall am Nachmittag eingefallen: Irgendwo, wahrscheinlich jenseits des Hortes, mußte es den Bauch einer Frau geben, den Bauch einer *Mutter*, in dem sie gewachsen war. Und noch einen Bauch, in dem Tula gewachsen war. Und da sie beide das *Licht* teilten, waren sie vielleicht in *ein und demselben Bauch* gewachsen. Nie zuvor war ihr dieser Gedanke gekommen. Erst seitdem sie wußte, daß in Belindas Bauch ein Baby wuchs, hatte die Idee feste Gestalt angenommen. Sie wußte sogar, welchen Bauch sie gern mit Tula geteilt hätte: Mooreïs Bauch.

Kapitel 4

Lisbeï / Tagebuch

Wardenberg, 18. Novemra, 489 N.G.

Ich kann mich nicht erinnern, wann es begann, Tula. Und du? Kannst du dich daran erinnern, wann die Trennung anfing? Es ist leicht zu sagen ›als ich den Hort verließ‹, aber jetzt scheint es mir so, als hätte es nicht passieren müssen, wenn wir damals wirklich zusammengewesen wären. Dann hättest du nämlich verstanden, erraten, gewußt, daß es nicht an mir lag, dir nichts gesagt zu haben, daß ich dich nicht mit Absicht allein ließ. Zumindest hättest du es zu meinen Gunsten angenommen. Wenn ich jetzt zurückblicke, habe ich das Gefühl, daß es früher begann, als ich im Erdgeschoß lebte und du auf der oberen Etage. Und doch trafen wir uns jeden Abend: Ich habe mein Versprechen gehalten. Vielleicht reichte dir das nicht. Was hättest du gewollt? Hätte ich mich weigern sollen fortzugehen? Aber das war ja unmöglich, wie wir beide wußten. Warst du neidisch? Neidisch, daß ich ohne dich Dinge lernte? Ich verbrachte Abende damit, sie dir beizubringen. Und ich habe dir immer alles erzählt, nie habe ich irgend etwas für mich behalten.

Empfandest du mich als allzu enthusiastisch? Mir machte das Lernen Spaß, selbst wenn ich von dir getrennt war. Lag es daran? Aber ich lernte für dich, dachte dabei an dich. Die Dinge existierten erst dann für mich, wenn ich sie dir erzählen konnte. Alles für dich: das Schreiben, das Rechnen, Elli, die ganzen Geschichten. Ich erinnere mich daran, daß ich manchmal den Eindruck hatte, du seist ein von mir geschriebenes Wort, das sich veränderte und wuchs wie Pflanzen im Garten. Und ich war so stolz auf dich und auf uns! Beinahe verstand ich den Teil des Wortes, in dem es heißt, daß Elli die Welt gleichzeitig mit den Worten schuf. Irgendwie tat ich das ja auch, wenn ich dir von meinem Tag erzählte. Ich suchte nach der besten

Möglichkeit, dir etwas beizubringen oder dir von Dingen zu erzählen. Nimm das Wort: Ich probierte Dutzende verschiedener Versionen aus, bis ich eine fand, die du verstehen konntest. Ich erklärte es mir selbst in unzähligen Variationen, weil ich nach einer Deutung suchte, die auch dir einleuchten würde!

Liegt es daran? Wäre es dir lieber gewesen, wenn ich dir das Lernen selbst überlassen hätte? Wolltest du nicht mein Wort, meine Geschichte sein, Tula?

Ich erinnere mich an jenen Abend, als ich dir mein rundes Vergrößerungsglas zeigte. An dem Tag hatte ich jede freie Minute damit verbracht, den gewissen Dreh aus dem Handgelenk zu vervollkommnen. Ich ließ das Glas auf seinem Rand kreisen. »Guck mal!« sagte ich. Ich dachte, du würdest es sofort begreifen – es schien mir so offensichtlich. Aber alles, was du sahst, war ein rundes Konvexglas, das sich auf dem Boden drehte. Ich erklärte, daß es wie Elli, wie Ellis erster Tanz war. Nachdem sie den Tanz erfunden hat, tanzt sie so begeistert, daß sie sich in zwei teilt – aber in Wirklichkeit tanzt Elli mit ihrem eigenen Spiegelbild im Raum.

Du sahst mich ein bißchen beleidigt an, wie du es immer machtest, wenn du irgend etwas nicht kapiertest. Ich drehte das Glas noch einmal. Es ähnelte einem funkelnden Himmelskörper, dessen mattere Umgrenzung irgendwo in der Mitte und am Rand leicht zitterte. Ich hatte den Tag damit verbracht, es mir selbst so klarzumachen, daß ich es dir erzählen konnte. Natürlich kann Elli ErSie nicht berühren, ohne daß sie ErSie verschwinden läßt, denn ErSie *ist ja ein Abbild Ellis, keine wirkliche Person, niemand, der wirklich existiert. Deshalb hat Elli sich ja auch dazu entschlossen, wirkliche Menschen zu schaffen, die erste Frau und den ersten Mann, die ihrerseits tanzen und die Welt bevölkern sollten.*

Was dich anging: Du griffst nach dem Glas, während es sich noch drehte, und bestauntest seine Eigenschaften, stauntest darüber, daß du die Linien deiner Haut auf dich zuspringen sahst. Danach wolltest du, daß ich dir das Drehen des Glases beibrachte, und ich dachte, du hättest verstanden: verstanden, daß man so schnell tanzen, rennen, sich drehen und bewegen kann, bis man sich selbst als jemand anderer, als einem Doppelgänger begegnet.

So wie du und ich, identisch, zusammen im Licht, aber in zwei verschiedenen Körpern.

Du zucktest die Achseln, während du versuchtest, das Glas zu drehen. »Ich bin kein Junge«, sagtest du. Aber das hatte ich ja überhaupt nicht gemeint! Ich hatte von uns gesprochen. Und sowieso zählten die Jungen ja gar nicht. Elli schuf zuerst die Frau und erst danach den Mann, wegen der Symmetrie. Männer zählten nicht. Schließlich hatte ja auch Elli sich dafür entschieden, weniger Jungen als Mädchen zu schaffen. Allerdings war die Geschichte von der Strafe wegen der Äpfel schon ein bißchen plump. Wenn die Jungen von heute ohne Schuld waren, warum hatte Elli dann die ursprüngliche Symmetrie nicht wiederhergestellt? Die einzige Antwort, die mir einfiel, war, daß Jungen genau wie Männer eigentlich gar nicht zählten. Während ich dies alles erklärte, verlor ich irgendwie den Faden, konnte mich nicht mehr so richtig an meine Eingebung angesichts des Vergrößerungsglases erinnern. Ehrlich gesagt, weiß ich inzwischen gar nicht mehr genau, was ich damals im Kopf hatte. Ich erinnere mich nur, daß ich beim ersten Drehen des Glases eine plötzliche Eingebung hatte. Vielleicht hatte ich sie schon in dem Augenblick verloren, als ich sie mit dir teilen wollte. Die Eingebung hatte mit der Erinnerung an etwas zu tun, nicht mit dem Augenblick selbst …

Der Augenblick selbst. Ist es das, was du vermißt hast? Dieselben Augenblicke zur selben Zeit zu durchleben wie ich? Deine eigenen Augenblicke statt meiner zu durchleben? Hast du mich schließlich abgelehnt, weil du das Gefühl hattest, von mir irgendwie bestohlen zu werden? Aber du warst doch diejenige, die auf unseren allabendlichen Treffen bestand und verlangte, daß ich immer alles erzählte! Erinnerst du dich nicht daran? Du warst diejenige, *die mich überzeugte. »Ich hau aus dem Schlafsaal ab«, sagtest du. Genau das waren deine Worte. »Ich geh nicht ins Bett und hau aus dem Schlafsaal ab.« Das machte mir ein bißchen Angst, denn mir waren die Konsequenzen deutlicher als dir bewußt. Aber du hast mich überzeugt. Ich habe dir damals gehorcht, so wie immer. Ich war stets diejenige, die tat, was du wolltest – ist dir das nicht klar? Ich tat stets das, was du wolltest, und du hast mich bestraft?*

Kapitel 5

Lisbeï hatte Tula nicht alles erzählt. Sie hatte nicht erwähnt, daß sie eines Tages, vor Tula, den Hort würde verlassen müssen. Sie hatte den Kummer nicht teilen wollen. Erst viel später war ihr der Gedanke gekommen, daß Tula wohl so etwas vermutet und auf ein Wort von ihr gewartet hatte, daß Tula ihr Schweigen möglicherweise als ein Sichabfinden mit der künftigen Trennung aufgefaßt hatte. Während die Tage und Nächte im Erdgeschoß unmerklich vergingen, schob Lisbeï den Zeitpunkt, an dem sie Tula alles sagen wollte, immer weiter hinaus. Vielleicht auch deshalb, weil sie keine Erklärung parat hatte: Ganz sicher mußte eine Welt jenseits der Gartenmauer existieren, aber es gab kein Tor. Wie gelangten die Menschen hinein oder hinaus? Auf demselben Weg, auf dem sie den Hort verließ, konnte sie sicher auch wieder in den Hort hineingelangen, sagte sie sich. Aber es war ein schwacher Trost: Es lähmte sie, daß kein Tor da war. Sie wagte nicht einmal, genauer danach zu fragen, denn sie hatte Angst vor irgendeiner endgültigen Antwort der Hüterinnen. Angst davor, daß sie Tula nie wiedersehen würde, wenn sie erst einmal fortgegangen war. Erst viel später sollte sie erfahren, auf welchem Weg Mostas den Hort verließen.

Eines Nachmittags fühlte sie sich schlapp vor lauter Müdigkeit. Während des Schreibunterrichts wollte sie ihren Kopf auf die Arme legen und sich dem Schlaf überlassen. Ihre eigene Stimme und die der anderen Mostas klangen sehr weit entfernt, als sie die Worte von der Wandtafel ablasen. Flüchtig fragte sie sich, ob sie wohl krank sei, aber sie war so schlapp, daß der Gedanke ihr nicht einmal angst machte. Vielleicht war sie am Vorabend zu lange bei Tula geblieben und hatte zu wenig Schlaf bekommen. Es war so heiß im Schreibunterricht! Auch ihr Körper schien weit weg zu sein, und ihre Finger zitterten, als sie die oberen Knöpfe ihres Kittels zu öffnen versuchte. Langsam fächelte sie sich mit ihrer Tafel Luft zu, um das Gesicht zu kühlen. Sie merkte, daß Faï sie irgend etwas fragte … und die anderen Mostas sich zu ihr umdrehten und sie ansahen. Sie versuchte zu antworten, aber es kam kein Wort heraus. Sie taumelte in den Schlaf, versank in einer watteweichen Stille, in der kein Laut zu hören war.

Rot. Das war es, an das sie sich später erinnern konnte. Rot in allen Schattierungen und Abstufungen, von tiefem Scharlachrot bis zu einem transparenten, schimmernden Weiß-Rosa. Ein bißchen später trat ein unglaublich volltönendes Geräusch an die Stelle des Schweigens. Wie konnte sie die Töne beschreiben? Am ehesten ähnelten sie den kleinen Wasserströmen, die nachts die Gartenpflanzen bewässerten. Manchmal kam nur ein Tropfen nach dem anderen, manchmal ergoß sich der Strom als Wasserfall über die kleinen Felsen und schäumte in Strudeln auf. Aber die ganze Zeit war da auch ein Zischen. Manchmal klang es so wie aufstiebende Funken, dann wieder wie Öl, das in einer heißen Pfanne brutzelt. Und durch all dies hindurch drang unablässig der doppelte Schlag einer Trommel, mit dem das Geräusch einer zuschlagenden Tür einherging – einer

Tür, die der Wind auf- und zuknallte. All diese Töne verbanden sich zur Skizze einer Landschaft, eines Raumes, der gleichzeitig fest und fließend, ungeheuer groß und merkwürdig begrenzt war. Sie konnte sich in diesem Raum bewegen, aber wußte nicht, wie. Sie hatte keine Ahnung, wo sie war und was sie war: Sie war gleichzeitig hier und anderswo …

Als sie aufwachte, fühlte sie eine Hand auf ihren Händen, spürte schwach eine lichte Gegenwart. Konnte das Tula sein? Eine Stimme sagte: »Sie ist wach.« Eine andere: »Woher willst du das wissen? Ich kann keinen Unterschied feststellen.« Die Stimme klang vertraut, nach und nach konnte Lisbeï einen Namen mit der Stimme verbinden: Mooreï. Und da antwortete die andere Stimme: »Ich weiß es einfach.«

Mit gewaltiger Anstrengung gelang es Lisbeï, die Augenlider leicht zu heben. Durch die Wimpern konnte sie einen weißen Farbfleck über einem blauen erkennen, ein Gesicht oberhalb eines Körpers, und weiter entfernt einen weiteren Farbfleck, diesmal war es ein roter, ein ganzer Körper. Mooreï. Lisbeïs Augen kehrten wieder zu dem Gesicht in ihrer Nähe zurück: weiche Haut, tiefschwarze Augen unterhalb von kurzem goldbraunen Haar, ein geschwungener Mund, der nicht lächelte. Es war der Glanz im Licht der Fremden, der lächelte, so lächelte wie ihre Stimme, als sie schließlich sagte: »Willkommen im Land der Lebenden, Lisbeï. Du wirst nie wieder krank sein.«

Sie war keine völlig Fremde. Lisbeï erinnerte sich dunkel: Es war die blaue Hüterin von der Krankenstation, in jener Nacht, als Tula …

Der Name ›Tula‹ brachte sie aus ihrer Erstarrung, aber die blaue Hüterin hinderte sie daran, sich aufzusetzen. Sie hatte lange geschlafen, und jetzt mußte sie erst wieder zu Kräften kommen, ehe sie aufstehen durfte.

»Lange?« krächzte Lisbeï. »Wie lange?«

»Sechs Tage«, sagte Mooreï. »Ein Rekord.«

Lisbeï war das egal. Sechs Tage, sechs Nächte: Tula mußte gewartet und gewartet haben! Verzweifelt fiel sie auf das Kissen zurück, ihre einzige Frage war, wann sie entlassen würde. Es irritierte sie ein bißchen, daß sie ihre Stimme kaum unter Kontrolle hatte.

»Du kannst in drei oder vier Tagen raus, wenn du wieder bei Kräften bist«, sagte Mooreï. Dann gab es eine kurze Pause, bis Mooreï mit veränderter und seltsam gespannter Stimme hinzufügte: »Jetzt bist du ein großes Mädchen, Lisbeï. Du wirst nicht in den Hort zurückkehren.«

Lisbeï war zu schwach, als daß sie auch nur versuchen konnte, ihren Schreck und ihr Mißtrauen zu verbergen. Die blaue Hüterin beugte sich über sie und murmelte: »Es ist wegen Tula, nicht wahr?« Unmöglich, das abzustreiten, während die Hüterin ihre Hände umfaßte, während sie das Licht teilten.

»Siehst du?« sagte die Hüterin. Jetzt sprach sie zu Mooreï so, als habe Lisbeï ihre Frage beantwortet.

»Aber Tula konnte doch nicht wissen...«, sagte Mooreï verblüfft. Die blaue Hüterin wandte sich Lisbeï zu. »Ich gehe jetzt zu Tula. Ich werde ihr sagen, daß du wach bist.«

In ihrer Stimme, im schwachen Abglanz ihres Leuchtens hörte Lisbeï etwas anderes, ein Versprechen, die Versicherung, daß die blaue Hüterin zwar vieles erraten hatte, aber nichts sagen würde.

Die blaue Hüterin wurde Antonë genannt und war eine Ärztin. Mit ihren zwanzig Jahren hätte sie eine Rote sein sollen, aber da sie keine Babies haben konnte, war sie eine Blaue. Sie war eine ›Wanderin‹, eine Blaue, die von Familie zu Familie zog, anstatt zu Hause zu bleiben. Lisbeï war eine Grüne und eine ›Dotta‹. Auch die Mostas waren Grüne, aber keine

Dottas. Lisbeï brauchte eine Weile, bis sie den Unterschied begriff. Normalerweise waren die Blauen älter als fünfunddreißig, und sie konnten keine Babies machen, weil sie keinen Samen mehr hatten. Nur Rote konnten ›Mütter‹ sein und Babies machen. Sie wurden auch ›Genitrixes‹ genannt. Worte, Kategorien, Hierarchien – auf dieser Seite der Hortmauer vervielfachten sich die Antworten in schwindelerregendem Tempo. Meistens konnte Lisbeï nicht einmal sagen, welche Fragen zu den Antworten paßten, die die Leute ganz beiläufig fallen ließen. Die Leute dachten, sie gäben Erklärungen, aber für Lisbeï enthüllten sie hauptsächlich das ganze Ausmaß ihres eigenen Nichtwissens.

Von jetzt an hieß die Welt Bethely. In den ersten paar Wochen beschränkte sich diese neue Welt jedoch auf den Westturm. Dort lernte sie die Regeln und die Orte kennen, wohin die Dottas gehen durften, und wie sie dorthin gelangen konnten. Lisbeï seufzte jeden Abend vor Erleichterung, wenn sie sich endlich in ihrem Bett auf der Ebene 3 des Westturms wiederfand. ›24-O-3‹ besagte die geheimnisvolle Wäschemarke auf allen Sachen, die man ihr ausgehändigt hatte. »Zimmer 24, Ostflügel, Ebene 3«, antwortete jemand beiläufig auf ihre Frage. Dort im Dunkeln konnte sie endlich Atem holen und Ordnung in ihren Tag bringen, indem sie rekapitulierte, was sie gelernt hatte, was sie verstanden hatte, was sie vorher nicht gewußt hatte, und was sie morgen oder an irgendeinem anderen Tag noch lernen mußte. Dieses Ritual war irgendwie tröstlich. Es war ihre Möglichkeit, mit der abwesenden Tula zusammenzusein, mit ihr zu reden, und sie erklärte sich Bethely mit den Worten, die sie auch benutzt hätte, wenn sie es Tula hätte erklären wollen. »Siehst du«, sagte sie zu der Stille, die sie Tula nannte, »dort ist der Turm – die Türme, denn es gibt drei, und sie sehen alle gleich aus. So wie ein großer viereckiger Kuchen, sehr hoch, mit Schichten von Werkstätten und Lagerräumen zwischen Schichten von Schlafsälen. Oben drauf sitzt wie Zuckerguß das Dach mit den großen Behältern voller Wasser, das die Sonne erwärmt.« Weiter unten, in der Kuchenmitte, sagte sie, habe eine Maus Löcher genagt – ein großes senkrechtes Loch für den ›Fahrstuhl‹ (der schweren Lasten und Rollstühlen vorbehalten war, für Dottas ein Sperrgebiet). Es mußte natürlich eine wirklich große Maus sein, die ein Loch groß genug für den Fahrstuhl nagen konnte. Oder auch das Loch für die Haupttreppe, die sich wie ein Korkenzieher hindurchwand. Überall waren weitere Löcher, manchmal nur zwischen zwei oder drei Stockwerken. Manche waren nur für Leitern mit gutgewachsten schmalen Holzsprossen vorgesehen. Sie sorgten dafür, daß man sich innerhalb der Türme wie durch ein Labyrinth bewegen konnte. (Später sollte Lisbeï all diese Wege mit Unternehmungslust, aber auch ein bißchen Angst erforschen). Gänge teilten die Stockwerke in vier Abschnitte. Jeder Gang führte zu Glastüren, die sich zu den Außentreppen hin öffneten. Durch die ersten drei Stockwerke wanden sich diese Treppen als Spiralen oder Diagonalen aus fein gemeißeltem Stein, oben drüber vibrierten die leichten Holzstufen unter jedem Tritt. Bei ihren ersten Erkundungsgängen betrat Lisbeï sie mit äußerster Vorsicht. Schmale Stege verbanden die Türme im Süden, Osten und Westen, aber diese sorgfältig gewarteten Metallkonstruktionen wurden nur im Notfall benutzt, und Dottas durften sie auf keinen Fall betreten.

Es gab jede Menge Vorschriften darüber, wie man sich innerhalb der Türme zu bewegen hatte. Allein die Vorschriften für den Feueralarm nahmen eine ganze Seite in dem kostbaren Büchlein ein, das den neuen Dottas ausgehändigt wurde. Es enthielt auch einfache Lagepläne der Türme. Darüber hinaus gab es die ungeschriebenen Regeln. Und die wichtigste besagte auch hier: Stell nicht zu viele Fragen.

Von Anfang an war Lisbeïs Situation irgendwie eigenartig gewesen. Da sie nicht mit Meralda und den übrigen aus dem Hort entlassen worden war, hatte sie die kurze Einführungszeremonie und die anschließende Einweisung verpaßt. Trotzdem hatte man sie zusammen mit zwei ihr unbekannten Grünen einer ganz normalen ›Tutorin‹ zugeteilt. Man mußte alt sein, wenn man eine Tutorin sein wollte: zwölf. Lisbeïs Tutorin hieß Majda. Sie hatte kurze, rötlichblonde Zöpfe, grüne Augen und reichlich Sommersprossen.

»Ich bin eine echte Bethely«, sagte Majda lachend, aber offensichtlich stolz. Die Bemerkung verwirrte Lisbeï, bis sie entdeckte, daß Bethely nicht nur aus dem Turm, den Türmen, Werkstätten, Gärten, Obstplantagen, Feldern und Weiden bestand, sondern auch aus all den Leuten, die in den Türmen (und auf den ›Bauernhöfen‹ auf dem Lande) lebten. Bethely war der Name der ›FAMILIE‹, der Name der ›Erblinie‹.

»Dann bin ich also keine echte Bethely«, murmelte ganz enttäuscht die dunkelhaarige Arië, eine Dotta, die man ebenfalls Majda anvertraut hatte.

»Und was ist mit mir?« wollte die dritte Grüne wissen, ein schüchternes, flachshaariges Mädchen namens Lila, die wegen eines mißgebildeten Beins humpelte.

Lisbeï sagte nichts, aber dachte wehmütig an Tulas rotes Haar und makellose weiße Haut.

»Ihr seid trotzdem Bethelys«, sagte Majda. »Es hängt von den Genen ab, das ist ganz schön kompliziert. Ihr erfahrt das alles schon noch früh genug!« (Diese oft wiederholte Redewendung war ein Signal, keine weiteren Fragen zu stellen). Natürlich wandten sich daraufhin Lila und Arië Lisbeï mit ihrem schwarzen Haar und der braunen Haut zu. Sie waren verwirrt. War sie ein ›Adoptivkind‹? Eine jener Dottas, die die Familien untereinander austauschten? Nein, sagte die Tutorin, auch Lisbeï sei eine Bethely. Vielleicht sah ja ihre Mutter so ähnlich aus wie die von Majda, vielleicht war Lisbeï aber auch dem Mann nachgeraten.

Majda kannte die eigene Mutter? Sie wußte, in welchem Bauch sie gewachsen war? Lisbeïs Formulierung wurde mit Erstaunen und leichtem Spott aufgenommen. Aber klar doch! – Majdas Mutter hieß Maralie und arbeitete in der Schmiede.

Majda teilte ihr das mit einem Achselzucken mit. Es war ihr überhaupt nicht bewußt, daß sie Lisbeï in einen Abgrund der Ungewißheit gestürzt hatte. Die Erkenntnis, daß ein Kind seiner Mutter gar nicht ähneln mußte, war ja an sich schon schlimm genug! Was war denn dann noch dran an der Geschichte vom Apfel und dem Samen? Oder an der Geschichte, die Lisbeï so gern Tula erzählt hatte: Wenn sie erst groß genug waren, Samen auszutauschen, dann würden sie einander kleine Mostas schenken. Und jetzt mußte Lisbeï erfahren, daß ein Kind einem *Mann* nachgeraten konnte! Das war doch schlicht und einfach Unsinn.

Noch tagelang danach starrte Lisbeï unwillkürlich jede Rote an, die ihr begegnete, egal, ob im Gang, auf der Treppe oder im Gemeinschaftsraum des Turms (wie die Speisesäle diesseits der Mauer genannt wurden). In welchem Bauch war sie gewachsen? Lisbeï spürte, daß dies eine der unaussprechlichen Fragen war, nicht deshalb, weil sie die Antwort ›noch früh genug erfahren‹ würde, sondern weil sie nicht wichtig war. Aber wie war es möglich, daß sie *nicht* wichtig war? Waren die Anfänge denn nicht immer wichtig? Der erste Teil des Wortes Ellis war ja nichts anderes als eine lange Beschreibung des allerersten Anfangs!

Als Lisbeï, mindestens schon zum zehnten Mal, fast die Treppe hinuntergefallen wäre, weil sie wieder einmal nach einer potentiellen Mutter Ausschau hielt, fragte Majda sie wütend, was, um alles in der Welt, denn eigentlich mit ihr los sei. Lisbeï, von dem plötzlichen Gebrüll an ihrem Ohr immer noch ganz erschrocken, murmelte, sie wolle sehen, ob sie ihre Mutter finden könne. Lila und Arië brachen in lautes Gekicher aus. Lisbeï war verletzt und wollte den Rückzug antreten: »Die Vorschriften besagen doch, daß wir alle Roten und Blauen ›Mütter‹ nennen sollen, deshalb habe ich ...«

Majda seufzte. »Das ist doch nur förmlich und höflich gemeint, Lisbeï.« Sie sah sehr nach einer Hüterin aus, herablassend und resigniert. »In bestimmter Hinsicht sind alle Dottas innerhalb einer Familie die Kinder aller Roten und Blauen. Deshalb heißen sie ja auch Dottas. Nicht ›Mädchen‹, also zukünftige Frauen, sondern ›Dotta‹, abgeleitet von Tochter, weil sie ja von einer Mutter abstammen. Deshalb nennen wir die Capta von Bethely ja auch ›Mutter‹.«

MUTTER in Großbuchstaben, Lisbeï konnte Majdas Respekt spüren.

Es gab also eine Capta, die wichtiger war als die Captas auf jedem Stockwerk. Eine Capta, die auch über den Küchen-Captas oder den Garten-Captas stand. *Die* Capta von ganz Bethely. Sie lebte auf derselben Etage wie Majda und ihre drei Schützlinge und hieß ›Selva‹, aber die Leute nannten sie stets ›Mutter‹. Wenn man etwas wirklich Schlimmes angestellt hatte, mußte man bei ihr antanzen, und das war eine sehr, sehr ernste Angelegenheit. Wie bestrafte sie die Leute? Majda lachte und antwortete, sie selbst habe nie bei der Mutter antanzen müssen, aber (sie senkte ihre Stimme, und ihre drei Schützlinge rückten unwillkürlich näher) es gehe das Gerücht, daß Selva einmal eine Frau aus Bethely verbannt habe. Diese Frau habe sich auf einen Kampf eingelassen und jemand anderen verletzt. Selva habe sie gezwungen fortzugehen, zu den *Abtrünnigen* in der *Schlimmen Zone*.

Wie üblich, erklärte Majda diese Ausdrücke nicht weiter. Sie reihten sich ein in die vielen Rätsel, die jeder Tag mit sich brachte – Rätsel wie Kieselsteine am Rande eines Weges, der weder Anfang noch Ende zu haben schien. Manchmal verzweifelte Lisbeï angesichts all der Dinge, die sie noch nicht kannte und doch hätte kennen müssen. Bei anderen Gelegenheiten, wenn ein Tag gut, weil voller Offenbarungen gewesen war, hatte sie das Gefühl, sie müsse nur zuhören, beobachten und abwarten – drei Gebote, die ihnen die Tutorinnen unablässig einbleuten und die von der ganzen Atmosphäre des Turmes noch verstärkt wurden, wie Lisbeï, feinfühlig wie sie war, spürte. Früher oder später würde Majda unabsichtlich eine Antwort auf die einzige Frage fallenlassen, die Lisbeï klar formulieren konnte. Die eine Frage, die sie nicht auszusprechen wagte: Wie gelangte man zum Hort? Denn einen Hort hatte sie von einem der oberen Stockwerke aus gesehen. Seine weiß-ockerfarbene Spirale ragte mitten aus dem großen Garten mit der hohen, torlosen Mauer. Aber war das wirklich ihr Hort? Tulas und Lisbeïs Hort? Und wie gelangte man hinein? Lisbeï war im Schlaf aus dem Hort getragen worden, gleich nachdem Antonë erklärt hatte, sie habe das Koma der *Schlimmen Krankheit* überstanden. Aufgewacht war sie in der Krankenstation des Westturms. Sie hatte keine blasse Ahnung, wie sie dort hingekommen war.

Eine weitere Ungewißheit nagte an ihr: Was hatte Antonë Tula erzählt? Wußte Tula, daß sie nicht mehr im Hort war? Oder wußte sie nur, daß Lisbeï nach der *Schlimmen Krankheit* wieder aufgewacht war? Was hatte Tula in dem einen, was im anderen Fall gedacht? Noch wichtiger: Was hatte sie vor, abenteuerlustig wie sie war?

Dennoch konnte Lisbeï sich nicht ewig mit diesen Fragen herumschlagen. Das Leben in dieser neuen Welt war viel zu abwechslungsreich und zu anstrengend. Es verlangte ein bißchen – nein, höchste! – Aufmerksamkeit. Lisbeïs Kopf war mit all den neuen Dingen so vollgestopft, daß sie kaum noch Platz für ihre eigenen Sorgen hatte. Im Rückblick erschienen ihr jene ersten Tage im Westturm als einziger Wirbel. Merkwürdigerweise ließ das Schwindelgefühl an jenem Tag nach, als Majda die drei Dottas auf den großen Innenhof mit hinausnahm. Es war warm und sonnig draußen. Sie standen dort, hatten die Köpfe in den Nacken zurückgelegt und schauten zu den Türmen mit ihren dreißig Stockwerken empor. Die Türme waren hoch, so hoch, daß sich ihre Spitzen in den kleinen Wolken verloren … sie würden einstürzen, sie stürzten schon ein! Arië mußte sich übergeben. Majda war das überaus peinlich, weil andere Tutorinnen zur Stelle waren und die gräßliche Szene mitbekamen. Lisbeï, die selbst mit einem Schwindelgefühl zu kämpfen hatte, war in Gedanken im Hort gewesen. Sie hatte über den Mond dort nachgedacht. Es hatte damals so ausgesehen, als rase er durch die Wolken, obwohl er sich doch eigentlich überhaupt nicht schnell bewegt hatte.

Und plötzlich, genau in dem Moment, als das Schwindelgefühl nachließ, entdeckte sie ihre Zauberformel: ›wie im Hort‹. Aber ja, natürlich! Draußen war es genau so wie im Hort. Ein größerer Hof, viel mehr Stockwerke, viel mehr Menschen – viele, viele Menschen, alle gleichzeitig da, immer und überall, blaue Kittel, rote Kittel, grüne Kittel, alte Leute, junge Leute, die einander grüßten oder stumm aneinander vorbeigingen, Türen öffneten und schlossen, mit leeren Händen oder schwerbeladen mit allen möglichen Dingen, und alle schienen sie genau zu wissen, wo sie waren, wo sie hingingen oder was sie tun mußten. Genau wie im Hort, dies war nur eine größere Version des Hortes, das war alles, so wie ja auch das Erdgeschoß größer als das Stockwerk oben drüber gewesen war, und das obere Stockwerk größer als die Säuglingskrippe. Lisbeï merkte, wie sie augenblicklich wieder in den vertrauten Gedankengang des ›Größer-Kleiner-Spiels‹ glitt: Noch größer war es jenseits der Hügel und grünen Weiden, die Bethelys drei Türme umgaben. Und jenseits davon war es vielleicht noch größer. Aber dieser Gedanke machte sie noch mehr schwindeln als die Vorstellung von einstürzenden Türmen, und sie dachte schnell an etwas anderes.

Wie im Hort. Die Zauberformel hatte sie selbst dann parat, wenn es eigentlich gar nicht wichtig war. Sie wurde ihr Prüfstein, ihre Zuflucht, ihr Kompaß – Beschwörungsworte, die sie überall mitschleppte, bis dahin, daß sie sich eines Tages vergaß und die Worte laut aussprach.

Majda starrte sie verwundert an. Wie konnte sie die Weberei mit den Horten vergleichen?

Lisbeï, die vom Westturm aus nur einen einzigen Hort gesehen hatte, stürzte sich auf diesen Informationsfetzen. Es gab also mehrere Horte?

Natürlich, in jedem Turm einen.

»Und wie kommt man dorthin?« hakte Lisbeï nach und schlug jede Vorsicht in den Wind.

»Dort *kommt* man nicht hin!«

Majda war schockiert. Ihre Reaktion hätte Lisbeï warnen sollen, aber jetzt, so nahe am Ziel, gab es kein Zurück! »Ja, aber wie kommt man dann aus den Horten *heraus?*«

»Durch die Keller natürlich!« Lisbeïs Sturheit hatte Majda inzwischen deutlich aus der Fassung gebracht.

»Dottas dürfen nicht in die Turmkeller«, fügte sie hinzu.

Keller – natürlich! Sperrgebiet. Nicht einmal in den Lageplänen ausgewiesen. Zu den Horten kam man durch die *Keller!* Deshalb hatte die Mauer kein Tor. Lisbeï verbarg ihren Triumph und erledigte die Aufgaben des Tages in einer Wolke von Euphorie. Jetzt mußte sie nur noch wissen, *welcher* Hort es war. Wenn sie nach ihrer Krankheit in den Westturm gebracht worden war, dann mußte Tula im Hort des Westturms sein, oder nicht? Tatsächlich bestätigte der Sonnenstand ihre Vermutung. Nachdem ihr Ziel jetzt klar war, mußte Lisbeï nur noch den Weg dorthin finden. Wie im Hort schliefen nachts die meisten Leute im Turm, obwohl auf den Gängen auch noch Stimmen zu hören waren, wenn die große Uhr im Südturm längst zehnmal geschlagen hatte. (Es waren diese dumpfen, regelmäßigen Schwingungen gewesen, die sie nachts im Hort gehört hatte). Arië, mit der sie das Zimmer 24-O-3 teilte, hatte einen bemerkenswert tiefen Schlaf. Man mußte sie morgens schütteln, damit sie überhaupt wach wurde. Es war genau wie im Hort: Sie mußte nur im Dunkeln wachbleiben, eine Tür öffnen, durch die verlassenen Gänge und über die Treppen schleichen…

Und hier kommen Mooreï und Antonë ins Spiel. Sehr müde und sehr spät kehren sie von der Säuglingskrankenstation des Westhorts zurück. Wieder einmal wird eine Mosta den Sonnenaufgang nicht mehr erleben. Mooreï und Antonë steigen die Treppe aus dem verbotenen Keller hoch, dieselbe Treppe, die Lisbeï gerade auf Zehenspitzen hinunterschleicht.

Kapitel 6

Antonë an Linta

Bethely ... wann? Im Monat Ellis?
Jedenfalls im Jahr 480.

Meine ferne Geliebte!
Endlich ein Brief von dir – ein wunderbares Geschenk zum neuen Jahr. Sein Wert für mich steht in keinem Verhältnis zu seinem Umfang. Vergib mir diesen (milden) Tadel, meine Süße, aber du mußt zugeben, daß du mich in den letzten Monaten mit Briefen nicht gerade verwöhnt hast. Ich weiß, wie sehr dich Schwangerschaft und Baby beschäftigen müssen. Trotzdem hoffe ich, daß du nicht allzu erschöpft bist. Du schreibst nicht viel darüber, wie es dir überhaupt geht. Natürlich ist es interessant und amüsant zu erfahren, wer in der Familie kommt und geht, aber ich möchte vor allem wissen, wie die Dinge bei dir stehen.

Und hier? Es gibt viel zu erzählen. Selva ist wieder schwanger, nachdem sie ja in der Augusta eine Fehlgeburt hatte. (Sozusagen ›normal‹: ein Fötus ohne Gehirn).

Und ja (falls du fragen solltest), ich will immer noch bei der Geburt dieses Babies dabeisein. Der Junge, der auf Tula folgte, wurde totgeboren. Ich möchte wissen, ob dieses neue Kind (Mädchen oder Junge, das kann man nie wissen, trotz aller Statistiken) dieselben Eigenschaften wie die anderen beiden hat. Mach dir keine Sorgen. Ich bleib bestimmt nicht hier und warte ab, bis sie oder er die Schlimme Krankheit *bekommt! Ich bleib höchstens noch sieben weitere Monate, wenn bei dieser Schwangerschaft alles normal verläuft.*

Es sind die abgelegenen Gemeinden, wo wirklich etwas passiert. Endlich habe ich Zugang zu den Termilli-Archiven. Mooreï hat sich mit der ihr eigenen Überredungskunst für mich verwendet. Jetzt, da ich die Familien in der Nachbarschaft ein bißchen besser kenne, merke ich erst, wie vergleichsweise ›fortschrittlich‹ Bethely doch ist. Daß sie gegenüber den nicht tot zu kriegenden Gläubigen und den vorsintflutlichen Judditen in der Umgebung die Oberhand behalten haben, liegt bestimmt nicht nur an Bethelys historischer und religiöser Bedeutung. Generationen von Müttern müssen wohl auch fähige Politikerinnen gewesen sein. Die frühere Mutter war Cemmelia, Mooreïs ältere Schwester und Selvas Genitrix. Cemmelia war eine Frau, deren Wort etwas galt, soweit man danach urteilen kann, was in den Türmen heute noch erzählt wird. In ihren Ansichten muß sie den verstocktesten Judditen ziemlich nahegestanden haben. Selvas Kindheit und Jugend waren bestimmt kein Zuckerschlecken.

Um jedoch auf Termilli zurückzukommen: Bei gleichen Voraussetzungen kam ich zu denselben Ergebnissen wie in Bethely. Bis jetzt ist noch nichts aufgetaucht, was meine Grundannahme hätte widerlegen können. Bestimmte Entwicklungen hier in Bethely scheinen sie sogar noch zu untermauern. Erinnerst du dich noch an Lisbeï, Selvas Erstgeborene? Selvas ältestes noch lebendes Kind wird wahrscheinlich die nächste Mutter sein. Genau wie wir bekam sie die Schlimme Krankheit *erst ziemlich spät. Soweit ich es beurteilen kann, hat sich ihre – also gut, nennen wir es ›Fähigkeit‹, obwohl mir diese Euphemismen inzwischen wirklich schon zum Hals heraushängen – Fähigkeit nach überstandener Krankheit sogar noch stärker ausgeprägt. Bei ihrer jüngeren Schwester war es genauso. Sie wußte sogar, daß Lisbeï krank war, obwohl sie gar nicht mehr auf demselben Stockwerk des Hortes lebten und sich viele Monate gar nicht gesehen hatten. Interessant, nicht wahr?*

Selva ist immer noch dabei, der Tradition leichte Schläge zu versetzen. Diskret, aber entschlossen. Sie ließ Lisbeï, gleich nachdem sie in der letzten Novemra von der Schlimmen Krankheit *genesen war, weit vor ihrem siebten Geburtstag aus dem Hort holen. Dahinter steckte die Überlegung, die sie von mir übernommen hatte: »Jetzt wird sie nie mehr krank werden.« Zumindest habe ich sie davon überzeugt. Nach dem, was Mooreï mir erzählt hat, hängt das irgendwie auch mit Tulas Reaktion auf Lisbeïs Krankheit beziehungsweise Lisbeïs Reaktion auf Tulas*

Krankheit zusammen. Als Selva von Lisbeïs Eskapade während Tulas Krankheit erfuhr, beschloß sie, darüber hinwegzusehen. Allerdings hat sie jetzt vor, die beiden so schnell wie möglich voneinander zu trennen. Ich habe die Sache Mooreï oder Selva gegenüber nie erwähnt. Trotzdem werde ich das Gefühl nicht los, daß Mooreï irgend etwas ahnt und Selva etwas weiß. *Aber ich stehe Selva noch nicht nahe genug, als daß ich das Thema von mir aus anschneiden könnte. Sie gehört ja nicht gerade zu den Menschen, zu denen man leicht Zugang findet …*

Kapitel 7

Lisbeï hätte Selva lieben können, wenn Selva das zugelassen hätte. Aber Selva hatte andere Dinge im Kopf. Jahrelang hatte sie viel dafür geopfert, ihrer Position als Capta von Bethely gerecht zu werden. Irgendwelche Zweifel konnte sie sich ihrer Meinung nach nicht unbedingt leisten.

Selva hatte die Regeln der Tradition ihrer Erstgeborenen zuliebe schon sehr großzügig gehandhabt. Daß sie Lisbeï zur künftigen Mutter bestimmt hatte, noch ehe das Kind überhaupt seine Eignung für dieses hohe Amt bewiesen hatte, war ein erneuter Affront gegen die Tradition. Eigentlich hätte Selva auch viel lieber schon früher mit Lisbeïs Unterweisung begonnen, aber dazu fehlte ihr denn doch der Mut. Die Ausbildung zur Capta erst mit sieben anzufangen, erschien ihr als viel zu spät. Aber Bethelys tief verwurzelte Hort-Tradition ließ sich nicht so leicht über den Haufen werfen: Die kleinen Mostas, die ›Fast-Menschen‹, waren in die geschlossene Welt der Horte verbannt. (Der Ausdruck ›Mostas‹ war ja auch aus dem Wort *almost = fast* des Alten Frangleï abgeleitet). Nur die Dottas waren richtige Menschen, ›Töchter‹ (eigentlich eher *Nachkommen*, und nicht unbedingt weibliche), die das Kap des verflixten siebten Lebensjahrs umschifft und die Kinderkrankheiten – manchmal sogar die *Schlimme Krankheit* – überstanden hatten. Nur sie hatten den rechtmäßigen Zutritt zur Welt der Erwachsenen erlangt und durften nun alles über ihre Erblinien erfahren. An ihrem achten Geburtstag wurden den Dottas die Zeichen der jeweiligen beiden Erblinien eintätowiert, ein Zeichen auf jeder Schulter. Dies System war doch menschlicher, oder etwa nicht? Menschlicher für alle Beteiligten. Die Mostas lebten friedlich im Limbo der Horte. Furcht vor dem Tod kannten sie nicht – das Wort Tod existierte ja gar nicht für sie –, weil auch die Hüterinnen keine Furcht vor dem Tod hatten und nicht einmal weinten, wenn eine kleine Mosta zu Elli heimkehren mußte.

Ebensowenig trauerten die Genitrixes um Kinder, die sie ja gar nicht kannten. Sie hatten diese Kinder nicht gestillt und nur ein einziges Mal in den Armen gehalten, bei der offiziellen Anmeldung, gleich darauf wurden die Kinder formell den Ammen übergeben. Ihre eigenen Babies sahen sie nie wieder – Lage und Arbeitsplan der Capterie schoben von vornherein einen Riegel davor –, aber sie stillten andere. Wenn sich eine Rote um Kinder kümmern wollte, konnte sie sich als Hüterin einteilen lassen. Normalerweise wurde sie einem Hort zugewiesen, in dem keines ihrer eigenen Kinder untergebracht war. Denn warum sollte man das Risiko eingehen, daß sich engere Bande zwischen Mutter und Kind entwickelten, jede Krankheit des Kindes Kummer mit sich brachte und jeder Todesfall zur Tragödie wurde? So viele kleine Mostas starben. Das wußte jede Rote ganz genau: Von den acht oder neun Babies, die während der normalerweise sechzehn Jahre währenden Phase der Fruchtbarkeit auf die Welt kamen, überlebten im Schnitt nur drei. Die Zahlen logen nicht. Es war besser, die Kinder den Horten anzuvertrauen und zu warten, bis sie herauskamen – wenn sie denn herauskamen. Später lief man ihnen vielleicht zufällig über den Weg, das hing von der Lage der Stockwerke und den Zufälligkeiten der Arbeitszuteilung ab (man *suchte* nicht nach seinen Kindern, das war schlicht verpönt). Wenn sich bei dieser Gelegenheit Zuneigung entwickelte, dann entsprang sie, anders als in den Familien der Fortschrittlerinnen, nicht Familienbanden, sondern war eine bewußte gegenseitige Wahl.

Aber das galt natürlich nicht für die Kinder der Capta. Nicht für die Erstgeborene. Die zukünftige Mutter von Bethely war ein besonderer Fall.

Selva hatte ihre Mutter lieben wollen, aber Cemmelia hatte das nicht zugelassen. Cemmelia hatte sich andere Prioritäten gesetzt. Jahrelang hatte sie viel für ihre Stellung als Capta von Bethely geopfert. Irgendwelche Zweifel konnte sie sich, wie sie genau wußte, auf keinen Fall leisten.

Nachdem Antonë sie in ihr Zimmer zurückgebracht hatte, war Lisbeï zuerst furchtbar erschrocken gewesen. Dann begann sie darüber nachzudenken, was passiert war. Mooreï hatte überhaupt keine Fragen gestellt. War das nun ein schlechtes oder ein gutes Zeichen? Mooreï hatte allerdings gar nicht wütend gewirkt, nur müde und sehr traurig. Auch Antonë hatte Lisbeï nichts gefragt. Sie hatte sich auf die Treppe gesetzt und erklärt, warum die Horte Horte waren. Antonë hatte wütend gewirkt, aber Lisbeï hatte gespürt, daß diese Wut eigentlich gar nicht ihr galt. Vielleicht war ihr Verstoß gegen die Regeln doch nicht so schlimm. Die Dottas durften die Kellerräume nicht betreten, aber sie hatten ja auch nicht nachts im Hort herumgeistern dürfen. Und sie war damals, als sie Tula hatte finden wollen, ja auch nicht bestraft worden.

Lisbeï hatte es schon fast geschafft, sich selbst zu trösten, als sie nach dem Frühstück von einer ihr unbekannten Blauen abgeholt wurde. Als sie die Treppe emporstiegen, nahm Lisbeï ihren ganzen Mut zusammen und fragte, wohin sie gingen. Die Blaue warf ihr einen strengen Blick über die Schulter zu. »Zur Mutter.«

Lisbeïs Herz schlug weiter. Lisbeïs Beine bewegten sich weiter und trugen sie die Stufen empor. Lisbeïs Kopf wurde nach dem ersten Anflug von Panik plötzlich ganz ruhig, das überraschte sie selbst. Jetzt war das Schlimmste eingetreten. Sie mußte bei der Mutter antanzen. Sie war verloren. Was konnte ihr Schlimmeres passieren? Unwillkürlich malte sie sich ganz ruhig die Begegnung mit der schrecklichen Capta von Bethely aus. Es geschah fast ohne ihr Zutun: Irgend jemand in ihrem Kopf hatte die Kontrolle übernommen und erfand Geschichten, besser gesagt: verschiedene Variationen ein und derselben Geschichte. Und sie handelte davon, was alles passieren konnte. Natürlich kam das einem Exorzismus gleich, aber es war gleichzeitig eine Art Übung und Vorbereitung (wie sie erst später merken und nie mehr vergessen sollte).

Die möglichen Geschichten traten in einer Reihe von Versionen auf. In einer Version gab Lisbeï zu, daß die Kellergeschosse unzulässigerweise ihre Neugier geweckt hatten. In einigen Fassungen dieser Geschichte bestrafte Selva sie streng, in anderen gar nicht. Aber Tulas Name fiel nicht. Ebensowenig wurde erwähnt, warum Lisbeï sich in die Kellerräume aufgemacht hatte. Mooreï und Antonë hatten dichtgehalten.

In einer anderen, schlimmeren Version wußte die Capta alles. Die Erzählerin in Lisbeïs Kopf konnte es drehen und wenden, wie sie wollte, ein glücklicher Ausgang war bei dieser Geschichte nicht denkbar.

Immer wurde ihr Tula weggenommen, sie durfte sie niemals wiedersehen oder erst in so ferner Zukunft, daß es kaum noch eine Rolle spielte.

An diesem Punkt gingen die Phantasie der Erzählerin und Lisbeïs relativ gelassener Gemütszustand in einer Welle furchtbarer Verzweiflung unter, auf die Schmerz und schließlich Zorn folgten. Die Capta hatte also schon einmal jemanden in die *Schlimme Zone* verbannt? In Ordnung, Lisbeï würde in die *Schlimme Zone fliehen*. Und dann würde sie zurückkommen und Tula holen!

Ach ja, wirklich? Wie das?, hakte die Erzählerin stur und unbeirrbar nach. Lag da nicht eine gewisse Häme in dieser Stimme? Lisbeïs Wut verdoppelte sich. Lieber der Wut freien Lauf lassen, als dem Kummer nachgeben. Wie konnte sie all das bewerkstelligen? Also gut! Also ... sie wußte nicht einmal, wo die *Schlimme Zone* lag. Während Lisbeï in einem Morast aus Zorn und totaler Hilflosigkeit versank, öffnete sich die Tür zur Capta und eine feste, klare Stimme befahl ihr einzutreten.

Das Büro lag am Eingang zur Bibliothek im vierten Stock und war ein kleiner, dunkel getäfelter Raum. Durch ein großes Milchglasfenster drang schummriges Licht. Neben dem Fenster stand ein blankpolierter Holztisch, der als Schreibtisch diente, wie wohlgeordnete Stöße von Papier und Notizheften verrieten. Auf beiden Seiten des Tisches standen leere Stühle bereit. Das weitere Mobiliar beschränkte sich auf ein Lesepult und einen kleinen Hocker im Halblicht am anderen Ende des Raums. Auf dem Lesepult lag ein riesiges Buch.

Lisbeï erfaßte das alles mit einem Blick. Gleichzeitig spürte sie hinter sich die Gegenwart der Capta, die jetzt die Tür schloß.

Sie spürte die Gegenwart in ihrem Rücken, spürte, wie sie näher kam und um sie herumging.

Sie spürte die Gegenwart.

Das Licht, die Wärme, den Widerhall!

Aber nicht so wie bei Tula. Kein wirkliches Echo, das ihr antwortete.

Die Capta von Bethely ging rasch zu ihrem Schreibtisch und nahm dort mit verschränkten Armen Platz. Sie war eine Rote, klar. Sie wirkte ziemlich jung, jünger als Mooreï, aber nicht so jung wie Antonë (Lisbeï konnte inzwischen Lebensalter einschätzen und vergleichen). Zwei feste, dicke Zöpfe kastanienbraunen Haars waren um ihren Kopf gelegt. Kurze Haarsträhnen hatten sich aus der Frisur gelöst und umgaben sie im Gegenlicht wie ein Heiligenschein. Ihre Augen waren fest auf Lisbeï gerichtet – grüne Augen, vielleicht aber auch graue oder blaue, die aus einem sehr weißen Gesicht leuchteten.

Lisbeï, die eine Stunde lang geübt hatte, wie sie die Capta von Bethely anlügen konnte, platzte heraus: »Bist du Tulas Mutter?« Dann senkte sie mit glühenden Wangen den Kopf und wäre am liebsten in den Erdboden versunken.

Schweigen, dann ein Seufzer. Lisbeï hob den Kopf. Noch immer starrte die Capta von Bethely sie an. »Ja«, sagte sie schließlich. Sie wirkte nicht wütend. »Ich bin Tulas Mutter.«

Sie faltete die Hände auf der blanken Tischfläche und beugte sich ein wenig näher zu Lisbeï herüber. »Du bist in der Juna geboren, Lisbeï. Weißt du, wie alt du bist?«

Ehe Lisbeï wußte, wie ihr geschah, antwortete die Capta an ihrer Stelle: »Jetzt haben wir den Monat Ellis. Du bist noch nicht einmal sieben, Lisbeï. Noch lange nicht. Du müßtest eigentlich noch im Hort sein. Ich habe für dich eine Ausnahme gemacht. Weißt du, warum?«

Verstört wie sie war, konnte Lisbeï nur zaghaft den Kopf schütteln.

»Weil du die künftige Mutter von Bethely bist. Die künftige Mutter von Bethely ist eine wichtige Person. Wußtest du das? Sie muß viele Dinge lernen, damit sie eine gute Capta wird. Du wirst eine Menge lernen müssen. Diese Dinge lernt man nicht im Hort.«

So hätte das nicht laufen sollen. Von den Worten der Capta ebenso eingeschüchtert wie gebannt, hielt sich Lisbeï an einem der Sätze fest, die sie sich zurechtgelegt hatte: »Tula hat auch schon die *Schlimme Krankheit* gehabt. Sie könnte jetzt doch aus dem Hort raus. Sie kann nichts dafür.«

Diese letzte Bemerkung war eigentlich für einen späteren Zeitpunkt gedacht gewesen, aber sie war ihr einfach so herausgerutscht. Jetzt mußte sie es auch zu Ende bringen: »Du darfst sie nicht bestrafen. Sie kann nichts dafür. Es war meine Idee.«

»Ich weiß«, sagte die Capta von Bethely. Natürlich wußte sie es. »Aber du sollst nicht mehr an Tula denken. Tula ist nicht die künftige Mutter von Bethely. Sie muß sieben sein, ehe sie herauskommt. So ist es nun einmal in Bethely. Wenn wir zu viele Ausnahmen zulassen, sind es ja keine Ausnahmen mehr, nicht wahr? Jedenfalls bist du jetzt groß, du bist eine Dotta. Du wirst ganz andere Dinge zu tun haben, als nur über Tula nachzudenken.«

Es lag etwas so schrecklich Endgültiges in der Gelassenheit der Mutter, in diesem Fehlen jeglichen Zorns, in dieser bleiernen Sicherheit, die ihr Licht verdunkelte, daß Lisbeï plötzlich in Tränen ausbrach. Von Kummer überwältigt, aber gleichzeitig wütend versuchte sie, ihre Tränen zu unterdrücken: Sie hatte nicht weinen wollen, nicht hier und nicht jetzt! Aber die Tränen hatten ihren eigenen Willen, kamen aus tiefster Brust, so daß die heftigen, schmerzhaften Schluchzer sie fast zerrissen. Warum hatten sie ihr Tula dann überhaupt geschenkt? Sie hätten ihr Tula nie schenken dürfen!

Daß sie geschrien hatte, wurde ihr erst bewußt, als die Mutter wieder sprach. Diesmal lag ein leichter Anflug von Ungeduld in ihrer Stimme: »Hör mir zu, Lisbeï. Ich bin die Capta von Bethely und Tulas Mutter, aber auch ich werde sie nicht sehen, bis sie aus dem Hort entlassen wird. Ich muß warten, genau wie du. Ich bin die Mutter von Bethely, und wenn du erst eine Rote bist, wirst du meine Stelle als Mutter von Bethely einnehmen. Die Mutter von Bethely ist die Mutter von allen Menschen in Bethely, nicht nur von einigen. Und sie herrscht nur deshalb in Bethely, weil sie dem Gesetz so wie alle anderen gehorcht.«

Warum hast du mich dann von der Regel ausgenommen?, hätte Lisbeï gern gefragt, aber sie sagte nichts. Die Mutter war aufgestanden und zu ihr hinübergegangen, jetzt hockte sie sich vor Lisbeï auf die Fersen und griff nach ihren Händen. Und da war es wieder – das Licht und die Wärme, und ganz besonders spürte sie diesmal den Widerhall, das Echo, ja, sie konnte ganz kurz den Kummer der Mutter spüren. Einen gewaltigen, vielschichtigen Kummer. Viel zu komplex und zu tief, als daß eine kleine, nicht einmal siebenjährige Dotta ihn hätte begreifen können. Sie spürte ihren Kummer – und ihr Mitleid.

Und dann das Zurückschrecken (vor Abscheu?), den plötzlichen Ausbruch von Aggression. So als schlage eine Tür zu. Ganz kurz spürte Lisbeï überhaupt nichts mehr, als sei niemand mehr da.

Aber die Capta war da. Sie ließ Lisbeïs Hände fallen, stand auf und verschränkte die Arme. Sie fixierte etwas irgendwo oberhalb von Lisbeïs Kopf. Ihre Aura hatte sich verändert: Statt Emotionen war da nur noch diese kalte, harte Barriere. Ablehnung.

Die Capta von Bethely ging hinüber zum Lesepult und bedeutete Lisbeï gebieterisch, ihr zu folgen. Eine Hand legte sie auf das große Buch. »Du wirst jeden Morgen um zehn Uhr hier erscheinen, Lisbeï. Du kannst doch lesen? Wir fangen mit der Geschichte von Bethely an. Hast du das verstanden?«

Lisbeï nickte stumm.

»Setz dich.«

Lisbeï ging und setzte sich vor den Schreibtisch.

Die Capta öffnete die Tür, und eine alte Blaue trat ein. Sie trug ein Tablett voller seltsamer Gegenstände. Einen nach dem anderen legte sie auf den Schreibtisch: kleine Phiolen, Dinge, die wie Federhalter aussahen, und weißes Verbandsmaterial. Die alte Blaue befahl Lisbeï, ihren Kittel aufzuknöpfen und die Schultern freizumachen.

Lisbeï gehorchte.

»Es wird nicht weh tun«, murmelte die alte Blaue.

»Lisbeï von Bethely-Callenbasch, unsere Tochter und unsere Schwester in Elli«, sagte die Capta mit kalter Stimme, ohne Lisbeï anzusehen. »Willkommen in unserer Mitte.«

Als Lisbeï das Büro der Capta verließ, trug sie die Zeichen ihrer Erblinien: das blaue Dreieck mit den gelben Wellenlinien, das für Bethely stand, und die zwei kleinen schwarzen Sterne, einer unter dem anderen, in einem roten Viereck, das Zeichen für Callenbasch. Entweder hatte die alte Blaue gelogen oder vergessen, wie es war: Es tat weh. Aber weder ein Schrei noch ein Stöhnen war Lisbeï über die Lippen gekommen. Sie hatte die ganze Zeit vor sich hin gestarrt. Die Capta hatte während der Tätowier-Prozedur mit verschränkten Armen vor ihr gestanden. Lisbeï hatte auf den Bauch der Capta gestarrt, der unter den Falten des langen roten Kleides verborgen war. Auf den Bauch, in dem Tula gewachsen war.

Erst viel später kam ihr eines zu Bewußtsein: Während dieser ersten Begegnung hatte Selva kein einziges Mal erwähnt, daß sie auch Lisbeïs Mutter war.

Lisbeï hätte Selva lieben können. Statt dessen mußte sie sich jahrelang mit einem wirren Gefühlsmischmasch abfinden, in dem Respekt, Bewunderung und Haß einander ablösten.

Das Buch von Bethely war sehr groß und dick. Es war in gelblichbraunes Leder gebunden und trug den goldenen Stempel von Bethely auf Deckel und Rücken. Die Seiten waren steif, man durfte sie nur langsam, vorsichtig und mit Ehrfurcht umblättern. Der Geruch, der dabei freigesetzt wurde, war für Lisbeï bald der Inbegriff von Geschichte und Wissen überhaupt: der Duft von Leder, Tinte, Papier, Leim und inbesondere der von Zwiebelhaut, denn daraus bestanden die dünnen, raschelnden Schutzseiten für die Bilder. Ab und zu tauchten auch Druckseiten auf. Darauf waren sehr alte Zeichnungen zu sehen, manche wirkten ziemlich seltsam. Außerdem waren da alte Stiche. Und wenn man weiterblätterte, stieß man auf eine andere Art Bilder, unscharfe und vergilbte Bilder auf dicker Pappe zwischen zwei zusammengeklebten Seiten, aus denen man ein Rechteck herausgeschnitten hatte. Die folgenden Pappseiten waren nicht mehr so dick und die Bilder schärfer in ihrem Kontrast von Ocker- und Brauntönen: *Fotografien* (bei diesem Wort hatte Lisbeï lange Zeit Schwierigkeiten mit dem Buchstabieren). Sie waren exakte Reproduktionen von Geschichte, ein Stück Raum und Zeit, das man wunderbarerweise beidem hatte entreißen können. Jedenfalls dachte Lisbeï das am Anfang.

Die erste Unterweisung dauerte lange. Selva hatte Lisbeï auf den Arm genommen und auf den Hocker vor dem Lesepult gehoben (das Licht war da, aber allzu schwach, weit entfernt und verboten). Selva begann die Seiten umzublättern und erzählte dabei die Geschichte von Bethely. Alle Zeichnungen, Stiche und Fotografien zeigten dasselbe: die Türme, zuerst schwer zu erkennen, weiter hinten im Buch aber ganz vertraut. Die Ruinen rund um die Türme verschwanden bald, wurden zu Feldern und zu allmählich wachsenden Bäumen. Pfade verwandelten sich in Wege, dann in Straßen. Ein Dreieck aus Palisadenzäunen schoß samt Rundwegen und Türmchen aus dem Boden und wurde wieder abgerissen. Die Erdwälle, auf denen die Palisaden gestanden hatten, verbreiterten sich zu einem Hügel. Neue Palisaden tauchten auf und verschwanden so schnell, wie sie gekommen waren. Inzwischen bedeckte Gras die alte Schanze, Tiere nutzten sie als Weideplatz – die braunen Punkte waren Kälber, die goldgelben Schafe. Jetzt war es der vertraute Rundhügel mit dem flachen Gipfel, an dem sich hier und da Wege entlangschlängelten. Unterhalb des Hügels dehnten sich Gärten und Obsthaine in konzentrischen Kreisen aus. Die überdachten Säuleneingänge rings um jeden Turm waren erst kürzlich hinzugekommen, auf den ersten Fotos waren sie nicht zu sehen gewesen. Anders als die drei Fußgängerbrücken, die alle drei Türme miteinander verbanden. Sie waren alt und schon auf den Zeichnungen abgebildet gewesen.

Eine Seite, zehn, zwanzig Seiten: zwanzig, einhundert, einhundertundfünfzig Jahre übersetzte Selva. Genau wie ein Kalender, dachte Lisbeï plötzlich. Die Seiten wurden weitergeblättert: Hier wurde der Innenhof renoviert, dort wuchsen die Eingangssäulen Stück für Stück rund um den Fuß der Türme, und die Außentreppen vernetzten sich wie Spinnenweben … Jetzt sah es wie Bethely aus. Das war vor 368 Jahren, zur Zeit Alicias, der ersten Capta von Bethely.

Selva hätte Lisbeïs erste Unterweisung auch ganz anders gestalten oder ein anderes Geschichtsbuch benutzen können. Aber sie wußte, was sie tat. Schon ihre Mutter hatte es so gemacht.

Geschichte, überlegte Lisbeï an diesem Abend im Bett, als sie den Tag an sich vorüberziehen ließ, Geschichte war wie *Geschichten*. Wie die Geschichten war auch die Geschichte *wahr*, nur auf andere

Art und Weise. So wie das Wort Ellis erklärte, warum die Welt existierte, warum es ETWAS anstelle des NICHTS gab, so erklärte die Geschichte, warum das Heute existierte, und wie das Gestern zum Heute geworden war. Bis jetzt hatte Lisbeï immer die unbestimmte Vorstellung gehabt, sie und Tula hätten ihren Ursprung in dem Bauch gehabt, wo sie gewachsen waren. Diese Bäuche, diese »Schöße«, diese Mütter waren in anderen Müttern, in anderen Schößen gewachsen, und so immer weiter, eine Reihe, die sich bis zu Elli zurückverfolgen ließ. Sie hatte gedacht, nur Menschen hätten ihre Ursprünge. Aber jetzt waren da Orte und Dinge, die ihre eigenen Ursprünge hatten, und sie waren mit den Ursprüngen der Menschen unauflöslich verbunden. Auch das war Geschichte, eine Art riesiger, unsichtbarer Schoß, genau wie der von Elli. Besser gesagt: ein Schoß innerhalb des ersten Schoßes, der Ellis Schoß war. Das Wort und die Geschichte bildeten ein Ganzes. Die Geschichte lieferte dabei die Verbindungsglieder der Kette. Eine Kette, welche die erste von Elli geschaffene Frau mit dieser jungen Roten verband, mit der Mutter von Tula und Lisbeï, mit der strengen, unnahbaren und mächtigen Mutter von Bethely.

Es war Selva, die das Buch und den Zugang zur Geschichte für Lisbeï öffnete. Es war Selva, die ihr Bethely schenkte (und bald darauf, Schritt für Schritt, das ganze Maerlande). Und war es nicht auch Selva gewesen, die Tula für sie geschaffen hatte, die ihr trotz allem Tula geschenkt hatte? Es war so, als habe der von Tula ausgelöste Gang der Ereignisse – all diese Veränderungen, Begegnungen und ihre Folgeerscheinungen – unvermeidlich zu diesem kleinen dunkel getäfelten Zimmer geführt. Dort mußte Lisbeï, die künftige Mutter von Bethely, nur noch ihren Platz in der Ordnung der Dinge einnehmen. Eine Ordnung, die sie nicht begreifen konnte, aber die seit Anbeginn aller Zeit auf sie gewartet hatte.

Jedefrau, angefangen mit Selva, schien stillschweigend mit dem Stand der Dinge einverstanden. Wie hätte Lisbeï so weit weg von Tula dem unsichtbaren und permanenten Druck, der von Bethely, von der Familie, von der Welt auf sie ausgeübt wurde, widerstehen sollen? Es war so beruhigend zu wissen, wer man war, was man tun mußte, wohin man ging. Jetzt lief Lisbeï mit neuem Selbstvertrauen im Turm umher und entwickelte eine unbestimmte, aber allumfassende Sympathie für alles, was sie sah. Manchmal, wenn sie ganz allein war, ließ sie eine Hand über die Wandtäfelung im Gang gleiten, untersuchte die Wandmosaiken, befingerte und beschnupperte die Vorhänge. Eines Tages würde sie die Mutter sein, eines Tages würde sie Bethely sein. Die Gänge, die Zimmer, die großen Treppen, die kleinen, verborgenen Stiegen, all das bildete zusammen einen einzigen großen Körper. Ein Abbild ihres eigenen Körpers: er lebte und atmete. Morgens um 6 entließ die erste Welle die Arbeiterinnen in die Morgendämmerung, die letzte Welle folgte um 9. Zu jeder Mahlzeit versammelten sich drei Schichten nacheinander. Später am Tag brachen die Arbeiterinnen der Nachmittagsschicht auf. Am Ende des Tages begegneten sich zwei gegenläufige Ströme: Während die letzte Nachmittagsschicht zurückflutete, machte sich die Abendschicht auf den Weg nach draußen. Um zehn Uhr abends schließlich waren auf den Gängen nur noch gedämpfte Stimmen zu hören, der große Körper von Bethely kam endlich zur Ruhe und würde bald schlafen.

Kurz vor dem Einschlafen konnte Lisbeï manchmal ohne all zu großen Kummer an Tula denken. Seitdem sie von der Mutter und dem Gedächtnis unterrichtet wurde, war ihr der Besitz eines großen Schreibheftes für ihre Hausaufgaben erlaubt. Jeden Abend füllte sie herausgerissene Seiten mit ihrer winzigsten Handschrift, damit das kostbare Papier so lange wie möglich vorhielt. Sie schrieb die wichtigen Tagesereignisse auf. Manchmal schrieb sie auch den Stundenplan der Arbeiterinnen ab oder zeichnete für jeden Turm einen genauen Lageplan, Stockwerk für Stockwerk. Bethely ähnelte dem kleinen Steckkasten, der einem im Hort dabei half, Buchstaben und Zahlen zu lernen. Man stieß die kleinen Holzklötze herum und warf sie alle durcheinander, bis man sie in die richtige Reihenfolge bringen konnte, von links nach rechts und von oben nach unten, A – B – C – D, 1 – 2 – 3 – 4, die Stockwerke, die Stunden, die Tage ... Bethely war nichts anderes als ein großer Steckkasten, und man bewegte sich selbst von einem Platz zum anderen. Die Lücke, die das Ziehen des Klötzchens, die eigene Bewegung überhaupt erst ermöglichte, war der Hort. Man füllte die Lücke mit allen möglichen Klötzchen, bis alles in Ordnung kam. Die Lücke gab es nur bis zum Punkt Z oder bis zum Punkt Null. Die Lücke war eine Tür – die Tür, durch die eines Tages Tula kommen würde (weil Lisbeï sich diese Belohnung verdient hatte). Tula würde eines Tages kommen. Und wenn sie da war, würde Lisbeï ihr das geheime Tagebuch schenken. Sie würde ihr Bethely schenken. Und da sie, Lisbeï, ja Bethely *war*, würde Tula dann auch alles über *sie* erfahren. Tula würde ihr nicht übelnehmen, daß sie keinen Versuch – allen Widerständen zum Trotz – gemacht hatte, sie im Hort zu erreichen. Tula würde das verstehen.

Tatsächlich hatte Lisbeï daran gedacht, Tula Botschaften zukommen zu lassen. Aber wie? Wer konnte sie übermitteln? Sie konnte nicht wagen, eine andere Dotta ins Vertrauen zu ziehen. Kamen Mooreï oder Antonë in Frage? Zu gefährlich. Immerhin hatten sie Lisbeï bereits bei Selva verpetzt, wie sie sich selbst eingestehen mußte. Sie machte ihnen daraus keinen großen Vorwurf. Inzwischen wußte sie ja, wie unmöglich es war, heimliche Treffen mit Tula zu arrangieren. Sie waren zwei Jahre auseinander. Sie hätten die heimlichen Treffen nicht volle zwei Jahre lang durchhalten können! Im Hort hatten sie schlicht Glück gehabt. Die fünf Monate waren so kurz gewesen, daß niemand Verdacht geschöpft hatte. Aber vom Turm aus einen Versuch zu wagen, zu Tula zu gelangen...

Früher oder später hätte man sie erwischt, und das konnte ja wohl niemandem nützen, oder? Nein, Tula würde das bestimmt verstehen. Und überhaupt gab es ja auch diese stillschweigende Übereinkunft zwischen Lisbeï und Selva, jedenfalls hatte Lisbeï es als solche aufgefaßt: Wenn sie Tula für den Augenblick aufgab, dann würde sie dafür später Bethely und Tula bekommen.

Sie versuchte, nicht allzu sehr darüber nachzugrübeln, was Tula wohl denken oder fühlen mochte. Wenn der Kummer und das Gefühl der Hilflosigkeit kaum noch auszuhalten waren, dann suchte sie Trost in dem Gedanken, daß sie eines Tages ihren ganzen Mut zusammennehmen und Antonë bitten würde, mit Tula zu reden. Die junge Blaue würde ihr bestimmt eher helfen als Mooreï. Eines Tages würde sie Antonë darum bitten. Wenn sie erst einmal ihren guten Willen so deutlich und für alle sichtbar unter Beweis gestellt hatte, daß die Mutter ihr den Wunsch, Tula ein wenig zu trösten, nicht mehr übelnehmen würde. Später. Die Zeit arbeitete für sie. Die Gezeiten, die ihr Tula gebracht und dann wieder genommen hatten, würden sie bestimmt auch wieder zurückbringen. Die Zeit ähnelte eigentlich einer großen Treppe, dachte Lisbeï beim Einschlafen, so wie sie auch dem jetzt stummen, großen Körper von Bethely ähnelte. Zeit war eine große Treppe, deren Verlauf vorhersehbar war. Sie führte in die Zukunft und wußte genau, was das Morgen bereithielt. Eines Tages, schon sehr bald (sie hakte die Quadrate des winzigen Kalenders ab, den sie heimlich gebastelt hatte), würde Tula sieben sein. Dann würde sie kommen und mit Lisbeï zusammensein. Natürlich würden sie zusammenbleiben, denn sie waren ja beide Töchter der Mutter von Bethely. Und eines Tages würden sie dann Rote werden, und Lisbeï würde die Mutter von Bethely sein, und sie würden ihre Babies zusammen machen, und sich nie, nie wieder trennen.

Kapitel 8

Lisbeï / Tagebuch

Bethely, 4. Febra, 480 N.G.

Es ist so wie bei Schachteln, die immer größer werden. Erinnerst du dich? Kleiner – größer? Die kleinere Schachtel paßt in die größere: Die Krippe, der zweite Stock und das Erdgeschoß passen in den Hort, der Hort in den Garten, und beides paßt in Bethely hinein. Bethely besteht aus den drei Türmen, aber auch aus dem Raum um die Türme herum. Die Familie hat in der weiteren Umgebung Bauernhöfe. So heißen bei uns die Ableger. Wenn eine Familie aus zu vielen Menschen besteht, schickt man ein paar fort und siedelt sie an einem anderen Ort an. Dieser Ort ist ein Ableger. Die Türme und alle Bauernhöfe bilden zusammen das Hoheitsgebiet. Es wird dir klar, wenn du die Landkarte im Buch anguckst. Und stell dir einfach noch eine weitere Schachtel vor: Bethely in diesem Hoheitsgebiet. Es geht sogar noch weiter. Das Hoheitsgebiet der Familie liegt in einem noch größeren Gebiet, das ›Litale‹ heißt. Das ist eine Provinz. Und Litale liegt in einem noch größeren Gebiet. Das heißt ›Maerlande‹. Litale besteht außer uns auch noch aus vielen anderen Familien (aber sie leben nicht so wie wir in Türmen). Alle haben sie Hoheitsgebiete. Und auch in anderen Provinzen leben Familien. Alle zusammen sind ›Maerlande‹.

Die anderen Provinzen sind ›Escarra‹ im Süden und ›Bretanye‹ im Nordwesten. Noch weiter im Norden liegt ›Baltike‹. Und ganz weit im Osten liegt die ›Schlimme Zone‹. Niemand darf dort hin, denn da wird man krank und stirbt. Aber wirklich böse Menschen, ›Abtrünnige‹, schickt man dort hin. Erst werden ihnen die Tätowierungen auf den Schultern weggemacht, das heißt, sie werden mit einer schwarzen Tätowierung überdeckt, und dann schickt man die Menschen an den Übergang zu dem Gebiet, wo die Abtrünnigen leben.

Schau auf die Landkarte, die ich gemalt habe, dann siehst du, wo das liegt. Ich habe die Kompaßmarkierungen für dich eingezeichnet (der Kompaß ist ein Kreuz, das auf den Landkarten die Richtung für Norden / Süden und Westen / Osten angibt. So sagt man da statt oben / unten und links / rechts). Ich habe das aus dem Buch abgezeichnet. Natürlich nicht aus dem Buch von Bethely, sondern aus einem anderen, aus dem Geografiebuch. Geografie bedeutet, daß du herausfindest, wo du bist, wenn du draußen herumreist. Geografie ist wirklich nützlich. Aber die Mutter sagt, wir müssen erst Geschichte lernen, weil die noch wichtiger ist (da reisen wir in der Zeit herum, weißt du). Denn das Maerlande auf der Landkarte hat es ja nicht immer gegeben. Ich meine, die Landkarte hat nicht immer so ausgesehen wie jetzt. Und das liegt an der Geschichte, nicht an der Geografie.

Stell dir einfach noch mehr Schachteln vor: erst Maerlande, dann das, was vorher war, und dann das, was noch vor dem vorher war. Vor Maerlande gab es die ›Bienenstöcke‹. Und noch davor gab es die ›Harems‹. Dann sind die Bienenstöcke an die Stelle der Harems getreten, und später hat Maerlande die Bienenstöcke ersetzt. Auch vor den Harems gab es schon etwas, aber das ist sehr lange her, und gut war das sowieso nicht. Es war sogar noch schlim-

mer als die Harems und die Bienenstöcke, und es ist nicht viel davon übriggeblieben, sogar noch weniger als von den Harems. Deshalb wissen wir auch nicht, wie es dort wirklich war. Jedenfalls gibt es davon keine Bilder in dem Buch, obwohl das Buch sehr weit zurückreicht. Warte, es ist leichter, wenn ich das in Zahlen aufschreibe: 584 Jahre.

Das Buch selbst ist nicht 584 Jahre alt. Dann wäre es ja auch ganz zerfleddert. Aber es sind Bilder und Geschichten da drin, die erzählen, wie es in Bethely vor 584 Jahren und seit dieser Zeit aussah.

Die Bienenstöcke. Das ist wirklich komisch, denn wir haben in Bethely immer noch Bienenstöcke. Aber das sind kleine Häuser, in denen Bienen leben. (Ich wette, du wußtest nicht, daß auch Bienen in Häusern wohnen! Ich wußte es auch nicht). Die Bienenstöcke, von denen hier die Rede ist, waren etwas anderes. So wurde Bethely genannt, als es noch keine ›Capterie‹ war. Es hieß ›der Bienenstock von Bethely‹. Eigentlich gab es gar keine Bienen, aber Bethely funktionierte wie ein Bienenstock: Es gab eine Königin und jede Menge Arbeiterinnen (aber sie haben nicht die ganze Zeit gearbeitet). Jetzt heißt die Königin ›Capta‹, und sie ist auch nicht so übel wie die Bienenköniginnen, sie kann es auch gar nicht sein, wegen der Charta. Die Charta, das sind die Vorschriften für ganz Bethely. Und es gibt auch eine Charta für Maerlande.

Wußtest du, daß das Königinspiel daher kommt? Von der Königin, meine ich. In der Zeit der Bienenstöcke wurde einem der Kopf abgeschnitten, wenn man die Rätselfragen nicht richtig beantworten konnte, weißt du. Auch das Kerkerspiel geht auf die Bienenstöcke zurück. Deshalb braucht man ja auch Jungen als Mitspieler. Sie haben um Jungen gekämpft, *kannst du dir das vorstellen? Auch damals gab es nicht viele Jungen. Die Mutter und Mooreï sagen, daß die Jungen sehr nützlich sind. Majda auch. Nützlich wozu, möchte ich wissen. Aber das werde ich später noch erfahren, und dann erzähl ich's dir natürlich.*

Die Bienenstöcke waren sehr, sehr übel. Es waren

Frauen, *aber sie haben gegen andere Frauen gekämpft und sie sogar* umgebracht. *(Umbringen bedeutet, daß man jemanden zum Sterben bringt. Sterben heißt weggehen und nie wiederkommen. So wie auf der Krankenstation. Nur daß dich nicht die Krankenstation umbringt, sondern höchstens die Kinderkrankheiten oder die* Schlimme Krankheit, *wie ich dir ja erzählt habe. Das ist sehr traurig, aber so ist es nun einmal, und wir können es nicht ändern). Jedenfalls lag es eigentlich an den Haremsführern, daß die Frauen so schlimm waren. Sie hatten zugesehen, wie die Haremsführer schlimme Sachen taten, und machten es einfach nach. Sie hatten keine Elli, die sie leiten konnte. Sie wollten sie eigentlich auch gar nicht haben. Das war vor sehr langer Zeit, als das Leben noch sehr hart war, deshalb waren auch alle Menschen so hartherzig.*

Die Bienenstockfrauen brachten viele Leute um und verbrannten sogar Bücher! Dann machten die Judditen einen Aufstand, und Maerlande trat an die Stelle der Bienenstöcke. Anscheinend sind auch damals sehr viele Menschen gestorben, besonders die schlimmen in den Bienenstöcken.

Wie ich dir schon sagte, wissen wir nicht viel über die Harems. Viele Frauen wurden von den ›Barbarenführern‹ geschlagen. Und stell dir vor: Die Führer waren Männer! (Ein Führer war so etwas wie … so ähnlich wie die Mutter, die Hauptcapta). Aber die Männer waren damals anders, sie waren so wie böse wilde Tiere. Die Frauen waren ›Sklavinnen‹. Das bedeutet, sie waren wie Gegenstände, sie mußten die ganze Zeit arbeiten und hatten nicht das Recht, irgend etwas anderes zu tun. Die Mutter sagt, daß diese Zeit wirklich schwer zu verstehen ist, und da stimme ich ihr zu! Jedenfalls hatten die Frauen schließlich die Nase voll. Sie stürzten alle Führer, und so begann die Zeit der Bienenstöcke. Aber es war Garde, die am Ende der Haremszeit den Frauen zeigte, wie sie Frieden schließen konnten.

Garde ist schwierig zu erklären. Sie ist, glaube ich, nicht so wie die Garde im Königinspiel. Sie ist jemand anderes, eine wirkliche Person. Sie mischte sich zwischen die Harems und die Judditen, die mit den Harems Schluß machen wollten, und forderte sie auf, Frieden zu schließen. Sie war sehr tapfer und sehr gut. Sie haben sie umgebracht, ich meine die Harems. Aber sie kam wieder. Sie ist beim ersten Mal nicht gestorben und wiedergekommen. Besser gesagt: Beim ersten Mal ist sie zwar gestorben, aber sie kam trotzdem wieder. Und dann starb sie noch einmal und kam wieder. Zweimal. Ich weiß, das klingt merkwürdig. Sie kann ja nicht gestorben sein und gleichzeitig gelebt haben. Aber genau so war es. Es ist ein Mysterium, sagt Mooreï. Etwas, das wirklich schwer zu begreifen ist. Wie Elli, die ALLES *und* NICHTS *ist, weißt du noch? Zumindest so ähnlich.*

Jedenfalls kam Garde wieder und zeigte ihnen noch einmal, wie sie Frieden schließen konnten. Aber die Harems wollten nicht glauben, daß sie die Tochter Ellis ist, verstehst du. Nicht so direkt die Tochter Ellis, dann hätte sie ja uralt sein müssen, aber trotzdem. Wir wissen, daß es wahr ist, weil sie ja zweimal gestorben und wieder lebendig geworden ist. Und auch, weil sie uns das Wort gebracht hat. Garde ist diejenige, die uns das Wort gelehrt hat. Und wir wissen, daß das die Wahrheit ist, weil sie gestorben und wiedergekommen ist. Das steht im Buch von Bethely, denn Garde wurde genau hier, in Bethely, umgebracht und ist hier auch wieder auferstanden (das bedeutet: sie kam wieder oder wurde wiedergeboren). Manche Menschen sagen, wir könnten das gar nicht so sicher wissen, weil ja ihre Gefährtinnen nie gefunden wurden. Sie wurden in unterirdische Kammern eingemauert, aber solche unterirdischen Kammern wurden unter Bethely nie entdeckt. Aber das macht auch gar nichts: Hallera sagt ganz klar, daß Garde zweimal in Bethely auferstanden ist.

Wer Hallera ist? Sie ist die einzige Gefährtin von Garde, die nicht eingemauert wurde. Sie konnte entkommen und sprach weiterhin von Garde. Das war in der Zeit, als die Bienenstöcke die Jüngerinnen Ellis schlecht behandelten.

Als die Zeit der Bienenstöcke zu Ende war, übergab Halleras Tochter alle ihre Aufzeichnungen der ersten Capta von Bethely, Alicia. Und da merkten die Leute, daß Garde die wahre Tochter Ellis war, und nahmen das Wort und alles wirklich an. Bethely ist die erste Capterie. Ich meine, war *die erste Capterie. Maerlande, was so viel wie das Land der Mütter bedeutet, fing mit Bethely an. Sogar unsere Zeitrechnung beginnt mit Garde. Jetzt haben wir das Jahr 480 Nach Garde. Wir schreiben es ›N.G.‹. Seit dem Anfang von N.G. werden hier jedes Jahr* Wallfahrten *zu Garde veranstaltet. Wallfahrt heißt, daß viele Menschen hierher kommen, um zusammen an Garde zu denken und zu beten. Für Bethely bringt das viele Belastungen mit sich, aber die müssen wir auf uns nehmen, denn Garde ist ja hier gestorben und zweimal wiederauferstanden. Niemand weiß, wo sie danach hingegangen ist. Ich nehme an, sie ist zu Elli heimgekehrt.*

KAPITEL 9

Lisbeï / Tagebuch

Wardenberg, 22. Maïa, 496 N.G.

Wie wäre es wohl ohne dich im Hort gewesen? Ylene ist nicht so wie wir, Sanra auch nicht. Alles wäre anders gewesen.

Aber ich rede Unsinn: Es konnte ja gar nicht anders sein. Die Vereinbarung mit Belmont, einen Roten aus ihrer Familie als Selvas zweiten Mann auszuwählen, war ja schon vor meiner Geburt unterzeichnet. In jedem Fall hätte es jemanden wie dich gegeben. (Aber was, wenn sie nicht überlebt hätte? Alle Babies von Selva vor Ylene und Sanra sind gestorben. Nein, ich kann mir zwar vorstellen, daß es dich gar nicht gibt, aber nicht, daß du tot bist).

Ich habe furchtbar viel über die anderen Schwestern in mein Tagebuch geschrieben. Ich war … wie vor den Kopf geschlagen, aber auch neugierig. »Du und ich, niemand sonst«, hattest du im Hort zu mir gesagt. Aber es hatte andere gegeben, auch wenn sie gestorben waren. Andere in Selvas Schoß, unserem Schoß. Ich erinnere mich, als sei es erst gestern gewesen, an den Augenblick, als ich davon erfuhr. Es war ein heißer Tag, und ich war in der Bäckerei. Wir backten Brot – erinnerst du dich noch an den Geruch von Hefe? Ich hatte schon mindestens zwei Stunden lang Teigkugeln geknetet. Selva kam herein. Sie trug nur ein leichtes Gewand, das kam nur ganz selten vor. Ich bemerkte ihren großen Bauch. Und plötzlich, während ich zuhörte, was die anderen zu ihr sagten und was sie antwortete, wurde mir klar, daß in ihrem Schoß ein Baby wuchs. Sie probierte den Teig, daran erinnere ich mich, und dann lachte sie. Sie hatte sich eine Haarsträhne aus der Stirn gestrichen und dabei ein wenig Mehl im Gesicht verschmiert. Jemand rieb es weg und sprach gleichzeitig mit ihr. Es muß wohl Torina gewesen sein, die älteste Köchin der Capta. Ich glaube, jemand anderes hätte sich das gar nicht getraut. Selva sah auf einmal so jung aus. Ich weiß noch, wie ich dachte, daß sie einst auch eine Dotta und Mosta wie wir gewesen sein mußte. Es war das erste Mal, daß mir dieser Gedanke durch den Kopf ging. Dann entdeckte sie mich und setzte wieder ihre Maske auf. Ich stand da und drückte heftig meine Teigkugeln platt, die Hefe war bereits aufgegangen, und Torina schimpfte: »Nicht so fest, laß dem Brot wenigstens ein bißchen Luft zum Atmen!«

Noch ein Kind, nicht nur wir beide in Selvas Schoß. Ich fühlte mich sehr seltsam. So, als sei ich betrogen worden, klar, vor allem aber mußte ich daran denken, daß es in den Horten vielleicht schon andere gab. Oder in den Türmen. Ich wußte, wen ich fragen konnte: Antonë, wie üblich. Aber ich war mir nicht darüber im klaren, ob ich es wirklich wissen wollte. Schließlich kam das Thema ganz von selbst aufs Tapet, allerdings nicht in einem Gespräch mit Antonë, sondern mit Mooreï. »Nein, du hast noch keine anderen Schwestern.« Ich weiß nicht mehr, ob ich erleichtert oder enttäuscht war. Auf alle Fälle notierte ich das Wort ›Schwester‹ in mein Tagebuch. Es ist ein Wort, das in Bethely selten benutzt wird. Aber wir sind nur Halbschwestern, wie alle anderen ja eigentlich auch. Es gibt keine richtigen ›Schwestern‹ in Bethely. Die einzige, die für richtige Schwestern sorgen könnte, ist ja die Mutter. Und Selva hat sich dafür entschieden, nicht zwei Kinder nacheinander mit demselben Mann zu haben. Eine radikale Entscheidung, in der Absicht getroffen, jedes künftige Problem zu vermeiden, denke ich mir. Sie hatte nicht mit dem Licht gerechnet. (Noch immer benutze ich dies Wort, nach all der Zeit! Aber ich ziehe es jedem anderen vor. Es ist eine ebenso treffende Beschreibung, vielleicht sogar eine bessere, wie irgendeine der wissenschaftlichen Bezeichnungen, die Antonë oder Kelys benutzen. Es ist das Wort, das ich dir beigebracht habe. Unser Wort für das, was uns in jenen Tagen, als du es noch zuließt, miteinander verband ...).

Ich weiß noch, daß ich loslachen mußte, als Antonë mir schließlich erzählte, wie Babies gemacht werden. Sie wollte wissen, warum ich lache. Ich war ebenso überrascht wie empört: Turri und Rubio waren also der Wahrheit ziemlich nahegekommen, wenn man es richtig bedachte. Die Mütter machten die Babies gar nicht ganz alleine? Was für ein Skandal! Ich konnte gerade noch Selva als dritte Partei zwischen dir und mir dulden, aber das ging entschieden zu weit! Gleichzeitig freute ich mich aber auch: Mit meinem Verständnis des Wortes Ellis hatte ich nicht so ganz falsch gelegen. Die Geschichte von der ersten Frau und dem ersten Mann, die die Welt bevölkerten, war für mich immer ein Stein des Anstoßes gewesen. Männer – diese aus Samen gewachsenen Jungen – konnten einfach nicht so wichtig sein. Aber jetzt begann sich der Nebel zu lichten. Zumindest hatte ich mit meiner Vorstellung von Symmetrie recht gehabt. ›Die Frau/und der Mann.‹ Beide stellten eine Hälfte Ellis dar. Beide gaben eine Hälfte von sich in Form von Samen her. Samen, die miteinander tanzten und sich vereinigten, so daß daraus ein ganzer Mensch werden konnte, ein weiteres Mädchen oder ein weiterer Junge, und sie würden ihrerseits... Es lag eine Art Ordnungsprinzip zugrunde, und das gefiel mir. Und die Hauptsache war ja, daß die Mütter immer noch die einzigen waren, die in ihren Schößen Babies wachsen lassen konnten, selbst wenn sie die Kinder nicht ganz alleine machten. Außerdem waren ja auch gar nicht so viele Männer nötig, da nur ihre Samen zählten. Ein paar Männer pro Dienstperiode reichten aus, ganz Bethely mit genügend Samen zu versorgen.

Der Dienst – damit tat ich mich schwerer. Ich hatte große Mühe, dir – und auch mir selbst – den Dienst zu erklären.

Antonë war ja nie besonders gut darin, die Dinge zu vereinfachen. Sie hatte zu großen Respekt vor der wissenschaftlichen Genauigkeit. Wenn sie zwischen einer schönen Geschichte und harten Tatsachen wählen konnte, zog sie stets die Tatsachen vor. Sie hat nie zugeben können, daß die Tatsachen manchmal eher durch eine gute Geschichte zu vermitteln sind, jedenfalls bis zu dem Zeitpunkt, an dem die Zuhörerin die Medizin auch ohne Zucker schluckt! Sie glaubt, daß alle genauso einen eisernen Magen haben wie sie selbst. Glücklicherweise hatte ich immer genügend Geschichten auf Lager, wie du ja weißt: Ich ordnete die Tatsachen so, daß sie mir selbst in den Kram paßten und ich sie dir erklären konnte. Die Familien mußten die Männer regelmäßig untereinander austauschen, weil die Samen von Müttern und Männern nicht immer so einfach zueinander paßten. Manche vertrugen sich nicht miteinander, das führte zu mißgebildeten Kindern (natürlich eindeutig Schuld des Mannes). Den jungen Dottas wurden die Zeichen der Erblinien deswegen auf jeder Schulter eintätowiert, weil sich nicht die falschen Samen miteinander verbinden durften.

Antonë kam schlecht damit klar, einer kaum siebenjährigen Dotta die Gesetze der Genetik genau zu erklären. Mooreï dagegen zeigte mir die Stammbäume in dem Buch der Erblinien. All diese Bäume, die kleine Rechtecke anstelle von Blättern trugen. Darauf waren die Zeichen der Erblinien mit den Namen der Mütter und der Erzeuger zu lesen… (An jenem Tag erfuhr ich, daß du nicht dasselbe Zeichen wie ich auf deiner rechten Schulter tragen würdest, da du ja eine Belmont warst).

Mich faszinierte der Gedanke, daß ich nur mit dem Finger vom Zweig bis zum Baumstumpf und vom Baumstumpf bis zu den Wurzeln hinunterfahren mußte, um die ganze Erblinie zu erfassen. Nicht so weit herunter bis zu Elli, das war zu weit. (Und war Elli überhaupt in der Erde? Oder war sie im Himmel? Aber Elli war ja Erde und *Himmel, wie mir Mooreï ins Gedächtnis rief). Selbst die erste Frau und der erste Mann waren zu weit weg… Ach, Tula, wenigstens nahm deine und meine Geschichte in den Stammbäumen Gestalt an. Und diese Geschichten waren Geschichte,* GESCHICHTE *in Großbuchstaben. Ich war total aufgeregt. Jede höchstpersönliche Geschichte war gleichzeitig Teil der ganzen Menschheitsgeschichte. Die Samen in mir – auch wenn sie noch Jahre zum Reifen brauchten – enthielten ein bißchen von den Samen aller Frauen meiner Erblinie.*

Ich berührte meinen Bauch mit neuer Ehrfurcht, voller Respekt. Eine Mutter von Bethely zu sein, hieß auch, die Samen aller früheren Mütter von Bethely in sich zu tragen… Auch von Selva? Ein seltsamer Gedanke, daß ich etwas von Selva in meinem Bauch haben sollte!

Aber später überließ Mooreï Antonë die technischen Einzelheiten. Ach du meine Güte, diese Zeichnungen im Anatomiebuch! Ich habe versucht, sie dir wie eine Landkarte zu beschreiben, weißt du noch? Das hat nicht besonders gut funktioniert, kein Wunder. Außerdem fand ich das alles… peinlich. Die Samen der Männer kamen da rein? Durch das kleine Loch zwischen unseren Beinen, ganz nah bei der Stelle, an der wir uns gegenseitig Lust gespendet hatten? Allein die Vorstellung, daß Turri und Rubio recht oder doch halbwegs recht gehabt hatten, war schon zu viel.

Der Mann ließ die Samen aus seinem Schläuchlein spritzen. Sie wurden aufgefangen und an Ort und Stelle mehreren roten Frauen eingespritzt. ›Besamung‹ hieß das, und Antonë versicherte mir, es tue überhaupt nicht weh. Aber das nahm ich ihr nicht ab, und jedesmal, wenn ich an die Spritze dachte, kniff ich die Oberschenkel zusammen.

»Und überhaupt«, sagte Antonë, »macht die Mutter ihre Kinder ja gar nicht auf diese Art und Weise. Sie macht sie direkt mit dem Mann.« Und dabei setzte ihr Licht kurz aus (das kannte ich schon), was soviel bedeutete wie: »Oh, oh, ich bin mal wieder zu weit vorgeprescht.« Auf der Stelle schickte sie mich zu Mooreï. Aber dieses eine Mal konnte auch Mooreï die Dinge nicht so einfach darstellen. Das war keine Angelegenheit, die sie sich zusammenstricken konnte! Denn diese Sache hatte zutiefst mit dem Glauben an Elli zu tun und berührte haarscharf die Mysterien der Feier Ellis. Dazu muß man sich ins Gedächtnis rufen, wie die erste Frau und der erste Mann nach dem Willen Ellis die Menschheit begründeten. Selbst, wenn es jetzt nicht mehr genügend Männer gibt. (Auch dies nach dem Willen Ellis? Sehr widersprüchlich, Elli. Aber das traute ich mich damals nicht zu sagen. Ich weiß nicht einmal, ob ich es überhaupt dachte). Jedenfalls hatte jede Familie eine Rote, die ihre Kinder auf diese Weise machte, nämlich direkt mit einem Mann, und sie war die Mutter. Es gehörte zu ihren Pflichten. Da Elli sich am Anfang in zwei geteilt hatte, um die Frau und den Mann zu schaffen, erschufen die Mutter und der Mann für kurze Zeit Elli neu.

Das taten sie, indem sie sich während der Feier Ellis beim Tanz irgendwie vereinigten. (Mooreï und ihre ›Irgendwies‹!) Jedenfalls passierte das Irgendwie, *und das war eine große Ehre und Freude für beide Beteiligten.*

Ich weiß noch, daß mich eines ganz besonders verwirrte: Antonë war anscheinend davon überzeugt, sie habe etwas anderes als Mooreï gesagt, dabei hatten sie meiner Meinung nach über dieselbe Sache gesprochen. Mooreï lachte und freute sich über mich. Sie erklärte, Worte hätten wertvolle, aber auch seltsame Eigenschaften. »Manchmal hat ein Wort für unterschiedliche Menschen auch ganz unterschiedliche Bedeutungen. Manchmal bedeuten verschiedene Worte aber auch dasselbe. Und manchmal bedeuten verschiedene Worte auch verschiedene Dinge. Sonst wäre es ja auch allzu einfach.« Und dann fuhr sie fort: »Antonë ist das WIE *am wichtigsten. Und mir das* WARUM.*«*

Mooreï überließ es mir selbst, ihre WARUMS *und Antonës* WIES *zu deuten. Aber selbst Mooreï war nicht gegen Täuschungen gefeit. Sie hatte angenommen, daß ich genau wie sie dachte und ihre Herangehensweise vorzog. Aber ich wollte mich gar nicht für einen Standpunkt entscheiden. Ich verband beide Standpunkte miteinander, anstatt sie zu trennen. Und so sah ich, daß es lediglich um zwei Versionen derselben Geschichte ging. Antonë erzählte vom* WIE, *Mooreï vom* WARUM.

Ich hätte besser achtgeben sollen, nicht wahr, Tula? Ich hätte Mooreïs Bemerkung im Gedächtnis behalten sollen. Dann hätte ich später vielleicht gemerkt, daß du und ich zwar dieselben Worte benutzten, aber längst nicht mehr dieselbe Sprache sprachen.

KAPITEL 10

»Elli läßt es schneien!« Der Ruf hallte früh am Morgen durch die Türme. Es war ein richtiges Ereignis: Dottas und Arbeiterinnen durften ihre Pflichten für den Augenblick vergessen, ohne sich Rügen einzuhandeln, an die Fenster treten und die fremde weiße Welt betrachten.

Lisbeï hatte noch nie Schnee gesehen. Eine ganze Weile rannte sie mit den anderen Dottas im Hof herum, streckte die Arme aus, hob das Gesicht nach oben und fing die Schneeflocken mit der Zunge auf. Aber jetzt stand sie unter dem Säulendach am Eingang des Westturms und überlegte, wie sie Schnee in ihrem Notizheft beschreiben sollte. Auch Tula hatte ihn bestimmt sehen können. Vielleicht war sie mit den anderen Mostas draußen im Garten gewesen. Egal, Lisbeï war es schon zur Gewohnheit geworden, ihren Tag im Notizbuch zu verewigen. Sie schrieb sogar solche Dinge auf, die Tula vielleicht aus eigener Erfahrung kannte. Schnee war wie … war so, als ob der Himmel auf die Erde fiele. Ganz und gar nicht wie Regen. Bei Regen waren fast immer die Wolken zu sehen. Und manchmal konnte man sogar beobachten, wie der Regen aus einer ganz bestimmten Wolke fiel und sich wie ein Vorhang leicht bewegte. Aber der Schnee kam nicht aus einer bestimmten Ecke, sondern aus allen Richtungen auf einen zu. Es passierte einfach so, der Schnee schien nicht aus dem Himmel, sondern aus der Luft zu kommen. So als habe die Luft, der unberührbare Raum, beschlossen, sich für eine Weile zu zeigen. Zwar sah der Schnee auf den ersten Blick fest aus (faszinierende Spitzenkristalle zeigten sich deutlich unter dem Vergrößerungsglas, das Lisbeï inzwischen überall mit sich herumtrug), aber er war gleichzeitig auch zerbrechlich und schmolz bei der leichtesten Berührung.

Lisbeï erkannte die Stimme von Selva und verbarg sich instinktiv hinter einem Pfeiler. Sicher war sie zu spät dran für den Unterricht, und Selva suchte sie. Aber nein. Eingewickelt in einen Umhang mit Pelzkragen (obwohl Elli gar nicht so kalt war), hatte sich die Mutter nach draußen gewagt, um sich zusammen mit Mooreï und Antonë den Schnee anzusehen. Sie hatte Lisbeï entdeckt, aber lächelte.

»Wie hübsch das ist«, bemerkte Selva.

»Schnee in der Dezemra!« Mooreï sah besorgt aus. »Nach den Aufzeichnungen ist so etwas in Bethely noch nie vorgekommen! Wir sind hier doch im Flachland.«

»Das Klima wandelt sich«, sagte Antonë. »Wenn man sich die meteorologischen Berichte der letzten hundert Jahre vornimmt, ist es kaum zu übersehen. In Wardenberg habe ich mehrere Artikel darüber gelesen. In Termilli, das ja viel höher liegt, wäre der Schnee nicht weiter überraschend. Dort haben sie in den letzten Jahren jeden Winter zwei- oder dreimal Schneefälle gehabt. Auf jeden Fall war das Klima in diesem Teil des Kontinents früher kälter, soweit wir das nach einer ganzen Reihe von physikalischen Gegebenheiten und den ältesten Büchern beurteilen können. Es wird allmählich wieder so, wie es früher einmal war.«

»Wenn das so weitergeht, müssen wir wohl darüber nachdenken, wie es sich auf die Pflanzen und alles, was wir anbauen, auswirkt«, überlegte Mooreï.

»Wir werden andere Pflanzensorten entwickeln«, entgegnete Antonë. »Bestimmt handelt es sich hier um eine allmähliche Veränderung, überhaupt nicht zu vergleichen mit den Umwälzungen des Zusammenbruchs. Wir werden genügend Zeit haben, uns darauf einzustellen.«

Selva runzelte die Stirn. »Trotzdem kann es nichts schaden, wenn wir das Thema bei der nächsten Versammlung auf die Tagesordnung setzen. Antonë, könntest du Mooreï dabei helfen, ein Dossier dazu vorzubereiten?«

»Aber sicher.«

Selva wandte sich dem Hof zu. Der Schnee hatte die Bodenplatten so weit abgekühlt, daß sich inzwischen eine feste Schneeschicht gebildet hatte, die nicht mehr schmolz.

»Aber es ist hübsch«, murmelte sie. »So ganz anders als sonst.«

»Was ist der Zusammenbruch?« fragte Lisbeï,

während sie zu Antonë hinüberschlitterte. Bei Antonë mußte man das Eisen schmieden, so lange es noch heiß war.

»Das war vor langer, langer Zeit. Lange vor den Harems. In jenen Tagen gab es sehr viele Veränderungen. Überall änderte sich das Klima, hier wurde es heißer. Viel Eis ist geschmolzen, so daß die Meere und Ozeane immer weiter anstiegen. Und dann gab es ungeheure Überflutungen. Vor dem Zusammenbruch war die Welt ganz anders.«

Genau in diesem Moment rannte eine große, blonde Dotta auf sie zu. Sie war ganz außer Atem: Aus der Richtung von Cartano näherten sich zwei Reiterinnen.

Sie waren schon ziemlich nah, auf der Straße, die sich durch den Apfelhain am Westtor schlängelte. Mooreï und Selva wirkten jetzt verändert, viel angespannter. Antonë zog Lisbeï zur Seite, näher zum Pfeiler, damit die Capta und ihr Gedächtnis die Besucherinnen würdig empfangen konnten. Lisbeï sah zu, wie die Gäste in den Hof ritten und fragte Antonë: »Sind das die neuen Männer?«

»Ich glaube nicht. Sie haben meistens mehr Gefolge dabei.«

Aber Antonë war wegen der Besucherinnen wohl nicht recht bei der Sache, deshalb beschloß Lisbeï, ihre Neugier vorläufig zu bezwingen.

Die Reiterinnen brachten ihre Pferde am Eingang zum Westturm vor Selva zum Stehen. Beide waren sie in lange Umhänge gehüllt, die die Zeichen ihrer Familie verbargen. Auch von ihren Gesichtern war unter den Kapuzen nichts zu sehen. Aber als sie abstiegen, blitzte bei der ersten Reiterin etwas Blaues zwischen den Falten des Umhangs hervor. Sie warf die Kapuze ab und enthüllte, daß sie tatsächlich eine Blaue war. Sie mußte ziemlich alt sein, denn sie hatte nicht mehr viele Haare auf dem Kopf. Allerdings wirkte das Gesicht noch ziemlich jung – ein sehr häßliches Gesicht, fand Lisbeï. Eckig, mit dünnen Lippen und jeder Menge heruntergezogener Linien, insbesondere dort, wo sich zwei tiefe Falten von den Nasenflügeln bis zu den Mundwinkeln erstreckten. Und die Haut war ganz rauh und fleckig, an den Wangen und am Kinn sah sie ganz komisch und schmuddelig aus. Oder – ja, da sprossen sogar *Haare!*

Lisbeï blieb keine Zeit, ängstliche Gedanken über die *Schlimme Zone* und ihre Greuel heraufzubeschwören. Auch die andere Besucherin hatte jetzt ihre Kapuze zurückgeworfen. Die erste Blaue sah häßlich aus, aber diese wirkte auf eine junge Dotta aus Bethely total befremdlich. Vielleicht lag es an der Kleidung: Jacke, Hosen und Stiefel in gelblichbraunem glänzenden Leder, ohne jede Farbe oder Familienzeichen. Vielleicht lag es auch an ihrer Größe: Sie war schlank und mindestens anderthalb Köpfe größer als die häßliche Blaue, Selva oder irgend jemand sonst. Und dann war da ihre Haut, weich, makellos und schwarz. Tiefschwarz. In Bethely gab es alle möglichen Braunschattierungen, manche waren sogar ziemlich dunkel, aber keine war so wie diese. Auch das Haar war schwarz, kraus und sehr kurz und betonte die Kontur des kleinen, rechteckigen Kopfes. Konnte das ein Mann sein? fragte sich Lisbeï. Nein, diese Person wirkte einfach zu fremdartig… Ob sie überhaupt ein Mensch war?

»Kelys!« sagte Selva. In ihrer Stimme schwangen viele Emotionen mit, Überraschung, Freude und Erleichterung. Aber die Antwort war nur ein unmerkliches Kopfschütteln der Schwarzen, und Selva schien in sich zusammenzusinken. Es fiel kein weiteres Wort. Wie in stillschweigendem Einverständnis verschwanden Selva, Mooreï und die beiden Besucherinnen im Turm. Im letzten Moment drehte sich Selva um und gab Antonë den Wink, ihr und den anderen in die Eingangshalle zu folgen. Inzwischen beschäftigten sich die wenigen Dottas, die sich um die Besucherinnen geschart hatten, mit deren Pferden. Unter der Aufsicht von ein paar Roten nahmen sie ihnen die Sättel ab und führten sie zu den Ställen.

Niemand achtete auf Lisbeï. Blitzschnell durchquerte sie die überdachte Eingangshalle, rannte bis zur Außentreppe, die zum Hintereingang der Bibliothek führte, und kletterte so schnell sie konnte zum vierten Stock empor. Sie machte die Butzenscheibentür hinter sich zu und blieb einen Augenblick lang stehen, um wieder zu Atem zu kommen, während sie sich den Schnee aus dem Haar und von dem kurzen Umhang schüttelte. Dann betrat sie die Bibliothek.

Wie üblich war zu dieser Tageszeit niemand da außer fünf großen Grünen, die die alten Bücher von Hand abschrieben und kaum den Kopf hoben, als Lisbeï vorbeiging, und Tonia, in diesem Semester die Bibliothekarin, die ihren Gruß gedankenabwesend erwiderte. Als Lisbeï diese Hindernisse glücklich hinter sich gelassen hatte, rannte sie auf Zehenspitzen weiter bis zum Kartenraum. Von dort aus führte eine Wendeltreppe zu einem Lagerraum im dritten Stock, der sich zu einer Reihe weiterer, miteinander verbundener Räume öffnete. Die Räume boten ein wildes Durcheinander von Archiven, die darauf warteten, registriert oder kopiert zu werden, altem Papier zum Recyceln und verschiedenen Büromaterialien. Im letzten Lagerraum befand sich eine steile Leiter, die hinauf zur Zimmerdecke führte. Dort ließ sich eine Falltür öffnen, durch die man in das an das Büro der Mutter angrenzende Zimmer gelangte. Lisbeï benutzte diese Abkürzung manchmal, wenn sie morgens spät dran war und rechtzeitig zum Unterricht bei Selva sein wollte.

Lisbeï hob die Falltür leise an, gerade so weit, daß

sie den Fußboden des Zimmers überblicken konnte. Niemand da. Und die Tür zu Selvas Büro stand offen! Das Glück war auf ihrer Seite. Sie stieß die Falltür ganz auf und kroch zur Tür, um einen Blick ins Büro zu riskieren.

Selva saß so, daß ihr Profil Lisbeï fast zugewandt war, und las beim Licht der Gasleuchte auf ihrem Schreibtisch einen Brief. Sie hatte mal wieder einen ihrer schlechten Tage, wie Lisbeï sofort spürte. An solchen Tagen brauchte Lisbeï erst gar nicht zu versuchen, Selvas Emotionen zu verstehen, Selva verschanzte sich hinter einer Mauer aus Eis. Mooreï stand mit bekümmerter Miene neben Selva. Antonës Silhouette hob sich etwas seitlich davon gegen das Fenster ab. Vor dem Schreibtisch stand abwartend die häßliche Blaue. Sie hatte ihre Hände auf dem Rücken gefaltet und die Beine leicht gespreizt. Sie war nicht nur häßlich, sie hatte anscheinend auch keine Taille, und ihre blaue Hemdbrust zeigte unterhalb des Dreiecks von Cartano keinerlei Ausbuchtung! Der Stuhl, der normalerweise vor dem Schreibtisch stand, war weggerückt worden. Darin saß das schwarze Geschöpf. Ihre entspannte Körperhaltung bildete einen seltsamen Kontrast zu der aller anderen.

Selva hatte den Brief mit unverändertem Gesichtsausdruck durchgelesen. Jetzt gab sie ihn Mooreï und verschränkte die Arme. Während Mooreï las, schien ihr Gesicht ganz grau zu werden. Mit der freien Hand griff sie nach der Stuhllehne, als müsse sie sich irgendwo abstützen. Niemand sagte etwas. Nach einer Weile murmelte Mooreï mit gebrochener Stimme: »O Elli!«

»Gib Antonë den Brief«, befahl Selva. Als Mooreï zögerte, fügte sie scharf hinzu: »Sie wird bald unsere Ärztin sein, sie muß es wissen.«

Antonë nahm den Brief und beugte sich zur Lampe, um zu lesen. Ihr Körper versteifte sich, ihre

Finger krampften sich um das Papier, und sie schüttelte den Kopf, als könne sie nicht glauben, was sie da las. Sie warf den Brief auf den Schreibtisch.

»Warum hat sie denn nichts gesagt?« rief sie mit bebender Stimme. »Warum hat sie bei der letzten Versammlung von Litale nicht das Wort ergriffen? Oder sogar schon früher?«

»Sie war eine Bethely«, sagte Selva mit kalter, aber gefährlich vibrierender Stimme. »Und Bethelys beklagen sich nicht.«

In diesem Augenblick merkte Lisbeï zu ihrem großen Schrecken, daß ihr etwas in Hals und Nase kitzelte. Sie schaffte es nicht, den Nieser völlig zu unterdrücken. Nach einem Überraschungsmoment kam Mooreï zu ihr hinüber, packte sie fest am Arm und zerrte sie über die Türschwelle.

Kaum zu glauben: Die Mutter war anscheinend nicht einmal böse mit ihr. Aber Lisbeï dachte bei sich, daß das wohl an ihrem ungeheuren Zorn auf diese andere Sache liegen mußte. Selva hatte jetzt nicht den Nerv, sich mit Lappalien abzugeben. »Meine Erstgeborene, Lisbeï«, sagte sie leicht ironisch, als sei diese Vorstellung das Normalste von der Welt und Teil des Morgenprogramms.

Das schwarze Geschöpf räkelte sich hoch und stand mit einer einzigen flließenden Bewegung auf. Die Wirkung war hypnotisch: Ein endloser Körper, überaus groß und schlank, glitt geschmeidig zu Lisbeï herüber und kniete sich so vor ihr nieder, daß das dunkle Gesicht fast auf Augenhöhe mit ihrem war. Das Geschöpf faßte sie nicht an. Aus den völlig weißen Augäpfeln leuchteten tintenschwarze Pupillen. Die Nasenflügel bebten leicht wie bei einem Tier, das Gefahr wittert. Der große Mund mit den aufgestülpten Lippen öffnete sich und enthüllte Zähne, die ebenfalls sehr weiß waren – aber das war ein Lächeln. Und als das Geschöpf schließlich sprach, war eine sehr rosige Zunge zu sehen. »Nein, kleine Lisbeli, ich komme nicht aus der *Schlimmen Zone.* Ich heiße Kelys. Ich bin eine Wanderin und Forscherin und komme von ganz weit aus dem Süden. Dort sind viele Menschen mehr oder weniger schwarz, so schwarz wie ich. Aus Fusco. Weißt du, wo Fusco liegt?«

Lisbeï erwiderte sprachlos ihren Blick. Sie war nicht überrascht und schämte sich auch nicht, daß Kelys ihre kindische Reaktion, ihre Angst sehr wohl bemerkt hatte.

Nein, diese herrliche Stimme hatte sie bereits besiegt. Eine bedächtige, tiefe Stimme, eine Stimme wie Samt, eine Stimme, die sie später stets zu imitieren versuchen würde. Von jetzt an waren diese Stimme und Kelys besondere Präsenz eins. Bei Kelys spürte sie nicht das Licht, aber eine ungeheuer große Ausstrahlung von Frieden mit sich und der Welt. Kelys ruhte in sich selbst und wirkte sehr gesammelt. Eine solche Ausstrahlung hatte Lisbeï bis zu diesem Tag nie gespürt.

»Fusco liegt auf der anderen Seite des Tirameischen Meers, in der Nähe vom Sahra-See«, antwortete sie schließlich. Kelys nickte lächelnd. Erst jetzt berührte sie Lisbeï und streichelte ihr mit einer kühlen Fingerspitze sanft über die Wange. Sie stand auf.

Mooreï seufzte. »Geh jetzt, Lisbeï.«

»Warum?« fragte Selva. Alle sahen sie erstaunt an. Sie ging um den Schreibtisch herum und baute sich vor Lisbeï auf. »Dies ist die künftige Mutter von Bethely. Sie hat das Recht, es zu erfahren. Die gleichen Rechte, wenn nicht sogar mehr, wie die zukünftige Ärztin von Bethely. Sie wird bei der Trauerfeier für Loï nicht dabeisein. Lisbeï, du liebst doch Geschichten, nicht? Bei einer Trauerfeier erzählen wir Geschichten über die Leute, die gestorben sind. Ich erzähle dir jetzt eine Geschichte.

Es war einmal eine Rote, die ging in die *Schlimme Zone.* Wie du weißt, geht niemand dort hin. Aber die junge Rote ging dort hin, denn sie hatte es satt, Babies zu bekommen, die nie aus dem Hort herauskamen. Babies, die nicht einmal so lange lebten, daß sie in den Hort *hineinkamen.* Sie entschloß sich, in die *Schlimme Zone* zu gehen. Denn sie wußte, wenn sie aus der *Schlimmen Zone* zu ihrer Familie zurückkehrte, dann würden sie ihr endlich die Eierstöcke entfernen und sie unfruchtbar machen, um zu verhindern, daß sie Mißgeburten zur Welt brachte. Nach zwei Tagen in der *Schlimmen Zone* kehrte sie heim. Aber es war eigentlich egal, ob sie sich einen Tag, einen Monat oder nur eine Stunde in der *Schlimmen Zone* aufgehalten hatte. Sie wurde bestraft, und ihre Eierstöcke wurden ihr weggenommen. Sie dachte: Jetzt ist alles in Ordnung, denn ich habe ja keine Eierstöcke mehr. Ihre Eierstöcke waren auch schon vor ihrer Zeit in der *Schlimmen Zone* schlecht gewesen, und man hätte sie eigentlich längst entfernen müssen. Verstehst du das, Lisbeï? Ihre Eizellen vertrugen sich nicht mit den männlichen Samen. Nach ihrer Strafe versuchte sie, wieder so wie früher zu leben. Aber jetzt wollte niemand mehr mit ihr sprechen, weil sie ja in der *Schlimmen Zone* gewesen war. Und sie erlaubten ihr auch nicht, für die Mostas anderer Leute in den Horten oder für die Dottas zu sorgen. Sie war sehr, sehr unglücklich. Schließlich sprang sie eines abends von dem höchsten Dach der Capterie. Sie starb.«

Das letzte Wort zischte wie ein Peitschenhieb über Lisbeïs Kopf. Sie zuckte zurück, obwohl sie sehr wohl wußte, daß diese Geschichte eigentlich nicht für sie, sondern für die anderen im Zimmer bestimmt war. Oder vielleicht auch für keinen von ihnen. Schließlich antwortete Mooreï mit gebrochener Stimme: »Sie hätte ihren Fall vor die Versammlung bringen können. Sie hätte uns schreiben können. Sie hat sich entschieden, nichts zu unternehmen.«

»Entschieden!« sagte Selva. »Hat sie sich dafür *entschieden,* Jahr für Jahr Kinder auszutragen, die nicht lebensfähig waren? Man hätte sie sofort zu einer Blauen erklären müssen!«

»So etwas machen sie in Cartano nicht. Loï wußte es, als sie Tomma folgte.«

Fasziniert hörte Lisbeï den Erwachsenen zu, die sich in ihrer Erwachsenensprache über ihre Erwachsenenwelt unterhielten. Die Worte klangen vertraut und schienen Dinge zu bezeichnen, die sie beinahe verstand. Aber nur beinahe. Sie lagen ein ganz klein wenig außerhalb ihrer Erfahrung.

»Loï wäre eine ausgezeichnete Hüterin gewesen. Sie wäre ausgezeichnet bei allem gewesen, was sie angefangen hätte. Und alles, was sie aus ihr gemacht haben, war eine Abtrünnige. Die Cartanos haben sie umgebracht. Ebenso sicher umgebracht, als wenn sie Loï persönlich von diesem Dach gestoßen hätten.«

Selvas Stimme brach plötzlich. Ihr Körper sackte zusammen, als sei alle Leidenschaft daraus entwichen. Sie legte eine Hand auf ihren angeschwollenen Bauch. Eine Hand, die zur Faust geballt war. Antonë war beunruhigt und ging zu ihr. Selva winkte ab, aber die Ärztin beachtete das nicht weiter, faßte sie beim Handgelenk und fühlte ihr den Puls.

»Warum haben sie Loï nicht sterilisiert und zurück in die *Schlimme Zone* geschickt? Oder einfach nach Bethely zurück?« fragte Antonë.

»Sie gingen von dem aus, was war, und handelten so, wie sie es für richtig hielten«, gab Mooreï zurück. »Loï hätte schon eher darum bitten können, hierher zurückkehren zu dürfen. Aber sie hat es nicht getan. Und Judditen schicken die Gefährtin der Mutter nie fort – das tut man einfach nicht.«

Selva richtete sich mit blitzenden Augen auf.

»Judditen tun inzwischen vieles, was sie vorher nicht getan haben. Und es ist höchste Zeit, daß sie sich ändern, ob sie nun wollen oder nicht. Ein für allemal!«

Auch Mooreï richtete sich jetzt auf und sagte mit einer Stimme, die Lisbeï an ihr nicht kannte: »Das reicht, Selva. Herumschreien oder von Dächern springen wird ganz bestimmt nichts ändern. Wir bringen die Angelegenheit vor die nächste Versammlung von Litale. Und wenn nötig, auch vor die Versammlung der Mütter. Sie müssen es wiedergutmachen.«

»Erzähl das Loï!«

»Loï hat Trost in den Armen Ellis gefunden.«

Lisbeï spürte, daß Selva gleich explodieren würde. Plötzlich trat die schwarze Kelys vor und legte der Mutter einen Arm um die Schultern. »Es ist Zeit, daß sich die Dinge ändern, Selva. Aber auch Mooreï hat recht. Es ist eine Sache, die vor die Versammlungen gehört.«

Selvas Gesicht verzog sich, als werde sie gleich weinen. Aber statt dessen knirschte sie mit den Zähnen und atmete tief durch. »Ihr müßt beide müde sein«, sagte sie. »Ihr müßt ja schon bei Tagesanbruch losgeritten sein, so schnell wie ihr hier wart. Bleibt ihr ein paar Tage bei uns?«

Die häßliche Blaue antwortete. Ihre Stimme war so seltsam wie alles an ihr: sehr tief, fast schon ein Knurren. »Ich verabschiede mich jetzt mit deiner Erlaubnis. Ich werde in Lobianco erwartet.«

»Es war sehr freundlich, daß du diesen Umweg mit Kelys gemacht hast«, sagte Mooreï.

»Das war doch das Mindeste, was ich tun konnte. Friede in Elli euch allen«, murmelte die Blaue. Sie streckte eine Hand aus, um den Stuhl zurückzuschieben. Eine große Hand mit eckig geschnittenen Fingernägeln und – zu Lisbeïs großem Erstaunen – schwarzen Haaren auf dem Handrücken und sogar an den Fingern!

»Friede in Elli, Rico«, antworten Mooreï und Selva wie aus einem Mund.

Rico? Was war das denn für ein Name?

Und plötzlich blickte Lisbeï durch und verstand, daß dies keine *sie,* sondern ein *er* war. Ein blauer *Mann*. Oder jemand, der einmal ein Mann gewesen war. Sie hätte ihn gern genauer betrachtet, aber dazu fehlte die Zeit: Er schritt zur Tür und verschwand.

Kapitel 11

Antonë an Linta

Bethely, 17. Marsa, 481 N.G.

Liebe Linta,
ich habe vollkommenes Verständnis für deine Entscheidung. Eigentlich war ich sogar schon darauf vorbereitet. Die langen Abstände zwischen deinen Briefen und insbesondere ihr Inhalt … na ja, deshalb habe ich ja auch meinen letzten Brief so abgefaßt, nach langem Zögern. Ich mag ja von meiner Forschung besessen sein, aber ich bin nicht so blind und taub für meine Umgebung, wie du anscheinend annimmst. Faß diese Bemerkung bitte nicht falsch auf. Ich bin traurig, genau wie du, und will dir nicht böse. Ich glaube, wir beide haben von Anfang an gewußt, was jedem von uns wichtig war. Und deshalb haben wir auch gewußt, daß jede von uns früher oder später ihren eigenen Weg gehen würde. Maritna paßt bestimmt viel besser zu dir. Genau wie du hoffe ich von ganzem Herzen, daß wir Freundinnen bleiben können. Nichts von dem, was uns ursprünglich zusammengebracht hat, ist durch deine Entscheidung verändert oder zerstört worden. Es hat mir sehr geholfen, daß du das auch so geschrieben hast. Und wir waren ja auch Freundinnen, ehe wir Gefährtinnen wurden. Natürlich schreibe ich dir auch weiterhin – sogar noch öfter als früher. Denn bis jetzt hatte ich ja Angst, zu viel über meine Arbeit zu schreiben. Da du aber immer noch

daran interessiert bist, wie du schreibst, kann ich jetzt unseren Briefwechsel mit Freuden fortsetzen. Und ich will dich auch in Zukunft als meine aufgeklärte (und radikale) Kritikerin – eine Rolle, die du inzwischen schon aufgegeben hattest. Ich habe das immer bedauert, aber mich auch dazu nicht geäußert. Wir haben beide Fehler gemacht.

›Das Gift geteilten Schweigens‹ – diese Worte hat mir Kelys im Zusammenhang mit Selva und Loï gesagt. Ich verstehe jetzt besser, warum Selva sich nie eine Gefährtin genommen hat. Glücklicherweise haben wir das Schweigen unsere Beziehung nie wirklich vergiften lassen. Aber wir sind ja auch nicht in Bethely aufgewachsen und haben keine zehn Jahre in einer Judditenfamilie wie der von Cartano gelebt. Ist dir klar, daß dort der Status ›Gefährtin der Mutter‹ nicht einmal anerkannt wird? Selbst nach zehn Jahren war Loï immer noch eine von der Familie ›Adoptierte‹. Unglaublich. Und daß sie die ganzen Jahre ihre Schwangerschaften zugelassen haben! Da ich inzwischen die offizielle Ärztin von Bethely bin, fuhr ich am nächsten Tag gleich nach Cartano, um die Autopsie durchzuführen. Ich will lieber gar nicht davon reden, wie sie mich empfangen haben. Ich hatte jedes Recht, dort zu sein, und in Kelys Gegenwart mußten sie sich zusammenreißen. Ich habe sie tatsächlich dazu gebracht, mir die Autopsieberichte aller Kinder, die Loï hatte, zur Verfügung zu stellen – so wenig aufschlußreich solche Berichte bei den Judditen auch sind. Die Tatsache, daß sie Loï nach dem zweiten Kind nicht zur Blauen erklärt haben, und die Art und Weise, wie sie Loï die ganze Zeit behandelt haben, sind einfach … ungeheuerlich, viel schlimmer als jede ›Mißgeburt‹.

Aber der Gipfel war, daß sie letzten Monat bei der Versammlung von Litale die Dreistigkeit besaßen, die Offenlegung der Autopsieberichte und die Wiedergutmachung zu verweigern!

In der nächsten Juna kommt der Fall vor die Versammlung der Mütter. Selva ist fest entschlossen, ihn vorzubringen. Ich hoffe, daß sie überhaupt selbst teilnehmen kann. Ihre Schwangerschaft verläuft soweit ganz normal, wohlgemerkt kein Grund zur Beunruhigung, aber man kann ja nie wissen.

Die Versammlung findet knapp einen Monat nach der Geburt statt, und die Reise nach Caraquès ist anstrengend, auch wenn man die Hälfte der Zeit auf dem Wasser ist. Aber Selva will kein Wort gegen ihren Plan hören. Jetzt verstehe ich allerdings ihre Haltung gegenüber Lisbeï und dem jüngeren Kind viel besser. Sie möchte nicht, daß ihnen das gleiche wie ihr passiert. Loï war ihre jüngere Schwester, vergiß das nicht. Selva muß sehr gelitten haben, als Loï beschloß, nach Cartano zu gehen. Um ehrlich zu sein, frage ich mich, nachdem ich Tomma, die Mutter, jetzt kennengelernt habe, wie Loï sie so sehr lieben konnte, daß sie das Leben in Cartano auf sich nahm. Bestimmt hat sie gewußt, welches Leben sie dort erwartete. Aber ich verstehe jetzt, warum Mooreï und ich Selva schwören mußten, jeden Kontakt zwischen Lisbeï und Tula zu unterbinden, bis Tula aus dem Hort kommt.

Ach ja, das Herz hat seine eigenen Wege und sucht sich eigene Wege …

Siehst du, ich kann sogar schon wieder über die Liebe scherzen. Ich hoffe, du nimmst mir das nicht übel. Es spielt keine Rolle, wie wir es nennen: Für mich heißt das Gefühl, das uns verbindet, immer noch Liebe. Die Tatsache, daß wir keine Gefährtinnen mehr sind, ist dem untergeordnet, liegt auf einer anderen Ebene. Vielleicht habe ich ja auch unrecht, wenn ich das als weniger wichtig betrachte, möglicherweise unterscheiden wir uns in diesem Punkt. Aber ich weiß jetzt, daß du meine Mängel auf diesem Gebiet akzeptieren kannst, du kennst und verstehst ja ihre Ursache.

Um auf die gräßlichen Cartanos zurückzukommen: Sie sind gezwungen, die Autopsieberichte in Caraquès offenzulegen, weil die Erblinien betroffen sind. Und ich sehe keine Möglichkeit, wie sie sich vor den Wiedergutmachungen drücken könnten. Selva ist fest entschlossen, aus dieser Geschichte einen Präzedenzfall zu machen, als Warnung für

Cartano, aber auch für andere Familien in der Region. Die Judditen in diesem Teil der Provinz können einen schon besonders ärgern, das muß ich sagen. Wie du weißt, besitze ich Erfahrungen aus erster Hand. Sie halten stur an ihren Traditionen fest, sogar an den härtesten (um nicht zu sagen an den widerlichsten oder direkt verbrecherischen, siehe der Fall Loï). Sie sind ein Ballast, der die anderen drückt. Ich habe ja schon erwähnt, daß sie die Nachricht von Loïs Tod nicht durch Kelys, sondern durch einen blauen Mann überbringen ließen. Ein Cartano auf der Durchfahrt, der in Lobianco lebt. (Ich wundere mich wirklich, wie irgendein Mann auch nur eine Sekunde daran denken kann, freiwillig zu den Judditen zurückzukehren, wenn er offiziell schon ein Blauer ist!).

Erst als ich das Kelys gegenüber erwähnte, wurde mir klar, daß sie das als Beleidigung gemeint hatten: Auf diese Weise wollten die Cartanos Bethely für Loïs ›respektloses‹ Verhalten demütigen. Auf der Versammlung von Litale traute ich meinen Ohren nicht. Sie haben zu allem und zu jedem was zu sagen, nicht nur zu wesentlichen Fragen, sondern auch zu sämtlichen Einzelheiten. Beim geringsten Anlaß fuchteln sie einem mit dem Wort Ellis vor der Nase herum, das heißt mit ihrer engen, kleinlichen Auslegung des Wortes. Ihrer Meinung nach kommen die Chartas immer erst an zweiter Stelle, das Wort hat Vorrang.

Ich frage mich, warum sie sich überhaupt die Mühe gemacht haben, die Chartas zu unterzeichnen? (Zweifellos würden einige von ihnen darauf antworten, daß sie, *wenn sie bei der Unterzeichnung der Maerlande Charta dabeigewesen wären …)*

Kurz gesagt, unsere nordöstlichen Judditen sind dagegen buchstäblich aufgeklärte Philosophinnen. Ich könnte noch seitenweise über die Cartanos schreiben. Natürlich bin ich nicht ganz unparteiisch, da sie mir gerade und zum dritten Mal den Zugang zu ihren Archiven verwehrt haben. Und das, obwohl ich ein ausdrückliches Empfehlungsschreiben von der Versammlung von Litale vorweisen konnte. Ich glaube, ich werde Selvas Beispiel folgen und sie vor die Versammlung der Mütter schleppen. (Das ist natürlich nicht ernst gemeint. Dazu ist es noch zu früh. Ich will erst ein vollständiges und nicht anfechtbares Dossier über die Schlimme Krankheit erstellen).

Kelys betrachtet all das mit Gleichmut. Nach all ihren Reisen ist ihr kaum noch etwas fremd, sie hat schon viel Schlimmeres gesehen. Ich wünschte, du könntest sie kennenlernen, sie würde dir gefallen. Für eine Forschungsreisende, die schon so viele Entdeckungen für sich verbuchen konnte, ist sie erstaunlich bescheiden. Und die Tatsache, daß sie sich nicht auf den reichlich vorhandenen Lorbeeren ausruht, sondern weitermacht, läßt sie in meinen Augen noch anziehender erscheinen, wie du dir bestimmt denken kannst. Ganz offensichtlich ist sie keine gewöhnliche Forschungsreisende. Obwohl sie ein Ausbund an Diskretion ist, handelt sie bis zu einem gewissen Grad als Auge und Ohr von Wardenberg. Ich wüßte gern, was die Cartanos wohl getan hätten, wenn sie bei Loïs Tod nicht dort gewesen wäre. Ich habe den starken Verdacht, sie hätten ihn ohne jede Skrupel als Unfall dargestellt, einfach, um Wiedergutmachungen zu vermeiden!

Kelys bleibt bis zur Versammlung von Caraquès hier in Bethely. Ich hatte gehofft, sie würde Selva von der Reise abraten. (Mooreï ist durchaus fähig, die Familie zu repräsentieren. Das hat sie auch getan, als Selva mit Tula schwanger war). Kelys und Selva sind alte Freundinnen. Ihre Freundschaft reicht bis in die Zeit zurück, als Selva noch gar nicht die Mutter von Bethely war, glaube ich. Überdies hat Kelys eine Fähigkeit, zu überzeugen und zu vermitteln, die weit über Mooreïs Möglichkeiten hinausgeht, und das will was heißen! Aber sie hat das Thema nicht einmal angeschnitten. Ich nehme an, es liegt daran, daß sie Selva so gut kennt und weiß, was Loï ihr bedeutet hat. Kelys wird, falls nötig, sogar als Zeugin für Bethely auftreten. Mit ihrem Gewicht in der Waagschale sind die Cartanos plattgemacht, und das wissen sie bestimmt. Vielleicht wollten *sie mich deshalb nicht an ihre Archive heranlassen. Sie wissen, daß sie es früher oder später zulassen müssen, aber haben mir aus purer Bosheit einen Knüppel zwischen die Beine geworfen.*

Um beim Thema Kelys zu bleiben: Wir haben jetzt eine richtige Gymna-Meisterin (anstelle der anmutigen, aber total unfähigen Karitee): Kelys bringt den Dottas in den Grund- und Fortgeschrittenenkursen das Taïtche bei, und den anderen die Parade.

Darüber hinaus hat sie die Ausbildung der künftigen Schutzpatrouillen übernommen. Allerdings gibt es bestimmt einige, die diesen Tag heimlich verfluchen, während sie mit dem Muskelkater kämpfen. Falls sich die geheimnisvollen Greuelmenschen in der Schlimmen Zone *je in den Kopf setzen sollten, einen Blick auf Bethely zu werfen, können sie mit einem heißen Empfang rechnen!*

Kapitel 12

Für den Taïtche-Unterricht hatte Kelys Karitees Gruppen so aufgeteilt, daß nie mehr als sechs Schülerinnen gleichzeitig von ihr trainiert wurden. Das bedeutete zwar ein viel längeres Arbeiten mit den Anfängerinnen, aber das machte Kelys anscheinend nichts aus. Lisbeï war in sportlicher Hinsicht faul und schämte sich ihres Körpers, der für ihr Alter schon zu groß war. Unter Karitees anspruchslosem Kommando hatte sie sich ganz wohl gefühlt. Für Kelys jedoch war sie bereit, sich anzustrengen. Aufgeregt und gespannt stand sie mit den anderen fünf auf der Matte in der Turnhalle. Kelys würde sie bestimmt auffordern vorzuführen, was sie schon konnten, und sie hatte die Grundübungen am Vorabend mit Arië in ihrem Zimmer geübt. Sie war sich allerdings nicht sicher, ob sie Kelys Erwartungen genügen würde. Die hoch aufgeschossene Blaue bewegte sich mit solch vollendeter Anmut, so kraftvoll und doch geschmeidig. Neulich, an einem Regentag, hatten die Dottas gesehen, wie sie mit mehreren Sprüngen den Hof überquert hatte. Wie eine Katze war sie über eine große Pfütze gesprungen, um den Schutz der Säulenhalle zu erreichen. Kelys war nicht einmal außer Atem gewesen.

Die Meisterin sah ihren Schülerinnen einer nach der anderen zu, sagte aber nichts. Dann berührte sie sie, prüfte hier einen Knochen, dort einen Oberschenkel, die Fußgelenke oder die Bauchmuskulatur. Als das erledigt war, öffnete sie ihre große Tasche (die Dottas hatten sich schon gefragt, warum sie die mitgebracht hatte) und entnahm ihr Ketten und Bänder, die mit Dutzenden winziger, silberhell klingender Glöckchen besetzt waren. Sie befestigte sie an ihren Fersen und Handgelenken sowie an Stirn und Taille. »Hört mir zu«, sagte sie geheimnisvoll und stand eine Weile vollkommen still da. Als Lisbeï nicht länger ein Kichern zurückhalten konnte, lächelte Kelys und begann zu gehen. Ihre Arme durchliefen die Bewegungen der ersten Taïtche-Übung, ihre Füße folgten dem unsichtbaren Pfad auf der Matte. Das alles geschah in völliger Stille.

Es gab ein Klingeln, als sie weitere Schellenbänder aus der Tasche nahm und sie Lisbeï reichte, die sich vor Tuina gedrängt hatte und es jetzt bereute. »Versuch du's mal«, sagte Kelys.

Die kleinen Schellen schlugen schrill an, als Lisbeï mit angespanntem Körper versuchte, es Kelys nachzumachen.

»Versuch mal, dich nicht zu bewegen«, riet Kelys. Sie lachte nicht, und ihr Blick brachte das Gekicher der Dottas zum Verstummen.

Diesmal gelang es Lisbeï etwas besser, aber bald begann das Geklingel erneut, obwohl sie bei der

Anstrengung, die Schellen ruhig zu halten, schwitzte und kaum atmete.

»Ich weiß, wie's gemacht wird!« sagte Tuina.

Kelys gab ihr ein paar Schellen. Lisbeï sah gedemütigt dabei zu, wie Tuina sehr langsam einen Schritt machte, dann einen zweiten und dritten. Kein Ton. Es war so wie bei einer der Katzen in der Capterie, wenn sie sich an einen Vogel anschlich. Und dann begannen die Glöckchen zu klingen. Tuina stampfte frustriert mit dem Fuß auf, womit sie ein weiteres Glockenspiel auslöste.

Kelys lächelte sie an. »Das war eine gute Idee. Allerdings müßt ihr meiner Meinung nach erst wissen, wie man vollkommen still steht, wenn ihr wirklich wissen wollt, wie man sich richtig bewegt. Es ist sehr, sehr schwer!«

Sie gab jedem von ihnen ein Band und forderte sie auf, es mit den Fingerspitzen festzuhalten, während sie die Arme auf Augenhöhe verschränkten. Zuerst ging alles gut. Aber nach kurzer Zeit kam es ihnen so vor, als reiche es schon, die Schellen anzusehen und sich fest vorzunehmen, sie nicht zum Läuten zu bringen, um ein Gefühl zu bekommen, als müsse man sich innen im Kopf kratzen. Der Wunsch, sich zu bewegen, wurde allmählich unerträglich – sich nur eine Spur zu bewegen, den Arm ein wenig sinken zu lassen, das Gewicht auf den anderen Fuß zu verlagern ... und die Glöckchen schlugen spöttisch an.

»Denkt nicht so schwer«, sagte Kelys. »Denkt einfach anders.«

Sie erklärte, wie. Konzentriere den ganzen Körper auf einen einzigen Gedanken, bis er gar kein Gedanke mehr ist. Spüre den eigenen Atem, den Strom von innen nach außen, von den Nasenflügeln bis in den Bauch. Von oben nach unten, vom Hals bis in den Rumpf und in die Beine. Und horizontal, durch den

Kopf, durch die Schultern, die Hüften und die nackten Füße.

»Ihr könnt einander wahrnehmen«, sagte Kelys. Ein Glöckchen läutete, als Lisbeï aufschreckte, weil sie an das Licht und an Tula denken mußte. Aber Kelys hatte nur gemeint, daß sie einander aus den Augenwinkeln spüren konnten, mit ›peripherer Sicht‹, wie Kelys das nannte. Wenn sie genau achtgaben, konnten sie die anderen die ganze Reihe entlang atmen hören.

Und es stimmte. In Lisbeïs innerem Auge nahmen die anderen jetzt deutlicher, reibungsloser, ruhiger Gestalt an, so als erwüchsen sie aus einer rhythmischen Welle. Diese Welle mußte wohl ihr Atmen sein, und darunter ihr Herzschlag.

»... und wenn ihr eure Augen schließt, könnt ihr die Luft zwischen euch spüren. Die Luft berührt eure Haut und die der anderen, die Luft liegt zwischen eurer Haut und der der anderen.«

Und es stimmte. Lisbeï merkt, wie ihre Haut elastisch wird, wie von ihrem Fleisch etwas abstrahlt, ein Strom nach außen, der die Haut und das Fleisch der anderen berührt. Es ist ein sehr merkwürdiges Gefühl, so als kenne ihr Körper keine Grenzen mehr. Nach einer Weile ist es auch beunruhigend: Sie weiß eigentlich nicht mehr, wo sich ihr Körper im Verhältnis zu den anderen befindet. Sie würde gern in ihren eigenen Körper zurückkehren. Aber wie? Ihr Körper scheint es zu wissen: Da ist so etwas wie eine Umkehrbewegung, ein Zusammenziehen, eine langsame Verdichtung. Irgendwo hinter Lisbeïs geschlossenen Augen steigt ein rosa Licht auf, immer intensiver, von einem Rosa, das fast so blaß ist wie ein durchsichtiges Weiß, bis zu einem Purpurrot, das schon fast schwarz wirkt. Jetzt hört sie den Atem und die Herzschläge der anderen nicht mehr, nur noch ihr eigenes Atmen. Und das, was wohl ihr eigenes Herz sein muß, dieses

Klopfen, das sie in eine wellenförmige Bewegung versetzt. So, als sei sie Wasser. Sie kann fühlen, wie die Wellen vom Innern nach außen rollen ... Sie ist Wasser und hört sich selbst tröpfeln, strömen, in einer endlosen Bewegung zirkulieren. Es ist ein Kommen und Gehen, das alle Schattierungen von Rot, Rosa und Weiß mit sich bringt, ein Aufbranden und Schlagen, ein Zischen und Funkeln – das Pulsieren in einem schwindelerregenden Strudel. Kaum noch auszuhalten ... All diese Bewegungen, all dieser Lärm. Plötzlich bekommt Lisbeï Angst, sie hat das Gefühl zu fallen, sie *fällt* und weiß nicht einmal, wo sie ist, ob innen oder außen, und sie will schreien, aber weiß nicht mehr, wie.

Etwas berührte sie und brachte sie in ihren Körper zurück. Sie zuckte heftig zusammen, als erwache sie aus einem Falltraum. Aber ihre Glöckchen waren stumm. Verwundert schaute sie um sich. Am linken Rand ihres Gesichtsfeldes nahm sie eine Bewegung wahr, eine stille Gegenwart. Kelys hatte die Reihe der Dottas umrundet und war vor ihr stehengeblieben. Sehr langsam hob Lisbeï den Kopf, um Kelys anzusehen. Immer noch kein Geläute. Schwarze Augen, die sie aus einem schwarzen Gesicht heraus beobachteten, ihr Ausdruck war nicht zu deuten. Ein langer Arm streckte sich nach ihr aus, eine Hand berührte ihre Wange. Schweigen. Blasse Lippen, im Vergleich zu der schwarzen Haut fast lila, verzogen sich zu einem Lächeln. Und plötzlich war es genauso wie mit Tula – nein, noch viel schöner, anders, aber genauso (schrieb Lisbeï an diesem Abend nach langem Zögern in ihr Notizheft). So kurz, so stark, als zehre sich dies Erkennen in seiner Intensität selbst auf. Lisbeï konnte es Tula nicht beschreiben, so sehr sie es auch versuchte. Das einzige, an das sie sich erinnern konnte, war, daß ... sich irgend etwas zwischen ihr und Kelys ereignet hatte.

Statt dessen versuchte Lisbeï, Tula die merkwürdigen farbigen Visionen zu erklären (es mußten Visionen gewesen sein), die aufgetreten waren, als sie sich so angestrengt hatte, das Glockenläuten zu unterbinden. Aber der einzige Vergleich, der ihr in den Sinn kam, war der Fiebertraum während der *Schlimmen Krankheit* – und dies auch nur als letzter Ausweg, denn sie wußte ja, daß Tula während *ihrer* Krankheit keine solche Erfahrung gemacht hatte.

Kelys sammelte die Glöckchen wieder ein und fragte die Dottas, was sie empfunden hätten. Anscheinend hatte niemand Lisbeïs Erfahrung geteilt, nicht einmal den ersten Teil, dieses Gefühl, in den Raum auszuströmen und die anderen zu berühren, ohne sie wirklich anzufassen. Sie traute sich nicht, davon zu erzählen. Kelys sagte, ohne sie dabei anzusehen: »Hatte irgend jemand von euch das Gefühl einzuschlafen oder Sterne zu sehen, so wie ihr Sterne seht, wenn ihr euch die Augen reibt?«

Lisbeï zögerte ein wenig zu lange. Kelys fuhr fort: »Ich hoffe, es passiert. Beim ersten Mal ist es ziemlich seltsam. Ihr fühlt euch dann wie losgelöst und wißt nicht, ob ihr euch innerhalb oder außerhalb eures Körpers befindet. Der Trick ist, sich zwischen beidem in der Schwebe zu halten.«

»Stellt euch eine Uhr vor«, ergänzte sie. »Der große Zeiger dreht sich nach rechts, bis er einen Punkt erreicht, der so weit rechts liegt, daß sich der Zeiger auf der gegenüberliegenden Seite der Uhr nach links oben bewegt – auf der Seite, auf der Tag zu Nacht wird. Ganz kurz ist der Zeiger genau zwischen beiden Seiten ...« (»Mittags!« – »Um Mitternacht!« riefen die Dottas im Chor.).

Lisbeï hatte das Gefühl, als habe sie dies alles schon einmal gehört. Plötzlich dachte sie an das Vergrößerungsglas, das sich gedreht hatte: Raum und Scheibe, Raum und Scheibe wirbelten herum, bis das Glas irgendwann zum Stillstand kam. Hier war es genau andersrum: Die Zeiger hörten nie auf, sich zu drehen, solange die Uhr aufgezogen wurde. Das gerade Gegenteil, aber es wirkte wie dieselbe Sache.

»Nicht, was die Zeiger betrifft. Aber für die Menschen gilt das schon. Ihr könnt lernen, diesen Moment auszudehnen. Wenn ihr lernen wollt, euch erst gar nicht und dann so zu bewegen, daß die Glöckchen nicht läuten, dann müßt ihr euch so lange konzentrieren, bis ihr den Punkt des Gleichgewichts findet. Dieser Punkt ist wie ein Faden, der zwischen dem Innern und Äußeren verläuft, es ist der Mittag und die Mitternacht zwischen eurem Körper und eurem Bewußtsein. Ihr müßt auf diesem Faden so entlangbalancieren, daß ihr weder zu der einen, noch zu der anderen Seite hinunterfallt. Das ist die Grundlage von Taïtche und der Parade.«

Und des Paarungstanzes. Aber der Tanz sollte erst später drankommen.

Kapitel 13

Wieder einmal war Lisbeïs Status in Bethely ziemlich seltsam. Jeden Tag suchte sie drei Stunden lang Selva auf, und das Büro wurde zum Schulzimmer. Später sollten Extrastunden bei Mooreï und Antonë hinzukommen. Darüber hinaus mußte sie zwei Stunden am Tag Hausaufgaben machen. Das Fach Geschichte diente dazu, sie gleichzeitig in Lesen, Schreiben, Geografie, Mathematik und – unmerklich, aber gerade deshalb sehr wirkungsvoll – Ethik zu unterrichten. Selva sprach kaum von Elli. Später, bei Mooreï, war Geschichte normalerweise mit dem Wort Ellis verknüpft, aber da ahnte Lisbeï schon, daß beides im Grunde wenig miteinander zu tun hatte.

In der übrigen Zeit sollte Lisbeï sich wie die anderen Dottas beschäftigen und kleine Hausarbeiten für die Captas erledigen. Das konnten Arbeiten in der Küche oder auf den verschiedenen Stockwerken sein, später auch in den Gärten, Scheunen oder sogar in der Weberei. In Bethely gab es stets genügend Arbeit für alle. Lisbeï beklagte sich bei ihrem Tagebuch darüber, daß sie wie alle anderen behandelt wurde. Denn eigentlich war sie doch gar nicht wie alle anderen: Ihre Tätowierungen hatte sie viel früher bekommen. Immerhin war sie doch die künftige Mutter von Bethely, oder etwa nicht?

Selva und Mooreï gaben ihr durch Worte und Handlungen zu verstehen, daß die künftige Mutter von Bethely gar nicht so anders als alle anderen war, aber diese heilsame Lektion ging an Lisbeï glatt vorbei. So ein bißchen liebevoller Respekt, wie er der Mutter und ihrem Gedächtnis entgegengebracht wurde, wäre ihr ganz recht gewesen. Sie wußte, welche Gefühle sie bei Erwachsenen auslöste: ganz bestimmt weder Respekt noch Bewunderung. Manche behandelten sie mit der rauhen Zärtlichkeit, wie sie kleinen Dottas gegenüber üblich war. Andere reagierten auf sie mit einer Art Belustigung, die mitunter herablassend wirkte. Oder mit Strenge, so als genüge sie ihren Ansprüchen nicht, vielleicht steckte sogar Feindseligkeit dahinter.

Die anderen Dottas, insbesondere die älteren, verhielten sich ihr gegenüber entweder verunsichert, verärgert, oder sie ließen sie eine Art von Mitgefühl, vielleicht sogar Mitleid spüren, und das brachte Lisbeï fast zur Weißglut. Merkten sie denn nicht, daß sie die künftige Mutter von Bethely, die Capta vor sich hatten? Trotzdem konnte Lisbeï ihre Haltung verstehen. Wenn sie ehrlich mit sich selbst war, mußte sie zugeben, daß sie eine leise Sehnsucht nach jenen ersten Wochen im Turm hatte, als sie wirklich Teil von

Majdas Gruppe gewesen war. Offiziell war sie das immer noch, aber ihr neuer Stundenplan machte es ihr praktisch unmöglich, an irgendwelchen Gruppenaktivitäten – egal, ob Spiel oder Arbeit – teilzunehmen. Mit der Zeit waren sich anscheinend alle darin einig, daß Lisbeï jeder Gruppe oder auch gar keiner angehörte. Obwohl sie immer noch ein Zimmer mit Arië teilte, hatte sich zwischen ihr und Majdas Gruppe eine Kluft aufgetan. Sie war nicht isoliert, aber allein. Vom Rande des Geschehens aus beobachtete sie die unterschiedlichen Strömungen von Zu- oder Abneigung, die die anderen Dottas vereinten oder trennten. An manchen Abenden, wenn sie lange über ihrem Notizheft gesessen und geschrieben hatte, vergnügte sie sich stillschweigend, indem sie eingehend über Tula nachdachte.

Eigentlich litt Lisbeï gar nicht darunter, daß sie eine Sonderstellung einnahm. Auch das war ›genau wie im Hort‹. Die vertraute Zauberformel gab ihr eine Art inneren Frieden. Ihre Fähigkeit, sich in andere einzufühlen, mochte bedeuten, daß sie ihre besondere Einsamkeit nie völlig vergessen konnte, aber sie versetzte sie auch in die Lage, damit fertigzuwerden. Wenn sich alle so und nicht anders zu ihr verhielten, dann war das anscheinend ganz normal: So war es nun mal. Gelegentlich bedauerte sie ihre ›Andersartigkeit‹, manchmal war sie auch böse auf die anderen oder verletzt. Aber in solchen Augenblicken wußte sie trotzdem, daß sie diesen Gefühlen nicht nachgeben durfte. Schließlich würde Tula ja eines Tages aus dem Hort herauskommen, dann war die Welt bestimmt wieder in Ordnung.

Ihre Situation hatte auch ihre Vorteile. Zumindest lernte Lisbeï früher als alle anderen viele faszinierende Dinge kennen. Leider konnte sie mit ihrem frühreifen Wissen aber nirgendwo Eindruck schinden. In der ersten Zeit brachten die Gleichaltrigen wenig Interesse für Informationen auf, die mit ihrem Alltag im Turm so wenig zu tun hatten. Die Dottas von Bethely erhielten normalerweise erst ab ihrem achten Geburtstag regelrechten Unterricht, obwohl sie für die verschiedenen Aufgaben im Turm durchaus die Grundkenntnisse aus der Zeit im Hort nutzten und weiterentwickelten. Aber erst an ihrem achten Geburtstag wurde die Tatsache, daß sie die gefährliche Phase der frühen Kindheit überlebt hatten, offiziell anerkannt: Ihre Schultern wurden tätowiert und ihre Namen ins Buch der Erblinien eingetragen.

Später, als auch die anderen Dottas den ersten Unterricht erhielten, waren sie nicht neidisch auf Lisbeï, vielmehr ging sie ihnen auf die Nerven. Natürlich konnte sie sich immer noch selbst zu ihrem Wissen gratulieren, und das tat sie bei den Unterhaltungen mit Tula in ihrem Notizheft.

Auch im Hinblick auf die körperliche Arbeit nahm Lisbeï eine Sonderstellung ein, weil sie weniger Handarbeiten als die anderen verrichtete. Das war aber nur ein sehr bedingtes Privileg, da sie ein gutes Drittel des Tages geistig arbeiten mußte. Allerdings konnte sie im Unterschied zu den anderen Dottas oft und ohne Aufsicht im Turm (und später in ganz Bethely) umherstreifen. Sie fand ihre eigenen Wege und Abkürzungen für die jeweiligen Botengänge und Aufgaben. Auf diese Weise nahm sie Bethely gründlicher in Besitz, fast so, als habe sie selbst dieses Labyrinth aus Durchgängen, Stockwerken und Treppen geschaffen – ein Labyrinth, in dem sie beinahe täglich neue Verbindungen und komplexe Beziehungsmuster entdeckte.

Und schließlich war ja auch das Vorrecht nicht zu verachten, daß sie den Erwachsenen mehr Fragen stellen durfte als die anderen Dottas – und sogar Antworten bekam.

Wie hätte sie sonst in Erfahrung bringen können,

wo Tula nach ihrer Entlassung aus dem Hort landen würde? List und Geduld waren dazu nötig gewesen, aber Lisbeï hatte beides früh erworben. Unschuldige Bemerkungen, indirekte Fragen brachten sie, ähnlich wie früher die kleinen Holzklötze im Buchstaben-Puzzle, nach und nach ans Ziel. Lisbeï fand heraus, wann Tula den Hort im Westturm verlassen sollte, wer als ihre Tutorin vorgesehen war, auf welchem Stockwerk und in welchem Zimmer sie wohnen und mit wem sie den Raum teilen würde. Die Listen wurden frühzeitig vorbereitet. Alles in Bethely war gut organisiert, da bildete die Einweisung neuer Dottas keine Ausnahme.

Tula war dem Turm zugeteilt worden, in dem auch Lisbeï wohnte. Das war nicht weiter überraschend, schließlich hatte Lisbeï Tulas Namen nie erwähnt. Selva machte sich selbst vor, Lisbeï sei durch ihr neues Leben so abgelenkt und die unvorhergesehene Bindung zwischen ihr und Tula inzwischen so locker (schließlich waren zwei Jahre für kleine Mädchen in dem Alter doch eine Ewigkeit!), daß aus dieser Richtung keine Gefahr mehr drohe. Auch Mooreï suchte sich das wider besseres Wissen einzureden, schließlich hatte sie Lisbeï und Tula zusammen erlebt. Wenn Antonë anderer Meinung war, behielt sie es für sich. Genau wie Lisbeï vermied sie es, Tulas Namen zu erwähnen. So hatte Lisbeï ihre Informationen über Tula denn auch nicht Selva, Mooreï oder Antonë aus der Nase gezogen. Bei ihrer subversiven Vorgehensweise hatte Lisbeï nicht einmal ein schlechtes Gewissen, obwohl die drei ihr beigebracht hatten, daß solche Tricks wirklich übel seien. Ja, klar waren das üble Tricks, aber schließlich gehörte alles in Zusammenhang mit Tula zu einer ganz anderen Welt. Und für diese Welt galten nur die Gesetze, die Lisbeï und Tula aufgestellt hatten.

Jetzt blieb Lisbeï nichts anderes mehr zu tun, als

die restlichen Tage in ihrem geheimen Kalender abzuhaken und zu warten. In den stillen Nächten, wenn Ariё wie ein Baby schlief, füllte sie ein zweites Notizheft mit ihren Gedanken, später ein drittes bis zur Hälfte.

Endlich kam Tula aus dem Hort, am vorgesehenen Tag, zu vorgesehener Stunde. Sie ging mit ihrer Tutorin und den beiden anderen Dottas ihrer Gruppe genau an dem Platz vorbei, wo Lisbeï schon auf sie wartete. Lisbeï hielt einen kleinen Zettel umklammert, auf dem sie Zeit und Ort für ein Treffen notiert hatte. Jetzt mußte sie nur noch eine günstige Gelegenheit abwarten, um ihn Tula in die Hand zu drücken. Tula kommt. Tula. Tula, die fast genauso aussieht wie früher, kaum größer. Wie sehr sie Selva ähnelt! (Der Gedanke war Lisbeï ziemlich unangenehm, auch wenn sie nicht wußte, warum). Jetzt muß Tula gleich Lisbeï erkennen. Das geliebte Wesen wird gleich voller Freude auf sie zurennen. Ach, daß Tula nur nichts sagt, nur nicht reagiert, dann wird auch niemand das geringste vermuten … Jetzt sieht Tula Lisbeï, die ihr im Weg steht, und …

Tula wich Lisbeï aus und ging ohne einen Blick weiter.

Lisbeï stand wie versteinert da. Die Hand, in der sie den sorgfältig achtmal gefalteten Zettel verborgen hatte, erstarrte in der Luft. Das mußte ein Traum sein. Jemand gab ihr einen Schubs, und ihr seltsam losgelöster Körper begann sich wieder zu bewegen. Konnte das ein Irrtum sein? War das wirklich Tula? Dieser gleichgültige Blick? Das Fehlen jeden Lichts?

Mit Schmetterlingen im Bauch und Beinen wie Gummi versuchte Lisbeï sich die Szene zu vergegenwärtigen. Hatte sie wirklich nichts empfunden? Es war alles so schnell gegangen. Ja, sie hatte etwas empfunden … ihre eigene, selbstbezogene Freude. Aber von Tula war nichts gekommen, gar nichts. Nur ihr eigenes Gefühl war da, als sei es von einem Spiegel abgeprallt, von einer harten, glatten Oberfläche, einer glänzenden und schrecklich vertrauten Oberfläche. Selva! Was hatte Selva mit Tula gemacht?

Lisbeï / Tagebuch

Wardenberg, 4. im Monat Ellis, 496 N.G.

In der vergangenen Nacht habe ich von dem Kirschgarten geträumt, Tula. Das letzte Mal, das ich diesen Traum hatte, liegt schon lange zurück. Inzwischen verstehe ich ein bißchen besser, warum dieser Alptraum so schrecklich ist und ich dir nie davon erzählt habe. In diesem Traum habe ich solche Abscheu vor dir. Alles andere ist normal, außer diesem… Ekel, wenn ich dich ansehe. Ein ganz kurzer Traum. Andere Menschen kommen darin gar nicht vor. Auch nicht der Brunnen, in den du früher hineingefallen bist. Nur du. Du pflückst Kirschen, und ich sehe dich im Baum. Wie immer, wachte ich schweißgebadet auf, mein Herz schlug, als sei ich meilenweit gerannt. Aber ich habe nicht geweint. Ich begriff jetzt endlich dies Gefühl, das vom Traum in den Wachzustand hineinwirkte. Das war keine Traurigkeit, sondern Zorn, Tula, Haß. Deshalb habe ich damals so geweint. Dieses starke Haßgefühl machte mir selbst angst. Das Haßgefühl war so stark, daß ich es nicht einmal mir selbst eingestehen mochte. Ein Alptraum, mehr wollte ich gar nicht darüber wissen.

Es dauerte lange, bis ich zugab, daß Selva tatsächlich gar nichts getan hatte, daß du es warst, die sich aus eigenem Entschluß mit dieser Mauer umgeben hatte. Eine Mauer, wie ich sie von Selva kannte. Klar, es war dein Panzer zum Überleben. Aber auch ich hatte ja ohne dich überleben müssen und keine Mauer errichtet! Ich hätte dich nie ausgeschlossen! Nie wäre ich am nächsten Tag mit einem höflichen »Oh, hallo, Lisbeï« an dir vorbeigegangen und dann kichernd mit der anderen – ich weiß nicht mehr, wer es war – davongerannt, während sie etwas sagte und meinen Namen erwähnte …

Kapitel 14

Lisbeï hatte herausgefunden, daß Meralda, Tallie und Meï auf demselben Stock wohnten, allerdings im Nordflügel. Ursprünglich hatte man Tallie und Meï einer anderen Tutorin als Meralda zugeteilt. Am Ende der ersten drei Monate hatte Meralda es jedoch geschafft, ›stichhaltige Gründe‹, wie es die Vorschriften verlangten, für einen Umzug zu finden oder zu erfinden. (Meralda war eines von Mooreïs Kindern, wie Lisbeï voller Eifersucht entdeckt hatte. Sie konnte es erst gar nicht glauben. Wenigstens widmete Mooreï Meralda keine besondere Aufmerksamkeit, aber trotzdem …). Da Pia im fünften Stock wohnte, war die alte Bande praktisch wieder beisammen. Lisbeï war in dieser Gruppe immer noch eine Außenseiterin, allerdings stand sie ihr näher als früher. Das lag ebenso am Umzug ins Hauptgeschoß, wo sie fremd war, wie daran, daß sie Tula hatte zurücklassen müssen. Als die Gruppe sich neu formiert und die Schwierigkeiten des Turmlebens gemeistert hatte, wurde Lisbeï wieder in ihre Aktivitäten hineingezogen. Eigentlich gar nicht aus eigenem Antrieb, auch nicht auf Initiative der anderen, sondern ganz von selbst. Oft konzentrierten sich die neu angekommenen Dottas auf Befehl von oben in einem Stockwerk, weil sie dort für Haushaltsarbeiten eingesetzt wurden, bei denen viele Hände nötig waren. Außerdem gab es ja auch noch die Freistunden nach dem Essen, vor allem abends vor dem Schlafengehen.

Lisbeï hatte gemerkt, daß ihr neuer Status – auch wenn Erwachsene ihn nicht offiziell anerkannten – sie in den Augen der alten Hortgruppe in gewisser Weise interessant machte. Das äußerte sich in Neckereien und Spott, niemand fragte ausdrücklich danach, was sie bei der Mutter, dem Gedächtnis oder der Ärztin tat. Aber immerhin: Interesse war Interesse.

Die Mitglieder von Meraldas Bande brachten ihr eine Mischung aus Akzeptanz und Herablassung entgegen, unabhängig davon, ob sie es mit einzelnen oder der ganzen Gruppe zu tun hatte.

Der Vorfall ereignete sich vier Monate nach Tulas Ankunft. An diesem Tag pflückte Lisbeï mit Meralda, Meï und Tallie Kirschen im Garten an der Ostpromenade. »Wir haben Helferinnen«, sagte Meralda lachend. »Kommt rüber, ihr Piepmätze!«

Lisbeï blieb fast das Herz stehen, als sie Tulas rotes Haar in einer Gruppe kleiner Dottas ausmachte. Vier von ihnen trotteten gehorsam zu dem Baum hinüber, an dem Lisbeï, die gerade hinuntergeklettert war, deutlich sichtbar stand.

Tula und eine andere Dotta steuerten auf einen anderen Baum zu.

Glücklicherweise war es Frühling, bald würde der Sommer kommen. Glücklicherweise konnte sich eine Dotta in Arbeit begraben, in all die Unterrichtsstunden bei Selva und inzwischen auch bei Mooreï und Antonë flüchten. Konnte Obst pflücken, Unkraut jäten, die Tiere füttern, in der Küche arbeiten, den Rasen mähen, diese und jene Botengänge erledigen, alles tun, um die endlosen Tage auszufüllen. Lisbeï, die so gern mit Besitzerinnenstolz durch die Stockwerke gegangen war, hatte jetzt Angst, Angst, auf Tula zu treffen, Angst, dem gleichgültigen Blick dieser schrecklichen grünen (oder grauen oder blauen) Augen zu begegnen. Inzwischen wußte sie, daß Tula sich ganz bewußt so verhielt. Tula bestrafte sie dafür, daß sie keine abendlichen Treffen im Hort arrangiert hatte. Wie konnte Tula so grausam sein? (Wie konnte

Tula so *dumm* sein? Aber dieser Gedanke nahm niemals konkrete Gestalt an).

Der Frühling ging in den Sommer über, ohne daß Lisbeïs Kummer sich verflüchtigte. Schwächer wurde nur ihre Fähigkeit, ihn zu verbergen. Bis zu dem Tag, als Meralda eine Sammlung von Erzählungen zurückbrachte, die sie von Lisbeï ausgeliehen hatte. Sie konnten inzwischen alle die Bibliothek benutzen, aber da sie jedesmal nur eine begrenzte Anzahl von Büchern ausleihen durften, tauschten sie untereinander Bücher aus und umgingen damit das System.

Die Erzählungen der roten Katze. Lisbeï weiß noch genau, wie das Buch mit seiner naiven, aber farbenfrohen Titelillustration aussah. Es enthielt die Geschichte von der Prinzessin und dem Höhlengeist und alle Rätselfragen, die der Geist stellte, nicht nur die drei Bluträtsel.

Arië war nicht im Zimmer. Lisbeï war gerade dabei, ihren Schrank aufzuräumen, einige ihrer Sachen lagen auf dem Bett. Zwischen den Kleidern und anderem Kleinkram waren die drei Tagebücher verstaut, deren Seiten sie sorgfältig aneinandergeleimt hatte. Zwei waren vollgeschrieben, das dritte noch halbleer, sie hatte es seit Tulas Ankunft nicht mehr angerührt. Wie war das möglich? Tula war zurückgekommen, und eigentlich hatte sich gar nichts verändert, aber trotzdem war alles anders, schrecklich anders. Jedesmal, wenn sie den Schrank aufmachte, gab es ihr einen Stich ins Herz. Diese armseligen Tagebücher! Sie hatte sie unter ihre Kleider gestopft, aber gewußt, daß sie da waren. Sollte sie die Tagebücher wegwerfen?

Die Tagebücher lagen auf dem Bett, als Meralda hereinkam. Lisbeï starrte sie an, ihre Augen brannten vor ungeweinten Tränen. Sie gab sich Mühe, normal zu plaudern und ihre Besucherin abzulenken, aber Meraldas Blick fiel auf die Hefte.

»Was ist das denn?«

»Ach, nichts. Meine Übungshefte. Für die Mutter.«

»He, darf ich mal sehen?«

Ehe Lisbeï antworten konnte, hatte Meralda sich achtlos eines der Notizhefte gegriffen und wollte es durchblättern.

Lisbeï konnte sich nicht länger beherrschen. Sie stürzte vor und riß Meralda das Notizheft aus den Händen. Jetzt war Meralda wirklich neugierig geworden, sie griff nach weiteren aneinandergeklebten Blättern und stieß Lisbeï so weit zurück, daß sie ein paar Zeilen lesen konnte. Und dann lachte sie los, es war ein beleidigendes Gelächter. (Ein böses, enttäuschtes Gelächter, wie Lisbeï erst sehr viel später merken sollte). »Tula! Erzähl mir bloß nicht, daß du ihr immer noch nachläufst! Sie will dich nicht, das weiß doch jede hier!«

Noch Jahre danach sollte sich Lisbeï daran erinnern, wie Meraldas Kopf dumpf aufschlug, auf den Boden prallte, während sie sich herumbalgten. Glücklicherweise war es ein dumpfer Schlag, der geflochtene Bettvorleger hatte einiges aufgefangen, aber das Echo fuhr Lisbeï durch den ganzen Körper. Sie hörte nicht, was Meralda schrie, ihr Kopf war leer, und sie fühlte nichts als dieses innere Brennen, das sie löschen mußte, indem sie Meralda wieder und wieder gegen den Boden stieß. Irgend etwas faßte sie am Hemdkragen, versuchte, ihre Arme festzuhalten. Sie schlug um sich und prügelte drauflos, und plötzlich gab es ein schnarrendes Geräusch, eine Schmerzwelle schoß ihr von irgendwo im rechten Arm durch den ganzen Körper. Jetzt konnte sie wieder hören, und was sie hörte, waren Meraldas entsetzte Schluchzer. Und sie konnte auch wieder sehen, sah die auf dem Boden verstreuten Seiten, zusammengeknüllt und zerrissen, sah Meralda, die zusammengeduckt dasaß und ihren Kopf hielt, vor und zurück schaukelte,

während Blut von ihren Händen tropfte. Sah Mooreïs entsetztes Gesicht, das sie anblickte, den Arm anblickte, den sie Lisbeï gerade gebrochen hatte.
Lisbeï versuchte, eine der verstreuten Tagebuchseiten aufzuheben, aber eine weiße Schmerzwelle warf sie auf den Boden zurück. Seltsamerweise dachte sie in diesem Augenblick nur eines: *Ich muß alles aufräumen, ehe ich auf die Krankenstation komme.*

In der Krankenstation schirmten sie Lisbeï mit Stellwänden ab. Niemand durfte mit ihr reden. Sie wurde bestraft. Dafür, daß sie mit Meralda gerauft hatte. »Was ist passiert?« fragte Antonë, die Lisbeïs Arm versorgt hatte, trotz Sprechverbot. Lisbeï kniff die Lippen zusammen. Sie starrte auf die Finger ihrer rechten Hand, die sich unterhalb des Gipsverbandes wie fremdartige Objekte krümmten, als seien sie gar nicht Teil ihres Körpers. Was scherte sie sich um diese Fragen von Erwachsenen, die doch nur hören wollten, was sie ohnehin schon wußten, hören wollten, wie sie sich selbst anklagte? Sie hatten Meralda, sie hatten die Tagebücher. Reichte das nicht?

»Meralda wollte nichts sagen, außer, daß sie dein persönliches Tagebuch ohne dein Einverständnis gelesen hat. Sie wird genauso bestraft wie du, einen Monat lang. Niemand sonst hat deine Notizhefte gelesen, und es wird auch niemand tun. Sie gehören dir, Lisbeï, und deshalb darf sie niemand ohne deine Erlaubnis anrühren.«

Also gab es Regeln, die auch Erwachsene einhielten? Sogar, wenn es um eine Dotta ging, die in Ungnade gefallen war? Lisbeï war überzeugt, daß die Ärztin die Wahrheit sagte. Sie wollte mehr erfahren, aber nicht deshalb, weil sie Lisbeï noch strenger bestrafen wollte, sondern weil sie sich bemühte, den Vorfall zu begreifen. Aber Lisbeï konnte und wollte nichts sagen. Sie würde nicht zulassen, daß sie ihr das bißchen, was ihr von Tula geblieben war, auch noch wegnahmen. Da Meralda nichts gesagt hatte, konnte sie es genauso machen und isoliert wie ein Pestopfer hinter ihren Stellwänden verharren. Als man sie und Meralda durch die Gänge und über die Treppen Richtung Krankenstation transportiert hatte, war ihr die scharfe Ablehnung der anderen nicht entgangen. Inzwischen war Lisbeï genauso entsetzt wie alle, die zugesehen hatten: Sie hatte Maerlandes wichtigstes Gesetz gebrochen, ein Gesetz, das den strengen Stimmen der Hüterinnen Autorität verliehen hatte, als sie die ersten Raufereien im Hort unterbanden: *Erhebe niemals deine Hand gegen eine Schwester in Elli.* Keine Erwachsene hatte Lisbeï je geschlagen. Keine Erwachsene hatte jemals eine Mosta oder Dotta geschlagen, so weit Lisbeï aus eigener Erfahrung wußte. Sie erinnerte sich an den brennenden Zorn und daran, wie gut es getan hatte, Meraldas Kopf gegen den Boden zu schmettern. Sie dachte an den dumpfen Aufprall, das Blut an Meraldas Händen und hatte ein Gefühl, als müsse sie sich gleich erbrechen.

Lisbeï wurde bestraft, und niemand durfte mit ihr reden. Aber Selva kam. Sie wirkte ruhig, allerdings umgab sie der übliche Panzer. Ganz bestimmt würde Lisbeï *ihr* gar nichts sagen.

»Weißt du, was du hättest tun müssen, Lisbeï?«

Schweigen. Dennoch war Lisbeï leicht überrascht.

»Was hättest du tun sollen, Lisbeï?«

»Ich hätte meine und Meraldas Gruppe zusammenrufen sollen«, murmelte Lisbeï schließlich.

»Und?«

»Wenn das schief gegangen wäre, hätte ich meine Tutorin und ihre holen sollen. Und danach die Stockwerks-Capta. Ich hätte keine Selbstjustiz üben dürfen.«

»Und schon gar nicht, wenn zwischen der Beleidigung und der Reaktion darauf ein so großes Mißverhältnis besteht.«

In Lisbeï sträubte sich wieder alles. Versuchte auch Selva, ihr Dinge aus der Nase zu ziehen? Nein, die Mutter sagte ihr einfach die Meinung, verkündete ihr Urteil: »Wir wären immer noch im Zeitalter der Bienenstöcke, wenn wir unsere Meinungsverschiedenheiten in Maerlande auf diese Weise austragen würden! Wir sind keine Tiere. Ich will nicht, daß sich meine Tochter, die künftige Mutter von Bethely, wie ein *Tier* benimmt. Verstanden?«

Lisbeï nickte stumm. Erneut wunderte sie sich, aber diesmal aus einem anderen Grund: Selvas Panzer hatte sich eine Sekunde lang ganz leicht geöffnet, und das Gefühl, das Lisbeï flüchtig gespürt hatte, war alles andere als Zorn. Es war Schmerz, fast schon Furcht.

Eine andere Besucherin folgte Selva auf dem Fuße: Kelys. Hatten sie gemerkt, daß Isolation keine so wirkungsvolle Strafe war wie Besuche, die einem die Mißbilligung der anderen und das eigene Schamgefühl zu spüren gaben? Kelys wirkte allerdings weder schockiert noch abweisend. Von ihrer Gegenwart ging dieselbe Ruhe und starke Empfindsamkeit aus wie immer. Ihr großer Körper ließ sich elegant auf dem Bettrand nieder, und ihre schweren, kühlen Hände ergriffen Lisbeïs Fingerspitzen.

»Bist du Mooreï böse, daß sie dir den Arm gebrochen hat?«

»Nein.« Natürlich nicht!

»Sie dachte, sie könnte dich nie von Meralda wegbringen. Du weißt, was dann passiert wäre.«

Es war keine Frage, aber Lisbeï nickte. Ihr war ganz schlecht, wenn sie nur daran dachte. Sie hätten ihr ein schwarzes Kreuz auf die rechte Hand tätowiert, sie für Monate auf einen der Aussiedlerhöfe verbannt – oder, noch schlimmer, ihre Schultertätowierungen ausgelöscht, sie operiert und sterilisiert und in die *Schlimme Zone* geschickt. Und das alles, weil sie

Meralda *umgebracht* hätte, und nicht einmal unabsichtlich.

»Warum, Lisbeï? Weißt du, warum du so böse auf Meralda warst?«

Lisbeï öffnete die Augen. Sie war empört. Versuchte jetzt auch Kelys, sie zum Reden zu bringen? Aber Kelys sagte: »Ich will gar nicht, daß du es mir erzählst. Sag nur, ob du es selbst weißt.«

Wieder nickte Lisbeï. Weil Meralda ihr Tagebuch gelesen hatte.

»Bist du dir sicher, daß du es wirklich weißt?«

Lisbeï sah sich gezwungen, ehrlich mit sich selbst zu sein, wenn sie auch nicht ganz wußte, warum. Sie schniefte unter Tränen. Weil Meralda gesagt hatte, daß Tula nichts mehr mit ihr zu tun haben wollte. Weil der Gedanke, daß Tula sie nicht wollte, allzu weh tat.

»Meralda hat dich verletzt, und da wolltest du sie auch verletzen. War es so?«

»Ja«, flüsterte Lisbeï schließlich.

»Meralda hat nichts darüber gesagt, was im Tagebuch stand. Weißt du, warum?«

Plötzliche Angst riß Lisbeï aus ihrem Trübsinn. Wie konnte Kelys wissen …

»Ich weiß nicht, was in deinem Tagebuch steht«, sagte Kelys so, als habe sie Lisbeïs Gedanken gelesen, was nicht gerade zu Lisbeïs Beruhigung beitrug. »Ich weiß nur, daß es etwas sehr Schwerwiegendes gewesen sein muß, etwas, das du sie auf keinen Fall lesen lassen wolltest. Sie hätte sagen können, was. Ihre Strafe wäre dann nicht geringer ausgefallen – im Gegenteil –, aber das konnte sie ja nicht wissen. Hast du dich selbst mal gefragt, warum sie nichts erzählt hat?«

Nein. Lisbeï war gar keine Zeit geblieben, sich über Meraldas Schweigen zu wundern. Sie dachte einen Augenblick lang darüber nach und staunte immer mehr. »Weil sie nicht wollte, daß ich noch strenger bestraft würde?«

Kelys nickte. Nach einer Pause, während der Lisbeïs ganze Vorurteile Meralda gegenüber zerbröselten und sich zu schmerzlichen, neuen und überraschenden Mustern zusammenfügten, sprach Kelys weiter. »Denk darüber nach, Lisbeli. Denk darüber nach, warum du so böse warst. Und auch darüber, warum Meralda sich so verhalten hat.« Immer noch hielt sie Lisbeïs Finger und streichelte sie nachdenklich mit ihren Fingerspitzen.

Seltsame Finger, innen blasser als außen. »Viele Dinge machen uns zornig, kleine Dinge, große Dinge. Das ist ganz normal. Bestimmt hast du selbst irgendwann irgendwo einen ziemlichen Schlag abbekommen und wolltest das schlagen, was immer dich verletzt hat, nicht wahr? Wenn Menschen einen verletzen, kann man ihnen so leicht die Schuld zuweisen. Leicht glauben, daß sie es mit voller Absicht getan haben. Und dann will man es ihnen heimzahlen. Aber fast immer haben sie irgendeinen Grund, uns zu verletzen. Oft ist es deswegen, weil sie selbst verletzt sind. Das ist keine Entschuldigung. Aber es erklärt vieles. Manchmal mildert es den eigenen Schmerz, wenn man das versteht. Jede Medaille hat mindestens zwei Seiten. Vielleicht sogar noch mehr als zwei.«

Dann wechselte Kelys so schnell das Thema, daß Lisbeï ganz perplex und der Frosch in ihrem Hals wie weggezaubert war. »Möchtest du lange auf der Krankenstation bleiben?« fragte Kelys.

Je eher sie herauskam, desto schneller würden die drei kommenden Wochen der Isolation vorübergehen!

»Ich möchte auch nicht, daß du lange hier bleibst«, fuhr Kelys fort. »Wußtest du, daß du beim Taïtche eine der Besten bist? Wenn du da bist, bringt die Gruppe mehr zustande.«

Gegen ihren Willen mußte Lisbeï lächeln. Sie war sich nicht so sicher gewesen, ob Kelys ihre Fortschritte bemerkt hatte.

»Es wäre doch schlimm, wenn du an Boden verlieren würdest, weil du auf der Krankenstation bist, oder nicht? Du solltest im Bett weitertrainieren. Konzentration kann man auch üben, ohne sich zu bewegen. Ich habe mir mal das Bein gebrochen, als ich ungefähr in deinem Alter war. Und da habe ich das so gemacht. Es hat mir geholfen, die Zeit herumzubringen. Ich weiß noch, ich war so scharf auf meine Entlassung, daß ich meinem Bruch befahl, schnell zu heilen. Ich habe meine Konzentrationsübungen gemacht, und in dem Augenblick, in dem man das rosarote Licht sieht... ach, ich hab ja ganz vergessen, daß du es gar nicht siehst...«

»Doch, ich seh's«, platzte Lisbeï heraus. Vor lauter Neugier hatte sie alle Vorsicht vergessen. »Manchmal«, fügte sie schnell hinzu.

Kelys grinste. »Also, es ist ganz leicht: Als ich das rosarote Licht sah, stellte ich mir vor, es sei das Innere meines Körpers und ich könne den Bruch sehen. Und dann habe ich dem Bruch befohlen, schneller zu heilen.«

»Und das hat geklappt?«

»Jedenfalls wurde ich schneller als vorgesehen aus der Krankenstation entlassen! Irgendwo habe ich gelesen, daß man gesund wird, wenn man es wirklich will. Und wenn man die *Schlimme Krankheit* überstanden hat, wird man ja sowieso nicht mehr krank. Vielleicht kann man dann ja auch Brüche schneller wieder zusammenwachsen lassen.«

Sie streckte sich anmutig. Lisbeï sah ihr fasziniert zu. Es war fast unmöglich, sich Kelys als unbeholfene kleine Dotta oder als Mosta, als eine Fast-Person im Hort vorzustellen.

»Du hast die *Schlimme Krankheit* gehabt?«

»Ja. Hast du von rotem Licht geträumt, als du sie hattest?«

Kelys hatte die Frage so beiläufig, aber komplizenhaft gestellt, daß Lisbeï sich geschmeichelt fühlte. »Ja«, sagte sie, ohne zweimal zu überlegen.

Die Meisterin des Taïtche zwinkerte ihr zu. »Vielleicht sind wir deshalb so gut im Taïtche!«

Kapitel 15

Antonë an Linta

Bethely, 17. Austa, 482 N.G.

... ich finde es schwer, Selvas Reaktion nachzuvollziehen. Die Bethelys sind keine Herde blökender Lämmer, besonders Selva nicht, falls ich sie richtig sehe, wenn ihr Panzer mal von ihr abgleitet! Und das gilt auch für das übrige Maerlande. »Erhebe niemals deine Hand gegen eine Schwester in Elli«, klar, aber es passiert trotzdem. Und überhaupt ist die körperliche Gewalt ja nur die sichtbarste Form von Aggression. Und wie nennen wir das, was die Cartanos Loï angetan haben? Die Menschen sind so wie sie sind, und daran haben auch alle Predigten Gardes keinen Deut geändert. Das Gemetzel zwischen den Harems und den Bienenstöcken hat bestimmt genauso wie die Predigten Gardes zur Verabschiedung der Charta beigetragen – die Erschöpfung des genetischen Pools will ich hier gar nicht erwähnen.

Womit ich wieder beim Thema bin. Ja, ich weiß, daß das Wort Gardes und ihrer Jüngerinnen wesentlich zur Entwicklung des kollektiven Bewußtseins beigetragen hat, das wiederum zum Ende der Bienenstöcke geführt hat und so weiter und so fort.

Was unser anderes Nicht-Lämmchen betrifft: Auf der Krankenstation begann Lisbeï, sehr wenig zu essen und sehr viel zu schlafen. Normal, sagst du, bei jemandem, der den ganzen Tag nichts zu tun hat, als über sein Vergehen nachzudenken, dazu noch drei Wochen völliger Isolation vor sich. Normal, außer daß sie einfach zu viel schlief. Und sie hatte von mal zu mal größere Schwierigkeiten, wieder aufzuwachen. Ich hatte immer größere Schwierigkeiten, sie wieder wach zu kriegen! Allmählich sah es ganz nach einem Koma aus. Nach dem Koma der Schlimmen Krankheit, genauer gesagt. Steigende Temperatur, der ganze Stoffwechsel beschleunigte sich ... Ich war ziemlich am Ende mit meiner Weisheit, und am dritten Tag wirklich besorgt. Ich erzählte es Kelys. »Interessant«, sagte sie, »ich habe schon mehrere solche Fälle erlebt, eine Art Rückfall.«

Na vielen Dank auch, Kelys, daß du mir das freundlicherweise erzählst! Wie du dir vorstellen kannst, Linta, sprang ich darauf an wie der Floh aufs Stachelschwein und versuchte, mehr herauszubekommen. Als Kelys zur Blauen wurde, hatte sie ursprünglich Ärztin werden wollen, sich dann aber doch zur Tätigkeit einer Forschungsreisenden entschlossen. Ihr Interesse an Biologie, vor allem an der Genetik, hat sie sich allerdings bewahrt. Kurz gesagt – wir haben eine ganze Nacht darüber geredet – glaubt sie wie ich, daß die Schlimme Krankheit sich verändert. Daß wir uns verändern. Eine Art von Mutation. Wir müssen die Dinge allmählich beim richtigen Namen nennen. Das Wort ›Mutation‹ dürfen wir nicht den Judditen überlassen, die damit bis in alle Ewigkeit den kleinen Dottas Schreckgespenste an die Wand malen möchten. Schließlich gibt es verschiedene Arten der Mutation. Und diese ist ganz gewiß keine ›bösartige‹.

Auch Kelys hat die Schlimme Krankheit gehabt, Linta. Und wie alle, die sie sich in den letzten hundert Jahren zugezogen und überstanden haben, ist sie seitdem nie mehr krank geworden. Und was noch mehr ist: Sie ist so wie wir. Es kam zu dem Punkt, daß sie ihre Hand auf meinen Arm legte: Ich erkannte sie, sie erkannte mich, und fast hätten wir einander umarmt. Sie ist so wie wir, wie die Dutzend anderen, die ich schon erwähnt habe, wie Lisbeï, Tula und

Selva. Alles Varianten ein und derselben Mutation, Linta. Vorbei mit dem Hin und Her, vorbei mit den Schönfärbereien, zumindest dir gegenüber. Sicher hast du das alles doch längst hinter dir, oder?

Das sind sie also, die großen Neuigkeiten, die ich am Anfang dieses Briefes angekündigt habe. Ich könnte noch eine weitere wichtige Tatsache ergänzen: Wie Kelys sagt, wiesen mehrere der von ihr erwähnten Fälle, Rückfälle, eine verbesserte Fähigkeit zur Regeneration bei Unfallverletzungen auf. Und es stimmt, daß Lisbeï's Armbruch sehr schnell heilte. Sie wurde eine gute Woche früher als erwartet aus der Krankenstation entlassen.

Daran anknüpfend möchte ich dir von folgender Episode aus dem Abenteuerroman von Lisbeï und Tula erzählen: Ganz offensichtlich sind unsere Anstrengungen, sie zu separieren, zum Scheitern verurteilt (Selvas Anstrengungen – ziemlich inkonsequente, um bei der Wahrheit zu bleiben, denn sie hat Lisbeï und Tula von Anfang an im selben Hort untergebracht). Als ich Lisbeï nicht aus ihrem Koma wecken konnte, gab mir Kelys den Rat, Tula zu holen. Ich war skeptisch. Aber als die kleine Tula ihre Schwester im Koma sah, bekam sie einen furchtbaren Schreck und begann, sie zu schütteln und ihren Namen zu rufen. Lisbeï wachte auf, und die beiden fielen einander wild schluchzend in die Arme. Du siehst, ich hatte recht: Sie hatten einander keineswegs vergessen.

Ich weiß nicht, ob ich Selva von all dem erzählen soll. Ich meine nicht das von Lisbeï und Tula. (Das weiß sie sowieso, sie grübelt zweifelsohne darüber nach, was zu tun ist. Ich hoffe, Mooreï und Kelys raten ihr von irgendwelchen radikalen Schritten ab). Nein, ich spreche von anderen Dingen – von den Mutationen und ihren Folgewirkungen. Als ich eben noch mal durchlas, was ich bis jetzt geschrieben habe, fiel mir auf, daß ich die Hypothese übersehen habe, die am wahrscheinlichsten ist, jedenfalls macht sie Selvas Haltung noch am ehesten plausibel. Als ich Selva bei der medizinischen Untersuchung berührte, er-

kannte sie mich durch und durch. Aber sie hat nie darüber gesprochen. Sie hat sich in ihrer Haltung mir gegenüber auch kein bißchen verändert, nur, daß ich jetzt jedesmal auf ihren Panzer stoße, wenn ich sie berühre.(Nein, ich weiß nicht, wie sie das anstellt. Ebensowenig wie ich weiß, wie Tula das anstellt. Ich kann Tula auch nicht danach fragen – sie ist mir gegenüber ganz offensichtlich sehr mißtrauisch).

Selva – na ja, ihre Mutter war eine Gläubige, nicht ganz so orthodox wie die Judditen, aber fast. Vielleicht ist Selva deswegen so rational, so pragmatisch. Bei der Versammlung in Caraquès riefen die Cartanos und andere Judditen »Mißgeburten! Mißgeburten!« als ich die Autopsieberichte über Loïs Kinder vortrug. Selva wich nicht zurück. Aber möglicherweise ist sie im tiefsten Innern … Sie muß wissen, daß ihre beiden Erstgeborenen ihr ähnlich sind (allerdings weiß ich nicht, ob sie Tula überhaupt gesehen hat, seitdem sie aus dem Hort entlassen wurde). Würde der Ausdruck ›Mutation‹ sie beruhigen? Das bezweifle ich. Was hältst du davon, Linta? Was löst es inzwischen bei dir aus, wenn ich dieses Wort benutze? Wie Kelys mir erzählte, hat sie in Wardenberg ein paar Versuchsballons steigen lassen: Sie habe noch keine endgültigen Ergebnisse, es handele sich lediglich um ›Spekulationen‹. Sie stieß auf ziemliche Skepsis, aber zumindest brachen sie in Wardenberg nicht in Hysterie aus.

Aber Wardenberg ist nicht Bethely. Ich weiß nicht, ob der Süden und vor allem Litale für diese Art von ›Spekulation‹ schon reif ist. Bethely – tja, ich weiß nicht so recht. Habe ich dir erzählt, daß sie hier den Ausdruck ›Wechsellinien‹ haben? Ein hübsches Wort, wenn man bedenkt, auf was es sich bezieht, vor allem in Litale. Aber es wird nur auf Pflanzen und Tiere angewendet. Was Menschen betrifft … Selva hat klar gesagt, daß sie das Wort ›Abweichung‹ bevorzugt.

Immer noch sagen die ältesten Blauen manchmal »Mißgeburten«, aber ohne böse Absicht, einfach aus Gewohnheit.

Allgemein ist die Haltung dazu Resignation. Aber in ihrer Wachsamkeit haben sie nicht nachgelassen. Wie bei uns daheim bringen sie auch hier den Kindern bei, zwischen ›guten‹ Insekten und ›guten‹ Pflanzen und den ›Wechsellinien‹ zu unterscheiden, nur daß sie hier schon sehr früh, nämlich im Hort damit anfangen. Wenn der Wind aus Richtung der Schlimmen Zone bläst, spielen die Kinder in den folgenden Wochen ein ganz bestimmtes Spiel. Wer der Garten-Capta die meisten ›Wechsellinien‹ bringt, gewinnt. Inzwischen bringen sie alles mir, für meine Sammlung. Wie die Archive belegen, gab es früher mehrmals ernsthaften Grund zur Besorgnis, vor allem im Zusammenhang mit Insekten. Abgesehen davon scheint Bethely jedoch Frieden mit seiner Umgebung geschlossen zu haben. Allerdings ist der Preis dafür ständige Wachsamkeit.

Aber die Bethelys sind ja durch und durch pragmatisch, also haben sie bestimmte ›Wechsellinien‹, die sie für nützlich halten, sogar akzeptiert und weiterentwickelt. Nimm zum Beispiel ihren falschen Gummibaum, bestimmte Frucht- und Gemüsekulturen, ihre kleinen Kühe, die keine Hörner haben, ihre großhufigen Schafe mit der dicken braunen oder goldenen Wolle. Und das war sogar schon vor Selvas Zeit so. Bemerkenswert. Sogar die strenge Cemmelia war damit einverstanden und verschloß die Augen vor dem, was andere Judditenfamilien schlicht als Ketzerei, wenn nicht sogar als Todsünde betrachtet hätten!

Aber das heißt noch lange nicht, daß Selva mit dem Frieden geschlossen hat, was sie und ihre Töchter darstellen könnten. Ich frage mich, ob sie an eine solche Möglichkeit überhaupt zu denken wagt.

Kapitel 16

Tula sprach nie direkt vom Hort oder von den vielen Monaten, die sie ohne Lisbeï verbracht hatte. Sie fragte Lisbeï auch nicht über den Vorfall mit Meralda aus. Alles begann noch einmal von vorn. Unter Antonës verwunderten Blicken entdeckten sie einander neu. Lisbeï händigte Tula auch nicht die Tagebücher aus. Tula wollte sie nicht, das war klar, obwohl kein Wort darüber gesprochen wurde. Tag für Tag mußte Lisbeï Tula die Dinge so erzählen, als habe sie gerade erst davon erfahren. Tula wollte es so, es war besser so. Auch Lisbeï wollte jene Zeit vergessen, als ihr Herz nach Tulas Rückkehr gebrochen war, wollte vergessen, wozu sie ihr Kummer getrieben hatte. Es konnte nicht Lisbeï, es mußte jemand anderes gewesen sein, die Meralda angegriffen hatte. Jedesmal, wenn die Erinnerung an die Oberfläche drängte, schob Lisbeï sie entsetzt weit von sich. Es war vorbei... nein, es war nie geschehen! Tula war nie diese unnahbare, grausame Fremde hinter der Spiegelwand gewesen. Alles war nur ein Traum gewesen, ein schlimmer Traum, aber jetzt waren sie beide wie auf Verabredung daraus erwacht und wollten nicht mehr davon sprechen.

Es gab ja so viele andere Dinge, die sie teilen konnten. Den Turm. Alle Türme. Die Gärten und Obsthaine. Die Wettrennen auf dem Promenadenweg, der sich durch die Weiden an der alten Festung entlangschlängelte. Das sommerliche Schwimmen in der Douve, stromaufwärts, an den Werften und Lagerhäusern vorbei, wo sie zuschauen konnten, wie Lastkähne be- und entladen wurden, ehe sie nach Cartano trieben oder von stumpfhornigen Wasserbüffeln bis nach Collodi hochgeschleppt wurden. Und danach rannten Lisbeï und Tula ganz nackt nach Hause, immer den weißen Weg entlang, zuerst klitschnaß, aber bald schon trocken, während sie ihre Hemden wie Fahnen im Wind flattern ließen.

Da gab es die Wollfasern zu bestaunen, die bündelweise wie vielfarbige Hieroglyphen von jedem Pfahl an der Färberei herunterbaumelten. Da gab es die Erntezeit, Einmachzeit. Reihenweise funkelten die Marmeladen- und Weckgläser in den Regalen. Unter Gazetüchern trockneten Früchte und Gemüse in der Sonne, umsummt von frustrierten Bienen. Später, als sie größer waren, machten sie beim Schafscheren mit, brachten zusammen die Ernte auf der Aigueli-Farm ein, die im Süden zwischen der Douve und der waldbestandenen Wildnis lag. Oder auf der Hügel-Farm, die sich am Fuße der nordwestlichen Bergkette in die große Haarnadelkurve schmiegte, die der Fluß hier beschrieb, ehe er nach Bethely zurückfloß. Und in den Wintern, die immer kälter wurden, konnten sie manchmal, wenn der Schnee lange genug liegen blieb, zusammen Schlittenfahren, welch ein Spaß!

Und dann gab es ja auch das Buch von Bethely, das Tula ebenso faszinierte wie früher Lisbeï, wenn auch aus anderem Grund: Tula eröffnete es in erster Linie neue Dimensionen des Raums, nicht der Zeit. Tula saß über den Karten und träumte mit offenen Augen: All das war Bethely? So viel mehr als die drei Türme! Die Capterie Bethely war früher, in der Zeit der Harems und der Bienenstöcke, ein Reich gewesen, zu dem auch Collodi und Cartano gehört hatten. Es hatte sich im Südosten bis nach Nevenici am Rande des Tirraneischen Meeres erstreckt. Tula träumte vom Meer. Eines Tages würden sie auf der Douve bis zum Meer hinunterfahren. Eines Tages würden auch sie Bethely verlassen und herausfinden, was auf der anderen Seite des Wassers lag.

Aber sie würden Rote sein, gab Lisbeï gleich zu bedenken, und Rote reisten nicht herum, jedenfalls nicht die Roten von Bethely. Und überhaupt: Lisbeï würde ja die Mutter von Bethely sein. Die Mutter durfte zwar reisen, aber nur zu den Versammlungen der Provinz und jedes zweite Jahr zu der großen Versammlung der Mütter, und …

»Wir werden ja nicht für immer und ewig Rote sein«, unterbrach Tula sie lachend. »Und du wirst auch nicht ewig die Mutter sein. Wenn deine Erstgeborene alt genug ist, an deine Stelle zu treten, kannst du überall hingehen, wohin du willst. Das ist in der Charta von Maerlande so festgelegt. Und dann, oder bald danach, müßte ich ja auch eine Blaue sein und kann ebenfalls fortgehen. Wir werden frei sein.«

Frei. Diese Vorstellung war Lisbeï ziemlich seltsam vorgekommen. Wie konnte man *frei* von dem sein, für das man geschaffen worden war? Die Mutter zu sein war ja etwas anderes, als im Gefängnis zu sein. Und dann fortzugehen … das war nicht die Zukunft, die sie sich erträumte. Sie hatte sich eine Zukunft mit Tula in Bethely vorgestellt. Und Tula hatte sich eine Zukunft mit Lisbeï … egal wo vorgestellt. Eigentlich waren die Vorstellungen ja gar nicht so unterschiedlich, sagte Lisbeï sich schließlich. Einmal hatte ihr Mooreï einen schwarzweißen Stich gezeigt, die perspektivische Ansicht eines Würfels. »Ist er hohl oder massiv?« Massiv natürlich, der Zweck der Zeichnung aus dieser Winkelperspektive war ja gerade, ihn als freistehendes Objekt erscheinen zu lassen. »Sieh genau hin.« Verwirrt musterte sie die Zeichnung. War der Würfel wirklich massiv? Oder hohl? Und plötzlich, unmerklich und blitzschnell, wechselte die Perspektive und die schwarzen Oberflächen traten statt der weißen hervor. Der Würfel war hohl. Nach mehreren Versuchen kapierte sie es: Eine Art von bewußter geistiger Anstrengung brachte einen dazu, den Würfel einmal als hohlen, dann als massiven zu sehen. Der Wechsel passierte im Kopf. Sie freute sich und mußte lachen. Es war ein bißchen so wie mit dem Kreis, den das Vergrößerungsglas beim Drehen beschrieben hatte, als Raum und Scheibe gleichzeitig zu sehen waren. Oder wie mit Garde, die gleichzeitig tot war und lebte, menschlich und doch die Tochter Ellis war.

»Manche Leute entscheiden sich dafür, das Innere der Dinge zu sehen, andere entscheiden sich für das Äußere«, erklärte Mooreï. »Es hängt vom jeweiligen Blickwinkel ab. Aber wir alle sehen einen Würfel, nicht wahr? Wir alle betrachten Ellis Welt, und jede von uns sieht sie aus eigener Perspektive. Aber du mußt versuchen, gleichzeitig auch alle anderen Perspektiven zu sehen und einen Blickwinkel zu finden, der sie alle umfaßt und vereint.«

Was diese Lektion ausgelöst hatte, war eine jener Diskussionen zwischen Mooreï und Antonë gewesen, die fast schon Streitereien ähnelten. Lisbeï wußte nicht mehr, wie alles angefangen hatte. Aber den Würfel vergaß sie nie wieder. Jedesmal, wenn Tula sie überraschte – und das war oft, weitaus öfter als im Hort – rief sie sich den Würfel in Erinnerung. Tulas Zukunftsvorstellung war, daß sie mit Lisbeï zusammen war, egal wo. Lisbeïs Zukunftsvorstellung war in Bethely angesiedelt, einem Bethely mit Tula. Na und, sie würden jedenfalls *zusammen* sein. Das ›egal wo‹ mit Tula würde immerhin ein ›mit Tula‹ sein.

Aber inzwischen war es Tula, die sich über die andere Seite des Raums Gedanken machte. Und es war Lisbeï, die schweigend zuhörte. Oft hatte sie das Gefühl, es sei besser, nichts zu sagen. Denn möglicherweise gab es auch eine andere Seite der Zeit, die sich zwischen sie geschoben hatte: die beiden Jahre, die nicht erwähnt werden durften. Die beiden Jahre, die Tula ohne Lisbeï und Lisbeï ohne Tula verbracht hatte.

Kapitel 17

Antonë an Kelys

Bethely, 19. Juna, 486 N.G.

Liebe Kelys,

ja, wir haben deinen Brief und dein Geschenk für Lisbeï rechtzeitig, nämlich heute morgen, erhalten. Lisbeï war begeistert. Selva gab keinen Kommentar ab, aber ich habe den Eindruck, sie ist noch nicht reif dafür, in Bethely die bretonische Sitte der Geburtstagsgeschenke einzuführen. Tula hat Lisbeï eine große Silberuhr aus Liborne geschenkt, ich habe sie heimlich während der letzten Versammlung auf dem Markt besorgt. Außerdem hat Tula auch einen kleinen Bücherschrank gebaut, der an den Türen mit Brandmalereien verziert ist. Die Regalbretter werden sich schnell füllen, da wir beide, du und ich, mal wieder dieselbe Idee hatten: Bücher, für Menschen aus Litale ein extravaganter Luxus! Meine waren von der pädagogischen Art, so daß Selva ihre Augenbrauen nicht allzu sehr hochziehen mußte (»Die ›guten‹ Pflanzen und Insekten von Litale«, mit zehn schönen Farbillustrationen). Aber ich muß dir sagen, deine Gesamtausgabe der Ludivine von Kergoët wäre auf sehr viel weniger Nachsicht gestoßen, wenn sie von jemand anderem als von dir gekommen wäre. Ein eigenes Buch ist ja gerade noch erlaubt, aber Romane! Und dann noch Abenteuerromane!

Die kleine morgendliche Feier ging ruhig über die Bühne, Lisbeï gab Selva das Geschenk, so wie es sich in Litale gehört. Den Grund dafür sehe ich völlig ein: Es ist der Dank an die eigene Erzeugerin, die Genitrix. Lisbeï hat sich mit dem Weben dieses Schals große Mühe gemacht, wenn man bedenkt, wie sehr sie Handarbeit haßt. Und Selva war immerhin so freundlich, ihre Anerkennung zu zeigen, auch wenn sie nicht gerade aus dem Häuschen geraten ist, versteht sich. Ich weiß nicht, ob Lisbeï sich mehr erwartet hat. Jedenfalls wirkte sie nicht enttäuscht. Aber inzwischen kann ich so etwas nicht mehr sicher sagen, – es sei denn, ich berühre sie –, da sie sich sehr gut im Griff hat. Der Rest des Tages verlief wie gewöhnlich: Unterricht, Stunden in der Bibliothek. Allerdings durfte Lisbeï heute nachmittag bei der größten Hitze mit den anderen zur Douve gehen und sich mit Tula treffen.

Ich mußte an unsere Geburtstage in Maroilles denken, an meine Mutter, meine Schwestern und mich, an die Überraschungen, das Lachen, das ganze Miteinander, die Zärtlichkeit. Ich verstehe sehr wohl, warum Bethely und die meisten Familien hier sich so kühl verhalten, aber sie wissen gar nicht, was ihnen selbst und ihren Kindern dabei entgeht.

Aber was habe ich letztendlich davon gehabt? Der Abschied damals fiel um so schwerer …

Vergib mir, ich glaube, dies wird wieder einer ›jener‹ Briefe. Ich weiß nicht, warum, aber während Lisbeïs Geburtstag spürte ich die ganze Zeit eine unbestimmte Angst. Besser gesagt, ich weiß sehr wohl, was mir Sorgen macht, genau wie dir. Immer noch nichts. Sie kommt jetzt in ihr dreizehntes Lebensjahr und hat ihre erste Blutung noch immer nicht gehabt. Sie redet nicht darüber, niemand redet viel darüber. Falls jemand ausnahmsweise doch einmal die Sprache darauf bringt (was natürlich nie in Lisbeïs Gegenwart oder der von Selva passiert), melden sich bestimmt gleich zehn Stimmen, die betonen, daß manche Mädchen erst sehr spät menstruieren und die Vorschriften nicht zufällig das Alter von sechzehn Jahren festlegen … Und dann verstummen die Stimmen ganz plötzlich, und die Leute versuchen, das Thema zu wechseln. Auch ich konnte Lisbeï nicht mehr sagen. Ich konnte ihr nur all die verschiedenen Gründe aufzeigen, die manchmal verhindern, daß eine Grüne zur Roten wird. Inzwischen kann sie bestimmt alle einzeln herbeten.

Alle außer einem. Außer einem, Kelys, und ich weiß immer noch nicht, ob ich ihr davon erzählen soll oder nicht. Ihnen *davon erzählen soll, Selva und Mooreï. Denn tatsächlich erkranken hier ja fünfzig Prozent der Mostas an der* Schlimmen Krankheit, *und es überleben so viele, daß sich das Problem sehr wahrscheinlich erneut stellen wird. Ich bin von deiner Argumentation immer noch nicht ganz überzeugt. Ich weiß schon, was du jetzt sagen wirst: Dauernd führt sie Statistiken ins Feld, und dann traut sie ihnen selbst nicht. Schon komisch, nicht? Das einzige ›Argument‹, das ich dafür anführen kann, ist Intuition, und darüber mache ich mich normalerweise lustig. Auch wenn in den letzten dreißig Jahren die Sterilitätsrate bei denen, die die* Schlimme Krankheit *erst sehr spät bekamen und überstanden, nicht besonders auffällig angestiegen ist, so hat sie doch ganz leicht zugenommen. Gerade so viel, daß es mir auffällt. Ja, ich weiß: Auch ich bin Teil dieser Statistiken und in dieser Hinsicht nicht sonderlich objektiv, wie Linta mir ständig vorhält. Aber ihr beide habt ja auch nicht Lisbeïs Gesichtsausdruck gesehen, als Meralda neulich die Halskette der Roten erhielt. (Auch so eine dieser Traditionen in Litale! Zu Hause machen sie wenigstens keine öffentliche Schau daraus, wenn eine Grüne zur Roten wird. Klar, auch wir haben unsere (private) Zeremonie, wenn das Jungfernhäutchen durchdrungen wird, und das ist hier Routine. Aber trotzdem ...).*

Kelys, Tatsache ist doch, daß Lisbeï seit ihrer Entlassung aus dem Hort die designierte Mutter von Bethely ist. Und wenn es für mich als ganz normale Dotta schon so schlimm war, keine Rote zu werden, wie wird es dann erst Lisbeï gehen? Kannst du dir das vorstellen? Ganz bestimmt!

Und Selva. Und Tula. Du hättest sehen sollen, wie Tula Lisbeï an dem Tag, als Meraldas Halsketten-Zeremonie gefeiert wurde, ansah.

Mit der Zeit bin ich immer fester davon überzeugt, daß ich besser meiner Intuition als deinen Statistiken hätte trauen sollen. Zumindest hätte ich schon vor drei Jahren mit ihnen reden und ihnen mehr Zeit geben sollen, sich darauf vorzubereiten. Die Zeit, die ich selbst gern gehabt hätte – ja, ich weiß: Man soll nicht versuchen, das eigene

Leben noch einmal durch das Leben anderer zu leben, und die »Summe der eigenen Erfahrungen nützt wirklich niemand sonst«. Und all die anderen weisen Dinge, die du mir gesagt hast, wie sie mir auch Linta gesagt hat und ich mir selbst sie sage. Wenn du hier wärst, könnte ich leichter daran glauben, nehme ich an. Ich vermisse dich. Ich vermisse deine Kraft, dein Licht.

Ich stocke, während ich dies schreibe, so, als sei mein Denken blockiert. Nach all dieser Zeit habe ich mich noch immer nicht daran gewöhnt. Ich war so furchtbar unabhängig, ehe ich dich traf, oder nicht? Die Reisende, die sich zur Wüste aufmacht und glaubt, sie werde nie Durst haben oder könne ewig aus sich selbst schöpfen.

Aber ich will nicht an dich denken und dabei verdrängen, was ich Selva oder Lisbeï sagen soll. Ich weiß immer noch nicht, ob ich ihnen sagen soll, es handele sich möglicherweise um den »seltsamen Nebeneffekt einer ansonsten ziemlich gutartigen Mutation«. Würde das zu diesem Zeitpunkt helfen? Es könnte mehr Schaden anrichten als nützen. Nicht nur, daß die künftige Mutter von Bethely vielleicht steril ist, sondern obendrein auch noch eine Mutantin! Die arme Selva würde nie mehr ihr Haupt erheben, und die Cartanos wüßten sich vor Freude gar nicht mehr einzukriegen.

Aber du weißt, daß für diese Theorie immer noch am meisten spricht: Irgendwie muß derselbe Mechanismus, der in anderen Fällen den Heilungsprozeß beschleunigt, die Veränderungen in der Pubertät wohl als krankhaft deuten, und so tritt er jedesmal in Kraft, wenn die Monatsblutung ›droht‹ (oder auch ein für allemal, wer weiß?). Daß es nicht immer so läuft, entspricht meiner Theorie: Es handelt sich um eine sekundäre Mutation. Ach, was gäbe ich für solche Instrumente, wie sie Seneca von Lletrewyn in ihrem Artikel fordert! Du hast ihn bestimmt gelesen, er war im vorletzten Rundbrief der Forschungsreisenden abgedruckt: Sie bemüht sich um eine Rekonstruktion der Apparate, die von den Biologinnen benutzt wurden, die die Fragmente über die Schutzräume geschrieben haben. Wenn wir diese verfluchten Theorien, die ich – wir – seit Jahren mit uns herumschleppen, doch nur ein für allemal beweisen (oder widerlegen!) könnten! Vielleicht hat Balte von Gualtiere doch recht gehabt, und es wäre besser gewesen, wenn wir beim Nullpunkt angefangen und nichts aus der Zeit des Zusammenbruchs – insbesondere die Schutzräume nicht – gefunden hätten. Wenn wir keine Theorien aufgestellt und von keinen Theorien erfahren hätten, denn wir sind ja sowieso nicht in der Lage, sie klinisch zu testen. Wenn wir nicht entdeckt hätten, daß die Technik existieren könnte und es nur an der Infrastruktur zur industriellen Produktion mangelt. Wenn wir nicht wüßten, daß es nur deshalb nicht klappt, weil uns dazu die Energiequellen und Rohstoffe fehlen. Das ist einfach zu frustrierend, und auf lange Sicht macht es einen fertig.

Kapitel 18

Anfang Septemra hielt eines Tages ein Zug mit drei großen Waggons im Hof. Lisbeï spielte dort nach dem Mittagessen mit Tula. Sie und zwei andere Grüne wurden dazu abkommandiert, beim Entladen der Waggons zu helfen. Die Säcke waren nicht schwer, nach dem trockenen Rascheln unter der Jute zu schließen, waren wohl Nüsse darin. Lisbeï blickte zu Tula, sie wollte ihr erzählen, was sie in den Säcken vermutete. Aber Tula war in ein Gespräch mit einer großen Grünen vertieft, deren braunes Haar ganz kurzgeschoren war, und wirkte ganz aufgeregt. Neugierig schlenderte Lisbeï hinüber. Wer war diese Grüne? Lisbeï hatte sie bestimmt noch nie in Bethely gesehen, aber sie trug Tracht und Zeichen der Familie.

Tula wandte sich freudig lachend Lisbeï zu: »Es ist Garrec, Lisbeï! Erinnerst du dich an ihn?«

Lisbeï starrte die Grüne einen Augenblick lang an. Plötzlich klickte es bei ihr, so wie damals, als sich ihr das Geheimnis des Würfels offenbart hatte, und sie sah einen *Jungen* in grüner Tracht, allerdings erkannte sie Garrec nicht. Ja, natürlich! Alle Jungen kamen zum Malverde-Hof, sobald sie die Horte verließen. Das war ein paar Kilometer westlich von Bethely, wie sie wußte, es war ihr gerade erst wieder eingefallen. Und sie wußte auch, daß die blauen Männer auf Bauernhöfen lebten. Einige, sehr wenige, lebten auch in den Türmen, höchstens eine Handvoll. Als sie einmal mit Mooreï durch die Bibliothek gegangen war, hatte sie eine unbekannte Rote gesehen, die über Landkarten brütete, die sie auf dem Tisch ausgebreitet hatte. »Hast du gefunden, was du gesucht hast, Fillip?« hatte Mooreï gefragt. Da hatte Lisbeï genauso erschrocken reagiert, weil ihr plötzlich klar wurde, daß sie es hier mit einem Mann zu tun hatte. Mit einem der Neuankömmlinge, die von nun an im Turm leben würden. Fillip von Westershare. Sie war ihm schon mehrmals auf dem Gang begegnet, aber richtig *angesehen* hatte sie ihn noch nie. Jetzt merkte sie, daß die meisten ihr unbekannten Grünen, die den Zug entluden, Jungen waren.

Tula legte Garrec einen Arm um die Schultern. Er lächelte und trat verlegen von einem Fuß auf den anderen. »Es ist Garrec, Lisbeï. Du erinnerst dich doch bestimmt an ihn?«

Lisbeï zuckte die Achseln. »Eigentlich nicht. Wir machen am besten mit dem Abladen weiter, wenn wir nachher spielen wollen.«

Tula ließ den Jungen los, der schnell auf einen anderen Waggon lossteuerte. Lisbeï machte auf dem Absatz kehrt und trug ihren Sack zum Säuleneingang. Dann kam sie zurück, um den nächsten Sack zu holen. Tula rührte sich einen Augenblick lang nicht, dann tat sie es Lisbeï nach. Ohne ein Wort arbeiteten sie eine Weile Seite an Seite.

»Du hattest Meralda und die anderen!« platzte Tula schließlich heraus.

Die Heftigkeit ihres Lichts verschlug Lisbeï die Sprache. Und dann war sie empört. Das war doch nicht dasselbe! Schließlich umarmte Meralda sie ja nicht gerade, wenn sie sich begegneten. (Nach ihrem Streit hatte man Meralda in den Ostturm verlegt).

»Das ist genau der Punkt: Es ist nicht dasselbe«, sagte Tula. Lisbeï verstand überhaupt nicht, worauf sie hinauswollte. »Garrec war immer nett zu mir. Ich war allein, genau wie er. Er liebte Geschichten, und ich brachte ihn zum Lachen. Es ist schwer für einen Jungen, so ganz allein im Hort.« Sie zog ihre Lippen zu einem schmalen Strich zusammen, packte einen Sack und ging davon.

Lisbeï sah ihr nach. Sie fühlte sich wie vor den Kopf geschlagen. Tula und Garrec im Hort? Tula – und Garrec? – Zusammen? – Die Gedanken kamen erst langsam, dann schneller, dann überschlugen sie sich. In welcher Weise zusammen? Was hatten sie miteinander gemacht? Hatte Tula ihm von Lisbeï erzählt, ihm alle Geheimnisse verraten? Was hatten sie miteinander *getrieben?*

Wie konnte sie danach fragen? Sie wollte nicht fragen! Vielleicht würde Tula ja gar nichts sagen, wenn sie den nächsten Sack holte, und alles wäre dann vergeben und vergessen. Aber nein.

»Als Turri und Rubio weg waren, hat Garrec fast jede Nacht geweint. Und wenn ihre Körper auch anders sein mögen, hat Elli sie doch immerhin so geschaffen, oder etwa nicht? Und wenn es sie nicht gäbe, könnten wir keine Babies machen, oder? Warum trennt man sie überhaupt von uns? Warum können sie nicht mit uns zusammen in den Türmen leben?«

Lisbeï steuerte den sichersten Hafen an, indem sie Tulas Aufbegehren wie eine richtige Frage beantwortete. »Weil sie in Malverde ausgebildet werden.«

»Das weiß ich doch. Aber was lernen sie dort, das sie nicht auch hier lernen könnten? Wozu werden sie dort ausgebildet?«

»Zum Dienst.«

Das war die normale Antwort. Die Antwort, die auch Lisbeï auf diese Frage erhalten hatte. Antonë hatte sie damals an Mooreï verwiesen, und Mooreï an Antonë. Hin und her, von der Erblehre zu den Stammbäumen, von den Stammbäumen zur Erblehre. Wenn die männlichen Grünen erwachsen und zu Roten wurden, traten sie ihren Dienst in anderen Familien an, deren Gene sich mit ihren vertrugen. Zwei Jahre pro Familie. Um ihren Dienst wirklich gut zu verrichten – besonders, wenn sie zum Gatten der Mutter erwählt worden waren –, mußten sie ein paar der Familiensprachen lernen: Itarri, Moski, Litali oder Frangleï. Manche Familien unterrichteten ihre Jungen auch in der Geschichte der Familien, brachten ihnen die Geografie, die Chartas, ihre ›Gesetze, Traditionen, Sitten und andere Idiosynkrasien, die sich nicht für die schriftliche Übermittlung eignen‹ bei. So hatte sich Selva ausgedrückt und danach gemeinerweise die Gelegenheit genutzt, Lisbeï ›Idiosynkrasie‹ im Wörterbuch nachschlagen zu lassen. Einen solchen Unterricht stellte sich Selva auch für die künftigen roten Männer in Bethely vor, und tatsächlich hatte sie schon einige Änderungen im Ausbildungsprogramm von Malverde eingeleitet. Die Jungen würden dann eigentlich fast so viel lernen müssen wie die künftige Mutter, merkte Lisbeï zu ihrer eigenen Überraschung, als sie dies alles zum ersten Mal Tula erklärte. Aber natürlich konnten sie nie die Position einer Mutter von Bethely einnehmen!

»Du lernst dieselben Dinge, nicht? Aber du kannst hierbleiben«, stellte Tula fest.

»Ich lerne *alle* Sprachen und die Geschichte *sämtlicher* Familien«, berichtigte Lisbeï sie würdevoll und gewann damit Zeit zum Nachdenken. Tula hatte recht. Die Jungen hätten alles auch hier, im Turm, lernen können.

Lisbeï hatte inzwischen den Streit, der die Diskussion ausgelöst hatte, schon vergessen. Tula, die Lisbeïs Stimmungswechsel immer sofort spürte, entschloß sich, wie üblich, nachzugeben und stellte die passende Frage – vielleicht auch eine unpassende, jedenfalls war es eine ganz und gar harmlose: »Glaubst du, sie lernen dasselbe wie du bei Antonë?«

Meistens fand Lisbeïs Unterricht in Selvas Büro, unter der Obhut des Buches von Bethely statt. Kurz nach ihrem zehnten Geburtstag wurde sie eines Tages statt dessen zu Antonë in die Krankenstation des Westturms geschickt.

Die Ärztin öffnete einen durch Vorhängeschlösser gesicherten Schrank, dessen Inhalt hinter Milchglas verborgen war, und entnahm ihm mehrere lange, glatte Gegenstände. Zuerst hielt Lisbeï sie für komische Holzskulpturen, alle hatten dieselbe Form, waren jedoch von unterschiedlicher Größe. Aber mit Skulpturen hätte Antonë kaum so heftig herumhantiert oder sie so wild entschlossen auf dem Tisch aufgebaut. Sie verschränkte ihre Arme, unbewußt ahmte sie wohl Selva nach. Lisbeï zog daraus ihre eigenen Schlüsse, sie ahnte schon, warum die tägliche Routine heute unterbrochen worden war.

Von Anfang an erfuhren nicht nur die künftige Mutter, sondern alle neuen Dottas von den Dingen, über die alle wohlgebildeten Menschen in Bethely Bescheid wissen mußten: über Ernährungslehre, Botanik, Insektenkunde, Landwirtschaft und Tierzucht. Die Abläufe, Gesetze und Probleme bei der Pflanzen-

und Tierzucht bargen für die geschulten Dottas keine Geheimnisse. (Das genetische Wissen stammte natürlich aus den ›Fragmenten‹, wie Antonë, die inzwischen die altgewordene Marcella abgelöst hatte, stets betonte). Dottas durften bei der Geburt von Lämmern, Küken und Kätzchen zusehen. Zwar durften nur Rote dabeisein, wenn Babies geboren wurden, aber das ging ja ganz ähnlich vor sich, wie Lisbeï auf den anatomischen Schautafeln sehen konnte, die ihr Antonë zeigte.

Dennoch gab es natürlich Unterschiede zwischen Menschen und Tieren. Der erste und wichtigste Unterschied bestand darin, daß Ellis Strafe die Tierwelt verschont hatte, auch wenn dort verschiedene Mutationen aufgetreten waren. Tiere hatten fast so viel männlichen wie weiblichen Nachwuchs. Und wenn zu Ellis Schöpfung die Brunft gehörte, so waren die Menschen doch von diesem biologischen Zwang ausgenommen. (Und das war auch gut so, sagte Lisbeï sich, als sie zusammen mit den anderen Dottas zusah, wie ein Hengst eine Bethely-Stute bestieg).

Ja, aber wie ging es bei den Menschen vor sich?

»Ellis Liebe führt sie zusammen«, hatte Mooreï einmal gesagt. Das liege außerhalb ihres Gebiets, war Antonës sarkastischer Kommentar gewesen (und ein dumpfer Schmerz war ganz kurz in ihrer Aura zu spüren gewesen). Sie begnüge sich damit, die Arbeitsweise biologischer Apparate zu untersuchen. Damals hatte die achtjährige Lisbeï nicht weiter darauf geachtet. Daß Mooreï, das Gedächtnis, und Antonë, die Ärztin, in Diskussionen ebenso gutmütig wie hartnäckig ihren jeweiligen Standpunkt verteidigten, war sie längst gewöhnt.

Jedenfalls erfuhren die Dottas (und Lisbeï früher als alle Gleichaltrigen) bei ihrer Tätowierung, wie Menschen für eigenen Nachwuchs sorgten: mit einer Spritze. Und sie alle wußten, daß zwischenmenschliche Liebe nichts mit dem Zeugen von Kindern zu tun hatte.

Was allerdings das WARUM betraf…

»Also, wenn sie's nicht täten, wärest du gar nicht hier, um danach zu fragen«, hatte Antonë gesagt. Die Ironie war Lisbeï zunächst entgangen. Die Roten machten Babies, die wurden groß und ihrerseits Mütter, die wiederum Babies machten: So funktionierte die Welt nun einmal, das war das Muster, hatte Mooreï damals im Hort erklärt, das Elli ›strickte‹. Aber Lisbeï erkannte allmählich, daß Antonës gewisses Lächeln, ein trockenes Lächeln, als Einladung zum Weiterfragen zu verstehen war. Deshalb hatte sie ihre Frage wiederholt. Sie war neugierig, was jetzt passieren würde.

»Frauen machen deshalb Kinder, weil andernfalls die menschliche Gattung aussterben würde, und offensichtlich hat sie das nicht vor. In jeder Frau steckt irgend etwas, das sie zur Fortpflanzung drängt«, hatte Antonë plötzlich und mit unerklärlicher Bitterkeit geantwortet. Und worin bestand der Unterschied zu dem, was Mooreï gesagt hatte? Eigentlich befriedigte diese Antwort noch weniger. Zumindest hatte Mooreï gewußt, was dies ›irgend etwas‹ war: Ellis Sehnsucht, Ellis Freude, ihre Schöpfung tanzen zu sehen. Antonës ›Irgend etwas‹ erinnerte Lisbeï unangenehm an Turris »weil sie gar nicht anders können«, damals im Hort.

Aber die Mutter tat es auf andere Weise als die normalen Roten. Die Mutter machte Babies ›zusammen mit dem Mann‹, mit dem Mann des Westturms; und nur mit ihm. Weder Antonë noch Mooreï hatten Lisbeï diesmal die Ängste nehmen können. Die Mutter ›tanzte mit dem Mann‹, TANZEN großgeschrieben. Das geschah mehrmals, und auch bei der Feier Ellis. Die Feier war »der Dank, den wir alle Elli am Abend der Sommersonnenwende abstatten«. Also gut. Aber nur

Rote und Blaue durften an der Feier teilnehmen. An diesem Abend gingen die Dottas, erschöpft von den Vorbereitungen, früh zu Bett. Seit Sonnenaufgang waren sie fleißig gewesen, hatten all die Blumen gepflückt und die große Bühne, die mitten im Hof aufgebaut war, damit geschmückt. Blumen bedeckten jede einzelne Bohle, so daß die Bühne aussah, als treibe sie auf einem Meer von Pflanzen. Am Nachmittag durften die Dottas auf dem Markt herumrennen und sich mit Apfelpfannkuchen und Süßigkeiten vollstopfen. Und als Krönung des Ganzen wurde jeder von ihnen ein volles Glas Sonnwendwein ausgeschenkt. Wie konnten sie nach all diesen Aufregungen anders, als todmüde ins Bett zu fallen?

Lisbeïs Tricks hatten ihr diesmal wenig geholfen. Das einzige, was sie erfuhr, war, daß Rote und Blaue am Abend der Feier mit der Mutter und dem Mann TANZTEN. Man mußte die Schritte dieses Tanzes auswendig können, damit Ellis Feier ohne Störung ablief. Deshalb mußten die Dottas sich auch so intensiv in Taïtche und in der Parade üben. Wütend hatte Lisbeï Mooreï schließlich ohne jede Umschweife gefragt. Mooreï hatte feierlich gelächelt: Wer rennen will, muß zuerst gehen lernen, Lisbeï würde schon noch rechtzeitig alles über die Feier erfahren, wenn sie erst eine Rote war. Diesmal hatte auch ihr Status als künftige Mutter von Bethely nicht geholfen: Lisbeï erfuhr genauso wenig wie alle anderen Dottas.

»Du wirst eine Rote sein, ehe du Mutter von Bethely wirst, Lisbeï. Hab keine Angst. Wenn die Zeit reif ist, wirst du das Nötige wissen.«

Warum erzählte sie ihr nicht schon jetzt von der Feier? War es denn wirklich so schlimm, über die Dinge Bescheid zu wissen, ehe sie eintraten?

Zu Lisbeïs Erstaunen hatte Mooreï, der es mit der Feier doch so ernst war, gelacht. »Ach, Lisbeï, manchmal ist es schlimm, manchmal auch nicht.« Und sie hatte ihr Gesicht zu einer komischen Grimasse verzogen, so daß sich ihre Nase kräuselte. »Ich weiß, das ist keine sehr befriedigende Antwort. Sag dir einfach …, daß die Feier eine Überraschung ist. Und du willst doch nicht vorzeitig wissen, was dich bei einer Überraschung erwartet, oder?«

Das hatte Lisbeï nicht so recht überzeugt. Wenn sie sich im Hort nicht immer wieder die Welt jenseits der Gartenmauer vorgestellt hätte, wäre sie in jenen ersten Tagen im Turm bestimmt genauso krank vor Angst gewesen und hätte sich genauso fremd gefühlt wie die anderen Dottas. Selbst wenn die Wirklichkeit ganz anders gewesen war als die Geschichten, die sie für Tula erfunden hatte. Aber dann drängte sich ganz ungebeten die Erinnerung an Tulas heiß ersehnte Ankunft in ihr Gedächtnis. Tausendmal hatte sie diese Ankunft im Kopf durchgespielt, und wie furchtbar anders war die Wirklichkeit ausgefallen.

Mooreï hatte sich zurückgehalten und sie beobachtet, während ihr dies alles durch den Kopf ging. »Es gibt Dinge, die du für dich selbst herausfinden mußt, Lisbeï«, hatte sie schließlich gesagt. »Stell dir vor, du hättest die Farbe Rot nie gesehen. Wenn jemand versuchen würde, dir die Farbe zu beschreiben, wäre es trotzdem ganz anders, als wenn du die Farbe sehen könntest, nicht wahr?«

»Stell dir vor, ich hätte nie eine Mißgeburt gesehen«, hatte Lisbeï, unbeeindruckt von Mooreïs Argumentation, entgegnet. »Wenn ich gewarnt bin, habe ich bei meinem ersten Streifengang auch weniger Angst.«

Da hatte Mooreï sich mit einem lauten Rascheln ihres Gewandes (inzwischen trug sie Blau) niedergekniet und Lisbeïs Hände umfaßt. Lisbeï hatte sie offensichtlich aus der Fassung gebracht. »Lisbeï, du darfst keine Angst haben! Die Feier ist eine großartige, schöne, wunderbare Überraschung. Du darfst keine Angst vor Elli haben!«

Aber Lisbeï hatte keine Angst vor *Elli!* Sie hatte auch keine Angst vor der Feier. Sie wollte doch nur Bescheid wissen.

Und jetzt baute Antonë die hölzernen Gegenstände auf ihrem Schreibtisch auf. »Da du zur Mutter von Bethely bestimmt bist, mußt du auf die Feier vorbereitet sein.« Sie schwieg kurz und fügte dann hinzu: »Und du wirst keiner Menschenseele davon erzählen, Lisbeï. Es ist nur für die Mutter von Bethely gedacht, niemand sonst darf davon erfahren. Versprochen?«

»Versprochen«, sagte Lisbeï und fühlte sich geschmeichelt. Sie trat auf den Tisch zu, um sich die Holzstücke näher anzusehen. Sie waren leicht geschwungen und an einem Ende etwas dicker. Das andere Ende wies zwei symmetrische Ausbuchtungen und ein kleines Loch auf und wurde von einer Art Ring umschlossen. Antonë mußte wohl auch ohne jede Berührung mit Lisbeï spüren, wie verwirrt und verängstigt sie war, denn sie seufzte tief und bemühte sich, ihre eigenen Gefühle zu unterdrücken. In jenen Tagen gelang ihr das allerdings nie besonders gut. Sie griff nach einem Anatomiebuch, schlug die Seite mit der Illustration des männlichen Körpers auf und deutete mit dem Finger auf eine Zeichnung. ›Erigierter Penis‹ stand da.

»Genau das ist es«, sagte sie und zeigte auf die hölzernen Gegenstände. »In drei verschiedenen Größen. Es heißt auch ›Phallus‹.«

Lisbeï nahm diese Information mit höflichem Interesse auf. Gut, es gab also ein weiteres Wort für das männliche Geschlechtsteil. Für das weibliche gab es mindestens ein Dutzend. Das war doch nichts Besonderes. Schließlich handelte es sich bei diesem Organ im Grunde ja um nichts anderes als um einen von Ellis schlauen Tricks. So konnten sich die Frauen die Samen der Männer, die ›Gene‹ der Männer leichter holen.

Antonë erläuterte sehr präzise, wie der ›erigierte

Penis‹ bei der Mutter funktionierte, und zeigte Lisbeï, wie sie den kleinen Phallus benutzen konnte. Sie sagte ihr auch, auf was sie achten müsse, damit sie sich nicht verletze, und erklärte sogar, warum sie die Übungen machen solle: weil sie sich so an diese Art der Penetration gewöhnen könne.

Und dann biß Antonë die Zähne zusammen, als reagiere sie auf einen Einwand Lisbeïs (aber Lisbeï hatte gar nichts gesagt), und stellte fest: »Schließlich bilden sie ja auch die Männer aus, nicht?«

»Du hättest sie fragen sollen, wie«, sagte Tula, als sie sich nach dem Mittagessen trafen.

Lisbeï zuckte die Achseln. Sie hatte doch schon alles erklärt: Wenn die Männer mit der Mutter zusammenwaren, rieben sie ihren Penis, und dann spritzte eine Flüssigkeit heraus, die ›Sperma‹ hieß. Es funktionierte so ähnlich wie bei einer Pumpe.

»Wie das geht, wissen sie doch schon«, ereiferte sich Tula, Verachtung in der Stimme. »Das braucht ihnen um Ellis Willen doch niemand mehr beizubringen. Es muß noch etwas anderes dahinterstecken.« Anscheinend hatte sie Lisbeïs Bestürzung gar nicht bemerkt, sie war schon beim nächsten Thema. Durfte sie den Phallus auch mal ausprobieren?

»Du bist noch zu klein«, sagte Lisbeï ohne langes Überlegen. »Du würdest dich verletzen. Und du hast ja auch nicht zugesehen, wie Antonë es gemacht hat…«

»Dann zeig's mir doch!«

Aber das war doch nicht dasselbe. Und überhaupt: Nur die Mutter von Bethely benutzte den Mann auf diese Weise. Tula brauchte sich darin nicht zu üben.

Tula konnte es nicht fassen, sie war tief verletzt, wie Lisbeï spürte. Plötzlich war sie wieder hellwach: Weigerte sie sich etwa, Tula an irgend etwas teilhaben zu lassen? Natürlich würde sie auch diese Erfahrung mit Tula teilen!

Als sie Antonë versprochen hatte, niemand davon

zu erzählen, hatte sie Tula selbstverständlich ausgenommen! Aber klar, es blieb dabei: »Du und ich gemeinsam.«

Sie fanden einen stillen Winkel und begannen mit den Übungen. Diese ›Penetration‹ war wirklich eine seltsame Sache (auch wenn sie den kleineren Phallus für Anfängerinnen benutzten und ihn vorsichtig und ganz allmählich einführten, so wie Antonë es empfohlen hatte). Es war ganz anders als ihre vertrauten Entdeckungsreisen mit dem Finger. Und dann noch die Vorstellung, daß am anderen Ende des Dings sich ein Körper befand… Genau darin bestand das Problem: Lisbeï konnte sich das einfach nicht vorstellen. Der einzige Körper, den sie sich so nah bei sich vorstellen konnte, war der von Tula, aber das war ja überhaupt nicht vergleichbar: Sie rollten übereinander oder streichelten einander aus reiner *Lust!* Beim Mann dagegen gab es dieses große, merkwürdige Ding, das in einen hineinstieß, als ob… als ob es jedes bißchen Platz ausfüllen müßte! Sie redete sich selbst gut zu, sie würde einfach das bekommen, was ihre Samen – ihre *Chromosomen* – brauchten, die andere Hälfte, die für die Zeugung anständiger Babies nun mal nötig war. Aber sie empfand es immer noch als gewaltsames Eindringen. Komisch, mit der Besamungsspritze hätte es ihr längst nicht so viel ausgemacht. Aber mit dem Mann… den Körper so nah am eigenen und dann sogar im eigenen spüren… Und das war ja noch nicht alles: Sich von jemand Fremden so vereinnahmen zu lassen, dort, wo bis jetzt nur Tulas Hand, Tulas Licht… Welch ein Sakrileg! Wie konnte sie nur an beides gleichzeitig denken – daran, sich mit einem Mann zu paaren und sich mit Tula zu lieben!

Als Antonë diese Angelegenheit mit Selva besprochen, vielmehr: mit ihr darüber gestritten hatte, war ihr sehr wohl aufgefallen, daß die Techniken, wie sie in den Familien der Fortschrittlerinnen üblich waren, in Bethely bis jetzt noch nie praktiziert worden waren. Sie mochte Selvas Anweisungen ignorieren, aber sie mußte sich, wie sie entschied, strikt an das halten, was sie selbst genau wußte. Und deshalb hatte sie so etwas wie ›Lust‹ beim Geschlechtsverkehr mit dem Mann erst gar nicht erwähnt. Sie selbst hatte nie an einer Feier teilnehmen wollen.

Lisbeï und Tula probierten den Phallus aus und mußten einen Lachanfall unterdrücken, der angesichts der Gefahr, daß man sie in ihrem Versteck entdeckte, nur noch heftiger wurde.

An der Feier mußte noch mehr dran sein, stellten beide fest. Der Phallus war eine Überraschung, klar, aber eine ›großartige, schöne Überraschung‹? – Nein. Während der Feier mußte sich zwischen der Mutter und dem Mann offensichtlich noch mehr abspielen.

»Glaubst du, sie machen das vor allen Leuten?« fragte Tula nach langem Überlegen. »Du hast gesagt, sie schaffen Elli.«

Lisbeï fand das logisch: Elli war alles, war Frau und Mann, und bei einer solchen Paarung konnten die Mutter und der Mann auf irgendeine Weise die Einheit Ellis wiederherstellen. Selbst unter diesen Umständen konnte es eigentlich doch nichts Unangenehmes sein, Elli zu schaffen, oder? Die Mutter tat, was sie tun mußte: Es war Ehre wie Pflicht. Aber gleichzeitig war es auch… na ja, irgendwie *peinlich*.

»Bei der nächsten Feier müssen wir unbedingt wachbleiben«, sagte Tula. Lisbeï war zu demselben Schluß gekommen, aber ihr machte der Gedanke irgendwie zu schaffen. Grüne nahmen nicht an der Feier teil. Es war streng verboten. Allerdings war sie ja die künftige Mutter…

Die Feier kam und war vorbei, ohne daß Lisbeï und Tula schlauer gewesen wären. Das Schlafmittel im Sonnwendwein hatte seine Wirkung getan, sie hatten die ganze Sache tief und fest verschlafen.

Wer von beiden war auf die nächste Idee gekommen? Lisbeï wußte es nicht mehr. Nicht immer verständigten sie sich durch Worte. Die Ideen entwickelten sich wie halbfertige Seifenblasen, die sie zwischen sich hin und her stupsten. Und während beide ihre Fragen, Wünsche und Ängste hinzufügten, wurden die Blasen immer größer, bis die Ideen die Gestalt von Worten annahmen – Worte, die der Vorstellung ihre Bedeutung und Richtung gaben. »Der neue Mann der Mutter ist angekommen«, schnappte Lisbeï wenige Monate später bei Gesprächen in den Gängen auf. Sie wußte wie Tula, daß die Mutter es nicht nur am Abend der Feier, sondern recht häufig mit dem Mann Elli machte, weil sie ja Babies haben wollte. Genauso wie die roten Frauen, die, solange sie gebärfähig waren, häufig zur Krankenstation gingen, um sich Samen einspritzen zu lassen. Die Seifenblase platzte, und diesmal nahm eine Idee Gestalt an, die in Selvas Zimmer wies.

Nacht. Sommer. Selva und der Mann sind zusammen, wie sie seit Anfang der Woche jede Nacht zusammengewesen sind. Denn Selva ist jetzt bereit zur Empfängnis. Ihre Schlafzimmerfenster stehen offen, wie alle Fenster in Bethely. Elli hat den ganzen Tag für feuchte Schwüle gesorgt. Auch Selvas Tür ist offen, weil der erste kühle Durchzug in der drückenden Luft dieser Nacht willkommen ist. Die Tür führt zu dem kurzen Durchgang und der privaten Wendeltreppe Richtung Bibliothek. Und seit dem Vorfall mit Meralda liegt Lisbeïs Zimmer am anderen Ende des kleinen Durchgangs.

Tula, die sich lautlos aus dem Bett geschlichen hat, ist in Lisbeïs Zimmer. Es ist das erste Mal seit langer Zeit, daß sie sich mitten in der Nacht treffen. Diejenigen, die das Sagen haben, versuchen jetzt nicht mehr, sie von einander fernzuhalten. Sie können sich jetzt auch tagsüber treffen.

Lisbeï hat eigentlich gar keinen Grund, so nervös zu sein: Schon seit zwei Wochen beobachtet sie Selva und den Mann beim Kommen und Gehen. Sie hat an alles gedacht, hat die Türangeln geölt, ausprobiert, ob irgendwelche Bodenbretter knarren. So gut sie konnte hat sie sich auf alle Eventualitäten vorbereitet, sogar auf die gräßliche Aussicht, ertappt zu werden. Aber, wie immer, zögert sie an der Schwelle zur Wirklichkeit, möchte den Augenblick aufschieben, in dem sich die Waagschale neigt. Tula faßt sie ungeduldig am Arm. »Komm endlich, sonst schlafen sie womöglich.«

Der Durchgang ist in dieser fast mondlosen Nacht dunkel. Das schwache Licht, das eine Gaslampe in Selvas Zimmer abgibt, vertieft die Schatten. Aber es sind nicht die Schatten, die Lisbeï stehenbleiben lassen. Es ist das Geräusch, ein schwaches, rhythmisches Quietschen. Wieder zerrt Tula an ihr. Sie verschmelzen mit den Wänden rechts und links neben der offenen Tür.

Schatten bewegen sich an der Zimmerdecke und an den Wänden. Die Lampe steht neben dem Bett auf dem Boden. Auf dem Bett selbst können sie einen festen Umriß erkennen – Linien und Kurven schimmern auf, bis sie sich plötzlich in zwei nackte Körper auflösen, die vor Schweiß glänzen. Vorn, leicht der Tür zugewandt, liegt Selva mit geschlossenen Augen, ihr zerzaustes Haar verdeckt halb das Gesicht. Selva, auf allen vieren, aufgestützt auf ihre Ellbogen. Und der Mann … Spreizt er ihr die Beine? Nein, er kniet hinter ihr. Er hat ihre Schultern gepackt, seine Finger hineingegraben und stößt sie heftig, wieder und wieder. Sie hält sich am Bettrand fest, es ist das Bett, das quietscht. Ihr ganzer Körper, Arme, Brüste und Gesicht erbeben bei jedem Stoß. Der Mann verliert sich in den Schatten über ihr. Nur sein Haar taucht hin und wieder ins Licht. Er bewegt sich jetzt schneller und keucht heftiger. Und plötzlich fällt er mit einer Art Grunzen, einem merkwürdig erstickten Stöhnen auf Selva nieder. Sie rührt sich nicht, und er gleitet von ihr herunter. so daß er flach auf dem Bauch neben ihr liegt. Er keucht immer noch. Sind Selvas Augen noch geschlossen? Unmöglich zu erkennen, da ihr das Haar jetzt ganz übers Gesicht gefallen ist. Nach einer Weile rollt sie sich weg und liegt quer über dem Bett, ohne den Mann zu berühren. »Gute Nacht, Aleki«, sagt sie mit kalter, klarer Stimme. Der Mann steht auf, hebt irgend etwas vom Boden auf, seinen Morgenrock. Er streift ihn über und geht zur offenen Tür am anderen Ende des Zimmers, wo ein weiterer Durchgang zu seinem Quartier führt. An der Schwelle dreht er sich um. Seine Stimme trieft vor boshaftem Triumph: »Was man nicht alles machen muß, wenn man Mutter sein will!« Er schließt die Tür.

Selva hat sich nicht gerührt. Es dauert lange, bis sie schließlich aufsteht. Auf ihren Schultern, Hüften und Oberschenkeln zeichnen sich blaue Flecken ab. Sie nimmt die Lampe und stellt sie auf ihre Frisierkommode, setzt sich und greift nach ihrem großen Schildpattkamm. Lisbeï kann Selvas Gesicht, das sich hell gegen das dunkle Oval des Spiegels abhebt, deutlich sehen. Die Mutter starrt ihrem Spiegelbild in die Augen, zerrt den Kamm erbarmungslos durch das Gewirr roten Haars und weint.

Kapitel 19

Lisbeï / Tagebuch

Wardenberg, 3. Aprila, 490 N.G.

...aber jetzt merke ich, daß es früher gewesen sein muß. Nie wären wir danach losgezogen und hätten uns einen blauen Mann angeguckt. Ich jedenfalls nicht. Weißt du eigentlich, daß wir nie mehr davon gesprochen haben? Wir

haben danach auch nie mehr über Jungen geredet, außer so unpersönlich wie nur möglich. Nein, es muß früher gewesen sein, sogar noch vor Antonës Lehrstunde. Ich glaube, es war deine Idee, ich habe mir wohl kaum in den Kopf gesetzt, mit einem blauen Mann zu reden. Selbst früher nicht. Aber vielleicht dachtest du dabei an Garrec, wie soll ich das wissen? Jedenfalls warst du diejenige, die mich abholte. Du sagtest, es sei ein blauer Mann aus Nevenici in den Ställen. Ich dachte, du wolltest ihn dazu bringen, vom Meer zu erzählen. Natürlich waren wir noch klein, aber weißt du noch, wie riesig er wirkte? Breit und stämmig, am ganzen Körper behaart, Hände wie Paddel. Aber er freute sich wirklich, uns zu sehen, kleine Dottas zu sehen, es war eine fast kindliche Freude, wie mir jetzt klar wird.

Er strich sich über die Augenbraue und tat so, als runzele er die Stirn. »Na, was haben wir denn hier?« Aber er verscheuchte uns nicht.

»Wir wollen uns die neugeborenen Fohlen ansehen«, sagtest du, und er lächelte. Er hatte bei der Geburt nicht zugesehen, natürlich nicht, das durfte er ja nicht, aber er war so stolz, als habe er die Fohlen selbst in die Welt gesetzt. Er betonte, wie schön sie seien, besonders das weiße. Wir unterhielten uns kurz über Tiere, und ich überlegte gerade, wie ich ihn vorsichtig auf das Thema bringen könnte, als du mit der Tür ins Haus fielst: »Wie ist es denn so in Nevenici?« fragtest du.

Er wirkte überrascht, wahrscheinlich wegen des plötzlichen Themenwechsels. Dann lachte er, weil er sich freute und geschmeichelt fühlte. Mit einem Grinsen ließ er sich auf einem Heuballen nieder. Sein Gesicht war von der Sonne ganz verbrannt und faltig, zwei Vorderzähne fehlten ihm, sein Haar war sehr kurz geschnitten. Eigentlich kann er gar nicht so alt gewesen sein, noch nicht einmal vierzig.

»Und was wollt ihr über Nevenici wissen, kleine Dottas?«

»Die Schiffe«, sagte ich, »die großen Schiffe, die über das Tirraneische Meer fahren. Hast du sie gesehen?«

»Aber ja. Ich habe sogar einige mitgebaut.«

Wahrscheinlich hättest du jetzt gern erfahren, ob er schon in Afrike gewesen war, aber du ließt ihn erzählen, wie seine Familie die großen Schiffe baute. Er sprach gern darüber. Gern, und gleichzeitig mit einer gewissen Traurigkeit. Eine seltsame Mischung, ich verstand es nicht so recht. Nach einer Weile hörte er auf und betrachtete seine großen, schwieligen Hände. »Aber das ist schon lange her, da war ich noch ein Grüner.« Und er seufzte.

Bei diesen Worten spürte ich plötzlich seinen großen Kummer.

»War es schön, als du ein Grüner warst? Besser als jetzt?«

Er ließ sich mit der Antwort Zeit und sah dich eingehend an. Dann war er wohl zu dem Schluß gekommen, daß er die Frage ruhig beantworten konnte. »Irgendwie schon«, sagte er, »ich war dort zu Hause.«

Wie hätte ich damals so ein Gefühl richtig einschätzen sollen? Jedenfalls spürte ich, daß sein Licht ziemlich trübe war, wie bei fast allen außer dir, Antonë und Kelys – und manchmal, wenn sie es zuläßt, Selva. Aber du hast anscheinend verstanden, daß er Heimweh hatte.

»Warum bist du nicht zurückgegangen?«

»Das darf ich nicht.«

Es stimmte: Die Nevenicis waren eine Judditenfamilie. Sie wollten nicht, daß ihre männlichen Blauen zurückkamen. Das hatte ich aufgeschnappt, als Antonë darüber mit Kelys sprach. »Es ist wirklich zu dumm«, hatte sie gesagt, »vor was haben sie Angst? Glauben sie denn, daß sie vergewaltigt werden?« Da ich nicht wußte, was ›vergewaltigt‹ heißt, spürte ich nur, daß Antonë mit Absicht so roh war, weil sie Kelys schockieren wollte. Aber Kelys nahm das natürlich auf, ohne auch nur mit der Wimper zu zucken.

Da du und der Blaue aus Nevenici plötzlich verstummt wart, beschloß ich, die Dinge in die Hand zu nehmen und eine Frage zu stellen, die mir wirklich am Herzen lag: »Ist die Ausbildung nach dem Hort schwierig? Stimmt es, daß die Jungen so ähnliche Sachen lernen wie die Mutter?«

Er war wohl immer noch in seine Erinnerungen vertieft, denn er murmelte »Jaja«, während er in Gedanken ganz woanders war. Dann verkrampfte er sich leicht. Aber ich hatte die Frage so unschuldig wie nur möglich gestellt, das beruhigte ihn offensichtlich, denn er lächelte.

»Nicht ganz«, sagte er. »Aber wenn man viel herumkommt, muß man viel wissen.«

Ehe ich mir eine weitere Frage ausdenken konnte – schließlich mußte sie so formuliert sein, daß ich ihn nicht verschreckte –, sprangst du ein: »Tat es dir leid, daß du aus Nevenici fortgehen mußtest?«

Ich war ziemlich baff, genau wie er, wenn vielleicht auch aus anderem Grund. Er starrte dich einen Augenblick lang mit seinen braunen, ein bißchen trüben Augen an und sagte dann bedächtig, so als suche er nach Worten: »Nein. Die jungen Männer sind stolz darauf, fortzugehen und ihren Dienst zu verrichten, kleine Dotta. Die Männer sind die Erlöser, die Diener Ellis, die für die Sünden der Männer in der Zeit des Zusammenbruchs Buße tun.«

Ich dachte schon, er wolle zu einer Rede anheben. Aber plötzlich war er still. Ich spürte, daß es ihm so ging wie Antonë, wenn sie sich verplappert hatte und es plötzlich merkte. Ich weiß nicht, was du spürtest. Ich wollte ihn gerade zum Weiterreden drängen, als du nachdenklich sagtest: »Aber jetzt bist du doch kein Roter mehr.« Ihr beide saht einander an, und ein merkwürdiges Gefühl schwang da mit, aber es ging so schnell, daß ich es nicht begriff. Er nickte, als freue er sich über dich, und wiederholte: »Jetzt bin ich kein Roter mehr.«

Bei diesen Worten kamen zwei Frauen herein, und er stand, plötzlich sehr verlegen, wie ich merkte, von seinem Platz auf. Ich weiß nicht mehr, wer die Frauen waren. Ich kann mich nur noch daran erinnern, wie sie ihm befahlen, die Heuballen aufeinander zu schichten, und ihn dabei nicht einmal ansahen. Wir gingen mit den Frauen hinaus, aber ich schaute zurück und sah, wie er einen Heuballen, fast so groß wie er selbst, anhob und auf die anderen hievte. Ich verstand seine Körpersprache. Er war wütend. Ich fragte mich nicht, warum. Was sich mir am deutlichsten einprägte, war seine Kraft. Man hatte mir gesagt, ich sei groß und stark für mein Alter. Ich überlegte, ob ich auch so stark wie er werden würde. Ich hatte nicht einmal Angst. Aber das war, ehe wir Selva mit dem Mann sahen.

Kapitel 20

Tula hatte am liebsten bei Mooreï Unterricht. Sie nahm zusammen mit gleichaltrigen Dottas daran teil. Darüber hinaus hatte sie Stunden bei Antonë und bei den Captas, die für die praktische Ausbildung zuständig waren: Dort lernte sie kochen, zimmern und auch weben, denn Stoffe und Teppiche waren Bethelys wichtigste Waren für den Tauschhandel. Tula hatte an Antonës Unterricht nicht viel Interesse. Ehrlich gesagt, waren ihre Stunden damals auch recht langweilig. Die junge Ärztin stopfte die Dottas mit Daten und Statistiken voll, als müsse sie unbedingt beweisen, daß die Lebenswelt wie eine Maschine funktionierte. Wie eine komplexe Maschine natürlich, aber eine, die bei systematischer Untersuchung keine Geheimnisse mehr barg. Das war in dem Jahr, als Kelys im Winter angekommen war. Aber man sah Kelys kaum mit Antonë zusammen, die beiden glichen Magneten, die miteinander keine Verbindung eingehen konnten.

Daß sich Tula ganz eindeutig lieber im Umkreis von Mooreï bewegte, lag an dem inneren Frieden und der Sicherheit, die Bethelys Gedächtnis ausstrahlte. Obwohl Tula diese Ausstrahlung nicht so deutlich wie Lisbeï wahrnahm – deutlicher spürte Tula Antonës Verletzlichkeit und Starre – zog sie das WORT der Biologie vor. Weder Antonës noch Mooreïs Licht schien Tula sonderlich zu belasten, noch weniger Selvas, mit der Mutter hatte sie ja auch kaum engeren Kontakt. Natürlich war die Spiegelwand, die Selva um sich errichtete, für Lisbeï und Tula kein Gesprächsthema, dazu glich dieser Wall zu sehr Tulas eigenen Abwehrmechanismen. Für Tula war das Echo, das sie in Lisbeï fand, die größte Selbstverständlichkeit der Welt: So hatte Elli sie beide nach ihrem Willen geschaffen.

Tula sah nicht ein, warum man das WORT und die Biologie als entgegengesetzte Pole betrachten sollte, wie Antonë es voraussetzte. Offensichtlich umfaßte das WORT weit mehr als die Biologie.

Mit ihrer Neigung, die Dinge gleichzeitig aus verschiedenen Perspektiven zu sehen, geriet Lisbeï in die seltsame Lage, einen Standpunkt zu verteidigen, den sie eigentlich gar nicht einnahm. Sie hielt das WORT und die Biologie ebensowenig wie Tula für Gegensätze: Beides ergänzte einander. Aber mit ihrer regen Phantasie fand Lisbeï sofort Einwände, die sie Tula entgegenhalten konnte, obwohl sie ihre Überzeugungen eigentlich teilte.

Tula gestikulierte mit hoch erhobenen Händen: Wie konnte Lisbeï gleichzeitig beide Seiten einnehmen? Das war schon richtig so, versuchte Lisbeï ihr zu erklären. Die Capta sollte möglichst alle Standpunkte gleichzeitig sehen und sie miteinander in Verbindung bringen. Na ja, sagte Tula, das ist ja nicht gerade das, was Selva macht! Die Diskussion war schnell zu Ende. Beide hatten ihre Probleme mit dem Thema Selva.

Prinzipiell war Tula der Auffassung, daß Mooreïs Würfel nur eins von beiden sein konnte: entweder hohl oder massiv.

»Er ist beides gleichzeitig«, widersprach Lisbeï. »Es

kommt nur darauf an, wie wir ihn betrachten.« Und sofort überlegte sie, was wohl mit dem Würfel passierte, wenn niemand hinsah. Tula zuckte leicht die Achseln. »Elli«, antwortete sie, »ist ja immer da, überall, und sie sieht alles.« Diese Antwort ging so selbstverständlich davon aus, daß die Welt ewig so sein würde, wie sie nun einmal war, daß Lisbeï kein Gegenargument mehr einfiel.

Vielleicht lag es an diesem ausgeprägten Hang, sich stets für eine Seite zu entscheiden, daß Tula Probleme mit dem Taïtche hatte. Ohne Schwierigkeit glitt sie in die leichte Trance, die durch Kelys Atem- und Konzentrationsübungen ausgelöst wurde. Das war bei ihr nicht anders als bei Lisbeï und einigen anderen Dottas ihres Jahrgangs. Aber sie konnte an diesem Punkt nicht aufhören. Während Lisbeï die Gratwanderung zwischen ihrem Inneren und dem Äußeren schnell beherrschte, glitt Tula immer weiter in die äußere Welt. Die Grenze zwischen Körper und Bewußtsein löste sich auf. Kelys hatte die erste Unterrichtsstunde unterbrechen müssen, weil Tula in eine Art Koma gefallen war. Danach konnte sie nur noch mit Hilfe der Spiegelwand weitertrainieren. Zumindest gelang es ihr so, die Grundübungen ohne Fehler durchzustehen. Sie führte sie sogar so leicht und anmutig aus, als beherrsche sie alles mühelos. Aber sie wußte genau wie Lisbeï, daß sie die Regeln nur mechanisch anwandte, den Geist des Taïtche, den Kelys ihnen zu vermitteln suchte, hatte sie nicht erfaßt. Stillschweigend kamen sie überein, vom Taïtche nicht mehr zu reden.

Aber das Blatt wendete sich, als sie mit den Übungen für die Parade begannen. Jede Dotta trainierte dabei mit einer Partnerin. Beim Taïtche hatten sie die Grenzen des eigenen Körpers begriffen und gelernt, sich im eigenen Kraftfeld zu bewegen. Es gab dabei nur ganz flüchtige Berührungen mit den Kraftfeldern anderer, sofort tauchte man wieder in den eigenen Raum ein. Im Gegensatz dazu lernten sie bei der Parade, wie sie in das Kraftfeld der Partnerin vordringen und sich ihm anpassen konnten. Und jetzt war es Lisbeï, die es nicht schaffte, über den eigenen Schatten zu springen. Denn wenn sie es riskierte… Nach kurzer Zeit mußte sie aufgeben, ihr Herz schlug ihr bis zum Hals, der Schweiß brach ihr aus allen Poren, ihre Konzentration war dahin. Irgend etwas hatte sie aus der Trance gebracht, sie wußte weder was noch wie, ihr Kopf war ganz leer, sie konnte sich an nichts erinnern.

Als sie nach dem Unterricht total niedergeschlagen aus der Dusche kam, holte die langbeinige Turnlehrerin sie ein. »Warte mal, Lisbeli«, sagte Kelys. (Sie nannte Lisbeï immer bei diesem Kosenamen, auch später noch, als Lisbeï schon eine erwachsene Frau war). Kelys führte sie zurück zum Übungssaal, ließ sich geschmeidig auf einer Matte nieder und forderte Lisbeï mit einladender Geste auf, es ihr nachzutun. Nach kurzem Meditieren lächelte sie: »Wir haben da anscheinend ein kleines Problem.«

Lisbeï hielt gerade noch einen sarkastischen Aufschrei zurück. Ein kleines Problem! Sie war unfähig, die Parade durchzuführen. Sie, die künftige Mutter von Bethely, von der erwartet wurde, daß sie eines Tages bei der Feier vor ganz Bethely tanzte. Und sie konnte nicht einmal die Parade lernen!

»Ich habe ›wir‹ gesagt«, fuhr Kelys fort, als habe sie von Lisbeïs Reaktion gar nichts bemerkt, »weil ich früher dasselbe Problem hatte. Man kann anscheinend nicht durchweg in beidem, Taïtche und Parade, gut sein.«

Lisbeï hatte sich aufgerichtet und sah Kelys mit ungläubiger Hoffnung an, schon jetzt war sie ja so dankbar. Kelys konnte ihr helfen, ja natürlich, Kelys würde ihr helfen!

»Erinnerst du dich an die erste Taïtche-Stunde, Lisbeli? An die allererste Übung, als du merktest, wie du dich nach außen bewegtest? Du hast es ein bißchen zu gut geschafft, diese Phase abzukürzen. Und jetzt unterdrückst du den Impuls, ohne es überhaupt zu merken. An diesem Punkt müssen wir jetzt noch mal anfangen. Willst du's mit mir zusammen versuchen?«

Natürlich wollte Lisbeï das mit Kelys versuchen! Und am Anfang ging auch alles glatt. Es gelang ihr, die erste Phase des Taïtche zu wiederholen, es gelang vor allem wegen Kelys und ihrer Ausstrahlung von Ruhe und völliger ... Selbstberherrschung. Als Kelys zu den Phasen der Parade überging, glaubte Lisbeï schon, auch hier werde alles klappen. Sie mußte sich nur den Strömungen öffnen, die von der Partnerin ausgingen, und sie nachahmen. Es war ganz einfach – sie mußte nur das vor- und zurückschwingende Echo zulassen, das sich ganz allmählich veränderte und bei jedem Widerhall schneller wurde, wie das Licht, das von zwei Spiegeln zurückgeworfen wird und ...

Und Lisbeï fand sich kniend auf der Matte wieder, sie zitterte, ihre Kehle tat vor lautlosem Schreien weh. Kelys nahm sie in die Arme und wiegte sie eine Weile hin und her. Als Lisbeï endlich das Licht der anderen wahrnehmen konnte, merkte sie an Kelys leichter Traurigkeit und Resignation, daß die Turnlehrerin ihr nicht helfen konnte.

Kelys versuchte ihr gar nicht erst beizubringen, daß sie, wie Tula beim Taïtche, eine Spiegelwand hätte aufbauen müssen. So etwas wie eine Spiegelwand, eine innere Struktur, war nötig, um die Parade richtig durchzuführen. Aber Kelys wußte, daß Lisbeï es nicht schaffen würde. Lisbeï wäre verblüfft gewesen, wenn Kelys ihr die Ursache genannt hätte: Gerade deswegen, weil sie diese Spiegelwand durchschaute, hatte Lisbeï den Kontakt zu Kelys abgebrochen. So wie sie es auch schon früher bei ihrer

Übungspartnerin gemacht hatte. Lisbeï hätte die Ursache nicht verstanden – und selbstverständlich würde sie nie imstande sein, mit Tula für die Parade zu üben.

Schließlich beschloß Lisbeï verzweifelt, die Konzentrationsübungen zu umgehen und ihre normale Sensibilität für die Menschen ihrer Umgebung zu nutzen. Aus irgendeinem Grund fiel ihr alles leichter, wenn sie nicht in Trance war. Sie konnte ihre Wahrnehmungen filtern und so weit steuern, daß sie sich in ihren Bewegungen der Partnerin anpaßte. Aber sie bewegte sich immer ein bißchen zu heftig oder ein bißchen zu langsam. Durch unablässiges Training kam sie dem Ziel näher, bis der Unterschied nicht mehr zu spüren war – außer für sehr aufmerksam beobachtende Augen. Wie die von Kelys. Oder die von Tula.

Wie das Taïtche war jetzt auch die Parade als Gesprächsthema bei beiden tabu.

Kapitel 21

Antonë an Linta

Bethely, 14. Marsa, 487 N.G.

Liebste Linta,
dein Brief hat mir sehr gutgetan. Offen gesagt, mußte ich beim Lesen mehrmals gegen Tränen ankämpfen. Wir sind bessere Freundinnen, als wir je Gefährtinnen waren, und vielleicht hätten wir, wie du einmal gesagt hast, nie Gefährtinnen werden sollen. Ich habe das Gefühl, du verstehst besser als ich selbst und auch besser als Kelys, was im Moment passiert. Zumindest hast du keinen Grund so zu tun, als verstündest du es nicht. Kelys ist so einfühlsam (im wahrsten Sinne des Wortes), daß sie meinen Seelenzustand ganz bestimmt kennt. Aus Gründen, die sie lieber für sich behält, muß sie wohl beschlossen haben, so zu tun, als

wisse sie von nichts. Aus ihrer Sicht haben wir einander gegeben, was wir geben konnten, und fertig. Sie geht mir immer noch stillschweigend aus dem Weg. Wenn sich eine Begegnung nicht vermeiden läßt, ist sie so nett wie nur möglich und meint das sogar ehrlich, was für mich natürlich alles nur noch schwerer macht. Aber ich kann nicht mit ihr reden. Und nächste Woche bricht sie sowieso zu ihrer neuen Expedition auf.

Genug davon. Ein Brief voller Gejammer und Zähneknirschen ist gerade noch erlaubt, aber zwei sind entschieden zuviel. Du hast deine Meinung dazu gesagt. Ich stimme dir zu. Ich wußte es schon die ganze Zeit, aber es leuchtet eher ein, wenn es von jemand anderem kommt, und insbesondere von dir. Ich werde auch weiterhin darüber nachgrübeln und versuchen, mir jede Verbitterung zu verkneifen. Aber das ist schwer. Denk an mich, meine Süße, und bete für mich, wenn du willst.

(Nein, ich habe beim Lesen deiner letzten Zeile nicht geschmunzelt. Ich war sehr gerührt. Danke, daß du für mich da bist).

Was gibt es sonst noch Neues zu berichten? Eigentlich nichts Besonderes. Die Versammlung rückt näher, alle werden allmählich nervös, vor allem aber diejenigen, die in diesem Jahr zum ersten Mal an den Spielen teilnehmen. Litale hat ja erst im Jahre 472 zugestimmt, Dottas zu den Spielen der Mütter zu entsenden. Die Aussicht auf die Reise – von den Spielen gar nicht zu reden – macht die Kleinen ganz verrückt. Wenn man abends durch die Gänge in ihren Quartieren geht, hört man überall Musik und Rezitationen. Die Arbeitsräume und Turnhallen stehen nie leer. Außerdem sorgt hier der Vorschlag für Wirbel, die männlichen Grünen stärker in die Spiele einzubeziehen und auch die jüngsten blauen Männer zuzulassen. Es geht das Gerücht, daß einige Familien (natürlich wieder die bösen Fortschrittlerinnen!) sofort mit dem Training der Grünen und jungen blauen Männer angefangen haben, als die Anträge in der letzten Novemra auf den Tisch kamen. Hier rechnet man damit, daß sie – falls der Antrag von Wardenberg auf der Versammlung verabschiedet wird – darauf bestehen werden, daß er sofort in Kraft tritt. Dann könnten sie ihre männlichen Wettkampfteilnehmer überall, wo es erlaubt ist, ins Rennen schicken.

Viel Lärm um nichts, meiner Meinung nach. Ich wäre sehr überrascht, falls der Wardenberger Antrag durchkäme. Wie üblich haben sie ihn bestimmt nur aus taktischen Gründen, als Wegbereiter für gemäßigtere Anträge gestellt. Es wundert mich (natürlich freut es mich auch), daß dieser alte Trick immer noch zieht. Vielleicht wird der Antrag von Lletrewyn verabschiedet... Oder doch eher nicht, wie mir mein wissenschaftliches Vorurteil sagt. Der Antrag ist zu technisch abgefaßt und enthält zu viele Statistiken. Der Kergoët-Antrag hat bessere Chancen. Jedenfalls können wir von Glück sagen, falls die Versammlung, wie sonst auch, wirklich nur einen Monat dauert. Und dann wird der verabschiedete Antrag (beziehungsweise die Synthese mehrerer Anträge) ja auch noch an die Provinzversammlungen zurückverwiesen. Die Fortschrittlerinnen haben da einen Bienenschwarm (beziehungsweise einen Grünenschwarm) aufgescheucht, der bestimmt noch lange herumsummt.

Jedenfalls reden die Mädchen, die dieses Jahr an den Wettkämpfen teilnehmen, von nichts anderem. Und wohlgemerkt nicht nur die Grünen. Es ist interessant zu beobachten, wie gespalten die Meinungen darüber sind, und über die Ursachen nachzudenken. Ich hatte angenommen, alle seien einmütig gegen die Teilnahme männlicher Grüner. Aber nein: Anscheinend hat das Zusammenleben mit Jungen in den Horten bei den Dottas und jüngsten Roten zu größerer Toleranz geführt. Zumindest sind sie offener für die Diskussion. Es ist kaum vierzehn Jahre her, daß Bethely sich zu dieser Reform entschlossen hat, das heißt Selva bei ihrem vorsichtigen Flirt mit dem Fortschritt erstmals Jungen in die Horte integrierte. Es war einer ihrer ersten offiziellen Akte als Mutter von Bethely. Aber sie schwankt immer noch, ob sie älteren grünen Jungen häufi-

ger als bisher den Besuch der Capterie gestatten soll, zumindest bei den Festen, allerdings ganz bestimmt nicht bei der Feier Ellis!

Ich weiß wirklich nicht, ob Selva bei der endgültigen Abstimmung in der Versammlung der Mütter für JA *oder* NEIN *votieren wird. Sie ist in meinen Augen immer für Überraschungen gut. Ich weiß, daß Mooreï im Prinzip dafür ist, männlichen Grünen mehr Spielraum einzuräumen (aus rein religiösen Gründen, die mich eher belustigen, mir allerdings auch irgendwie gegen den Strich gehen). Größeren Spielraum befürwortet sie nicht nur für Grüne und junge Blaue, sondern auch für erwachsene Männer, Rote wie Blaue. Und sie meint damit nicht nur die Teilnahme an Wettkämpfen, sondern auch an den Versammlungen. So weit gehen nicht mal die tollkühnsten Fortschrittlerinnen! Aber es ist nicht Mooreï, die in Serres-Morèna abstimmen wird. Leider. Wo wir endlich einmal auf derselben Seite stehen, wenn auch aus unterschiedlichen Gründen!*

Die Kinder können sich nicht einigen, ich meine Lisbeï und Tula. Das heißt, Tula weiß schon, was sie will: Sie ist genau wie Mooreï für die Teilnahme von Jungen. Lisbeï ist wie üblich zwischen dem Für und Wider hin- und hergerissen. Allmählich habe ich den Eindruck, daß sie eher dagegen ist. (Frag mich nicht, warum. Tula und Lisbeï sind im selben Hort aufgewachsen!). Aber sie hat Tula so lieb, daß sie Meinungsverschiedenheiten mit ihr nicht lange verkraftet. Das ließe für die Zukunft hoffen, müßte Tula nicht als Adoptivtochter nach Angresea. Sobald sie ihre erste Monatsblutung hat (und das kann jetzt jeden Tag eintreten), soll sie Bethely verlassen. Sie haben das klassische Arrangement getroffen: Lisbeïs erster Mann soll aus Angresea stammen, und Twyne, das vierte Kind der Mutter von Angresea, kommt als Adoptivtochter nach Bethely. Weder Lisbeï noch Tula wissen davon. Ich wundere mich, daß Selva ihnen bis jetzt nichts gesagt hat, schließlich wurde die Vereinbarung schon bei der letzten Versammlung der Mütter besiegelt. Zögert Selva womöglich aus an-

deren Gründen, es ihnen mitzuteilen? Ich hoffe aus tiefstem Herzen, daß sie wenigstens feige genug ist, Mooreï ihre Dreckarbeit zu überlassen!

Kapitel 22

Als Antonë ihren Brief an Linta nochmals überflog, fiel ihr plötzlich eine weitere Erklärung für das seltsame Schweigen der Capta ein. In der Juna würde Lisbeïs vierzehnter Geburtstag sein, genau im Monat der Versammlung von Serres-Morèna. Noch immer hatte sie keine Monatsblutung gehabt. Vielleicht wollte sich die Mutter von Bethely die Entscheidung offenhalten. Schweren Herzens versiegelte Antonë ihren Brief und gab ihn bei der Botin ab. Dann machte sie sich auf den Weg zum Botanikunterricht. Auch Tulas Gruppe gehörte zu ihrer Klasse.

Was war heute mit der kleinen Tula los? Erst war sie offensichtlich aufgeregt, dann wieder völlig apathisch. Mal lachte sie viel zu laut, wenn sie mit ihren Nachbarinnen flüsterte, mal gab sie sich Tagträumen hin. Als Antonë zu Beginn der Stunde an ihr vorüberging, spürte sie, wie Tula sich sofort hinter ihrer Mauer verschanzte. Das geschah so plötzlich, als sei ein Schloß mit einem Klicken eingerastet. Antonë hatte Tulas Vertrauen nie ganz gewinnen können, wie sie sehr wohl wußte. Aber normalerweise hatte das Kind es nie für nötig befunden, sich so zu schützen. Was war los? Hatte Tula eine Dummheit gemacht, oder heckte sie gerade eine aus? Sie mußte Mooreï unbedingt fragen, ob ihr Tulas merkwürdiges Verhalten auch schon aufgefallen war.

Der theoretische Teil des Unterrichts ging ohne Zwischenfall über die Bühne, wenn man einmal von der allgemeinen Unruhe absah, die Antonë inzwischen schon gewohnt war: Daran ließ sich bis zu den Wettkämpfen auch nichts ändern. Nach der Theorie sammelte Antonë ihre kleine Herde um sich, weil sie einen Ausflug zum Kräutergarten an der Südpromenade machen wollten. Als die Dottas hinter ihr durch die Bibliothek marschierten, konnten sie kaum den Mund halten. Auf der Haupttreppe, die zu dieser Tageszeit kaum jemand benutzte, rannten die Kinder an ihr vorbei. War das nun eine Provokation oder ein neues Spiel: Jemand schrie eine Zahl, und dann sprangen sie paarweise oder zu dritt die Treppe hinunter. Während Tulas roter Lockenkopf hinter einer Treppenbiegung verschwand, brüllte sie »Vier!«.

Beunruhigt drängte sich Antonë durch und befahl den Kindern, sofort mit dem Unsinn aufzuhören. Als sie im Erdgeschoß ankam, standen die Dottas, offensichtlich bestürzt, in einer Gruppe zusammen. Sie schwiegen schuldbewußt und wichen auseinander, um Antonë Platz zu machen. Tula saß kreidebleich und mit aufgelöstem Haar auf dem Kachelboden. Sie hielt ihren Fuß und versuchte, keine Grimasse zu ziehen. Als sie Antonë sah, versuchte sie vergeblich aufzustehen. Sie biß sich auf die Lippen und wurde noch bleicher.

»Beweg dich nicht!« befahl ihr Antonë und kniete nieder, um ihr die Schnürsenkel der Sandalen zu lösen. »Karlina, hol mir Eis aus der Küche, falls etwas da ist. Sentai, Verbandsmaterial aus der Krankenstation. Martie, besorg einen Stuhl.« Der Knöchel war bereits angeschwollen, es schien aber nichts gebrochen zu sein. Vielleicht war er nur verstaucht. »Sie ist den ganzen Treppenabsatz hinuntergefallen«, sagte jemand mit leiser Bewunderung in der Stimme, »kopfüber, ganz bis nach unten.« Gehirnerschütterung? Vielleicht ein Schädelbruch? Schnell untersuchte Antonë Tulas Pupillen, aber sie wirkten normal. »Wir werden uns auf der Krankenstation um alles kümmern«, murmelte sie wie im Selbstgespräch vor sich hin. Aber als sie aufstand, merkte sie zu ihrer Überraschung, daß Tula ganz kurz mit ... Angst? Verzweiflung? auf ihre Worte reagierte, ehe sie sich schlecht und recht hinter der üblichen Mauer verschanzte. Machten die Schrecken der Hortzeit Tula nach all dieser Zeit immer noch zu schaffen?

Auf der Krankenstation zog sie Tula sofort aus, um sie zu untersuchen. Die Kleine machte sich so steif wie ein Brett. Als Antonë ihr die Unterhosen herunterstreifen wollte, krallte sie nach ihren Händen. Dann gab sie plötzlich nach wie eine Stoffpuppe, Antonë glaubte einen Augenblick, jetzt sei mit Verspätung der Schock eingetreten. Die Mauer um Tula war verschwunden, so daß Antonë ihre Verzweiflung, ihre Resignation und ihren Kummer spüren konnte.

Auf der weißen Baumwolle zeichneten sich braune und rote Flecken ab. Blut.

Sie hat es erst kurz vor dem Unterricht gemerkt, wie sie mir sagte, und hatte keine Zeit mehr, sich umzuziehen, schrieb Antonë drei Tage später an Linta. *Was hätte sie gemacht, wenn ich es nicht gesehen hätte? Geschwiegen? Wie lange? Natürlich habe ich sie nicht gefragt, sie hätte darauf nicht geantwortet. Ich fragte sie, ob sie es persönlich als erste der Mutter erzählen wolle, wie es hier Sitte ist. Ehrlich gesagt hat mich ihr ›Ja‹ wohl nicht sonderlich überrascht.*

Ich war feige. Mooreï hat es Lisbeï gesagt. Ich habe mich nicht danach erkundigt, wie sie die Neuigkeit aufgenommen hat.

Jetzt ist also genau das eingetreten, was ich wie alle anderen befürchtet habe. Tula ist mit gut elf Jahren eine Rote, eigentlich ganz normal. Und Lisbeï, die designierte Mutter von Bethely, ist mit fast vierzehn Jahren immer noch eine Grüne.

Ich habe über den möglichen Zusammenhang von Sterilität und spätem Auftreten der Schlimmen Krankheit *kein Wort verloren. Wozu auch? In zwei Jahren wird Lisbeï entweder menstruiert haben oder ganz offiziell eine Blaue sein. In beiden Fällen nützt es nichts zu wissen, woran das Ausbleiben der Regel möglicherweise noch liegen kann. Aber ich frage mich, ob ich ihr wohl jemals wieder in die Augen blicken kann.*

Alle warten jetzt auf Selvas nächsten Schritt. Nicht daß irgend jemand ernsthafte Zweifel daran hegt, wozu sie fähig ist.

Die Mutter von Bethely tat, was sie tun mußte. Offiziell würde Lisbeï bis zu ihrem fünfzehnten Geburtstag als künftige Mutter von Bethely gelten. Gleichzeitig würde Tula in aller Stille ein beschleunigtes Ausbildungsprogramm bei Selva absolvieren. Lisbeï würde ihre Studien fortsetzen, schließlich gab es keine wesentlichen Unterschiede zwischen der Ausbildung der Mutter und der Ausbildung ihres Gedächtnisses.

Von der Vereinbarung mit Angresea erfuhren weder Lisbeï noch Tula. Selva und Mooreï leiteten intensive Verhandlungen ein, die sich bis zur Versammlung in Serres-Morèna erstreckten: Bethely würde den Antrag von Kergoët zu den Wettkämpfen unter der Bedingung unterstützen, daß Angresea den Austausch für zwei Jahre verschob und keine Fragen stellte. Niemand bezog sich auf Lisbeïs Problem, Selva war der Mutter von Angresea dankbar, denn sie wußte eindeutig über alles Bescheid. Selva erwähnte allerdings nicht, daß sie sowieso für Kergoët hatte stimmen wollen.

Nach der Versammlung des inneren Familienrats, in der all diese Entscheidungen getroffen wurden, schrieb Antonë nochmals an Linta. *Ich wüßte gern, was Selva vorhat. Glaubt sie, ihren zwei Ältesten so die Chance zu geben, die sie und Loï nie hatten? Sie weiß doch sehr gut, daß selbst Halbschwestern keine Gefährtinnen sein können, ohne daß die Provinz ›Schande‹ schreit (noch dazu, wenn eine von beiden vorzeitig zur Blauen erklärt wurde), und das ist für eine Mutter so schlimm wie ein Bannfluch. Klar, wir beide sind uns einig, daß diese Tradition kompletter Blödsinn ist. Wie sollte das den Erblinien schaden, frage ich dich! Aber so ist es hier nun mal. Vielleicht stellt sich Selva ganz bewußt wieder einmal gegen die Tradition, allerdings offener als früher. In den letzten sechzehn Jahren hat sie die Sitten in Litale stets nur Schritt für Schritt, dafür um so häufiger, liberalisiert. Vielleicht will sie jetzt bewußt alle Brücken hinter sich abbrechen. Die Vereinbarung mit Angresea ist eine Absichtserklärung mit Blitz und Donnerhall, selbst wenn sie hübsch traditionell als Austausch (ausgetauscht werden die Adoptivtöchter, und der erste Mann der künftigen Mutter von Bethely kommt aus Angresea) verpackt ist. Warum keine Vereinbarung mit Kergoët oder, noch besser, mit Verchères? Beide vertragen sich in genetischer Hinsicht genauso gut mit Bethely, und sie sind gemäßigte Fortschrittsfamilien, jedenfalls gemäßigter als Angresea. Aber Kergoët und Verchères bauen keine Ozeanriesen und haben immer gegen die Erforschung des Westens gestimmt. Man kann Selva ganz bestimmt nicht vorwerfen, sie plane nicht langfristig.*

In gewisser Weise tut sie ja auch das Bestmögliche. Sie läßt Lisbeï und Tula beieinander und hält die Vereinbarung mit Angresea aufrecht. Sie hat nichts darüber gesagt, aber es ist anzunehmen, daß Ylene in zwei Jahren, falls Tula dann offiziell zur designierten Mutter erklärt wird, an Tulas Stelle nach Angresea gehen wird. Ylene wird dann acht sein, das ist das gesetzliche Mindestalter. Bestimmt fällt ihr der Abschied von Bethely leichter als Tula, schließlich lernt sie bis dahin praktisch nur den Hort kennen.

Selva vergißt nur eines: Bis jetzt haben weder Lisbeï noch Tula ihr Einverständnis zu dem Leben gegeben, das andere Leute sich für sie ausgedacht haben.

Zweites Buch

*

Bethely

487–489 N.G.

Kapitel 1

Als Lisbeï aus der Grube kletterte, war sie vom Licht der untergehenden Sonne geblendet. Sie strich die erdverschmierten Locken zurück, die sich durch das um die Stirn geschlungene Tuch nicht bändigen ließen. Meïs Silhouette hob sich gegen den rötlichen Himmel ab. Natürlich hatten sie Meï geschickt. Warum nicht gleich Meralda? Lisbeï brauchte Meï nicht anzusehen, um sich ihren besorgten, mißbilligenden Gesichtsausdruck vorzustellen.

»Sag ihr, ich komme. Ich will mich nur erst ein bißchen säubern.«

Die junge Rote verzog die Lippen. Bestimmt hätte sie am liebsten so losgeschimpft, wie sie es zweifellos gewohnt war. »Die Mutter hat *sofort* gesagt.«

Lisbeï grinste sie spöttisch an. »Meine Mutter wäre über Schmutz in ihren Zimmern bestimmt nicht besonders begeistert, was meinst du?«

Ohne eine Antwort abzuwarten, legte sie die Holzbohlen sorgfältig wieder über die Ausgrabungsstätte. Als sie sich aufrichtete, sah sie die Rote mit gespieltem Erstaunen an: Was, immer noch da? »Lauf und sag es Selva. Komm schon!«

Sie kehrte der Botin den Rücken, stapfte auf die ruhige Weite der Douve zu und hob im Vorbeigehen ihren Rucksack auf, den sie bei einer Erhebung aus Erde und Schutt deponiert hatte.

Meï wollte unbedingt das letzte Wort haben, wie üblich. »Die Mutter wird nicht gerade erfreut sein!« brüllte sie, ehe sie sich hastig davonmachte.

Lisbeï ging weiter, als habe sie nichts gehört. Es war sowieso egal. Die Mutter war nie sonderlich erfreut über sie.

Trotzdem ärgerte sie sich über sich selbst, weil sie nicht auf die Zeit geachtet hatte. Der Nachmittag war fast vorbei, die Schatten der Türme erstreckten sich über das Weideland an der Promenade bis zur Douve und zum Sportplatz. Die drei hohen Türme im Westen hoben sich als glatte, schwarze Quader gegen den Himmel ab, umsäumt von Außentreppen, die sich mit mathematischer Präzision vor dem goldenen Hintergrund abwärts wanden. Allerdings sah es nicht nach einem perfekten Sonnenuntergang aus: Dazu fehlten Wolkenlandschaften – Felsen und Meere am Abendhimmel. Es war ein ganz normaler Sonnenuntergang vor einem ganz normalen Frühlingshimmel, am Ende eines Tages, der … nun ja, nicht ganz normal verlaufen war, Elliseidank! Wie sie zu Beginn der Ausgrabungsarbeiten gehofft hatte, führte der Schacht, den sie am Höhleneingang freigelegt hatte, zu irgendeinem Ziel. Endlich würde sie ihre Hypothesen beweisen können, da war sie ganz sicher. Sie hatte einen von Bethelys uralten unterirdischen Gängen entdeckt. Die Legenden waren mehr als Legenden!

Lisbeï war wieder voller Energie. Sie schälte sich aus den Arbeitsklamotten, die vor Schweiß und Erde ganz steif waren, und duckte sich am Wasser nieder. Der Wasserspiegel war glatt und kräuselte sich nicht einmal: Die Schleusen stromaufwärts mußten geschlossen sein. Sie beeilte sich mit dem Waschen. Unter ihren Fingernägeln blieb ein bißchen Dreck zurück, in ihrem zerzausten Haar klebte immer noch ein Rest von Erde. Aber sie konnte *die Mutter* schlecht noch länger warten lassen, man durfte es auch nicht übertreiben. Sie hatte die zwei Stunden, die Selva ihr genehmigt hatte, bestimmt überzogen. Lisbeï trocknete sich mit dem Handtuch ab, das sie extra mitgebracht hatte, und schlüpfte in ein sauberes Hemd und saubere Hosen. Die Sachen waren ziemlich zerknüllt, sie hatten zusammengerollt im Rucksack gelegen. Diese gräßlichen grünen Kleidungsstücke! Wenn es nach ihr gegangen wäre, hätte sie die schon längst in

Fetzen gerissen. Wieder einmal kochte sie vor Zorn, wütend warf sie sich den Rucksack über die Schulter. Zwei Stunden zu spät dran? Na und! Die Welt würde deshalb schon nicht untergehen! Wenn man zum Gedächtnis ausgebildet wurde, konnte man sich doch Zeit lassen, nicht wahr? Die Vergangenheit würde sich schon nicht über Nacht aus dem Staub machen. Die Bibliothek, die Archive würden auch noch am nächsten Morgen da sein.

Wenn es doch allein um die Vergangenheit ginge! Aber da war auch noch die Gegenwart mit ihren endlosen Statistiken zur landwirtschaftlichen Produktion, mit den Bestandslisten und der ganzen Buchhaltung! Bei der Aussicht, diese Zahlenreihen wieder einmal in Reih und Glied bringen zu müssen, kam man doch gern zwei Stunden zu spät.

(Aber die Bibliothek, die Archive waren eben nicht ›schon immer‹ dagewesen, kommentierte der Teil von Lisbeï, der sich Widerspruch selbst dann nicht verkneifen konnte, wenn es gegen sie selbst ging. Die Vergangenheit *konnte* verschwinden oder sich zumindest zu Legenden auflösen, so wie die unterirdischen Gänge von Bethely nur noch Legende waren.)

Aber die Vergangenheit konnte auch wieder ans Tageslicht kommen! Wenn sie jetzt nur weitergraben könnte ... nein, morgen war auch noch ein Tag, falls sie nicht für den Rest der Woche bestraft wurde.

Morgen, egal was passiert!

Sie hätte umkehren und die Promenade direkt am Westturm in Richtung Haupteingang überqueren können, statt dessen folgte sie der Krümmung der Douve und machte den großen Umweg über den Südturm. Dadurch gewann sie höchstens fünf oder sechs Minuten Aufschub, aber sie tat es aus Prinzip. Tatsächlich, es war schon nach sechs. Die Arbeiterinnen kehrten aus den Gärten und der Papiermühle zurück und schlenderten in kleinen Gruppen die

Straße entlang. Beim Überqueren der kleinen Brücke grüßten zwei, drei Rote Lisbeï bei ihrem Namen. Sie murmelte eine Antwort und ging schneller. Sie hatte keine Ahnung, wer sie waren, aber wer in Bethely kannte dieser Tage nicht Lisbeï?

Anstatt ihnen auf der Straße Richtung Promenade zu folgen, setzte sie ihren Weg auf dem Flußpfad bis zum Südhort fort. Dort blieb sie eine Weile stehen. Ihre Hände hatte sie in den Hosentaschen zu Fäusten geballt. Sie musterte die hohe, efeubedeckte Mauer, hinter der die kleinen Mostas lachten und spielten. Eine andere Welt. Hatte sie auf einmal Heimweh nach den Horttagen? Nach den Tagen, als sie ein Niemand, eine Fast-Person gewesen war? Damals hatte sie nichts gewußt, aber sich alles erträumen können. Und die Welt war heil gewesen, weil sie dort zusammen mit…

Sie rannte los, so schnell sie konnte. Es mußte wohl der Wind sein, der ihr Tränen in die Augen trieb. Sie rannte um die kreisrunde Mauer des Horts herum, verließ auf halber Höhe den Hügelpfad und nahm die Abkürzung über den weitläufigen Graswall, wobei sie Schafe aufscheuchte. Auf der anderen Seite krabbelte sie hinunter und steuerte im Zickzackkurs auf die Türme zu, vorbei an Strohballen und Heuhaufen, vorbei an den starken, warmen Gerüchen, die aus den Scheunen am Südturm drangen, schneller und immer schneller. Sie rannte so, als sei sie zu spät dran, als hänge viel von ihrem Rennen ab, aber in Wirklichkeit war der einzige Grund, daß irgendwelche Rote, Grüne oder Blaue sie möglicherweise beobachteten. *Seht ihr? Ich beeile mich, die Mutter wartet, bin ich nicht eine gehorsame Tochter?* Sie rannte um des Rennens willen, wegen der unbestimmten Lust, außer Atem anzukommen und Selva sagen zu können: »Ich bin den ganzen Weg gerannt.« Aber Selva ließ sich nicht eine Sekunde lang hinters Licht führen.

Selva antwortete nicht. Sie hob den Kopf mit dem roten, streng zurückgekämmten Haar nicht von dem dicken Hauptbuch, die Stahlfeder kratzte weiter übers Papier. Lisbeï setzte ihre Komödie fort, schnappte nach Luft, wischte sich über die Stirn und trat von einem Fuß auf den anderen. Sie war an Selvas Taktik gewöhnt. Es ging einzig und allein darum, wer das Schweigen zuerst brechen würde. Lisbeï ganz bestimmt nicht!

»Wer dreieinhalb Stunden aufholen will, muß schon ziemlich schnell rennen«, sagte Mooreï und erhob sich aus den verborgenen Tiefen eines großen Lehnstuhls.

Selva hatte sie ausgetrickst! Es war Mooreï, die ihr die Gardinenpredigt halten würde!

»Ich hatte jedes Zeitgefühl verloren«, sagte Lisbeï mit bemühter Heiterkeit. Aber weil es Mooreï war, fügte sie hinzu: »Es gibt wirklich einen unterirdischen Gang. Er führt zum Südturm!«

Ganz kurz blitzte bei der ruhigen Mooreï so etwas wie Interesse auf, aber Lisbeï merkte, daß ihre Worte verlorene Liebesmüh waren. Sie hatte es jetzt nicht mit Mooreï zu tun, sondern mit dem Gedächtnis von Bethely und dem Sprachrohr der Mutter.

»Deine Arbeit darf unter den Ausgrabungen nicht leiden, Lisbeï. Das ist schon das zweitemal diese Woche.«

Aber die Ausgrabungen waren doch Teil ihrer Arbeit! Sie sollte schließlich das Gedächtnis von Bethely werden. Bethelys Geschichte gehörte zu ihrem Gebiet. Ab und zu mußten die Archive doch auch ergänzt werden, oder nicht?

So hatte Mooreï argumentiert, als sie Selva davon zu überzeugen suchte, daß sie die Ausgrabungen genehmigen sollte. Damals, als eine Bodensenkung die oberste Schicht des unterirdischen Gangs freigelegt hatte. Aber damals war damals, und heute war heute.

»Das ist nur ein Teil der Arbeit, die ein Gedächtnis leisten muß. Und ehe du daran denken kannst, die Archive zu ergänzen, mußt du erst mal wissen, was dort schon alles gesammelt ist.«

Lisbeï trat immer noch von einem Fuß auf den anderen. Es war nicht fair, daß sie Mooreï Rede und Antwort stehen mußte. Mit *Mooreï* wollte sie auf keinen Fall streiten!

»Schließlich sind es doch nur zwei Stunden ...«

»Dreieinhalb«, sagte Selva. Fast erleichtert drehte Lisbeï sich zur Mutter um, aber der Rotschopf war immer noch über das Hauptbuch geneigt.

»Es ist eine Frage des Prinzips, Lisbeï«, fuhr Mooreï fort. »Glaubst du etwa, es geht immer alles nach deiner Nase?«

»Ich habe Ersatz besorgt ...«

»Es war nicht deine Aufgabe, Ersatz zu besorgen. In den letzten zwei Wochen hast du jede freie Minute in diesem Loch verbracht ...«

Ja, aber die Freizeit war doch schließlich freie Zeit, oder nicht?

Mooreï trat zu ihr und faßte sie beim Kinn. Lisbeï spürte das Mitleid, das sie wie ein trostloser Nebel umgab. Sie versteifte sich, Mooreï ließ ihr Kinn los. »Lisbeï, wir haben das schon hundertmal besprochen.«

Warum also wieder davon anfangen?

»Jetzt reicht's«, stauchte Selva sie zusammen. Diesmal war es ihr ernst. Sie stand auf, kam um den Tisch herum und baute sich vor Lisbeï auf. »Du verkörperst nicht dein eigenes Gesetz, Lisbeï. Diese sogenannte archäologische Ausgrabung ist aus und vorbei. Du wirst deine Freizeit mit all den Dingen verbringen, die du hast schleifen lassen, angefangen bei deinen Pflichten im Garten und in der Küche. Ersatz wird nicht mehr zugelassen. Morgen früh meldest du dich direkt bei den Captas, die werden mich auf dem laufenden halten. Ist das klar? Und du gehst auch wieder in den Chor und setzt dein Training fort.«

Lisbeï konnte sich nicht länger beherrschen. »Ich nehme nicht an den Spielen teil!«

»Du bist angemeldet.«

»Du kannst mich nicht zwingen.«

»Du wirst dich selbst zwingen! Hast du denn gar keinen Anstand, um Ellis willen?«

»Es gibt keine Regel, die besagt, daß ich teilnehmen muß, nur weil ich angemeldet bin!«

Beide brachen plötzlich ab. Wie Kampfhähne standen sie einander gegenüber. Plötzlich spürte Lisbeï Selvas schmerzlichen Zorn, scharf wie der Geruch verbrannten Brots. Aber sie war selbst viel zu wütend, um sich darüber zu freuen.

Wie üblich war es Mooreï, die die Wogen zu glätten suchte. »Du bist die beste Bogenschützin deiner Altersgruppe, Lisbeï, und die drittbeste in Litale. Und du singst so schön. Das willst du doch bestimmt nicht alles aufgeben?«

»Sie weiß ganz genau, was ihre Pflicht ist«, sagte Selva und kehrte an ihren Platz zurück. »Sie ist die Erstgeborene und zur Mutter von Bethely bestimmt.« Die Mauer aus Kälte war eindeutig wieder da.

»Eine Blaue!« platzte Lisbeï schließlich heraus. »Eine Blaue, Blaue, Blaue! Ich bin eine Blaue, ich habe keine Pflichten!«

»Erst in der nächsten Juna wirst du offiziell eine Blaue sein. In der Zwischenzeit, bis Tula nominiert ist, bist du immer noch die künftige Mutter von Bethely, und so wirst du dich gefälligst auch benehmen. Du kannst jetzt gehen.«

Selvas Stimme hatte die erbarmungslose, schneidende Schärfe, die Lisbeï inzwischen schon einzuschätzen wußte. Wenn Selva diesen Ton anschlug, hatte Lisbeï stets nachgegeben. Bis heute.

»Alle wissen es doch«, schrie sie mit heiserer, sich

überschlagender Stimme. (Aber das war egal, sie achtete nicht mehr darauf, spielte kein Spielchen mehr.) »Du kannst mich nicht zwingen, du hast kein Recht dazu. Alle wissen, daß ich keine Kinder kriegen kann!«

Da. Es war draußen. Sie hatte es endlich ausgesprochen. Sie machte auf dem Absatz kehrt und schüttelte Mooreïs Hände ab, die sich ihr entgegenstreckten, sie berühren und beruhigen wollten. Lisbeï packte den Türgriff. Sie hatte Lust, ihn nicht zu drehen, sondern aus der Fassung zu reißen, die ganze Tür aus dem Rahmen zu reißen, die Mauer einzureißen... Sie rannte hinaus auf den Gang und weiter bis zur äußeren Wendeltreppe.

Es waren Menschen auf dem Gang, als Lisbeï aus Selvas Büro stürzte. Sie achtete nicht darauf. In Bethely waren immer Menschen auf den Gängen, immer war irgend jemand zu irgendeinem Ziel unterwegs. Manchmal stellte sie sich die Türme so überschaubar wie Antonës Ameisenterrarium vor. Genau wie dort rannten in Bethely die blauen, roten oder grünen Punkte in alle Richtungen. Es hatte eine Zeit gegeben, da hatte diese unermüdliche Aktivität sie fasziniert, da war die Welt der Erwachsenen mit all ihren Sicherheiten noch ein lohnendes Ziel gewesen. Eines Tages würde sie Antworten auf alle Fragen haben – und so viel Macht wie die Roten und Blauen. Aber Antworten waren wie Leuchtkäfer: Wenn man sie endlich in der Tasche hatte, blieb von ihrem Licht nichts übrig, dafür leuchteten ein bißchen weiter weg gleich die nächsten auf. Macht... wer in Bethely hatte überhaupt Macht? Bestimmt nicht Selva, bestimmt nicht die Mutter. Und auch nicht Mooreï, obwohl sie es eher verdient hätte. Antonë, Kelys, die Captas, sie alle hatten keine Macht. Der Familienrat also, die Delegierten der Roten und Blauen? Nein. Alle oder auch keine von ihnen. In Wirklichkeit regierte in Bethely die Tradition mit all ihren blödsinnigen Vorschriften. Tradition war das unsichtbare Schneckenhaus, das alle ständig mit sich herumschleppten. Tradition verhinderte, daß sie ihre Umgebung wirklich wahrnahmen.

Vor der Glastür zu den Außentreppen zögerte Lisbeï einen Augenblick. Der Himmel wurde schon dunkel, aber der Glanz der untergehenden Sonne ließ eine Fassade am Ostturm erstrahlen, Fensterreihe nach Fensterreihe leuchtete auf und warf das Licht wie geschmolzenes Orange zurück. Hie und da gähnten schwarze Höhlen in der Lichterkette, dort standen die Fenster offen. Langsam stieg Lisbeï die Stufen des dunklen Treppenhauses zum Hof hinunter. In Kindertagen hatte sie sich die Fassaden von Bethely oft als Muster eines Kreuzworträtsels vorgestellt, als Botschaften, die sie nur zu entschlüsseln brauchte. Die Nacht hielt andere Botschaften bereit, wie »Ich bin trotz der späten Stunde noch wach«, oder »Jemand ist heute abend bei mir«, oder »Ich schlafe«. Aber Botschaften hatte sie, als sie noch klein war, überall gefunden oder erfunden, damit sie Tula davon erzählen konnte.

Erfinden wir selbst die Botschaften, die die Welt uns schickt? Oder sind sie in alle Ewigkeit da und warten nur darauf, von uns entschlüsselt zu werden? »Ellis Entwurf für das Teppichmuster«, hatte Mooreï diese Botschaften genannt, als Lisbeï in ihrer Kindheit danach gefragt hatte. Aber Elli hatte Bethely nicht gebaut. Elli war zu weit weg, Ellis Zeitrechnung war nicht menschliche Zeitrechnung. Nein, in dem riesigen Kreuzworträtsel, das Bethelys Fenster bildeten, war eine andere Botschaft verborgen. Wann war das Lisbeï eigentlich aufgefallen? Sie weiß es nicht mehr, aber sie erinnert sich an den Augenblick plötzlichen Begreifens, an den Augenblick, als alles an die richtige Stelle gerückt war. Ähnlich wie damals, als ihr die optische Täuschung bei der Ansicht des hohlen Würfels klargeworden war.

Auf einmal hatte sie Bethely aus *zeitlicher* Perspektive gesehen. Von ihrem Schlafzimmer aus hatte sie die Fassade des Ostturms betrachtet und ohne jedes Nachdenken auf die Fensterreihen gestarrt, die alle gleich aussahen: Sie waren eher breit als hoch, rote Ziegelsteine an den grauen Wänden markierten die Stellen, wo man die ursprünglichen Fensterhöhlen verkleinert und zugemauert hatte. Und plötzlich hatte sich der vertraute Anblick mit den Bildern im Buch von Bethely verbunden. Die Türme waren uralt! Älter als die Mütter, älter als die Bienenstöcke und sogar älter als die Harems. Alle diese Gesellschaften hatten die Türme in Besitz genommen, sie verwandelt und ihren jeweiligen Bedürfnissen angepaßt. Aber die Türme selbst stammten aus viel früherer Zeit, als die Menschen völlig rechtwinklige Gebäude bauen konnten, die fünfzehn Stockwerke und höher waren, riesige (zu riesige) Fenster hatten und unglaublich viel Energie verschwendeten – aber das war in der Zeit des Zusammenbruchs ganz normal, und die Türme waren mindestens so alt.

Von den ursprünglichen Gebäuden war außer dem Gerüst nicht viel übrig geblieben. Inneres und Äußeres hatte man mehrmals erneuert, aber den Charakter im Prinzip erhalten, allein schon deshalb, weil sich die Gebäude, so wie sie angelegt waren, jedem Wandel widersetzten. Sogar die Bienenstöcke, die alles daran gesetzt hatten, die Vergangenheit auszulöschen, und in mehrfacher Hinsicht zur ›tabula rasa‹ entschlossen waren, hatten die Türme nicht abgerissen. Die Aufgabe, hieß es, habe sie überfordert.

Lisbeï allerdings neigte zu einer anderen Erklärung: Die Frauen, die während der Zeit der Bienenstöcke in Bethely gelebt und eine Revolte gegen ihre

Königin angezettelt hatten, waren genau wie ihre Mütter, Großmütter und Urgroßmütter in den Türmen geboren. Wahrscheinlich hatten sie über das Alter der Türme nie nachgedacht, ihre Umgebung war ihnen so vertraut, daß sie gar nicht weiter darauf achteten. Und so war es ja heute noch. Ist es nicht seltsam, daß wir gerade die Dinge, die uns am stärksten prägen, am leichtesten übersehen? Vielleicht liegt es daran, daß wir selbst die Form dessen annehmen, das uns formt?

Lisbeï hatte sich einst in Bethely so wohl gefühlt wie in einer zweiten Haut. Aber das war lange her. Inzwischen interessierte sie sich für das andere Bethely, das unterirdische Bethely. Jedesmal, wenn sie nach ihren Ausgrabungsarbeiten aus dem Loch kletterte, schienen ihr die Türme und ihre Bewohnerinnen weiter weggerückt zu sein. Die Menschen, die heute in Bethely lebten, waren sich ihrer Vergangenheit anscheinend ebensowenig bewußt wie die Frauen in der Zeit der Bienenstöcke, die ihre Vergangenheit hatten auslöschen wollen. Sie verhielten sich so, als sei schon immer alles so wie heute gewesen. Aber was an ihrem Heute war schon wichtig? Was war an Selvas kleinkarierten Ansichten über die Aufgaben des Gedächtnisses schon wichtig? Selbst Mooreïs Auffassungen spielten eigentlich keine Rolle. Die wahre Aufgabe eines Gedächtnisses bestand doch darin, die Vergangenheit ans Licht zu bringen, anstatt sie in endlosen Abschriften, Listen und Inventaren zu begraben. Das wahre Gedächtnis von Bethely war weder in den Archivschränken noch in dem großen Buch zu finden. Es lag irgendwo unterhalb der Keller, zu denen nur das Wartungspersonal und die Hüterinnen Zutritt hatten. Es lag in der Dunkelheit unterirdischer Gänge und zugemauerter Tunnel unterhalb der Capterie. Vergessen und zur Legende geworden. Das andere, unbekannte Bethely lag so tief unter der

Oberfläche wie ein Wurzelgeflecht. Es verbarg sich vor dem Sonnenlicht und verzweigte sich zur wahren Vergangenheit, einer Vergangenheit, die statt Antworten Fragen barg.

Aus heiterem Himmel unterbrach eine Stimme, die »Lisbeï« rief, ihr Selbstgespräch. Nicht der Ruf, sondern die Stimme veranlaßten sie stehenzubleiben. Als sie nach dem Treppengeländer griff, spürte sie ein Vibrieren: Tula kletterte die Wendeltreppe vom vierten Stock aus herunter.

»Ich dachte, du seist in der Bibliothek. Ich wollte dich zum Abendessen abholen!« Tulas Freude und Ungeduld wichen Besorgnis, dann Mißbilligung: »Du warst die ganze Zeit in deinem Loch? Bist du gerade erst aus Selvas Büro gekommen? Haben sie dich bestraft?«

Lisbeï zuckte flüchtig die Achseln und setzte ihren Weg nach unten fort. Auf der Höhe des zweiten Stocks mußte sie sich auf dem Treppenabsatz flach gegen die Wand drücken, um einer Prozession kleiner Grüner, die Wäschekörbe schleppten, Platz zu machen. Würde Tula sie jetzt endlich fragen, was sie in ihrem *Loch* gefunden hatte? Sie konnte diese gutwillige Neugier einfach nicht ausstehen. Typisch Tula, daß sie wieder mal so furchtbar rücksichtsvoll war und von allem und jedem sprach, nur nicht von dem, worauf es wirklich ankam! Typisch Tula, daß sie an allem Anteil nahm, nur nicht an dem, was für Lisbeï wirklich zählte! Am liebsten hätte Lisbeï Tula so angebrüllt wie vorher schon Selva, aber irgendwie hatte sie es noch nie fertiggebracht, Tula anzuschreien, und sie konnte es auch jetzt nicht. (Das wußte auch Tula. Tula, die sich stets so klug zurückzog, die sich in Lisbeïs Umkreis stets mit solcher Vorsicht bewegte). Sie brauchte Tula nur anzuschreien, und alles würde kippen. Lisbeï würde dort landen, wo sie nicht hinwollte, jedenfalls jetzt noch nicht. Dann doch lieber diesen Schwebezustand aufrechterhalten, dieses gräßliche Schweigen voll belanglosen Geschwätzes. Besser, als sich der Frage zu stellen, auf die es nur hoffnungslose Antworten gab: *Und was jetzt?*

»Kommst du mit zum Essen?« fragte Tula. »Ich muß mit der ersten Schicht essen.« Sie senkte die Stimme, konnte es sich aber nicht verkneifen, auch noch den Rest zu sagen: »Gleich nach dem Abendessen habe ich eine Trainingsstunde bei Kelys.«

Prima, geh und tanz mit Kelys, geh und trainier noch ein bißchen dafür, Mutter von Bethely zu werden!

»Ich kann nicht. Ich muß noch zu den Scheunen«, log Lisbeï aufs Geratewohl. War Tula wirklich enttäuscht oder auch erleichtert? Schwer zu sagen, da Schatten ihre Ausstrahlung trübten.

»Also dann danach? Du mußt mir unbedingt erzählen, was du heute gefunden hast.«

»Selva hat mir gesagt, ich soll mich bei den Captas melden. Die geben mir bestimmt Arbeit für den ganzen Abend.«

»Und morgen beim Frühstück?«

(Am besten gar nicht daran denken, daß sie sich früher ja auch nachts getroffen hatten, Strafe hin, Strafe her). »Gut«, rief Lisbeï ihr über die Schulter zu und sprang die letzten beiden Stufen hinab. Sie rannte Richtung Südturm, rannte so schnell, daß sie unversehens an den Scheunen vorbei war. Warum sollte sie nicht noch ein bißchen weiterlaufen? Es hatte ihr ja sowieso niemand aufgetragen, zu den Scheunen zu gehen. Hier war schon die Straße mit den weißen Kieselsteinen, die hoch zur Promenade führte, mitten durchs Weideland, durch den Kirschgarten, durch süßlich riechende Blumenrabatten, in denen die Bienen Spätschicht machten und immer noch herumsummten. Hier war schon der Erdhügel mit den Steinen und Bohlen, die den Eingang zum

Schacht verbargen. Wer sagte denn, daß sie gehorchen mußte. Sie war eine Blaue, sie konnte tun, wozu sie Lust hatte, sie war frei.

Kapitel 2

Der beißende Geruch feuchter Erde schlug ihr aus dem Dunkel am Fuß der Leiter entgegen. Blind tastend entzündete sie die Gaslampe. Dann kletterte sie wieder nach oben und zog von innen die Holzbohlen über den Einstieg. Falls zufällig irgend jemand nach ihr suchte, würde kein Licht sie verraten. Sie legte die Spitzhacke zu Spaten und Gasleuchte in den Karren und schob ihn mit leicht gebeugtem Rücken vor sich her, während sie dem Schacht folgte, der im steilen Winkel hinunter, zum unterirdischen Gang führte.

Vielleicht war es ein alter Luftschacht. Unterhalb des tiefen Ackerbodens rund um Bethely, den viele Menschengenerationen geduldig aufgehäufelt und fruchtbar gemacht hatten, lag eine Schicht aus Steinen, Resten nicht mehr verwertbaren Metalls und anderem uralten Material, das der Zeit widerstanden hatte – das Erbe der namenlosen Stadt, in der einst die Türme gestanden hatten. Sie waren die einzig noch sichtbaren Relikte dieser Zeit.

Lisbeï hatte sofort erkannt, was es mit dem erdigen Schutt auf sich hatte, und die kreisrunde Öffnung des Schachts in kurzer Zeit freigelegt.

Nur eines versperrte ihr den Weg: ein riesiges, halb vermodertes Gitter, durch das der Ackerboden wie durch ein Sieb gesickert war. Am Boden hatte er sich zu einem massiven Erdwall verfestigt. Der Schacht mußte zu einem der unterirdischen Gänge führen, die man unterhalb von Bethely vermutete. (Wenn man der Überlieferung trauen durfte, waren auch die Capterien in der Umgebung durch solche unterirdischen Gänge mit Bethely verbunden). Lisbeï hatte alle Mühe gehabt, Selva die Erlaubnis zum Weitergraben abzuringen.

Als sie heute am späten Nachmittag endlich eine Bresche in den Erdwall geschlagen hatte, war ihr ein seltsamer, undefinierbarer Gestank entgegengeschlagen. Die Luft roch so, als habe sie lange Zeit, von der Außenwelt abgeschnitten, stillgestanden. Wie lange? Lisbeï hatte sich den Erdwall mit neuer Energie vorgenommen. Als die Bresche endlich so groß war, daß sie die Gaslampe hindurchschieben konnte, hatte es nicht viel zu sehen gegeben: Mauern, die sich bis zu einer Gewölbedecke erstreckten und einen Belag hatten, dessen Farben mit der Zeit ausgeblichen waren. Vielleicht waren es Kacheln. Im Licht der Gaslampe glitzerten da und dort Feuchtigkeitsflecken wie Silber.

Ich muß es ihnen sagen, hatte Lisbeï instinktiv gedacht. Und dann war ihr eingefallen, daß sie ja eigentlich gar nicht mehr hier sein durfte. Bestimmt war sie schon zu spät dran.

Aber jetzt hatte sie alle Zeit der Welt. Sie räumte so viel Erde weg, daß sie durch die Öffnung kriechen konnte, überzeugte sich davon, daß der Kompaß in ihrer Hosentasche steckte, und wog die Lampe in ihrer Hand. Wie lange mochte der Brennstoff noch reichen? Mindestens drei Stunden. Sie sammelte Spaten und Spitzhacke auf und kletterte durch die Öffnung.

Der Gang war mindestens zehn Meter breit, aber die Decke lag ziemlich niedrig. Ein Schachbrettmuster aus winzigen grünlich-weißen und schmutzigbraunen Kacheln bedeckte den Boden. Große rechteckige Aushöhlungen an der Decke mußten früher wohl irgendeine Form von Beleuchtung enthalten haben. Der Gang führte geradewegs in die Dunkelheit.

Süd-Südwest. Lisbeï machte sich auf den Weg und zählte dabei ihre Schritte, um die Entfernungen abschätzen zu können. Jetzt mußte sie … unter der Promenade sein, jetzt … unter dem Hof … unter der Molkerei. Viel gab es nicht zu sehen. Keine abzweigenden Gänge, keine Türen, nicht einmal ein rostiges Rohr. Nur hin und wieder kleine, von der Zeit glattgebügelte Erhebungen: Blätter, Erde, die Knochen kleiner Nagetiere. Irgendwo mußte es einen weiteren Ausgang geben.

War das da vorne eine Wand? Im schwachen Licht der Gaslampe war das schwer zu sagen, aber der Gang schien dort plötzlich aufzuhören. Lisbeï blieb enttäuscht stehen. Hatte die ganze Mühe sie nur bis zur nächsten Wand gebracht? Als sie weiterging, schöpfte sie neue Hoffnung: Ziegelsteine, rohes Mauerwerk aus viel jüngerer Zeit als der Gang. Als sie fest dagegenschlug, spürte sie, wie die Mauer vibrierte. Sie legte Lampe und Spaten hin, griff nach der Spitzhacke, suchte mit gespreizten Beinen festen Stand und hieb mit der Hacke, so fest sie konnte, auf die Mauer ein. Ein Steinhagel ergoß sich auf den Boden, in der Mauer klaffte ein Loch von fast einem Meter Durchmesser. Lisbeï hob die Gaslampe wieder auf und lächelte triumphierend. Als die Staubwolke sich gelegt hatte, beugte sie sich durch die Öffnung. Das Gewölbe schien sich auf der anderen Seite fortzusetzen, genau wie der Boden. Aber es waren neuere Mauern hochgezogen worden, die den Gang verschmälerten. Lagerräume? Auf diese Mauern hatte man anscheinend mehr Sorgfalt verwendet als auf den anderen Bauabschnitt. Die Steine waren einzementiert und – nach dem dumpfen Echo zu urteilen, das auf ihr Klopfen antwortete – viel dicker als die anderen. Aber es waren keine Türen da! Lagernischen ohne Türen? Rundum eingemauert?

Plötzlich war ihr alles sonnenklar: Keine Lagerräume. Zellen!

Mit klopfendem Herzen und zugeschnürter Kehle ging sie zur Mitte des Gangs zurück. Den letzten Stein hatte man hier vor 489 Jahren eingemauert. Beim Licht schwelender Fackeln hatten hier Arbeiterinnen Schubkarren bewegt und Maurerkellen geschwungen, während der Führer, umgeben von seinen weiblichen Soldaten, sie mit finsterer Miene beobachtete. Frauen, *Frauen* hatten den letzten Stein einzementiert, und Frauen hatten ihnen dabei zugesehen – bis ewige Dunkelheit die sechs Gefährtinnen umschloß. Am Tag nach dem großen Marsch, den die Judditen als Antwort auf die erste Hinrichtung von Garde und ihre erste Auferstehung organisiert hatten.

Also war es wahr. *Wahr!* Man hatte die Gefährtinnen wirklich lebendig in Bethely eingemauert, eingemauert in unterirdische Gänge. Deshalb waren ihre Zellen nie gefunden worden. Die Kellergeschosse im heutigen Bethely waren nicht identisch mit diesen tieferen Ebenen! Einst mußte es Eingänge zu diesen wirklich existierenden unterirdischen Gängen gegeben haben, aber die Harems hatten sie zugemauert und damit ihr Verbrechen und ihre Schande besiegelt. Oh, was würde Selva für ein Gesicht machen, wenn Lisbeï ihr beweisen konnte, daß ihre Annahme richtig gewesen war und die unterirdischen Gänge wirklich existierten.

Dann kam ihr ein ernüchternder Gedanke: Was, wenn die Zellen leer waren? Wenn die Legenden nur die halbe Wahrheit waren? Aber warum hätte man dann die Zellen zumauern sollen?

Vielleicht gar nicht wegen der Gefährtinnen, sondern wegen anderer Menschen? Schließlich war das Rechtswesen der Harems allem und jedem gegenüber gnadenlos gewesen. Lisbeïs fast ehrfürchtiger Respekt vor dieser Mauer, diesem Grab, schwand dahin.

Alle paar Meter klopfte sie gegen die Mauer. Tatsächlich schien sie sehr dick zu sein. Vielleicht ließ sich eine Zelle von der Seite aus öffnen, von der Mauer aus, die sie zuerst durchbrochen hatte. Sie hatte schließlich schon beim ersten Schlag nachgegeben. Aber rechts und links des Durchbruchs wurde das Mauerwerk von einer weitaus stabileren Steinwand gestützt.

Seufzend krempelte Lisbeï die Ärmel hoch, spuckte in die Hände und fing an, auf die Mauer einzuhacken.

Zwei Stunden später (wie sie aus dem Gewicht der Gaslampe schloß) hörte Lisbeï endlich einen dumpfen Ton, der anders klang als alles vorher. Noch ein paar Schläge, dann fuhr die Spitzhacke in einen Hohlraum. Lisbeï taumelte und hatte Mühe, ihr Gleichgewicht wiederzufinden. Ihre Beine zitterten, der Rücken tat ihr weh, und in den Ohren sauste es. Sie hielt inne und holte tief Luft. Dann nahm sie sich das Loch mit den Händen vor. Beim Versuch, die Öffnung zu vergrößern, riß sie sich die Fingernägel ein. Aber was machten ein paar Kratzer schon aus? Sie war jetzt so gut wie am Ziel. Als das Loch groß genug war, um die Lampe hindurchzuschieben, kauerte Lisbeï sich in die Mauernische, die sie herausgehackt hatte, und drückte sich mit dem Gesicht gegen die Öffnung.

Die Luft war trocken und ohne jeden Geruch. Auch hier war der kahle Boden mit dem trüben Schachbrett-Mosaik versehen, und das Gewölbe mit den Kacheln bedeckt, die sie bereits kannte. Aber in der Ecke zwischen gekachelter Wand und Steinmauer …

Lisbeï machte die Augen zu und wieder auf. Neben der Steinmauer lag ein dunkler Haufen. Stoff, der dick und weich aussah. Der Lichtkegel erfaßte auf der ihr zugewandten Seite einen gelblich-weißen, kugelförmigen Gegenstand … War das ein Schädel?

Mit doppelter Energie ging Lisbeï erneut ans Werk. Ihr blieb nicht mehr viel Zeit. Das einzige, was sie jetzt brauchte, war genug Raum, um sich hindurchzuwinden. Als sie durch die sperrige Öffnung kroch, schürfte sie sich Knie und Arme auf.

Sie kniete sich neben dem dunklen Haufen nieder. Es war eine Art Kleid oder Mantel, aus Filz gearbeitet und zu voller Länge ausgebreitet. Der Schädel lag halb unter der Kapuze verborgen. Die Ärmel waren über dem Gewand gefaltet, vorsichtig hob sie einen an. Irgend etwas rollte gegen ihr Knie und schlug dann mit einem Klingen auf dem Boden auf.
Ein goldfarbener Ring, dessen Metall von der Zeit angelaufen war. Sie rieb ihn an ihrem Hemd. Eine grob eingravierte doppelte Spirale, die doppelte Spirale Ellis. Lisbeï wurde die Kehle eng. Sie hob den anderen Ärmel hoch. Mit einem spröden Knacken fiel ein Knochen zu Boden, der ganze Arm löste sich ab, und die bis jetzt unsichtbaren Handknöchel glitten aus dem Ärmel.

Lisbeï fühlte sich elend vor ohnmächtigem Mitleid. Sie öffnete den Umhang und entblößte die symmetrischen Bögen der Rippen. Die Beckenknochen umschlossen einen rechteckigen Gegenstand, sie hatte die Ausbuchtung unter dem Filz bemerkt. Es war eine Art Tasche aus braunem Leder, die an einem Gürtel hing. Bestimmt war dieser Gürtel direkt auf der Haut getragen worden. Die Lederriemen waren vom Alter so steif, daß sie rissen, als Lisbeï sie lösen wollte. Sie hob die Lasche hoch: Im Inneren der Tasche lag etwas, das wie ein Buch aussah. Vielleicht ein dickes Notizbuch. Mit zitternden Händen schob sie es vorsichtig heraus, sie hatte Angst, es könne zu Staub zerfallen.

Es war ein dickes Notizbuch, dessen Seiten von einer Metallspirale zusammengehalten wurden! Eindeutig aus der Zeit des Zusammenbruchs. Der feste blaue Plastikeinband war trotz einiger kleiner Risse noch gut erhalten. Innen war das Papier ziemlich zerfleddert und hatte an manchen Stellen sogar Eselsohren, als sei viel darin geblättert worden. Die erste Seite war leer. Die zweite war eng beschrieben und enthielt Zahlenreihen, deren Ordnung nicht sehr systematisch wirkte. Die Zahlen waren bewußt sorgfältig geschrieben, als habe ein Kind sie gemalt. Vieles war durchgestrichen, ganze Abschnitte waren Zeile für Zeile mit schwarzer Tinte unkenntlich gemacht worden. Die nächsten acht Seiten sahen genauso aus, dann folgten handgeschriebene Blätter, deren Schrift feiner, geschwungener und ausgeschriebener bis zur Unleserlichkeit war. Aber da standen eindeutig Worte. Worte, die nicht aus dem Litale stammten.

Lisbeï rief sich ihre Ausbildung in Taïtche ins Gedächtnis. Einatmen, ausatmen. Erfülle deinen Geist und dein Bewußtsein mit dem Rhythmus deines Atmens. Ihre Hände hörten auf zu zittern. Sie griff nach dem Vergrößerungsglas, das sie stets als Anhänger um den Hals trug, und fuhr damit schnell über die Seiten, so wie es ihr Mooreï beim Durcharbeiten der ältesten Archivdokumente beigebracht hatte. Es ging ihr nicht darum, den Inhalt zu begreifen, sondern vertraute Satzkonstruktionen oder Wortzusammensetzungen auszumachen. Es sah nach Altem Frangleï aus.

Lisbeï warf einen besorgten Blick auf die Gaslampe. Es blieb ihr kaum noch Zeit. Diesmal schlug sie das Notizbuch am Ende auf, weil sie sich einen Gesamteindruck verschaffen wollte. Die Handschrift sah hier ganz anders aus. Auch diese Seiten waren schlecht zu lesen, da die Tinte so ausgeblichen war. Aber es war ohne jeden Zweifel Altes Litali, das sie einigermaßen lesen konnte, auch wenn die Schreibweise vieler Wörter ungewöhnlich war. Als die Zeilen aufgehört hatten, vor ihren Augen auf- und abzutanzen, machte sie sich an die Entzifferung der ersten Zeile. 3 … 145 … der Harems.

Plötzlich stand ihr die Bedeutung klar vor Augen: 3. *Januar* (die alte Bezeichnung für den Monat, der inzwischen ›der Monat Ellis‹ genannt wurde), im Jahre 145 *der Harems*.

Das Flackern der Gaslampe riß Lisbeï aus ihren Träumen. Sie nahm das Notizbuch an sich und kroch aus der Zelle. Beim Rückmarsch durch den unterirdischen Gang erlosch auf halber Strecke die Gaslampe, den Rest des Weges mußte sie sich im Dunkeln ertasten.

Kapitel 3

Ich, Halde von Melorney, lege, ehe ich sterbe, Zeugnis davon ab, daß ich die Stimme Ellis tot gesehen habe und daß ich sie lebendig gesehen habe. Die Stimme Ellis rief mich in der Nacht, und ich sah sie vor mir. Ich berührte ihre Brust, und die Wunden waren nicht mehr da. Ruhm sei Elli, die uns so schaffen wird wie sie die Stimme Ellis geschaffen hat, Ruhm sei Elli, dem ewigen Leben, Ruhm sei Elli.

Lisbeï hatte sich wie ein Dieb in ihr Zimmer geschlichen und entzifferte mit glühenden Wangen die ersten Worte dessen, was später ›Das Testament der Halde‹ genannt werden sollte. Sie weiß noch, wie wild ihr Herz klopfte, wie sie am ganzen Körper vor Nervosität und Aufregung zitterte und die Zähne zusammenbeißen mußte, damit sie nicht aufeinanderschlugen. Zuerst war sie aufgeregt, dann unendlich bestürzt. Halde war tatsächlich eine der Gefährtinnen, eine der Märtyrerinnen, das wußte Lisbeï aus dem Nachlaß der Hallera. Aber die Eintragungen in Haldes Notizbuch erzählten eine ganz andere Geschichte als jene, die Lisbeï wie alle Dottas in Maerlande seit ihrer Kindheit kannte.

In der offiziellen Geschichtsschreibung hieß es, Garde und ihre Gefährtinnen hätten gegen Ende der Haremszeit den versklavten Frauen das Wort Ellis verkündet. Das Wort hatte den Sklavinnen zu neuem Mut und neuer Würde verholfen. Nach und nach hatten sie sich um den Kern der Judditen gesammelt. Die Gruppe der Judditen hatte sich nach einer Jüngerin benannt, die während einer der ersten friedlichen Demonstrationen im Harem von Bethely ihren Mut mit dem Leben bezahlt hatte. Die Bewegung hatte sich von Harem zu Harem ausgebreitet und war mit den Reisen Gardes und ihrer Gefährtinnen zur Flutwelle geworden. Die Führer der Harems hatten alle Demonstrationen mit äußerster Grausamkeit unterdrückt. Dann war der Tag gekommen, an dem Leandro, der Führer von Bethely, Garde gefangennahm. Er ließ sie erschießen. Aber drei Tage später war Garde wieder erschienen und hatte die riesige Demonstration angeführt, die die Judditen von Bethely organisiert hatten. Während der Demonstration wurden sechs der Gefährtinnen gefangengenommen. Garde wurde zum zweitenmal umgebracht. Wieder war sie auferstanden – diesmal nach fünf Tagen. Wieder war sie erschienen und hatte die zweite Demonstration angeführt, jene Demonstration, in deren Folge der Harem von Bethely gestürzt worden war.

Seitdem war Garde nie wieder gesehen worden. Ihren Jüngerinnen hatte sie ein rätselhaftes Erbe hinterlassen, das Versprechen, das Hallera, die einzig überlebende Gefährtin, verkündete. Eines Tages, so besagte dies Versprechen, würden alle Menschen wie Garde sein: Sie würden den Tod nicht mehr fürchten, denn es war Teil von Ellis Plan, daß sie alle wie Elli werden sollten. Aber die Gewalttätigkeit der Harems hatte auch die siegreichen Frauen der Bienenstöcke angesteckt und vergiftet, so daß sie Gardes Botschaft nicht annahmen und die Jüngerinnen verfolgten, bis endlich Frieden und Toleranz obsiegten.

Halde schilderte die Situation ganz anders, zumindest in bestimmten Teilen ihrer Geschichte. Tatsächlich hatte Garde das Wort Ellis verkündet. Sie war von einem Erschießungskommando in Bethely hingerichtet worden und danach auferstanden. Aber sie war nicht deshalb zurückgekehrt, um die große Demonstration anzuführen, sondern um sie zu *verhindern*. Sie wollte das von den Judditen geplante Gemetzel vereiteln. Denn die Judditen waren keineswegs Gardes erste Jüngerinnen, sondern ihre Feindinnen gewesen. Sie glaubten nicht an das Wort Ellis und hatten Garde und ihre Gefährtinnen sogar an den Führer von Bethely ausgeliefert!

Die Judditen hatten die Rebellion von langer Hand vorbereitet. Sie wollten die Haremsführer entmachten und sich für die Jahre der Unterdrückung rächen. Ihnen fehlte die Geduld, auf einen friedlichen Sieg zu warten, ohnehin glaubten sie nicht an das Prinzip der Gewaltlosigkeit. Unter dem Regime der Harems hatten viele Frauen insgeheim am Wort Ellis festgehalten. Unablässig verfolgten die Judditen die Gläubigen und zettelten abscheuliche kleine Kriege an, die die Frauen untereinander austrugen. Die Haremsführer sahen gleichgültig oder belustigt zu. Die Judditen stellten sogar Soldatinnen für die Haremsarmeen! Auch unter den fanatischen, mit Drogen vollgepumpten Killern, die die Haremsführer in internen Kämpfen gegeneinander einsetzten, waren Judditen.

Garde war es jedoch gelungen, ein paar Judditen zu bekehren, die ihrerseits andere Judditen bekehrt hatten. Diese Gruppe hatte vergeblich versucht, friedenstiftend auf jene Judditen einzuwirken, die gegen die Harems Krieg führen wollten. Der erste große Protest war in einem Blutbad geendet, die meisten der Jüngerinnen von Bethely waren dabei hingemetzelt worden. Unter denen, die man lebendig in unterirdische Zellen eingemauert hatte, war die Gefährtin Hallera, wie Halde berichtete. Nach dem Augenzeugenbericht Halleras war nur die Gefährtin *Fedra* zusammen mit Garde entkommen.

Die Harems hatten Ellis Jüngerinnen nie wirklich verfolgt. Eine pazifistische Religion hatte den Haremsführern wunderbar ins Kalkül gepaßt – und genau das hatten die Judditen den Jüngerinnen auch vorgeworfen. Im Gegensatz zu den Haremsführern verfolgten die siegreichen Frauen Gläubige während der Zeit der Bienenstöcke mit aller Härte. Deshalb konnte das Wort Ellis nur im Untergrund weiterleben. Es dauerte noch einmal fast hundert Jahre – genau 87 Jahre –, bis das Wort Ellis wieder an Einfluß gewann. Mit der Zeit gab ein Bienenstock nach dem anderen die brutale Herrschaftsform auf, bis sich endlich alle zu den Capterien von Maerlande zusammenschlossen. Aber auch dieser Übergang ging nicht kampflos vonstatten, und wieder einmal war es Bethely, das den höchsten Blutzoll entrichtete. Markali, die letzte Königin des Bienenstocks, wurde zur Rechenschaft gezogen. Während des großen Prozesses legte Halleras Tochter Dokumente vor, die ihr die Mutter hinterlassen hatte (sie wurden später stets als ›Nachlaß der Hallera‹ bezeichnet), und bezeugte mit glühenden Worten die Göttlichkeit Gardes, die zweimal gestorben und wiederauferstanden war.

Natürlich stand das nicht alles in dem Notizbuch, insbesondere enthielt es nichts über das zweite Sterben und Wiederauferstehen Gardes nach Haldes Gefangennahme. Während Halde dem Tod entgegensah, hatte sie nur kurz die Ereignisse skizziert, die sie in diese Lage gebracht hatten. Aber das fiel Lisbeï in dieser Nacht gar nicht auf, als sie beim Licht der Leselampe vor Müdigkeit ständig mit den Augen zwinkerte. Immer noch stand sie unter Schock. Für sie, wie für so viele andere, war Garde Teil des täglichen Lebens. Eine legendäre Figur, die sie seit der Kindheit begleitet, die sie nie in Frage gestellt hatte. Ein Wesen, das ihre Seelenlandschaft so geprägt hatte, daß sie nie darüber nachdachte. Seit frühesten Kindertagen hatte Lisbeï die Geschichte von Garde geliebt, weil darin Historie und Legende eine Einheit bildeten und nicht, wie so oft, gegeneinander ausgespielt wurden. Aber am meisten faszinierte sie, daß Gardes Geschichte und Legende ihre eigene Überzeugung zu bestätigen schienen. Sie bestätigten das, was ihr beim Drehen des Vergrößerungsglases und später beim Betrachten des Würfels, beim Begreifen der optischen Täuschung aufgegangen war. Denn trotz Halleras Nachlaß und der Heiligsprechung Gardes mußte Garde sterblich *und* göttlich gewesen sein, sie war gestorben *und* wiederauferstanden. Garde stand sozusagen auf beiden Seiten der Trennlinie. Sie war die Schwelle, der magische Ort zwischen dem Hier und dem Dort, der Ausgangspunkt, um den Sprung vom alltäglichen Entweder – Oder auf das Verbindungsseil zwischen beiden Polen zu wagen und die Welt als Einheit zu begreifen. Wenn man auf diesem Verbindungsseil balancierte, lösten sich offensichtliche Widersprüche in nichts auf, es wuchs einem die Kraft zu, darüberzustehen. Diese Erfahrung lag Lisbeï am Herzen und machte ihr Freude. Aber die Freude währte nie lange, denn diese innere Einstellung konnte sie eigentlich nur beim Taïtche durchhalten.

Obwohl Haldes Bericht, der von der offiziellen Erzählweise vielfach abwich, bestimmt wichtig war, kreisten Lisbeïs Gedanken beim Lesen weniger um die vertraute Geschichte von Garde als um die Bestätigung ihrer eigenen Überzeugung: Legenden konnten wahr sein, Erzählungen konnten Geschichte sein. Und sie, Lisbeï von Bethely, war die erste, die das erkannt hatte. Morgen würde es an den Tag kommen und sich überall verbreiten. Und es würde von ihr ausgehen. In ihrer Vorstellung zog die neue Erkenntnis nicht kleine Kreise, wie ein ins Wasser geworfener Stein, sondern änderte alles auf einen Schlag, wie Licht, das die Dunkelheit verdrängt. Nicht einen Augenblick lang kam sie auf die Idee, jemand könne diese Wahrheit in Zweifel ziehen.

Lisbeï erwachte beim ersten Sonnenstrahl. Sie war über ihrem Schreibtisch zusammengekrümmt eingeschlafen. Sofort fielen ihre Augen auf das Notizbuch. Aufgeregt und jetzt auch leicht nervös überlegte sie den nächsten Schritt. »Zuerst Tula«, drängte der alte Instinkt. In der letzten Nacht war sie zu aufgewühlt gewesen, hatte es zu eilig gehabt, Haldes Testament zu entziffern. Jetzt ... ja, trotz allem, Tula kam zuerst an die Reihe.

Sie schlich zu Tulas Zimmer hinüber, das gegenüber auf dem Gang lag. Normalerweise ärgerte sie der Gedanke, daß dieser winzige räumliche Abstand sie voneinander trennte. Wozu sollte das gut sein? Aber jetzt dachte sie nicht daran. Sanft schüttelte sie Tula. Unter dem roten Haarschopf blinzelten schlaftrunkene Augen, die sich schnell weiteten.

»Lisbeï!«

»Schsch!«

»Lisbeï«, wiederholte Tula leise und setzte sich im Bett auf. »Was ist passiert?« Ihre Augen waren vor Schreck weit aufgerissen.

Lisbeï folgte Tulas Blick und merkte, daß sie immer noch ihre von Erde und Staub verdreckte Arbeitskleidung trug. Dort, wo sie unbewußt ihre aufgerissenen Finger am Stoff abgerieben hatte, waren Blutflecken. Sie lachte leise. »Nichts! Oder doch, eine Menge. Aber ich bin nicht verletzt.«

»Erzähl«, befahl Tula. Es war die alte Gewohnheit, die Zauberformel, die sie nachts im Hort miteinander verbunden hatte. Diesmal tat Lisbeï der Gedanke nicht weh – dies war ein zeitloser Augenblick außerhalb ihrer persönlichen Geschichten.

»Erzähl« – ja, allerdings gab es einiges zu erzählen... Aber womit anfangen? Nie zuvor hatte ihr die Zeit gefehlt, die eigenen Gedanken für Tula zu ordnen. In ihrer Verzweiflung schlug sie das Notizbuch auf und las vor, was sie hatte entschlüsseln können. Tula hörte zu. Wie in alten Zeiten hing sie an jedem Wort. Und sofort verständigten sie sich, die eine beendete den Satz, den die andere begonnen hatte. Es war wirklich ein magischer Augenblick, der fortwirken sollte. In der Dornenwüste der letzten Monate, die Lisbeï in Bethely verbrachte, gab es auch dieses Wunder, das sie nicht hatte vorhersehen können: Noch einmal gehörte Tula ganz ihr. Und fast bis zum Ende.

»Wir müssen zuerst mit Mooreï reden«, sagte Tula nach einigem Nachdenken.

»Warum Mooreï?« Lisbeï hatte sich den weiteren Ablauf ungefähr so vorgestellt: Am Morgen würde sie gleich als erstes zu Selva gehen, ihr das Notizbuch vor die Nase halten – »da!« –, das Ganze mit Selva durchsprechen und dann gemeinsam mit ihr einen Brief aufsetzen, der die Neuigkeit ganz Maerlande verkünden würde. War das wirklich Tula, die abenteuerlustige Tula, die jetzt ›abwarten‹ riet?

»Denk an die Konsequenzen«, sagte Tula.

Welche Konsequenzen?

»Die Judditen«, fügte Tula geduldig hinzu.

Was war mit den Judditen?

Und dann fielen ihr Bruchstücke aus Selvas Unterricht ein. In der Begeisterung über ihre Entdeckung hatte sie gar nicht an das gedacht, was Selva ihr beigebracht hatte, als sie zur Mutter von Bethely bestimmt worden war. Fast zwei Jahre lang hatte sie diese Dinge verdrängt. Tula meinte die heute lebenden Judditen. Sie würden sich ganz bestimmt nicht freuen zu erfahren, daß die alten Judditen Garde bekämpft hatten. Daß einige aus ihren Reihen hinsichtlich der Tradition gelogen und sowohl die Geschichte als auch die Legende verfälscht haben mußten. Eine solche Enthüllung würde auch die Stellung der heute lebenden Judditen – die sich hinter strikter Wortgläubigkeit verschanzten und sich als letzte Hüterinnen der wahren Tradition aufführten – nicht unangetastet lassen.

Litale war zu allererst eine Provinz von Judditen. Bethelys Stellung innerhalb Litales war ebenso prekär wie ungewöhnlich. Bethelys Stärke lag darin, daß es eine bedeutende Rolle in Maerlandes Geschichte gespielt hatte und ein heiliger Ort war, das Ziel von Pilgerfahrten zu Garde. Aber Bethely war in bestimmter Hinsicht auch isoliert, nahm aufgrund seiner gemäßigten religiösen Haltung und, mehr noch, wegen seiner jüngsten Flirts mit den Reformen der Fortschrittlerinnen eine Sonderstellung ein.

Aber würde nicht ganz Bethely hinter Lisbeï und der Wahrheit stehen? Gegen eine solche geschlossene Front kamen die Judditen doch gar nicht an!

Mooreïs Reaktion hätte Lisbeï warnen müssen. Überraschung, heißes Erstaunen – all das hatte Lisbeï erwartet, als sie mit ihrer Geschichte herausrückte. Aber als sie weiter aus ihrer Übertragung des Notizbuches vorlas, spürte sie bei Mooreï ein wachsendes Unbehagen. Als sie fertig war, blieb das Gedächtnis lange Zeit schweigend sitzen. Sie war so tief in Gedanken versunken, als sei sie in Trance. »Wir gehen jetzt«, sagte sie schließlich, »und zeigen alles Selva.«

»Ich kann deine Entdeckung nicht bedauern, Lisbeï«, fügte sie dann so niedergedrückt, wie Lisbeï sie selten gesehen hatte, hinzu. »Es ist geschehen, was geschehen sollte. Aber es könnte leicht sein, daß es uns noch leidtun wird. Die Wahrheit regiert nicht mit zarter Hand.«

Eine zarte Hand konnte man ganz gewiß auch Selva als Mutter nicht nachsagen. Ehe Lisbeï von ihrer Entdeckung berichten konnte, mußte sie sich von einer tobenden Selva die Leviten wegen ihres Ungehorsams lesen lassen. Lisbeï dachte schon, Selva würde sie wegschicken, ohne sie überhaupt zu Wort kommen zu lassen. Aber Mooreï bestand darauf, und Selva gelang es schließlich, sich wenigstens soweit zu beruhigen, daß sie beim Verlesen von Haldes Testament zuhörte.

»Judditen haben Garde und ihre Gefährtinnen an die Harems verraten? Weißt du eigentlich, was du da sagst, Lisbeï?«

Selva zeigte sich weder verwundert noch begeistert, ihr erstes Erstaunen hatte sich schnell gelegt. Eigentlich wirkte sie eher aufgebracht. Aber endlich einmal reagierte sie offen. Lisbeï spürte, daß die Mutter *Angst* hatte.

»Wen scheren schon die Judditen?« platzte Lisbeï heraus. »Garde ist wirklich in Bethely gestorben und wiederauferstanden. Wir haben den Beweis aus erster Hand, es steht im Notizbuch, bezeugt von einer der Gefährtinnen, die lebendig eingemauert wurden. Das ist es doch, was zählt, oder nicht?«

»Beweis?« sagte Selva und setzte sich plötzlich wieder hin, als habe es ihr die Sprache verschlagen.

Wollte sie damit andeuten, das Notizbuch sei gar kein Beweis? Was wollte sie denn noch mehr?!

»Daß es niedergeschrieben wurde«, sagte Mooreï, »heißt noch lange nicht, daß es auch wahr sein muß, Lisbeï. Ich dachte, ich hätte dir beigebracht, daß Geschichte keine Wissenschaft ist. Dazu hängt sie allzu sehr von den Zeugenberichten der Menschen ab.«

Aber bis jetzt hatte doch die ganze Geschichte von Garde auf einem Zeugenbericht beruht, dem Zeugenbericht der Gefährtin Hallera, oder nicht? Ein Zeugenbericht, den man zusammengetragen und bei der Gerichtsverhandlung gegen Markali vorgelegt hatte. Und war das nicht auch die Quelle des wahren Wortes?

In Mooreï tobte ein Chaos unterschiedlicher Gefühle, wie Lisbeï spüren konnte. Und dies Chaos würde Mooreï auch in den folgenden Monaten immer wieder belasten. »Das ist nicht dasselbe«, murmelte das Gedächtnis, aber ihre Stimme klang unsicher. Auch Mooreï hatte Angst, merkte Lisbeï zu ihrer Bestürzung und Verwunderung. Lag es daran, daß Halde Hallera als eine der Gefährtinnen bezeichnet hatte, die man eingesperrt hatte? Halde hatte sich geirrt, das war alles. In ihrem Notizbuch hatte Halde ja selbst geschrieben, sie habe nicht genau sehen können, was in der Hitze des Gefechts geschehen sei.

Aber Mooreï schüttelte bei dieser Erklärung Lisbeïs nur den Kopf und sagte nichts.

Erst viel, viel später sollte Lisbeï klar werden, daß die Garde, die Halde beschrieb, Mooreï viel zu real war. Viel zu menschlich. Aber auch viel zu eindeutig göttlich in ihrer Wiederauferstehung, wie sie das Notizbuch bezeugte. Mooreï spürte, wie ihr Glaube am Rande einer gefährlichen Schwelle ins Wanken geriet.

KAPITEL 4

Antonë an Linta

Bethely, 2. Maïa, 489 N.G.

... und trotz all meiner Sympathie für Lisbeï kann ich nur zu dem Schluß kommen, daß dies Notizbuch eine Fälschung sein muß – das Ergebnis einer fehlgeleiteten Frömmigkeit, die aus dem Ruder gelaufen ist. Für alle diese Enthüllungen haben wir buchstäblich nichts als das soge-

nannte Wort Haldes an der Hand. Das Notizbuch selbst ist ein Gegenstand aus der Zeit des Zusammenbruchs, aber solche Notizbücher findet man auch heute noch. Wir verfügen über keine verläßliche Methode, das Alter des Materials zu bestimmen, ebensowenig können wir die Überreste, die in den Zellen gefunden wurden, genau datieren. Was wir tatsächlich sehen, sind sechs weibliche Skelette (wie es der Überlieferung entspricht) in Tunneln unterhalb von Bethely (auch dies stimmt mit der Überlieferung überein), die wahrscheinlich lebendig in die Zellen eingemauert wurden (ganz wie die Überlieferung besagt). Aber damit hört es auch schon auf. Auf den ersten Blick erkennt man, daß es sich bei den Skeletten um drei Erwachsene – einschließlich ›Halde‹ – und um drei Kinder handelt. Das allein würde schon Zweifel daran berechtigen, daß wir es hier wirklich mit Gardes Gefährtinnen zu tun haben.

Was Haldes Behauptungen betrifft, spricht vieles dafür, daß sie einen Fall von ›Mythomanie‹ darstellen. Sie hat sich in die Legende hineingesteigert, und das wurde von Verzweiflung und Fieberphantasien noch genährt. Die Überlieferung besagt, daß die auferstandene Garde den Gefährtinnen erschien, allerdings erfahren wir ihre Namen nicht. Und wie es der Zufall will, nimmt diese ›Halde‹ für sich in Anspruch, Garde als erste gesehen zu haben. Und zu ihrer Verleumdung der Judditen ist folgendes anzumerken: Inzwischen ist eindeutig erwiesen, daß am Ende der Haremszeit eine konspirative revolutionäre Bewegung existiert hat. Diese Bewegung hat schon vor dem endgültigen Aufstand mehrere Demonstrationen veranstaltet, die blutige Vergeltungsmaßnahmen nach sich zogen. Wenn man bedenkt, wie roh und skrupellos die Frauen dieser Zeit waren, kann man annehmen, daß einige der Revolutionärinnen die Judditen infiltriert haben. Mit dem Ziel, die Bewegung für ihre eigenen Zwecke zu nutzen. Vielleicht wollten sie die pazifistische Kampagne, die Garde zusammen mit ihren Gefährtinnen und Jüngerinnen organisiert hatte, sabotieren, weil sie ihrem eigenen (Zeit-)Plan widersprach.

Aber wer kann schon sagen, was einer armen Teufelin durch den Kopf geht, wenn sie, eingemauert in einer Zelle, an Hunger und Durst dahinsiecht?

Egal, ich weiß wirklich nicht, warum ich damit Zeit verschwende, mich mit Wahrheit oder Unwahrheit der Aussagen Haldes auseinanderzusetzen. Schließlich habe ich von jeher die ganze Geschichte von Garde für absurd gehalten. Zweimal sterben und zweimal wiederauferstehen – ich bitte dich! Vielleicht ein einziges Mal, aber zweimal? Den Dokumenten der Hallera habe ich nie getraut. Dieser plötzliche ›historische Beweis‹, der den Aufstand gegen die Bienenstöcke nachträglich rechtfertigte, paßte einfach zu gut ins Bild. Schon in den frühen Tagen der Harems lag die Vorstellung in der Luft, eine göttliche Botin werde zur Rettung der Frauen erscheinen. Das ist erwiesen. Sehr gut möglich, daß eine solche ›Erlöserin‹ in den letzten Tagen der Bienenstöcke erneut erfunden wurde. Und die reale historische Figur der Garde stand dabei im Mittelpunkt – natürlich leugne ich nicht, daß sie wirklich existiert hat! Es ging dabei auch nicht unbedingt um rein politische Motive. Tatsächlich spricht am meisten dafür, daß die Vorstellung aus einer Gemeinschaft heraus entstand, die eine verzweifelte Sehnsucht nach Freiheit und Frieden hatte, denn aus dieser Sehnsucht heraus handelten die Frauen jener Zeit. Anders ausgedrückt: Hallera und ihre Kolleginnen schufen einen Mythos, den die Judditen bis zu Gardes heroischem Tod ausspannen. Der Tod war real, nicht aber die Auferstehung. Das schmälert weder Gardes Märtyertum noch die selbstlosen, edlen Opfer, die ihre Jüngerinnen darbrachten, und es ändert auch nichts an der Bedeutung ihrer Friedensbotschaft. Es wäre nicht das erstemal, daß Geschichte und Glaube sich in einer solchen charismatischen Figur treffen, wenn man den wenigen noch erhaltenen Abschnitten aus dem EVANGELIUM *glauben darf. Dieser ›Gottessohn‹ klingt unheimlich nach unserer ›Tochter Ellis‹, ist dir das auch schon aufgefallen? Er wurde nicht wiedererweckt, aber vollbrachte Wunder und gab seinem*

Volk das versprochene Land – und da in jenen Tagen Männer die Oberhand hatten, konzentrierte sich das Phänomen natürlich auf einen Mann.

Aber dir sind die Argumente, die meiner Meinung nach für diese Theorie sprechen, ja schon alle bekannt.

Ich hoffe, der Sturm legt sich bald, so daß Bethely mit den Vorbereitungen für die Versammlung der Mütter vorankommt. Nach bestem Wissen und Gewissen kann ich diesen Brief erst dann der Botin aushändigen, wenn eine Entscheidung gefallen ist. Das Warten wird sich lohnen, dann kannst du nämlich die ganze Geschichte in einem Rutsch lesen, ohne daß es irgendwo heißt ›Fortsetzung folgt‹.

Es tut mir leid, daß du nicht nach Bethely kommen kannst. Sie haben hier den Ruf, alles im großen Stil zu organisieren, und die Pilgerfahrt zu Garde findet in diesem Jahr bestimmt mit Glanz und Gloria statt, wo doch gleich danach die Versammlung zusammentritt. Aber da sitzen sie herum und versuchen den Stein wieder loszuwerden, den Lisbeï ihnen so unbedacht in den Vorgarten geworfen hat. Und ausgerechnet in dem Jahr, in dem Bethely die Versammlung ausrichtet! Sie hätte für ihre Entdeckung beim besten Willen keinen schlechteren Zeitpunkt wählen können. Oder keinen besseren? Ob sie eine Rote, Blaue oder Grüne ist, wird kaum noch eine Rolle spielen, falls diese unglaubliche Geschichte der Versammlung zu Ohren kommt.

Oh, welch gräßlicher Gedanke schleicht sich da in meinen Kopf – nein, natürlich wäre es ihr gar nicht möglich gewesen, das Notizbuch, den unterirdischen Gang, die Zellen oder die Skelette zu fälschen. Arme Lisbeï. Sie ist von der Wahrheit des Notizbuches absolut überzeugt und kocht vor Zorn, weil die anderen bis heute keine Stellung dazu beziehen. Außer Tula, und rat mal, was Tula denkt. Noch immer haben sie dem Familienrat nichts von dem Fund erzählt.

Kelys, die es heraushat, immer gerade dann aufzutau-

chen, wenn man sie braucht, ist vorgestern nach dem Mittagessen angekommen. Ihre Expedition nahe bei Puyvalense läuft nicht besonders gut, deshalb hat sie beschlossen, abzubrechen und eine Pause einzulegen, wie sie sagt. Ich hoffe, sie kann allen ein bißchen Vernunft einbläuen. Wir haben den Schauplatz besichtigt. Eine Sache war merkwürdig: Die Mauern sind sehr dick, fast einen halben Meter. In drei der Zellen waren die Mauern zum Gang hin von innen her angeschlagen, sogar ziemlich tief ausgehöhlt. Zufällig sind das die Zellen, in denen die kleinsten Skelette gefunden wurden, die Skelette der Kinder. Eines von ihnen hatte eine Nähschere, aber es erscheint mir unwahrscheinlich, daß die Kleine sich damit durch die halbe Wand graben konnte – selbst wenn man die Kraft der Verzweiflung berücksichtigt. Und die anderen hatten überhaupt keine Werkzeuge, nur persönliche Gegenstände. Anscheinend hat man sie vor dem Einmauern gar nicht durchsucht. ›Halde‹ besaß ein Tintenfaß, eine kleine Gasreiseleuchte und ein Notizbuch, so konnte sie ihr Testament verfassen. Vielleicht waren die Gefährtinnen nach Gardes ›Auferstehung‹ von einer solchen Aura ängstlichen Aberglaubens umgeben, daß niemand sie berühren mochte.

Kelys untersucht in der Bibliothek zusammen mit Mooreï das Notizbuch. Wenn sie damit fertig ist, werden wir die Skelette abtransportieren, um sie uns genauer anzusehen. Ich bin froh, daß ich nichts unternommen habe, bis Kelys kam. Sie hat eindeutig das nötige Wissen, weitaus mehr Wissen als Mooreï, ich oder Lisbeï! Für heute abend ist eine Zusammenkunft des inneren Rates anberaumt, da soll Bilanz gezogen werden. Ob du's glaubst oder nicht: Kelys von Fusco, die doch als Auge und Ohr von Wardenberg gilt, ist dazu eingeladen. Aber sie wurde auch früher schon zu jedem Treffen eingeladen, das während ihres Aufenthaltes in Bethely stattfand. Wie ich schon erwähnte, ist sie eine sehr alte Freundin der Familie.

Ja, ich habe sie wiedergesehen und es mühelos verkraftet. Kelys hat sich überhaupt nicht verändert – anscheinend verändert sie sich nie –, sie ist immer noch schön, und mir will die Vorstellung gar nicht in den Kopf, daß sie im letzten Monat Ellis siebenundvierzig geworden sein muß. Sie verbreitet denselben Glanz wie eh und je und ist wie üblich freundlich-distanziert. Aber es tut mir nicht mehr so weh wie in alten Zeiten. (Alte Zeiten! Drei Jahre ...)

KAPITEL 5

Die Zusammenkünfte des inneren Familienrates fanden stets in einem der kleinen Besprechungszimmer der Bibliothek statt.

Von hier aus konnte man den Haupthof überblicken. Anstelle der alten Kerzenleuchter hingen jetzt Gaslampen an der Wand. Ein massiver Tisch füllte den Raum fast aus. Auf der uralten Holzplatte hatten zahlreiche Sitzungen ihre Spuren hinterlassen: Linien, irgendwelche geometrischen Muster und sogar Initialen. Niemand war je auf die Idee gekommen, diese Spuren zu beseitigen. Angeblich war der Tisch schon in den Tagen der Bienenstöcke dagewesen. In Bethely ging das Gerücht, man könne darauf die Initialen finden, die Markali, die letzte Königin, ins Holz geritzt hatte, als sie noch eine kleine Prinzessin war und nichts von ihrem Schicksal ahnte.

Der Tisch war rund, wie es sich für die Zusammenkunft Gleichgestellter gehörte. Allerdings unterschied sich ein Stuhl von allen anderen: Er hatte eine hohe Rückenlehne und war in den Farben Bethelys bezogen. Als Lisbeï und Tula eintraten, hatte Selva diesen Platz bereits eingenommen. Kelys saß ihr gegenüber. Tula nahm, wie üblich, ihren Platz zu Selvas Linken ein. Bis vor einem Jahr war das Lisbeïs Platz gewesen. Antonë setzte sich stets aufs Geratewohl auf einen der sechs übrigen Stühle. Als sie ankam, steuerte sie gleich den Platz neben Tula an und übersah ganz bewußt den leeren Stuhl neben Kelys.

Mooreï, schwer beladen mit einem Stoß von Papieren, kam als letzte und setzte sich rechts neben Selva. Sie musterte die Tischrunde und seufzte. Ihre Stimme klang heiser vor Müdigkeit, aber sie vollzog das Eröffnungsritual mit großem Nachdruck: »Wir wollen uns in Elli sammeln. Möge Elli uns in ihrem Frieden leiten.«

Selva kürzte das vorgeschriebene Begrüßungsritual mit einem leicht ungeduldigen »Friede Euch allen in Elli« ab und verschwendete keine Zeit auf weitere Einleitungen. »Eine wichtige Entdeckung – möglicherweise eine mit schwerwiegenden Folgen – wurde in den unterirdischen Gängen von Bethely gemacht. Bei dem Fund handelt es sich um ein Notizbuch, das einer von Gardes Gefährtinnen gehört haben könnte. Mooreï und Lisbeï haben sich intensiv mit der Übertragung einzelner Auszüge befaßt. Kelys hat sich das Notizbuch kurz angesehen. Wir sind hier, um ihre Berichte entgegenzunehmen. Dann werden wir über das weitere Vorgehen beschließen. Mooreï?«

Das Gedächtnis ließ den Papierstoß auf dem Tisch aufknallen, so daß die Blätter Kante auf Kante zu liegen kamen. »Die Passagen, die wir übertragen haben, sind ziemlich willkürlich ausgewählt. Es ging uns darum, einen Gesamteindruck zu gewinnen«, sagte sie schließlich mit leicht gerunzelter Stirn und ohne irgend jemanden anzublicken. »Ihr wißt ja, daß das Notizbuch nicht nur Textpassagen enthält, sondern auch Zahlenreihen. Zunächst berichte ich euch, was wir herausgefunden haben. Danach erhaltet ihr Abschriften unserer Übertragungen, insbesondere des letzten Teils.«

Lisbeï versuchte, Blickkontakt zu Tula herzustellen. Aber Tula, die sehr aufrecht in ihrem Stuhl saß, sah mit feierlicher Aufmerksamkeit Mooreï an. Gemeinsam hatten sie den Tag damit verbracht, alles sechsmal abzuschreiben. Ihre Finger waren immer noch voller Tintenflecke. Selva hatte ausdrücklich angeordnet, niemand sonst dürfe im Moment die Übertragungen zu Gesicht bekommen.

»Wie es aussieht«, fuhr Mooreï fort, »haben drei verschiedene Personen das Notizbuch geschrieben. Kelys nimmt an, daß es aus mindestens zwei verschiedenen Epochen stammt. Eine der Autorinnen verfaßte den kurzen ersten Teil, der ausschließlich Zahlen enthält – wahrscheinlich handelt es sich dabei um einen Zahlencode. Wir möchten ihn im Augenblick beiseite lassen, zumal eine Datierung sowieso nicht möglich ist. Der mittlere Teil könnte von einer zweiten Person stammen. Dieser Teil nimmt zwei Drittel der verbleibenden Seiten ein und ist anscheinend in einer sehr ungewöhnlichen Form des Alten Frangleï geschrieben. Die dritte Autorin nennt sich selbst ›Halde von Melorney‹ und hat nur ein Dutzend Seiten am Ende des Notizbuches verfaßt. Sie schreibt in einer Art Altem Litali. Die Sprache ist in etwa mit dem Litali vergleichbar, das in dieser Region gegen Ende der Haremszeit verbreitet war.«

Mooreï blickte in die Runde. »Bestimmte linguistische Besonderheiten, wie Schreibweise, Redewendungen, Wortschatz undsoweiter, deuten darauf hin, daß wir es hier mit zwei verschiedenen Autorinnen zu tun haben, die in unterschiedlichen Epochen geschrieben haben.

Kelys datiert den mittleren Teil auf den Höhepunkt der Haremszeit. Allerdings reichen diese wenigen Auszüge nicht aus, das jeweilige Alter mit letzter Gewißheit zu bestimmen.«

»Verstanden«, sagte Selva. *Komm endlich zur Sache,* sagte ihr Gesichtsausdruck, der noch derselbe war wie am Anfang der Sitzung. Antonë hatte sich aufgerichtet, wirkte allerdings eher verstört als erstaunt über Mooreïs Auslassungen. Kelys hatte mit der ihr eigenen nonchalanten Grazie ein Bein über die Stuhllehne geschwungen und stützte sich auf dem Ellbogen auf, während ihr Kinn auf der Hand ruhte. Ihr gelassenes schwarzes Gesicht verriet nichts.

»Der mittlere Teil«, fuhr Mooreï fort, »enthält offensichtlich mehrere Versionen wohlbekannter Sagen und Legenden, wie zum Beispiel ›Die tanzende Königin‹ oder ›Die Riesin mit den hundert Armen‹. Und anscheinend auch eine Version des WORTES.«

Lisbeï versuchte, ihre Ungeduld zu unterdrücken. Es handelte sich eher um erste Entwürfe zu Geschichten, denn vieles war durchgestrichen, eingefügt und mehrmals geändert worden.

Ganz gewiß sah das nicht nach alten Geschichten aus, die hier noch einmal niedergeschrieben wurden, sondern nach ganz neuen, die gerade erst erfunden wurden.

Na ja, vielleicht würden sie ja später noch darauf zu sprechen kommen.

»Der Wortschatz im letzten Teil ist beschränkt, der Satzbau ziemlich einfach. Das unterstützt die Annahme, daß es sich hier um eine zweite Autorin handelt. Sie skizziert den Verrat der Judditen von Bethely an Garde, Gardes ersten Tod, ihre eigene Begegnung mit der auferstandenen Garde in der Nähe der *Schlimmen Zone* und ihre Gespräche während der Rückreise nach Bethely.«

Mooreï sprach völlig neutral. »Hier sind unsere Übertragungsversuche. Lest sie euch selbst durch.«

Lisbeï verteilte die Papiere in der Tischrunde, dann setzte sie sich und blickte auf ihre eigenen Blätter, aber das war reine Formsache. Sie wußte genau, welche Passagen sie zur Unterstützung ihrer Argumente zitieren mußte. Am Morgen hatte sie diese Abschnitte sogar rot umrandet. Sie sah die anderen an und versuchte, ihre jeweiligen Emotionen zu erspüren, während sie schweigend lasen. Tula ging beim Lesen so langsam und methodisch vor, als habe sie nicht Stunden damit verbracht, alles abzuschreiben. Antonë überflog die Seiten und blätterte hin und wieder mit plötzlichem Stirnrunzeln zurück. Selva ließ beim Lesen Blatt für Blatt auf den Tisch sinken und seufzte gelegentlich – es war allerdings schwer zu sagen, ob sie wütend oder einfach überwältigt war. Kelys hatte das Material schnell gesichtet und las jetzt Blatt für Blatt noch einmal, feierlich wie ein Schulkind, das Kinn auf die Hand gestützt. Mooreï hatte sich mit geschlossenen Augen im Stuhl zurückgelehnt. Sie wirkte erschöpft. Lisbeï musterte die von Müdigkeit gezeichneten Gesichtszüge, die dunklen Ringe unter Mooreïs Augen und empfand dabei Verwirrung und ein bißchen Mitleid, aber auch leichten Ärger. Gerade Mooreï hätte sich doch freuen müssen! War dies nicht ein weiterer Beweis für die Existenz Gardes? Was machte es schon aus, daß Garde darauf bestanden hatte, nicht ›Tochter Ellis‹, sondern ›Stimme Ellis‹ genannt zu werden? Was machte es schon aus, daß sie Halde gesagt hatte, sie sei menschlich? Schließlich *war* sie doch auferstanden, oder nicht? Göttlich *und* menschlich. Konnte es nicht sein, daß Garde nach der besten Möglichkeit gesucht hatte, die Haremsfrauen die Wahrheit zu lehren? Das WORT war nicht Elli, ebensowenig wie das Gebiet von Bethely die Familie war. Gardes WORT war nichts anderes als die Verkündigung, der Weg, um … Elli in die Sprache der Menschen zu übersetzen. Wenn es zwei verschiedene Übersetzungen gab, war das doch eher faszinierend als deprimierend! Besonders, wenn diese Übersetzungen voneinander abwichen.

Das Schweigen hatte sich gewandelt. Niemand rührte sich. Sie waren am Ende angelangt und kannten nun die wesentlichen Tatsachen. Was jetzt?

»Laßt uns eines von Anfang an klarstellen«, verkündete Selva. »Wir sind hier nicht zusammengekommen, um über Wahrheit oder Unwahrheit dessen zu befinden, was im Notizbuch steht. Nein, wir müssen darüber befinden, wie wir mit dieser Entdeckung verfahren wollen. In wenig mehr als einem Monat findet an diesem Ort die Versammlung der Mütter statt. Wie ihr wißt, hat Nevenici einen Antrag auf den Tisch gebracht, die Erforschung des Südens voranzutreiben – natürlich wurde er in allerletzter Minute eingereicht. Wir dagegen unterstützen die Erforschung des Westens, wie die meisten Familien der Bretanye. Anders ausgedrückt: Wir bewegen uns diesmal völlig außerhalb unserer traditionellen Bündnisse und sehen besonders schwierigen Debatten entgegen. Wir werden jede Unterstützung, die wir bekommen können, dringend brauchen.«

Sie warf einen Blick in die Runde und sah Lisbeï kurz an, ließ ihr aber keine Zeit, den Mund aufzumachen. »Meiner Ansicht nach haben wir einfach keine Zeit, diese Sache vorher in unserer Familienversammlung zu behandeln. Ein Monat wird nicht ausreichen, einen Konsens darüber zu erzielen, was es mit Lisbeïs Entdeckung auf sich hat und wir davon halten sollen. Ganz zu schweigen davon, wie wir damit umgehen sollen. Wir können das Thema in der Versammlung der Mütter aber nicht eher anschneiden, bis wir innerhalb der Familie zu einer einmütigen Haltung gelangt sind. Und wir können nicht riskieren, daß etwas durchsickert. Deshalb dürfen wir meiner Meinung nach der Familie nichts davon sagen. Ebensowenig wie der Versammlung der Mütter.«

»Was?!« keuchte Lisbeï ungläubig.

»Die einzigen unwiderlegbaren Tatsachen, die wir in der Familie oder in der Versammlung der Mütter vorbringen können, sind sechs Skelette, die in unterirdische Zellen eingemauert gefunden wurden, plus ein Notizbuch. Alles übrige sind unerwiesene Behauptungen einer Person, die sich selbst ›Halde von Melorney‹ nennt und deren Identität wir nicht eindeutig feststellen können. Diese unerwiesenen Behauptungen widersprechen einer vierhundert Jahre alten wohlbelegten historischen Überlieferung. All das läuft auf schwerwiegende, aber keineswegs belegte Anschuldigungen gegen die Judditen hinaus.«

»Im Augenblick nicht belegbare«, warf Tula ein. Lisbeï war immer noch sprachlos.

»Genau das sage ich ja gerade«, ging Selva auf Tulas Einwand ein und lächelte sie dabei freudlos an. »*Im Augenblick* gibt es keinen Beweis dafür, daß im Notizbuch die Wahrheit steht. Im Gegenteil, es spricht eine Menge dagegen. Schon die Tatsache, daß nur drei der Skelette von Erwachsenen stammen ...«

»Nein«, sagte Kelys.

Selvas Mund blieb für einen Augenblick offen stehen. Alle Augen wandten sich Kelys zu. »Antonë und ich haben die Skelette genauer untersucht. Die Schädel sind voll entwickelt. Es handelt sich um erwachsene Frauen, die sogar Kinder geboren haben.« Sie drehte sich leicht zu Antonë, die bloß nickte.

»Erwachsene, die so klein sind wie Sechsjährige? Das ist doch unmöglich!« rief Lisbeï aus. »Oder ... sind sie Zwerge?«

»Die Skelette weisen keine der Mißbildungen auf, die in diesem Fall zu erwarten wären«, sagte Kelys.

Wie konnte sie so ruhig bleiben? Man hätte meinen können, das alles mache ihr Spaß!

»Winzige Erwachsene«, sagte Mooreï.

»Gardes Gefährtinnen sollen doch Erwachsene gewesen sein?« warf Tula zögernd ein. Auch sie hatte Mooreïs Sorgen gespürt und konnte sie ebensowenig wie Lisbeï verstehen.

»Halde sagt, sie sei Garde in der Nähe der *Schlimmen Zone* begegnet«, sagte Kelys und sah Mooreï an. »Nach einer der Überlieferungen soll Garde selbst aus dem Nordosten gekommen sein, wie auch drei ihrer Gefährtinnen.«

»Eine Überlieferung, die *nicht offiziell anerkannt ist*«, bemerkte Mooreï mit leiser Stimme.

»Waren Mutantinnen dabei?« wollte Lisbeï wissen. »Waren unter Gardes Gefährtinnen Mutantinnen?«

Mutantinnen. *Mißgeburten!* Ja, natürlich.

»Deshalb haben die Judditen ...«, begann Tula.

Lisbeï drehte sich mit einem triumphierenden Lachen zu ihr um und führte den Satz zu Ende: »... die Überlieferung verfälscht!«

»Seid so nett und seht davon ab«, sagte Selva mit eisiger Stimme, »Annahmen für Beweise zu halten.« Anscheinend hatte sie sich von Kelys' Offenbarung wieder erholt. »Jedenfalls ist das ganz sicher keine Theorie, die der Mehrheit in der Versammlung gefallen würde.«

»Sie muß der Versammlung ja auch gar nicht *gefallen*«, gab Lisbeï zurück und wurde schon wieder wütend. »Tatsache ist doch ...«

»Im Moment geht es um eine Theorie, nicht um Tatsachen«, schnitt Kelys ihr das Wort ab. »Sie wird sehr schwer zu beweisen sein. Ich selbst habe noch nie von solchen Mutationen gehört.«

Sprachlos starrte Lisbeï Kelys einen Augenblick lang an. Was für ein Spiel trieb Kelys? Erst brachte sie einen neuen Aspekt in die Diskussion, dann nahm sie ihn wieder zurück! Gelassen erwiderte Kelys ihren Blick.

»Ich möchte euch nochmals daran erinnern«, fuhr Selva ärgerlich fort, »daß wir hier nicht über Wahrheit oder Unwahrheit des Notizbuches, der Skelette oder von was auch immer zu befinden haben!«

»Wie sollen wir entscheiden, ob wir es der Familie oder der Versammlung der Mütter sagen sollen, wenn wir nicht zu allererst diese Frage beantworten?« murmelte Mooreï. Aber dann senkte sie den Kopf und schwieg.

Selva wandte sich wieder den anderen zu. »Versucht euch bitte nur einmal die Reaktion auszumalen, wenn wir mit dieser Geschichte vor die Versammlung treten. Und, wohlgemerkt, ohne daß die Familie einmütig hinter uns steht.«

»Warum sollte sie das nicht?!« widersprach Lisbeï. Aber der Einwand war nicht ganz ernst gemeint, und sie brach ab. Mehr als drei Monate hatte die Familie allein dazu gebraucht, sich zu einem einstimmigen Beschluß durchzuringen, der die verstärkte Beteiligung männlicher Grüner und Blauer an den Wettkämpfen von Serres-Moréna befürwortete. Und diese Frage war nicht annähernd so heikel gewesen wie die Revision einer vierhundert Jahre alten Geschichte.

»Lisbeï ist noch bis zur 19. Juna die designierte Mutter. Als künftige Mutter von Bethely wird sie die Versammlung eröffnen, da wir in diesem Jahr die Gastgeberinnen sind. Sie erzählt den Delegierten von ihrer Entdeckung, von dem Notizbuch …«

»Ich könnte ja einfach den Teil vorlesen, den Halde geschrieben hat«, warf Lisbeï ein.

»Noch besser!« sagte Selva sarkastisch. »Sie liest das vor. Die Gläubigen hören, daß die Tochter Ellis nie behauptet hat, die Tochter Ellis zu sein, und daß Hallera – dieselbe Hallera, die der Eckpfeiler ist, auf dem die ganze Überlieferung von Garde und dem WORT beruht – möglicherweise eine Hochstaplerin ist. Als nächstes erfahren die Fortschrittlerinnen, daß Garde es ablehnt, die technischen Möglichkeiten zu nutzen. Und als Krönung des Ganzen werden die Judditen darüber informiert, daß sie Garde verraten, ihre Jüngerinnen verfolgt und die Geschichte und das WORT Ellis verfälscht haben. Oder, noch besser …«

Während Selva sprach, war sie aufgestanden und ans Fenster getreten. Plötzlich drehte sie sich um. »Oder, noch besser, Lisbeï erzählt ihnen, daß die Judditen von *Bethely* Garde verraten haben, daß die Judditen von *Bethely* die Geschichte und das WORT Ellis verfälscht haben.«

»Wir sind heute keine Judditen mehr!«

»Aber wir sind Bethely, Lisbeï. Warum wohl? Weil die Judditen von Bethely Maerlande begründet haben.«

»Weder die großen Taten noch die Sünden der Mütter sollen ihren Kindern zugeschrieben werden, Selva«, sagte Mooreï sanft. »Das Bethely von heute ist ebensowenig verantwortlich für die Taten Alt-Bethelys, wie die heute lebenden Judditen verantwortlich für die Taten der alten Judditen sind. Das Argument würde nicht lange standhalten, wenn es überhaupt ins Spiel gebracht würde.«

Wurde Selva *rot?* Die Mutter kehrte an ihren Platz zurück und setzte sich.

»Aber in dem anderen Punkt gebe ich dir recht«, fuhr Mooreï fort. »In Haldes Testament finden alle irgend etwas, das sie völlig vom Sockel hebt.«

»Aber wenn es die Gläubigen nicht aushalten, daß ihr Glaube in Frage gestellt wird, was ist dieser ganze Glaube dann wert?« fragte Antonë.

»Vielleicht genauso viel wie der Unglaube, den Ungläubige nicht gern in Frage stellen lassen?« fragte Kelys die Luft.

»Ich bin eine Skeptikerin, sonst nichts«, gab Antonë blitzschnell zurück. »So lange es noch andere mögliche Erklärungen gibt ...«

»Du wärest froh, wenn du gar nicht anders könntest, als zu glauben«, sagte Mooreï und sah Antonë fast zärtlich an. »Elli hat es uns freigestellt, an sie zu glauben oder auch nicht zu glauben. Wir haben die Freiheit der Wahl. Macht dir diese Freiheit Angst, Antonë?«

Antonë saß einen Augenblick lang ganz still da, während die unterschiedlichsten Gefühle in ihr tobten. Aber Zorn war nicht dabei. War sie irgendwie schockiert? Lisbeï blieb keine Zeit, darüber nachzudenken. Sie überlegte gerade, ob sie auf den Tisch klopfen sollte, um alle wieder zur Tagesordnung zu rufen, als Tula mit fester Stimme zu sprechen begann.

»Egal. Ob das Testament alle aus der Fassung bringt oder nicht, kann kein Argument sein. Du willst, daß wir die Folgen bedenken, Mutter Selva. Ja, natürlich wird es Diskussionen, Streitereien, schwierige Revisionen und Veränderungen geben. Aber wenn die Gefährtinnen und Jüngerinnen die Wahrheit wegen der möglichen Komplikationen verschwiegen hätten – nicht zuletzt war ihr Tod eine dieser möglichen Komplikationen –, wo wären wir dann heute? Antonë und Kelys haben jede auf ihre Weise recht. Wenn dein Glaube nicht stark genug ist, daß er Zweifel aushält, wenn du sofort Furcht empfindest, dann suchst du dir besser einen anderen Glauben. Ich denke, wir müssen der Familie und der Versammlung die Wahrheit sagen, selbst wenn Bethely zu keiner einmütigen Haltung findet.«

Sie brach ganz plötzlich ab und senkte den Kopf. Einen Augenblick schwiegen alle.

»Hört, hört«, murmelte Kelys.

»Die Wahrheit«, sagte Selva kurz darauf ärgerlich. »Welche Wahrheit? Wenig Tatsachen, ein paar unbewiesene Behauptungen und ein Berg von Theorien. Weit entfernt von der ›Wahrheit‹. Das einzige, was ich sehe, ist, daß wir Tür und Tor für endlose Debatten öffnen, wenn wir das alles zu Beginn der Versammlung vorbringen. Niemand wird daraus gestärkt hervorgehen, und der Antrag von Nevenici wird ebenso wie unser eigener Antrag beziehungsweise der von Lletrewyn vertagt werden. Und bei diesen Anträgen geht's um wirklich wichtige Dinge. Dinge, die alle Familien, ganz Maerlande betreffen. Dinge, die *jetzt* wichtig sind. Wir müssen anfangen, den Westen zu erforschen. Sonst wird die Situation bald unerträglich sein, und die Folgen… Ihr habt Antonës Bevölkerungskurven gesehen. Die Sache ist dringender als herauszufinden, ob Garde sich als Tochter Ellis oder nur als Stimme Ellis verstanden hat. Oder ob die Judditen der Bienenstöcke oder die Judditen der Harems, oder auch alle beide das Geschehen verfälscht haben.«

»Wichtiger, Selva?« Mooreï hatte einen feierlichen Ton angeschlagen, in dem ein Vorwurf mitschwang. »Es ist in anderer Hinsicht wichtig, aber trotzdem *genauso* wichtig.«

»Wenn in den nächsten Jahren eine Hungersnot ausbricht, wird es nicht Garde sein, die uns nährt«, bemerkte Antonë.

»Wenn in den nächsten Jahren eine Hungersnot ausbricht, werden unsere Entscheidungen davon abhängen, wer wir sind und was wir glauben, einander zu schulden.« Plötzlich sprach Mooreï mit einer klirrenden Stimme, die Lisbeï von ihr gar nicht kannte. »Und wir sind unser Glaube, wir sind das WORT, ja, selbst du, Antonë, sogar die Fortschrittlichste der Fortschrittlerinnen. Ganz Maerlande wurde durch das Erbe Gardes geprägt. Nicht nur das WORT, sondern auch der DIENST und der TANZ bei der Feier Ellis. All das ist Teil von uns und bestimmt unser Verhalten bis ins Kleinste – genauso sehr, wie das Bevölkerungswachstum oder die Frage, wieviel Land wir landwirtschaftlich nutzen können.« Dann schien Mooreï in sich zusammenzusinken, wurde wieder zur altvertrauten Mooreï, die Antonë anlächelte und sagte: »Ich weiß, es lockt einen immer, die Wahrheit zu vereinfachen. Aber das geht nicht, indem man sie verstümmelt, Antonë. Das wäre eine verhängnisvolle Vereinfachung.«

»Und schon wieder geht's um die Wahrheit!« rief Selva aus und ließ die Hände auf den Tisch knallen. »Aber um welche Wahrheit, um Ellis willen? Und hast nicht gerade du mir beigebracht, daß man die Wahrheit nicht zu beliebiger Zeit und nicht jeder beliebigen Person enthüllen darf?«

»Aber hier geht es nicht um jede beliebige Person!« widersprach Lisbeï. »Hier geht es um die Versammlung der Mütter.«

»Aber der Zeitpunkt scheint wirklich sehr ungünstig zu sein«, warf Kelys ein, während sie aufstand und sich anmutig reckte. Lisbeï sah ihr schweigend zu, genau wie alle anderen. Offensichtlich war das auch der Zweck der Übung gewesen, aber Lisbeï konnte Kelys einfach nicht böse sein. »Nicht nur, daß die Frage der Erforschung des Westens vertagt oder ganz verschoben wird. Auch andere Familien haben Anträge eingereicht, und sie sind ihnen bestimmt genauso wichtig. Wir sprechen von der Versammlung der Mütter: Manche Leute freuen sich schon seit Monaten darauf, weil sie sich von der Versammlung die Lösung ihrer Probleme erhoffen. Sie werden nicht in der Geistesverfassung sein, solch schwerwiegende Fragen, wie Haldes Testament sie aufwirft, in aller Ruhe abzuwägen. Ich glaube, Selva hat recht: Es wäre besser, bis nach der Versammlung zu warten.«

»Es ist ja nicht so, daß wir gar nichts sagen«, ergänzte Selva, offensichtlich glücklich über die Unterstützung aus einer Ecke, aus der sie sich gar nichts erhofft hatte.

»Ach, wirklich?« gab Lisbeï zurück. »Und was wollen wir der Familie sagen?«

»Später!« Selva schüttelte mit wiedererwachtem Zorn den Kopf. »Das habe ich doch schon erklärt. Wir sagen ihnen alles, aber wir sagen es später.«

Lisbeï hatte es vor Empörung die Sprache verschlagen. Sie spürte, daß Mooreï sich ins Unvermeidliche geschickt hatte und Antonë Selvas Vorschlag befürwortete. Auch Kelys nickte zustimmend.

Am liebsten wäre Lisbeï vor Zorn in die Luft gegangen, aber da meldete sich Tula zu Wort. »Ihr wollt also sagen, daß wir, die Menschen in diesem Zimmer, entscheiden, was die anderen hören oder wissen dürfen?« sagte sie bedächtig. »Wir treffen die Entscheidung für alle Roten und Blauen und Grünen, nicht nur in Bethely, sondern auch in allen anderen Familien? Mit welchem Recht? So war das nie und nimmer vorgesehen, weder in Bethely, noch in ganz Maerlande.«

Selva zog wieder ihre Mauer auf, zeigte ihre harte, brillante Oberfläche. Die Mutter von Bethely sah Tula einen Augenblick nachdenklich an, merkte, daß Tula wirklich entsetzt war und dies alles nicht fassen konnte. Sie schenkte ihr ein freudloses Lächeln. »Unvollkommene Entscheidungen zu treffen in einer unvollkommenen Welt«, sagte sie, »das mußt du lernen.«

Kapitel 6

Antonë an Linta

Bethely, 4. Maïa, 489 N.G.

Meine Linta,
wegen Selvas Entscheidung darf ich ab sofort in meinen Briefen nicht mehr sagen, was hier wirklich los ist. Aber ich hoffe, du kannst dies alles irgendwann *lesen, ich weiß, du wirst es verstehen. Ich begreife Selvas Entscheidung und halte sie immer noch für richtig, aber gleichzeitig kann ich nicht anders, als auch Tulas und Lisbeïs ablehnende Haltung zu verstehen und zu teilen. Ich habe ein schlechtes Gewissen, weil ich weiß, was ich weiß, und der Rest der Familie nichts ahnt.*

Kurz gesagt, ist die offizielle Version, daß Lisbeï in ihrer Höhle nichts von Bedeutung gefunden hat. Der Eingang wurde versiegelt. Lisbeï wurde dafür bestraft, daß sie dort zuviel Zeit vertrödelt hat. Inzwischen verrichtet sie wieder ihre Hausarbeiten und trainiert für die Wettkämpfe. Ich dachte (und hatte Angst), sie würde Theater machen, aber nein. Vielleicht ist sie, genau wie Tula, immer noch zu entsetzt darüber, wie der innere Familienrat die Charta von Bethely verdreht hat. Tula erhält bei Mooreï und Selva wieder Unterricht für die Rolle, die sie nach der 19. Juna einnehmen wird. Dann nämlich wird sie in der Versammlung offiziell zur künftigen Mutter von Bethely erklärt und nimmt in den Debatten Lisbeïs Platz neben Selva ein. Keine von beiden hat seit der Zusammenkunft des inneren Rates ein Wort darüber verloren. Ich weiß nicht, ob das bei Tula ein gutes oder schlechtes Zeichen ist. Sie verschanzt sich derzeit hinter einer Mauer. Anscheinend hat Selva Lisbeï als Trostpflaster die Erlaubnis gegeben, das ganze Notizbuch abzuschreiben. Kelys hat sich in die ältesten Archive von Bethely vergraben und sucht nach … was? Falls die Judditen von Bethely in der Zeit der Bienenstöcke die zweite Garde völlig neu erfunden haben (nachdem ihre Vorfahren alle Spuren der ersten Garde beseitigt hatten), liegt bestimmt nirgendwo ein Schuldbekenntnis herum.

Wahrheit oder Fälschung? Haldes Garde oder Halleras Garde? Beide wahr, beide falsch? Ich weiß nicht, was ich glauben soll – oder was ich nicht glauben soll. Immer noch habe ich Mooreïs Bemerkung in den Ohren. »Du wärest froh, wenn du gar nicht anders könntest, als zu glauben.« Und es stimmt. Ich habe es immer für ebenso möglich wie plausibel gehalten, daß der Prozeß gegen Markali mit Hilfe von Halleras Tochter manipuliert wurde. Daß es dabei darum ging, Gardes göttlichen Status und das WORT *fest zu verankern, denn beides war ja lebenswichtig für die Gründung Maerlandes. Das war mir genug – damals. Und es scheint immer noch ebenso möglich wie plausibel zu sein. Jetzt spricht sogar noch mehr dafür, denn vielleicht hat auch Hallera selbst schlichtweg gelogen. All das müßte eigentlich meinen Unglauben noch bestärken. Statt dessen habe ich mehr Zweifel denn je. Warum? Man kann Haldes Testament mit fast denselben Argumenten angreifen, wie ich sie stets gegen Hallera ins Feld geführt habe. Oder doch nicht?*

Kelys durchforscht das Archiv aus der Endzeit der Bienenstock-Epoche. Nach einer bestimmten Überlieferung sollen Markali und Alicia, wie Kelys sagt, Freundinnen oder Gefährtinnen gewesen sein. Die eine wählte den Weg des Bösen, die andere den Weg des Guten. Eine klassische Geschichte aus der Zeit der Bienenstöcke, sie wurde in unzähligen Balladen und Sagen verewigt. Alicia organisierte den Gerichtsprozeß. Markali blieb das Todesurteil erspart. Falls es zwischen den beiden ein heimliches Einverständnis gab, würde das den Ausgang dieses Prozesses erklären. Aber warum sollten sich die Judditen plötzlich bemüht haben, einer Person göttlichen Status zu verleihen, die sie (wenn wir Halde glauben) hundert Jahre früher ermordet hatten? Die Revolution, die zum Sturz der Bienenstöcke führte, kam von innen – soviel wissen wir. Vielleicht haben einige der Judditen, die Garde gegen Ende der Haremszeit bekehrt hat, trotz aller Verfolgung die Erinnerung an sie wachhalten können. Möglicherweise haben sie diese Erinnerung gegen Ende der Bienenstock-Epoche mit neuem Leben gefüllt und einfach als Trick benutzt – nach dem Motto: Der Zweck heiligt die Mittel. Sie wollten den Wandel ohne allzu viel Gewalt vorantreiben. Und damit hatten sie ja tatsächlich Erfolg. Maerlande wurde begründet, unsere Gegenwart, in der sich alles recht friedlich abspielt.

In diesem Fall wäre die erste Garde, Haldes Garde, die ›Wahre‹. Die wahre Tochter Ellis. Die nicht so genannt werden wollte. Wahrer Mensch und wahre Göttin, tot und wiederauferstanden.

Aber wenn schon einmal ein Trick benutzt wurde, warum dann nicht auch zweimal? Dieser Gedanke beschäftigt auch Mooreï. Wenn die eine Garde falsch ist, dann schöpft man natürlich auch bei der zweiten Verdacht – ganz egal, welche von beiden wir als die ›wahre‹ Garde ansehen wollen.

Dabei fällt mir wieder Mooreïs Bemerkung ein. »Du wärest froh, wenn du gar nicht anders könntest, als zu glauben« (oder nicht zu glauben). Alle in meinem Umkreis haben daran geglaubt, daß Garde wirklich die Tochter Ellis war, während ich das Ganze eher für einen Trick hielt. Und ausgerechnet jetzt, wo wir es meiner Meinung nach vielleicht sogar mit zwei falschen Gardes zu tun haben, kommt mir sogleich die Idee, wenigstens eine könne doch echt sein! Dabei gibt es außer Haldes Testament überhaupt keinen Anhaltspunkt dafür, daß die erste Garde echt ist. Warum also führt das Fehlen wirklicher Beweise in dem einen Fall dazu, daß ich glauben möchte – während im anderen Fall die Beweismenge meine Zweifel nur noch nährt? Ich glaube eigentlich nicht, daß nur mein Widerspruchsgeist daran schuld ist.

Ich bin völlig durcheinander. Nach der Zusammenkunft habe ich die ganze Nacht mit Mooreï geredet. Auch sie wirkte während der Sitzung sehr niedergeschlagen, aber das ist vorbei, es hat sie nicht im Kern getroffen. Das heißt… ja, denn ihr macht die Vorstellung zu schaffen, daß man die Judditen von Bethely all dieser Machenschaften bezichtigt. Machenschaften gegen Ende der Haremszeit, Machenschaften gegen Ende der Bienenstockepoche. Mooreï denkt an die kurz- und mittelfristigen Folgen in der Politik. Sie überlegt, wie es sich auf den Glauben anderer Menschen auswirken könnte. Sie denkt an Tula, der eine ziemlich bittere Lektion darüber erteilt wurde, was es wirklich heißt, die Mutter von Bethely zu sein. Sie denkt an Lisbeï mit ihrem Wahrheits- und Wissensdrang, dem ein heftiger Schlag versetzt wurde. Sie denkt an Selva und ihre künftigen Beziehungen zu ihren Töchtern und der Familie. Und sie denkt an die Familie selbst, die irgendwann merken wird, daß ihr die Wahrheit zunächst vorenthalten wurde. Aber mit sich selbst ist Mooreï wieder im reinen. Weißt du auch, warum? Weil sie im tiefsten Innern weiß, daß Elli existiert und Garde mit ihrem Versprechen die Wahrheit gesagt hat. Sie weiß es, weil sie bei der Feier Ellis getanzt hat und immer noch tanzt. Die Antwort ist immer dieselbe, es ist deine Antwort und die aller anderen Gläu-

bigen, die ich befragt habe. (Und trotz allem auch die Antwort von Kelys, obwohl sie keine Gläubige ist).

Ich habe nie am Tanz Ellis teilgenommen, wollte es nie, war niemals auch nur anwesend. Erinnerst du dich noch an all meine Argumente? Ich habe die Achtung vor dem Glauben anderer ins Feld geführt, der Abscheu vor dieser Entrücktheit, die ich nur allzu gut kannte, die Selbstachtung und jede Menge anderer Gründe. Aber Tatsache ist, daß ich es nie auch nur versuchen wollte. Weder mit dir, noch mit sonst jemandem. Warum sollte ich, da ich ja sehr gut verstand, was da passierte, was da ablief … oder?

Aber Mooreï ist in ihrem Glauben wirklich fest. Und ich plötzlich so schwankend: Vielleicht habe ich wirklich eine Erfahrung versäumt? Vielleicht ist der Tanz wirklich mehr als reines Ritual und schematischer Ablauf?

(Garde erwähnt den Tanz nicht einmal, wenn man Haldes Testament glauben darf!)

Aber wenn Garde wirklich auferstanden wäre, wenn es Elli wirklich gäbe …

Mooreï sagt, der Tanz würde mir das offenbaren. Offenbaren, daß es wahr ist.

Aber wenn ich wirklich froh wäre, wenn ich gar nicht anders könnte, als zu glauben, warum habe ich dann immer noch solche Angst davor? Ich bräuchte ja nur im nächsten Monat an der Feier Ellis und dem Tanz teilnehmen, dann könnte ich gar nicht mehr anders, als zu glauben.

Vielleicht ja, vielleicht nein. Viele tanzen und glauben trotzdem nicht. Mooreï selbst hat mich daran erinnert. Die Entscheidung liegt nach wie vor bei mir. Und ich schaffe es einfach nicht, schaffe den Schritt, den Sprung zum Glauben nicht. Ja, ich habe Angst und weiß nicht genau, wovor. Vor meiner Freiheit? Als Mooreï während unserer Zusammenkunft diese Bemerkung über die Freiheit machte, war ich sehr betroffen. Aber, ehrlich gesagt, weiß ich nicht einmal, warum. Was habe ich in diesem Augenblick begriffen? Was hat mich so tief berührt? Eigentlich hätte dieser erste

Schock eine ganze Serie von Offenbarungen nach sich ziehen müssen, aber sie sind ausgeblieben.

Nur allzu gern würde ich glauben, daß sich die Judditen gegen Garde verschworen haben. Nur allzu gern würde ich jeden Zweifel ausräumen. Ich wäre froh, wenn ich gar nicht anders könnte, als zu glauben. Dazu kommt, daß ich die Judditen nicht leiden kann. Sie würden ›Mißgeburt‹ schreien, wenn ich das an die Öffentlichkeit bringen würde, was ich über die Schlimme Krankheit *und ihre Folgen weiß. Sie würden mit dem Finger auf mich zeigen und mich eine ›Mißgeburt‹ nennen, genau wie dich, wie Lisbeï und all die anderen. Na ja, vielleicht nicht alle Judditen, aber einige. Ist das der Grund, weshalb mir Haldes Bericht eher zusagt als der von Hallera? Liegt es daran, daß er Anschuldigungen gegen die Judditen enthält?*

Auch darum geht es, ich bin auch nur ein Mensch. Und Garde … Haldes Garde ist wirklich *menschlich. Leuchtet mir deshalb ihre Göttlichkeit eher ein als alle frommen Gewißheiten Halleras? Das muß dann wohl doch mein Widerspruchsgeist sein.*

KAPITEL 7

Gegen Ende Maïa suchte Kelys Lisbeï eines Morgens in ihrem Zimmer auf. Lisbeï hatte die Erlaubnis bekommen, die Frühstücksstunde für das Abschreiben des Notizbuches zu nutzen. (Wenn Tula gefrühstückt hatte, huschte sie, bewaffnet mit einem Essenstablett, zu Lisbeï hinüber und eilte dann zum Unterricht bei Selva und Mooreï, die sie fest in der Mangel hatten). Wenn die Entdeckung erst einmal öffentlich bekannt war, würde das Notizbuch, wie auch alles andere, mit Sicherheit nach Wardenberg geschickt werden. Denn dort hatten sie die qualifiziertesten Wissenschaftlerinnen und die am besten ausgestattete Bibliothek. Bis dahin würde Lisbeï schon eine Blaue sein, aber keine Forscherin. Deshalb konnte sich Bethely das Recht an Lisbeïs Fund nicht vorbehalten. Bethely würde natürlich eine Abschrift des Notizbuches erhalten. Selva hatte jedoch angemerkt, Lisbeï brauche nicht abzuwarten. Lisbeï stürzte sich sofort in die Arbeit. Selva sah mit Freude, daß das Ablenkungsmanöver bei ihrer Tochter verfing. Lisbeï sah mit Freude, daß Selva glaubte, es habe funktioniert.

Kelys machte es sich im zweiten Stuhl des Zimmers bequem und musterte Lisbeï, die sich, nachdem sie Kelys hereingelassen hatte, wieder in ihre Arbeit vertieft hatte. Sie war gerade bei einer besonders schwierigen Passage, die Handschrift war kaum leserlich. Die Entscheidungen, die sie an dieser Stelle traf, würden sich auch auf die spätere Übertragung auswirken. Mooreï hatte ihr geraten, alle nur möglichen Schreibweisen der Worte zu notieren, die auf den ersten Blick keinen Sinn ergaben. Das war Zusatzarbeit, würde ihr später aber bestimmt nützen.

Zehn Minuten verstrichen. Kelys hatte noch immer kein Wort gesagt. Sie saß einfach nur da, strahlte Ruhe aus und wirkte leicht belustigt. Schließlich konnte Lisbeï sich einfach nicht mehr zurückhalten. »Kann ich irgend etwas für dich tun?« fragte sie übertrieben höflich.

»Wie wär's mit einem Ausflug?« entgegnete Kelys gelassen.

»Ich soll heute morgen in der Wäscherei arbeiten.«

»Das habe ich schon geregelt. Du hast heute den ganzen Tag frei.«

Ach ja, wirklich? »Weiß das Selva?«

»Selva wird es nichts ausmachen, wenn sie's merkt.«

Lisbeï starrte Kelys an. Sie war ganz Unschuld, hatte die Augen weit aufgerissen und hielt die rosa Handflächen nach oben gestreckt: »Die Sache hat wirklich keinen Haken.« Mit ihrem langen schwarzen Finger strich sie Lisbeï leicht über die Wange. »Wie mißtrauisch du geworden bist, kleine Lisbeli.«

Was gab es darauf schon zu sagen? »Du hast mich verraten?« Zu melodramatisch, auch wenn es stimmte. Genau dieser Satz ging Lisbeï jedesmal durch den Kopf, wenn sie an die Zusammenkunft des inneren Familienrates und Kelys Haltung dabei dachte. Sie verstaute ihre Stifte und Papiere zusammen mit dem kostbaren Notizbuch in der Schublade und schloß sie ab.

»Wohin gehen wir?«

»Wir reiten. Nur du und ich.«

Mehr wollte Kelys nicht verraten, wie Lisbeï merkte. Sie holte ihre Reitsachen heraus.

Es waren noch keine Versammlungsgäste angekommen. Wie üblich weideten Kühe und Schafe in dem flachen Rund, das die alten Festungsanlagen hinterlassen hatten. An der Südpromenade hatte man die ganze Umzäunung bereits niedergerissen. Jetzt konzentrierten sich die Arbeiterinnen auf die Westpromenade. Zusammen mit den Müttern würden viele Sportlerinnen zur Teilnahme an den Wettkämpfen anreisen. Da auf die Feier Ellis an der 21. Juna gleich die Pilgerfahrt zu Garde folgte, mußte man Platz für eine wahre Flut von Camperinnen schaffen und würde wohl auch noch die übrigen Zäune einreißen.

Die Tiere, die die Gäste mitbrachten, würde man zusammen mit dem Vieh von Bethely auf die östlichen Weiden an der großen Schleife der Douve bringen. Seit der Morgendämmerung fuhren Viehwagen zwischen Bauernhöfen und Weiden hin und her, und das würde noch viele Tage so gehen. Normalerweise hatten alle Gäste ihre eigenen Vorräte dabei, egal, ob sie zur Versammlung, zu den Wettkämpfen oder zur Pilgerfahrt anreisten. Aber in Bethely war großzügige

Gastfreundschaft Tradition, und das galt besonders, wenn Bethely eine Versammlung der Mütter ausrichtete.

Das riesige Versammlungszelt am Westtor war noch nicht aufgebaut, aber die Masten standen schon seit zwei Tagen.

Die gewaltigen Zeltstoffbahnen waren inzwischen angekommen. Allerdings waren die Dottas unter den wachsamen Augen der Captas der Näherinnen im Moment noch mit den letzten Feinarbeiten beschäftigt. Schon vor langer Zeit hatte man die fast zweitausend Embleme der Familien von Maerlande eingestickt, aber bei jeder Versammlung der Mütter kamen neue Zeichen hinzu. Sie standen für die ›Ableger‹ der Familien, die sich während der zurückliegenden vier Jahre selbständig gemacht hatten. Lisbeï konnte sich noch an das Jahr erinnern, in dem die Provinzversammlung in Bethely getagt hatte. Ihr Zeigefinger und linker Daumen waren so zerstochen gewesen wie ein Nadelkissen.

Zu Lisbeïs Überraschung dirigierte Kelys ihre große Gescheckte Richtung Nordosten. In der Satteltasche steckte ihr Gewehr. Allerdings hatte sie zu Lisbeï nichts darüber gesagt, daß sie eine Waffe mitnehmen solle. Sie mußte Lisbeïs Blick aufgefangen haben, denn sie lächelte und strich über den Gewehrschaft aus Perlmutt. »Reine Gewohnheit. Ganz so weit reiten wir nicht.«

Trotzdem ritten sie weiter und weiter. Auf die *Schlimme Zone* zu.

Bis Kelys aufgetaucht war, hatte für Lisbeï das Land außerhalb Bethelys nur aus Wörtern und Farbflecken auf einer Landkarte bestanden. »Das ist die riesige *Schlimme Zone*«, hatte Mooreï anfangs gesagt und mit dem Finger die blaugepunktete Linie nachgezogen, die den großen schwarzen Fleck nördlich und östlich von Bethely abtrennte. »Jenseits dieser

Grenze sind die Luft, das Wasser und die Pflanzen vergiftet. Je weiter du gehst, desto giftiger ist alles.«

Die Landkarten von Maerlande waren mit schwarzen oder grauen Flecken übersät. Manche waren winzig, andere groß. Auch das waren *Schlimme Zonen,* aber sie hatten nicht das Ausmaß der *Riesigen Schlimmen Zone.*

Vor dem Zusammenbruch, ehe die Fluten angestiegen waren und die Gesichter aller Kontinente verändert hatten, waren diese Flecken die dichtbesiedelten Regionen uralter Länder gewesen – oder sogar selbständige Länder, wie die *Riesige Schlimme Zone.* Zu viele Menschen hatten zu viele Dinge, zu viel Abfall, zu viel giftigen Abfall produziert und ihn überall in der Gegend verteilt. Manchmal waren Zufälle oder Unfälle daran schuld, manchmal Ignoranz und Dummheit. Inzwischen waren diese Regionen und Länder die Schlupfwinkel von *Mißgeburten* (so jedenfalls hieß es in den Horrorgeschichten, die die Tutorinnen ihren Dottas erzählten. Und die Dottas hörten wie gebannt zu, während ihnen Gruselschauer über den Rücken liefen). »Mutantinnen«, pflegte Antonë mit diesem merkwürdigen Flackern ihres Lichtes zu sagen, ihre Stimme klang dabei traurig und wütend, und dann erinnerte sie Lisbeï an das, was sie in der Vererbungslehre gelernt hatte.

»Abtrünnige«, hatte Mooreï an dem Tag geseufzt, als sie Lisbeï die Landkarte zeigte. Sie hatte jedoch nicht erklärt, was Abtrünnige waren. Das war vor der Sache mit Loï gewesen. Die kleine Lisbeï hatte auf den schwarzen Fleck gestarrt, plötzlich schoß ihr eine gräßliche Vorstellung in den Kopf. Würde Mooreïs Finger schwarz und giftig werden, wenn sie damit den Fleck berührte? Mooreï war sich der Gefahr gar nicht bewußt und fuhr mit dem Unterricht fort. Die grauen Flecken waren nicht so giftig wie die schwarzen (nicht so ›kontaminiert‹, sagte Antonë, nicht so

›verseucht‹). Nur Forscherinnen wagten sich in die *Schlimmen Zonen*, und da nur Blaue Forscherinnen wurden, bestand keine Gefahr, die Samen für die Babies zu verletzen. Warum gingen sie dorthin? Weil es dort ›Artefakte‹ aus der Zeit des Zusammenbruchs gab, Informationen über die Vergangenheit und Gegenstände, die vielleicht nützlich und nicht unbedingt kontaminiert waren.

Und mehr brauchte man darüber auch gar nicht zu wissen. Lisbeï hatte sich schnell eine Meinung über das Thema *Riesige Schlimme Zone* gebildet. Diese Zone wurde auch die *Schlimme Zone von Bethely* genannt, obwohl die Familie keinen besonderen Anspruch auf das Land erhob. Es war eine Art Niemandsland, eine große Leere, die gerade durch ihren Gegensatz die Existenz des einzig wirklich wichtigen Ortes bestätigte: Maerlande. Für die junge Lisbeï hatte Maerlande eigentlich nur als Umgebung von Bethely existiert. Sie hätte es fast für normal gehalten, wenn Bethely von schwarzer Fläche eingekreist gewesen wäre. Das hätte ihrem Sinn für Symmetrie weit besser entsprochen als diese unregelmäßigen blauen Flekken – Seen und Meere, die viel größer waren als das blaue Band der Douve, so groß, daß sie nur Wörter waren.

Und dann gab es auch noch die braunen Flecken, die Berge. Einige konnte man sehen, wenn man von den höchsten Stockwerken des Westturms nach Nordosten blickte. Auch in der *Riesigen Schlimmen Zone* gab es sehr hohe Berge. Schließlich waren da noch die grünen Flecken, Ebenen, wie die im Umkreis von Bethely. Aber die siebenjährige Lisbeï, gerade erst aus dem Hort entlassen, hatte sich vor allem über die unermeßliche Größe Bethelys den Kopf zerbrochen: Wie konnte das alles in den kleinen runden Fleck auf der Karte passen?

Mooreï hatte ihr erklärt, daß die Karte die Orte nur

repräsentierte, genauso wie die Namen Dinge repräsentierten. Das hatte Lisbeï viel interessanter gefunden als die Karte selbst oder die *Schlimmen Zonen*. Es war beruhigend zu wissen, daß man von Maerlande umgeben war, aber eigentlich war Bethely selbst schon groß genug. Eigentlich war schon der Westturm groß genug! Jedenfalls für den Augenblick. Die kleine Lisbeï hatte sich mit der Vorstellung begnügt, daß Maerlande die andere Seite Bethelys war, genau wie der Mond die andere Seite der Sonne war.

Und dann kam Kelys. Kelys, eine Wanderin von ›draußen‹, von ›anderswo‹ – Worte, die jetzt fast so magisch klangen wie damals in der Hortzeit, ehe Lisbeï erfahren hatte, daß sie ohne Tula würde ›draußen‹ leben müssen. In Lisbeïs Augen hatte auch Kelys etwas Magisches an sich, und nicht nur wegen ihrer exotischen Herkunft. Aber Tula hatte gerade vor dieser Herkunft gewaltige Achtung: Kelys kam von der anderen Seite des *Meeres*. Ständig und ohne Erbarmen drängelte Tula Kelys, Geschichten darüber zu erzählen, und Kelys gab immer nach.

Jetzt würde Tula nirgendwo mehr hingehen – außer zu den Versammlungen, aber das zählte ja kaum. Wenn sie ihre Zeit als Mutter von Bethely hinter sich hatte, konnte sie fortgehen, früher nicht. Dann konnten sie beide fortgehen … Aber wenn Lisbeï Tula zusammen mit Selva sah (mit ihrem aufgesteckten roten Haar und ihrer milchigen Haut sahen die beiden sich ähnlicher denn je), mußte sie an Mooreï denken. Das Gedächtnis von Bethely war schon seit vielen Jahren eine Blaue, aber sie hatte nie die geringste Lust gezeigt, Bethely zu verlassen, es sei denn, um Selva zu begleiten.

Lisbeï fragte sich oft, ob man sie und Tula eines Tages würde ziehen lassen. Wer ›man‹ war, ob Selva oder Bethely, das wußte sie selbst nicht genau.

Aber wenn sie das durchführte, was sie vorhatte,

würde man Tula ganz bestimmt nicht mit ihr ziehen lassen. Man würde Lisbeï nicht einmal erlauben, Tulas Gedächtnis zu werden.

»Was hast du vor, Lisbeli?«

Lisbeï fuhr zusammen. Aber Kelys hatte ihre Gedanken gar nicht gelesen, sondern meinte nur, »wenn du offiziell eine Blaue bist.«

»Ich werde Tulas Gedächtnis sein«, antwortete Lisbeï und versuchte, ihr klopfendes Herz zu beruhigen. Als wenn Kelys das nicht wüßte!

»Nein – was *möchtest* du gern machen, Lisbeli?« fragte Kelys geduldig.

Wie deutlich Kelys' Licht heute war! Das konnte man einfach nicht mißverstehen. Sie wollte wirklich wissen, was Lisbeï mit ihrem Leben vorhatte, es war ihr wichtig, weil sie Lisbeï aufrichtig liebte. Lisbeï hatte plötzlich einen Kloß im Hals. »Ich weiß es nicht«, murmelte sie gerührt und wegen ihres Mißtrauens beschämt. »Ich habe noch nicht darüber nachgedacht, was ich danach …«

»Wonach?«

Lisbeï nahm sich zusammen, innerlich zitterte sie. Nein, sie durfte nichts sagen, sie durfte es nicht, nicht einmal Kelys. Sie hatte es ja nicht einmal *Tula* erzählt!

»Wonach, Lisbeli?« hakte Kelys nach und runzelte leicht die Stirn. Wieder wurde Lisbeï von Kelys' Liebe, ihrer Anteilnahme und ihrem Wunsch zu helfen so eingehüllt wie von einem berauschenden Duft.

Lisbeï erstarrte. Nein, sie durfte da niemanden mit hineinziehen. Wenn andere nichts wußten, war das nur zu ihrem eigenen Besten, zu ihrem eigenen Schutz.

»Hast du je daran gedacht, Forscherin zu werden, Lisbeli?« fragte Kelys. Lisbeï war dankbar, daß sie nicht weiter auf eine Antwort auf die frühere Frage drängte. »Deine erste Übertragung von Halde war sehr gut, wenn man bedenkt, daß du keine spezielle

Ausbildung als Sprachwissenschaftlerin hast. Einen unterirdischen Gang entdecken, überhaupt auf die Idee zu kommen, daß es solche unterirdischen Gänge gibt, und die Idee dann weiterverfolgen – all das gehört zur Arbeit einer Forscherin.«

Lisbeï hatte das nie so gesehen. Sie tat so, als denke sie über die Möglichkeit nach. Ja, selbst wenn sie nur so tat, als ob – es sprach einiges für diesen Beruf, wenn er solche Dinge umfaßte. Das finden, was verloren oder verborgen war. Die Vergangenheit ans Licht bringen. Aber zu dem Beruf gehörten auch all diese Reisen. Und Tula konnte jetzt nicht … Tula hätte eine gute Forscherin abgegeben. Sie seufzte. »Nein. Ich glaube nicht.«

Kelys lächelte. »Schade. – Sollen wir um die Wette reiten? Bis zu den Wäldern?«

Rennen folgte auf Rennen, während der Morgen zum Mittag und der Mittag zum Nachmittag wurde. Schließlich gelangten sie auf ein steiniges Plateau. Von hier aus konnte man im kurzen Gras große blau bemalte Steine sehen, die sich wie eine Kette durch die Hügel zogen. Als Kelys ihren Fuchs vorwärtstrieb, blieb Lisbeï zurück. Mit einem schiefen Lächeln drehte sich Kelys zu ihr um: »Du gehst wohl lieber kein Risiko ein, was?« Als Lisbeï sie anstarrte, weil der ironische Unterton sie aus der Fassung gebracht hatte, wurde Kelys ernst. »Es wird erst weit hinter den blauen Steinen gefährlich. Man hat sie vor mehr als dreihundert Jahren dort hingelegt. Auch die *Schlimmen Zonen*, sogar die *Riesige Schlimme Zone*, können sich verändern. Das weißt du doch bestimmt?«

Aber die Grenzpatrouillen hatten auch im letzten Jahr frische, unbekannte Tierspuren gemeldet. Für eine normale Bärin waren sie viel zu groß gewesen. Und die *Riesige Schlimme Zone* war, wie alle wußten, nun mal viel kontaminierter als jede andere. Deshalb vermieden es die Patrouillen ja auch, die Grenzmarkierung der blauen Steine zu überschreiten, wenn sie Erd- und Wasserproben und Pflanzen- und Tierspezies sammelten. Und deshalb wurden Abtrünnige hierher geschickt.

»Es gibt die Überlieferung, Lisbeli, es gibt das Hörensagen, und es gibt die Wirklichkeit, die du dir selbst ansehen mußt.«

»Hast du sie dir angesehen?«

»Wie, glaubst du, habe ich Loï gefunden?«

Lisbeï brachte ihre Mähre mit Kelys' Reitpferd auf gleiche Höhe. Gegen ihren Willen hatte Kelys ihr Interesse geweckt. »Warst du diejenige, die Loï gefunden hat? Du bist sie suchen gegangen?«

»Nein. Ich war auf dem Weg nach Bethely. Es geht schneller, wenn man die Abkürzung von der Straße nach Cartano aus durch die *Schlimme Zone* nimmt. Man spart dabei mindestens eine Stunde.«

Loï war nicht weit gekommen. Vielleicht knapp einen Kilometer über die blaue Grenzmarkierung hinaus. Es war trotzdem weit, wenn man bedachte, daß die Judditen schon einen Meter als ausreichend für die Kontaminierung ansahen. Vielleicht hatte Loï an diesem Tag auch noch weitergehen oder in der *Schlimmen Zone* bleiben wollen. Jedenfalls hatte sie sich an diesem Fleck niedergelassen und ein Feuer entzündet. Wahrscheinlich war es ihr egal gewesen, ob das, was in der *Schlimmen Zone* leben mochte, sie aufspürte oder nicht. So wie es ihr egal gewesen war, ob sie an Ort und Stelle sterben würde oder nicht.

Kelys Gesicht, ihre ganze Ausstrahlung verhärtete sich. Sie stieg vom Pferd, hob den Proviantsack vom Sattel und setzte sich so, daß sie mit dem Rücken gegen einen Stein lehnte. Nach kurzem Zögern tat es Lisbeï ihr nach. Schließlich hatte Kelys mit ihrer Bemerkung ja recht gehabt: Lisbeï wollte ganz bestimmt kein Risiko eingehen.

Eine Weile aßen sie, ohne zu reden. Lisbeï konnte sich nicht beherrschen und zuckte jedesmal zusammen, wenn sie außer dem Summen der Insekten das kleinste Geräusch vernahm – Vogelschreie oder das Knacken von Zweigen jenseits der Steingrenze.

»Entspann dich, Lisbeli. Traust du mir denn nicht?«

Das war leicht dahingesagt, aber mit scharfem Unterton. Lisbeï hob den Blick von ihrem Butterbrot. Kelys lachte, ihre Zähne leuchteten weiß im dunklen Gesicht. »O ja, ich weiß: Ich habe dich verraten. Ich habe euch beide, dich und Tula, im Stich gelassen. Aber vor allem dich.«

Lisbeï wußte darauf nichts zu sagen und senkte den Kopf. Kelys gab also zu, daß zwischen ihr und Lisbeï eine ganz besondere Beziehung bestand, und nahm es im selben Atemzug wieder zurück!

Mit ihren langen, schmalen Fingern hob sie Lisbeïs Kinn an. »Hätte ich Selva, Mooreï, Bethely und meine Pflicht gegenüber den Müttern ›verraten‹ sollen? Und das alles um deinetwillen, Lisbeli?«

Der gesunde Menschenverstand flüsterte ihr die Antwort ein. »Nein«, murmelte Lisbeï, während sie sich gleichzeitig ein wenig schämte, weil ihr inneres Gefühl das Gegenteil besagte.

Das mußte auch Kelys gespürt haben, denn sie wurde ernst. »Hätte ich mich selbst verraten sollen, Lisbeli? Was würdest du tun, wenn ich dich bitten würde, niemals mit irgend jemandem über das Notizbuch zu sprechen?«

Lisbeï sah sie wieder beunruhigt an. Aber innerlich machte sie sich Vorwürfe wegen ihrer Dummheit und wog die Frage ab. »Das könnte davon abhängen, welche Gründe du dafür angibst.«

»Gar keine Gründe. Nur, daß es vielen Menschen schaden würde, wenn du darüber sprechen würdest. Angefangen bei mir.«

»Es würde niemandem schaden!« Lisbeï biß sich

auf die Lippe – zu spät. »Wenn es nach der Versammlung bekannt wird«, fügte sie hinzu.

»Nein. Stell dir vor, ich würde dich jetzt beispielsweise bitten, das Notizbuch zu … vernichten.«

»Vernichten! Aber warum?«

»Weil es Dinge enthalten könnte, die mich bloßstellen. Oder meine Familie. – Nur mal angenommen, Lisbeli …« fuhr sie mit schwachem Lächeln fort, als sie Lisbeïs Reaktion bemerkte. »Nur mal angenommen, ja? Angenommen, die Existenz des Notizbuches und seine Enthüllungen sind dir sehr wichtig. Und für mich hängt viel davon ab, dies alles aus der Welt zu schaffen. Nein – sagen wir für Tula! Tula bittet dich, es zu vernichten. Was würdest du tun?«

Aber Tula würde sie doch nie um so etwas bitten!

Kelys nickte. »Stimmt: Tula weiß, daß da Dinge in dir sind, die du nicht preisgeben kannst, ohne deine Identität zu verlieren. Und wenn du nicht mehr du selbst wärest … ja, dann wäre auch Tula irgendwie nicht mehr Tula. Verstehst du, was ich meine?«

Lisbeï zwang sich, ein Stück von ihrem Butterbrot abzubeißen und es hinunterzuschlucken, um den Kloß in ihrem Hals loszuwerden. Ja, sie verstand es. Und nein, natürlich hatte Kelys sie nicht im Stich gelassen. Genauso wenig, wie Tula sie jemals im Stich lassen würde. Oder sie Tula.

Aber war sie jetzt nicht drauf und dran, Tula im Stich zu lassen? Indem sie ihr nichts sagte?

Nein. Sie biß ein großes Stück von ihrem Butterbrot ab. Es war ja nur zu Tulas eigenem Schutz.

Oder war der wirkliche Grund vielleicht der, daß sie befürchtete, Tula werde sie zur Aufgabe ihres Plans überreden? Diesen Gedanken verwarf sie jedoch gleich wieder. Nein, sie wollte Tula *schützen*.

Auch Kelys aß, während sie den Blick in die Ferne schweifen ließ. Dann fiel ihr Blick auf einen rotgelben Schmetterling, der ganz in der Nähe auf einem Grashalm gelandet war. Sie beugte sich vorsichtig hinüber und hielt dem Schmetterling einen Finger hin. Der kletterte hinauf und ließ sich darauf nieder. Auf der schwarzen Haut glänzte er wie ein Juwel. Hin und wieder bewegte er seine Flügel.

»Tula«, überlegte Kelys laut. »Hast du je über das Band nachgedacht, das dich mit Tula verbindet? Oder mit Antonë? Oder mit mir? Die Art und Weise, wie wir Gefühle wahrnehmen können?«

Lisbeï war für einen Moment sprachlos. Mit Tula *war* es einfach so, war immer so gewesen. Elli hatte sie beide so geschaffen, hatte Tula gesagt, und Lisbeï hatte diese Antwort übernommen.

Die anderen, insbesondere Kelys, deren Licht willkürlich kam und ging… Noch nie hatten sie dieses Thema angeschnitten, weder Antonë, noch Kelys. Bis jetzt.

»Und wie steht's mit dir?« gab Lisbeï zurück, die sich in der Defensive fühlte, ohne zu wissen, warum.

Kelys lachte, und der Schmetterling flog fort. Lisbeï spürte jetzt deutlicher, warum sie sich in die Defensive gedrängt gefühlt hatte. Es war keine echte Frage gewesen. In Wirklichkeit hatte Kelys schon darüber nachgedacht, zweifellos hatte sie eine Antwort.

Sie sahen einander schweigend an. Dann lächelte Kelys. Es war ein eigenartiges Lächeln, halb traurig, halb ernst. »Wir alle haben die *Schlimme Krankheit* gehabt, stimmt's?«

»Ja«, antwortete Lisbeï. Worauf wollte Kelys hinaus?

»Wir werden jetzt nie mehr krank, und unsere Verletzungen heilen schnell. Nicht nur bei uns dreien ist das so, Lisbeli. Vielen anderen Menschen geht es wie uns. Die *Schlimme Krankheit* hatte früher nicht diese Wirkung. Sie hat sich verändert. Und sie hat uns verändert.«

Kelys lehnte ihren Kopf gegen den blauen Stein.

»Mutationen sind nicht auf die *Schlimmen Zonen* beschränkt, Lisbeli. Sie haben vor langer Zeit begonnen, noch vor Maerlande, und sie finden auch jetzt, in diesem Augenblick, in Maerlande statt. Die meisten Mutationen sind bösartig, früher oder später stirbt man daran. Andere sind… nicht so verhängnisvoll. Wie die Mutation, die dazu führt, daß mehr Mädchen als Jungen geboren werden. Und dann gibt es noch neue Mutationen, aus jüngerer Zeit. Wie unsere.« Während Kelys sprach, sah sie Lisbeï unverwandt an. Ihre Augen und ihr Licht *beobachteten* Lisbeï.

Dachte sie, Lisbeï habe Angst, würde »Mißgeburt« schreien und das Zeichen Ellis machen? Kelys mußte sie doch besser kennen! »Oder auch die von Gardes Gefährtinnen«, sagte Lisbeï und biß erneut in ihr Butterbrot.

»Oder auch die von Gardes Gefährtinnen«, bestätigte Kelys. Aber sie war immer noch auf der Hut.

»Es ist das Muster Ellis«, führte Lisbeï den Gedanken zu Ende. Das glaubte sie wirklich. Was versuchte Kelys zu sagen?

»Das Muster Ellis«, stimmte Kelys erneut zu. Sie hatte leicht gezögert, ehe sie es ausgesprochen hatte. Was war da in ihrem Licht? Enttäuschung? Überraschung? Belustigung? Das plötzliche Aufleuchten schien all diese Emotionen zu umfassen. Dann erstarb es, und Kelys fuhr ernst fort: »Es gibt noch eine andere Folgeerscheinung. Manche von uns können niemals Rote werden.«

Aha. *Darauf* wollte sie hinaus. Lisbeï prüfte ihre eigene Reaktion und sagte nichts. Sie war nicht zornig, nicht einmal überrascht. War sie erleichtert? Keine Rote zu sein war keine… ›Strafe‹. Warum dachte sie an Strafe? Für was auch sollte sie bestraft werden? Sie verdrängte den Gedanken zusammen mit dem Gefühl. Es handelte sich um eine genetische Mutation.

Einen genetischen Zufall. Einen genetischen Unglücksfall. Na ja, es hätte noch schlimmer kommen können. Sie hätte ja auch verkrüppelt sein können, im Alter von vierzig Jahren nicht größer als eine Mosta, so wie die armen Gefährtinnen. Oder, noch schlimmer, ohne Arme geboren sein oder sonst wie deformiert. Das brachte einen nicht um, bedeutete aber, daß man in dem großen Haus nahe beim Bergbauernhof leben mußte. Zusammen mit den Behinderten, die man einfach nicht in das Leben innerhalb der Türme integrieren konnte.

»Weiß es Antonë?« Welche Frage! Natürlich mußte sie es wissen. Aber warum hatte sie nichts gesagt?

»Ja, sie weiß es. Aber es ist kein Automatismus. Ich zum Beispiel habe Kinder gehabt.«

Kelys? Aus irgendeinem Grund, der ihr nicht klar war, konnte sich Lisbeï Kelys kaum als Rote vorstellen. Die Forscherin bedachte sie mit einem schiefen kleinen Lächeln. »Einige Kinder.«

Lisbeï dachte kurz nach, dann nahm sie wieder ihr Butterbrot in Angriff. »Ungünstige Mutationen schaffen sich selbst aus der Welt, wenn die Trägerinnen sich nicht fortpflanzen«, sagte sie zwischen zwei Bissen.

»Das stimmt«, sagte Kelys. Lisbeïs Gelassenheit mußte sie wohl beeindruckt haben, denn sie schwieg eine ganze Weile. Dann tauchte ein anderer Schmetterling auf, diesmal ein eher langweiliger weißer, und flatterte um sie herum.

»Es ist wohl ein bißchen wie bei den Schmetterlingen«, sagte Kelys, die ihren Gedanken nachhing. »Bei uns – zwischen uns«, erklärte sie, weil sie Lisbeïs Verwunderung bemerkt hatte. »Die männlichen Schmetterlinge können weibliche über riesige Entfernungen hinweg ausmachen, weil die Weibchen einen… Duft absondern, den wir Menschen nicht wahrnehmen können. Aber er ist so stark, daß die Männchen ihn über Kilometer hinweg spüren. Etwas, das man ›Pheromon‹ nennt. Auch die Menschen senden so etwas aus, aber die Leute nehmen es nicht bewußt wahr. Wir jedoch erkennen es – oder etwas ähnliches. Anscheinend können wir diesen Vorgang auch steuern.«

Lisbeï spürte eine unbestimmte, aber wachsende Nervosität. Furcht: Sie hatte Angst! Aber ... die Welle von Angst ebbte so schnell ab, wie sie gekommen war. Ihre Muskeln hatten sich angespannt, ihr Atem ging immer noch stoßweise. Kelys lächelte unschuldig.

»Du?« stammelte Lisbeï ungläubig. »Du warst es, die ...«

Der schwarze Kopf nickte wortlos.

»Wie machst du das?«

»Ich habe wirklich keine Ahnung. Wie du weißt, bringen unsere Emotionen körperliche Veränderungen hervor. Ich nehme an, ich mache es gerade umgekehrt. Ich habe mir vorgestellt, ich hätte furchtbar Angst. Dein Körper hat diese Angst in meinem Körper gespürt.

Oder gespürt, daß mein Körper sie ausstrahlt. Dein Körper hat die physischen Veränderungen wahrgenommen, die durch Angst ausgelöst wurden. Ich mache das inzwischen schon fast automatisch. Aber zuerst habe ich es beim Taïtche ausprobiert, bei der Konzentration des Taïtche. Erinnerst du dich noch an damals, als du deinen Arm gebrochen hast? So ähnlich. Ich hatte eine Freundin, der es genauso ging, wir haben zusammen versucht, das, was wir ausstrahlten und empfingen, mehr und mehr zu steuern. Du hast das bestimmt auch mit Tula getan, als ihr noch klein wart. Und auch mit Selva und Antonë, aber ohne, daß es dir selbst bewußt war.«

Jetzt konnten sie es versuchen. Sie und Tula. Aber Lisbeïs Aufregung legte sich sofort wieder. Nein, jetzt ganz bestimmt nicht. Und nach der Versammlung ... Sie lenkte ihre Gedanken bewußt in eine andere Richtung.

»Obwohl es bei Tula etwas anders ist«, fuhr Kelys

fort. Anscheinend hatte sie von Lisbeïs Emotionen nichts gespürt. »Wie auch bei Selva«, sagte sie nachdenklich. »Die Spiegelwand ... Wenn man verschiedene Gefühle gleichzeitig ausstrahlt, können sie sich gegenseitig neutralisieren. Antonë ist wieder ein anderer Fall. Sie braucht die Berührung, den körperlichen Kontakt.« Kelys schien sich gewaltsam aus ihrem Tagtraum loszureißen. »Ja, es gibt Variationen, aber ...«

»... aber alle sind mit der *Schlimmen Krankheit* verbunden. Die keine Krankheit ist«, führte Lisbeï den Gedanken fort.

Kelys nickte. Sie hatte es geschafft, beim Reden gleichzeitig ihr Butterbrot aufzuessen. Auch Lisbeï hatte inzwischen ihr Brot verspeist und streckte eine Hand nach dem rosigen Pfirsich aus, den Kelys ihr anbot.

»Hast du mich deshalb hierher gebracht? Um mir das zu sagen?«

Kelys hielt den Pfirsich noch zurück. Mit großen feuchten Augen und leicht hochgezogenen Augenbrauen beobachtete sie Lisbeï, so als stelle sie sich diese Frage auch selbst. »Ja«, sagte sie und ließ die Frucht los, »unter anderem auch deswegen.«

Unter anderem? Welche anderen Dinge meinte sie? Kelys überließ es Lisbeï, das zu erraten.

Kapitel 8

Lisbeï / Tagebuch

Wardenberg, 23. Tag im Monat Ellis, 492 N.G.

Sie fragte mich, ob ich mich noch an sie erinnere, an unser erstes Treffen. Als ob ich das jemals vergessen könnte! Aber sie sagte nein, an die allererste Begegnung, und machte die oberen Knöpfe ihrer Bluse auf, um mir die Halskette zu zeigen.

Sie war diejenige, mit der ich kurz vor Eröffnung der Versammlung gesprochen hatte! Aber davon weißt du nichts – noch etwas, das ich dir nicht erzählt habe.

Es war mir gelungen, mich von dem Empfang zu stehlen, den sie für die baltischen Captas organisiert hatten, weißt du noch? Du sahst, wie ich mich davonschlich, und blinzeltest mir zu. Mir war nicht nach schlafen. Ich hatte schon mehrere Nächte kaum schlafen können und wußte, daß ich in dieser Nacht – am Vorabend der Versammlung – kein Auge zutun würde. Die Vorstellung, allein in meinem Zimmer zu bleiben, lockte mich nicht gerade. Je mehr ich darüber nachdachte, was ich zu tun vorhatte, desto unsicherer wurde ich. War es gut oder schlecht, fragte ich mich, daß du in den letzten zwei Wochen so beschäftigt gewesen warst? Ich hätte dir so gern alles erzählt, und doch wollte ich wirklich nicht, daß du irgend etwas wußtest. Ich beschloß, über den Markt zu bummeln. Es war die Nacht der Masken, niemand würde mich beachten. Natürlich hatte ich keine Zeit gehabt, eine Maske anzufertigen, aber Elli war kühl, und ich trug über meinem grünen Gewand einen Kapuzenumhang.

In anderen Jahren hatten wir beide die Runde auf getrennten Wegen gemacht und uns dann später getroffen. Oft fielen uns dieselben Dinge auf, weißt du noch? Diesmal hatte keine von uns beiden Zeit für den Marktbummel, jedenfalls nicht für einen gemeinsamen Rundgang. Ich weiß nicht, ob dir die Halskette aufgefallen ist: eine Reihe sechseckiger Sterne aus Emaille, rot und blau gegeneinander abgesetzt, aber das Rot stach besonders hervor. Die Künstlerin aus Baïanque, die sie gemacht hatte, war furchtbar stolz auf die Kette und hatte sie extra auf einen kleinen Ständer gehängt, getrennt vom restlichen Schmuck, den Ringen, Armbändern, Broschen und Kämmen. Alle Schmuckstücke waren prächtig anzusehen, aber die Halskette war etwas ganz Besonderes. Nicht ›prächtig‹, das war der Punkt. Handwerklich war sie so fein wie alles andere ausgeführt, aber von ihr strahlte so etwas wie Stärke, Würde aus, wie von der Kette einer Mutter. Auch andere Gegenstände waren mir ins Auge gestochen. Da war diese kleine glatte Ebenholzskulptur aus Torremolinos. Sie bestand aus zwei symmetrisch angelegten Figuren – Tänzerinnen bei der Parade –, deren Fingerspitzen sich gerade berühren. Als ich ihre schlanken Linien sah, dachte ich sofort an Kelys. Und an einem Verkaufsstand aus Livorno wurde ein Sextant angeboten, in dessen Kupfer Meeresszenen gestochen waren. Selbst wenn in jenem Jahr Zeit gewesen wäre, sich auf den Tauschhandel vorzubereiten, hätte ich nichts Vergleichbares anzubieten gehabt. Aber das war sowieso nicht der Zweck meines Marktbummels. Ich wollte einfach auf andere Gedanken kommen, wollte von den Sorgen abschalten, die mir auf der Seele lagen.

Als es dunkel wurde, schlossen einige der Kunsthandwerkstände. Vom Markt aus blickte ich zur Westpromenade und sah, wie das Zeltdorf von innen heraus leuchtete, als habe man in einem Feld riesige bunte Laternen angezündet. Auch die Türme waren erleuchtet. Dies war genau die Stunde, auf die wir früher immer sehnsüchtig warteten. Die Stunde, in der die Erwachsenen zum Abendessen gingen und den Markt den kleinen Grünen überließen. Die Dottas liefen aufgeregt umher, ihre Rufe und ihr Lachen übertönte die Musik und hallte durch die Luft. Mir war so, als triebe ich in einer Blase des Schweigens dahin. Ich ließ mich zu den Bühnen treiben, die in fester Hand der Akrobatinnen, Jongleusen und Märchenerzählerinnen waren. Wie üblich, waren zu dieser Tageszeit die Kindergeschichten dran. Cyndrella, die Bethely-Version. Weißt du, daß ich hier in den Archiven zwölf verschiedene Fassungen der Cyndrella-Geschichte gefunden habe? Sie hatten mit der Geschichte schon angefangen und waren gerade bei der Stelle, wo die hexende Amme die weinende Cyndrella in der Küchenecke findet. Nur in unserer südlichen Version ist Cyndrella eine Nemdotta, *eine Niemandstochter. Ihre Mutter, die böse alte Bienenkönigin, hat sie nicht anerkannt, weil sie das Kind einer in Ungnade gefallenen Drohne ist. Die Marionette, die Cyndrella darstellte, trug auf ihrer Schulter deutlich sichtbar den schwarzen Kreis: Niemandstochter. Arme Cyndrella, jetzt ist sie eine Sklavin und zu den härtesten und schmutzigsten Arbeiten verdammt! (Wenn Mooreï mir früher die Geschichte erzählte, versäumte sie nie, alle Küchenarbeiten aufzuzählen, die ich besonders haßte).*

Jedenfalls war da Cyndrella und weinte in ihrer Ecke. Es war der Tag der Wahl, und natürlich hatte sie als Nemdotta *nicht das Recht, an den Festivitäten teilzunehmen.*

Cyndrellas Schultern zuckten erbarmungswürdig, während die Märchenerzählerin hinter der Bühne ihre Geschichte herausschluchzte. Dann hatte die hexende Amme ihren Auftritt. Sie schwang ihren Zauberstab und puff! verschwand die schwarze Tätowierung. (Sie verschwand wirklich, oh, ah! Wir brauchten einige Zeit, um hinter den Trick mit der sich auflösenden Tinte zu kommen, weißt du noch?). Noch einmal schwang sie den Zauberstab, und da stand Cyndrella im phantastischen Kleid. Die Kinder waren begeistert und hatten überhaupt nicht gemerkt, daß da eine geschickte Hand im Spiel war. (In Bethely sind wir ja auch gar nicht daran gewöhnt, daß die Geschichte uns tatsächlich vorgeführt wird!). Sie schrien vor Staunen, als der Kürbis sich in eine Kutsche verwandelte. »Gib dich als Königin von Milano aus. Hier kennt dich niemand, weil du ein Niemand bist«, sagte die Amme und verschwand, begleitet von Geknall. Die Puppenspielerinnen waren wirklich unheimlich gut. In dem Licht der Gaslampen konnte man ihre Augen kaum erkennen. In ihren Kapuzengewändern und Handschuhen verschmolzen sie mit dem schwarzen Hintergrund, während sie die lebensgroßen Puppen bewegten.

Dann kommt die Ball-Szene. Cyndrella trifft ihre Wahl. Sie bekommt den Mann, den sie will, und verschwindet mit ihm von der Bühne, schließlich sind wir in Bethely. (In Wardenberg werden sie deutlicher. Anfangs war ich völlig schockiert). Cyndrella kehrt zurück, um mit den anderen Königinnen zu tanzen. Der neuen Königin – sie ist eine Schwester von Cyndrella, weiß es aber nicht – ist Cyndrellas kluge Wahl aufgefallen. Sie ist von ihr sehr angetan und fordert sie zum Tanz auf. Es schlägt Mitternacht, und Cyndrella flieht, dabei verliert sie eine Sandalette. Weiter geht's wie üblich, aber es ist doch immer wieder schön, stimmt's? Die junge Königin gibt Cyndrella ihren Familiennamen und verleiht ihr das Recht, Kinder zu bekommen. Als wir noch klein waren, war das unsere Lieblingsstelle: »Von diesem Tag an sollst du Cyrina sein.«

Genau da wurde mir ihre Gegenwart bewußt. Sie mußte schon einige Zeit hinter mir gestanden haben, wollte aber wohl unbemerkt bleiben. Ich spürte, daß mich jemand beobachtete. Instinktiv wollte ich fort und so tun, als hätte ich nichts bemerkt. Aber das war unmöglich, denn sie war wie wir – wie du, wie Antonë, wie Kelys. Und sie wußte, daß ich wie sie war – die Resonanz konnte man einfach nicht mißverstehen. Die Neugierde brachte mich dazu, mich zu ihr umzudrehen. Ihre Maske, ein scharlachroter Vogel mit einem silbernen Schnabel, verbarg nur ihre Augenpartie. Sie war kleiner als ich und sehr schlank, aber ich hielt sie für keine Grüne. Das, was sie ausstrahlte, war dafür zu dicht, zu komplex, ein bißchen wie bei Kelys. Im schwachen Licht der Gaslampen konnte ich ihre Gesichtszüge kaum erkennen, ihr Alter nicht erraten. Ich habe jedoch das Bild scharfkantiger Knochen vor Augen. Aber am meisten fiel mir das Büschel schwarzer Locken über ihren Augenbrauen auf. Und ihre Augen, deren Iris durch den Schatten erweitert war, allerdings nicht so weit, als daß sie die helle Augenfarbe hätten verbergen können. Sie lächelte. Es war ein einladendes Lächeln – schließlich war es die Nacht der Masken –, aber es war auch noch mehr als das, ein gegenseitiges Erkennen.

Ohne dich war ich noch nie in der Nacht der Masken auf

dem Markt gewesen. Ich fragte mich, ob ihr klar war, wieviel älter als ich sie war. Sie faßte mich am Arm und zog mich sanft auf die Stände zu, die noch Licht hatten.

»Hast du schon überlegt, was du tauschen willst?« fragte sie.

Ich verneinte und sagte, mir habe die Zeit zur Vorbereitung gefehlt.

Sie blieb vor dem Stand mit der emaillierten Halskette stehen. »Ich habe gewählt.« Und in schnellem Iturri begann sie eine Unterhaltung mit der Künstlerin.

Auch heute noch kann ich Iturri besser lesen als sprechen. Gegen Ende des Gesprächs hob sie ihre Hände zum Hals und ließ sie unter ihren Umhang gleiten, um etwas loszumachen. Ich sah, daß es eine in Kupfer gefaßte helle Granatkette war, die Halskette einer Mutter.

Natürlich wunderte sich die Künstlerin darüber. Dann sagte die maskierte Fremde noch etwas, das ich nicht richtig verstehen konnte, etwas über ›Liebe‹ und ›Tod‹, und die Künstlerin lächelte bedeutsam, als sie den Tausch annahm.

Danach nahm mich die Fremde zu den Erfrischungsständen mit und bot mir ein Glas heißer Sangria an. Wir unterhielten uns. Über den Markt, die Halskette, die Wettkämpfe, die Musik, die drüben auf den Unterhaltungsbühnen eingesetzt hatte. Ihr Akzent war deutlich bretonisch, aber inzwischen spielte es keine große Rolle mehr, wer oder wieviel älter sie war. Obwohl ich keine Maske trug, fühlte ich mich wie befreit. Für einen Augenblick war ich eigentlich nicht mehr ich selbst. Wenn ich jetzt daran zurückzudenken versuche, erscheint es mir fast wie ein Traum. So losgelöst, ohne jede Verbindung zur Qual der Vortage, meiner Sorge vor den kommenden Ereignissen, vor dem nächsten Morgen. Es war wie… bei Cyndrella. Das gegenseitige Verständnis (und vielleicht auch die Sangria) trugen dazu bei, daß ich das Gefühl hatte, sie schon ewig zu kennen. Und dennoch war alles an ihr so neu! Es war eine seltsame Erfahrung. Wir schlenderten weiter über den Markt und unterhielten uns jetzt über Bethely, über Litale…

Ich kann mich an den Verlauf der Unterhaltung nicht mehr genau erinnern, aber irgendwann kam die Versammlung zur Sprache. Sie erwähnte etwas von Veränderung und verglich Maerlande mit einem riesigen Suppentopf hinten auf dem Herd. Jedes Jahr finde eine Versammlung statt, um Dampf abzulassen – Dampf aus den Provinzen, Dampf aus Maerlande. Das brachte mich zum Lachen. Weißt du noch, mit was wir es verglichen? Eher mit einer Pflanze oder einer neuen Blume, einem neuen Zweig, jedes Jahr ein neuer Trieb. Und plötzlich war alles wieder da: die Versammlung, die Veränderung, ja. Natürlich spürte sie meinen Stimmungsumschwung und fragte, was mich bedrücke.

Verstehst du, Tula, nach all der Zeit brauchte ich so dringend jemanden, mit dem ich reden konnte. Da war die Resonanz, und ich hatte ein bißchen zu viel Sangria getrunken. Und sowieso habe ich ihr ja längst nicht alles gesagt. Ich fragte sie, ob sie Angst vor der Veränderung habe. Ich wollte sie nur ein bißchen auf die Probe stellen, schließlich war sie eine Mutter und würde am nächsten Tag an der Versammlung teilnehmen.

»Und du?« fragte sie zurück. Ich hatte Angst, und sie spürte es deutlich. »Warum?« hakte sie nach. »Stehen große Veränderungen bevor?«

»Ja«, sagte ich.

»Nur für dich?«

»Für alle.« Jetzt spürte ich in ihrem Verständnis großen Ernst, als habe sie begriffen.

»Ich bewundere diejenigen, die Veränderung bringen«, bemerkte sie, »weil es großen Mut erfordert, Veränderungen einzuleiten.« Da ich nichts sagte, fuhr sie fort: »Ich persönlich mag Überraschungen. Ich mag es auch, wenn ich diejenige bin … die andere überrascht.« Oh, sie wußte sehr wohl, wer ich war, das wird mir jetzt klar. Woher sie es wußte, kann ich nicht sagen, aber sie wußte es. Ich dachte aber gar nicht darüber nach, denn plötzlich schwand meine Angst. Weil sie überhaupt keine Angst

hatte, verstehst du, vor nichts und niemandem. In diesem Augenblick neben ihr zu stehen war so, als befinde man sich genau neben der Stelle, wo gerade der Blitz eingeschlagen hat: In der Luft hängt ein nicht zu definierender Geruch, die Atmosphäre ist immer noch aufgeladen und vibriert, daß sich einem die Haare aufstellen ...

Am nächsten Tag machte uns Selva miteinander bekannt, bei Eröffnung der Versammlung. Sie war Guiseïa von Angresea, aber das hatte ich am Vorabend nicht gewußt. Falls sie die Halskette trug, war sie unter dem Kragen ihres Gewandes versteckt, jedenfalls sah ich sie nicht.

Kapitel 9

Lisbeïs Erklärung ließ die gerade eröffnete Versammlung erstarren. Ehe sie überhaupt zu Ende gelesen hatte, löste sich die Zusammenkunft in heftigem Tumult auf. Manche schrien und wollten Lisbeï zum Schweigen bringen, andere protestierten, weil sie Lisbeï zu Ende anhören wollten. Direkt neben ihr reagierte Andrea von Lichterey, die Capta der Versammlung, mit Gift und Galle. Lisbeï spürte Selvas fassungslose Wut, Mooreïs einsame Verzweiflung, Tulas tiefen Kummer. Die Sitzung wurde auf den Nachmittag vertagt, so daß Zeit blieb, Lisbeïs Übertragungen aus Haldes Testament zu verteilen. Lisbeï hatte sie mehrfach abgeschrieben, während sie so getan hatte, als übertrage sie die ganze Zeit das Notizbuch.

Später fehlte ihr jede Erinnerung an diesen Morgen. Sie wußte nur noch, daß sie eine Art verstörter Erleichterung empfunden hatte, eine Erleichterung, wie sie Menschen empfinden, die ein Erdbeben überlebt haben. Bis zur Wiedereröffnung der Versammlung sah sie niemanden, gleich nach dem Vertagungsbeschluß hatte man sie in ein kleines Bibliothekszimmer eingeschlossen. Als eine Blaue aus Lichterey sie wortlos zurück zum Versammlungszelt brachte, machte sich Lisbeï kaum noch Gedanken darüber, was sie erwartete. Die Dinge einfach laufenlassen – das lag ja auch ihrer Entscheidung zugrunde, der Versammlung alles zu sagen.

Selva und die anderen hatten sich auf die Langsamkeit der Nachrichtenübermittlung verlassen: Die Neuigkeiten vom Notizbuch würden nur ganz allmählich die Runde machen, die Entfernung würde die Reaktion mildern, der Aufschub würde allen Zeit zum Nachdenken lassen. Aber die Versammlungen verfolgten das gerade entgegengesetzte Ziel: Sie waren dazu da, daß Leute und Ideen aufeinandertreffen und sich während der Reden austauschen konnten – ohne die täuschende Sicherheit der Entfernung und die gefährliche Illusion von Objektivität. Selva war ganz bestimmt im Unrecht, wenn sie so wenig Zutrauen zu den Delegierten der Familien hatte. Besagte das WORT denn nicht, daß der Tanz Ellis Bewegung wie Veränderung umfaßte? Lisbeï mußte alles ohne Aufschub erzählen. Sie schuldete es den zerbrechlichen Überresten der Gefährtinnen, sie schuldete es Halde und ihrer Botschaft – einer Botschaft, die fast Haldes Schicksal geteilt hätte, gestorben und vergessen worden wäre. Aber genau wie Garde war sie wiederauferstanden. Lisbeï fühlte sich für ihr Schicksal verantwortlich. Sie war der Knoten, der den alten Faden mit dem neuen verband: Gardes Geschichte ging jetzt mitten durch sie hindurch, und so wie Halde war auch sie das Glied einer Kette. Sie hatte nicht das Recht, diese Kette durchzureißen oder sonstwie zu zerstören. Wie Tula während der wenigen Gespräche seit der Zusammenkunft des inneren Familienrates immer wieder betont hatte, lag das Ziel schon in den Mitteln. Das war eine Lehre Gardes: Zu große Vorsicht, zu viel Manipulation – und zu großes

Mißtrauen – konnten die letzte Wahrheit verstümmeln.

Aber welche Wahrheit? Das konnte Lisbeï am Ende des ersten Tages gar nicht mehr sagen. Das Notizbuch schien nicht mehr real. Während sie Rednerinnen zuhörte, die raffinierte Erklärungen dafür vorbrachten, wie Lisbeï das Täuschungsmanöver bewerkstelligt haben könnte, ertappte sie sich mehrmals dabei, wie sie Haldes Ring an ihrem Finger hin- und herdrehte. So als müsse sie sich vergewissern, das Notizbuch wirklich gesehen, die Worte, die sie entziffert hatte, wirklich gelesen zu haben... (Von dem Ring hatte sie nur Tula erzählt und ihn als einen wohlverdienten Talisman behalten).

Alles mögliche wurde ihr unterstellt. Von wem kamen denn diese spektakulären Enthüllungen? Von einer Halbwüchsigen, wohl bewandert in Sprachen und Geschichte, die sehr wohl in der Lage war, ein Notizbuch von der ersten bis zur letzten Seite zu fälschen. Das arme Kind, fast fünfzehn Jahre alt und immer noch eine Grüne, obwohl sie als designierte Mutter von Bethely noch für ein paar Tage Sitz und Stimme in der Versammlung haben würde. Vielleicht war dies alles nur der verzweifelte Versuch, an dem Status festzuhalten, den sie so bald verlieren würde. Tatsächlich kamen diese Enthüllungen – und an dieser Stelle wandte sich Gileyn von Nevenici mit falschem Lächeln dem Teil des Zeltes zu, wo die äußerlich gelassene, aber innerlich kochende Selva saß – offensichtlich selbst für Bethely ganz überraschend. Die junge Lisbeï hatte kein Familienmitglied davon unterrichtet. Das allein reichte ja schon, die Wahrheit all dieser Bezichtigungen ernsthaft in Zweifel zu ziehen.

Weder Selva noch Mooreï standen auf, um Lisbeï, die ganz in der Nähe saß, zu verteidigen. Tula drückte ihr verstohlen die Hand, Lisbeï konnte ihren einsamen Kummer spüren. Aber wie Selva und Mooreï blieb auch Tula stumm. Aber war nicht genau das der Grund dafür gewesen, daß Lisbeï ihnen all ihre Pläne vorenthalten hatte? Genau wie die anderen konnte Tula wahrheitsgemäß behaupten, daß sie von Lisbeïs Absichten nichts gewußt hatte. Warum fühlte Lisbeï sich dann durch ihr Schweigen so verletzt und verbittert?

Die Wortschlachten – Debatten konnte man es nicht nennen – tobten noch zwei Tage lang weiter. Die Delegierten schlugen sich gegenseitig die Argumente um die Ohren, machten sich all das zunutze, was Lisbeï vorhergesehen hatte, und vieles, was sie nicht hatte kommen sehen: an erster Stelle Argumente für und wider die Echtheit des Notizbuches, der Skelette, der Ausgrabung und der Übertragungen von Haldes Testament. Aber dann wandte sich die Diskussion allmählich Halleras Dokumenten und der Gerichtsverhandlung gegen Markali zu und all dem, was die Delegierten über den Bienenstock von Bethely, das Führersystem von Bethely und die *Riesige Schlimme Zone* wußten oder zu wissen glaubten. »Was hat die *Riesige Schlimme Zone* damit zu tun?« »Im Notizbuch wird behauptet, daß …« Und wieder hatten sie's vom Notizbuch, von den Übertragungen, von Bethelys verborgenen Motiven und Lisbeïs unausgesprochenen Absichten, vorwärts und rückwärts, hin und her, vom Morgen bis zum Abend, unterbrochen nur von kurzen Essenspausen, und selbst die wurden zur Fortsetzung der Streitereien vom Morgen oder Nachmittag genutzt.

Am dritten Tag bat Antonë nach dem stillen Opfer für Elli, das jede Sitzung eröffnete, für Bethely um das Wort. Sie forderte eine ENTSCHEIDUNG.

Fast 480 Jahre zuvor war mit einer solchen ENTSCHEIDUNG die Göttlichkeit Gardes offiziell anerkannt worden. Damit wurde das WORT endgültig besiegelt und der Nachlaß der Hallera bestätigt. Deshalb war es jetzt angemessen, erneut eine ENTSCHEIDUNG anzurufen. Sie, Antonë von Maroilles, schlage sich selbst als Schiedsrichterin vor. Sie werde sich sofort zurückziehen und mit dem Meditieren beginnen.

Tiefes Schweigen senkte sich über die Versammlung, nachdem Antonë gegangen war, als habe man alle Delegierten plötzlich zur Ordnung gerufen und selbst einen Augenblick lang zum Meditieren gebracht. Auf einen Schlag hatte Antonës Vorschlag alle schlechten Gefühle aufgelöst und ausgetrieben. Gleich darauf stand die Mutter von Lletrewyn auf, um ihre Zustimmung auszudrücken. Viele andere aus der Bretanye, darunter die Fortschrittlerin von Angresea, taten es ihr nach. Bald folgte auch die übrige Versammlung diesem Beispiel. Antonë wurde als Schiedsrichterin der ENTSCHEIDUNG bestätigt und die Versammlung bis zum folgenden Morgen vertagt. So blieb Zeit, diejenigen zu benennen, die als Revisorinnen bei der ENTSCHEIDUNG angehört werden sollten. Die eine oder andere mochte sich auch selbst dafür vorschlagen.

Eine ENTSCHEIDUNG war nichts, das man leichtfertig in Gang setzte, wie Antonë ihren Zuhörerinnen mit klarer, ruhiger Stimme in Erinnerung gerufen hatte. Lisbeïs Enthüllungen reichten über das Interesse ihrer Familie, über das Interesse *aller* Familien weit hinaus. Letztendlich betrafen sie Seele und Gewissen jeder einzelnen. Deshalb hatte sich Antonë sofort auf die Hügel Bethelys zurückgezogen. Deshalb würden sich auch alle Revisorinnen zurückziehen, um in Einsamkeit zu fasten und zu meditieren. (Bis zum letzten Moment der Versammlung, denn dann würde der eigentliche Prozeß der ENTSCHEIDUNG beginnen). Deshalb würde Lisbeï unter Kelys' Obhut die restlichen Tage der Versammlung in völliger Abgeschiedenheit verbringen.

Erst später sollte Lisbeï begreifen, was es mit dieser ENTSCHEIDUNG und der Last auf sich hatte, die sich ausgerechnet Antonë aufgebürdet hatte. Nein, nicht nur Antonë, sondern auch die Revisorinnen, die sich freiwillig meldeten oder von den Delegierten ihrer Familie oder anderen Bekannten benannt wurden. Das bedeutete eine Verpflichtung auf Monate, wenn nicht auf Jahre. Nach der Anhörung aller in Bethely anwesenden interessierten Parteien würde die Schiedsrichterin in Bethely bleiben, während die zweite Phase begann. Die Revisorinnen würden jede Familie aufsuchen und ohne eigenen Kommentar jeder zuhören, die das Wort zu ergreifen wünschte. Sobald sie sich eine Meinung gebildet hatten, würden die Revisorinnen nach Bethely zurückkehren und ihre Anschauungen sowie Zeugenaussagen aus ganz Maerlande der Schiedsrichterin übermitteln. Diese würde dann die ENTSCHEIDUNG fällen, wobei sie allein ihrer Seele und ihrem Gewissen Rechenschaft schuldig war. Ihre ENTSCHEIDUNG mochte den Glauben, das Denken und das Leben von Hunderttausenden verändern.

Allein mit Kelys in der Bibliothek oder in ihrem Zimmer wußte Lisbeï nicht so genau, was sie im einzelnen erwartete. Nicht einen Augenblick hatte sie daran gedacht, es könne eine ENTSCHEIDUNG angerufen werden. Sie war davon völlig überrumpelt, nicht anders als die übrige Versammlung (nicht ganz: Eine Ausnahme waren Kelys und Guiseïa von Angresea). Natürlich verstand sie die Grundregeln einer ENTSCHEIDUNG: Es gab eine Schiedsrichterin und zwanzig Revisorinnen. Hinter verschlossenen Türen fanden stundenlang Sitzungen statt, die erst aufhörten, wenn eine einmütige ENTSCHEIDUNG getroffen worden war. Aber die Wirklichkeit sah ganz anders aus.

»Es ist jedesmal anders«, sagte Kelys. »Alles hängt vom Gegenstand der ENTSCHEIDUNG ab. Und von denjenigen, die zur ENTSCHEIDUNG berufen werden.«

Jedenfalls würde Lisbeï eines der ›Beweisstücke‹ sein, das die Revisorinnen prüfen mußten. Auch sie mußte meditieren. Deshalb hatte man sie in ›Einzelhaft‹ gesteckt und der Obhut von Kelys anvertraut. Auch Kelys hätte eigentlich nicht mit ihr sprechen dürfen, und sie hörte auch wirklich nach ein paar Tagen mit dem Reden auf, sprach nur noch, wenn es unbedingt nötig war. Lisbeï benutzte die private Treppe der Mutter, um von ihrem Zimmer in die Bibliothek zu gelangen, niemals begegnete sie irgend jemandem. »Du mußt mit deiner eigenen ENTSCHEIDUNG allein sein«, sagte Kelys zu Beginn. »Ich bin nur hier, um dich daran zu erinnern.«

So würde Lisbeï ihre Verteidigung vorbereiten, das WORT, Halleras Nachlaß und die Protokolle des Prozesses gegen Markali wieder und wieder lesen müssen…

»Nein, Lisbeli. Niemand wird dich angreifen. Alle zusammen werdet ihr nach einer Wahrheit suchen, die für alle standhält.«

Eine solch feierliche Prozedur mußte Lisbeï beeindrucken und bestärkte sie in ihrem Entschluß, sich ihres Schicksals würdig zu erweisen, würdig im Sinne Haldes und Gardes. In diesem Jahr würde die Versammlung den ganzen Monat tagen. Während die Tage vergingen – eine Pause, die ihr merkwürdig losgelöst vom normalen Zeitfluß erschien, obwohl sie die Zeit ja in vertrauter Umgebung verbrachte – spürte Lisbeï, wie ihre Überzeugungen bröckelten. Schon die anfänglichen Tumulte der Versammlung hatten sie ins Wanken gebracht. Die Konzentration des Taïtche sollte sich als ihr Rettungsanker erweisen. Sie verlor (oder fand) sich im Taïtche und war sich am Rande ihrer Wahrnehmung der Nähe von Kelys bewußt, spürte die leichten Veränderungen in ihrer Aura – so viele Botschaften, die sie zu entschlüsseln versuchen konnte. Mit gutem Recht durfte sie Antworten suchen. Denn diese Botschaften kamen ohne Worte aus.

Gesichter. Gesichter fallen ihr als erstes ein, wenn sie an die ENTSCHEIDUNG denkt. Die Gesichter der Revisorinnen, die sie einen ganzen Tag lang befragen. Namen, die sie kennt – sie wurden im Protokoll aufgeführt, und sowieso kann sie in den Archiven nachsehen, wenn sie die Namen wissen will. Aber es fällt ihr schwer, Namen mit Gesichtern zu verbinden. Die Blaue mit der lauten, heiseren Stimme, die bei einer so ätherischen Frau mit den Gesichtszügen eines Kindes fast komisch wirkt: aus Siffrèn, Gloster oder Westershare? Bestimmt aus Westershare. Sie war eine Fortschrittlerin. Gloster und Siffrèn waren traditionalistische Familien, genau wie Bethely. Wie anständig von den Judditen, daß sie keine eigene Revisorin benannt hatten – oder auch wie armselig, schließlich kam es dem Eingeständnis gleich, daß sie nicht in der Lage waren, sich ohne Vorurteile an der ENTSCHEIDUNG zu beteiligen. Eine hatte jedoch von sich aus den Schritt getan: Domenica, das Gedächtnis von Carésimo, geboren in der Judditenfamilie Lichterey (sie trug eine Binde über dem linken Auge und sprach absichtlich langsam).

Ja, Gesichter. Sie erinnert sich an Gesichter und die klare, von Frieden und Schlichtheit geprägte Atmosphäre unter all diesen Frauen, die für einige Wochen in völliger Abgeschiedenheit zusammenkamen. Sie trafen sich auf den bewaldeten Hügeln nördlich des Berghofs, wo sie ihre Zelte unter den großen Walnußbäumen verteilten. Die Sitzungen fanden im Freien statt, unter dem weiten blauen Junahimmel, und sie dauerten bis tief in die warmen Nächte. Ihre Begleitmusik waren Serenaden von Froschgequake aus Richtung der Teiche am Fuß der Hügel.

Lisbeï hatte nie einsame Orte gekannt. Selbst damals, als sie sich spät abends oft mit Tula traf, brannte stets in irgendeinem Fenster Licht, oder es ging jemand über den Hof. Und schon die bloße Präsenz der Türme, aufgeladen mit der Spannung menschlicher Stimmen und Körper, vermittelte menschliche Existenz in Raum und Zeit. Während der Ernteeinsätze auf den Bauernhöfen war sie stets von einer Meute anderer Arbeiterinnen umgeben gewesen, von ihrem Lachen und Rufen, vom Kommen und Gehen der großen Karren und dem Getöse der Maschinen, die von Büffeln gezogen wurden. Abends war der Bauernhof voller Menschen, ein kleines Bethely. Und bei den blauen Steinen hatte sie Kelys an ihrer Seite gehabt.

Die Hügel der ENTSCHEIDUNG waren still. Aber nicht ruhig. Hier empfand sie eine Art Qual und gleichzeitig eine unbestimmte Verzückung. Sie spürte, daß man die Dinge in diesem Raum, in dem die menschliche Geschichte keine Spuren hinterlassen hatte, aus anderer Perspektive sehen konnte. Hier gab es nur die Spuren einer sich ewig erneuernden Natur, sich selbst überlassen seit undenklicher Zeit. Später sollte sie merken, wie naiv sie gewesen war. In Maerlande gab es keinen einzigen Ort, der nicht den sichtbaren oder unsichtbaren Stempel früherer Epochen trug. Stempel einer Geschichte, die so weit in die Vergangenheit zurückreichte – weiter sogar als bis zur Zeit des Zusammenbruchs –, daß der Gedanke an die aufeinanderfolgenden Generationen auf diesem Boden fast schon erschreckend war. Hier hatten sie Felder, Straßen und Städte angelegt, die sich hundertmal in Nichts aufgelöst hatten und hundertmal wieder ins Leben gerufen worden waren. Die Wälder waren nur eine Phase, die vielleicht ein bißchen länger andauerte als andere zuvor. Eine Phase im ewigen Zyklus von Werden und Vergehen.

Wahrscheinlich hatte Antonë diesen Fleck gerade deswegen ausgewählt. Aber Lisbeï konnte sie nicht danach fragen, denn die Schiedsrichterin sprach weder vor, noch während oder nach den Anhörungen. Und sie mischte sich auch nicht in Debatten ein. Sie würde ihre Stimme erst am Tag der wirklichen ENTSCHEIDUNG erheben, nicht eher, als bis alle Revisorinnen ihre Meinung ausführlich dargelegt hätten. In diesem Augenblick würde in Seele und Gewissen der Schiedsrichterin die Zeit herangereift sein, im Namen aller die ENTSCHEIDUNG zu treffen. Von einem Standpunkt aus, an dem menschliche und göttliche Kräfte sich begegneten.

Lisbeï hatte angenommen, ihre völlige Isolation werde ein Ende haben, sobald die Revisorinnen sie angehört und befragt hatten. Offiziell war das auch so. Die Versammlung, die Wettkämpfe und die Pilgerfahrt zu Garde waren schließlich vorbei. Die Plätze, einst von Zelten übersät, gehörten wieder den darauf weidenden Kühen und Schafen. Alle bemühten sich in Lisbeïs Gegenwart ganz bewußt, nur über triviale Dinge zu reden, aber sie spürte dahinter unterdrückte Neugier und Ablehnung. Manchmal war es sogar Böswilligkeit. Öfter war es ein unbestimmter Groll, die Gereiztheit von Schlafenden, die man plötzlich geweckt hatte und die wieder einschlafen wollten. Einige verstanden, welcher Schlag der Familiencharta versetzt worden war, andere dementierten es, aber alle waren sich darin einig, daß es Lisbeï war, die diesen Strudel von Problemen ausgelöst hatte. Oder doch fast alle.

Eines Tages baute sich Meralda in der Bibliothek vor Lisbeï auf. Sie habe richtig daran getan, sagte sie, die ganze Wahrheit zu enthüllen. Meralda sprach sehr schnell, stotterte fast ein wenig. Dann flüchtete sie, Lisbeï blieb verblüfft zurück. Aber eine einzelne Stimme war gegen den schweigenden Chor von Bethely zu schwach, als daß sie irgend etwas geändert hätte.

Lisbeï übernahm wieder ihre Pflichten als künftiges Gedächtnis von Bethely, Mooreï hatte ihre Ausbildung übernommen. Sie war derzeit damit beschäftigt, staubige Archive aus der Zeit der Bienenstöcke auszugraben, aber Lisbeï merkte, daß ihr noch einiges Wissen fehlte, um Mooreï eine wirkliche Stütze zu sein. Die unterirdischen Gänge durfte sie nach wie vor nicht betreten. Dort arbeitete sich eine Gruppe von Restauratorinnen unter der Leitung von Kelys systematisch vor. Wenn Lisbeï ehrlich mit sich selbst war, mußte sie zugeben, daß die Schufterei zusammen mit Kelys' Forscherinnen in den Tunneln sie gelangweilt hätte. Lisbeï betrachtete Dinge, die mit Etiketten versehen in Glasvitrinen ausgestellt wurden, als Überreste einer toten Vergangenheit. Und diese Vergangenheit blieb für sie auch tot. Es waren stets Worte, die ihre Neugier weckten, deshalb hatte das Notizbuch sie fasziniert. Ihre Verbindung zur Vergangenheit lag in den Zeilen, die einst lebendige Hände niedergeschrieben hatten. Gegenstände berührten sie längst nicht so, es sei denn, man konnte sie wieder nutzen und mit neuem Leben füllen, so wie Haldes Ring.

Lisbeï hatte das Gefühl, den Boden unter den Füßen zu verlieren. Bethely bewegte sich vorwärts, während sie selbst auf der Stelle trat. Ohne große Begeisterung hatte sie daran gedacht, ihre dreimonatige Pflichttour als Grenzstreife hinter sich zu bringen, schließlich war sie inzwischen eine Blaue. »Nicht gleich«, hatte Selva kurz angebunden gesagt. Mooreï hatte ihr Selvas barsche Antwort erläutert: »Willst du den Leuten den Eindruck vermitteln, daß du dich selbst bestrafst?« *Oder daß wir dich bestrafen?* Aber das hatte Mooreï natürlich nicht ausgesprochen. War es das, was Selva durch den Kopf ging? Selva jedoch war neben anderen Dingen stark davon in Anspruch genommen, wieder schwanger zu werden. Ein neuer

Mann war in den Westturm eingezogen. Selva vermied es, soweit möglich, mit Lisbeï zu sprechen. Die abwesende Antonë versuchte zu einer ENTSCHEIDUNG zu kommen. Und Tula… Lisbeïs mutige Enthüllung hatte die offizielle Benennung Tulas als künftige Mutter von Bethely in den Hintergrund gedrängt, ganz zu schweigen von Lisbeïs eigenem Eintritt in die Reihen der Blauen. Tulas Arbeitsbelastung hatte sich auf der Stelle verdoppelt. Denn abgesehen von ihren täglichen Pflichten im Turm mußte sie jetzt viel mehr Stunden mit Selva und Mooreï verbringen. Sie versuchte, Lisbeï wenigstens einmal am Tag zu treffen, aber Selva sorgte dafür, daß sie stets überlastet war. Die Schwestern hatten kaum Zeit, miteinander zu reden. Und das, was Tula jetzt lernte, kannte Lisbeï sowieso schon. Andererseits hatten Mooreïs Archive und Kelys' Tunneluntersuchungen nichts besonders Aufregendes ans Licht gebracht. Lisbeï und Tula gaben sich schließlich damit zufrieden, sehr wenig zu reden und nur beieinander zu sein, um ein wenig Atem zu holen. Oft trafen sie sich am Ende des Tages.

Dann stiegen sie zur Spitze des Westturms empor und beobachteten den Sonnenuntergang. Sie warteten auf den so kurzen magischen Moment, in dem der Himmel wie ein See wirkte, wie ein Binnenmeer, wie ein Meerbusen. Und die vielen scharlachroten Wolken, die bereits ins Blau-Violette spielten, bildeten eine weit entfernte Küste. Gegenüber lagen unbekannte Archipele, eingetaucht in ein Meer von Gold oder flüssigem Kupfer, vielleicht sogar Lava, die gute Lava jener Länder, in denen die Einzelheiten verschwammen, aber Konturen sich mit fast schmerzender Klarheit gegeneinander abhoben. Es war so, als brauche man nur vorwärtsgehen und die Vorberge und das Hochland des Himmels erklimmen, um plötzlich von immerwährender Schönheit umgeben zu sein.

Und an einem dieser Abende sagte Tula, die neben Lisbeï saß und mit ihr ein langes Schweigen geteilt hatte: »Du solltest fortgehen. Geh nach Wardenberg.«

Hatten sie vorher über andere Dinge gesprochen? Oder danach? In Lisbeïs Erinnerung ist da nur ein weißer Fleck. Sie weiß nur noch, daß sie später in ihrem Zimmer auf der Fensterbank gesessen und den nächtlichen Brunnen im Hof betrachtet hatte, während ihr vage der Gedanke durch den Kopf gegangen war, hinunterzuspringen. Natürlich hatte sie gewußt, daß sie es nicht tun würde. Sie hatte nur mit dem Gedanken gespielt. Auf diese dramatische Weise hatte sie sich die eigene Verzweiflung klargemacht. Aber gleichzeitig war es ja so leicht, ging es so schnell... Welche Ironie des Schicksals, daß nach einiger Zeit ein heftiges Gähnen sie überfallen hatte, ein Gähnen, das aus dem Bauch zu kommen schien, bis in die Fingerspitzen zu spüren war und den Körper vor angenehmer Mattigkeit beben ließ. Mit einem Achselzucken hatte sie das Fenster geschlossen, fast belustigt, aber auch beinahe angeekelt von dem Gefühl, einfach am Leben zu sein. Das Gähnen, dieses absurde Zeichen von Leben, ließ jede Vorstellung eines willkürlichen Endes als genauso absurd erscheinen.

Geh nach Wardenberg. Aber so hatte Tula sich gar nicht ausgedrückt. *Du solltest fortgehen*, hatte sie gesagt. Egal wohin. Wardenberg war als Vorwand, aus Bethely fortzugehen, genauso gut wie jedes andere Ziel. Geh fort, der Ort spielt keine Rolle. Geh aus Bethely fort. Tula hatte sie nicht bei der Hand gefaßt. Sonst taten sie das immer, wenn sie sich vergewissern wollten, daß sie ihre tiefsten Gefühle teilten. Tula sollte nie mehr darauf zurückkommen, Lisbeï blieb mit ihrem Kummer und dunklen Phantasien allein.

»Du willst, daß ich gehe.« So begann Lisbeï jeden Abend ihr imaginäres Gespräch mit Tula. Selbst an diesem Ausgangspunkt sagte Tula niemals »nein«, und sie fielen einander auch nicht weinend in die Arme. Während des Jahres, in dem Lisbeï schließlich die Tatsache akzeptiert hatte, daß sie niemals eine Rote sein würde, hatte die Geschichte von der gemeinsamen nächtlichen Flucht ans Meer ihre Schuldigkeit getan. Inzwischen hatte sie ausgedient. Sie war kein Trost mehr, sondern tat weh, enthielt fast schon eine Demütigung. Wie offensichtlich naiv war doch ihr hundertmal durchgekauter Inhalt... Anfangs war es Tula, die sich gegen Selva auflehnte, sich weigerte, Mutter von Bethely zu werden und ihre Flucht organisierte. Schließlich war es ja auch Tula, die das Meer sehen wollte und sich ihre Zukunft, wenn sie beide erst Blaue waren, weit entfernt von Bethely ausmalte. Mit der Zeit verlagerte sich die Geschichte zum entgegengesetzten Pol: Jetzt war es Lisbeï, die Tula überredete, mit ihr zu fliehen. Manchmal ging Lisbeï so weit, sich Tula als Mutter von Bethely vorzustellen. Tula hatte gerade die erste Feier Ellis hinter sich und schlich tagelang trübsinnig, blaß und dünn durch den Turm. Eines Nachts würde Lisbeï erwachen und Tula, die sie beobachtete, am Fußende ihres Bettes sitzen sehen. Tula wollte weglaufen. Aber Lisbeï hielt sie fest und brachte sie dazu einzugestehen, wie schrecklich das Zusammensein mit einem Mann war, wenn man Mutter war. Dann würden sie einander umarmen und weinen. Und danach in den Süden fliehen.

Aber all diese sorgfältig konstruierten Geschichten hatten sich durch einen kurzen Satz von Tula in Nichts aufgelöst. Es war schrecklich, Tulas lakonische Worte zu hören, deren Echo in der Leere der wüsten Seelenlandschaft widerhallte... Natürlich mußte Lisbeï jetzt weitere Geschichten erfinden, aber wie schwer das war! Sie mußte bei den Worten anfangen, die Tula nicht ausgesprochen hatte, sich wieder einmal ein Gespräch vorstellen, das niemals stattgefunden hatte.

»Du mußt nach Wardenberg gehen.«

»Willst du denn, daß ich gehe?«

»Nein, natürlich nicht!«

An dieser Stelle hielt Lisbeï lange inne. Wie so oft, wenn sie sich selbst etwas vorerzählte, siegte schließlich die Neugier auf die ›andere Seite‹ über die unterschwellige Absicht, eine Geschichte mit gutem Ausgang zurechtzubasteln. Plötzlich sah sie sich mit Tulas Augen. Oder besser: Sie sah sich aus der Perspektive, die sie Tula unterstellte. Sie sah sich selbst als eine andere Person, ohne diese Person wirklich zu sein. Was mochte Tula zu sagen haben? Welches Argument konnte sie dafür vorbringen, daß Lisbeï fortgehen sollte?

»Du willst, daß ich fortgehe.«

Die einzige Antwort, die es ermöglichte, weiterzureden, war: »Nein. Aber du mußt.«

Das übrige war einfacher. »Warum?«

»Weil es hier in Bethely nichts mehr für dich gibt.«

Aber du bist doch da! Diese Entgegnung führte jedoch in eine Sackgasse, über die Lisbeï lieber gar nicht weiter nachdachte.

»Willst du wirklich bis zu deinem Tod das Gedächtnis von Bethely sein? Inventare verwalten und archivieren? Nein. Das tust du nur, weil Selva es verlangt. Schließlich möchte sie, daß sich die Zeit und Mühe lohnt, die sie in dich investiert hat. Auch wenn du eine Blaue bist.«

»Aber wir würden wenigstens zusammen sein! Ich könnte die ganze Ausbildung gut nutzen. Dazu nutzen, dir zu helfen.«

Und wir wären zusammen.

Lisbeï konnte sich der Logik des Gesprächs nicht entziehen und ließ Tula schließlich entgegnen: »Wollen wir wirklich auf diese Weise zusammensein?«

Lisbeï ließ den Kopf hängen, Tula faßte sie bei der Hand. »Es würde dich umbringen, wenn du dein ganzes Leben als Gedächtnis verbringen müßtest«, sagte Tula schnell, um einer möglichen Antwort Lisbeïs zuvorzukommen. »Denk doch mal darüber nach. Dafür bist du einfach nicht geschaffen. Du würdest dir nur selbst etwas vormachen. Würdest du nicht viel lieber weiterstudieren und noch mehr Entdekkungen machen, so wie du den unterirdischen Gang und Garde entdeckt hast?«

»Das hat mir ja auch besonders viel genützt! Ganz Bethely betrachtet mich als Mißgeburt, als Irrtum der Natur!«

»Genau. Glaubst du, du hältst das noch lange aus?«

Das wie alles andere. Daß sie steril war und doch Mutter von Bethely hatte werden sollen ... Sie sprachen diese Dinge nicht alle aus, sondern sahen einander nur schweigend an. Lange Zeit. Mit liebevollem gegenseitigen Verständnis. Und dennoch setzte sich Lisbeïs Widerspruchsgeist gegen ihren eigenen Willen durch. »Warum«, fuhr sie fort, »sollte es irgendwo anders besser sein?«

»Wenn du in Wardenberg studierst, kannst du Restauratorin werden. Entdeckungen werden Teil deiner *Arbeit* sein, niemand wird dich dafür kritisieren. Und du könntest das ganze Notizbuch übersetzen, dich an der Forschung über Garde beteiligen ...«

»Das könnte ich auch hier.«

»Du kannst es nur in Wardenberg richtig lernen. Danach könntest du wieder zurückkommen und die Ausgrabungen weiterführen, die Archive dazu heranziehen.«

»Ja, aber ...«

Mit diesem ›aber‹ kippte das imaginäre Gespräch, Lisbeï kam an diesem Punkt nicht weiter. Sie merkte, daß alle weiteren Argumente im Grunde nur Scheinargumente, versteckte Bitten waren: »Aber was wird

Selva sagen? Aber werden sie mich in Wardenberg überhaupt aufnehmen? Aber *ich will nicht weg, ich will nicht weg von dir, ich will in Bethely bleiben.*«

»Aber du kannst nicht bleiben«, sagte die Stimme, die jetzt weder Tula noch Lisbeï war. Anscheinend hatte sie im Laufe des Gesprächs ein Eigenleben angenommen. »Selva wird gar nichts sagen, wenn die Form gewahrt bleibt. Im tiefsten Innern hat sie es nie gern gesehen, wenn du mit Tula zusammenwarst. Und jetzt, wo ihr euch dank Garde wieder angenähert habt, geht ihr auch deine Anwesenheit in Bethely gegen den Strich. Erst recht, wenn du das künftige Gedächtnis bist. Du könntest ja mehr Einfluß auf Tula haben als sie selbst. Und in Wardenberg wird man dich mit Handkuß aufnehmen. Du bist zur Mutter und zum Gedächtnis ausgebildet. Du kommst aus Bethely. Denk doch mal: Die älteste Tochter der einflußreichsten Traditionalistenfamilie von Litale kommt nach Wardenberg! Und du hast, nicht zu vergessen, das Notizbuch entdeckt. Eine Restauratorin zu sein ist gar nicht so übel. Kelys ist eine. Und es dauert ja sowieso nur so lange, bis du Wardenberg deine Studienkosten zurückerstattet hast, höchstens drei oder vier Jahre. Denk an all das, was du sehen und lernen wirst. Denk an all die Menschen, die du kennenlernen kannst. Denk an all die Orte, die du besuchen kannst…«

An diesem Punkt wurde die Stimme allerdings wieder zur Stimme von Tula. Tula, die so sehr vom Reisen geträumt hatte, ehe Bethely sie eingeschlossen hatte. Das war einfach nicht gerecht! Und wieder war Lisbeï beim ›ja, aber‹ angekommen und wie gelähmt vor Angst und Hilflosigkeit. Bethely verlassen! Das war ja, als reiße sie sich die eigene Haut vom Leib. Es war unmöglich. Das durfte Tula nicht von ihr verlangen!

Tula verlangte es ja auch gar nicht. Aber es mußte

sein. Das wußte Lisbeï so gut wie Tula. Schließlich fielen sie einander weinend in die Arme und gaben einander leidenschaftliche Versprechen. (In Wirklichkeit weinte Lisbeï allein in ihrem Bett und umarmte sich selbst). Manchmal schliefen sie auch miteinander, verzweifelt, ›zum letzten Mal‹. Aber Lisbeï brachte es nicht mehr fertig, sich Tulas Gegenwart, Tulas Hände auf ihrem Körper auszumalen. Es war zu lange her, daß sie auf diese Weise zusammengewesen waren. Und es war auch zu traurig, selbst wenn Lisbeï Lust dabei empfand. Gerade dann stiegen Tränen, gefährliche Tränen in ihr hoch, und sie konnte sich Tula nicht mehr vorstellen. Nein, lieber malte sie sich aus, wie sie, erschöpft von den gemeinsam vergossenen Tränen, zusammen einschliefen. Ohne Tula zu wekken (die allerdings nur so tat, als ob sie schliefe), würde Lisbeï in der Morgendämmerung ihre Sachen packen. Dann würde sie ihr Pferd satteln und, allein mit der Kühle des frühen Morgens, gen Westen reiten.

So verging der Monat Austa. Nach der Ernte… nach dem Erntedankfest… nach der letzten Lese… nein, nach dem Einmachen und Einwecken… – Lisbeï schob den Augenblick wieder und wieder auf. Und dann, Mitte Novemra, kündigten die Restauratorinnen und Kelys ihre Rückkehr nach Wardenberg an. Sie hatten Mooreï einen Bericht und eine Inventarliste übergeben. Was konnte man aus solchen Daten eigentlich ersehen? Wenn Wardenberg einem beibrachte, wie man aus solchem Material die nötigen Schlüsse ziehen konnte, lohnte sich die Reise dorthin ja eigentlich schon.

Plötzlich sagte Lisbeï zu ihrer eigenen Überraschung: »Ich glaube, ich gehe mit.«

»Du wirst das Meer sehen«, sagte Tula nach kurzem Schweigen. Sie faßte Lisbeï bei der Hand, keine von beiden verlor ein weiteres Wort.

Lisbeï verließ Bethely nicht in den frühen Morgenstunden und auch nicht auf dem Rücken eines Pferdes. Es war früher Nachmittag, als sie sich in einem leicht überdachten Wagen auf den Weg machte. Vom Wagen stieg sie auf Pferderücken um, von Pferderücken auf eine Fähre. Drei Wochen später sah sie endlich das Meer. Das war nicht die blaue, glitzernde Weite, von der Kelys ihr erzählt hatte. Und da waren auch keine schaumgekrönten Wellen, die einen trugen, während man durch das Licht zu den südlichen Ländern segelte. Längst war es Herbst, und Elli ließ es, wie so oft im Nordwesten, wieder einmal regnen. Es war kein gewaltiger Regensturm, sondern ein feines, unablässiges Tröpfeln. Lisbeï sollte diese endlose Reise auf dem flachen grauen Meer, das die Bretanye von Baltike und Wardenberg trennte, niemals vergessen. Eigentlich war das ja kaum ein Meer zu nennen, es war kaum tiefer als fünfzig Meter, an manchen Stellen sogar weniger. Bei ruhigem Wetter konnte man die versunkenen Länder und ihre Ruinen sehen. Später erinnerte sich Lisbeï an die wachsende Nervosität während jener zwei Tage, als kein Lüftchen ging. Das Schiff bewegte sich im Schneckentempo vorwärts, ab und zu stieß es Dampfwölkchen aus. Sie erinnerte sich an die ungeheure Leere, so weit man blicken konnte, an die öde, bleierne Wasserfläche, an den niederdrückenden Himmel, der fast so düster war wie das Wasser … Unmöglich, sich die andere Seite des Meeres vorzustellen. Dazu war das Meer einfach zu unermeßlich, zu glatt, zu einförmig. Unmöglich, sich die Zukunft vorzustellen. Lisbeï flüchtete mit ihren Gedanken in die Vergangenheit, zu anderen Wassern, zum Frühlingsregen in Bethely und zum großen Innenhof. Der Hof war nicht eben, sondern hatte eine Hohlform. Wie Radspeichen durchzogen ihn ein Dutzend großer Abflüsse. Sie leiteten das Wasser vom Fuß der Türme bis zur Mitte des Hofes, in ein Abwasserrohr unterhalb eines großen Gitterrosts, und von dort aus in das unsichtbare Netz kleiner Rohre, die zur Douve führten. Eines Tages hatten Tula und Lisbeï zusammen mit anderen Dottas den Gitterrost versperrt. Sie waren neugierig, was passieren würde. Die graue Pfütze, in der Blasen aufspritzten, weil Elli es heftig regnen ließ, breitete sich vom Zentrum des Hofes weiter aus, bis sie allmählich den Kreis der durchnäßten kleinen Mädchen erreichte, überschwemmte erst eine Fliese, dann die nächste, und war den schnell zurückgezogenen nackten Füßen immer auf den Fersen. Lisbeï hatte plötzlich an die Meeresfluten denken müssen, die sie nur aus Erzählungen kannte. Die Fluten hatten die Küsten, Inseln und Kontinente mit der gleichen stillen Geduld überschwemmt, niemand würde diese Orte je wiedersehen. Blitzartig hatte sie sich vorgestellt, wie das Wasser auch Bethely überflutete. An dem Spiel, das Tula vorschlug, hatte sie keinen Spaß mehr. Inzwischen hatten Blaue die Fenster geöffnet, um nachzusehen, was im Hof vor sich ging. Lisbeï war nach vorn geschossen, um den Gitterrost freizumachen. Das Wasser stand ihr bis zu den Waden. Tula und die anderen halfen ihr. Danach waren sie für den Rest der Woche zu Reinigungsarbeiten verdonnert worden... Plötzlich war Lisbeï von der Erinnerung an das ferne Bethely so überwältigt, daß sie sich in einen Winkel des Schiffs verkroch und weinte.

DRITTES BUCH

*

Wardenberg
Amsherdam
Belmont

489 – 499 N.G.

Kapitel 1

Lisbeï an Tula

Wardenberg, 24. Dezemra, 489 N.G.

Liebste Tula,
wie du siehst, bin ich gut angekommen. Kelys hat für mich sofort ein kleines Zimmer gefunden. Es liegt im dritten Stock einer sogenannten ›Pension‹, wie sie hier sagen, auf der zweiten Ebene der Festung. Ich hatte mir anhand von Kelys' Beschreibungen und der Abbildungen in dem Buch, das sie mir letztes Jahr mitbrachte, ja einige Vorstellungen von Wardenberg gemacht. Aber wie du dir bestimmt denken kannst, ist es ganz anders, wenn man erst einmal hier ist.

Wardenberg ist ganz anders als Bethely.

Und an dieser Stelle hörte Lisbeï auf, lutschte an ihrem Füller und starrte durch das gesprenkelte Fenster auf die trübe Wand gegenüber. Nur diesen winzigen Ausschnitt konnte sie von ihrem winzigen Zimmer aus sehen. Das Zimmer lag auf dem dritten Stock der Pension Nummer 12 im Südsektor des zweiten Quadrats auf der zweiten Ebene der Festung. Für Tula hatte sie die Dinge ein wenig vereinfacht. Viel mehr gab es auch nicht zu vereinfachen. Nach einer Woche in Wardenberg empfand sie alles als erklärungsbedürftig, und trotz des Unterrichts bei Mooreï hatte sie längst nicht alle Antworten parat.

Wardenberg war eine Halbinsel, die sich bei Ebbe über rund hundert Quadratkilometer erstreckte. Bei Flut war sie eine wesentlich kleinere Felseninsel. Wardenberg war von jeher eine befestigte Stadt und deshalb auch in der Lage gewesen, den Angriff der Bienenstöcke abzuwehren. Wardenberg hatte die Führer, die überlebt hatten und jetzt auf der Flucht waren, ebenso aufgenommen wie ihre Familien und die ihnen loyalen Kriegerinnen. Nicht alle Haremsfrauen waren mit Drogen vollgepumpte Fanatikerinnen, wie gewisse Familien im Süden immer noch gern behaupteten. Auch die Führer selbst waren längst nicht alle Unmenschen, hatte Mooreï der jungen Lisbeï erklärt. Die Harems hatten bereits Veränderungen eingeleitet, als die Revolution der Judditen ausbrach. (»Sie waren bereits auf dem absteigenden Ast, auf dem Weg in die Dekadenz«, hatte Balte von Gualtière, die Historikerin der Bienenstöcke, geschrieben). Manche der Führer waren nicht so grausam wie andere, ihre versklavten Frauen wurden nicht alle schlecht behandelt. Manche der Frauen hatten für den tödlichen Extremismus der judditischen Revolutionärinnen nicht viel übrig gehabt und sich lieber ihren Führern oder deren Gefährtinnen angeschlossen, die bei ihren Männern geblieben waren. Viele andere hatten jedoch gar keine Wahl. Ob freiwillig oder unfreiwillig hatten diese Frauen die ohnehin schon große Einwohnerzahl von Wardenberg weiter aufgebläht, so daß dort der größte Ballungsraum im Norden des Kontinents entstand. Fast vierhundert Jahre später war es der einzige Ort, der aufgrund der Besiedelungsdichte wie der Einwohnerzahlen einer ›Stadt‹ gleichkam: In Wardenberg hielten sich ständig fast fünfzehntausend Menschen auf, von denen mindestens zwölftausend Ortsansässige waren.

Bethely hatte solche Zahlen nie gekannt. Mehr als zehntausend Gäste besuchten die Capterie während der Versammlung der Mütter, der damit verbundenen Wettkämpfe und der Pilgerfahrt zu Garde, aber sie kamen nicht alle auf einmal. Selbst von diesem Besucherinnenstrom hatte Lisbeï nicht viel mitbekommen, da sie die Zeit bis zum Ende der Versammlung isoliert im Westturm verbracht und auch nicht an den Wettkämpfen teilgenommen hatte. Die Pilgerfahrt dauerte bis zur 15. Jula, sie hatte nur die letzte Phase miterlebt. Zu diesem Zeitpunkt waren nur noch drei- oder viertausend Gäste in Bethely gewesen.

Wardenberg war völlig anders, allerdings nicht der Ameisenhaufen, den Lisbeï erwartet hatte. Es passierte viel, alles war viel abwechslungsreicher als in Bethely: Da gab es das unterirdische Stahlwerk mit seinen Werkstätten, die Lithographische Anstalt, die Druckerei. Außerdem war da das Fischerei- und Schiffsgewerbe. Auslaufende Schiffe wurden mit Roh- oder Fertigprodukten für die ›Küste‹ beladen (so nannte man den gegenüberliegenden Landstrich, der sich aus dem Meer erhob), die einlaufenden Schiffe entladen. Und natürlich waren hier auch Landwirtschaft und allgemeine Dienstleistungen vertreten. Die Dienstleistungen umfaßten die Wartung der Flotte von Handels-, Last- und Passagierschiffen sowie die Verwaltung der Stadt mit ihren Fabriken und Werkstätten. Wie in Bethely waren die Arbeitsstunden über den ganzen Tag verteilt und die Schichten nach Stadtquadraten und Sektoren gestaffelt. Da Wardenberg aber viel mehr Einwohnerinnen zählte als Bethely, arbeiteten die Menschen nicht die ganze Zeit. In Lisbeïs Südsektor, der bei Ebbe Verbindung zum Festland hatte, war der tägliche Zustrom von Arbeiterinnen dennoch ungeheuer groß. Die meisten der terrassenförmig angelegten Bauernhöfe lagen in diesem Teil der Insel. Darüber hinaus kamen hier auch die Arbeiterinnen durch, die zu den Feldern auf dem Festland wollten.

Immerzu sieht man Menschen. Aber das allein ist es nicht. Man spürt einfach, daß man ständig von einer Menschenmasse umgeben ist, schrieb Lisbeï in ihrem ersten Brief an Tula. *Du wirst sagen, das sei in Bethely nicht anders. Aber zwischen zweitausend und zwölftausend Menschen besteht ein Unterschied, der nicht nur in der Zahl liegt. Wenn eine bestimmte Schwelle überschritten ist, wird die Quantität anscheinend auch zur Qualität, das zeigt sich in den Auswirkungen. Irgendwo im Kopf ist da ein permanenter Druck, weil man die Gegenwart dieser Menschenmasse spürt. Draußen ist alles ständig in Bewegung, ist voller Geräusche und Gerüche. Man hat das Gefühl, alles summe ständig um einen herum. Komisch, nicht? Wardenberg ist ja nie ein Bienenstock gewesen, aber trotzdem summt es.*

Wardenberg war ganz sicher kein Bienenstock gewesen. Nie waren die Festungswälle und die brusthohen Wehrgänge im Innern der Zerstörung ausgesetzt gewesen. Die Wehrgänge verwandelten jede der drei Ebenen in eine geschlossene Stadt, die von allem abgeschnitten war, wenn der Zugang versperrt wurde. Im Laufe der Zeit waren immer mehr Rampen und Treppen hinzugekommen. Ursprünglich hatte es für jede Ebene nur ein Eingangstor gegeben, das erleichterte Verteidigung und Rückzug. Selbst die zerstörungswütigen Fanatikerinnen der Bienenstöcke hätten sich wohl zweimal den Versuch überlegt, die Festung Wardenberg zu schleifen oder irgendwelche radikalen Veränderungen vorzunehmen. (Bethely, obwohl älter, war in dieser Hinsicht ziemlich ähnlich). Innerhalb der Mauern von Wardenberg hatte man den Rampen alle denkbaren und undenkbaren Bauten aufgepfropft, aus denen ein kunterbuntes Durcheinander weiterer Gebäude sproß. Auch als die Stadt noch nicht durch die ansteigenden Fluten isoliert war, hatte sie sich rasch und unkontrolliert bis in alle Ritzen und Winkel und später nach oben ausgedehnt. Lisbeï hatte angenommen, sie wisse nach ihren Erfahrungen im Netz der Gänge und Treppen von Bethely, was ›Labyrinth‹ bedeutete. Nachdem sie sich jedoch ein dutzendmal auf dem ziemlich kurzen Weg von ihrer Pension zur Schulbibliothek verlaufen hatte, merkte sie, daß das Wort ›labyrinthisch‹ auch topologische Komplexitäten beschreiben konnte, die sie sich nie erträumt hätte.

Wardenberg war wirklich nie ein Bienenstock gewesen. Auch die Haremszeit hatte hier nicht lange gedauert. Trotzdem hatten beide Regierungssysteme viele Spuren in Wardenberg hinterlassen. Während der Jahre der Isolation hatte sich jedoch eine ganz eigenständige Gesellschaftsform herausgebildet. Sie unterschied sich auch von Maerlande, das die Bienenstöcke im Laufe der Zeit abgelöst hatte. Tatsächlich schloß sich Wardenberg bereits rund zwanzig Jahre, nachdem Alicia von Bethely ein erfolgreiches Friedensangebot unterbreitet hatte, Maerlande an. Genau wie Maerlande hatte Wardenberg diese zwanzig Jahre dazu genutzt, sich auf die Öffnung vorzubereiten. Die Integration ging ziemlich glatt über die Bühne. Dreihundert Jahre später gab es nur noch wenige Anzeichen der langen Isolation – zumindest soweit es den Umgang mit den benachbarten Familien von Baltike und Bretanye betraf. Für jemand aus dem Süden jedoch…

Wardenberg ist ganz anders als Bethely. Wo sollte Lisbeï mit ihren Erklärungen anfangen? Sie wollte Tula eine *lebendige* Vorstellung von Wardenberg vermitteln, ihr diese ganzen Unterschiede, die sie wie ein Hagelsturm getroffen hatten, verdeutlichen. Unerwartete Unterschiede. Einige wären ihr vorher nie in den Sinn gekommen, manche fielen ihr auch erst nach einigem Nachdenken auf, weil sie diese Dinge nur in ihrem Unterbewußtsein registriert hatte. Zum Beispiel die Gerüche. Ihr Zimmer lag nach Süden, wo die Felder der Insel, die Wiederaufbereitungsanlagen für den organischen Abfall und die Methankessel, in denen der Tierdung gesammelt wurde, angesiedelt waren. Wenn der Wind aus Richtung der Küste wehte, brachte er den vertrauten Geruch von Kompost, vermischt mit dem von Salzwasser und Meeresalgen, mit sich.

Es war ein merkwürdiger, penetranter Geruch, bei

Flut kam er aus allen Himmelsrichtungen. Wenn der Wind vom Norden her blies, waren die Gerüche, die von den Abluftanlagen der unterirdischen Fabriken gen Süden strömten, noch seltsamer: Es roch nach Kohle, Schlacke und Schwefel. An solchen Tagen fühlte Lisbeï sich unruhig und gereizt, ohne daß sie den Grund hätte nennen können. Die Gerüche lähmten ihr Denken und erinnerten sie daran, daß sie nicht in Bethely war. Im Laufe der Zeit wurde ihr das bewußt, aber an die Gerüche sollte sie sich nie gewöhnen.

Wie in Bethely, sogar noch eindeutiger als in Bethely, bestimmte die Aufteilung des Raums die Organisation der Gesellschaft. Die Menschen lebten in Familien und Subfamilien, die mit den Quadraten, Sektoren oder Ebenen eng verbunden waren. Man klassifizierte hier nicht nach Alter, Gewerbe oder Hautfarbe. Jahrelang war Lisbeï an die Alltagslandschaft rot-, blau- und grüngekleideter Menschen gewöhnt gewesen, sie hatte sie gar nicht mehr bewußt wahrgenommen. Die Verteilung blieb sich immer gleich: Es gab etwa doppelt so viele Blaue wie Rote und etwa doppelt so viele Rote wie Grüne (außer in den Horten, wo sich nur Grüne aufhielten. Aber die zählten nicht, da sie nicht zu den Türmen gehörten). Innerhalb dieses Farbspektrums gab es kaum Variationen. In Wardenberg jedoch gab es unendlich viele, vom zarten Grün über Orangerot bis zum fast schwarzen Blau. Aber der deutlichste Unterschied bestand darin, daß durchaus nicht alle ihre Statusfarben an auffälliger Stelle zur Schau stellten. Lisbeï brauchte einige Tage intensiven Nachdenkens, bis sie darauf kam, daß dies eine weitere Quelle ihrer andauernden Beklommenheit war. Anfangs hatte sie gedacht, es liege an Stil und Schnitt der Kleidung. In Bethely gab es in dieser Hinsicht kaum Unterschiede. Die Kleidung wurde in den Werkstätten des Ostturms zugeschnitten und genäht, die Muster waren für alle gleich. Wollte man seinen Sachen eine persönliche Note geben, tat man das normalerweise mit verschiedenen Applikationen, vor allem aber durch Accessoires wie Broschen, Armbänder und Halsketten. Die Gewerbetreibenden aus Baïanque und Serres-Morèna machten auf dem Markt, der während der Pilgerfahrt zu Garde regelmäßig stattfand, stets ein gutes Geschäft.

Auch die Wardenberger trugen viele Accessoires, oft auch Wappen, Schilder, Abzeichen und andere Überbleibsel einer ansonsten verschwundenen Militärtradition. (Lisbeïs Stockwerksnachbarin trug irgendwo an ihren Kleidern stets ein ›W‹, das von dem Anker der Verteidigerinnen Wardenbergs überragt wurde. Ihre Vorfahren hatten dieser frühen Kaste von Kriegerinnen angehört). Die Wardenberger ließen ihre Garderobe normalerweise von den Schneiderinnen ihres Sektors nähen. Wenn sie irgendeinen anderen Stil bevorzugten, wechselten sie zu Schneiderinnen in anderen Sektoren. In regelmäßigen Abständen überschwemmten Modewellen die Stadt und erfaßten eine Ebene nach der anderen, schwappten von einem Quadrat zum nächsten über. Selbstverständlich wurde die Kleidung ständig wiederverwertet. Diese Einschränkung, die ihren Ursprung in der Zeit der Belagerung hatte, vertrug sich gut mit der Sparsamkeit Maerlandes. Fast alles wurde wiederverwertet. Vielleicht war es sogar Wardenberg gewesen, das dabei den größten Erfindungsreichtum entwickelt hatte.

Wardenberg ist ganz anders. In Bethely… Bei allem, was Lisbeï Tula anvertraute, tauchte diese Formel auf. Sie ersetzte die Formel ›wie im Hort‹ aus ihren Kindheitstagen oder auch die Redewendung ›wie in Bethely‹. Anfangs hatte Lisbeï gehofft, dieses ›wie in Bethely‹ würde ihr helfen, den Schock der Neuheit besser zu verkraften. Sie hatte an dem beruhigenden Bild der immer größer werdenden Schachteln festgehalten. Diese vor langer Zeit erfundene Vorstellung hatte schon viele Veränderungen mitgemacht, aber jetzt lag kein Trost mehr darin. Anderswo war es einfach nicht so ›wie in Bethely, nur größer‹. Anderswo war es … na ja, eben anders. Und deshalb schrieb sie: *Liebste Tula, Wardenberg ist ganz anders.*

Ganz anders war natürlich schon die Anlage der Stadt mit ihren Brunnen, Höfen, abschüssigen kleinen Plätzen, Treppen, Terrassen und winzigen Brücken über Kanäle, die hinunter zu den Zisternen auf Ebene Eins führten. (Eine tiefe Schicht undurchlässigen Felsgesteins hatte auf jeder Stufe Teiche entstehen lassen. Aufgrund dieser Wasserreservoirs hatte Wardenberg selbst die Zeit überstanden, als die benachbarten Bienenstöcke die Stadt von ihren landwirtschaftlichen Ressourcen an der Küste abgeschnitten hatten). Darüber hinaus gab es enge, gewundene Gassen, die sich zwischen den Häusern hindurchschlängelten, kleine Restaurants und Geschäfte, die man durch hängende Gärten en miniature und Balkone erweitert hatte. Manchmal entdeckte man nach einer Treppenbiege ganz plötzlich ein wildes Durcheinander von Giebeldächern, die mit Schindeln oder glasierten Platten gedeckt waren. Manchmal waren die Platten in den Farben des Stadtviertels gehalten, manchmal auch in den Farben Wardenbergs, Orange, Grün und Schwarz. Dieses kunterbunte Chaos hatte ein bißchen Ähnlichkeit mit dem Markt, der während der Versammlung der Mütter in Bethely stattgefunden hatte. Nur war alles viel, viel größer, dachte Lisbeï, als sie für Tula nach einem passenden Vergleich suchte. Und natürlich auch viel beständiger. Außer in der Bibliothek und in den Schulen gab es keine Gemeinschaftsverpflegung. Auf diese Weise hatte das belagerte Wardenberg der Gleichmacherei während der Isolation entgegengewirkt, wie Lisbeï im Laufe der Zeit klar wurde. Die Menschen aßen in ihren eigenen Wohnungen und bereiteten die Mahlzeiten in der Küche ihres ›Blocks‹ oder ›Hauses‹ selbst zu. Oder sie ›zahlten‹ das Essen in einem der kleinen Restaurants, die in jedem Sektor zu finden waren. In den ersten Monaten fiel es Lisbeï sehr schwer, mit dem ›Budget‹, das die Schule allen Studentinnen zuteilte, richtig umzugehen. Dauernd vergaß sie die kleinen Couponhefte, die man abzeichnen lassen mußte, da die Ausgaben auf Rechnung der Familie gingen.

Ich esse jeden Tag in der Bibliothek zu Mittag. Natürlich ist sie nicht so wie in Bethely. Eigentlich besteht die Bibliothek aus einem bunt zusammengewürfelten Haufen von Gebäuden. Sie liegt auf Ebene Drei, nicht weit vom Sitz der Mutter. Allgemein heißt die Bibliothek hier ›die Schule‹. Alle wissen, was gemeint ist, auch wenn es in den einzelnen Sektoren noch andere Schulen gibt, die Schulen für Grüne.

Da es in Wardenberg keine Bienenstock-Ära gegeben hatte, waren die in der Haremszeit angelegten Archive nie solchen Verwüstungen ausgesetzt gewesen wie anderswo. Schon zu Beginn der Haremszeit war die Bibliothek gut ausgestattet gewesen. Außerdem hatten die Führer, die sich nach Wardenberg geflüchtet hatten, alle einen Großteil ihrer eigenen Archive mitgebracht. Viele Familien suchten die Bibliothek von Wardenberg auf, um in wichtigen Dokumenten aus der Haremszeit nachzuschlagen. Es waren Dokumente, die in ihren eigenen Sammlungen fehlten, und sie wollten sich die Mühe sparen, alles abschreiben zu lassen. Um die Archive und ihre aktuellen Ergänzungen hatten sich jede Menge Forscherinnen geschart, die im Laufe der Zeit die ›Schule von Wardenberg‹ begründeten. Nach und nach hatte sich die Schule zum unentbehrlichen Studien- und Ausbildungszentrum entwickelt. Restauratorinnen, Entdeckerinnen, Historikerinnen und andere ambitionierte Wissenschaftlerinnen kamen hierher und bezahlten für ihren Aufenthalt, indem sie die Familie von Wardenberg an ihren Forschungsergebnissen teilhaben ließen. Solche Ergebnisse konnten in Metallen oder anderen Wertstoffen bestehen, die sich zur Wiederaufarbeitung eigneten, aber auch in Dokumenten und Gegenständen, die zur Arbeit der Wissenschaftlerinnen und der Schule beitrugen oder das Archiv noch erweiterten. Die Schule war ein Wissenschaftstempel, ein einzigartiger historischer Ort, der sich im Selbstlauf immer weiter ausdehnte. (Und es war auch ein Ort, an dem man als künftiges Gedächtnis normalerweise einige Zeit zubrachte. Jedenfalls hatte Selva diese Vorstellung gut ins Konzept gepaßt. So konnte sie Lisbeï ziehen lassen, ohne das Gesicht zu verlieren). Aus diesem Grunde kamen die Menschen nach Wardenberg, und da es sehr viele waren, hatte sich Wardenberg ganz nebenbei zum Handelszentrum entwickelt. Dadurch zog es weitere Menschen an, die hier Waren oder Informationen austauschten. So hatte sich in kurzer Zeit noch mehr Wissen in Wardenberg konzentriert und neue Verbindungen entstehen lassen. Schon das Gewicht der Zahlen schien Wardenbergs gegenwärtige Rolle zu rechtfertigen. Mit der Zeit band Wardenbergs ›Schneeballeffekt‹ immer mehr Menschen ins Stadtleben ein.

Wardenberg war darüber hinaus der einzige Harem gewesen, den die Bienenstöcke nicht hatten erobern können. Allerdings war die Stadt genau genommen nicht lange ein echter Harem gewesen. Man mochte den Widerstand gegen die Bienenstöcke bewundern, die Haremsära stieß dennoch bei vielen auf Ablehnung. Allgemein betrachtete man in Maerlande die Bienenstöcke inzwischen als schlimm, aber noch schlechter war der Ruf der Harems. Wenigstens konnte man den Bienenstöcken zugute halten, daß sie aus dem ersten Befreiungskampf der Frauen hervorgegangen waren und Maerlande den Weg bereitet hatten. Die Harems dagegen waren die schändlichen Erben des Zusammenbruchs, wie den Wardenbergern immer wieder vorgehalten wurde.

Wardenberg bestand, nicht zu vergessen, aus einer Gesellschaft, die fast einhundert Jahre lang in Isolation gelebt hatte. Trotz aller Gegenmaßnahmen hatte es hier viel Inzucht gegeben. Als Lisbeï sich Wardenberg ausgemalt hatte, war sie davon ausgegangen, daß sie hier im Vergleich zu Bethely ziemlich viele deformierte oder behinderte Menschen sehen würde. Dann war ihr eingefallen, daß die Familie von Wardenberg eine Strategie verfolgte, die – so merkwürdig das war – Parallelen zur Politik der Bienenstöcke wie auch zur Politik der Judditenfamilien aufwies. Mißbildungen oder ›Abweichungen‹ wurden sehr viel systematischer als irgendwo sonst beseitigt. Der Grund lag eigentlich ja auf der Hand: Im belagerten Wardenberg hatten ›unnütze Münder‹, die man stopfen mußte, als Ballast gegolten. Die Belagerung war allerdings nicht so hundertprozentig erfolgreich gewesen, wie allgemein angenommen wurde. Deshalb hatte sich das Erbgut in Wardenberg auch nicht so unwiederbringlich erschöpft, wie man befürchtet hatte. Außerdem hatte es bei der großen Einwohnerzahl stets auch eine größere Anzahl von Männern gegeben. Die Bienenstöcke rund um Wardenberg hatten die Hoffnung auf einen militärischen Sieg bald aufgegeben. Ein solcher Sieg schien erstens unwahrscheinlich, zweitens wäre er die Bienenstöcke in jedem Falle teuer zu stehen gekommen, und sie hatten genügend Probleme mit internen Auseinandersetzungen. Andererseits waren da die nächtlichen Überfälle… Auch Wardenberg hatte versucht, Männer von auswärts zu stehlen. Allerdings hatte sich später, als der inoffizielle Krieg zwischen der Stadt Wardenberg und den benachbarten Bienenstöcken etwas ›abgekühlt‹ war, so etwas wie ein Menschenhandel entwickelt: Männer der Bienenstöcke wurden gegen Frauen aus Wardenberg getauscht. Das hatte jedoch nicht gereicht.

Als Alicia ihre Friedensangebote unterbreitet hatte, gab es einigen Widerstand dagegen. Insbesondere die Judditen hatten hartnäckig behauptet, die diversen Erblinien in Wardenberg kränkelten vor sich hin und befleckten die reinen Erblinien, die von den Bienenstöcken herangezüchtet worden waren. Alicia war es nicht schwer gefallen, diese Behauptung zurückzuweisen. Die sogenannte Reinheit der Bienenstöcke, so hatte sie entgegnet, sei in Wirklichkeit eine verhängnisvolle genetische Verarmung gewesen. Die Bienenstöcke wären ausgestorben, hätte nicht der gesunde Menschenverstand über den Fanatismus triumphiert (natürlich hatte das WORT Ellis dazu beigetragen). Selbst die ›unreinen‹ Erblinien und die Männer Wardenbergs seien viel zu kostbar, als daß man sie zurückweisen könne. Schließlich einigte man sich darauf, daß sich die Erblinien nach und nach vermischen sollten. Dreißig Jahre lang, mit anderen Worten: für eine Zeitspanne von zwei Generationen, sollte dieser Prozeß sorgfältig beobachtet und kontrolliert werden. Inzwischen waren mehr als dreihundert Jahre vergangen, und immer noch galten Wardenbergs Erblinien im allgemeinen als keineswegs stabil. Wenn man sich mit jemand aus Wardenberg einließ, so hieß es, dann spiele man mit dem Risiko.

Aber die Insel-Capterie war nicht nur ein führendes Wissenschaftszentrum der Vergangenheit und Gegenwart, Wardenberg war auch ein einzigartiges Zentrum der Schwerindustrie. Das Stauwehr und das Wasserkraftwerk an der Küste hatten während der Haremszeit die Energieversorgung gewährleistet, aber die Bienenstöcke hatten diese Einrichtungen zerstört. Nach Alicias Friedensmission hatte Wardenberg die Anlagen wieder in Betrieb setzen können. Die Waffenproduktion in den unterirdischen Fabriken wurde eingestellt, statt dessen wurden hier jetzt Werkzeuge, landwirtschaftliche Geräte, Methan-Kompressoren und viele andere nützliche Maschinen produziert. Natürlich nutzten längst nicht alle Familien diese Möglichkeiten aus, schließlich sollten sie ja auf jedem Gebiet – ausgenommen war da nur die Zeugung von Nachkommen – möglichst autark sein. Diese Tradition stammte aus den frühesten Tagen Maerlandes: Anfangs bezog sich das Prinzip der Selbstversorgung vor allem auf die Nahrungsmittel, später auch auf alles andere. Aufgrund dieses Prinzips hatten sich viele Familien, und keineswegs nur Judditen, dafür entschieden, das Potential von Wasserkraft in ihren Flüssen gar nicht zu nutzen: Es hätte sie zu abhängig von der Schwerindustrie gemacht. Und auch zu abhängig von den Menschen, die solche Maschinen produzierten und warteten. Statt dessen bevorzugten viele Familien, wie zum Beispiel auch Bethely, die Nutzung direkter mechanischer Energie, wie sie Wasserfälle lieferten. In allen Familien, egal ob Judditen oder Fortschrittlerinnen, gab es eine weitverbreitete Redensart, die in Wardenberg nur selten zu hören war: »Wenn wir in der Zeit der Bienenstöcke ohne solche Dinge ausgekommen sind, brauchen wir sie auch jetzt nicht.«

Trotz solcher Sprüche konnte man Wardenbergs Bedeutung für das Handelsnetz Maerlandes nicht leugnen. Manche beäugten Wardenbergs führende Position mit einigem Mißtrauen, obwohl es andererseits ebenso klar auf der Hand lag, daß Wardenberg mehr als jede andere Familie auf den Austausch von Männern und jungen Grünen angewiesen war. Nur diese Form der Abhängigkeit galt in Maerlande als annehmbar, ja, sie war sogar wünschenswert, denn sie sorgte für den Zusammenhalt der verschiedenen

Familien. Da sich in Wardenberg jedes Jahr fast fünfhundert rote Frauen für die Empfängnis männlicher Samen bereithielten, brauchte man für den ›Dienst‹ mindestens zwanzig zeugungsfähige Männer. In der Stadt wurden verhältnismäßig viele Jungen geboren. Im Schnitt waren es sieben Jungen pro Jahr, die in die Reihen der Roten aufgenommen wurden und alsbald ihren Dienst antraten. Diese Männer galten allerdings als nicht so zuverlässig wie andere und waren im Tausch der Familien nicht sonderlich begehrt. Das traf im übrigen auch auf die besten weiblichen Grünen der Wardenbergs zu.

Welch ein komplexer Ort! Und mehr als das: Ein unsichtbares Netz von Respekt, Bewunderung und Neugierde verband die Familie mit Maerlande, aber unterschwellig gab es auch Neid, Mißtrauen und Ablehnung. Der Capta und ihrem Gedächtnis war das von Anfang an bewußt gewesen. Niemals wurden Anträge aus Wardenberg in den Versammlungen von Baltike oder Maerlande verabschiedet, sie wurden nicht einmal eingereicht. Wardenberg verschaffte sich auf anderen Wegen Gehör – über die fortschrittlichen Familien von Baltike oder Bretanye, mit denen sie sich zur Verfolgung gemeinsamer Interessen verbündet hatten, oder auch über persönliche Freundschaften.

Wenn sich Kelys in Wardenberg aufhält, wohnt sie in Sygnes Residenz. Sie wollte dort am Tag nach unserer Ankunft gemeinsam mit mir zu Abend essen, aber ich war zu müde …

Kelys ließ sich nicht für dumm verkaufen, aber sie sagte nichts. Lisbeï wollte nicht wie ein fremdes Tier angestarrt werden. Das Abendessen sollte im privaten Rahmen stattfinden, sie würde ihre Identität nicht verbergen können, da alle über sie Bescheid wußten, na ja, zumindest die Mutter und ihre Gedächtnisse. Als sie sich eingeschrieben hatte, war sie bereits der

Capta der Schule, Ireyn, begegnet. Ireyn amtierte gleichzeitig als zweites Gedächtnis von Wardenberg. Mit der Identität der Blauen, die sich in der Schule anmeldeten, ging man vertraulich um. Lisbeï wußte, daß ihr Name nicht über die vier Wände von Ireyns Büro hinausdringen würde. Trotzdem war sie Kelys dafür dankbar, daß sie mitgegangen war. Ihre Anwesenheit hatte die obligatorische Befragung ganz sicher verkürzt.

»Lisbeï, von Bethely«, sagte Ireyn, eine ziemlich schlaksige Blaue in den Vierzigern. Sie hatte große Hände, auf deren Rücken die Venen hervortraten. Sie zog nur leicht die Augenbrauen hoch, als Kelys erklärte, Lisbeï wolle sich zur Restauratorin ausbilden lassen. Dann kam die rituelle Frage: »Unter welchem Namen?« Die Blauen konnten sich, wenn sie wollten, ihren künftigen Namen selbst aussuchen. Lisbeï zögerte. Sie mochte Bethely aufgegeben haben, aber ihren eigenen Namen brauchte sie nicht aufzugeben. »Lisbeï, von Litale.«

Wenigstens konnte sie in Wardenberg anonym bleiben. Da sie jetzt offiziell eine Blaue war, brauchte sie das Zeichen Bethelys nicht mehr zu tragen. Niemand würde sie nach Herkunft oder Namen fragen, wenn sie nicht von sich aus darüber sprach. In Wardenberg war sie nicht einmal verpflichtet, blaue Kleidung zu tragen. Aber nach den ›grünen‹ Jahren war es eine solche Erleichterung, daß sie darauf nicht verzichten wollte.

Niemand stellte ihr irgendwelche Fragen. Das war überall in Maerlande unter Blauen die Sitte, aber in Wardenberg galt es für alle. Auch diese Konvention stammte aus jenen Tagen, als die Festungsstadt noch dichter besiedelt gewesen war und niemand hoffen durfte, sie jemals zu verlassen. Der begrenzte Raum hatte eine einzigartige, eifersüchtig verteidigte Vorstellung von Privatleben entstehen lassen. Wenn man wollte, konnte man in Wardenberg alleinsein, selbst in einer Pension mit fast vierzig Menschen. Nicht, daß man einander gemieden hätte – dazu reichte der Platz ja gar nicht. Aber man schwieg aus Höflichkeit und verfolgte die anderen nicht mit Blicken.

Nach den letzten Monaten in Bethely und der Reise mit Kelys und ihren Restauratorinnen tat es gut, auf diese Weise allein zu sein, anonym, und, ja, frei. (Allerdings schrieb Lisbeï davon nichts in ihrem ersten Brief an Tula). Als ihr bewußt wurde, wie sehr ihr die Einsamkeit gefiel und wieviel Spaß ihr die Erforschung und Entdeckung Wardenbergs machte (das ging aus ihren Beschreibungen Wardenbergs deutlich hervor, wie ihr beim nochmaligen Durchlesen des Briefes auffiel), schämte sie sich. Sie konnte Tula doch unmöglich so einen Brief schicken! Aber die einzige Alternative war genau der Brief, den sie hatte vermeiden wollen: ein Brief voller Verzweiflung, voller Kummer und möglicherweise auch versteckter Vorwürfe. Statt eines solchen Briefes hatte sie lieber einen Reisebericht geschrieben. Sie überflog die sechs doppelseitig beschriebenen Briefbögen und fing seufzend damit an, sie nochmals abzuschreiben. Alles, was ihr zu emotional klang, ließ sie weg.

Liebste Tula,
ich hatte eine gute Reise, endlich bin ich angekommen. Kelys hat für mich ein Zimmer in einer Pension auf Ebene Zwei der Festung gefunden. Wardenberg ist ganz anders als Bethely, wie du dir bestimmt denken kannst. Ich habe mich in der Schule angemeldet, es gab dabei überhaupt keine Probleme. Und jetzt habe ich mit dem Studium begonnen. Es gibt viel zu tun …

Kapitel 2

Unter Leitung Selvas und später Mooreïs hatte sich Lisbeï mit Maerlande befaßt. Das gehörte zu den künftigen Aufgaben der Capta und kam zu allen Pflichten, die sie mit anderen Dottas teilte, noch hinzu. Obwohl die von Wasserkraft angetriebenen Maschinen die Arbeit inzwischen wesentlich erleichterten, mußte man alles von der Pieke auf lernen, nicht anders als die Menschen im vormaschinellen Zeitalter. Nur daß man jetzt auch noch wissen mußte, wie die Maschinen zu bedienen und zu reparieren waren. Im Alter von zwölf Jahren wußte eine Grüne in Bethely, wo ihre Fähigkeiten lagen. Im allgemeinen hatte sie sich bis dahin mit ganz bestimmten Tätigkeiten angefreundet, auch wenn sie das ganze Leben lang unterschiedliche Arbeiten verrichtet hatte, die alle drei Monate beziehungsweise jedes Jahr wechselten.

Die besondere Fähigkeit der Mutter bestand jedoch darin, Bethely zu verkörpern und alles über Bethely zu wissen – wie es in der Vergangenheit organisiert gewesen war, wie es heute aufgebaut war, welche Rolle es in Maerlande spielte. Das bedeutete, daß man auch alles über Maerlande wissen mußte, sich auskennen mußte in Maerlandes Geschichte, Geografie, vor allem aber in seinen Familien. Alles, was die Familien betraf, war wichtig: ihre Erblinien, ihre Vorlieben, ihre Chartas, ihre wichtigsten Handelsprodukte und natürlich ihre Sprachen und regionalen Dialekte. Wie hätte die Mutter sonst die Familie in den Versammlungen angemessen repräsentieren sollen und mit den anderen Müttern und Delegierten sprechen können?

Und so hatte sich Lisbeï zwischen ihrem siebten und fünfzehnten Lebensjahr mit Maerlande befaßt. Während der beiden letzten Jahre hatte sie das Thema

Maerlande jedoch buchstäblich links liegen lassen. Als Vorwand hatte sie das Argument benutzt, sie müsse sich zum Gedächtnis ausbilden. Maerlandes Gegenwart und ihre eigene Zukunft spielten keine Rolle mehr. Sie war ganz und gar von Bethelys Vergangenheit, von der Vergangenheit dunkler Legenden, staubiger Archive und unterirdischer Tunnel in Anspruch genommen.

In Wardenberg nahm Maerlande für Lisbeï eine andere Wirklichkeit an. Das drückte sich in der heimlichen Panik der ersten Tage ebenso aus wie in dem wilden Lerneifer, der ihr in den Folgemonaten Halt geben sollte. Wardenberg wirkte wie ein Mikrokosmos von Maerlande. Das ging ihr durch den Kopf, wenn sie den eben erst gelernten Ausdruck ›Hauptstadt‹ zur Beschreibung der Festungsstadt benutzte, obwohl sie natürlich genau wußte, daß Maerlande eine recht lose Föderation von Provinzen war, die ihrerseits eine Föderation von Familien darstellten.

»Nein, nein«, sagte Carmela von Vaduze mit leicht zitteriger Stimme. »In Maerlande gibt es keine Hauptstadt, Kleine. Hauptstädte gab es lange vor der Haremszeit. Wir alle sind ›Hauptstädte‹, auch wenn manche Capterien eher so wirken als andere. Alle haben in der Versammlung eine Stimme und dasselbe Gewicht. Wardenberg trifft keine Entscheidungen für Bethely, Cartano keine für Nevenici, stimmt's?«

Das alte Wort sei doch nützlich, versuchte Lisbeï zu erklären. Aber die ältliche Blaue hob warnend den Finger. »Der Ausdruck ist ungenau. Es kann gefährlich sein, ungenaue Ausdrücke zu benutzen.«

»Es ist doch nur ein Wort«, entgegnete Lisbeï.

»Aber wenn wir uns ungenau ausdrücken, dann werden mit der Zeit auch unsere Vorstellungen nebulös und wandeln sich.«

Lisbeï gab ihrer Tutorin im Grunde recht. Wer kannte die Macht der Worte besser als sie? Wie hatte sie sich abgemüht, Tula gegenüber bestimmte Worte zu vermeiden. Aber es reizte sie wieder einmal, den *advocatus diaboli* zu spielen. »Wäre es nicht ganz gut, wenn sich die Vorstellungen von Zeit zu Zeit änderten?«

Die alte Frau schürzte nachsichtig die Lippen. »Wahrscheinlich. Aber das kannst du erst beurteilen, wenn dir klar ist, wie die Worte, die wir benutzen, sich auf unsere Gefühle und folglich auch auf unsere Vorstellungen auswirken. Die Harems hatten ›Kolonien‹, die Bienenstöcke ›Schwärme‹, Maerlande hat ›Ableger‹ geschaffen. Vielleicht bist du der Meinung, daß sei doch alles dasselbe, aber die allgemeine Bedeutung des Wortes ›Ableger‹ in anderen Sphären unseres Lebens prägt unsere ganze Beziehung zu diesen ausgelagerten Familienzweigen. Das verändert unsere Beziehung zu ihnen, wie es auch ihre Beziehung zu uns verändert. Diese Beziehungen haben mit einer ›Kolonie‹ oder einem ›Schwarm‹ nichts gemein.«

Lisbeï lächelte. Sie fühlte sich auf vertrautem Boden: Hier ging es um die Macht der Worte, ihre sich wandelnden Beziehungen zu dem, was sie beschrieben, und zu den Menschen, die sie benutzten. Kurz gesagt: um das Verhältnis von Mitteln und Zweck.

Carmela von Vaduze erinnert mich ein bißchen an Mooreï. Das bezieht sich nicht auf ihr Äußeres: Sie ist winzig (allerdings solltest du sie mal sehen, wenn sie Stapel von Lexika hebt). Sie hat graues Haar (und nicht mehr viel davon), außerdem fehlt ihr vorne ein Zahn. Nein, es liegt an der Art, wie sie redet, und an ihrer ›Ausstrahlung‹. (Tula würde die Anführungszeichen verstehen). *Sie weiß unglaublich viele Fakten, aber das ist, glaube ich, bei einer Tutorin für Alte Geschichte nichts besonderes. Sie läßt sich nicht aus der Ruhe bringen und riecht nach Frangi-Brot. Köstlich – nur bekomme ich davon Hunger, wenn wir uns zu kurz vor dem Essen treffen.*

Lisbeïs Spiel mit Vergleichen sollte sich nicht auf Carmela beschränken. Dieses Spiel ließ sie ihr Heimweh leichter ertragen. Anfangs war Carmela allerdings die einzige Person, mit der sie sich regelmäßig traf. Ihre Kommilitoninnen verblassten im Nebel der Anonymität, nicht anders als die Menschen in ihrer Pension. Nur zwei Gesichter hoben sich ein wenig aus dem Nebel heraus: das Gesicht der Pensionswirtin (sie war eine gutmütige, stämmige Blaue namens Merritt und hatte im Gesicht ein großes, dunkelrotes Muttermal) und das von Cardèn, die dort kochte, wo Lisbeï zu Mittag aß.

Kelys hatte Lisbeï in den ersten zwei, drei Tagen beim Eingewöhnen in Wardenberg geholfen. Sie hatte sie in der Schule angemeldet, zur Pension gebracht, mit ihr einen Spaziergang durch den Sektor gemacht und ihr die Eßlokale gezeigt, ihr erklärt, wie sie die vierteljährlichen ›Kredite‹ der Schule nutzen konnte. Dann war Kelys verschwunden. Lisbeï wußte nicht, ob sie darüber böse sein sollte, daß sie sich jetzt selbst überlassen war. Vielleicht war ein so klarer Trennungsstrich zur Vergangenheit ganz gut. So mußte sie ins kalte Wasser springen, wie man es in Bethely tat, wenn man in der Douve schwimmen lernte. Und nach ihren bisherigen Eindrücken war eigentlich keine Gefahr damit verbunden zu lernen, wie man in Wardenberg den Kopf über Wasser hielt.

Jeden Morgen stand sie zeitig auf, zog sich an, nahm in ihrem Stammlokal das Frühstück ein, das aus einem ›gekauften‹ Brötchen samt Früchten und Käse bestand, und ging dann zur Schule. (Oft verlief sie sich auf dem Schulweg. Noch schlimmer ging es ihr in der Schule selbst: Dort verirrte sie sich ständig im Labyrinth der Bibliotheksgänge). Sie traf sich mit ihrer Tutorin und arbeitete die jeweiligen Bücher und Papiere durch, nahm im Gemeinschaftsraum der Schule hastig ihr Mittagessen ein und lernte dann weiter, manchmal bis in die späten Abendstunden. Anfangs kehrte sie jeden Abend auf der inzwischen vertrauten Route geradewegs zu ihrer Pension zurück. Es dauerte einige Zeit, bis sie wagte, die ausgetretenen Pfade zu verlassen und Wardenberg zu ihrer eigenen Stadt zu machen. Komisch, in Bethely hatte sie nie Angst vor Entdeckungsreisen gehabt. Aber in Wardenberg war sie nicht zu Hause, das erklärte ihre Scheu. Es verband sie nichts mit dem Ort und seinen Bewohnerinnen, jenen Frauen, die tagtäglich an ihr vorbeiströmten. Seit dem Abschied von Bethely hatte sie ihren Weg aus den Augen verloren – ja, sie war wirklich *verloren*. Bethely ohne Tula (oder vielmehr: Bethely mit einer unzugänglichen, kalten Tula, aber das lief auf dasselbe hinaus) war ihr unerträglich vorgekommen. Aber mit jeder Faser ihres Herzens wußte sie, daß sie ihr eigentliches Selbst in Bethely, weit im Süden, gelassen hatte. Und das war vielleicht sogar noch schlimmer (falls das überhaupt möglich war) als die Tatsache, daß sie Tula dort gelassen hatte.

Nach drei Wochen in Wardenberg verwandelte sich das Gefühl von Freiheit in Einsamkeit, während alles Neue zur Gewohnheit wurde. Ihr Kummer schwand nur am Abend, wenn sie die Treppe zu ihrem Zimmer hochstieg, ihre Feder ins Tintenfaß tauchte und mit dem Schreiben begann: *Liebste Tula…* An so einem Brief schrieb sie eine Woche lang, bis ein Dutzend doppelseitig beschriebener Bogen vor ihr lag. Am Wochenende brachte sie den Brief hinunter zum Hafen. Die Briefe hätten ohne weiteres noch viel ausführlicher ausfallen können, schließlich schrieb sie eigentlich jeden Tag irgend etwas an Tula. Aber Papier war rationiert. Und manchmal war sie auch zu müde zum Schreiben, wenn sie spät abends von der Schule heimkam.

Selbst am Anfang schrieb Tula nicht viel. Lisbeïs

Briefe ähnelten eher Berichten als einer Korrespondenz und luden nicht gerade zur Antwort ein. Und dann kamen sie in solchen Mengen… Tula hatte außer Neuigkeiten aus Bethely nichts zu berichten. Also schrieb sie über Geburten, Schwangerschaften, Trivialitäten des Alltags – wie viele Grüne in diesem Monat aus dem Hort entlassen worden waren, welche ›Adoptivkinder‹ gerade zu anderen Familien geschickt wurden oder in Bethely ankamen. In Bethely passierte einfach nichts. Tula bereitete sich auf ihre Rolle als Mutter vor, das war auch schon alles.

Natürlich mußten diese dünnen, zwei oder drei Seiten langen Briefe, die so sporadisch aus dem Süden eintrafen, Lisbeï enttäuschen. Bald schrieb auch sie nur noch selten, und wenn, dann lakonisch. Das Neue ihrer Situation war inzwischen kein Thema mehr. Jetzt hätte sie Tula gern von ihren Gedanken und Gefühlen erzählt, von all diesen Erinnerungen, die ihr sofort in den Sinn kamen, wenn sie an Tula dachte.

Tula schrieb weiterhin nichtssagende Antwortbriefe. Der Briefwechsel reduzierte sich nach und nach auf unpersönliche Nachrichten, die alle drei Monate ausgetauscht wurden. Die Briefe enthielten entweder unverbindliche Mitteilungen oder bemüht heiteres Geplauder, und eines tat so weh wie das andere.

Trotzdem setzte Lisbeï ihren Dialog mit Tula fort. Beim besten Willen hätte sie es nicht fertiggebracht, diese lebenslange Gewohnheit über Bord zu werfen. Also schrieb sie weiter an Tula und erzählte ihr jede Einzelheit ihres Tagesablaufs. Das hätte sie selbst dann getan, wenn Tula gar nicht mehr geantwortet hätte. Wie die sorgfältig gehüteten Tagebücher, die sie seit den Horttagen geführt hatte, waren auch diese Briefe an Tula ihre einzige Verbindung zu allem, was Vergangenheit war. Sie mußte Tula ihre heimlichsten Gedanken mitteilen, denn dadurch gewann sie Klarheit über sich selbst. Nur so konnte sie mit der fremden Welt zurechtkommen, in der sie sich jetzt wiederfand. Diese ehrlichen Briefe an Tula stapelte sie regelmäßig wie bei einem Ritual in eine Schublade nach der anderen. Eines Tages besorgte sich Lisbeï ein dickes Notizbuch, in das sie fortan schrieb. Sie war noch nicht so weit, daß sie um ihrer selbst willen ihre Gedanken, Träume und täglichen Erlebnisse dem Notizbuch anvertraute. Aber sie tat es eigentlich auch nicht mehr für Tula.

KAPITEL 3

»Nein, Litale«, sagte die Tutorin, »ich glaube nicht, daß Sagen und Legenden einem dabei viel weiter helfen, und Sprichworte noch viel weniger. Oder nur in ganz besonderen Fällen. Jedenfalls nützen sie nicht viel. Und wir haben schließlich jede Menge anderer Hinweise, die sehr viel zuverlässerige Quellen sind, wenn wir neue Ausgrabungen festlegen wollen. Landkarten, geografische und historische Unterlagen aus den Archiven, das liegt ja auf der Hand. Vor allem aber die Topologie, die uns Auskunft über die Natur des Geländes, die Vegetation undsoweiter gibt… Damit haben wir klare, objektive Anhaltspunkte. Die Forschung muß zu allererst an Ort und Stelle durchgeführt werden.«

Lisbeï verbiß sich ihr »Ja, aber«. Sie spürte, daß die Gruppe sowieso schon der Meinung war, sie habe den Unterricht jetzt genügend aufgehalten. Und was sollte es auch bringen? Zwar war Edwina von Carlsbad eigentlich keine echte Judditin (keine Judditin, die etwas auf sich hielt, hätte in der Schule von Wardenberg gelehrt). Aber Lisbeï hatte inzwischen gemerkt, daß man nicht unbedingt Judditin sein mußte, um recht dogmatische Ansichten zu vertreten. Sie verkniff sich den Hinweis, daß sie zu allererst in Legenden auf die unterirdischen Gänge von Bethely gestoßen war. Sonst wäre sie nur wieder einmal aufgefallen. Und mit ihrem allzu häufig vorgebrachten »Ja, aber« hatte sie ohnehin schon Aufsehen erregt. Egal, Edwina hatte ja recht. Wenn die Südpromenade nicht eingestürzt und der Eingang zum Tunnel nicht freigelegt worden wäre, hätte Lisbeï ihre theoretischen Annahmen wohl nie in der Praxis überprüfen und an Ort und Stelle verifizieren können …

»Viel zu viel ist systematisch zerstört worden«, fuhr die Tutorin fort, »Ausgrabungsstätten wie Dokumente. Und in vielen Fällen waren die verschiedenen Menschengruppen, die das Gebiet seit dem Zusammenbruch besiedelten, durch Zeit und Raum getrennt. Viel zu weit getrennt. So konnten die Überlieferungen und Legenden von uralten Städten und Industrieansiedlungen sehr leicht verlorengehen.«

»Umgekehrt kann man überall in diesem Gebiet auf Geschichten stoßen«, fiel ihr Bertia, die Blaue aus Carrères, ins Wort.

»Richtig«, sagte Edwina mit zustimmendem Lächeln. »Viele örtliche Versionen des Märchens von der hundertarmigen Riesin enthalten fast identische Hinweise auf ihre Geburtsstadt. Aber wo lag diese Stadt? Hat sie jemals wirklich existiert? Wenn ja, welche der Versionen gibt dann den echten Schauplatz an?«

Marcie, eine andere Blaue, die neben Bertia saß, nickte. »Wir hätten ein paar sehr merkwürdige Ergebnisse, wenn wir die Legenden wörtlich nehmen würden, nicht wahr? Eine Riesin – na ja, aus der frühen Bienenstock-Ära sind einige Mißbildungen überliefert und dokumentiert. Aber hundertarmige? Das ist ganz schön weit hergeholt.«

Einige der anderen Studentinnen lachten. Die Tutorin hatte ihre Hände auf dem Rücken verschränkt und hörte den Beiträgen zu. Die Pause gab ihr die Möglichkeit, das Seminar wieder zum eigentlichen Thema zurückzuführen.

»Die schrecklichen hundert Arme der Riesin sind offensichtlich eine Übertreibung. Ihre reale Grundlage sind bestimmte Mißbildungen, die heute fast verschwunden sind, obwohl man immer noch Kinder findet, die mit mehr als fünf Fingern an der Hand oder mehr als fünf Zehen am Fuß geboren werden. Da besteht ein Zusammenhang, es wäre dumm, das zu leugnen. Nehmt zum Beispiel den archaischen Zyklus von Pimpernella-Sagen. Darin verwandeln sich Mädchen andauernd in Jungen. Das bestätigt die Tatsache, daß seit dem Zusammenbruch stets weniger Jungen als Mädchen geboren wurden. Die Frauen der Harems haben diese Sagen übernommen und weiter ausgesponnen, weil es damals schrecklich war, eine Frau zu sein. Viele Frauen müssen davon geträumt haben, lieber Männer zu sein. Die Frauen der Bienenstöcke übernahmen ihrerseits die Sagen und drehten die Geschlechterrollen um, so wie sie es ja auch mit vielen anderen Dingen getan haben. Pimpernella verwandelt sich von einem Jungen in ein Mädchen …«

»Und darüber hinaus sogar von einem Mädchen zurück in einen Jungen, wenn ihr gerade danach ist!« bemerkte Marcie.

»Heute sind diese Sagen praktisch tot, wenn man so will. Sie haben eine endgültige Form angenommen und ändern sich nicht mehr. Heute werden sie nur noch selten erzählt. Und ganz bestimmt spürt niemand den Drang, sie weiter auszuspinnen oder ähnliche Geschichten zu erfinden. Nein, wenn die uns überlieferten Sagen und Legenden irgendwelche Hinweise enthalten, dann über die Psychologie der Vergangenheit, über die Themen, die den Menschen, die sie erfanden, besonders am Herzen lagen und sie beschäftigten. Und dann bleibt uns immer noch die Aufgabe herauszufinden, wann solche Texte oder mündlichen Überlieferungen aufgetreten sind. Das ist nicht einfach, falls es überhaupt möglich ist. Ich meine auch, daß es eine interessante Übung sein kann. Aber für Historikerinnen, nicht für Restauratorinnen.«

Restauratorinnen waren keine Historikerinnen. Das war Lisbeï klar geworden, als für ihren Unterricht bei Carmela von Vaduze nur eine ganz kurze Zeitspanne festgelegt worden war.

Und diese Zeitspanne war sogar noch verkürzt worden, weil sie ja schon in Bethely zur Mutter und zum Gedächtnis ausgebildet worden war und auf vielen Gebieten weit mehr Kenntnisse hatte, als es die Schule für Restauratorinnen als notwendig ansah. Forscherinnen forschten, entdeckten mögliche Ausgrabungsstätten und holten Informationen darüber ein. Restauratorinnen gruben, fotografierten, legten Fundstücke frei und bargen sie, versahen sie schließlich mit Etiketten. Dann waren die Historikerinnen an der Reihe und die sogar noch weiter spezialisierten ›Gutachterinnen‹, die den Wert der Funde abschätzten. Die Kriterien der Gutachterinnen wichen von den Vorstellungen der Historikerinnen ganz entscheidend ab. Wie Lisbeï viele Jahre später nach der Entdeckung in Belmont merken sollte, galten Metalle und technische oder wissenschaftliche Informationen als sehr viel wertvoller als Kunstwerke oder nichttechnische Bücher.

Kelys war ebenso Historikerin und Linguistin wie Forscherin und Restauratorin – außerdem war sie praktisch auch Ärztin, Sportlehrerin und wahrscheinlich noch vieles andere mehr, was bei ihren Aufenthalten in Bethely gar nicht ans Licht hatte kommen können. Aber Kelys war ein Ausnahmefall, wie Lisbeï festgestellt hatte. Jedenfalls war sie in erster Linie Restauratorin, eine ausgezeichnete dazu. Deshalb hatte sie ihre Schulden für den vierjährigen Studienaufenthalt in Wardenberg auch so schnell zurückzahlen können. Falls Lisbeï Historikerin werden wollte, mußte sie damit so lange warten, bis sie ähnliches geleistet hatte.

Lisbeï seufzte und versuchte sich wieder auf Edwinas Ausführungen und die Luftaufnahmen von der Ausgrabungsstätte in Entraygues vor der Erforschung zu konzentrieren. Es ging hier um ein typisches Beispiel dafür, wie eine Technik, die sich an der Bodenbeschaffenheit orientierte, zu einer Entdeckung geführt hatte. Die dunkleren Flecken der Vegetation, die Schatten, die Bodensenkungen oder Höhenlinien aufzeigten, all das wies auf unterirdische Ruinen hin. Zweifellos waren diese Hinweise sehr viel präziser als die Gerüchte über unterirdische Tunnel zwischen Bethely und seinen Nachbarn. Zumindest erlaubte diese Technik das Vergnügen, sich mit dem Ballon ein wenig in die Lüfte zu erheben, ehe man sich in die Niederungen der Ausgrabungsstätte begeben mußte. Diese Erfahrung hatte Lisbeï Spaß gemacht, und das lag weniger am Abheben und Aufsteigen als am Wechsel der Perspektive. Wunderbar, das Land von oben zu sehen, so weit zu sehen, bis zur Meereskrümmung am Horizont! Fast vergaß Lisbeï, daß ihr Magen revoltierte. Zwangsläufig mußte sie an das Muster Ellis denken. Ellis Ansicht von ihrer Schöpfung mußte dieser Perspektive ein bißchen ähneln. Wie weitläufig und friedlich das Land aussah, wie wenig Raum die Welt der Menschen einnahm!

»Welcher Bodentyp, Litale?« Edwinas Stimme ließ keinen Zweifel daran, daß sie die Frage bereits zum zweitenmal stellte. Lisbeï versuchte verzweifelt, sich an den Anfang der Frage zu erinnern. Bodentyp für was? Wahrscheinlich für irgendeine Art von Vegetation…

»Saurer Boden«, flüsterte Fraine, die links von Lisbeï auf der anderen Seite des Gangs saß.

»Saurer Boden?«

Edwina knurrte und zeigte damit, daß sie sich nicht hinters Licht führen ließ, gab sich mit der Antwort jedoch zufrieden. Lisbeï lächelte ihrer Retterin zu. Fraine antwortete mit einem heimlichen Blinzeln und setzte dann eine stoische Miene auf, da Edwina sich herumgedreht hatte, um ihre Studentinnen im Blick zu behalten.

Nachdem sie zwei Monate ausschließlich mit Carmela von Vaduze verbracht hatte, war Lisbeï einer Gruppe von zwölf Studentinnen zugewiesen worden. Sie waren fast immer zusammen, auch wenn die Tutorinnen wechselten. Nicht alle wollten Restauratorinnen oder Forscherinnen werden. Ysande von Gers, eine schlichte, gutmütige Rote von fünfundzwanzig Jahren, war eine ›Adoptivtochter‹ von Wardenberg und besuchte zwischen zwei Dienstperioden die Seminare aus reiner Neugierde. Sie war eine bescheidene Gläubige mit friedfertigem Charakter, die irgendwie einer künftigen Mooreï ähnelte. Livine aus Wardenberg, erst seit kurzem eine Blaue, hatte das typische glatte blonde Haar und die blauen Augen der Familie. Sie wollte Gutachterin werden. Wenn sie mit jemandem sprach, hatte sie die Angewohnheit, ihr Gegenüber anzufassen, als müsse sie sich von dessen Realität überzeugen – oder auch von ihrer eigenen. Fraine war eine kleine stämmige Blondine mit leuchtenden braunen Augen in einem runden, sommersprossigen Gesicht. Sie kam aus Wardenberg und war gerade eine Rote geworden, hatte mit ihrem Dienst allerdings noch nicht begonnen. Schon jetzt freute sie sich auf ihre berufliche Zukunft als Forscherin und Restauratorin und nutzte ihr letztes völlig freies Jahr ganz und gar zum Studieren. Natürlich würde sie ihr Wissen erst dann richtig verwerten können, wenn sie eine Blaue war. Fraine war darüber nicht gerade glücklich.

Diese drei aus der Gruppe waren Lisbeï sofort aufgefallen, weil sie sich als erste mit ihr unterhalten hatten. Ysande hatte sie schon am ersten Tag mit einem »Hallo« willkommen geheißen und sie seitdem in jedem Seminar begrüßt. Später hatte Fraine im Speisesaal neben Lisbeï Platz genommen. Sie war so offensichtlich erleichtert, ein vertrautes Gesicht zu sehen, daß Lisbeï ihr einfach zulächeln mußte. Später schloß sich Livine Fraine an. Lisbeï war so erzogen worden, daß sie höflich antwortete, wenn Menschen sie ansprachen. Nach und nach gewöhnte sie sich an regelmäßige Unterhaltungen bei den Mahlzeiten, vor oder nach dem Unterricht oder auf dem Schulweg. Die Unterhaltungen waren an sich bedeutungslos, aber sozial notwendige Rituale. Man konnte sich fast automatisch daran beteiligen, ohne innerlich wirklich beteiligt zu sein. Es drehte sich ums Wetter, um das Tagesessen, die ärgerlichen oder komischen Ticks dieser oder jener Tutorin, die wichtigsten Neuigkeiten von den Ebenen oder Sektoren.

Zur Gruppe gehörten außerdem drei weitere Blaue (die eine aus Carrères, Amily von Kergoët und Marcie von Anglade) und zwei weitere Rote aus Wardenberg. Die beiden Roten standen kurz vor dem Ende ihrer Dienstzeit und wußten noch immer nicht genau, was sie tun sollten, wenn sie erst einmal Blaue waren. Allerdings interessierten sie sich für Leitung und Verwaltung der Archive. Darüber hinaus umfaßte die Gruppe auch zwei, drei blaue Männer. Tatsächlich gab es an der Schule bemerkenswert viele Männer, wie Lisbeï sehr bald aufgefallen war. Viele kamen von der Festung, aber an der Schule war auch eine große Zahl anderer Familien durch Männer vertreten. Manche von ihnen waren einfach neugierig, aber die meisten machten hier eine – vor allem technische – Ausbildung oder nahmen an einer Fortbildung teil. Die Fortbildung basierte auf den neuen Erkenntnissen, die man aufgrund der Entdeckungen gewonnen hatte. Selbstverständlich war die Metallurgie als Lehrfach für Männer tabu.

Die reine Forschung war männlichen Blauen offiziell nicht verboten. Aber nur wenige interessierten sich für Gebiete wie zum Beispiel Geschichte oder Linguistik, denn in der Öffentlichkeit konnte es immer noch Erstaunen oder Mißtrauen hervorrufen, wenn Männer sich solchen Fächern zuwandten. Andererseits konnten männliche Blaue ohne weiteres als Künstler oder Kunsthandwerker arbeiten, sofern es nicht die Metallurgie betraf. Das war aber beispielsweise bei bestimmten Goldschmiedearbeiten der Fall. Und das war zweifellos sehr schade, denn in Wardenberg wie auch anderswo gab es einige ausgezeichnete Kunsthandwerker, die bestimmt gute Goldschmiede abgegeben hätten. Aber natürlich kam es überhaupt nicht in Frage, daß Männer sich mit Metallurgie beschäftigen durften – dann hätte man sie ja auch gleich Waffen produzieren lassen können, nicht wahr?

Die Anwesenheit männlicher Blauer in der Schule mochte Lisbeï überrascht haben, aber noch mehr wunderte sie sich darüber, daß es dort auch männliche *Rote* gab. Darüber ließ sie sich ausführlich in einem Brief an Tula aus: *In unserer Gruppe ist sogar ein männlicher Roter! Er kommt aus Verchères und wurde bis jetzt noch nicht zum Dienst angefordert. Anscheinend lassen sie ihn während der Wartezeit an der Schule studieren. Er heißt Dougall und ist schon siebzehn. Er ist sehr schüchtern …*

Lisbeï hatte eigentlich noch hinzufügen wollen ›so wie Garrec‹, aber sich dann doch anders besonnen. Aber Garrec und die Episode mit Tula waren ihr sofort in den Sinn gekommen, als sie die Aura des jungen Roten gespürt hatte. Verchères galt als eine der konservativsten unter den fortschrittlichen Familien. Dougall sprach nie als erster, und wenn andere Studenten die Initiative ergriffen (normalerweise Studenten aus Wardenberg oder Kergoët), antwortete er mit gesenktem Blick und einer Mischung aus Verlegenheit und Unterwürfigkeit, die Lisbeï ebenso nervte wie belustigte. Dougall war blond, schmächtig, hatte schmale Schultern, eine unreine Haut und schwarze, ständig von dunklen Ringen umgebene Augen, die sein Gesicht wie gehetzt wirken ließen. Stets trug er ein langärmeliges Hemd, dessen Manschetten fest zugeknöpft waren.

In der Schule gibt es einige männliche Rote, und sie kommen nicht nur aus Wardenberg. Ich wußte gar nicht, daß die Männer außer zu den Familien, die sie zum Dienst anfordern, auch anderswo hingehen dürfen. Eigentlich hatte sich Lisbeï nie Gedanken darüber gemacht, was die Männer taten, wenn sie nicht sofort angefordert wurden oder zwischen zwei Dienstperioden Zeit hatten. Immerhin mußte es in Maerlande fast dreitausend dieser Männer geben. *Der aus Verchères studiert Restauration. Dürfen männliche Blaue als Restauratorinnen arbeiten? Ich werde es herausfinden.*

Sie entdeckte, daß sie sogar zahlreicher vertreten waren als männliche Blaue, die sich zum Beruf der Forscherin entschlossen hatten. Dennoch waren es nicht viele. Forschung und Restauration zielten darauf ab, Techniken, vor allem solche, die mit Metall zu tun hatten, wieder nutzbar zu machen. Da die Männer jedoch als irgendwie ›verseucht‹ galten – eine Vorstellung, die Lisbeï ebenso ärgerlich wie irrational fand – nahmen sie solche Tätigkeiten kaum wahr.

Andere Namen, andere Gesichter tauchten in der Menschenlandschaft auf, die Lisbeï langsam vertraut wurde. Aber sie blieben bloße Namen und bloße Gesichter: Merritt, Cardèn oder Cyse und Tonyn, die Stockwerksnachbarinnen. Sie alle nannten Lisbeï ›Litale‹. Jede neue Tutorin hatte die rituelle Frage gestellt: »Wie willst du genannt werden?« Nach anfänglichem Zögern hatte Lisbeï ›Litale‹ geantwortet, wie es ihr ja zustand. Glücklicherweise war sie in ihrer Gruppe und Pension die einzige aus dieser Provinz.

Nach Unterrichtsende kamen Fraine und Ysande zu Lisbeï herüber; die gerade dabei war, die kostbaren Fotoplatten in großen Kisten zu verstauen. Später sollte sie diese Kisten in die Fotoabteilung des Archivs zurückbringen. Fraine räusperte sich.

»Ysande hat Geburtstag. Es wird eine kleine Party organisiert. Wäre ein Mitmachen deinerseits möglich?«

Wie steif sie sich ausdrückten! Allmählich gewöhnte sich Lisbeï an die indirekte und unpersönliche Redeweise, wie sie in Wardenberg üblich war. Stets achtete man auf die Formalitäten, manchmal herrschte selbst zwischen engen Freundinnen dieser formelle Umgangston. Auch diese Sitte stammte aus der Zeit der Belagerung. *Wäre ein Mitmachen deinerseits möglich:* War diese Einladung reine Höflichkeit? Aber ihre Auren vermittelten eine andere Botschaft.

Lisbeïs besondere Wahrnehmungsfähigkeit war stets von der Beziehung zu den Menschen, die sie umgaben, abhängig gewesen. Sie hatte gelernt, wie sie ihre Wahrnehmungen mehr oder weniger abblocken konnte, wenn sie sich in einer Menschenmenge bewegte. Es war anders als bei Tula, die sich mit einer Mauer umgab. Eher war dieses Blockieren ein bewußtes Ignorieren der Wahrnehmungen, sie ließ diese Wahrnehmungen nicht in ihr Bewußtsein dringen. Meistens unterschied sie gar nicht mehr zwischen dem, was ihre besondere Sensibilität ihr vermittelte, und dem, was sie – wie alle Menschen – aufgrund von Mimik, Gestik und Sprache bei anderen wahrnahm. An ihre besondere Fähigkeit erinnerte sie sich nur, wenn sie auf Menschen mit ähnlicher Aura stieß, wie zum Beispiel Tula, Selva, Kelys und auch Antonë, obwohl diese bei Antonë nicht so deutlich ausgeprägt war, oder wenn das Verhalten von jemand einem zugrundeliegenden starken Gefühl widersprach, wie es jetzt bei Fraine und Ysande der Fall war.

Lisbeï bemühte sich bewußt um eine intensivere Wahrnehmung. Ja: Da war Nervosität oder Angst, zumindest Verlegenheit. Befürchteten die beiden, sie werde die Einladung annehmen? Aber Fraine fügte mit gesenktem Blick hinzu: »Man würde es mit großem Vergnügen sehen«, und Ysande pflichtete ihr bei. Sie meinten es ganz bestimmt ehrlich.

Obwohl erst sechzehn, war Lisbeï so gut wie ausgewachsen. Sie galt überall als groß, aber in Wardenberg, wo die Menschen durchschnittlich kleiner waren als in anderen Familien, fiel ihre Größe ganz besonders auf. Die noch jugendliche Fraine reichte ihr kaum bis ans Kinn. Auch Ysande war nur wenig größer, obwohl sie fünf Jahre älter war als Lisbeï und schon drei lebensfähige Kinder zur Welt gebracht hatte. Sie war … na ja, *erwachsen.* Was konnte sie an einer jungen, sterilen Blauen aus Litale nur so einschüchternd finden?

»Es wäre ein Vergnügen zu kommen«, antwortete Lisbeï. Neugierde und Überraschung ließen sie ihre übliche Reserviertheit vergessen.

Als sie in dieser Woche an Tula schrieb, berichtete sie nur kurz vom Unterricht bei Edwina. Es war nicht das erste Mal gewesen, daß Lisbeï ihre Ansichten im Seminar vorgetragen hatte. Ihrer Meinung nach stellten Geschichten vielleicht nur die andere Seite der Geschichte dar, hatte sie gesagt. Diese Bemerkung hatte ganz unterschiedliche Reaktionen ausgelöst: Manche (wie Marcie) hatten sich darüber lustig gemacht, andere (wie Edwina) geduldig erläutert, warum Geschichten im wahrsten Sinne des Wortes irrelevant seien. Sie hatte einige erstaunte Blicke auf sich gezogen, die schlicht und einfach sagten: Warum, um Ellis willen, kommst du nur immer auf diese Ideen? Nur Carmela von Vaduze hatte gelächelt – allerdings weniger über Lisbeïs Vorstellungen als über den Ernst, mit dem sie ihre Ideen vortrug. »Geschichte gliedert man nach Zeitrechnungen, Kleine, nach der Zeit der Harems, der Bienenstöcke und unserer Epoche«, hatte sie nachdenklich gesagt. »Aber Geschichten sind zeitlos.«

Woher kommen die Geschichten? Hast du dich das je gefragt, Tula? Vielleicht nicht, denn immer war ja ich diejenige, die Geschichten erzählt hat. Als du noch klein warst, dachtest du, ich hätte sie erfunden. Aber so war es nicht, oder doch nicht immer. Auch die Hüterinnen hatten sie nicht erfunden. »Es gibt im Herzen der Welt eine Insel, auf der die Mutter aller Geschichten lebt. Sie ist sehr, sehr alt – eigentlich alterslos, denn sie ist diejenige, die alle Geschichten in die Welt gesetzt hat, und das wird sie auch in Zukunft tun. Sie vertraut ihre Geschichten wie Samen dem Wind an. Wenn sie die Erde berühren, schlagen sie Wurzeln.« Wie ich von Carmela weiß, beantwortet man in Wardenberg die Frage, woher die Geschichten kommen, mit dieser Sage. Tatsächlich weist sie viele Parallelen zum ›Muster Ellis‹ auf. Aber sie ist sehr hübsch, findest du nicht auch? Und zumindest erklärt sie, warum Geschichten fix und fertig in die Welt kommen.

Lisbeï kaute einen Augenblick auf ihrem Federhalter herum und starrte vor sich hin. Im zweiten Teil von Haldes Notizbuch gab es Geschichten, die so wirkten, als seien sie gerade im Entstehen. Vieles war durchgestrichen und neu begonnen worden ... Ach ja, enthielt das Notizbuch nicht auch die Geschichte von der hundertarmigen Riesin? Sie mußte nachsehen, aber Selva hatte die wenigen Übertragungen, die Lisbeï in Bethely gemacht hatte, konfisziert. Das Notizbuch lag in Wardenberg hinter Schloß und Riegel, bis die ENTSCHEIDUNG getroffen war. Es gab viele Kopien: Antonë, die sich jetzt schon länger als ein Jahr in die Stille zurückgezogen hatte, mußte eine haben, ebenso jede der zwanzig Revisorinnen. Jedenfalls würde niemand anderes die Kopien vor der ENTSCHEIDUNG zu sehen bekommen.

Ich habe einen Blick in den Pimpernella-Zyklus geworfen, den ich vorher nie gesehen hatte. Und rat mal, auf was ich dort gestoßen bin: ›Die Prinzessin und der Geist‹ ist ein Teil davon, wenn auch in ziemlich abweichender Version. (Der Geist kommt aus einer Flasche, und die Höhle öffnet sich von oben, mittels einer Falltür). Nur die drei Bluträtsel sind identisch. Anstelle von »Kriegerinnen, deren Arme so schnell nachwachsen, wie sie abgeschnitten werden« hat die Prinzessin Töchter, deren Wunden so schnell heilen, wie sie entstehen. Natürlich siegt auch sie am Ende, aber sie geht nicht zur Höhle zurück, und der Geist in der Flasche verdampft vor Langeweile.

Es stimmt, daß darin dauernd Mädchen vorkommen, die sich in Jungen verwandeln. Zuerst Pimpernella, dann ihre Schwestern, schließlich ihre Töchter. Vieles spricht für Edwinas Interpretation. Wenn Frausein bedeutet, auf ewig zu einem Sklavinnendasein und zur Zwangsarbeit verdammt zu sein, dann muß in Geschichten, in denen Frauen sich in Männer verwandeln, wohl ein gewisser Trost liegen.

Trotzdem ist es seltsam, daß all diese Erzählerinnen der Haremszeit nie auf die Idee gekommen sind, Pimpernella könnte sich mit ihren Schwestern zusammentun und die tyrannischen Herrscher stürzen. Aber vielleicht hätten die Haremsführer die Weiterverbreitung einer solchen Geschichte gar nicht zugelassen, so daß nur die am wenigsten realistischen Sagen überleben konnten …

Es zieht sich noch ein weiteres Moment durch den ganzen Zyklus, wie mir aufgefallen ist. Du wirst gleich sehen, warum: Dauernd ist von der ausgezeichneten Gesundheit Pimpernellas und ihrer Familie die Rede. Nie sind sie krank. Und wenn sie schrecklich verprügelt werden, erholen sie sich schnell. (Eine Geschichte handelt sogar davon, daß eine von Pimpernellas Töchtern für eine Hexe gehalten wird, weil sie als einzige nicht die Pest bekommen hat. Sie wollen sie auf dem Scheiterhaufen verbrennen, aber das klappt nicht so richtig, dauernd müssen sie Holz nachlegen). Allerdings gab es in der Haremszeit die Schlimme Krankheit *ja gar nicht. Antonë sagt, die ersten Fälle seien vor etwa hundert Jahren aufgetreten. Damals starben fast alle daran. Die nichttödliche Variante hat sich erst vor ungefähr vierzig Jahren entwickelt.*

Vielleicht treffen sich hier Wirklichkeit und Fiktion. Für die Erzählerinnen der Haremszeit lag es nahe, ihre Heldin und deren Stellvertreterinnen mit solchen Eigenschaften auszustatten, daß sie kaum kleinzukriegen waren – jedenfalls, wenn man das ganze aus Edwinas Sicht betrachtet und davon ausgeht, daß diese Sagen vor allem eine Möglichkeit boten, die wirkliche Situation zu kompensieren. Schließlich muß man berücksichtigen, wie unglaublich hart damals schon das rein physische Überleben für Frauen (und eigentlich ja für alle) war. Von daher ist es ganz plausibel, daß Arme nachwachsen und Verletzungen sofort heilen. Es sind Wunder der phantastischen Art, aber gleichzeitig folgen sie einer in sich stimmigen Logik.

Eine faszinierende Idee. Lisbeï, wieder ganz in Gedanken, kaute einen Moment auf dem Federhalter herum und schrieb dann weiter. *Es hat etwas Phantastisches, trotzdem ist es gleichzeitig völlig logisch. Mit dieser Formel könnte man ein gutes Stück weiterkommen, obwohl man das ganze auch völlig realistisch betrachten kann. Wer die* Schlimme Krankheit *bekommt, wird danach praktisch nie mehr krank. Das hat viele weitere Konsequenzen. Von diesem Ausgangspunkt – dem, was Kelys…* Nein, sie hatte Tula nie von ihrem Gespräch mit Kelys an der blauen Steingrenze der *Schlimmen*

Zone erzählt. Sorgfältig strich sie ›Kelys‹ durch und schrieb statt dessen ›Antonë‹. *Von diesem Ausgangspunkt – dem, was Antonë auch Mutationen genannt hat – kann man die Überlegungen weiter und weiter vorantreiben.* WENN *die* Schlimme Krankheit *wirklich eine gutartige Mutation bewirkt,* WENN *diejenigen, die sie überstehen, wirklich besser als andere weitere Krankheiten abwehren können oder sogar mit Verletzungen schneller fertigwerden (wie es beispielsweise bei meiner Arm- und deiner Fußverletzung passierte) – warum sollte die Entwicklung dann dabei haltmachen? Mit der Zeit könnten sich immer günstigere Mutationen entwickeln. Unsere Nachkommen wären dann so wie die Töchter der Pimpernella. Nicht, daß die Arme nachwachsen würden, aber …*

Aber warum eigentlich nicht? Bestand denn irgendein *qualitativer* Unterschied zwischen der schnelleren Regeneration von Knochenzellen und der Entwicklung eines ganz neuen Arms? War dies so ein Fall, wo die bis zur maximalen Grenze vorangetriebene Quantität in Qualität umschlug? Aber Sagen befaßten sich ganz bestimmt nicht mit solchen Problemen.

Nicht, daß die Arme sofort nachwachsen würden, aber doch ganz allmählich, ähnlich wie der Schwanz der Eidechse. In der Natur gibt es das Phänomen ja schon! Immerhin haben unsere Körper ja das genetische Wissen, wie die Haut um einen Schnitt herum heilen muß. Also könnten sie das Wissen doch auch bei der Entwicklung eines neuen Armes oder Beines anwenden. Es würde nur länger dauern. Und natürlich bräuchte man dazu auch den ›Rohstoff‹, denn aus nichts kann nichts kommen, man muß den neuen Arm aus irgend etwas schaffen. Man müßte sich selbst vollstopfen, damit der Körper die nötige Energie hätte. Sonst müßte sich der Körper um der Energie willen ja selbst verzehren. Um einen neuen Arm zu gewinnen, würde man den anderen Arm verlieren!

In Horttagen hätte Tula diese Geschichte gemocht.

Sie war verrückt genug – und gleichzeitig logisch. Dieses Bild vom Arm, der auf einer Seite nachwuchs, während er auf der anderen Seite abnahm... Aber nein, logischerweise mußte der ganze Körper Energie beisteuern und verbrennen. Was dann? Man würde schrecklich dünn werden, nur noch aus Haut und Knochen bestehen. Am Ende würde die Person schmächtiger sein, aber zwei Arme haben. Perfekt! Umgekehrt schoß man in die Höhe und wurde dicker, je mehr man aß. Elastische Geschöpfe! Da hast du deine hundertarmige Riesin! Das würde sogar erklären, warum Pimpernella und ihre Schar solche Schwierigkeiten dabei hatten, sich in größere und dickere Männer zu verwandeln. Aber man müßte in diese Sagen noch Freßorgien einbauen. Und wenn man schon mal dabei war, warum eigentlich sollte man die Verwandlungen der Frauen so beschränken? Nur in Männer? Warum nicht Verwandlungen in Stuten, Bärinnen oder sogar Schmetterlinge?!

Nein, Schmetterlinge wohl eher nicht: Wohin mit all dem überflüssigen Körperstoff? Eine intensive Verbrennung von Energie? Nein, sie durfte nicht außer Acht lassen, was Antonë im Unterricht gesagt hatte. Die Masse blieb konstant, sie setzte nur gerade so viel Energie frei, wie zur Verwandlung nötig war. Eine Bärin, eine Stute, aber sie durften nicht viel größer sein als der ursprüngliche Körper. Es sei denn, man stopfte sich so voll, bis man platzte, was ja immer mal möglich war. Aber bei aller Verrücktheit mußte man schließlich vernünftig bleiben!

Wie konnte man als Schmetterling überhaupt *denken?* Wie konnte man sich in einen Menschen zurückverwandeln? WENN überhaupt, schließlich ging alles vom Hirn aus. Die Auswahl würde sich auf Tiere beschränken müssen, deren Hirn in etwa die Größe eines menschlichen Gehirns hätte... Und wenn sie in ihrer Tiergestalt Nachkommen hätten, wie würden die dann aussehen? Wie Tiere? Wie Menschen? Hätten sie ein bißchen von beidem? Zu welchen Anteilen? Lisbeï mußte lachen. Also wirklich, das ging einfach zu weit…

Und schon die Geburt – wie würde ein solches Geschöpf geboren werden? Wie würde es im Schoß seiner Mutter wachsen? Wenn die Mutter sich während der Schwangerschaft verwandelte, was würde dann mit dem Fötus geschehen? Sie nahm einfach mal an, daß die Mutter sich während der neun Monate Schwangerschaft nicht verwandeln konnte oder wollte. Vielleicht konnte die Mutter das Wachstum des Babies beschleunigen. Und wie würde man ein solches Kind überhaupt aufziehen? Wer würde es aufziehen? Geschöpfe mit einer solchen Verwandlungsfähigkeit bräuchten keinen Wetterschutz. Sie könnten fast alles essen… Und sie würden auch nicht aufeinander angewiesen sein, um sich vor Tieren zu schützen. Aber wegen all dieser Dinge lebte man ja gerade in Gemeinschaften zusammen – hab ich recht, Carmela? Solche Geschöpfe würden sich zu keiner Gemeinschaft zusammenschließen müssen, sich keine Gesellschaftsform geben müssen. Sie wären völlig autonom. Keine Gesellschaft, keine Kultur, keine Gruppe, die Kinder aufzog. Trotzdem würden sie Kinder haben, wenn der Fortpflanzungstrieb tatsächlich so stark war, wie Antonë behauptete. Lockere Gruppen zur Aufzucht der Kinder? Aber wenn auch die Kinder solche Fähigkeiten hätten, dann bräuchten sie möglicherweise gar keine Erwachsenen. Vielleicht könnten sie sich vom ersten Erdentag an selbst versorgen…

Lisbeï hob den Kopf. Zu ihrer Überraschung war es bereits dunkel geworden. Wie spät, um Ellis willen, war es jetzt? Ungläubig und gleichzeitig über sich selbst belustigt schüttelte sie den Kopf, als sie die eng beschriebenen Seiten sah, die über den ganzen Tisch verstreut waren. Wieder einmal hatten ihre eigenen Geschichten sie davongetragen!

Aber die Horttage waren längst vorüber. Für so etwas würde Tula jetzt nicht mehr viel Geduld aufbringen. Die künftige Mutter von Bethely hatte bestimmt jede Menge anderer Dinge im Kopf. Lisbeï seufzte und las noch einmal durch, was sie geschrieben hatte. Ziemlich kindische Phantasien. Aber sie würde nichts davon durchstreichen. Von Anfang an hatte sie beschlossen, nichts von dem zu streichen, was sie aufschrieb, es sei denn, ab und zu ein einzelnes Wort. Einen Augenblick lang suchte sie nach dem Faden, der ihrem Brief wieder eine realistische Wendung geben konnte, dann schrieb sie weiter.

Wenn die Pimpernella-Erzählerinnen in ihrer Phantasie den Mangel an männlichen Babies durch Verwandlungen ausgeglichen haben, wie Edwina meint, dann haben sie ganz offensichtlich etwas übersehen: Angenommen, alle Mädchen verwandeln sich in Jungen, was dann? Wir wären genauso weit wie vorher! Offensichtlich haben diese Haremsfrauen die Geisteshaltung der Bienenstöcke schon vorweggenommen: Verwandlung durch völlige Umkehrung der Geschlechterrollen. Sie dachten, das sei die Lösung. Diese Geisteshaltung haben wir inzwischen überwunden. Deshalb ist der Pimpernella-Zyklus auch ›tot‹, wie Edwina es nennt. Heute denken wir anders.

Wirklich? – Skeptisch dachte Lisbeï über den letzten Satz nach. Schon in Bethely hatte sie einen ganz bestimmten Verdacht gehegt. Aber jetzt, wo sie in Wardenberg lebte und alles mit fremden Augen sah, merkte sie von Tag zu Tag mehr, wie sehr die Vergangenheit überlebt hatte, auch wenn sie sich unmerklich verändert hatte. All diese Sitten und Gebräuche, die theoretisch so ›tot‹ wie die Pimpernella-Sagen waren, lebten in Wirklichkeit weiter und machten ihre Autorität durch Alter, Zwang oder Gewohnheit geltend. So war es beispielsweise mit dem kommenden Osterfest Mitte Aprila. Baltike feierte damit die Ankunft von Ellis ErSie. Die Menschen schenkten einander zu diesem Anlaß Eier, die in jeder nur denkbaren Form geschmückt waren. Und so war es auch mit den Festen Ende Dezemra. In den Zimmern wurden Kränze und glänzende Dekorationen angebracht, die Kinder sangen auf den Straßen – eine Erinnerung daran, daß früher zu dieser Zeit das neue Jahr begonnen hatte. Laut Haldes Testament im Monat *Januar*, nicht, wie heute, mit der Wintersonnenwende zu Anfang des Monats Ellis.

Gähnend verschloß Lisbeï ihr Tintenfaß und legte den Federhalter aus der Hand. Die Gasleuchte war fast heruntergebrannt. Sie würde Tula morgen von allem erzählen. Die Merkwürdigkeiten Wardenbergs eigneten sich besser zum Gesprächsthema, wenn man es mit einer künftigen Mutter von Bethely zu tun hatte. Und manche von Mooreïs Büchern waren tatsächlich überholt.

Ysande wohnte auf Ebene Eins im sechsten Sektor des Westquadrats. Sie lebte bei einer Familie, der sie im Alter von siebzehn Jahren als Adoptivtochter anvertraut worden war. Nach Sitte Maerlandes war dies auch der Stichtag, an dem der Geburtstag gefeiert wurde. In Wardenberg wurde der Tag stets so gelegt, daß er im selben Monat wie der ›echte‹ Geburtstag stattfand. Darauf achtete man, wenn die Ankunft der Adoptivtochter in der Gastfamilie vorbereitet wurde.

Für Lisbeï war die Vorstellung von einer ›Kleinfamilie‹ seltsam. Genauso seltsam war die Erkenntnis, daß das Wort ›Familie‹ für Fraine oder Ysande etwas ganz anderes bedeutete als für sie selbst. Wenn in Wardenberg von der ganzen Festungsstadt einschließlich des Gebietes und der nahen und fernen Ableger die Rede war, sagte man ›die Familie‹, und alle wußten, daß die Großfamilie gemeint war. Aber wenn man ›meine Familie‹ sagte, meinte man die Sub-Linie, der man angehörte. Mit anderen Worten: alle Menschen, mit denen man in einem Sektor zusammenlebte. Oder noch präziser: die Menschen, mit denen man in einem ›Block‹, ›Gebäude‹ oder ›Haus‹ zusammenlebte.

Das Haus, in dem Ysande mit ihrer Familie lebte, bestand aus vier Stockwerken. Offensichtlich waren sie in zeitlichem Abstand gebaut worden, denn sie wirkten wie umeinander- und aufeinandergeschichtet. Es sah alles sehr merkwürdig, aber trotzdem ganz nett aus, wie Lisbeï sich schließlich sagte. Das Innere erinnerte sie ein wenig an Bethely. Es entsprach dem Bild, das sie sich als Kind von den ersten vier Stockwerken des Westturms, insbesondere vom dritten mit der Bibliothek, ausgemalt hatte: ein Labyrinth sich windender Korridore, von Türen, Falltüren, verborgenen Treppen und unterschiedlichen Ebenen.

Sie wurde von einem Schwarm kichernder kleiner Grüner begrüßt, die sie zum nächsten Stockwerk brachten. Manche waren noch ganz klein, vielleicht vier Jahre oder jünger. Lisbeï fiel auf, daß die Treppenstufen breit und flach waren. War das absichtlich so angelegt worden, wegen der kleinen Grünen? Sie wußte inzwischen, daß es eine Besonderheit Litales war, die Horte strikt von der übrigen Gemeinschaft abzutrennen. Auf den Straßen Wardenbergs war sie schon Kindern begegnet, die in Bethely noch unsichtbare Mostas gewesen wären. In Wardenberg zuckelten sie jeden Tag zu den kleinen Nachbarschaftsschulen ihres Sektors, die hier ›Kleine Schulen‹ genannt wurden. Die kleinsten Mostas, die Babies, hatte sie noch nicht gesehen, weil sie bis zum Alter von drei Jahren zu Hause blieben. In Merritts Pension lebten keine, hier wohnten nur Blaue, die nicht in Wardenberg geboren waren.

Auf Ysandes Stockwerk gibt es Babies, nicht nur die

Babies ihrer persönlichen Schwestern und die Babies ihrer Gefährtin, sondern Ysande hat auch eigene! Als sie mir entgegenkam, hatte sie ein Baby von kaum zwei Jahren unter einen Arm geklemmt, ein weiteres Kleinkind hielt sie an der Hand. Ysandes Wohnort ist ein wahrer Hort: Ich habe mindestens ein Dutzend Winzlinge zwischen zwei und fünf Jahren gesehen. Drei andere – dazu gehört auch ein Junge – zwischen sieben und neun Jahren waren gerade in der ›Kleinen Schule‹. Ysandes drei Schwestern sind sechs oder sieben Jahre älter. Die zwei ältesten, Luci und Karin, erwarten in zwei beziehungsweise fünf Monaten Babies. Die Überlebensrate ist in dieser Erblinie (oder auch ›Sub-Linie‹, ›Sub-Sub-Linie‹, ›Familie‹) hoch. Dennoch frage ich mich, wie sie die ganze Zeit mit diesen Kleinkindern zusammenleben können. Sie müssen fünfzehn, wenn nicht mehr Kinder verloren haben … Wir haben nicht darüber gesprochen, beim ersten Besuch geht das ja auch gar nicht. Es gehört nicht zu den Themen, die man mit Außenstehenden bespricht, schon gar nicht in Wardenberg. Jedenfalls müssen sie meine Verlegenheit oder zumindest meine Überraschung bemerkt haben, denn sie schickten mich sofort zur Party auf dem dritten Stock. Ysande kam ein bißchen später nach. Sie hatte ihrer Jüngsten zu Trinken gegeben – sie an der eigenen Brust gestillt! (In meinem Kopf dreht sich immer noch alles.). Darin muß wohl der größte Unterschied zwischen Wardenberg und Bethely bestehen!

Trotzdem war der allgemeine Eindruck eigentlich gar nicht so befremdlich gewesen. War nur der Weg anders, das Ziel das gleiche? Lisbeï hatte Wärme, Zuneigung, Teilhaben am anderen gespürt … Vielleicht nicht so offensichtlich wie in Bethely? Aber … persönlicher? Auch wenn man von körperlichen Ähnlichkeiten absah, konnte man auf einen Blick sagen, welches Kind zu wem gehörte. Weder in den Gesichtern noch in der Aura der Familie konnte sie eine Spur des Verlustes entdecken, den sie doch erlitten haben mußten.

Den Verlust all dieser kleinen Kinder, die noch im Säuglingsalter gestorben waren. Konnten diese Wardenbergerinnen, die mit ihren Kindern vom Tag ihrer Geburt an zusammenlebten, Verlust mit derselben inneren Härte ertragen wie ihre Geschlechtsgenossinnen in Bethely?

Dennoch war es nicht in erster Linie das Erstaunen über die Kinder, das sich Lisbeï an diesem ersten Abend mit Fraine und ihren studentischen Freundinnen so nachdrücklich einprägte.

Als sie den großen Raum betrat, waren schon viele Gäste angekommen. Das Zimmer war reichlich mit Kränzen und Gasleuchten geschmückt. Draußen dämmerte es, der Aprilanachmittag neigte sich dem Ende zu. Sie erkannte die Jüngeren aus ihrer Schulklasse – den kleinen Dougall, der still in einer dunklen Ecke saß, und einige andere, die sie in der Schule zusammen mit Fraine oder Ysande gesehen hatte. Darüber hinaus waren mindestens ein Dutzend anderer Leute da, die sie überhaupt nicht kannte: mehrere junge Rote wie Fraine, drei oder vier Blaue, die ebenfalls ziemlich jung wirkten. Die Menschen waren bereits in lebhafte Gespräche vertieft. Ihr fiel auf, daß mehrere leere Flaschen herumstanden, obwohl kaum jemand die großzügig mit Essen beladenen Tabletts angerührt hatte.

Irgend jemand half Lisbeï aus dem Mantel und nahm ihr den Rucksack ab, in dem sie Ysandes Geschenk hatte. Ein Glas funkelnden Weins wurde ihr in die Hand gedrückt, bestimmt war das der berühmte Wardenberger Zirfell. Man bekam ihn nur hier. In der Gemeinschaft Zirfell gab es nicht so viele Weinberge, daß man genügend Wein für den Export hätte anbauen können.

Lisbeï fand sich mitten unter Fremden am Ende eines geräumigen, niedrigen Sofas wieder, das man gegen die Wand geschoben hatte. Darüber befand sich eine Fensterreihe mit farbigen Glasscheiben. Wenigstens konnte sie sich auf die Sofalehne stützen. Ihr Kopf brummte schon von all den Leuten, all dem Lärm der Unterhaltungen, obwohl die Gäste mit gedämpfter Stimme sprachen. In Wardenberg war es üblich, leise zu reden. Wenn man älter als vier war, verbot sich jedes Gebrüll – zumindest, wenn man wohlerzogen war. Und in dieser Hinsicht hatten alle in Wardenberg tadellose Manieren. Wenn man einander ein Jahrhundert lang auf der Pelle sitzen muß, lernt man zwangsläufig, mögliche Reibungspunkte auf ein Minimum zu beschränken…

Für Lisbeï war dieser erste richtige Ausflug in die Gesellschaft Wardenbergs seit ihrer Ankunft vor fünf Monaten eine ganz neue Erfahrung. Sie fragte sich, ob sie recht daran getan hatte, die Einladung anzunehmen. Worüber, um Ellis willen, sollte sie sich mit all diesen Fremden (oder auch Bekannten) unterhalten? Über Schule und Studium? Für eine Party kaum das richtige Thema. Über das Leben in Wardenberg? Darüber wußte sie zu wenig, und ihr Blickwinkel war ganz bestimmt zu merkwürdig. Am sichersten war es, einfach zuzuhören und nur zu reden, wenn sie angesprochen wurde. Und selbst dann wollte sie mit ihrer Antwort vorsichtig sein.

Vielleicht hatten Fraine und Ysande die anderen Gäste vor Lisbeïs Reserviertheit gewarnt, vielleicht schützte sie auch die sprichwörtliche Wardenberger Höflichkeit. Jedenfalls wurde sie lediglich gefragt, ob sie Wein und Hors d'œuvres haben wolle (ja, das würde Hände und Mund beschäftigen) und was sie vom letzten Spiel auf dem Platz der Blauen halte (sie hatte es gar nicht gesehen)… Ansonsten schienen sich die Leute damit zufrieden zu geben, daß Lisbeï – je nachdem, welches Thema ringsum gerade diskutiert wurde – entweder nickte oder den Kopf schüttelte. Unter anderem ging es um die stärkere Beteiligung der Bretanye beim Bau von Schiffen, die den Westen erforschen sollten. (Die Versammlung der Mütter in Bethely hatte diesem Vorhaben grundsätzlich zugestimmt. Jetzt besprach jede Familie die Einzelheiten). Oder um die richtige Länge und den richtigen Schnitt der dicken, ärmellosen Übermäntel, die in dieser Wintra in Wardenberg der letzte Schrei waren. Mit Hilfe des Zirfells sank Lisbeï gerade in eine angenehme Schläfrigkeit, als das Wort ENTSCHEIDUNG während einer kurzen Gesprächspause quer durch den Raum zu ihr drang.

Das war ein Thema, das sie interessierte! Mit leisem Bedauern verließ Lisbeï ihren Platz auf dem Sofa. Sie steuerte mit leichter Schlagseite auf die gegenüberliegende Wand zu und lehnte sich mit bemühter Lässigkeit dagegen. Neben ihr diskutierte eine Gruppe von Roten und Blauen tatsächlich über die ENTSCHEIDUNG, das Notizbuch und die Versammlung.

Und über ›sie‹.

Lisbeï verstand nicht gleich, wer mit diesem immer wiederkehrenden ›sie‹ gemeint war. Bestimmt Halde. Eine ihr unbekannte junge Rote hielt ›sie‹ bestenfalls für das Opfer irgendeiner Intrige, schlimmstenfalls für eine Lügnerin und Betrügerin. Eine andere junge Rote – Fraine – verteidigte ›sie‹ mit heißen Worten als eine, die ›für die Wahrheit stritt‹.

»Und sie hat es ganz bestimmt versucht. Ich bin sicher, ihr saß die ganze Familie im Nacken …«

»Dann wußten sie also Bescheid?«

»Sie müssen es gewußt haben. Es wäre doch komisch, wenn man ein so großes Loch buddeln könnte, ohne daß es jemand bemerkt. Besonders in einer Familie wie Bethely!«

Lisbeï zuckte heftig zusammen, dann wechselte sie den Standort, um ihre instinktive Reaktion zu überspielen.

»Ich meine, sie stand trotz allem dafür ein. Denkt

doch mal nach! In ihrer Situation… Aber niemand konnte ihr einen Maulkorb anlegen…«

Niemand hat versucht, mir einen Maulkorb anzulegen. Sie wußten ja gar nichts von meinen Absichten!

»Wenn sie nicht gewesen wäre, sie ganz allein, dann wäre die Wahrheit nie ans Licht gekommen!«

Aber sie wollten die Wahrheit ja gar nicht ewig verbergen, nur bis nach der Versammlung!

»Sogar die hysterischen Kommentare der Judditen…«

Hysterisch? Eigentlich waren sie doch gar nicht so hysterisch gewesen…

»Bethelys feiges Schweigen…«

Feige, feige… Sie hatten ihre Gründe gehabt…

»Also wirklich, Fraine. Wie kannst du das gutheißen, was sie getan hat? Sie hat ihre Familie in Verlegenheit gebracht, wichtige Debatten verzögert und eine ENTSCHEIDUNG über eine Angelegenheit ausgelöst, die vielleicht nichts als Betrug ist! Und warum? Weil sie nicht die Mutter von Bethely werden konnte und sich rächen wollte!«

Ganz sicher hatte der Zirfell viel damit zu tun. Ich hatte das Gefühl, es sei eigentlich gar nicht von mir die Rede. Wie konnten sie überhaupt so über mich sprechen, als sei ich gar nicht vorhanden, wenn ich doch da war? Ich hatte völlig vergessen, daß sie mich nicht bei meinem richtigen Namen kannten. Ich war… na ja, bestürzt, aber auch fasziniert. Zum ersten Mal erlebte ich, wie jemand anderes meine Geschichte erzählte. Diese Geschichte existierte in Wardenberg und wahrscheinlich in ganz Maerlande, und ich kam als Person darin vor. Ab und zu hätte ich am liebsten gerufen: »Nein, so war es doch gar nicht! So war ich doch gar nicht!« Aber gleichzeitig konnte ich die Dinge auch aus ihrer Perspektive sehen, vom Standpunkt der Roten, die gegen mich eingestellt war, wie vom Standpunkt Fraines, die mich verteidigte. Und beide hatten sie unrecht!

Oder hatten sie beide recht? (Lisbeï zögerte. Nein, sie

würde das nicht durchstreichen). *Aber ich habe das Gefühl, daß keine der ›Lisbeïs‹ etwas mit meinem wirklichen Selbst zu tun hatte.* Wieder brach sie ab. Nein – das war ja lächerlich! Sie wußte ganz genau, daß das Notizbuch keine Fälschung war. Aber es stimmte, daß sie ihre Familie in Verlegenheit gebracht hatte, und zwar deshalb, weil … nein, natürlich nicht deshalb, weil sie sich hatte rächen wollen, aber … Sie war sich völlig darüber im klaren gewesen, was sie tat, oder etwa nicht? Sie hatte *gewußt*, in welch peinliche Lage sie Bethely durch ihre Enthüllungen bringen würde. Langsam schrieb sie weiter: *Oder gibt es in Wirklichkeit vielleicht beide Lisbeïs?*

Jetzt konnte sie endlich ganz ehrlich mit sich selbst sein. *Als ich bei Eröffnung der Versammlung aufstand, um meine Rede zu halten, hatte ich furchtbare Angst. Aber ich spürte nicht nur Furcht, sondern auch Freude – Freude, die Wahrheit zu enthüllen und trotz der anderen und ihrer Vorsicht das Richtige zu tun. Endlich kann ich zugeben, daß ich teilweise sehr wohl die Person bin, die sich die unbekannte Rote ausgedacht hat – genauso, wie ich auch Fraines Lisbeï bin.*

Aber es ist schwerer, diese zweite Lisbeï zu akzeptieren. Das Bild von ihr ist zu schmeichelhaft. Sie ist zu heroisch, zu selbstüberzeugt, ein bißchen wie Halleras Garde. Sie strahlt innere Stärke und Güte aus, sie ist sich in allem völlig sicher. Welcher Verdienst liegt darin? Haldes Garde ist, soweit ich es von der Übertragung her noch weiß, viel menschlicher, viel realer … und deshalb ist auch ihre Göttlichkeit viel realer.

Tula würde schon verstehen, daß sie sich nicht mit Garde verglich. Sie wollte damit nur noch einmal die inneren Widersprüche deutlich machen, die sie faszinierten, so wie Mooreïs Würfel sie damals fasziniert hatte – die Tatsache, daß sich zwei entgegengesetzte Pole plötzlich berührten.

Sie setzten ihre Diskussion noch eine Zeitlang fort.

Dann wandte sich Fraine zu mir und fragte mich nach meiner Meinung. Ich hätte auf eine solche Frage vorbereitet sein müssen, aber ich hatte etwas getrunken und fast vergessen, wer ich war. Ich sagte, die Schiedsrichterin werde die ENTSCHEIDUNG *treffen, und spürte, wie enttäuscht sie waren.*

»Aber du selbst, was hältst du davon, Lisbeï? Die Schiedsrichterin nimmt uns das eigene Denken nicht ab, sie muß sich nur als erste entscheiden.«

Kelys hatte mir fast dasselbe gesagt. Was dachte ich darüber? Es war ziemlich merkwürdig, mir selbst diese Frage zu stellen. Daß ich es tat, mag wiederum am Zirfell gelegen haben, aber ich finde es auch heute noch seltsam. Denn ich weiß eigentlich gar nicht genau, was ich denken soll, wenn ich meine eigenen Emotionen bewußt beiseite lasse. Wenn ich eine Blaue aus Litale wäre, ohne jede Chance, jemals eine Rote zu werden – genau wie Lisbeï, aber eben nicht Lisbeï –, was würde ich dann von all dem halten? Klar, daß ich diese Frage unmöglich beantworten kann. Aber unter dem Einfluß des Zirfell versuchte ich es trotzdem.

»Ich glaube, ihr war nicht so recht bewußt, welche Folgen das haben würde. Aber was hätte sie sonst tun können?«

»Die Folgen kann man nie ganz absehen. Wenn man es könnte, käme es nie dazu, daß jemand etwas unternimmt«, sagte eine Blaue, deren Namen Lisbeï entfallen war.

»Trotzdem hätte sie ihre Familie vorwarnen können«, sagte eine andere.

»Ihre Familie!«

Dieser erstickte Schrei verriet so viel Haß und Kummer, daß er selbst den Nebel durchdrang, durch den sich Lisbeï nach Genuß des Zirfell bewegte. Sie blickte sich nach dem Sprecher um. Dougall? Sie hatte ihn in der Gruppe gar nicht bemerkt, wie üblich stand er ein wenig abseits.

»Glaubst du, sie wußten Bescheid?« fragte Fraine, die gar nicht registrierte, wie heftig die Emotionen des jungen Roten waren.

»Es spielt überhaupt keine Rolle, ob sie Bescheid wußten. Solche Fragen interessieren Familien doch gar nicht. Das einzige, was sie interessiert, ist, wieviel Stück Vieh sie zum Tauschen zusammenbekommen, wenn es ans Auswählen geht. Da Lisbeï nicht Teil der Herde sein konnte, hat die Familie sie fallengelassen.«

Darauf schwiegen alle. Lisbeï ärgerte sich ein wenig. Am liebsten hätte sie Dougalls Ausbruch damit abgetan, daß er betrunken war, und das Gespräch fortgesetzt, als sei nichts geschehen. Aber sie stand so nah bei ihm, daß sie seine Gefühle nur allzu gut wahrnehmen konnte. Er war dermaßen verbittert, er litt so sehr ... das konnte sich nicht auf Bethely beziehen. Dougall sprach gar nicht von Bethely.

»Wir sind kein Vieh«, sagte sie schließlich und sah ihn aufmerksam an. In dem schummrigen Licht war sein Gesichtsausdruck schwer zu deuten. Viel deutlicher war das, was seine Gefühle ihr mitteilten, sie wandte ihre Aufmerksamkeit wieder seiner Aura zu. Ja, das war das Schlüsselwort:

»Vieh«, wiederholte Dougall. »Männer, Adoptivkinder, sie alle sind Vieh.«

Jetzt waren alle Schranken bei ihm niedergerissen. Es wußte, daß es falsch war, weiterzumachen, aber er konnte sich nicht mehr bremsen. Irgendwie gab es ihm eine Art schmerzlicher, perverser Genugtuung. Er wollte ... sich selbst verletzen? Warum? Weil man ihn noch immer nicht erwählt hatte?

»Ich habe mich selbst nie als Vieh gesehen«, sagte Ysande bedächtig. »Da ich fähig bin, Maerlande Kinder zu schenken, tue ich das auch. Das ist das mindeste, was ich im Austausch für das, was ich selbst bekomme, geben kann. Ich habe auf jeden Fall davon profitiert, daß sie mich nach Wardenberg geschickt haben. Für mich hat sich der Tausch gelohnt.«

Die Gruppe reagierte darauf nicht so, wie Lisbeï erwartet hätte. Alle waren sie bestürzt, ja, genau so peinlich berührt wie sie selbst, aber nicht eigentlich schockiert. Offensichtlich merkten sie gar nichts von Dougalls Gefühlen, hörten ihm aber bereitwillig zu. Und nahmen gar nicht wahr, daß Dougall hinter der allgemeinen Theorie in Wirklichkeit eine persönliche Verletzung verbarg.

»Trotzdem«, sagte Fraine. »Alle zwei Jahre ein Kind, und das fünfzehn oder sechzehn Jahre lang…«

»An den Tatsachen kommen wir nun mal nicht vorbei«, sagte eine andere Rote, die Lisbeï nicht kannte. »Es sterben einfach zu viele, und es werden zu wenig Jungen geboren. Man kommt nicht drumherum. Es gibt Dinge, die wir nicht steuern können. Damit müssen wir leben.«

»Es hätte ja alles auch noch viel schlimmer kommen können«, bemerkte eine andere. »Wenn die Phase der Gebärfähigkeit zum Beispiel noch länger dauern würde. Zumindest können wir nach fünfzehn Jahren anfangen zu leben.«

»*Ihr* könnt anfangen zu leben!« sagte Dougall.

Zu Lisbeïs Überraschung reagierte niemand auf diese heftige Bemerkung. Die Leute verstanden anscheinend, wie sie gemeint war. Und wie war sie gemeint? Wenn Männer offiziell Blaue waren, standen ihnen doch dieselben Möglichkeiten offen wie allen anderen.

»Was sollte dich denn vom Leben abhalten?« fragte sie. Auf die Antwort war sie echt neugierig.

Jetzt war die Überraschung auf seiten der anderen. Livine faßte Lisbeï am Arm: »Richtig, du bist ja von Litale«, sagte sie, als sei das eine Entschuldigung.

Aber in Wirklichkeit meinte sie lediglich: »Du hast noch nicht viel Gelegenheit gehabt, Männern zu begegnen.«

Klar, in Wardenberg gibt es viel mehr Männer, nicht nur Grüne und Jugendliche vor Antritt ihrer Dienstzeit, sondern auch Blaue. Wußtest du, daß ihre Blauen fast alle zur Familie zurückkehren? Darüber hinaus sind hier auch männliche Blaue, die in der Schule oder anderswo zu Besuch sind. Es heißt, daß sich stets mindestens vier- oder fünfhundert Männer in Wardenberg aufhalten, eine überraschend große Zahl. Am meisten fällt mir auf, daß sie, anders als unsere männlichen Grünen und Blauen, nicht in getrennten Quartieren leben, sondern zusammen mit allen anderen. Deshalb ist ihr Anblick hier natürlich etwas ganz Normales. Die Frauen kennen sie besser. Ysande zum Beispiel kennt den Mann, der den Samen für ihr jüngstes Baby gespendet hat. Ich meine, sie kennt ihn auch außerhalb des Dienstes. Anscheinend kommt so etwas ziemlich oft vor, und niemand denkt sich was dabei.

Aber bei Dougall hatte sie lange gebraucht, bis sie verstanden hatte. Sie hatte einfach gedacht, die anderen wüßten etwas, das ihr entgangen war, irgend etwas, das ihre Haltung gegenüber dem jungen Roten und gegenüber Männern im allgemeinen toleranter machte.

»Was mich vom Leben abhält?« fragte Dougall. »Was hält uns vom Leben ab? Der Dienst natürlich! Daß man ein Roter ist und nicht erwählt wird. Oder *daß* man erwählt wird und jederzeit abgerufen werden kann. Daß man eines Tages ein Blauer ist, der keine Heimat hat. Daß man nur zu einer einzigen Sache taugt, und danach zu gar nichts mehr!«

»Dougall, das stimmt doch nicht«, entgegnete Ysande traurig. Lisbeï merkte, daß sie dieses Gespräch nicht zum ersten Mal führten. »Wir alle tragen zu Ellis Muster bei – vorher, während der Dienstzeit und nachher, die ganze Zeit über! Was du in der Schule tust, was du lernst, alles, was du bist, das ist doch nicht ›Nichts‹!«

»Für dich vielleicht nicht«, murmelte der Mann.

»Die Verchères-Familie läßt dich immerhin zur Schule gehen«, sagte Fraine.

»Sie *lassen* ihn, genau, weil man ihnen die Pistole auf die Brust gesetzt hat.«

»Aber Tatsache ist, daß er jetzt hier ist«, beharrte Fraine. »Und wenn er jemals erwählt wird, muß er fortgehen. Außerdem kann er sowieso nicht die Fächer studieren, die er wirklich studieren will.«

Selbstverständlich durften Männer nicht Nachrichtenübermittlerinnen werden. Plötzlich wandte sich die Unterhaltung dem Thema zu, was alles die Männer nicht tun und lassen konnten, und warum nicht. Wenn die männlichen Grünen und jungen Blauen sich jetzt stärker an den Wettkämpfen beteiligen durften, warum ließ man sie dann nicht auch zu allen nicht-technischen Fakultäten der Schule zu? Ja, aber wo sollte das hinführen – würdest du ihnen denn auch erlauben, als Gedächtnis zu wirken? Als Lisbeï sich in die Unterhaltung einmischte – immer noch hatte sie gewisse Schwierigkeiten, sich in Frangleï richtig auszudrücken – fiel einigen in der Gruppe auf, daß sie die weibliche Endungsform auch für Männer benutzte (»Er kann nicht Nachrichtenübermittlerin werden«), während sie selbst nach Geschlechtern unterschieden und beispielsweise ›der Streifengänger‹ oder ›der Forscher‹ sagten. Lisbeï erwiderte, Frangleï enthalte viel altertümlichere Formen als andere Sprachen Maerlandes. Halb im Spaß, halb im Ernst gab Livine zurück, Frangleï enthalte einfach nicht so viele Relikte der Bienenstockzeit, in der auch die Sprache gesäubert und alle männlichen Begriffe in ihr Gegenteil verkehrt wurden, im Frangleï habe sich die wilde Entschlossenheit der Bienenstöcke, die Welt komplett auseinanderzunehmen und ganz neu wieder zusammenzusetzen, längst nicht so niedergeschlagen. »Warum würden wir sonst sagen ›**Elli** läßt es regnen‹, aber verwenden in anderen Zusammenhängen das neutrale ›es‹? Und warum sind manche Begriffe männlich und nicht alle weiblich?«

»Weil die Menschen nach der Bienenstockzeit wieder anfingen, die Vergangenheit zu berücksichtigen«, sagte Lisbeï ruhiger, als ihr zumute war. (Warum nur, dachte sie, nehme ich immer wieder Standpunkte ein, die gar nicht meine eigenen sind? Was Maerlandes sprachliche Besonderheiten betraf, stimmte sie voll mit Livine überein. Sie hatte eigentlich nur sagen wollen, daß Wardenberg sich im Sprachgebrauch von anderen Orten unterschied, sonst nichts!) »Auf lange Sicht betrachtet, sind es nicht Verordnungen, sondern die Gewohnheiten, die unsere Sprachen prägen. Und ich sehe nicht ein, warum es nicht heißen soll ›Elli ist‹ anstelle von ›es ist‹.«

Sie entfernten sich immer weiter von dem Thema, das Dougall angeschnitten hatte. Ihm war das ganz recht. Plötzlich schien er Angst vor der eigenen Courage zu haben. Historische und sprachliche Betrachtungen waren entschieden harmloser. Lisbeï war überrascht, wieviel Dougall darüber wußte. Und ihr fiel noch etwas auf: Auf der Innenseite seiner Handgelenke hatte Dougall zwei senkrechte Zeichen, die etwas dunkler waren als die übrige Haut. Sie merkte es, als er die Hemdsärmel aufrollte, weil es ihm in dem überfüllten Zimmer bei der hitzigen Diskussion zu warm geworden war. Erst später, als sie Tula von dem Abend berichtete, wurde Lisbeï klar, was diese Zeichen bedeuten mußten.

Wardenberg ist so anders. Wahrscheinlich werde ich es wohl niemals richtig ergründen. Jedesmal, wenn ich denke: jetzt habe ich mich eingewöhnt, entdecke ich wieder neue Merkwürdigkeiten. Es ist schon ein bißchen entmutigend. Da Dougall jetzt immer mit uns zusammen ist, selbst außerhalb der Schule, kann ich ihn nicht einfach ignorieren. Vielleicht ist das ähnlich wie deine Erfahrung mit Garrec. Nur mit dem Unterschied, daß wir im Hort ei-

gentlich gar nicht so richtig zusammen mit den Jungen aufwuchsen. Nicht so wie hier. Siehst du, jetzt verstehe ich viel besser, warum und wie du von Garrec und Jungen oder Männern im allgemeinen geredet hast. Das hast du nicht oft getan, aber es hat mich jedesmal aufgeregt ... Wie damals, als du den Blauen aus Nevenici besuchen wolltest, weißt du noch? Erst jetzt verstehe ich, warum. Es war nach ... – oder war es vorher? Im Augenblick fällt es mir nicht ein. Gerade dachte ich, es sei danach gewesen – nachdem wir Selva mit Aleki beobachtet hatten. Aber jetzt merke ich, daß es wohl vorher gewesen sein muß.

Aber vor Dougall konnte man einfach keine Angst haben. Dazu war er zu schüchtern, zu bescheiden, zu ... unglücklich. Tatsächlich gewöhnte sie sich daran, daß in ihrem Umfeld ein Junge, ein Mann war. (Wie sollte man einen achtzehnjährigen Roten nennen, der noch nicht erwählt worden war? Einen jungen Mann?). Gelegentlich war Lisbeï seine Gegenwart peinlich. Wie sollte sie sich ausdrücken, wenn er dabei war? Seit Ysandes Party waren ihr Wardenbergs widersprüchliche Sprachmuster deutlich bewußt. Wie in ganz Maerlande benutzten auch die Menschen in Wardenberg die weibliche Verlaufsform, wenn sie (auf Frangleï) sagten: »Frauen und Männer sind in Elli gleich«. Andererseits sagten sie, Männern werde es schwer gemacht, Arzt oder Historiker zu werden (und nicht etwa ›Ärztin‹ oder ›Historikerin‹). Schließlich entschloß sich Lisbeï dazu, die Wardenberger Umgangssprache zu übernehmen, aber ganz wohl war ihr nie dabei: Sie mochte Widersprüche nur dann, wenn sie sich zu Paradoxien auflösen ließen, deren entgegengesetzte Pole einander berührten.

Anscheinend hatte der Abend bei Ysande eine Kettenreaktion ausgelöst. Jetzt kam es viel öfter vor, daß Menschen auf Lisbeï zugingen, nicht nur Fraine, Livine oder Ysande, sondern auch die anderen Studentinnen der Gruppe, die bei der Party gewesen waren. Ob sie Lust habe, zum Essen bei Marika mitzukommen? Oder mit Jule ins Theater am Platz der Blauen zu gehen? Ob sie ein paar gute Nachschlagewerke über die Bienenstöcke nennen könne? Ob sie ihnen ihre Notizen über dieses oder jene Buch ausleihen könne? (Woher wußten sie immer so genau, was sie gerade las?) Oder: »Litale, kannst du mir helfen, diesen Abschnitt aus dem Alt-Litali zu übersetzen? Ich blicke überhaupt nicht durch.« Allgemein duzte man sie und erwartete dasselbe auch von ihr. Es war schon paradox, daß sie sich jetzt ihrerseits schwer damit tat, die mühsam gelernte Wardenberger Förmlichkeit beiseite zu lassen. Jedenfalls hatte sie wohl eine Art Prüfung oder Einführungsakt erfolgreich hinter sich gebracht, ohne daß sie wußte, wie und warum.

Wie seltsam: Zum ersten Mal in ihrem Leben – wenn man einmal von Tula absah – suchten andere freiwillig ihre Gesellschaft. Sie fragten sie nach ihrer Meinung, aber quetschten sie nicht aus. Und immer noch hieß sie bei allen ›Litale‹. Sie duzte alle, hatte die Bücher gelesen, konnte Ratschläge geben, lieh ihre Notizen her, half beim Übersetzen. Inzwischen nahm sie sowohl an Geschichts- und Sprachkursen als auch am Unterricht für die künftigen Restauratorinnen teil. Zwar hatten sich ihre Tutorinnen darüber zuerst gewundert oder sogar geärgert und Vorbehalte geltend gemacht, aber schließlich fanden sie sich damit ab, da ihre Arbeit nicht darunter litt. Schließlich war sie ja eine Blaue. Gern nahm sie die Einladung ins Theater an, ging zum Essen aus, sang im Schulchor mit (sie hatte fast vergessen, wieviel Spaß ihr das Singen machte) und spazierte auf den Festungswällen herum. Als es wieder Sumra war, lernte sie, die kleinen Nußschalen zu segeln, und glitt mit dem Wind über die Wellen. Sie lernte auch, sich gut anzuziehen, zu frisieren und Gesicht und Hände mit komplizierten Mustern zu schminken, wie es in Wardenberg zum Osterfest, dem Frühlingsbeginn, üblich war. Und sie lernte sogar Tanzen – die üblichen Tänze, die man auch in Bethely tanzte. Aber in Bethely hatte sie nie Gelegenheit gehabt, sie richtig zu lernen oder zu üben, dort war sie zu sehr damit beschäftigt gewesen, sich auf ihre Zukunft als Mutter von Bethely vorzubereiten.

Nur den Tanz zur Feier Ellis ließ sie aus. Zur Feier Ellis verkroch sich Lisbeï in ihrem ersten Wardenberger Jahr auf ihr Zimmer. Dort stopfte sie sich Wachskugeln in die Ohren, um den Lärm nicht mehr hören zu müssen, der in dieser Nacht (und nur in dieser) auf der Festung erlaubt war. Auch im folgenden Jahr verbrachte sie die Feier Ellis allein mit einer Flasche Zirfell in ihrer Pension. Fraines Einladung hatte sie abgelehnt. Es war das Jahr, in dem Tula offiziell Mutter von Bethely wurde. Allerdings würde sie erst im nächsten Jahr den TANZ mit ihrem ersten Mann absolvieren.

Kapitel 4

Guiseïa an Toller

Wardenberg, 23. Tag im Monat Ellis, 492 N.G.

Liebster Toller,
rat mal, wen ich gestern in der Wardenberger Konzerthalle getroffen habe? Unsere Freundin aus Bethely, die kleine Lisbeï. Sie singt im Schulchor mit. Ich sollte sie nicht ›klein‹ nennen, sie ist gut und gern einen Kopf größer als ich. Das Programm war toll: Meroe von Aspughis Balladen-Zyklus in der ursprünglichen Fassung, a capella. *Und plötzlich ist da im letzten Satz der dritten Ballade – du weißt schon, ich meine die großartige, solo gesungene Wehklage – diese Stimme zu hören: ein wunderschöner*

warmer Alt, schlicht und voll, gedämpft, wie es an dieser Stelle sein muß, mit feinem, traurigen Vibrato ... Ich war begeistert. Während der Pause nahm ich mir das Programm vor: »Sologesang: Litale.« Also eine Blaue, dachte ich. Aber nie wäre ich auf die Idee gekommen, das könnte Lisbeï sein. Im Finale der fünften Ballade war diese wunderbare Stimme noch einmal zu hören, eine Stimme wie Samt und Seide, in der etwas Tiefes mitschwang ... Eigentlich ein bißchen ähnlich wie die Stimme von Kelys. Aber inmitten des Chors blieb die Sängerin unsichtbar. Nach dem Konzert ging ich zusammen mit Sygne der Gruppe gratulieren. Und da stand sie, unter den anderen. Sie sah, daß ich sie anschaute. Ich glaube nicht, daß sie mich sofort erkannt hat. Und als es endlich soweit war, versuchte sie, sich unauffällig zu verdrücken.

Ihre Freundinnen hatten Sygne erkannt und wollten ihr Lisbeï unbedingt vorstellen. Offensichtlich sind sie sehr stolz auf sie. Sie nennen sie ›Litale‹, obwohl einige von ihnen bestimmt wissen, wer sie in Wirklichkeit ist. Sie stellten sie erst Sygne, dann mir vor. Sie verzog keine Miene. Nach außen hin hat sie sich sehr gut im Griff, aber in ihrem Inneren sieht es ganz anders aus. Wahrscheinlich ist sie in der Selbstbeherrschung nicht so geübt wie wir. Woher auch? Ihre Mutter hat es ihr ganz sicher nicht beigebracht, schon gar nicht die kleine Tula. Ich hatte eigentlich erwartet, daß Kelys sich darum kümmern würde.

Wir unterhielten uns angeregt über das Konzert, lobten den Gesang usw. Sie wurde rot – und das war nicht gespielt. Anscheinend weiß sie überhaupt nicht, wie begabt sie ist. Ich erinnere mich an sie als ein lebhaftes Mädchen, das einen starken Eindruck auf mich machte, das schon, aber eigentlich war sie damals nicht hübsch, eher tapsig wie ein junges Füllen. In den letzten beiden Jahren hat sie sich gewaltig herausgemacht. Schon in Wardenberg war mir aufgefallen, wie exotisch sie wirkt: Sie hat hohe Wangenknochen, eine leicht olivenfarbene Haut, glänzende braune Locken und große goldfarbene Augen ... Und dann dieser pikante Kontrast zwischen ihrem Charme und völliger Naivität, was ihr attraktives Äußeres betrifft. Sie weiß gar nicht, wie sie wirkt. Es scheint ihr, im Gegenteil, eher peinlich zu sein, daß sie mit ihrer Größe unter all den winzigen Wardenbergerinnen so auffällt. Sie geht immer leicht gebeugt und versucht sich im Hintergrund zu halten – du weißt ja, wie gut unsere Sorte das kann! Aber sie ist darin nicht so geübt, daß es ihr wirklich gelingt.

Wir beschlossen, den Abend in Sygnes Residenz ausklingen zu lassen. Ich gab mir Mühe, an Lisbeï heranzukommen und fragte sie, ob sie sich an unsere erste Begegnung erinnere. Selbstverständlich. Ich zeigte ihr die Kette. Sie blickte mich mit diesen großen Augen an. Darüber wölben sich ganz untypische Augenbrauen, das heißt für Bethely sind sie überhaupt nicht typisch. Du weißt schon, Augenbrauen wie ›Schwingen zweier Raben‹, wie es so schön in den alten Büchern heißt. Überhaupt ist an ihr gar nichts, was für Bethely typisch wäre. Schade, daß die Verbindung nicht so wie geplant geklappt hat. Gern hätte ich die Kinder gesehen, die sie mit Maxime bekommen hätte. Ihre kleine Schwester Ylène ist ganz anders. Alle Halbschwestern sind ganz anders als sie, auch Tula, obwohl sie einiges mit uns gemein hat.

Lisbeï erkannte die Halskette. Ihr fiel alles wieder ein, es war ihr furchtbar peinlich. Ich hätte es ihr ja leicht machen können, aber dazu war ich zu neugierig. Und dann überraschte sie mich damit, daß sie plötzlich laut herauslachte. Es war ein eher ironisches als humorvolles Lachen, wohlgemerkt, aber ich hatte es von ihr nicht erwartet. Die Lisbeï, die ich vor drei Jahren kannte, hatte ganz bestimmt keinen Humor, vielleicht einfach auch nie die Chance gehabt, Humor zu entwickeln.

Du kennst Sygnes Abendgesellschaften: keine Festmahle, aber alles stets mit der exquisiten Höflichkeit Wardenbergs arrangiert. Sygne hat ihr Wohnzimmer seit meinem letzten Besuch völlig neu eingerichtet. Ich unterhielt mich mit verschiedenen Leuten über den Chor, über Meroe, über die kommenden Aufführungen, die Arbeit der Schule und natürlich über die ENTSCHEIDUNG. *Du hättest die heftigen Stellungnahmen und Argumente derjenigen hören sollen, die mit der* ENTSCHEIDUNG *einverstanden sind! Tröstlich, ganz besonders die Reaktion der drei jungen Frauen, die Lisbeï anscheinend am nächsten stehen, und übrigens auch die Reaktion deines kleinen Dougall von Verchères. Offensichtlich hat er den Kulturschock von Wardenberg überlebt. Herzerfrischend zu sehen, wie er aufgeblüht ist. Er redet mit den anderen fast wie mit seinesgleichen, sofern er sie gut kennt. Lisbeï ist ein Sonderfall. Sie wirkt in seiner Gegenwart immer ein wenig angespannt, und dann zieht er sich in sein Schneckenhaus zurück.*

Lisbeïs engste Freundinnen müssen wissen, wer ›Litale‹ wirklich ist. Als sie sich über die ENTSCHEIDUNG *unterhielten und das Gespräch auf Lisbeïs Enthüllungen vor der Versammlung kam, vermieden sie es, sie direkt anzusehen, oder aber sie fragten sie ganz bewußt nach ihrer Meinung. Sie selbst war natürlich so still wie ein Mäuschen. Sie verschanzte sich hinter einem Glas Rosé in einem Sessel und tat so unbeteiligt, daß es fast schon komisch wirkte, hätte ich nicht ihren inneren Aufruhr gespürt. Ich glaube, die ganze Sache hat sie sehr mitgenommen, und sie wird auch noch einige Zeit daran zu knabbern haben. Ob sie wohl weiß, daß ihre wahre Identität gar nicht ein solches Geheimnis ist, wie sie es gerne hätte?*

Antonës ENTSCHEIDUNG *ist hier anscheinend recht populär. Vielleicht liegen da andere Motive zugrunde als bei Antonë, aber immerhin … Die* ENTSCHEIDUNG *ist so diplomatisch formuliert, daß alle irgend etwas Akzeptables darin finden, ob Gläubige, Fortschrittlerinnen oder auch Judditen. »Wir müssen die zwei Gesichter Gardes besser verstehen lernen. Also müssen wir alle Dokumente dazu sammeln und sorgfältig prüfen.« Und später heißt es: »Alle Familien müssen ihre Archive den Forscherinnen ohne jede Einschränkung zugänglich machen.« Allerdings müssen die Forscherinnen ihrerseits das Gelübde ablegen, »Stillschweigen über alle Angelegenheiten zu bewahren, die mit diesen beiden Gesichtern Gardes nicht im Zusammenhang stehen.« Ein kluger Schachzug!*

Soweit ich Antonë kenne, können diese ausgefeilten Formulierungen und ihr weises Ergebnis eigentlich nicht einzig und allein aus ihrem inneren Glaubenskampf hervorgegangen sein. Aber wer kennt Antonë schon wirklich? Ihr plötzliches Umschwenken hat mich völlig überrumpelt. Allerdings ist es für eine so hartnäckige Heidin (gerade, weil Religion für sie ein wichtiges Thema ist) eigentlich ganz typisch, daß sie irgendwann eine Kehrtwendung um 180 Grad macht. So gesehen ist es erstaunlich, daß sie sich nicht über den Inhalt des Notizbuches oder den Nachlaß der Hallera ausläßt. »Haldes Testament und die anderen Entdeckungen, die in Bethely gemacht wurden, sind echt. Deshalb müssen wir das Testament entschlüsseln.«

Alle Freundinnen Lisbeïs waren über den Ausgang der ENTSCHEIDUNG *hocherfreut. Sie hatten nie daran gezweifelt, daß die* ENTSCHEIDUNG *die Authentizität des Notizbuches bestätigen würde. Aber wer außer den verknöchertsten Judditen hätte das auch getan? Wahrscheinlich kann man sie einfach nicht überzeugen, aber jetzt sind sie aufgrund der* ENTSCHEIDUNG *gezwungen, ihre Archive zugänglich zu machen. Was das Notizbuch betrifft: Seit die Einzelheiten der* ENTSCHEIDUNG *in Wardenberg bekannt sind, wird in der Schule Tag und Nacht an den Übertragungen gearbeitet. Es stehen schon einige Dutzend Namen auf der Warteliste, einschließlich ›Litale‹, wie ich annehme. Einige Tage, nachdem die* ENTSCHEIDUNG *verkündet worden war, tauchte Kelys wieder in Wardenberg auf, das hat mir Sygne erzählt. Kelys besitzt bereits eine Abschrift. Sie wird die ganze Wintra über hierbleiben. Vielleicht gründet sie wirklich die familienübergreifende Vereinigung von Forscherinnen, über die wir im letzten Herbst gesprochen haben.*

Ich wundere mich, daß Antonë das Notizbuch nicht Spe-

zialistinnen vorbehalten hat. Diese Bereitschaft, es allen Interessierten zugänglich zu machen, sieht ihr ganz und gar nicht ähnlich. Wer weiß, was Haldes Notizbuch enthält? Falls Garde aus der Schlimmen Zone *stammt oder ihre drei winzigen Gefährtinnen von dort kommen …*

WENN, *wenn. Was ändert es schon an dem, was uns am Herzen liegt. Wirklich wichtig wäre, daß sich Antonë endlich dazu entschließt, ihre Forschung über die* Schlimme Krankheit *zu veröffentlichen. Allerdings habe ich keine Ahnung, wie weit sie damit ist und was sie überhaupt an Forschungen treibt, nachdem sie jetzt drei Jahre lang völlig in der Versenkung verschwunden ist. Ich habe ihr nach Bethely geschrieben, wahrscheinlich finde ich ihre Antwort in Angresea vor. Ich hoffe nur, daß sie sich nicht in eine hundertfünfzigprozentige wiedergeborene Gläubige verwandelt hat.*

Um auf die Begegnung mit Lisbeï zurückzukommen: Selbstverständlich habe ich während dieses Abends meinen ganzen Charme spielen lassen, ich gebe ja nicht so schnell auf, wie du weißt. Sie hat's sehr wohl bemerkt. Wie sie reagiert hat? Mit Skepsis, Ablehnung, Angst, allgemein gesprochen: mit völliger Verwirrung. Ich frage mich wirklich, was, um Ellis willen, sie die ganze Zeit in Wardenberg getrieben hat. Nein, natürlich weiß ich, was sie in dieser Hinsicht unternommen hat: rein gar nichts. Ich habe versucht, ihr auf den Zahn zu fühlen, was die Beziehungen zu ihren drei Freundinnen betrifft. Aber sie sind tatsächlich rein platonisch, obwohl Fraine das gern ändern würde. Ich glaube, Lisbeï hat keine Ahnung davon – sie hat wahrscheinlich immer noch Tula im Kopf. Ganz allein Tula. Rührend. Es ärgert mich, aber gleichzeitig rührt es mich. Und ärgert mich.

Soviel zu unerwarteten Begegnungen. Der Zufall beschert uns oft die schönsten Gelegenheiten. Zu dumm, daß wir sie nicht immer beim Schopf ergreifen können, nicht wahr? Aber vielleicht treffen Lisbeï und ich uns ja wieder, wenn sie ein bißchen reifer ist. Schließlich kommt Angresea inzwischen besser und besser mit Bethely aus. Wie sollte es auch anders sein, wenn sie uns drei neue Adoptivkinder geschickt haben und fünf von uns dort leben. Maxime wird der erste Mann sein, mit dem Tula zusammen ist. Und du wirst bald Wardenberg besuchen. Wenn die Flotte jetzt gebaut wird, habe ich Grund genug, hierher zurückzukommen und bei Lisbeï vorbeizuschauen, nicht wahr? Es dauert noch zwei Jahre, bis sie ihre Lehre anfangen kann.

Morgen fahre ich ab. Vielleicht finde ich in der Capterie einen Brief von dir vor. Ich sehne mich nach einem Wiedersehen mit dir. Und ich vermisse auch die Kinder, besonders Sylvane.

Allgemein gesehen läuft alles gut. Rouvènes letzte Versuche scheinen schlüssig zu sein, aber uns fehlt noch die letzte Gewißheit. Wir müssen die Tests erst noch über einen längeren Zeitraum hinweg bei einer größeren Zahl von Menschen durchführen. Aber du weißt ja, mit welchen Problemen wir es dabei zu tun haben.

In der Werft sollte gerade das vierte Schiff vom Stapel laufen, als ich nach Wardenberg aufbrach. Wenn du mir von deinen Geschäften in Entraygues erzählst, erzähle ich dir auch ein bißchen mehr von meinen Geschäften mit Sygne und ihren schlauen Gedächtnissen.

Auf bald, mein Geliebter,

Guiseïa.

Kapitel 5

Wieder war es Frühling. Anders als in Bethely war der Frühling in Wardenberg eine noch kühle Jahreszeit. Hin und wieder zeigte sich ein blauer Himmel (aber was für ein zartes Blau das war!), und die Sonne brach für kurze Zeit durch. Vorsichtig streckten die Blumen ihre Köpfe heraus. Immerhin – es war Frühling.

Lisbeï konnte sich einfach nicht an die kalten, nassen Wintra von Wardenberg gewöhnen, die es mit sich brachten, daß man fast fünf Monate im Jahr eingesperrt leben mußte. In Wardenberg fühlte sie sich selbst draußen eingesperrt. Daran änderten auch die Bäumchen, bepflanzten Balkone und Terrassengärten nichts, die von den Bewohnerinnen der Festungsstadt so sorgfältig gepflegt wurden. Vom ersten Monat an hatte Lisbeï ihre Taïtche-Übungen wieder aufgenommen. Sie trainierte in der Sporthalle ihres Sektors. Für ihren nicht ausgelasteten Körper reichten die Spaziergänge zur Schule und zurück als Bewegungsmöglichkeit nicht aus. Gegen Ende dieser ersten Wintra in Wardenberg begann sie damit, bei Ebbe ganz allein um die Festung herumzuspazieren. Sie lief auf dem schmalen Sandstreifen. Als ihre Schulfreundinnen davon hörten, fanden sie es erst ein bißchen merkwürdig, aber dann schlossen sich doch einige an: Fraine, sofern es ihre erste Schwangerschaft erlaubte, Livine und selbst Ysande, die körperliche Anstrengungen haßte. Allerdings überließen sie es Lisbeï, mit der auflaufenden Flut um die Wette zu rennen.

Inzwischen erlebte Lisbeï schon den dritten Wardenberger Frühling. Sie sehnte sich danach, endlich nach *draußen* zu gehen. Man war doch nicht *draußen*, wenn man nur die Straßen und Treppen hinauf- und hinunterlief. Auch der Sandstreifen am Fuß der Felsen ersetzte kein *draußen*.

»Vielleicht ist es an der Zeit, daß du deinen Streifendienst antrittst«, meinte Kelys. Sie bereitete sich in Wardenberg auf eine neue Expedition vor und zog dabei seltene Dokumente aus den Archiven der Schule zu Rate. Zuerst fand Lisbeï den Vorschlag seltsam, aber mit der Zeit erschien ihr die Idee als ganz vernünftig, um nicht zu sagen verlockend. Normalerweise trat man den Streifendienst an, sobald man offiziell eine Blaue war. Wäre Lisbeï in Bethely geblieben, hätte man sie sehr schnell an die Grenze der

Schlimmen Zone geschickt, denn alle Familien hatten für die Patrouillen ein bestimmtes Kontingent zu stellen. Aber in Wardenberg gab es so viele Blaue, daß der Dienstplan flexibel gehandhabt wurde, inbesondere dann, wenn es sich um Studentinnen der Wardenberg-Schule handelte.

Lisbeï suchte die zuständige Capta auf. In zehn Tagen sollte in Amsherdam eine Patrouille aus Blauen von Baltike, Wardenberg und seinen Gemeinden zusammengestellt werden. Da Lisbeï in ausgezeichneter Verfassung war, konnte sie auf das Übungslager verzichten. Abgemacht. Lisbeï verständigte die Schule, holte ihre Ausrüstung ab und brütete über Landkarten. Amsherdam war eigentlich gar nicht so weit weg, besonders, wenn man es per Schiff ansteuerte. Aber Lisbeï wollte die *heilige Schutzstätte* besuchen und ihre Reise auf dem Landweg fortsetzen, was ein bißchen länger dauern würde.

»Du willst an der Küste entlang?« fragte Fraine und rümpfte die Nase. Das hielt sie allerdings nicht davon ab, gemeinsam mit Livine Lisbeï das Geleit bis zur Schutzstätte zu geben.

Wardenberg hegte sehr gemischte Gefühle für die Küste. Vielleicht lag es daran, daß die Festungsstadt ein Jahrhundert lang auf die ferne Küste gestarrt und gewußt hatte, daß jederzeit die Kriegerinnen der Bienenstöcke aus dieser Richtung einfallen konnten. Aber die Küste stand auch für die *Außenwelt,* in der man normal und in Freiheit leben konnte. Und während solche romantischen Gefühle den gegenwärtigen Bewohnerinnen der Küstengemeinden Zirfell und Keilloch völlig abgingen, wirkte die Küste auf Wardenberg immer noch wie eine Mischung aus Gefahr und Versuchung.

Die Schutzstätte lag in der Küstengemeinde Zirfell, ein paar hundert Meter landeinwärts in östlicher Richtung. (Lisbeï hatte die unterschiedlichen Bedeutungen des Wortes ›Gemeinde‹ nachgeschlagen und die Zusammenhänge, in denen der Begriff auftauchte, untersucht. Dazu hatte ihr die alte Carmela geraten. Aber das Wort ›Ableger‹ war ihr immer noch lieber. »Klar, daß du so denkst«, hatte die alte Blaue schmunzelnd erwidert).

Von der Küste aus bei Flut betrachtet, wirkte Wardenberg wie eine auf dem Meer schwimmende große Kappe mit zwei Zipfeln. Der eine Zipfel bestand aus der ursprünglichen Festung im Nordwesten, die inzwischen ›Ebene Eins‹ genannt wurde. Der andere Zipfel im Südwesten ragte kaum noch aus seiner Umgebung heraus, da die Festung sich immer weiter ausgedehnt hatte. Zu Beginn der Haremszeit wurde der Zipfel eingeebnet. Mit viel Geduld hatte man Erde hierher transportiert und den Boden damit aufgeschüttet. So hatte man Ackerland gewonnen.

Ähnliches hatte man auch an der Küste geleistet, deren Kliffe zum selben Felsmassiv gehörten wie die Insel Wardenberg. Über die steilsten Hänge erstreckte sich ein kunstvolles Mosaik aus Gärten und kleinen Feldern. Mit Geduld und Spucke hatte man hier ein Terrassensystem angelegt und über die Jahrhunderte hinweg sorgfältig erhalten und gepflegt. Allerdings hatte sich während der letzten zwei Jahrzehnte das Klima verändert, insbesondere im Norden Maerlandes waren die Temperaturen gesunken. Wardenberg und andere Familien aus Baltike und Bretanye hatten die Entwicklung von Treibhäusern vorangetrieben. Zirfell, in südwestlicher Hanglage an der Küste angesiedelt, baute auf fast allen Terrassen Wein an. Den uralten Hügeln hatte man jeden Quadratzentimeter Boden abgerungen. In Zirfell gab es jedoch keine Treibhäuser. Im Gegensatz dazu glitzerten die gegenüberliegenden Terrassen im Nordwesten und in Wardenberg wie Libellenflügel, wenn die Sonne auf die unzähligen Glasdächer fiel.

Das Elektrizitätswerk von Zirfell wurde von den Wasserfällen des ›Pughe‹ – ›Pusch‹ sprach man den Namen dieses Flusses aus, wie Lisbeï lernte – gespeist. Einst hatten die Bienenstöcke den Staudamm zerstört. Inzwischen war er längst wieder aufgebaut. Der Fluß zog sich mitten durch den Wardenbergwald, der von einer Schar diensteifriger Waldhüterinnen sorgfältig bewacht, gepflegt und regelmäßig aufgeforstet wurde. Denn Holz war für Wardenbergs Bedarf an Papier und Holzkohle lebenswichtig. Die Wiederverwertung von Altpapier, Lumpen und Nebenprodukten der Landwirtschaft reichte für den Papierbedarf der Schule – Maerlandes größter Abnehmerin – nicht aus. Kohle wurde für Wardenbergs Stahlwerke gebraucht. Sowohl die Stahlwerke als auch die Papierwerke hatten viel Kritik ausgelöst. Selbst die unterirdischen Stahlfabriken, denen Werkstätten angegliedert waren, brachten Verunreinigungen der Luft und des Wassers mit sich, das war einfach nicht zu vermeiden. Und wenn man die Papiermühlen mit gefällten Bäumen fütterte, hieß das nun einmal Entwaldung, so begrenzt sie auch sein mochte. Es gab Leute, die schnell dabei waren, Wardenberg für diese Schandtaten zu verurteilen, gleichzeitig aber gern ihre Geräte, Werkzeuge und Bücher aus Wardenberg bezogen.

Im Jahr 152 nach Garde hatte eine Gruppe von Holzfällerinnen auf einer kleinen Lichtung am Fuß von Felsgestein den Eingang zur Schutzstätte entdeckt. Sie waren unterwegs, um die Folgen eines der kleinen Erdbeben zu untersuchen, die diese Region hin und wieder erschütterten. Eigentlich fanden sie den Eingang gar nicht, sondern fielen hinein. Unter der Erde lag ein rostiges Gitter verborgen, das seit dem Erdbeben noch brüchiger geworden war. Als eine der Holzfällerinnen auf das Gitter trat, gab es nach (und löste einen Sturz von fünfzehn Metern aus.

Es war ein Wunder, daß die Holzfällerin Elka – die auf diese Weise ihren Eingang in die Geschichte fand – mit einem gebrochenen Bein davonkam). Wie bei den Entdeckungen in Bethely handelte es sich auch bei der Schutzstätte um einen unterirdischen Komplex. Zur Zeit des Zusammenbruchs sahen die Menschen anscheinend alles aus Maulwurfsperspektive, wenn man danach ging, wie sie sich dauernd in den Boden wühlten und unterirdische Bauten anlegten. Vielleicht hatten sie Angst vor dem Himmel und den künstlichen Blitzen, die ihn, wie die Überlieferung besagte, ständig erhellten. Vielleicht war die Oberfläche aber auch so übervölkert – die ansteigenden Fluten bedrohten bereits die Kontinente –, daß sie nur noch im Untergrund Platz fanden. Aber wer wollte diese Verrückten aus der Zeit des Zusammenbruchs schon verstehen? Hauptsache, man konnte etwas mit den Sachen anfangen, die sie in ihren unterirdischen Quartieren gehortet hatten. Nützlich war insbesondere das Metall. In der Zeit des Zusammenbruchs hatten die Menschen schließlich alle Minen an der Erdoberfläche, genau wie so viele andere Ressourcen, geplündert, um diese unterirdischen Bauten anzulegen. Restauratorinnen hatten Stufen in den Schacht gegraben. Die Stätte, in die sie schließlich gelangten, war ein unterirdischer Komplex, der ganz anders aussah als der in Bethely. Am Anfang lag ein kurzer, enger Durchgang, der mit besonders hartem Zement ausgegossen und mit Kunststoff so verkleidet war, daß er wie gekachelt wirkte. Die aus heiterem Himmel hinabgefallene Holzfällerin hatte unten Licht gesehen. Kleine, in die Wände eingelassene Milchglasscheiben leuchteten auf, als sie das Glas beim Versuch aufzustehen berührte. Sie leuchteten auch weiter, als ihre Freundinnen ihr zu Hilfe kamen, und erloschen, sobald sie die Höhle verließen. Als sie mit einer Gruppe von Restauratorinnen zurückkehrten, wiederholte sich das Phänomen. Bald danach gingen die Lichter jedoch endgültig aus. Welche Quelle sie auch mit Strom versorgt haben mochte: Jetzt war sie völlig versiegt.

Die Restauratorinnen benutzten den Belüftungsschacht zum Ein- und Ausstieg, bis sie einen weiteren Eingang entdeckten. Diesen Eingang hatten auch schon die Frauen der Bienenstöcke gefunden und gesprengt, um ein weiteres Eindringen zu verhindern. Der Zutritt war durch Erde und Steine versperrt, aber trotz des Schutts sahen die Restauratorinnen an einzelnen Stellen Licht und merkten, daß die Luft zirkulierte. Sie legten eine Karte des Gangs an und verfolgten oberirdisch seinen Verlauf. Dadurch gelang es ihnen, eine kleine steinerne Bodenvertiefung aufzuspüren, die von Büschen und Bäumen überwuchert war. So konnten sie das andere Ende des Gangs freilegen, was leichter war. Sie kamen allerdings nicht sehr weit: Der Gang mündete in eine rechtwinklige Halle, die fast zehn Meter breit war.

Schon in der Frühzeit Maerlandes waren Restauratorinnen mindestens zweimal auf Hallen gestoßen, die ähnliche Zeichen der Zerstörung aufgewiesen hatten: Riesige, zersplitterte Bildschirme nahmen die ganze obere Wand ein, darunter stand ein großes, schiefes Podest, das früher vermutlich als eine Art Steuerpult gedient haben mußte, denn da und dort ragten noch Reste von Hebeln, Schaltern und Kontakten aus dem Wirrwarr von Metall und geschmolzenem Kunststoff. Alle Wände waren mit schwarzen Rauchflecken und dunklen Streifen übersät. Mitten in der Halle lagen die verkohlten Überbleibsel verbrannten Materials: viel Kunststoff, aber auch Reste von Büchern. Wer es auch gewesen sein mochte, der diesen Scheiterhaufen angezündet hatte: Er (oder sie) hatte sich nicht die Mühe gemacht zu warten, bis alles verbrannt war. Einige Seiten – alles in allem waren es ungefähr hundert – waren fast unversehrt. Sie enthielten Texte in verschiedenen Sprachen, die kaum Ähnlichkeit mit den aktuellen Sprachen Maerlandes hatten. Deshalb war es nahezu unmöglich, das genaue Alter der Bücher zu bestimmen. Trotzdem war es nach und nach gelungen, das meiste zu entziffern.

Ein Großteil dieser Seiten oder Fragmente enthielt recht nüchterne wissenschaftliche Abhandlungen über Wissensgebiete, die während der Zeit des Zusammenbruchs offensichtlich zur Allgemeinbildung gehört hatten: Archäologie, Chemie, Astronomie... Nur drei Papierstapel wiesen textliche Zusammenhänge auf. In dem ersten Dutzend Seiten – Teil eines Kapitels, auch wenn einiges fehlte – ging es um Klimaforschung und die großen Überschwemmungen in der Zeit des Zusammenbruchs. Acht Seiten enthielten eine Zusammenfassung der Evolutionstheorie, allerdings eine sehr lückenhafte, weil viele Blätter dazwischen fehlten. Der dritte Stapel umfaßte dreißig fast vollständige Seiten eines Kapitels über Gentheorie. Besonderen Raum nahm darin die Frage ein, warum weniger Jungen als Mädchen geboren würden. Der übliche Prozentsatz von jeweils rund 50 Prozent sei durch gelegentlich auftretende Mutationen verzerrt worden. Zu einem nicht näher definierten Zeitpunkt – wahrscheinlich handelte es sich um die Zeit unmittelbar vor dem Zusammenbruch – hätten sich diese Mutationen auf die Geschlechtschromosomen ausgewirkt und den Proporz von männlichen und weiblichen Geburten grundlegend verändert. Kein Wort von Elli. Auch kein Wort davon, daß die Männer bestraft worden waren, weil sie sich gegen die natürliche Ordnung der Welt vergangen hatten.

Diese ›Fragmente‹ – wie sie später genannt wurden – lösten viel Aufruhr bei den Judditen aus. In einem einzigen gemeinsamen Aufschrei verurteilten sie die Texte als abscheuliche Ketzerei. Und ihr Zorn machte auch nicht vor den Restauratorinnen halt: Sie geißelten sie für ihr frevelhaftes Tun. Schon seit drei Jahrzehnten hatten sie deren Aktivitäten mit wachsendem Mißtrauen verfolgt. Im Laufe dieser und folgender Auseinandersetzungen formierten sich die ersten ›Fortschrittlerinnen‹, die die Haltung der Judditen in Grund und Boden kritisierten.

Schließlich wurde eine ENTSCHEIDUNG angerufen. Die Restauratorinnen und die Fragmente gingen siegreich daraus hervor. Wie es in der ENTSCHEIDUNG hieß, hatten die Männer in der Zeit des Zusammenbruchs ihren eigenen Untergang herbeigeführt. Durch ihr unverantwortliches Tun hatten sie die Erde vergiftet und dadurch auch die genetische Veränderung bei den Menschen ausgelöst. Elli hatte jetzt die natürliche Ordnung der Dinge gegen sie gewandt. Aber Wissen, Wandel und die Bergung von Gegenständen aus der Zeit des Zusammenbruchs hatten mit Ketzerei nichts zu tun. Wenn es diese Dinge gab, dann deshalb, weil sie Fäden in Ellis Muster waren. (Genau dasselbe Argument hatte auch Mooreï im Zusammenhang mit dem Notizbuch angeführt). Der TANZ Ellis umfaßte nicht nur das Fortschreiten der Evolution bei Pflanzen, Tieren und Menschen, sondern auch das Schmelzen der Eisgipfel und die Veränderung von genetischen Codes.

Ohne diese ENTSCHEIDUNG wäre Maerlande nie zustande gekommen, hatte Antonë der kleinen Lisbeï erzählt, als sie sich in der Wissenschaftsgeschichte das Thema ›Menschliche Fortpflanzung‹ vornahmen. Mooreï dagegen datierte die Geburtsstunde Maerlandes lieber auf den Zeitpunkt einer anderen ENTSCHEIDUNG: Für sie begann Maerlande mit der offiziellen Anerkennung des Wortes Ellis und der Göttlichsprechung Gardes. Wie üblich dachte Lisbeï, sie könnten womöglich beide rechthaben.

Die unterirdische Halle der Schutzstätte war an einem Ende durch eine außerordentlich dick gepanzerte Tür verschlossen, die aus einer aluminiumähnlichen undurchdringlichen Masse bestand. Da ihre technischen Möglichkeiten sehr begrenzt waren, konnten die Restauratorinnen nicht gewaltsam eindringen. Sie fanden auch keinen Öffnungsmechanismus, obwohl es bestimmt einen gab. Sie lösten das Problem dadurch, daß sie die Wand neben der Tür durchbrachen.

Augenscheinlich hatten die Konstrukteure in der Zeit des Zusammenbruchs an eine solche Möglichkeit überhaupt nicht gedacht und die Wand lediglich durch eine zehn Zentimeter dicke Bleischicht im harten Beton verstärkt. Es war zwar nicht leicht, durch diese Wand zu brechen, aber es war auch nicht unmöglich.

Die Panzertür blieb, wo sie war. Direkt neben diese Tür setzten die Restauratorinnen eine zweite. Die Steinmauer zogen sie wieder hoch. Bestimmt warfen damals viele Schmiedinnen begehrliche Blicke auf den massiven Schatz, der einfach nicht zu bergen war: die Tür aus purem Metall. Eine ähnliche Tür lag auch gegenüber, in einer zweiten rechtwinkligen Halle. Der Raum war völlig leer und hatte Kachelwände, in die zahlreiche rätselhafte Öffnungen eingelassen waren. Die Restauratorinnen klopften die Wände ab: Hinter der Verkleidung war Felsgestein. Einen ganzen Tag lang bearbeiteten sie die Wand, ohne daß sie auch nur einen Zentimeter nachgab. Sprengstoff konnten sie nicht einsetzen, das war zu gefährlich und hätte womöglich den ganzen unterirdischen Bau zum Einstürzen gebracht. Sie versuchten es mit einer Reihe von Probebohrungen, aber auch das führte zu nichts.

Die Schutzstätte bestand aus Gängen von rund dreißig Metern Länge, zwei rechtwinkligen Hallen und zwei Türen aus nicht verwertbarem Metall (allerdings gelang es den Restauratorinnen, das Metall aus den Wänden zu holen). Aber warum hieß dieser Ort überhaupt ›heilige Schutzstätte‹? Er wurde in Erinnerung an die Schiedsrichterin Megan so genannt. Sie war eine gemäßigte Gläubige aus Gloster gewesen. Nach der ENTSCHEIDUNG hatte sie auch weiterhin an dieser Stätte gelebt – als Einsiedlerin. Megan war uralt gewesen, als sie starb. Als Lisbeï später einmal sehr alte Dokumente durchsah, stieß sie auf den Begriff ›Heilige‹. Eigentlich gab es in Maerlande keinen richtigen Heiligenkult, das paßte auch nicht zu dem zutiefst persönlichen Charakter des Glaubens an Elli. Aber Megan aus Gloster war der Vorstellung von einer ›Heiligen‹ schon sehr nahegekommen.

Als sie die Schutzstätte besuchten, ließen sie ihre Stuten am Fuß des Hanges zurück. (Auf dem Schild stand in schönstem Wardenberg-Frangleï ›Pferde‹). Durch das Wäldchen machten sie sich auf den Weg nach oben. Generationen von Besucherinnen hatten den Pfad so plattgetreten, daß er fast wie gepflastert wirkte. Auf den letzten hundert Metern wurde der Weg wirklich steinig. Zweieinhalb Jahrhunderte lang waren hier Menschen herauf- und heruntergestapft, so daß sich die dünne Erdschicht längst aufgelöst hatte. Von einem rund zwei Meter hohen Unterstand, der eigentlich nur aus getünchten Steinwänden und einem Holzdach bestand, führte eine Treppe abwärts. Lisbeï hatte sich den Eingang zur Schutzstätte eigentlich würdiger vorgestellt. Es war nur ein kurzer Weg bis zum Haus der Schiedsrichterin. Es war ein Blockhaus, errichtet aus Holzstämmen, die längst verwittert waren. Man hatte hier nichts verändert, das Haus war ein ehrfürchtig bewahrtes Denkmal. Die ursprüngliche Lichtung hatte man in einen kleinen Park verwandelt, in dem neben Gras auch weißblühende Büsche wuchsen, die man ›die Schönen der Nacht‹

nannte. (Da sie mittags ankamen, sahen sie die weißen Blüten nur in geschlossenem Zustand). Auf bunt gestrichenen Holzbänken konnten die Gäste nach dem steilen Aufstieg verschnaufen. Im Unterholz an der Lichtung erspähten sie blaue, rote und einige grüne Punkte: Hier hielten Besucherinnen gerade ein Picknick ab.

Die Treppe führte steil hinunter, sie mußten sich am Geländer festhalten. Es gab kein Licht – wahrscheinlich war das absichtlich so eingerichtet –, so daß sie im Düstern zu dem beleuchteten Winkel im unteren Gang hinabsteigen mußten, der Lichtjahre entfernt zu sein schien. Während der Besuchszeit brannte hier unten stets Licht, auch wenn diese ›Verschwendung‹ immer wieder kritisiert wurde. Für die Beleuchtung sorgten kilometerlange unterirdische Kabel. Elektrikerinnen aus Wardenberg hatten sie vom Wasserkraftwerk Zirfell bis zur Schutzstätte verlegt.

Auf Lisbeï wirkte das Licht unangenehm weiß und grell. Aus ihrer Kindheit und Jugend kannte sie nur das blaugrüne Flackern der Gaslampen, und in Wardenberg war es nicht anders gewesen. Dort hatten nur die unterirdischen Stahlwerke und ihre Werkstätten Strom. Ansonsten gab es nur einmal im Jahr Strom, zur Feier Ellis, obwohl die Judditen diese ›Ketzerei‹ verurteilten. In der Schutzstätte war es hell. Alles sah enttäuschend neu aus; es fehlte alles Geheimnisvolle. Der ins Licht getauchte Raum, in dem kein Gegenstand Schatten warf, wirkte nur nüchtern und kahl.

Natürlich waren die Metalltüren, die in dem grellen Licht kalt und nackt glänzten, eindrucksvoll. Allerdings sahen sie gar nicht wie Türen aus: Scharniere, Schloß und Türgriff fehlten, sie bestanden nur aus der in den Rahmen eingelassenen Metallfläche.

(»Und in die Fuge kannst du nicht einmal eine Nadel stecken!«). Schon vor langer Zeit hatte man Wände und Boden gesäubert und einige Mühe darauf verwendet, die Bildschirmwand und das Steuerpult zu ›restaurieren‹, indem man sie durch gemalte Imitationen ersetzte. Die Malereien wurden laufend erneuert, da aktuelle Entdeckungen immer weitere Details darüber enthüllten, wie es hier früher ausgesehen haben mußte.

Sie bewegten sich weiter zur nächsten Halle, gingen durch eine ganz normale Tür, die sich auch ganz normal öffnen ließ und mit ihrer Backsteinfassung und den Holzpaneelen neben der undurchdringlichen Pforte aus der Zeit des Zusammenbruchs fast lächerlich wirkte. Oder auch rührend. Dieses rohe Aufeinanderprallen von zwei so weit auseinander liegenden Epochen, symbolisiert durch zwei Türen auf ganz unterschiedlichem technischen Niveau, machte beinahe angst. Niemals würde die eine Epoche die andere verstehen lernen. Und doch grenzten die Türen direkt aneinander. Vielleicht war der Kontrast bewußt gewählt, vielleicht auch nicht. Aber es mußte wohl dieser Effekt sein, der für Stille sorgte, wenn Besucherinnen die Schutzstätte betraten.

Die Fragmente wurden in schrägen Glasvitrinen ausgestellt, das Lesen wurde außerdem durch Kopien in größerer Schrift erleichtert. Lisbeï beugte sich gespannt vor. Die Druckbuchstaben waren nach all der Zeit immer noch deutlich zu erkennen. Aber bald vergaß sie die Buchstaben, da ihr zu ihrem Erstaunen bestimmte Worte bekannt vorkamen.

»Aber das ist ja Alt-Frangleï!« rief sie aus. »Es hat dieselben Charakteristika wie das Notizbuch!«

»Ja, es ist Alt-Frangleï«, sagte die Blaue, die die Führung leitete. »Was für ein Notizbuch?«

»Das Notizbuch ... Haldes Testament«, verbesserte sich Lisbeï. So hieß es jetzt offiziell.

Die Blaue runzelte die Stirn. »Das soll doch in Alt-Litali geschrieben sein.«

»Nein, nur der dritte Teil«, mischte sich Fraine ins Gespräch. »Der zweite Teil ist in Alt-Frangleï geschrieben.«

»Na ja, man muß ja nicht unbedingt in der Zeit des Zusammenbruchs oder am Ende der Haremszeit gelebt haben, um in Alt-Frangleï schreiben zu können«, sagte die Gästeführerin mit einem Achselzucken.

Lisbeï fiel ihr trockener Ton auf. Dieser plötzliche… Zorn verwirrte sie. »Was soll das heißen?«

»Das soll heißen, daß mich die ENTSCHEIDUNG nicht überzeugt hat«, antwortete die Blaue schroff. Dann nahm sie sich wieder zusammen und versuchte, höflich oder sogar freundlich zu reagieren. »Möchtet ihr noch länger hierbleiben oder lieber wieder nach oben gehen? Es wird hier bald sehr voll werden…«

»Was meinst du damit, daß dich die ENTSCHEIDUNG nicht überzeugt hat?« fragte Fraine.

Die Blaue drehte sich mit einem ironisch-resignierten Blick zu ihr um. »Da sie **euch** ganz offensichtlich überzeugt hat, reden wir besser nicht darüber, wenn es euch nichts ausmacht.«

Die Höflichkeit verbot ihnen, weiter nachzuhaken. Lisbeï und ihre Freundinnen sahen sich die übrigen Glasvitrinen an und gingen dann wieder nach oben, um die Halle den anderen Besucherinnen zu überlassen. Die Mittagszeit war vorbei, jetzt wurde es wirklich voll.

Fraine sagte eine Weile nichts, dann platzte sie heraus. »Nie war davon die Rede, daß man die ENTSCHEIDUNG nicht diskutieren darf!« Sie gingen hinunter zu dem Platz, an dem sie ihre Stuten gelassen hatten. »Und was ist mit Megans ENTSCHEIDUNG und den Fragmenten? Mit denen muß sie wohl einverstanden sein, was? Wäre sie auch einverstanden, darüber zu diskutieren?«

»Es ist ihr gutes Recht, Fraine«, sagte Livine. »Und Megans ENTSCHEIDUNG drehte sich sowieso um etwas ganz anderes. Das ist nicht vergleichbar.«

»Warum nicht? Die Judditen jener Zeit wollten aus religiösen Motiven die Akzeptanz der Fragmente verhindern. Megan wußte das, als sie ihre ENTSCHEIDUNG so und nicht anders formulierte. Sie sagte, der Wissensfortschritt sei mit dem Glauben an Elli durchaus vereinbar.«

»Antonë hat mehr oder weniger dasselbe gesagt.«

»Genau! Und man lernt nur, wenn man die Dinge in Frage stellt, stimmt's? Elli hat uns die Freiheit gegeben, den Plan ihrer Schöpfung in Frage zu stellen und ihn uns so gut zu erklären, wie wir können. Wenn man das Gespräch darüber verweigert, negiert man diese Freiheit.«

»Immer mußt du übertreiben, Fraine.«

»Ich übertreibe nicht! Es gab Diskussionen nach Megans ENTSCHEIDUNG, und es gibt sie immer noch. Habt ihr beide, du und Ysande, neulich nicht genau das getan? Diskutiert? Du warst es doch, die sie gefragt hat, warum Elli heute immer noch auch die Frauen straft, stimmt's? Die Frauen damit straft, daß weniger Jungen als Mädchen geboren werden. Wo es doch *Männer* waren, die ihre Freiheit dazu benutzt haben, in Ellis Schöpfung einzugreifen. Und außerdem sollen die Sünden der Eltern doch gar nicht über die Kinder kommen, nicht? Und hast du nicht betont, daß es bei Megans ENTSCHEIDUNG gerade um die Antworten auf diese Fragen ging? Stimmt's oder hab ich recht?«

Aber Livine hatte nicht die mindeste Absicht, sich von Fraines logischen Sprüngen verwirren zu lassen. »ENTSCHEIDUNGEN regeln die Fragen nicht ein für allemal, und ich hab nie gesagt, daß man darüber nicht diskutieren soll. Ich habe nur gesagt, daß man darüber nicht diskutieren *muß*, wenn man nicht will.

Diese Freiheit, diese Verantwortung haben wir, und wir müssen damit leben. Das hat Ysande gesagt. Wir werden nicht *bestraft*, denn wir haben an den Entscheidungen in der Zeit des Zusammenbruchs ja gar keine Schuld. Allerdings sind wir *verantwortlich* für alles, was wir heute tun, um mit den Folgen dieser früheren Entscheidungen fertig zu werden. Genauso hatten die Männer in der Zeit des Zusammenbruchs die Wahl, so in Ellis Muster einzugreifen, daß es nie wieder rückgängig zu machen ist. Wenn *wir* dasselbe tun, ist es unsere Wahl und liegt in unserer Verantwortung. Wir leben in Ellis Schöpfung, aber haben selbst den DIENST geschaffen. Wenn wir ihn verändern wollen, liegt es in unserer Verantwortung, alle Folgen abzuwägen ...«

»Das kann man ja gar nicht, kann man nie! Wenn etwas falsch läuft, muß man es ändern, selbst wenn man nicht alle Folgen absehen kann. Man lernt im Gehen. Sonst würde sich ja niemals etwas ändern. Und wie steht's mit den Veränderungen, die wir gar nicht steuern können? Wenn sich etwas zum Schlechten hin wandelt, ist es unsere Pflicht, es zu vereiteln oder rückgängig zu machen, selbst wenn Elli uns das alles auferlegt hat. Elli will sehen, wie wir uns verhalten. Da Elli uns als freie Wesen geschaffen hat, kann sie nicht alle unsere Handlungen vorhersehen. Elli weiß nicht unbedingt, wohin sich das Muster entwickelt. Wir weben es ja gleichzeitig, wir schaffen Elli, während Elli auch Elli schafft. Darin bestehen Wandel und Evolution. Unvollkommene Entscheidungen in einer unvollkommenen Welt. Das hat selbst Garde gesagt, stimmt's?«

Unvollkommene Entscheidungen in einer unvollkommenen Welt. Lisbeï wußte inzwischen, daß diese Redensart nicht nur eine Eigenheit Selvas war, sie war in ganz Maerlande verbreitet. Fraines Stimme und Gefühle hatten eine leicht aggressive Färbung angenommen, gleichzeitig war sie ein bißchen nervös. Während sie weitergingen, dachte Lisbeï über das nach, was hinter den Vorstellungen der jungen Roten steckte, obwohl Fraine es wahrscheinlich abgestritten hätte. Aber Lisbeï spürte es ganz deutlich: Fraines erstes Kind hatte nicht überlebt. Und sie hatte schreckliche Angst vor dem, was im zweiten Dienstjahr – es begann in zwei Monaten – auf sie zukommen mochte. Das mußte auch Livine eingefallen sein, denn sie bemühte sich, die Unterhaltung jetzt in ungefährlicheres Fahrwasser zu steuern, weg von den ganz persönlichen Aspekten der Geschichte.

»Das mag stimmen«, sagte sie. »Aber die Frage, wie wir auf bestimmte Gegebenheiten reagieren, hängt auch mit der zeitlichen Entwicklung zusammen, hängt von den Veränderungen in Ellis Muster ab. Die Entdeckung, die in Bethely gemacht wurde, war eine solche Veränderung. Und die ENTSCHEIDUNG war eine Reaktion darauf – zuerst eine individuelle Reaktion, dann eine Reaktion der Gemeinschaft. Die Blaue in der Weihestätte reagiert auf die ENTSCHEIDUNG so, daß sie nicht darüber spricht, du dagegen willst darüber reden. Es steht ihr frei, *nicht* darüber zu reden. Und dir steht es frei, mit denen darüber zu reden, die darüber reden wollen. Das ist doch ganz in Ordnung, oder nicht?«

Das Gespräch ging weiter, aber Lisbeï hörte nicht mehr zu. Sie dachte an ihre eigenen Entscheidungen und deren Folgen. Vor zwei Jahren hatte sie geglaubt, Maerlande würde wieder so sein wie früher, wenn die ENTSCHEIDUNG erst einmal da wäre. Oder doch beinahe so wie früher. Und das, obwohl sie die Reaktionen von Selva und Mooreï erlebt, den Tumult auf der Versammlung gehört hatte und dabeigewesen war, als die Revisorinnen einander und Lisbeï ins Kreuzverhör nahmen, während sie ihre Zeugenaussage nahe beim Berghof gemacht hatte. Aber sie hatte geglaubt oder glauben wollen, nach der ENTSCHEIDUNG werde in Maerlande alles wieder seinen gewohnten, ruhigen Gang nehmen, so wie ein Teich wieder still daliegt, wenn der Stein gesunken ist und sich das Wasser nicht mehr kräuselt. Jetzt wurde ihr klar, daß die Metapher nicht die Wirklichkeit traf, oder nicht genau traf, denn der Teich war danach nie mehr so wie früher gewesen. Zwar nahm Ellis Muster ständig neue Formen an, aber es bewegte sich zeitlich nur in einer Richtung: vorwärts. Auch Maerlande würde niemals mehr so sein ›wie früher‹ – jedenfalls nicht für Hunderttausende sehr realer, sehr lebendiger Frauen, mit denen sich Lisbeï plötzlich in Gestalt dieser unbekannten Gästeführerin in der Schutzstätte konfrontiert sah. Die junge Lisbeï (wie sie sich selbst aus dem Abstand von zwei Jahren sah) hätte sich bestimmt darüber gefreut, daß sie auf diese Weise allen persönlichen Lebensgeschichten wie auch der gemeinsamen Geschichte eine neue Wendung gegeben hatte. Sie wäre stolz auf ihre entscheidende Rolle, auf ihre Macht über diese Geschichten gewesen. Die Lisbeï von heute spürte die Verantwortung, bedauerte fast, daß sie Selva den Gehorsam verweigert hatte ... Aber es gab kein Zurück. Und immerhin hatte die Lisbeï von heute ja auch dafür bezahlt, hatte sich selbst aus Bethely verbannt, oder nicht? Auch für sie selbst war nichts mehr wie früher. Und sie würde Bethely auch nicht darum bitten, zurückkehren zu dürfen. Denn das liefe ja darauf hinaus zuzugeben, daß sie im Unrecht gewesen war, obwohl sie doch nichts als die Wahrheit gesagt hatte. Wenn die Wahrheit Veränderungen bewirkte, konnten das doch eigentlich keine negativen Veränderungen sein, oder? Der Anfang war das Ziel. Das Ziel lag in den Mitteln. Konnte es falsch sein, die Wahrheit einfach auszusprechen, anstatt sie durchsickern zu lassen und zu manipulieren, indem man diejenigen manipulierte, die sie hörten? Jetzt konnten alle selbst entscheiden, was sie mit dieser Wahrheit anfangen wollten.

In einem der Bücher, das Carmela von Vaduze empfohlen hatte, war Lisbeï auf einen Ausdruck gestoßen, der eine Prozedur aus der Zeit des Zusammenbruchs oder vielleicht noch früherer Zeit beschrieb: das ›Gottesurteil‹. Die alte Blaue hatte sie aufgefordert, das ›Gottesurteil‹ mit der ENTSCHEIDUNG zu vergleichen. Die ENTSCHEIDUNG hatte nichts gemein mit dieser barbarischen Prozedur, in der sich zwei Meister in tödlichem Kampf miteinander maßen! Da verstand sie allmählich, was es mit der ENTSCHEIDUNG auf sich hatte. Die ENTSCHEIDUNG war eine Art Heiliges Gericht, das über die kleingeistigen Intrigen der Menschen erhaben sein sollte. Deshalb bat man dabei um göttliche Eingebung für die Wahrheitsfindung. Die ENTSCHEIDUNG unterschied sich *grundsätzlich* von den Versammlungen und ihren endlosen Debatten, die nicht eher aufhörten, bis alle überzeugt waren – zumindest in der Theorie. Die ENTSCHEIDUNG war ein Glaubensakt (manche sagten auch, sie sei ein ›Glücksspiel‹), der sich im Gewissen der Menschen vollzog, selbst wenn der Glaube an das Licht Ellis fehlte. Nicht alle Revisorinnen waren glaubensfest gewesen.

Später sollte Lisbeï zu der Auffassung gelangen, daß ENTSCHEIDUNGEN auch dazu da waren, neue Fäden für die Geschichte Maerlandes zu spinnen. ENTSCHEIDUNGEN gaben den Familien einen Anstoß, sich weiterzuentwickeln. Aber um welche ENTSCHEIDUNG es auch gehen mochte: Sie würde Richtung oder Erfolg der kommenden Entwicklung Maerlandes nicht garantieren können. War eine ENTSCHEIDUNG erst einmal ausgesprochen, dann mußten die Menschen lernen, damit zu leben. Sie mußten lernen, sie innerlich nach bestem Wissen und Gewissen anzunehmen. In völliger Meinungsfreiheit.

Und wenn jemand darüber nicht reden wollte, war das sein/ihr gutes Recht, wie Livine gesagt hatte.

KAPITEL 6

Die Gemeinde Amsherdam war noch mitten im Aufbau. Sie lag am Rande eines der wenigen fast weißen Flecken auf der Landkarte Maerlandes, an der Ostgrenze der Bretanye. Auf den letzten zehn Kilometern hatten Wagenräder tiefe Spuren in der Straße hinterlassen, die sich durch ein ansonsten undurchdringliches Unterholz wand. Der Frühling hatte gerade begonnen, die Bäume trieben Blattknospen hervor, die wie helle Wolken im dunklen Gehölz wirkten. Der Hügelpfad führte zu einem großen birnenförmigen Becken, durch das sich ein kleiner Fluß schlängelte. Von den Hügeln aus war Amsherdam kaum zu sehen, zu erkennen waren nur die unnatürlich regelmäßigen Umrisse der gerodeten Parzellen am Wasser und die Gärten und Felder, die schon ergrünten, weil es hier unten wärmer war.

Wegen dieses Mikroklimas hatte man den Ort ausgewählt. Einige hundert Blaue aller Altersgruppen aus Wardenberg und anderen Gemeinden waren damit beschäftigt, die künftige Capterie, ihre Außengebäude und stromaufwärts einen kleinen Staudamm anzulegen. Später sollte das Stauwerk dic Energieversorgung gewährleisten. Ein mit Blutbuchen bestandenes Gehölz ganz in der Nähe verbarg das Zeltdorf.

Als Lisbeï ankam, fand sie jemanden, der ihr den Weg zu einer Gruppe von fünf Blockhäusern am Flußufer wies. Mit ihrer Stute und zwei Maultieren im Schlepptau ritt sie darauf zu. Die Blockhäuser waren von einem goldenen Meer umgeben: Osterglocken. Am silbrigen Holz der Hütten rankte wilder

Wein empor. Sie mußten schon lange hier sein. Auf der Veranda des größten Blockhauses saßen drei Blaue, der Schatten verbarg ihre Gesichter.

»Verstärkung«, sagte eine aus den Tiefen ihres Sessels.

»Schön für sie«, sagte die im Nachbarsessel mürrisch.

»Seid ihr die Patrouillen?« fragte Lisbeï verwirrt.

»Du beliebst zu scherzen«, spottete die dritte Blaue, die mit ausgestreckten Beinen auf dem Boden saß.

Die Tür des Blockhauses ging auf. Die drei Blauen setzten sich ein bißchen gerader hin, machten sich aber nicht die Mühe aufzustehen. Eine kleine, gedrungene Gestalt tauchte im Türrahmen auf und entpuppte sich beim Näherkommen als Frau in den Vierzigern. Sie hatte kurzgeschorenes graues Haar und trug eine dunkle Lederhose und Lederjacke. Sie blinzelte ins Sonnenlicht und ging dann auf Lisbeï zu.

»Friede in Elli. Ich bin Nance, die Capta der Amsherdam-Patrouille.«

»Friede in Elli«, antwortete Lisbeï erleichtert. Sie stieg von ihrer Stute ab. »Ich bin Litale. Ich hoffe, ich komme nicht zu spät. Bei Osberg gab es Überschwemmungen.«

»Litale, ja?« Die Frau streckte ihr nur eine Hand entgegen. Lisbeï erinnerte sich gerade noch rechtzeitig an die Wardenberger Sitte und schlug ein. Wie ein präzise angelegter Schraubstock schlossen sich Nances Finger um die ihrigen. Lisbeï mußte plötzlich an Kelys denken, vielleicht weil diese Frau ähnliche Selbstsicherheit und Stärke ausstrahlte. »Wir warten noch auf vier weitere«, fuhr Nance fort. »Myne wird dir zeigen, wo du deine Sachen unterbringen kannst. Wenn du fertig bist, komm hierher zurück. Wir registrieren dann die Nahrungsmittel, die du mitgebracht hast. Gerd und Kolia laden die Maultiere ab.«

Die drei Blauen räkelten sich langsam hoch, Lisbeï

blieb neben ihnen stehen. Es würde seine Zeit brauchen, bis sie sich Namen und Gesichter merken konnte. Die junge Blaue, die auf dem Fußboden der Veranda gesessen hatte, kam herüber und faßte die Stute bei den Zügeln. Myne. Als Lisbeï an den Maultieren vorbeiging, sah sie flüchtig zwei Hände, die die Trageriemen losmachten. Auf der rechten Hand war ein großes schwarzes Kreuz. Gerd oder Kolia? Lisbeï warf einen heimlichen Blick auf Mynes Hand am Zügel. Nichts. Erst später, in der Gemeinschaftsdusche, sah sie, daß Myne auf beiden Schultern einen schwarzen Fleck hatte, der das eintätowierte Familienzeichen überdeckte. Bis zum Abendessen konnte Lisbeï Kolia und Gerd schon voneinander unterscheiden. Gerd hatte die tätowierte Hand und war älter als Kolia. Genau wie Myne kamen beide aus Wardenberg.

Noch vier weitere Blaue wurden erwartet. Lisbeï sah ihrer Ankunft mit einiger Sorge entgegen. Es war ihr nie in den Sinn gekommen, daß sie zusammen mit Verbannten auf Streife gehen würde. Die Streife konnte auch Strafe bedeuten, wie Lisbeï wußte. Aber dieses Wissen gehörte zu jenen Informationen, die sie nur im Unterbewußtsein abgespeichert hatte, weil sie in der Realität nie damit konfrontiert gewesen war. Die mildeste Strafe für Gewalt- oder Wiederholungstäterinnen war die Verbannung innerhalb der Familie, darauf folgte als nächster Grad dic Verbannung zu einem der Familienableger. Die nächste Strafstufe war die ›Verbannung‹ zu einer Patrouille, dann kam die Verbannung in eine nicht tödliche *Schlimme Zone.*

Ich hätte daran denken müssen. Schließlich bin ich doch in Wardenberg gewesen, vertraute sie ihrem Tagebuch an. Nach zwei Jahren Wardenberg hatte sie angefangen, mehr zu sehen als den schönen Schein, die gewohnheitsmäßige Höflichkeit der Wardenberger. Ihr war aufgefallen, wie viele Hände mit allen möglichen Tätowierungen gebrandmarkt waren. *Die Oberfläche ist nur eine dünne Schicht, unter der sich unterdrückte Gewalttätigkeit verbirgt. Die ihre Ursache darin hat, daß zu viele Menschen auf zu engem Raum leben – vielleicht auch in zu vielen unterschiedlichen Verschachtelungen. Allzu schwer lastet hier die Vergangenheit auf dem Leben der Menschen. Da gibt es die Oberstadt, die Unterstadt, die Quadrate, die Sektoren, die Arbeiterinnen in den unterirdischen Fabriken, die Feldarbeiterinnen, die ›Eigentümerinnen‹ und ›Mieterinnen‹, die nördliche Insel und die südliche Insel, die überlieferten Gesellschaftskasten, die Kleinfamilien. Hundert Jahre Isolation bringen solche inneren Abgrenzungen hervor. Erbfehden schleppen sich weiter, obwohl sich kaum noch jemand an ihre Ursachen erinnert. Die ›Instabilität‹ Wardenbergs ist nicht nur genetisch bedingt.*

Die vier anderen Blauen kamen jedoch aus baltischen Familien. Sairle und Linde, beide aus Capanagh, waren Gefährtinnen. Berte und Megyn stammten aus Oslova beziehungsweise aus einer der angegliederten Gemeinden. Alle vier entsprachen dem normalen ›Patrouillen-Typ‹: Sie waren älter als dreißig, hatten eine fruchtbare fünfzehnjährige Dienstzeit hinter sich und sich um Maerlande damit verdient gemacht, daß sie ihm ein halbes Dutzend Kinder geboren hatten. Alle hatten am Vorbereitungstraining für den Streifendienst teilgenommen und waren voll guten Willens, auch wenn die Aussicht auf Patrouillengänge sie nicht sonderlich begeisterte. Die Mischung der Patrouillen aus Verbannten und ›Normalen‹ war ganz sicher kein Zufall, sagte sich Lisbeï. Ihr war aufgefallen, daß Gerd Berte und Megyn zugeteilt worden war, Kolia den beiden anderen. Sie selbst und Nance bildeten das ›Unterstützungsteam‹ für Myne. Gerd und Kolia wußten genau, was los war, wie ihr rauher Sarkasmus mehr als deutlich machte. Myne – na ja, Myne war alles egal. Den anderen fiel nur ihr mißgelauntes Schweigen auf. Wenn sie – was selten genug vorkam – redete, dann kam auf Garantie irgendeine säuerliche Bemerkung heraus. Aber Lisbeï spürte, daß Myne innerlich litt. Über ihr hing eine Aura niederdrückenden Trübsinns wie hartnäckiger Rauch über einem unsichtbar schwelenden Feuer.

Wie überall herrschte auch hier Diskretion, neugierige Fragen verboten sich von selbst. Genau wie die anderen wußte auch Lisbeï, an welcher Last Myne so schwer trug, selbst wenn ihr die Einzelheiten nicht bekannt waren: Myne hatte getötet, ohne Vorsatz getötet, in einem Anfall von Jähzorn oder Eifersucht. Sie bereute es – o ja, und wie sie es bereute! Bei ihr bestand keine Gefahr, daß sie rückfällig werden würde. Wenn sie ihre Dienstzeit erst einmal hinter sich gebracht hatte, konnte sie, sofern sie das wollte, zu ihrer Familie zurückkehren. Aber Myne wollte nicht. Im Augenblick wollte sie überhaupt nichts. Vielleicht wollte sie auch einfach nichts mehr fühlen, wollte tot sein.

Lisbeï mußte an Loï denken. An den Kampf mit Meralda. An die Geschichte, die sie sich kurz vor ihrem Abschied von Bethely immer wieder selbst erzählt hatte: Sie würde Tula entweder überreden oder dazu zwingen, mit ihr in die *Riesige Schlimme Zone* zu fliehen, gerade lange und weit genug, daß man sie beide bei ihrer Rückkehr sterilisieren würde. Dann würden sie zwar Abtrünnige sein, aber Blaue und frei…

Myne konnte mit Lisbeïs Mitgefühl, das auch mit Abscheu und Scham verbunden war, nichts anfangen. In den Tagen vor ihrem Abmarsch reagierte sie auf Lisbeïs schüchterne Annäherungsversuche mit stummer Ablehnung.

Sie blieben nicht lange am Treffpunkt Amsherdam (»Amsherdam wird allmählich zu zivilisiert«, sagte Nance). Sie brachen nach Osten auf, zu einem Dauerlager am Rande eines Gebietes, das in den Landkarten mit blassem Grau verzeichnet war. Dort angekommen, leisteten sie die übliche Tagesarbeit von Patrouillen: Landkarten zeichnen, regelmäßig Proben von Boden, Wasser, Flora und Fauna entnehmen. Und ›Sonstiges‹ – worin dieses ›Sonstige‹ bestand, war Lisbeï irgendwann auf dem Weg nach Osten gedämmert. In Wardenberg hatte man ihr Lebensmittelrationen für einen Monat mitgegeben, aber der Streifendienst dauerte drei Monate. Die Patrouillen mußten sich, genau wie die Familien, selbst mit Nahrungsmitteln versorgen. Sie würden sich von dem ernähren, was das Land hergab. Aber es war ziemlich unwahrscheinlich, daß sie so hoch im Norden während der Frühlingsmonate genügend Nüsse, Wurzeln oder Früchte finden würden. Sie würden jagen.

In Bethely ernährte man sich fast ausschließlich von Gemüse. Man aß Eier, aber es verbot sich von selbst, die Fische aus der Douve oder die Hennen, Schafe und Kühe zu verzehren.

Lebendig waren sie viel nützlicher. »Abgesehen davon, daß sie nützlich sind, sind sie auch *Lebewesen*«, hatte Mooreï betont, nachdem Antonë eine der unzähligen Fragen der kleinen Lisbeï damit beantwortet hatte, daß sie sich über das Warum und Wozu von Tieren ausließ. Antonë hatte so ausgesehen, als werde sie gleich mit einer Antwort auf Mooreïs Bemerkung herausplatzen. Aber sie hatte nichts gesagt, und Lisbeï hatte Bethelys Credo ohne Wenn und Aber übernommen. Später hatte sie erfahren, daß selbst in Litale längst nicht alle Familien diese Auffassung teilten. Aber diese Information hatte sie im Kopf unter dem Stichwort ›andere Familien – andere Sitten‹ abgelegt. Unterschiede waren dazu da, daß man sie registrierte und akzeptierte, aber nicht kritisierte. Lisbeï hatte noch nie Fleisch gegessen, selbst in Wardenberg nicht. Selbstverständlich hatte sie auch nie gejagt. Während ihrer Ausbildung hatte sie auf bewegliche Ziele geschossen, aber nie auf *lebende* Ziele. Ihr war klar, daß die veterinärmedizinische Capta sehr kranke Tiere von ihrer Qual erlöste, aber das berührte sie nicht persönlich, denn es war ja etwas ganz anderes! Das hatte nichts mit *umbringen* zu tun.

Dort, wo der neue Vorposten entstehen sollte, zogen sie die erste Blockhütte hoch: das Lagerhaus, in dem sie ihre ganzen Trockenvorräte und Konserven unterbringen wollten. Dann richtete Nance eine kurze Ansprache an alle, die, wie Lisbeï bei sich dachte, Antonë bestimmt gefallen hätte: Als Blaue seien sie jetzt nicht mehr von ihren Familien abhängig, auch wenn einige vielleicht vorhätten, nach dem Streifendienst zu ihren Familien zurückzukehren. Sie seien hier, um überleben zu lernen. Menschliche Wesen seien Teil der Natur (»Teil des Musters«, dachte Lisbeï automatisch, diese Reaktion hatte selbst Wardenberg überdauert) – nicht wichtiger, aber auch nicht weniger wichtig als andere Tierarten.

Stuten fraßen Gras, Spinnen fraßen Insekten, und Fleischfresserinnen fraßen Fleisch. »Und Menschen sind Allesfresserinnen«, fuhr Nance fort. »Das heißt, sie können fast alles essen. Deshalb sind wir auch anpassungsfähiger als die meisten anderen Tiere.« Mit ausgestrecktem Arm beschrieb sie einen weiten Bogen und zeigte auf die halbgerodeten Flächen in der Umgebung, auf die dichten Wälder und den bleiernen Himmel. »Ihr seid hier, um Anpassung zu lernen. Um überleben zu lernen. Egal, unter welchen Umständen.«

Lisbeï spürte Nances Absicht, ehe sich die Blaue überhaupt bewegte. Trotzdem erwischte Nance Lisbeï mit einer blitzschnellen Attacke auf dem falschen Fuß. Lisbeï fand sich auf der Nase liegend im Gras wieder. Nance hatte ihre Arme im Klammergriff und drückte sie auf den Rücken, im Nacken spürte sie ein Knie.

Nance half Lisbeï auf die Beine. Die unerwartete Kraft ihres Griffs war eine weitere Überraschung. Schließlich reichte die Frau Lisbeï kaum bis ans Kinn. Während sie Lisbeï immer noch mit fester Hand gepackt hielt und die anderen erschrocken und mit aufgerissenen Augen zusahen, fügte die stämmige Blaue mit sanfter Stimme hinzu: »Und das schließt auch Umstände wie eben diese ein.«

Zunächst jedoch bauten sie zwei weitere Hütten als Schutz vor Regen und Kühle dieser nördlichen Region. Niemand hatte Lust, drei Monate unter Zeltdächern zu verbringen. Jeden Morgen machten sie ihre Taïtche-Übungen. Allerdings begannen sie mit dem richtigen Training erst gegen Ende des ersten Monats, als auch die Muskeln der Blauen aus Baltike völlig ausgebildet waren. Sie hatten Kontakt mit dem anderen Streifenposten im Süden aufgenommen und das Gebiet, das abgedeckt werden mußte, unter sich aufgeteilt. Inzwischen waren ihre Lebensmittelvorräte fast aufgebraucht, wie Lisbeï mit einem lachenden und einem weinenden Auge feststellte. Sie war die einzige, der dieser Gedanke wirklich zu schaffen machte. Sie versuchte, sich ihre Sorgen nicht anmerken zu lassen, aber Gerd und Kolia, die die eintätowierten Zeichen Bethelys auf ihren Schultern gesehen hatten und die Sitten und Gebräuche der Familie kannten, zogen sie auf.

Lisbeï mochte gar nicht daran denken, wie gnadenlos sie wohl reagiert haben mochten, wenn sie gewußt hätten, daß sie die berühmte junge Blaue aus Bethely war, die mit Haldes Testament zu tun hatte. Es reichte schon, daß sie die Jüngste in der Gruppe war (Myne war zwei Jahre älter), zu klug wirkte (sie hatte nicht zuletzt den Fehler gemacht, mit den Blauen aus Baltike Slavoï zu sprechen) und zu gut Taïtche beherrschte (sie hätte nie gedacht, daß man Taïtche jemals ›zu gut‹ beherrschen könnte ...). Jedenfalls war es nach einem Monat ziemlich klar, daß Gerd und Kolia jeder Vorwand, auf Lisbeï einzuhacken, gerade recht kam.

Das störte Lisbeï nicht sonderlich. Schließlich war sie es mehr als gewohnt, auf die eine oder andere Art zur Außenseiterin abgestempelt zu werden. Tatsächlich beobachtete sie die beiden Blauen mit einem Gefühl, das fast schon eine Art Faszination war. Sie spürte die widersprüchlichen Gefühle, die beide ausstrahlten, ohne daß es ihnen überhaupt bewußt war. Ob die beiden sie wohl in Ruhe gelassen hätten, fragte Lisbeï sich später, wenn sie normaler auf sie reagiert hätte? Wenn sie es ihnen heimgezahlt hätte? Natürlich hackten sie auf Myne nicht herum. Auf Streife konnten tätowierte Hände längst nicht mit allem durchkommen, und das galt insbesondere für Gerd, die gelassen verkündet hatte, sie neige zu handfesten Auseinandersetzungen. Kolia war schwerer zu durchschauen. Sie sagte nicht viel und war anscheinend damit zufrieden, im Windschatten von Gerd zu segeln. Allerdings war sie nachlässig, faul und wirr im Kopf, und diese Eigenschaften mochten sich eines Tages als eine Gefahr für die Menschen ihrer Umgebung erweisen. Als sie in der zweiten Woche zum Küchendienst eingeteilt war, wäre eine der Blockhütten um ein Haar in Flammen aufgegangen.

Tagsüber waren Gerd und Kolia voneinander getrennt, aber es zog sie zueinander, sobald die einzelnen Streifen zum Posten zurückkehrten, vor allem abends. Sie gaben sich nicht sonderlich Mühe, ihr sexuelles Liebesleben zu verheimlichen. Als Lisbeï eines Nachts von der Latrine zurückkam, fiel ihr auf, daß in der Schlafkammer der beiden die Gaslampe brannte. Kolia, die nackt war, saß zusammengekauert nahe bei der Tür und kramte in ihren Taschen herum. Als sie Lisbeï hereinkommen hörte, stand sie auf. In der Hand hielt sie zwei längliche Gegenstände, die Lisbeï irgendwie bekannt vorkamen. Kolia, die Lisbeïs Gesichtsausdruck falsch deutete, hielt ihr einen der Gegenstände unter die Nase: »Willst du mal probieren?« flüsterte sie mit hämischem Grinsen.

»Vergiß es«, zischte ebenso höhnisch Gerd, die unsichtbar blieb. »Sie hat doch keine Ahnung, was das ist!«

»Ein Phallus«, sagte Lisbeï ohne nachzudenken. Sie spürte, wie sich Kolias Gefühle in Erstaunen, widerwillige Anerkennung und Neugier verwandelten.

Gerd steckte ihren Kopf durch die Öffnung des ledernen Vorhangs. »He, Litale, du hast ja verborgene Talente!«

Lisbeï erschrak. Diesmal hatte sie sich bestimmt verraten. Aber die beiden Blauen brachten die Fähigkeit, einen Phallus zu erkennen, anscheinend gar nicht mit der Ausbildung einer künftigen Mutter in Verbindung.

Kolia strich Lisbeï mit dem glatten Holz über die Wange. »Willst du mal probieren?« wiederholte sie ihre Frage in verändertem Tonfall.

»Nein!« Aber sie konnte ihre Neugier nicht unterdrücken. »Macht euch das Spaß?«

Die offensichtlich ehrlich gemeinte Frage verblüffte Kolia. Gerade noch hatte sie einen sarkastischen Kommentar zu Lisbeïs entrüsteter Ablehnung abgeben wollen. Statt dessen zuckte sie jetzt die Achseln und antwortete mit gleicher Aufrichtigkeit: »Warum nicht? Ein bißchen Abwechslung hin und wieder tut ganz gut.«

»Aber in Litale sind sie nicht pervers, Kolia«, wieherte Gerd los.

»Was soll daran pervers sein?« fragte Lisbeï spontan. Ungewöhnlich, ja, und ziemlich lächerlich. Aber pervers?

»Komm schon, wir zeigen's dir«, sagte Gerd. In ihrer Stimme lag eine Aufforderung, aber auch eine leichte Drohung. Dagegen war Kolia wieder ganz Sarkasmus, obwohl irgendwie auch leichtes Bedauern mitschwang: »Aber nicht doch. Doch nicht die gute kleine Litale!« Sie zwinkerte Lisbeï vielsagend zu und schlüpfte hinter den Vorhang. Die Gaslampe ging aus. Lisbeï stand einen Augenblick im Dunkeln und lauschte, wie die beiden kicherten, dann seufzten und stöhnten. Als sie auf Zehenspitzen zu ihrer eigenen Schlafkammer schlich, spürte sie, daß Myne wach war. Was hielt sie vom Schlafen ab? Verzweiflung? Neid? Lisbeï wußte es nicht.

Der folgende Tag war ein Ruhetag, zumindest ein Tag, an dem für den Morgen keine Streifengänge angeordnet waren. Sie verbrachten die Zeit damit, ins Logbuch einzutragen, was sie bei den Aufklärungsgängen der Vortage gesehen hatten, und die Parade zu üben. Es war von Anfang an klar gewesen, daß Nances Vorstellung von Parade nichts mit dem gemein hatte, was die Familien praktizierten. Feindberührung war das Ziel, Feindberührung und Sieg. »Gegnerin«, berichtigte Nance, wenn jemand »Partnerin« sagte.

Lisbeï verstand besser als alle anderen, daß es, psychologisch gesehen, einen großen Unterschied in der Haltung ausmachte, wenn man das Wort ›Gegnerin‹ benutzte. Das sollte provozieren. Aber sie schaffte es einfach nicht, zu provozieren oder sich provozieren zu lassen, und damit stand sie keineswegs allein da. Am ersten Morgen bestand das Training vor allem darin, daß Nance eine Demonstration ihres Könnens gab. Als Übungs›gegnerin‹ wählte sie Lisbeï, weil sie die Größte und Leistungsstärkste war. Und wieder fand Lisbeï sich auf dem Boden wieder. Danach sprachen sie die Übung gemeinsam durch. Ganz sicher machte Nance das nicht zum erstenmal mit einer Gruppe von Streifengängerinnen.

»Man erhebt die Hand nicht gegen eine Schwester in Elli«, argumentierten die Schülerinnen. Das war doch ganz klar. Wie konnte es denn zwei verschiedene Gesetze geben, eines für die Familien und ein anderes für die Patrouillen? (Wahrscheinlich dachte jede von ihnen an Gerd und Myne, die genau wegen einer Gewalttat dieser Streife zugeteilt worden waren). Genauso klar war Nances Antwort: Wenn man die Hand gegen eine Schwester in Elli erhob – und es konnte extreme Situationen geben, in denen es nötig war, wie alle schließlich zugestehen mußten –, dann war es gut zu wissen, wie man es ›richtig‹ machte.

»Aber das ist doch nicht dasselbe!« protestierte Sairle völlig entnervt. »Du willst uns beibringen, wie man... wie man...«

»Jemanden umbringt«, ergänzte Gerd ungerührt und hämisch.

»Das glaubt ihr also?« gab Nance zurück. Die anderen waren schockiert darüber, wie unverschämt lässig sie reagierte. Das war alles, was sie sagte. Sie machte der Diskussion ein Ende, indem sie die Streifen für den Nachmittag einteilte.

Später gehörte es zu jeder Übungsstunde, daß Nance verschiedene Griffe vorführte. Wenn man ein bißchen mehr Kraft in die Griffe legte oder sie länger ausdehnte, dann würden sie zum Tod der Gegnerin führen. Jedesmal suchte sie sich eine ›Gegnerin‹ und griff sie hartnäckig an, während die anderen die Übungen mit keineswegs überzeugenden Ergebnissen hinter sich brachten. Jedesmal, wenn eine Gegnerin nicht aufgepaßt hatte und sich am Boden ›festgenagelt‹ wiederfand, war Nances freundliches »Du bist tot!« zu hören. Aber jede weitere Diskussion darüber wurde von ihr im Keim erstickt.

Am Morgen nach der Nacht, in der Lisbeï auf Kolia und Gerd gestoßen war, wählte Nance Gerd als Partnerin. (Vielleicht wäre ›Demonstrationsobjekt‹ der passendere Ausdruck gewesen). Lisbeï sollte paarweise mit Kolia üben. Kolia war kleiner und zierlicher als Lisbeï und im Kampf so hoffnungslos ungeübt, daß Lisbeï die Übung von Anfang an nicht ernstnehmen konnte. Ganz offensichtlich ging es Kolia genauso, denn sie klammerte sich mit einer merkwürdigen Mischung aus Bosheit und wilder Entschlossenheit an Lisbeï, anstatt auszubrechen, wann immer sich eine Chance bot. Die letzte Rauferei ging so aus, daß Kolia Lisbeïs zerrissenes Hemd in den Händen hielt. Lisbeï spürte Kolias jähes Triumphgefühl und merkte, daß Kolia von Anfang an nichts anderes vorgehabt hatte. Kolia wich zurück, schwang ihre Trophäe und sah Lisbeï, die halbnackt in ihrem Baumwolltrikot und dem ledernen Brustschutz dastand, bedeutungsvoll an.

»Was passiert denn, Nance«, sagte Kolia sarkastisch, »wenn einen die Schönheit seiner Gegnerin entwaffnet?«

»Dann bist du eben entwaffnet«, antwortete Nance trocken, die gerade zum weiß-Elli-wievielten Mal Gerd bezwungen hatte. Sie ging zu dem Stapel mit den Übungsutensilien hinüber und griff nach zwei Stäben. Einen gab sie Gerd, den anderen warf sie Lisbeï zu. »Du übernimmst Lisbeï, Gerd!«

Mit einem Sprung baute sich Gerd vor Lisbeï auf. Nance hatte die beiden selten miteinander kämpfen lassen, obwohl sie ziemlich ebenbürtige Gegnerinnen abgaben. Lisbeïs Größe wurde durch Gerds Gewicht ausgeglichen. Gerd schien Nances beste Schülerin zu sein. Nach einer Woche Training hatte sie sogar erklärt, sie sollten anstelle der hölzernen Attrappen besser richtige Waffen benutzen, dann würden alle das Training ernster nehmen. Lisbeï war gar nicht glücklich darüber, Gerd als Partnerin für die Parade zu haben. Ihre Aura war undurchdringlich, ein bißchen wie bei Tula und ihrer Spiegelwand, nur daß Gerd keine glatte Oberfläche hatte. Die Mauer, hinter der sie sich verschanzte, zitterte und bebte, als halte sie gewaltsam etwas zurück. So als halte man eine Tür mit großer Anstrengung gegen den Ansturm einer wilden Kraft geschlossen.

Aber wenn Gerd kämpfte, machte diese unterdrückte Gewalttätigkeit eine seltsame Wandlung durch: Dann schien sie in eine Art von Trance zu fallen, aber nicht in die bei der Parade übliche Trance. Die Lider ihrer eng zusammenstehenden Augen senkten sich leicht, und ihr längliches Gesicht mit dem vorstehenden Kiefer nahm einen verträumten Ausdruck an. Der Gegensatz zwischen Gerds schlaffem Äußeren und der plötzlich konzentrierten Aggressivität in ihrem Innern verwirrte Lisbeï.

Vom Rand des Übungskreises warf Kolia Lisbeï ihr Hemd zu. Nance fing es in der Luft ab. »Glaubst du denn, ihr hättet bei einem Überfall auf den Posten noch Zeit zum Anziehen?«

Überfall? Wer sollte sie überfallen? Während Lisbeï sich das noch fragte, griff Gerd auch schon an. Der Stab sauste nieder. Lisbeï stolperte rückwärts, sie war überhaupt nicht darauf vorbereitet gewesen. Gerd ließ den Stab wie eine Peitsche über den Boden sirren, so daß Lisbeï hochspringen mußte. Gleich danach führte sie damit einen Schlag nach hinten aus, um Lisbeï aus dem Gleichgewicht zu bringen. Sie erwischte ihren Solar Plexus, so daß Lisbeï flach auf den Rücken fiel und nach Atem rang. Wie aus weiter Ferne hörte sie Kolia aufgeregt schreien, dann drückte eine schwere, harte Masse sie zu Boden. Die

Masse stank nach Schweiß, Wut und… nach was noch? Lisbeï erinnerte sich, daß sie so etwas schon einmal an jemand gerochen hatte, aber wer war das gewesen? Gerd drückte ihr jetzt den Stab gegen die Kehle, Lisbeï rang nach Luft. Die linke Hand, die sie zur Verteidigung hochgestreckt hatte, war unter der Waffe eingeklemmt. Auch ihren rechten Arm konnte sie nicht bewegen, auf ihm lasteten ihr eigener Unterleib und Gerds Körper, der ihr jedes Gramm Gewicht zu spüren gab… Aber was machte Gerd überhaupt, warum hörte sie nicht auf? Sie hatte doch gesiegt. *Was hatte sie vor?*

Plötzlich schoß ein unerklärlicher Kraftstrom durch Lisbeïs Körper, obwohl sie panische Angst hatte. Wenn irgend ein bewußter Wille dahintersteckte, dann ging dieser Wille von ihrem Körper aus. Ihr rechtes Bein hakte sich um Gerds linkes Bein, ihre linke Hüfte warf sich hoch und schüttelte Gerd ab, wälzte sie herum, bis Lisbeï mit gespreizten Beinen auf ihr zu liegen kam. Sie war die Ruhe selbst. Bei Gerd konnte sie ein tobendes Chaos von Gefühlen wahrnehmen, aber sie selbst war ganz ruhig. Wie in Zeitlupe – so jedenfalls kam es ihr vor – schlug sie Gerd den Stab aus der Hand, drehte ihrer Gegnerin den Arm herum, drückte ihn gegen Gerds Rücken und stieß ihr das Gesicht mit voller Absicht in den Rasenboden. Als Lisbeï spürte, daß Gerd fast am Ersticken war, sprang sie nach hinten hoch, außer Reichweite.

Gerd lag einen Augenblick da, ohne sich zu rühren, dann bewegte sie sich schwach. Kolia kam herüber und half ihr hoch. Gerd saß wie betäubt am Boden, ihr Gesicht war voller Grasflecken. Ein paar Schritte von ihr weg stand Lisbeï und schnappte nach Luft. Sie wunderte sich, daß ihr Körper nicht zitterte. Plötzlich wurde ihr die Gegenwart der anderen bewußt. Nance starrte sie an und hielt ihr das Hemd hin. Den Kopf hatte sie leicht in den Nacken gelegt. In ihrem Blick lag Beifall.

»Ihr habt die Wahl«, war alles, was Nance an diesem Abend auf Lisbeïs eindringliche Fragen antwortete. Das brachte Lisbeï aus der Fassung. Sie senkte den Kopf über das Hemd, das sie gerade flickte. Die Wahl, was zu tun? Sich selbst zu verteidigen? In letzter Sekunde davon abzusehen, jemand anderen zu töten? Fast wäre Gerd erstickt.

»Gerd wird in einer *Schlimmen Zone* enden«, bemerkte Linde. Sie hatte zugehört, während sie das Hemd ausbesserte, das Sairle unabsichtlich beim Zweikampf zerrissen hatte. Nance seufzte leise und nickte.

»Willst du deshalb nicht, daß wir richtige Waffen nehmen?«

»Nein«, sagte Sairle und nahm Nance die Antwort vorweg. Die anderen sahen sie an. Sairle räusperte sich. »Mit den Waffen hat das eigentlich gar nichts zu tun.« Sie legte eine Hand auf ihr Herz. »Es ist da drin. Das Wissen, daß es möglich ist … daß man es tun *kann*. Und daß man sich ganz bewußt dazu entschließt, es nicht zu tun, wenn es nicht unbedingt sein muß.«

Wieder nickte Nance, diesmal mit einem merkwürdig traurigen kleinen Lächeln.

Plötzlich hatte Lisbeï Meraldas blutverschmiertes Gesicht vor Augen. Und ihr fiel die Welle weißen Schmerzes ein, die von ihrem eigenen gebrochenen Arm ausgeströmt war. Eine Wahl zu treffen, hieß …

»Aber wenn Gerd sowieso zu einer *Schlimmen Zone* geschickt wird, was hindert sie dann daran, hier früher abzuhauen, ehe ihr Dienst rum ist?« fragte Megyn plötzlich. Alle sahen sie an, dieser völlig andere Gedankengang verblüffte sie.

»Nichts«, sagte Nance. »Aber was macht das schon? Hauptsache, sie quält niemanden, egal, wo sie auch landen mag.«

»Trotzdem, es scheint einfach nicht… na ja, fair zu sein«, murmelte Megyn.

Wieder lächelte Nance ihr trauriges kleines Lächeln. »Unvollkommene Lösungen in einer unvollkommenen Welt.«

»Jedenfalls stellen ihre tätowierten Hände sie ganz fürchterlich bloß«, sagte Berte. »Wenn sie irgend etwas versuchen würde, wäre sie auf jeden Fall reif für die *Riesige Schlimme Zone…*«

Der für die Abtrünnigen bestimmte Übergang: Der Weidenkorb, in dem man die Verdammten ohne Waffen und Nahrungsmittel aussetzt. Der Abstieg. Das Ächzen der von Riemen angetriebenen Räder. Der Korb senkt sich. Die Konfrontation mit dem Antlitz der Schuld. Die Schuld hat ein nacktes Gesicht, ein Gesicht aus nacktem Felsgestein. Der Übergang teilt die Welt in zwei Teile, in Schuld und Unschuld. Lisbeï hatte ihn nie mit eigenen Augen gesehen, aber Ludivine von Kergoët hatte in einem ihrer Romane ein sehr lebendiges Bild davon gezeichnet. Der Gipfel des Übergangs lag nahe bei den blauen Steinen. Auch ein großer Teil des Gebietes am Fuß der Klippen war nicht weit von der Steingrenze entfernt. Aber das spielte keine Rolle. Man konnte nirgendwo hingehen, außer nach Nordosten, in die *Riesige Schlimme Zone*. Die zwei nächsten Pässe über die Felsscheide waren mindestens fünf Tagesmärsche entfernt, und man mußte durch unwegsames Gelände. Außerdem war an jedem Paß ständig eine Patrouille postiert. Jedenfalls erwischten einen über kurz oder lang entweder das tödliche Gift oder die wilden Tiere. Daß eine zu Unrecht Verurteilte in den Grenzposten am Amberger Paß hineinstolperte, um in den Armen ihrer Geliebten ihr Leben auszuhauchen, das kam nur in Ludivines Romanen vor. Tatsächlich hatte man nie irgend jemanden aus der *Schlimmen Zone* lebendig herauskommen sehen.

»Man erhebt keine Hand gegen eine Schwester in Elli.« Nein, die *Schlimme Zone* erledigte das Töten der Menschen für die Menschen. Was hätte wohl Garde dazu gesagt? Und wenn es den Übergang nie gegeben hätte, was hätten die Familien dann mit ihren Abtrünnigen gemacht?

Das kurze Schweigen, das jetzt folgte, war peinlich.

»Na ja, Tatsache ist, daß der Übergang existiert. Die Bienenstöcke haben genau zu diesem Zweck einen Teil des Berges in die Luft gesprengt, deshalb können wir die Abtrünnigen über die Klippen springen lassen«, sagte Linde schließlich. »Ich nehme an, sonst hätten wir einen anderen Ort ohne Wiederkehr gefunden. Jedenfalls haben Gardes Jüngerinnen dabei geholfen, die Chartas von Maerlande zu entwerfen. Das hätte Garde bestimmt gefallen. Die *Schlimme Zone* steht für den Wahnsinn des Zusammenbruchs, und es … es paßt irgendwie, daß dort Menschen hingeschickt werden, deren Verhalten ein Rückfall in den ›alten Wahnsinn‹ ist. Wenn man es nicht täte, was würde sie dann davon abhalten, anderen alles mögliche anzutun, solange sie nur ihren Spaß dabei hätten? Würdest du mit denen fertigwerden, Litale?«

Die Bemerkung rief einiges Lächeln hervor. Wenn nicht Sairle (und später Myne) gewesen wären, die ihre Jagdbeute mit ihr teilten, hätte Lisbeï während der letzten beiden Monate ständig gehungert. Vor ein paar Tagen hatte sie Myne und Nance dabei geholfen, Tiere aus den Fallen zu holen. Sie fand es allmählich erträglich, die Tiere, wenn sie bereits tot waren, abzuhäuten, auszunehmen, zu braten und zu essen. Aber diesmal war es anders gewesen. Ein kleines Kaninchen war immer noch am Leben, obwohl irgend ein anderes Tier es böse in den Nacken gebissen hatte, ehe es – wahrscheinlich durch sich nähernde Blaue – aufgeschreckt worden war. Lisbeï zwang sich, das Kaninchen herauszuholen. Das Herz des Tieres schlug wie rasend unter dem blutdurchtränkten Fell. Sie mußte es töten, das Tier war so oder so zum Sterben verurteilt. Lisbeï hielt das Tier in den Armen, spürte, wie das warme Fleisch vor Leben bebte und vor Todesangst zitterte, und stellte sich Schritt für Schritt vor, wie sie das Tier erledigen würde. Mit einer Hand würde sie den Kopf packen, mit der anderen den Körper. Eine schnelle Drehung, und… Aber sie konnte es nicht tun. *Sie konnte es nicht tun!*

Myne nahm das Tier und brach ihm mit ökonomischer Präzision den Nackenwirbel. Sie streichelte die Ohren, die sich schließlich nicht mehr bewegten, und das weiche Schädelfell. Als sie aufsah, begegnete sie Lisbeïs Blick und schaute endlich einmal nicht weg. »Manchmal muß man's tun.«

Aber das galt doch auf gar keinen Fall für Menschen! Sogar Myne, die immerhin schon jemanden getötet hatte, würde nicht vorschlagen, Abtrünnige hinzurichten! Bei Menschen stand dieses ›man muß‹ überhaupt nicht zur Debatte!

Plötzlich dachte Lisbeï an Antonë und die schwarzen Stimmungen voller Traurigkeit, die sie gelegentlich überkamen. Es gab Zeiten, zu denen Ärztinnen mit diesem ›man muß‹ konfrontiert waren. Wenn zum Beispiel Babies von Geburt an schwerbehindert waren und jeder Atemzug eine unnötige Qual darstellte, weil sie sowieso in wenigen Stunden sterben würden. Oder wenn Todkranke, für die die Ärztin nichts mehr tun konnte, sie baten, ihrem Leiden ein Ende zu machen… Lisbeï hatte eigentlich noch nie richtig darüber nachgedacht. Grüne betraten niemals diesen Teil der Krankenstation, und niemand sprach mit ihnen darüber.

Ist es wirklich so einfach, das zu ignorieren, was man nicht sieht? Da war Loï, aber ich war zu jung. Und Meralda… Aber gerade Meralda… In Bethely hatte es so viele vorfabrizierte Antworten, so viele Schutzschilde ge-

geben. »Man erhebt keine Hand« ... und selbst ›das Muster Ellis‹ ... Aber wenn man erst einmal damit anfängt, die Schutzschilde niederzureißen ... Wenn man eine Hand erheben kann, ja manchmal sogar erheben muß ... Aber warum muß man das? Und warum wird Gerd irgendwann in einer Schlimmen Zone *landen, und Myne wahrscheinlich um ein solches Schicksal herumkommen? Weil ihnen das im Muster Ellis so vorgegeben ist? Und gilt das auch für mich? Wenn es so ist, wie hatte ich dann überhaupt eine ›Wahl‹, wie Nance behauptet? Hängt es damit zusammen, daß auch Elli das Muster erst kennt, wenn wir es schaffen?*

Wieder in Wardenberg wunderte sich Lisbeï in den ersten Wochen immer wieder darüber, wie relativ kurz sie ja eigentlich weggewesen war. Nur drei Monate. Wie hatte sie während des kurzen Streifendienstes nur so viel lernen können?

Kapitel 7

Lisbeï sah sich nach Fraine um, aber die junge Rote war noch nicht angekommen. Der einzige aus ihrer Gruppe, der sich bereits im Vortragssaal aufhielt, war Dougall. Da er vor allen anderen dagewesen war, hatte er sich natürlich nach hinten gesetzt. Lisbeï ging bewußt zu ihm hinüber und tippte ihm auf die Schulter. »Friede, Dougall.« Er fuhr zusammen und wurde, wie üblich, ein bißchen rot. Er nahm seine Sachen und folgte ihr zu den Plätzen in der ersten Reihe.

Noch war keine der Rednerinnen an dem halbrunden, zum Publikum gerichteten Tisch aufgetaucht. Lisbeï hatte seit ihrer Ankunft in Wardenberg auf einen Besuch von Kelys gehofft, aber alles, was sie erhalten hatte, war das unter ihrer Tür durchgeschobene Einladungsschreiben zum Vortrag gewesen.

Quer darüber stand in Kelys' großer, klarer Handschrift ›ja?‹ Seit ihrer Kindheit hatte sich Lisbeï an Kelys' sporadisches Kommen und Gehen gewöhnt und beschlossen, sich nicht weiter darüber aufzuregen.

Allmählich füllte sich der Saal. War es Kelys' Ruf, der die Leute anzog, oder lag es an dem, was die Rednerinnen als Gruppe zu bieten hatten? Vielleicht kamen die Menschen auch deswegen, weil in Wardenberg zum ersten Mal eine Podiumsdiskussion veranstaltet wurde, bei der es um das Notizbuch, besser gesagt: um Haldes Testament ging. Wahrscheinlich waren es all diese Gründe zusammen, die für Publikum sorgten, dazu kam noch die Neugier auf die Vereinigung, die Kelys gegründet hatte. Alle Rednerinnen des Abends gehörten ihr an. Aber was für eine Mischung das war! Eine Forschungsvereinigung, in der sich Judditen, Gläubige und Fortschrittlerinnen zu einem solchen Thema zusammenfanden, war ein mindestens ebenso aufsehenerregendes Spiel mit Risiken wie eine ENTSCHEIDUNG!

Vertraute Stimmen. Fraine, Ysande und Livine. Dougall rutschte weiter, Ysande ließ sich seufzend nieder. Bei Fraine, die ebenfalls schwanger war, sah man nur eine kleine Ausbuchtung, als sie sich neben Livine in die Reihe hinter Lisbeï setzte. Sie zog ihren Stuhl näher heran, so daß sie Lisbeï ins Ohr flüstern konnte. Als Lisbeï sich umdrehte, um sie zu begrüßen, sah sie, daß der Saal ein Farbenmeer war. Wie erwartet, dominierte Blau, aber auch Rote waren gut vertreten, außerdem auch ein paar andere, für Wardenberg typische Farben. Es waren verhältnismäßig viele Männer, vor allem Rote, anwesend, aber das war ganz normal. Selbst in Wardenberg hatten Männer oft stark ausgeprägte religiöse Überzeugungen. Auch für sie waren die ENTSCHEIDUNG und das Thema dieser Versammlung von Bedeutung.

Die Rednerinnen kamen hintereinander herein. Kelys, groß und grazil wie eh und je, mit leichtem Grau im kurzen Haar, ging ganz am Schluß. Wenn Kelys in Wardenberg zu Versammlungen erschien, verschlug es dem Publikum vor Verwunderung stets für einen Augenblick die Sprache. Natürlich hatten die Wardenberger von Kelys gehört, aber ihre dunkle Haut fiel hier, wo sich die Erblinien erst seit kurzer Zeit vermischten, immer noch auf.

Das Raunen im Publikum verstummte. Carmela von Vaduze, die älteste der Rednerinnen, trat nach vorn, um den rituellen Segen zu sprechen: »Wir wollen uns in Elli sammeln. Möge Elli uns in ihrem Frieden leiten.«

»Friede sei allen in Elli«, murmelte das Publikum nach dem vorgeschriebenen kurzen Augenblick der Stille. Lisbeï lehnte sich zurück, nach außen hin völlig gelassen. Warum spürte sie dann tief innen diese Aufregung, diese Angst? Es war das erste Mal, daß irgend jemand in Wardenberg öffentlich über das Notizbuch sprach – für Lisbeï die erste Gelegenheit zu hören, wie die Forschung vorankam. Sie wußte, daß die Untersuchung des Notizbuches während der drei Jahre der ENTSCHEIDUNG weitergetrieben worden war. Kelys war zwischen ihren Expeditionen mehrmals auf Stippvisite in der Schule gewesen, um in den Archiven zu stöbern, die die flüchtenden Harems aus Litale mitgebracht hatten. Allerdings war die öffentliche Diskussion über alle Angelegenheiten, die mit der Entdeckung von Bethely verbunden waren, bis zum Ausgang der ENTSCHEIDUNG verboten. Und Kelys hätte diese Verordnung selbst dann nicht unterlaufen, wenn Lisbeï sie darum gebeten hätte.

Im Programm waren vier Rednerinnen angekündigt: Eine sollte über den Ort der Entdeckung und seine Umgebung sprechen, eine über die Skelette und die Gegenstände, die man bei ihnen gefunden hatte, die beiden anderen Reden sollten sich in Form einer sprachwissenschaftlichen Analyse und einer Einschätzung des Inhalts mit dem Notizbuch selbst befassen. Davie von Belmont hielt die erste Rede und veranschaulichte sie durch zahlreiche Fotos, topografische Karten und Zeichnungen an der Wandtafel. Seit der Versammlung von 489 hatten Kelys und andere die unterirdischen Tunnel mehrmals gründlich untersucht. Teilweise verliefen die Gänge in beträchtlicher Entfernung von Bethely; allerdings waren sie an vielen Stellen eingestürzt. Mit Sicherheit stammten sie aus der Zeit des Zusammenbruchs, möglicherweise sogar aus einer noch früheren Epoche. Das war nicht weiter überraschend – ebenso wenig wie die Tatsache, daß man die hochgemauerten Zellen auf das Ende der Haremszeit datierte, was annähernd mit dem Zeitraum übereinstimmte, den Halde erwähnt hatte.

Überraschender für das Publikum war das, was Carmela von Vaduze zu sagen hatte: Es gab einige Unruhe im Saal, als sie die winzige Statur der drei Skelette erwähnte. Die Kleidungsstücke, die sie getragen hatten, unterschieden sich von den für diese Epoche typischen archäologischen Funden, der Faden war viel feiner, das Gewebe viel dichter. Der Filz ihrer Kapuzenumhänge war mit irgendeiner Substanz imprägniert, so daß die Gewänder beinahe wasserfest waren. Es handelte sich dabei um eine Art Naturharz, das anscheinend durch hohen Druck pulverisiert worden war. Das kleine Etui mit dem Nähzeug stammte, wie die meisten metallgefertigten Gegenstände, aus Wardenberg. Allerdings mußten die Warenzeichen mindestens achtzig Jahre älter sein als das im Notizbuch erwähnte Datum.

Bei dem Notizbuch handelte es sich um einen Gebrauchsgegenstand aus der Zeit des Zusammenbruchs, allerdings verfügten die Forscherinnen nicht über ausreichendes Vergleichsmaterial aus anderen Ausgrabungen, um seine Herkunft exakt bestimmen zu können.

Carmela sammelte ihre Blätter und Fotos mit einem abschließenden Nicken zum Publikum ein, das leise Beifall murmelte. Einige hätten offensichtlich gern Fragen gestellt, aber Carmela hatte am Anfang deutlich darauf hingewiesen, daß erst nach dem Ende aller vier Reden Zeit für Fragen vorgesehen war.

Jetzt war Kelys an der Reihe. Sie hatte die Handschrift in allen drei Teilen des Notizbuches unter die Lupe genommen. Alles deutete darauf hin, daß sie nur von zwei Menschen stammte. Eine Person hatte die ersten beiden Teile verfaßt, allerdings in unterschiedlichen Lebensabschnitten, Halde hatte den letzten Teil geschrieben. Anschließend setzte sich Kelys mit den sprachlichen Merkmalen des zweiten Teils auseinander. Wo und wann war er entstanden? Sie verteilte Blätter, auf denen zum Vergleich Einzelheiten des Alt-Frangleï abgebildet waren. Lisbeï überflog die Seite. Sie enthielt keine Überraschungen bis auf den deutlichen Hinweis, daß die im zweiten Teil des Notizbuches verwendete Art von Alt-Frangleï sogar noch älter war, als sie angenommen hatte. Es handelte sich um eine Variante, die vor allem im östlichen Maerlande verbreitet gewesen war. Seltsamerweise stimmten manche Worte und Schreibweisen nur mit solchen überein, auf die man an weit verstreuten Fundstätten aus Epochen vor der Haremszeit gestoßen war.

Domenica von Caresimo erhob sich für ihren Vortrag. Sie war eine der Revisorinnen bei der ENTSCHEIDUNG gewesen. Seit ihrer damaligen Begegnung war sie alt geworden, wie Lisbeï feststellte. Ihr Haar war fast weiß. Mit ihrem einen gesunden Auge schielte sie kurzsichtig über ihr Lorgnon hinweg, es verschwand fast in den Lidfalten, während sie das Publikum betrachtete. Sie sprach jetzt sogar noch langsamer als früher. Ihre heisere, leise Stimme verlieh ihren Worten eine zwingende, fast hypnotische Wirkung.

Domenica hatte sich nicht mit dem zweiten Teil des Notizbuches, sondern mit dem Schluß befaßt, sie hatte Haldes Testament übertragen. Darüber hinaus hatte sie mit einer detaillierten Untersuchung des Nachlasses der Hallera und des WORTES vor und nach der Entscheidung von Karillie begonnen (nach dieser ENTSCHEIDUNG wurde Halleras Nachlaß als Teil des WORTES anerkannt). Für die Zukunft hatte sie vor, alle Erläuterungen des WORTES, die man Garde oder ihren Gefährtinnen zuschrieb, zu prüfen. Außerdem würde sie sich auch die in Maerlande verbreiteten Sagen, Legenden und Sprichwörter vornehmen, die sich auf das WORT bezogen. Auf diese Weise wollte sie erstens feststellen, welches schriftliche oder mündlich überlieferte Material am ehesten in den zeitlichen Rahmen paßte, um den es hier ging. Zweitens die Frage beantworten, in wieweit alle diese verschiedenen Elemente überhaupt miteinander in Einklang zu bringen waren. Und drittens mochte sich daraus langfristig die Notwendigkeit ergeben, das gesamte WORT entsprechend zu überarbeiten.

Lisbeï setzte sich auf. Im selben Augenblick spürte sie, daß jemand ihre Schulter berührte. »Das ist für dich bestimmt!« hörte sie Fraine flüstern. Sie nickte und konzentrierte sich auf Domenicas Worte. Leider waren Domenicas Forschungsvorhaben weitaus interessanter als alle Einsichten, die sie bei der Untersuchung von Haldes Testament hatte gewinnen können. Das Publikum wußte bereits, daß Haldes Version in mehreren Punkten der gegenwärtig anerkannten Überlieferung von Gardes Märtyrertum und Auferstehung widersprach. Das Bild, das sie von Garde malte, stimmte ganz und gar nicht mit der Persönlichkeit überein, die Hallera beschrieben hatte. Nach ihrem Stil zu urteilen, war auch Halde selbst ganz anders, als man es bisher von dieser Gefährtin angenommen hatte. Aber das konnte man kaum als wesentliche neue Entdeckung bezeichnen.

Lisbeï, die sich rastlos und enttäuscht fühlte, unterdrückte ein Gähnen und rutschte auf ihrem Platz hin und her. Sie hatte gehofft, irgend etwas über den zweiten Teil des Notizbuches zu hören, aber anscheinend hatte sich niemand die Mühe gemacht, diesen Abschnitt zu untersuchen. Hatte Kelys denn nichts in den Archiven gefunden, was die von Halde geschilderten oder angedeuteten Ereignisse hätte bestätigen können? Vielleicht kam in der anschließenden Diskussion etwas zur Sprache. Allerdings war sich Lisbeï nicht sicher, ob sie selbst etwas sagen würde. Sie konnte sich bei Kelys und wahrscheinlich auch bei Domenica darauf verlassen, daß sie ihre Identität nicht preisgeben würden. Aber all zu viele Fragen und all zu genaue Kenntnis des Themas konnten ›Litale‹ leicht bloßstellen.

Domenica klappte ihren Aktenordner zu und senkte den Kopf, das Publikum dankte ihr mit Gemurmel.

»Jetzt können Fragen gestellt werden«, sagte Carmela und stützte ihr Kinn in die Hände, während sie aufmerksam in den Saal blickte. »Als erstes behandeln wir Davies Ausführungen.«

Es folgte eine Reihe hochtechnischer Fragen. Dann erkundigte sich jemand aus dem hinteren Teil des Saales mit verlegener, aber resoluter Stimme, ob es sich bei dem Notizbuch um eine Fälschung handeln könne. Die Frage war vorhersehbar gewesen, Domenica machte sie mit der unerbittlichen Präzision eines Mahlwerks nieder.

»Zum zweiten Thema?« fragte Carmela, während ihr Blick über das Publikum glitt. Einen Augenblick lang blieb er an Lisbeï hängen. Carmela lächelte, aber Lisbeï schüttelte den Kopf.

»Kelys«, sagte eine männliche Stimme hinten im Saal, »du hast aus den sprachwissenschaftlichen Aspekten des zweiten Teils im Notizbuch bewußt keine Schlußfolgerungen für uns gezogen. Heißt das, daß du keine ziehen kannst?«

»Ich habe Hypothesen formuliert, aber keine Schlüsse gezogen«, sagte Kelys und zeigte dabei ihre weißen Zähne. »Du kannst deine eigenen Schlüsse daraus ziehen, Toller.«

Der Name klang irgendwie vertraut, aber Lisbeï vermied es, sich umzudrehen. Offensichtlich kannte Kelys den Mann.

»Du hast festgestellt, daß die Sprache des dritten Teils der Sprache ähnelt, die in einer Gegend nahe bei der *Riesigen Schlimmen Zone* gesprochen wird«, fuhr die Stimme fort. »Bestätigt das die Möglichkeit, daß Garde und einige ihrer Gefährtinnen aus der *Schlimmen Zone* stammen?«

»Das spricht dafür, ja«, sagte Kelys und lächelte wieder.

»Unmöglich!« war eine sehr junge Frauenstimme zu hören.

»Wo in der *Riesigen Schlimmen Zone* hätten sie denn leben sollen?« rief eine andere.

»Vielleicht sind sie durch die *Schlimme Zone* gezogen«, sagte eine Dritte, »aber sie haben dort bestimmt nicht gelebt!«

»Die Tochter Ellis kann doch ganz sicher leben, wo sie will«, wandte eine andere, männliche Stimme ein.

»Vielleicht ist die *Riesige Schlimme Zone* ja gar nicht so verseucht, wie wir glauben«, fügte Kelys hinzu, »zumindest in den Randgebieten nicht.«

Jetzt war das Publikum außer Rand und Band. Lisbeï wartete schon auf das Wort ›Mißgeburt‹ oder den höflicheren Ausdruck ›Abweichung‹, aber niemand sprach so etwas aus, obwohl es sicher viele dachten. Anscheinend war Domenica von Caresimo die einzige Judditin im Saal, aber sie verkniff sich wohl lieber jeden Kommentar. Begriff denn niemand, was der Wortwechsel zwischen Kelys und diesem Toller bedeutete?

»Welche Verbindung könnte es zwischen Halde und der Autorin des zweiten Teils geben?« fragte Fraine plötzlich. »Sie muß ja viel früher als Halde geschrieben haben, ganz am Anfang der Haremszeit. Wie ist das Notizbuch überhaupt in Haldes Hände gelangt? Sofern ich die sprachlichen Eigenheiten richtig verstanden habe, scheint das Notizbuch aus der *Schlimmen Zone* zu stammen, oder nicht? Es könnte einer der drei Gefährtinnen gehört haben ...«

»Dann hätte man es aber in einer anderen Zelle gefunden«, warf Livine ein.

In Haldes Testament gab es zwei Stellen, die auf den möglichen Ursprung des Notizbuches hinwiesen. Eine davon hatte Domenica schon zitiert, allerdings nicht die Stelle mit der wichtigsten Aussage. Lisbeï fühlte sich vor innerer Spannung fast wie gelähmt. Ihre Fingerspitzen waren eisig, in der Brust spürte sie eine Beklemmung. Genau wie damals, als sie im Schulchor zum ersten Mal ein Solo gesungen hatte. Sie wollte etwas sagen, hatte Angst, etwas zu sagen... Zu ihrer großen Überraschung ergriff plötzlich Dougall leicht zögerlich und leise das Wort. Hinter Ysandes vorgewölbtem Bauch konnte Lisbeï ihn kaum sehen.

»Haben wir nicht gerade ein Zitat gehört, das anscheinend besagt, daß Halde das Notizbuch von Garde selbst bekommen hat? Garde hat Halde vor der Demonstration doch ihre persönlichen Dinge anvertraut, oder nicht?«

Kelys nickte. »Ja, aber das Notizbuch wird nicht erwähnt.«

Lisbeï hielt den Atem an. Sicher würde Kelys jetzt doch den anderen Satz zitieren? Den Satz, *in dem ausdrücklich vom Notizbuch die Rede war*. Aber die Forscherin sah Dougall unbewegt an, die langen, feinen Hände hatte sie vor sich gefaltet. Sie würde nichts sagen! Es war genau wie beim Treffen des inneren Familienrates in Bethely: ein Schritt vorwärts, ein Schritt zurück! Was hatte Kelys jetzt vor?

»Garde kann die ersten beiden Teile gar nicht geschrieben haben«, sagte eine Frauenstimme, die ruhig und vernünftig klang. »Das Alt-Frangleï im zweiten Teil stammt aus der frühen Haremszeit, man kann es auf einen Zeitpunkt datieren, der rund fünfundfünzig Jahre früher liegt als die Ereignisse, die Halde beschrieben hat.«

»Welche Verbindung besteht überhaupt zwischen den beiden Gardes?« fragte ein anderer Mann mit wütender Stimme. »*Das* ist doch die Frage, die wir uns stellen müssen. Was soll dieser ganze Unsinn über die verschiedenen Teile des Notizbuches?! Haldes Garde ist um die dreißig, fünfunddreißig, Halleras Garde ist in ihren Fünfzigern. Das ist doch lächerlich! Warum sollte die Tochter Ellis überhaupt ein bestimmtes *Alter* haben!«

»Weil sie einen menschlichen Körper hatte«, sagte Domenica mit ihrer bedächtigen, gewichtigen Stimme.

»Darum geht es hier doch gar nicht«, bemerkte jemand.

»Doch, genau darum geht es! Die ENTSCHEIDUNG setzt voraus, daß beide Gardes echt sind. Aber das können sie doch gar nicht!«

Auf diese Bemerkung hin folgte ein Beifallssturm, in dem Fraines »Warum denn nicht?« unterging.

»Es ist voreilig, diesen Punkt anzuschneiden«, ergriff Carmela das Wort. Für einen so zerbrechlichen Körper steckte in ihrer Stimme erstaunlich viel Kraft. Aber die Stimmung im Saal war deutlich umgeschlagen. Das Publikum war jetzt aufsässig, vielleicht hatte auch der Widerspruch des unbekannten Mannes diejenigen ermutigt, die bislang wegen des ziemlich wissenschaftlichen Charakters der Veranstaltung geschwiegen hatten.

»Wir müssen darüber diskutieren!«

»Die ENTSCHEIDUNG besagt...«

»Sie besagt *nicht*, daß beide Gardes echt sind! Sie besagt nicht einmal, daß eine von beiden echt ist! Sie besagt lediglich, daß Halleras Garde aufgrund einer anderen, früheren ENTSCHEIDUNG als authentisch gilt!«

»Aber das Notizbuch...«

»...ist durch die ENTSCHEIDUNG als echt anerkannt, ja, aber nur in dem Sinne, daß es aus der entsprechenden Zeit stammt und tatsächlich von Halde verfaßt wurde. Aber Halde kann das, was Garde betrifft, sehr wohl gefälscht haben!«

Immer dasselbe blöde Argument! Lisbeï kochte vor Wut, während sie, halb umgedreht auf ihrem Stuhl, das Geschehen verfolgte.

»Wie Carmela schon gesagt hat«, unterbrach Kelys mit einer Stimme, die sich mühelos über das Sprachgewirr erhob, »ist es noch viel zu früh für diese Art des Theoretisierens. Die ENTSCHEIDUNG ermutigt uns, jeden Aspekt Gardes, so weit nur irgend möglich, zu erhellen. Sonst nichts. Alle, die ihre Meinung äußern wollten, hatten dazu Gelegenheit bei den Anhörungen, vor den Revisorinnen. Wer diese Gelegenheit nicht wahrgenommen hat, kann es auf der heutigen Versammlung nicht nachholen, das ist nicht der richtige Ort dafür.«

Im Saal wurde es still. Kelys senkte die Stimme: »Hier und heute geht es um Tatsachen. Dies ist der Ort für Fragen, die sich auf die vorgetragenen Fakten und Forschungsmethoden beziehen. Hat jemand Fragen dazu?«

»Fallen die Forscherinnen unter die Fakten oder

unter die Forschungsmethoden?« rief eine Frau sarkastisch.

Carmela wechselte einen kurzen Blick mit Kelys, die ihr zunickte.

»Unter beides«, sagte die alte Blaue.

»In diesem Fall habe ich eine Frage zu den Fakten und Methoden von Kelys. Kelys von Fusco ist seit Jahren immer wieder in Bethely gewesen. Sie ist eine ausgezeichnete Sprachwissenschaftlerin, die sich auf alte Sprachen spezialisiert hat, und eine anerkannte Historikerin. Sie hat, jedenfalls von Zeit zu Zeit, eine Gefährtin in Bethely, eine gewisse Antonë von Mavoilles, die ...«

Vager Protest war aus allen Ecken des Saales zu hören, aber die Frauenstimme wurde noch lauter: »... die in Bethely lebt. Eine aufregende Entdeckung, die Garde betrifft, wird von Lisbeï, ebenfalls aus Bethely gemacht, einer Schülerin von wem? Dreimal dürft ihr raten: von Kelys und Antonë. Und besagte Antonë ruft eine ENTSCHEIDUNG an und schlägt sich selbst zur Schiedsrichterin vor. Und nach der ENTSCHEIDUNG ...«

Der Saal tobte. Trotzdem waren deutlich Rufe »Laßt sie ausreden!« zu hören. Der Tumult legte sich, die Frau sprach weiter.

»Nach der ENTSCHEIDUNG gründet Kelys von Fusco eine Vereinigung von Forscherinnen. Diese Vereinigung führt überall in Maerlande Veranstaltungen durch, trägt dabei sogenannte Tatsachen vor und will neue *Tatsachen* ans Licht bringen.« Die Stimme triefte vor Sarkasmus. »Was sagt uns das über die *Tatsachen* und *Methoden*, wenn man sie so nennen will?!«

Wieder war aus dem Publikum Widerspruch zu hören, allerdings nicht so laut wie zuvor, wie Lisbeï so fassungslos wie schockiert bemerkte. Es wurde still im Saal, das Publikum wartete auf eine Antwort von Kelys.

»Ich war nicht in Bethely, als die Entdeckung gemacht wurde. Auch nicht in den Monaten davor«, entgegnete Kelys, ohne irgendein Gefühl zu zeigen. »Was meine Methoden und Forschungsergebnisse betrifft, so kann sie jede überprüfen, die sich das Notizbuch vornimmt und dieselbe Arbeit leistet.«

»Diejenigen, die an der Entdeckung von Bethely beteiligt waren, haben während des ENTSCHEIDUNGSprozesses ihre Aussage vor den Revisorinnen gemacht«, sagte eine Männerstimme laut und deutlich. Es war der Mann, der schon am Anfang gesprochen hatte. »Es ist weder notwendig noch fair, diesen Teil der ENTSCHEIDUNG zu wiederholen.«

Beifälliges Gemurmel machte im Publikum die Runde. Die Frau, die anderer Meinung war, ließ sich davon jedoch nicht entmutigen. »Aber Antonë war in Bethely, genau wie diese kleine Lisbeï.«

Lisbeï war spontan aufgesprungen und hatte sich zum Publikum gedreht. »Ich bin Lisbeï von Bethely«, hörte sie sich selbst sagen. Sie hielt Ausschau nach der Frau, die Kelys und Antonë beleidigt hatte. Es mußte die Rote mit dem verkniffenen Gesicht sein, die sie erst verwundert, dann feindselig anstarrte.

»Während der letzten beiden Jahre habe ich mich selbst oft gefragt, ob ich das Richtige getan habe, als ich bei der Versammlung das Wort ergriffen habe. Aber wenn wir in Maerlande inzwischen so weit sind, daß wir lieber den Leuten Lügen unterstellen, als unsere eigenen Überzeugungen in Frage stellen zu lassen, dann habe ich das Richtige getan und bedaure nichts. Zumindest habe ich dazu beigetragen, daß dieses ganze Gift ans Tageslicht kommt.«

Sie setzte sich, verschränkte die Arme, zitterte. War es aus Wut oder aus Erleichterung, daß sie endlich diese andere Wahrheit, ihren Namen, hatte aussprechen können? Sie wußte es nicht. Sie spürte, wie Arme sie umschlossen, wie ein Kopf sich an ihren Hals schmiegte. Fraine. Eine Hand legte sich auf ihren Arm. Ysande. In der Stille, die sich immer weiter hinzog, hob sie den Blick und begegnete dem Blick von Kelys. Kelys deutete ein Nicken an, vielleicht aus Dankbarkeit, vielleicht aus Einverständnis.

Wardenberg, 4. Juna, 492 N.G.

Nach der Versammlung landeten wir, das heißt, Kelys, Fraine, Livine und der kleine Dougall, in der ›Tanzenden Prinzessin‹. Ysande war zu müde. Auch dieser Toller war da, anscheinend ein alter Bekannter von Kelys. Ein Blauer ohne Familienzeichen. Er erzählt nicht viel von sich, aber man merkt, daß er aus der Bretanye stammt. Nicht an seinem Akzent, sondern bei manchen Ausdrücken und Redewendungen. Nach dem zu urteilen, was Toller und Kelys sich erzählten, muß er seit mindestens zwölf Jahren ein Blauer sein, obwohl er nicht älter als Mitte Dreißig ist. Dougall kennt ihn auch. Meinem Eindruck nach haben Toller und Kelys durchgesetzt, daß Dougall in die Wardenberger Schule aufgenommen wurde. Dieser Toller hat für einen Blauen ganz schön viel Einfluß. Man merkt, daß Dougall am liebsten den Boden unter seinen Füßen küssen würde!

Wie soll ich Toller beschreiben? Sein dichtes blondes Haar ist ausgeblichen, fast weiß, das muß wohl von der Sonne kommen. Sein Haar ist vorne kurz, aber hinten ziemlich lang, so wie es in Wardenberg augenblicklich Mode ist. Er hat eines dieser scharf geschnittenen Gesichter: energisches Kinn, Adlernase, hohe Wangenknochen, fester Mund. Und dann diese seltsamen Augen, die tief unter den buschigen Augenbrauen liegen. Sie sind von sehr hellem Blau oder Grau, fast wie bei diesen Schlittenhunden, die man hoch im baltischen Norden züchtet. Ich nenne die Augen ›seltsam‹, weil sie bei bestimmtem Licht wie zwei leere Teiche wirken. Er hat eine klare, angenehme Stimme und wählt seine Worte sehr bewußt. Sehr ruhig, sehr selbstbeherrscht. Ein bißchen zu beherrscht, so daß ich mich frage, was er denn so sehr beherrschen muß! Aber gleichzeitig wirkt er sehr gelassen auf mich. Wie Kelys nennt er die Capta von Wardenberg ›Sygne‹. Wie auch immer – ich kann nur spekulieren, denn persönliche Lebensgeschichten waren natürlich kein Thema!

Allerdings nicht. Niemand spielte darauf an, daß sie jetzt nicht mehr ›Litale‹, sondern Lisbeï von Bethely war. Allerdings spürte sie, daß Fraine und Livine sehr zufrieden mit ihr waren. In den Blicken ihrer Freundinnen (und sogar in denen von Dougall) lag ein fast mütterlicher Stolz, der ihr verriet, daß ihre wahre Identität für sie und vielleicht auch für andere kein großes Geheimnis gewesen war. Wie konnte sie nur so naiv gewesen sein? Und warum hatten sie Lisbeï so lange als ›Litale‹ weitermachen lassen? Weil ihre Freundinnen sie akzeptiert hatten? Akzeptiert hatten als Lisbeï von Bethely, die große Wahrheitskämpferin, die Rebellin – Heldin einer Geschichte, die Fraine, Livine oder selbst Ysande (vielleicht sogar Dougall?) ihr angedichtet hatten. Akzeptiert auf der Grundlage eines Mißverständnisses.

»Das stimmt doch gar nicht«, widersprach Ysande. »Oder meinetwegen, ja, auch *diese* Lisbeï haben wir akzeptiert. Aber auch das ist ein Teil von dir, oder nicht?« Sie lächelte ihrer Freundin zu.

Ysande lag im Bett. Ihr Gesicht war bis auf zwei große rote Flecken, die auf ihren Wangen glühten, so weiß wie das Kissen. Seit der berühmten Versammlung waren schon drei Wochen vergangen. Ysande erholte sich nur schwer von einer Geburt, bei der es Komplikationen gegeben hatte, fast wäre das Baby gestorben. Auch jetzt konnte man noch nicht sagen, ob es lange leben würde. Jeden Tag besuchte Lisbeï zusammen mit Fraine oder Livine Ysande, manchmal kam sie auch allein. Das große Haus mit der verrückten Architektur war inzwischen ihr zweites Zuhause.

Die kleinen Grünen waren in diesen Tagen sehr still und schlichen auf Zehenspitzen durch die Gänge, die nahe bei Ysandes Zimmer lagen.

Wie waren sie überhaupt auf das Thema gekommen? Normalerweise erzählte Lisbeï von der Schule oder gab den neusten Wardenberger Klatsch und Tratsch an Ysande weiter. Aber heute ertappte sie sich selbst plötzlich dabei, daß sie über die Versammlung sprach. Vielleicht lag es daran, daß man sie offiziell eingeladen hatte, Mitglied der ›Haldistas‹ zu werden, wie die Vereinigung der Forscherinnen inzwischen genannt wurde. Und das, obwohl sie noch gar keine Forscherin war, ja noch nicht einmal ihre Lehrzeit als Restauratorin abgeschlossen hatte. Ysande freute sich für sie: »Du hast doch bestimmt zugesagt, nicht?«

»Nein, noch nicht. Ich weiß nicht so recht …«

»Was heißt, du weißt nicht so recht? Du hast doch immer Interesse am Notizbuch gehabt, oder nicht?«

»Ja, aber …«

Lisbeï wußte selbst nicht genau, woran es lag, aber lieber arbeitete sie allein an der Übersetzung des Notizbuches. Sowieso war sie vor allem am zweiten Teil interessiert, obwohl auch der erste spannend war (diese Zahlen waren bestimmt ein Code!). Ihr Gefühl sagte ihr jedoch, daß ihre Beweggründe für die Arbeit andere waren als die der Forscherinnen. Nach langem Hin und Her war sie zu dem Schluß gekommen, der Einladung müsse wohl eine Fehleinschätzung ihrer Person zugrundeliegen.

»Da gibt es kein Wenn und Aber«, widersprach Ysande. »Du überschätzt die Phantasie anderer Leute. Natürlich ist es wichtig, welche Vorstellung sie sich von dir machen. Aber glaubst du denn im Ernst, eine Fehleinschätzung könnte sich lange halten, wenn man mit der betreffenden Person laufend Kontakt hat? Wir alle hier sind sehr wohl in der Lage, eine

Person so zu sehen, wie sie wirklich ist. Selbst wenn wir nicht deinen Durchblick haben.«

Lisbeï zog die Augenbrauen hoch. Durchblick? So weit sie wußte, hatte sie ihr besonderes Einfühlungsvermögen in Wardenberg nie gezeigt. In Bethely war sie fast nur mit Tula, Mooreï, Antonë, Kelys und Selva zusammengewesen. Aber in ihrer Wardenberger Gruppe wies niemand irgendeine Spur dieses ›besonderen Einfühlungsvermögens‹ (wie Antonë es nannte) auf. Sie hatte hier nur besser achtgeben müssen, das war alles gewesen. Sie fanden, sie habe ›Durchblick‹? Das mußte an ihrer Fähigkeit liegen, geduldig zuzuhören, wenn Fraine oder andere ihr von ihren Träumen, Hoffnungen und Ängsten erzählten. Sie selbst sprach kaum von ihren Hoffnungen und Ängsten – das war ihren Briefen an Tula und später ihrem Tagebuch vorbehalten.

Anfangs war ihr das Vertrauen ihrer Freundinnen peinlich gewesen, obwohl sie sich auch sehr geschmeichelt gefühlt hatte. Aber nach und nach fand sie die Enthüllungen so faszinierend, daß sie sich bald darüber zu wundern vergaß, daß ausgerechnet sie ins Vertrauen gezogen wurde. Sie faßte die Enthüllungen als Geschichten auf, konnte stundenlang über die Handlungsfäden, Widersprüche, Auslassungen und die möglicherweise darin verborgenen Bedeutungen nachdenken. Wenn sie überhaupt sprach, dann nur, um andere Versionen der Geschichte oder mögliche Interpretationen vorzuschlagen. Da sie mehr oder weniger bewußt auf die Gefühle der Erzählerinnen achtete, wußte sie, wann sie nachhaken und wann sie schweigen mußte. Sie lernte, sich mit jeder ihrer Freundinnen auf ganz bestimmte Art und Weise zu verständigen.

Sie hatte keine klugen Antworten auf direkte Fragen parat, auch keine weisen Ratschläge – dazu war ihre Lebenserfahrung viel zu begrenzt. Statt dessen stellte sie sich selbst Fragen und ermunterte auch andere dazu, so daß sie ihre Ängste, Hoffnungen und Vorstellungen aus einem anderen Blickwinkel sahen.

Für Lisbeï war dieses Vorgehen so selbstverständlich, daß es ihr gar nicht in den Sinn kam, daraus eine bewußte Strategie zu machen. (Sie hätte sehr skeptisch reagiert, wenn jemand ihr gesagt hätte, daß sie dieses Vorgehen als eine Art Spiegelwand benutzte – daß sie damit die Schranke zwischen sich und der Außenwelt errichtete, die sie nie hatte aufbauen können). Ihre Freundinnen schätzten ihr Interesse, ihr Talent zum Zuhören. Das eigentliche Mißverständnis jener Tage lag darin, daß Lisbeï sich viel mehr für die Geschichte interessierte als für die Person, die sie erzählte. Aber vielleicht wußten ihre Freundinnen das gar nicht.

»Lisbeï, du *mußt* die Einladung der Haldistas annehmen. Wer und was du auch sein magst, dein Schicksal ist mit dem Notizbuch verknüpft. Es muß doch eine Bedeutung haben, daß ausgerechnet du es entdeckt und seine Existenz auf deine Weise offenbart hast. Das kann doch kein Zufall sein.«

Ysande war eine schlichte Gläubige. Wenn sich das Muster des Geschehens ohne eigenes Zutun änderte, dann war das Schicksal. Wenn man selbst, absichtlich oder unabsichtlich, in das Geschehen eingriff, konnte auch das Schicksal sein: »Alles liegt bei Elli.« Im ersten Fall versuchte man, so gut es eben ging, die Veränderung zu verarbeiten und fragte sich dabei, ob man wider besseres Wissen nicht doch irgendwie daran beteiligt gewesen war. Im zweiten Fall dachte man sehr genau über die Folgen nach (sofern man Zeit dazu hatte) und überlegte dabei, warum man selbst zum Instrument der Veränderung geworden war und wie das alles in Ellis Plan passen mochte.

Ysande und Fraine hatten oft heftige Diskussionen

über Ellis Plan. Trotz ihrer dualistischen Tendenzen ging Fraine nicht so weit, sich die extremen Positionen der Judditen zu eigen zu machen. Die junge Rote sah sich selbst als Fortschrittlerin und war sehr beleidigt gewesen, als Lisbeï sie darauf hingewiesen hatte, wie nahe sie in ihren Ansichten an die ihrer ›Lieblingsfeindinnen‹ herankam. Gut und böse: Wie Fraine sahen das auch die Judditen als gegensätzliche Kräfte im Universum, allerdings hatten sie ziemlich wirre Vorstellungen davon, wo die Quelle des Übels zu suchen war. Hatte Elli auch das Böse geschaffen, oder stammte es von einer äußeren, genauso mächtigen Kraft? Wie Fraine gingen auch die Judditen davon aus, daß Elli Teile ihrer eigenen Schöpfung gar nicht kannte. Und zwar deshalb nicht, weil sie den Fehler gemacht hatte, die Menschen mit freiem Willen auszustatten. Ach ja, Elli konnte also auch *Fehler* machen? Wenn man den Judditen bei dieser Frage weiter auf den Zahn fühlte, tauchte sofort ein ganz bestimmtes Übel auf, das zwar namenlos war, aber in der Regel männlichen Geschlechts. Elli, so sagten sie, habe diesen Fehler deshalb nicht korrigiert, weil sie ihre eigenen Regeln respektierte. Und so müsse sie die fortwährenden Beleidigungen ihrer Schöpfung hinnehmen.

Das logische Ergebnis dieser Debatte – und eines, das sie laut herausposaunten – war für die Judditen, daß sie auf so wenig Veränderung wie möglich aus waren. Und wenn schon Veränderung, dann nur mit größter Vorsicht. Sie hingen an jedem Buchstaben des WORTES, das sie fortwährend mit großer Spitzfindigkeit auslegten, entschlossen, keinen Zoll nachzugeben. Eines der Themen, das am häufigsten auftauchte und immer wieder behandelt wurde, war die Überzeugung der Judditen, daß Elli einen Fehler gemacht hatte, als sie die Materie im allgemeinen und die Menschen im besonderen erschaffen hatte. Wenn die menschliche Spezies vom Angesicht der Erde verschwand, wäre das nicht unbedingt verkehrt. Man mußte sich doch nur mal ansehen, was die Menschen der Welt, in der sie lebten, angetan hatten und immer noch antaten!

An diesem Punkt trafen sich die Judditen wieder mit den strengsten Fortschrittlerinnen, die die menschliche Spezies ebenfalls für einen Mißgriff hielten, einen verpfuschten Entwurf, einen Irrtum der Evolution, der sich eigentlich damit begnügen sollte, würdevoll von der Bühne des Geschehens abzutreten. Leider war die menschliche Spezies aber anscheinend fest entschlossen, sich sogar unter den gegenwärtigen, schwierigen Bedingungen weiter fortzupflanzen – unter Bedingungen, die für das endgültige Schicksal der Menschheit doch ganz bestimmt etwas zu bedeuten hatten.

Fraine sollte einige Wochen später, nach Ysandes Tod, diesen Gedankengang immer wieder aufs Tapet bringen. Bei jeder Gelegenheit griff sie auch später auf diese Argumentation zurück. Als sie ein paar Monate später zum zweitenmal ein totes Kind gebar. Als das dritte Kind zwei Jahre später starb. Und selbst noch, nachdem sie in ihrem zwanzigsten Lebensjahr offiziell zur Blauen erklärt worden war.

KAPITEL 8

Zwei Wochen nach Ysandes Tod wartete ein Brief von Tula auf Lisbeï, als sie von der Schule nach Hause kam. Tula hatte ihn im Vormonat geschrieben. Zwischen den langweiligen, alltäglichen Nachrichten über Bethely und die Tagesabläufe der künftigen Mutter von Bethely stieß Lisbeï auf folgenden Abschnitt:

In Bethely ist einer der neuen Männer eingetroffen. Er ist ein Kergoët-Wenzel und heißt Andre, das bedeutet ›Mann‹. Komisch, nicht wahr, ein Mann, der ›Mann‹ heißt? Selva hat ihn bei der letzten Versammlung ausgesucht. Er stammt aus einer guten Erblinie, die viele Männer hervorbringt. Er ist allerdings schon ziemlich alt, fast neunundzwanzig. Wenn sie auf die dreißig zugehen, ist ihr Sperma manchmal nicht mehr so wirksam, und man weiß dann nie … es kann ganz plötzlich passieren. Na ja. Aber nach den Unterlagen hat er in den Familien, in denen er gedient hat, seine Leistungen ohne jeden Fehl und Tadel erbracht. Und die Verbindung ist ohnehin nützlich. Darum hat Selva ihn auch einem aus Gualientès vorgezogen. Jetzt wird Kergoët einen Teil seiner konservierten Güter gegen unsere Stoffe tauschen. Mal abgesehen davon, scheint er auch ganz nett zu sein …

Lisbeï ließ den Brief auf den Tisch sinken. Was gingen sie irgendwelche neuen Männer in Bethely an?! Warum erwähnte Tula das überhaupt? Da konnte sie ihr ja auch gleich von diesem Mann aus Angresea erzählen! Von dem Mann, mit dem Tula das erste Mal auf der Feier Ellis tanzen würde. Aber davon hatte sie kein Wort erwähnt und würde es natürlich auch künftig nicht tun. Wie sie ja auch den berühmten Tanz nicht mehr erwähnte, für den sie seit dem Jahr der Bethely-Versammlung mit Kelys trainiert hatte. Sperrgebiet, das Roten und der Mutter vorbehalten war: der Paarungstanz!

Lisbeï stand auf, ging zum offenen Fenster und blieb dort stehen, während sie die geometrischen Muster der Dachgiebel in der Junawärme betrachtete. Die Gerüche und Geräusche von Wardenberg wirbelten durch die Abendluft. Elli war noch hell. Die Menschen waren damit beschäftigt, Girlanden mit bunten kleinen Lichtern entlang der Gassen und Treppen aufzuhängen. Die Girlanden waren noch nicht beleuchtet, aber schon ihre Gegenwart schien die fiebrige Atmosphäre in der Festung zwei Tage vor der Feier Ellis weiter anzuheizen.

Im übrigen Maerlande war die Feier reine Familienangelegenheit, aber in Wardenberg zog sie auch Gäste aus Nachbarfamilien an. Glücklicherweise kehrten viele der Stadtbewohnerinnen auf Zeit, vor allem die Studentinnen, zum Fest zu ihren Familien zurück, so daß sich die Zahl der Ankommenden und Abreisenden einigermaßen ausglich. Die Schule schloß für zwei Wochen und gab so allen die Gelegenheit, zur Feier hin- und zurückzureisen.

Wardenbergs Festivitäten waren sehr viel unterhaltsamer als die in Bethely. Es gab Musik- und Theaterfestivals, außerdem eine örtliche Version des Marktes. Der Markt war nicht auf ein bestimmtes Gebiet beschränkt, sondern erstreckte sich auf alle Geschäfte und Wirtshäuser der Festung, dehnte sich aber auch auf die breiteren Straßen, Plätze und jeden nur denkbaren freien Fleck aus. Und dann waren da natürlich noch die Familienwettkämpfe. Sie fanden an der Küste statt und schlossen alle Wassersportarten ein. Während ihrer ersten Feier in Wardenberg hatte Lisbeï die meiste Zeit bei den Wettkämpfen zugesehen, vor allem auch deswegen, weil mehrere Grüne aus Ysandes und Fraines Familien in jenem Jahr angetreten waren. Im folgenden Jahr war sie während der Feier beim Musikfestival aufgetreten, da sie dem Chor und Orchester angehörte. In diesem Jahr hatte sie sich eigentlich das Theaterfestival vorgenommen, aber Ysandes Tod ließ alles grau und sinnlos erscheinen.

Wenn in Bethely ein Kind, das älter als acht Jahre war, durch ein Unglück starb, eine Rote im Wochenbett oder eine Blaue aus Altersschwäche oder wegen irgendeiner Krankheit verschied, dann versammelten sich die engsten Freundinnen der Toten zum ›Dolore‹. Jede rief sich dann irgendeine Begebenheit ins Gedächtnis, die sie im Zusammenhang mit der Verstorbenen für bedeutsam hielt. Gemeinsam versuchten die Anwesenden, die manchmal widersprüchlichen Bilder, die sich jede von der Freundin machte, miteinander in Einklang zu bringen. Versuchten zu verstehen, wie dieser abgerissene Lebensfaden in das ewig neue Muster des Lebens paßte. In Wardenberg gab es eine ähnliche Sitte: das ›Trauern‹. Seltsamerweise hatte es Lisbeï bei der Trauer um Ysande nicht fertiggebracht, viele Erinnerungen heraufzubeschwören. Trotz ihres Hangs zum Geschichtenerzählen hatte sie nur ihre erste Begegnung mit Ysande beschreiben können; daß Ysande sie wie eine alte Freundin angelächelt und gesagt hatte »Hallo, Litale«. Und dann war Lisbeï in Tränen ausgebrochen.

Fraine, die normalerweise der lebendige Mittelpunkt der Gruppe war, machte sich nichts mehr aus dem Theater oder sonstigen Vergnügungen. Ihre ganze emotionale Kraft ging dabei drauf, die hilflose Wut zu bewältigen, mit der sie sich seit Ysandes Tod herumschlug. Und mit der Angst – einer Angst, die mit dem Anschwellen ihres eigenen Bauches immer größer wurde. Livine verbrachte fast jede Minute mit ihr. Lisbeï hatte mit Fraines erster Schwangerschaft keine Probleme gehabt, jetzt machte es ihr zu schaffen, wenn sie Fraine zuhören mußte. Lisbeï sagte anscheinend stets die falschen Dinge. Und wenn sie gar nichts sagte, fühlte sie sich auch fehl am Platz. Fraine merkte es und war verletzt. Um ihr weiteren Kummer zu ersparen, traf sich Lisbeï außerhalb der Schule nicht mehr so oft mit ihr wie früher. Es erleichterte ihr Gewissen, daß Livine Fraine so treu zur Seite stand.

Keine von ihnen hatte vor, an den Feierlichkeiten teilzunehmen. So blieb sich Lisbeï wieder einmal selbst überlassen. In Wirklichkeit wollte sie auch gar nichts anderes. Einige aus der Gruppe, die ihr allerdings nicht so nahestanden wie Fraine und Livine, hatten sie zum Mitkommen aufgefordert. Sie hatte abgelehnt. Dougall war abgereist, er war zu guter Letzt doch noch zum Dienst angefordert worden und mußte ihn Ende Maïa antreten. Er war, umgeben von einer Aura aus Bedauern, Angst und Hoffnung, nach Escarra aufgebrochen. Aber Lisbeï brauchte in diesen Tagen niemanden zum Spaziergang in der Festung. Sie verirrte sich nicht mehr im Gassenlabyrinth, außerdem wollte sie sowieso nicht in der Festung herumstreifen. Sie hatte ein paar Bücher aus der Bibliothek entliehen und sich fest vorgenommen, die Freizeit gut zu nutzen. Im zweiten Teil des Notizbuches gab es Abschnitte, die sich immer noch gegen jede Übersetzung sperrten. Bestimmt würde sie mehr davon haben, daran zu arbeiten, als ihre Zahlungsmittel in Geschäften zu verplempern.

Lisbeï / Tagebuch

Wardenberg, 21. Juna, 492 N.G.

Ich bin gerade damit fertiggeworden, eine Fassung der ›Hundertarmigen Riesin‹ aus dem Notizbuch zu übersetzen. Diese Fassung hat große Ähnlichkeit mit der ältesten bekannten Version, der Fersheim-Fassung. Die Fassung im Notizbuch ist wohl eher eine schriftliche Wiedergabe als eine Neuerzählung, sie basiert ganz klar auf mündlichem Vortrag. Das belegen zum Beispiel die Anmerkungen zur Reaktion des Publikums (›Gelächter‹, ›ziemlich rituelle Fragen‹ etc.). Wenn diese Sage während der Haremszeit, insbesondere ihrer frühen Periode, aufgeschrieben wurde, dann bleibt die schwierige Frage, wie die Verfasserin überhaupt Zutritt zu den Haremsfrauen erhalten haben soll. Nach den Bemerkungen der Erzählerin und den Kommentaren des Publikums zu urteilen, waren die Zuhörerinnen offensichtlich schwangere oder gebärfähige Frauen. Aber wir wissen ja, daß die Harems sie getrennt von den anderen eingesperrt hielten. Beim Fluchtversuch – oder auch, wenn sie sich irgendwo blicken ließen – drohte ihnen die Todesstrafe. Die Anmerkungen deuten alle darauf hin, daß die Verfasserin hörte, *was vor sich ging. Und ich neige zu der Annahme, daß sie tatsächlich dort, allerdings von den anderen getrennt war. Vielleicht durch einen dünnen Vorhang. Warum? Wie? Die Ordnungshüter der Harems hätten Sammlerinnen von Volksgut wohl kaum erlaubt, in ihrem Frauentrakt herumzustreifen! Abgesehen davon, daß es gar keine Sammlerinnen von Volksgut gab. Am meisten spricht natürlich dafür, daß die Verfasserin eine Haremsfrau war, die später fliehen konnte. Sie muß eine privilegierte Person gewesen sein, da sie ja schreiben gelernt hatte. Womöglich war sie eine, die die anderen Frauen beaufsichtigte.*

So weit, so gut. Außer, daß die Aufseherinnen ja unerschütterliche Fanatikerinnen gewesen sein sollen. Kann es überhaupt sein, daß eines dieser grausamen Geschöpfe Interesse an den Erzählungen des Frauentrakts entwickelt hat?

Vielleicht spionierte sie im Auftrag ihrer Gebieter herum? Möglich. Aber auch nicht wahrscheinlicher als die erste Annahme. Und die Vorstellung behagt mir sowieso nicht. Viel lieber möchte ich denken, daß das Notizbuch Garde gehört hat und sie die erste war, die da hineingeschrieben hat. Dennoch muß ich zugeben, daß diese Theorie phantastisch erscheint und durch nichts – außer durch die Zeugenaussage Haldes – untermauert wird. Und selbst Halde sagt nichts davon, daß Garde tatsächlich in das Notizbuch geschrieben *hat. Dazu kommt noch die zeitliche Differenz zwischen den Eintragungen am Anfang und am Ende dieses zweiten Teils. (Warum will ich so sehr, daß es Garde ist? Weil sie Geschichten genauso sehr gemocht hätte wie ich?) Aber selbstverständlich ist das Notizbuch nicht zu meinem* Vergnügen *gedacht.*

Also gut, ich werde diese Theorie zusammen mit den an-

deren so lange beiseite schieben, bis ich mit meiner Übersetzung weiter bin. Wir werden sehen, ob das übrige meine Vorstellungen bestätigt oder nicht.

Das heftige Läuten der Festungsglocke riß sie aus ihren Aufzeichnungen. Lisbeï schaute auf. Ablaufende Flut. Das helle Rechteck des Fensters zeigte jetzt sanftere Farben, eine Rosentönung. Ging die Sonne schon unter?

Sie legte ihren Füller beiseite, streckte sich, gähnte und rieb sich die Augen. Ihre Schultern taten weh. Den ganzen Nachmittag hatte sie ihre Nase in die Bücher gesteckt. Ganz schön blöd. Sie schob ihre Unterlagen weg, in ihrem Kopf summte es immer noch. Das Notizbuch versetzte sie jedesmal in solche Aufregung. Als alle Arbeitsmaterialien verstaut waren, tat es ihr schon wieder leid, daß sie aufgehört hatte. Was gab es jetzt zu tun? Sie konnte sich nicht gleich wieder hineinknien. Vielleicht etwas essen? Wenigstens würde die Küche leer sein. Sie waren bestimmt alle schwimmen gegangen.

Am Fuß der Treppe blieb sie stehen, anstatt sich nach rechts zur Küche zu wenden. Sie hatte eigentlich gar keinen Hunger. Sie konnte genauso gut einen kurzen Spaziergang machen oder sogar schwimmen gehen – warum eigentlich nicht? Sie rannte wieder hoch, nahm vier Treppenstufen auf einmal, wählte ein kurzes Hemd, dem Salzwasser nichts anhaben konnte, und ging wieder nach unten.

Die Girlanden waren erleuchtet, die Birnchen hoben sich wie kostbare Edelsteine gegen den schon dämmernden Himmel ab: ungewöhnliche Blau-, Grün-, Gelb- und Rottöne. Seltene Farben, strahlender als die Natur, *elektrisch.* Lichtbögen, unter denen sich Lisbeï von der Menge davontragen ließ, hinunter zur Ebene Eins und weiter bis zu den weitläufigen Kais, die diese Ebene umschlossen.

Die Flut ebbte allmählich ab. Viele Menschen waren schon ins Wasser gegangen. Manche kletterten gerade die Treppen hinunter, andere sprangen von den Kais aus hinein oder wurden hineingeschubst und kreischten vor Vergnügen, vor allem die kleinen Grünen. Manche waren ganz und gar bekleidet, andere trugen leichte Kittel oder waren völlig nackt. Zu dieser Jahreszeit war das Meer noch kühl, und ein Wind war aufgekommen. Die untergehende Sonne wärmte die aus dem Wasser kommenden nicht mehr, sie machten den Neuankömmlingen schnell Platz und bespritzten sie, während sie selbst sich das Wasser vom Leib schüttelten. Man tauschte die traditionellen Begrüßungsformeln aus: »Alle in Elli« und »Wie es Ellis Wille ist«. Als sich das Wasser von den Kais zurückzog, folgten sie ihm und wateten durch den Schlick. Alle, die der Tradition anhingen, würden baden. Während das Meer bis zum Horizont zurückwich, würde es alle Unreinheiten des Körpers und des Geistes mit sich forttragen. Dann würden die Menschen nach Hause gehen, duschen, ihre Feiertagskleider anlegen und reichlich zu Abend essen. Vor allem diejenigen, die tanzen sollten und den ganzen Tag gefastet hatten, wie es die Sitte vorschrieb. Sommersonnenwende: die Nacht, in der beide Hälften Ellis eins wurden.

Die Nacht der Feier, die Lisbeï in den letzten beiden Jahren in ihrem Zimmer bei fest verschlossenen Fenstern verbracht hatte.

Aber als sie zusammen mit den anderen in der Pension geduscht hatte und zurück auf ihr Zimmer ging, konnte sie hören, wie Lachen und Rufe von Stockwerk zu Stockwerk schallten. Sie sah sich in ihrem kleinen Zimmer um. Ohne daß sie wußte warum, ärgerte sie der Anblick des kopierten Notizbuches und der ordentlichen Arbeitsstapel auf ihrem Schreibtisch. Warum sollte sie sich wieder von allem ausschließen?

Wovon ausschließen? Sie war vor einer Woche achtzehn geworden. Hatte sie es sich nicht nach all der Zeit verdient, endlich zu erfahren, was bei der Feier vor sich ging? Energisch nahm sie ihr schönstes Kleid aus dem Schrank, das weiße, das Fraine ihr im Vorjahr zum Geburtstag geschenkt hatte. Auf Brust und Rücken war der Doppeladler von Wardenberg mit Glanzfaden in ihren Lieblingsfarbtönen Blau und Violett eingestickt. Sie hatte das Kleid noch nie getragen. Lisbeï überzeugte sich davon, daß in ihrer Gürteltasche genügend Zahlungsmittel steckten, und ging hinunter, um sich der freudigen und ausnahmsweise lärmenden Menschenmasse anzuschließen, die durch die Festung strömte.

Die grauen Mauern der Festung schimmerten scharlachrot. Ein kleiner Ausbruch in der entfernten Feloyt-Kette wenige Tage zuvor hatte sich mit den allgegenwärtigen Wolken über dem Meer verbunden und recht eindrucksvolle Sonnenuntergänge hervorgebracht. Die Tutorin, die Lisbeïs Gruppe in Geologie unterrichtete, hatte es erklärt: Die vulkanische Aktivität und die Erdbeben mochten sehr wohl langfristige Folgen des Eisschmelzens sein, das das Gesicht der Kontinente vor mehr als tausend Jahren verändert hatte. Die Erde war durch Menschenhand verwüstet und in ihrem Schlaf gestört worden, sie seufzte und bebte immer noch ... Ja, das Klima wechselte jetzt wieder, und auch die Erde würde sich wieder verändern. Während sich die Eisdecke über den Polen und Bergen wieder verdickte, würden sich die Wasserfluten weiter zurückziehen. Das Land, das vor so langer Zeit, in der Zeit des Zusammenbruchs, untergegangen war, würde wieder auftauchen. Auch die Jahreszeiten würden sich weiter verändern. Die Tiere und Pflanzen, die an diese Jahreszeiten gebunden waren, würden in neue Breiten vordringen, vielleicht auch neue Formen hervorbringen. Ein Zyklus im

Tanz Ellis würde zu Ende gehen, ein neuer beginnen. Und niemand konnte genau sagen, wann Anfang und Ende auftreten würden. Irgendwo innerhalb des empfindlichen Gleichgewichts der Elemente würde eine Schwelle überschritten werden. Irgend etwas würde sich dann verschoben haben – etwas, das die Gläubigen die Liebe Ellis nannten –, und alles würde wie in einem Kaleidoskop neue Muster bilden. Und es würde viele Menschenalter brauchen, dieses neue Muster zu entschlüsseln.

Diese verborgene Beziehung zwischen Feuer und Wasser durch die Zeit hindurch faszinierte Lisbeï, wie auch der Gedanke sie faszinierte, daß Erde und Wasser einander ergänzten und sich in gegenseitiger Abhängigkeit befanden. Alle Dinge – oder doch fast alle – im Muster Ellis berührten auf die eine oder andere Weise auch das Schicksal aller anderen. Wie tröstlich, Teil eines solch beharrlichen Universums zu sein. Aber wie beunruhigend, so unbedingt verantwortlich zu sein, ohne jede Möglichkeit zum Ausweichen ...

Genau wie in Bethely schloß der eigentliche Markt bei Sonnenuntergang.

Von den wenigen, noch geöffneten Imbißständen wehte der Duft saftigen Essens herüber. Die Gaslampen brannten nicht mehr, nur die Fackeln mit ihrem starken Harzgeruch und die Lichtergirlanden beleuchteten die Festung in den Stunden vor der Feier. Die kleinen Grünen tollten durch die engen Gassen, von den Mauern hallte das Echo ihres schrillen Geschreis und Gelächters. Ab und zu trug der Wind plötzliche Harmonien von Ebene Drei herüber, wo das Musikfestival noch einige Stunden andauern würde. Bald würden die Grünen nach Hause gehen, schläfrig vom Sonnwendwein. Das war überall in Maerlande so. Lisbeï war schwindelig – der Anfang einer dieser Migräneanfälle, die sie manchmal mitten in einer Menschenmenge überkamen. Diese feiertäglichen Menschenmassen setzten ihr besonders zu, sie fand es schwieriger denn je, die gewaltige, aufgeregte Aura um sich herum aus dem Bewußtsein zu verbannen.

Vor einem Stand, an dem eine Kunsthandwerkerin gerade die Auslagen wegräumte, machte sie halt. Der unerwartete Anblick der hellen Stoffe mit dem deutlich sichtbaren Gütesiegel Bethelys darauf ging ihr zu Herzen. Nein, sie durfte nicht an Bethely denken, jetzt nicht, heute nacht nicht! Entschlossen wandte sie sich ab. Im selben Augenblick rief eine wohlbekannte Stimme ganz in der Nähe: »Lisbeï!« Es war Marcie, eine der Blauen aus ihrer Schulgruppe, mit ihrer unzertrennlichen Gefährtin Bertia und zwei Roten im mittleren Alter, die Lisbeï nicht kannte. Zum Anlaß der Feier dieses Abends trugen sie Gewänder in kräftigem Rot, allerdings waren sie in typisch Wardenberger Manier mit phantasievollen Variationen des alten Schmiedemotivs bestickt. »Hast du Lust, mit uns zu kommen?« fragte Marcie, nachdem sie die beiden Roten vorgestellt hatte, deren Namen Lisbeï eine Minute später schon wieder vergessen sollte. Sie hatte eigentlich keinen Grund abzulehnen, also schloß sie sich dem Quartett an.

Große Schattenflächen, durchsetzt vom flackernden Licht der Fackeln und der Lämpchen in allen Farben des Regenbogens – so sollte sich Lisbeï später an das Wardenberg dieser Nacht erinnern. Die vertrauten Markierungen hatten sich aufgelöst. In der Festung kam sie sich verloren vor. Treppauf und treppab war sie ihren Freundinnen gefolgt und hatte auf verschlungenen Wegen Terrassen und Geschäfte hinter sich gelassen, während sie von einer Ebene zur nächsten gelangten. Nach jeder Biegung sprangen andere Umrisse und Farben sie aus dem Dunkel an, plastisch wie in einem Traum. Inmitten eines Kreises schweigender Zuschauerinnen drehte sich eine Turnerin. Schwerelos – so sah es jedenfalls aus – spielte sie mit einem Reifen, der mit Pailletten und Federn besetzt war, warf ihn ohne jede Mühe hoch. Ihr Körper wirbelte und hüpfte unter dem funkelnden Rad – ein schlanker, jugendlicher Körper, fast nackt, der im Licht der Fackeln glänzte. Eine Gruppe sehr junger Roter sammelte sich vor einem Schattenspiel. Zwei Märchenerzählerinnen bewegten spitzenartige, durchlöcherte Holzschablonen, während eine dritte jede Episode mit schrillen Flötentrillern untermalte. Es war das ›Märchen von der verlorenen Prinzessin‹, das hier erzählt wurde – eine baltische Version. Sie setzte an der Stelle ein, an der die Prinzessin den Höhlenschatz findet. Sie hat die Freundschaft des Höhlengeistes gewonnen und bringt mit seiner Hilfe Kinder zur Welt, die über Zauberkräfte verfügen und die nichts verletzen kann. Aber sie selbst verirrt sich, als sie zu ihnen in die Höhle zurückkehren will. Die Geschichte nahm ihren Gang, begleitet vom Flackern der Schatten an den Wänden. Einige der jüngsten Roten, offensichtlich völlig in die Kindheit zurückversetzt, sprachen den Dialog zwischen der Prinzessin und der bösen Bienenkönigin mit. Das Märchen war ihnen so vertraut wie Lisbeï die Version, die in Bethely erzählt wurde. Lisbeï wäre gern bis zum Schluß geblieben, aber ihre Freundinnen zogen sie weiter zu anderen Szenen, die vom Schattenspiel der engen Gassen eingerahmt wurden. Jetzt folgte eine *Farandole* von Masken, falschen Vollbärten, gewaltigen Schnurrbärten, borstigen, hochgezogenen Augenbrauen und fröhlich bemalten Phalli aus Pappmaché. Und ganz plötzlich tanzten groteske Gestalten aus der Reihe und auf sie zu, während sie unverständliche Worte riefen, die Masken verzerrten ihre Stimmen. Gelähmt vor Schock stand Lisbeï da, ohne sich zu rühren. Aber die *Farandole* bildete einen Kreis um die zwei Roten aus Wardenberg, begann zu singen und mit den Phalli auf sie einzudreschen. Die Roten versuchten, nach den glänzenden Dingern zu grapschen, und lachten, bis sie kaum noch Luft bekamen.

Andere Familien – andere Sitten, dachte Lisbeï. In Bethely ging die Feier mit sehr viel mehr Würde vonstatten. Aber jetzt war sie nicht in Bethely. Tula, die in dieser Nacht die Mutter werden würde. Tula, die zum ersten Mal den Tanz mit ihrem Mann anführen würde! Lisbeï versuchte, nicht darüber nachzudenken.

Aber eine Stimme sprach sie von hinten an. »In Litale sind sie sehr viel reservierter, nicht wahr?« Sie drehte sich um. Eine männliche Stimme, Toller, Kelys Freund oder sonstwie Bekannter. Wie konnte man ›Freund‹ sagen, wenn es sich um einen Mann handelte? Er trug eine lange, gelbbraune Jacke ohne jedes Abzeichen, die Jacke eines Wanderers, eines Umherziehenden, das war er ja schließlich auch, ein ... Reisender, genau wie Antonë, die Maerlandes Familien besuchte. Aber im Unterschied zu Antonë hatte er sich niemals und nirgendwo auf Dauer niedergelassen. Im Schatten wirkten seine Augen schwarz. Er lächelte Lisbeï recht ironisch zu.

Marcie und Bertia standen neugierig dabei. Lisbeï wollte sie gerade vorstellen, aber die zwei älteren Roten kannten ihn offensichtlich sehr gut und wirkten sogar froh über die Begegnung. Die Älteste erzählte ihm, ihre Erstgeborene sei gerade eine Rote geworden und nehme jetzt an den Wettkämpfen und der Parade teil, sie habe bei den Läufen eine gute Chance. Toller freute sich sichtlich über die Neuigkeiten, wenn er auch so aussah, als könne er die Rote nicht so recht einordnen. Hatte er irgendwann einmal Dienst in Wardenberg getan? Marcie, die im Gegensatz zu Lisbeï keine Zurückhaltung kannte, fragte ihn gleich ganz direkt danach. Der Blaue nickte. »Bei Sygne«, warf die Rote stolz ein. Lisbeï hatte nicht gewußt, daß das Anlaß zu Stolz sein konnte. Der Mann der Mutter stand auch anderen Roten zur Verfügung, wenn sich die Erblinien miteinander vertrugen. Was war so bemerkenswert daran, wenn man Kinder aus Tollers Erblinie bekam? Aber dies war Wardenberg: andere Familien – andere Sitten.

Sie unterhielten sich noch ein bißchen, die Rote fragte Toller, ob er wieder in der Residenz wohne. Ja, sagte er, und irgend etwas Merkwürdiges ging zwischen ihnen hin und her, etwas … Komplizenhaftes? Danach entschuldigte er sich, sagte, er müsse noch Freunde auf der Ebene Eins treffen. Toller ging in die eine Richtung davon, Marcie und ihre Freundinnen in die andere.

Lisbeï hängte sich an die anderen. Nach einer Weile merkte sie, daß sie auf Ebene Eins lossteuerten. Viele Menschen nahmen diese Richtung. Trotz der Kühle der Nacht trugen sie nur leichte Gewänder und Kleider. In Rot, Blau, jeder Farbe außer Grün, strömte die Flut der Feiernden von Wardenberg hinunter zum Hafen. Stillschweigend oder mit einem gemurmelten Segensgruß sahen andere zu, wie sie vorbeizogen. Gesichter tauchten kurz aus dem Schatten: eine alte Frau mit traurigen Augen, eine Junge, die unter einem fremdartigen roten Hut die Stirn runzelte, zwei durchfurchte männliche Gesichter, zwei Männer mit Bürstenhaarschnitt – zwei Blaue, die Elli feiern konnten, wenn sie wollten, sich dem Strom jedoch nicht anschlossen. Sie hatten doch das Recht dazu, warum nutzten es dann so wenige? Vor ihnen stand ein anderer Mann in gelbbrauner Lederweste, ein Mann mit dichtem bleichen Haar, blassen Augen und einem Gesicht, das sie erst erkannte, als es schon verschwunden war. Die blassen Augen hatten auch Lisbeï gesehen. Toller, früher einmal der Mann der Sygne von Wardenberg. Sie vergaß ihn, sobald sie die Kais betrat.

Die Menschenflut hatte hier nicht haltgemacht, sondern war die Stufen weiter hinabgeströmt, bis zu dem Streifen aus Sand und Strandkieseln, den das jetzt unsichtbare, weit entfernte Meer bei seinem Rückzug hinterlassen hatte. Ein Holzkohlegrill glühte über dem Sand – nein, es war die mit Fackeln, Blumen und Grün übersäte Bühne. (Die Blüten und Blätter würde man am folgenden Nachmittag in den kleinen Gärten und Terrassen der Festung und auf den Feldern und Weinbergen der Gemeinden vergraben. Das Meer würde bis dahin die nackte Bühne schon verschlungen haben).

Lisbeï hatte ihre Freundinnen aus den Augen verloren, als sie hinter ihnen zurückgeblieben war. Sie hatten es nicht bemerkt, und sie hatte auch nicht nach ihnen gerufen. Jetzt schlenderte sie gemächlich weiter, während die Masse der Feiernden an ihr vorbeiströmte. Keine Masken und bemalten Phalli mehr. Kein Geschrei, kein Gelächter. Wenn überhaupt jemand sprach, dann mit gedämpfter Stimme. Aber bald verstummten alle Stimmen. Lisbeï war weit von der Bühne entfernt, aber sie konnte deutlich sehen, wie sich die Plattform auf ihren Stützen gegen den nächtlichen Hintergrund der Festung abhob. Hinter den brennenden Fackeln erhob sich das schwarze Massiv der Zitadelle. Die Lichtergirlanden und Wandleuchten funkelten und flackerten nicht mehr in den nächtlichen Gassen, die Fenster waren dunkel. Nur die Sterne und Fackeln auf der Bühne würden die Feier erhellen, zusammen mit dem Mond, der in dieser Nacht weiß und voll über den sich scharf abzeichnenden Dächern der Bergfestung aufstieg.

Trotz der großen Stille lief ein leises Rascheln durch die Menge. Lisbeï spürte die Bewegung um sich herum, ehe sie sie sah. Die Menschen drehten sich zueinander, jetzt berührte ihre Nachbarin zur Rechten ihren Arm (Lisbeï spürte den Nebel der Inbrunst in der Aura) und reichte ihr etwas, einen großen Kelch, der im Mondlicht silbern leuchtete. War es einfach nur angenehm oder berauschend? Unmöglich zu sagen. Aber zweifellos mußte sie ein bißchen davon trinken und den Kelch dann an ihre Nachbarin zur Linken weiterreichen. Das alkoholische Getränk war scharf und gleichzeitig süß. Ihre Zähne taten ihr weh, aber sie brachte es hinunter, es schmeckte voll und würzig.

Dreimal aus drei verschiedenen Kelchen: einmal auf die Frau, einmal auf den Mann und einmal auf Elli, die Anfang und Ende ist. Die Kelche machen ohne bestimmte Zielrichtung die Runde. Niemand weiß, wo das den Anfang nimmt und wo es aufhört. Vielleicht tauchen dieselben Kelche wieder auf, von neuem gefüllt, und folgen jetzt anderen Pfaden – wie Elli, die Anfang und Ende ist. Aber bald werden alle Feiernden getrunken haben, und die kreisenden Kelche werden alle losen Enden der lebenden Kette an der immer noch leeren Bühne miteinander verknüpfen.

Lisbeï, für die das Ritual neu ist, hat jetzt mehr als dreimal getrunken, in ihrem Kopf dreht sich alles. Oder liegt das an dem Gedränge fast nackter Körper, an dem gewaltigen Erwartungsgefühl, das anschwillt und wie ein beinahe handgreiflicher Nebel über der Menge wabert? Sie fühlt sich ausgedörrt, ihr ist heiß, und was ist das für ein Rauschen in ihren Ohren? Kommt das Meer bereits zurück? Nein. Ihr Körper fühlt sich an, als stehe er in Flammen. Ein Ausbruch roten Feuers, von dem sie in aufeinander folgenden Wellen, die mit ihrem Herzschlag einhergehen, erfaßt wird… aber ist das überhaupt ihr Herz? Es schlägt nach innen und nach außen, die Wellen laufen siedendheiß durch ihre Adern und über ihre Haut. Alle Empfindungen werden jetzt messerscharf, sind in ihrer Fülle lähmend und schmerzhaft: die vom Mondlicht fahlen Farben, die Fackeln auf der fernen Bühne, der Geruch des unsichtbaren Meeres, der immer noch durch den Sand dringt, die Hitze, die von den nahen Körpern ausstrahlt, ihr plötzlich gieriger Moschusduft. Völlig unerwartet schlägt das, was in ihr brodelt, mit blendender Hitze Flammen, löscht jede andere Empfindung aus.

Dies ist der Augenblick, in dem sie früher die nicht mehr zeugungsfähigen Männer umbrachten, der Augenblick, in dem die Droge explodierte und als Hitze durch ihre Körper schoß, gegen die Begrenzung der Haut ankämpfte und sich schließlich in einem Freudenschrei Luft machte. Brutal und jeder Zeit entrückt. Hier und da stiegen ziellose Schreie aus der Menge, die Droge entfaltete ihre Wirkung nicht bei allen gleichzeitig. Früher hatten die Priesterinnen der Bienenstöcke den Männern, den wertlosen Männern, die Kehle aufgeschlitzt, wenn sie in Ekstase ihre Göttin anriefen. Die Schreie vervielfachen sich, werden schriller. Aber jetzt ist die Antwort nicht Blutvergießen, die Blumen auf der Bühne werden nicht befleckt. Statt dessen erscheinen dort zwei nackte, glänzende Gestalten. Lisbeï fühlt in ihrem Körper einen Hitzeknoten, der nach innen explodiert und sich selbst verschlingt, anstatt als erlösender Schrei nach außen zu dringen. Fast lautlos stöhnt sie *»Tula?«*, während sie sich auf die Lippe beißt und fades Blut schmeckt. Und weit, weit entfernt von ihr, in Bethely, bewegen sich Tula und der Mann wie zwei Wellen aufeinander zu, vollziehen die erste Figur des Paarungstanzes.

Lisbeï merkt, daß auch sie sich wellenförmig bewegt, merkt, daß ein Körper schwingt, der nicht ihr eigener ist, vielleicht sind es auch Tausende von Körpern – sie fühlt sie nicht mehr um sich herum, sie sind in ihr, und sie ist in ihnen, sie verkörpert alle Feiernden, genau so wie sie alle die Mutter und der Mann sind. Sie macht vor Schreck die Augen zu und kämpft mit aller Macht darum, den dünnen Faden nicht loszulassen, der ihren Körper mit ihrem Geist verbindet. Sie hebt die Hand an den Mund und beißt heftig hinein, bis der Schmerz ihre Trance durchbricht und sie wieder hören kann. Und sie hört Tausende nackter Füße, die zum Rhythmus ihres keuchenden Atems auf den Boden stampfen. Und als der Schmerz ihr die Augen öffnet, sieht sie diese Tausende von Körpern, die sich wie ein einziger Körper in den Figuren des Paarungstanzes miteinander bewegen, gleiten, biegen und strecken.

Auch sie bewegt sich. Bewegt sich, um ihnen auszuweichen. Zuerst versucht sie, sich mit ihnen zu bewegen. Aber das kann sie nicht, sie weiß nicht genau, wie sie es machen muß, obwohl die Bewegung der Parade ähnelt. Sie macht einen Schritt vorwärts, einen Schritt zurück, bleibt stehen, bewegt sich wieder. Ach, wie abgehoben ihre torkeligen Gesten vom großen Körper der tanzenden Menge sind. Aber nach und nach erreicht sie den Rand der Feier und geht weiter, unter den Füßen den kalten Sand, läßt die mächtige, dunkle und freudige Aura kollektiven Begehrens hinter sich.

Sie rennt. Über Sand, Kies, glitschige Felsen, Pflastersteine, egal wohin, sie läuft einfach und murmelt krampfhaft: »Elli, Elli.« Es ist ein Gebet: *Elli, verschone mich. Elli, vergib mir,* aber von Elli darf man nichts verlangen, und sie hat Elli rein gar nichts anzubieten, nur den purpurroten Schleier vor ihren Augen und das Dröhnen des Fiebers in ihrem Fleisch. Sie rennt durch den vom Mond zerschnittenen Schatten, als könne sie so der Droge entkommen, die in ihrem Körper kreist, als könne sie so dem gierigen Schlund des

Begehrens entkommen, den doch nur der Tanz, die Paarung füllen kann. Aber wie konnte sie das wissen, sie, die niemals eine Rote gewesen war, niemals den Tanz erlernt hatte? Sie rennt, ihre Lungen brennen, rennt unter dem milchig-glänzenden Mond dahin, immer weiter, bis es plötzlich dunkel ist. Sie stolpert und fällt zu Boden.

Sie liegt dort und keucht, jeder Atemzug zerreißt ihr die Lungen. Die brennende Leere in ihrem Innern verschlingt sie. Sie versucht, etwas zu hören, versucht sich zu orientieren, aber all ihre Wahrnehmungen sind verzerrt und intensiviert. Über ihr bewegt sich ein dunkler Himmel, der wie Spitze aussieht (Bäume?), sie hört ein vibrierendes Summen (Insekten?)… Und der Schlag ihres riesigen Herzens erschüttert die ganze Erde. Als sie die Augen schließt, findet sie keinen Frieden, sondern ein schwelendes Feuer endlos züngelnder Flammen, deren Farbe sich von Rosa zu Rot und schließlich zu einem schwärzlichen Karmesinrot wandelt. Es ist wie eine noch nie erlebte Panik, sie will sehen, was da so in ihr siedet, aber sie darf ihre Augen nicht aufmachen, sonst ist alles aus. Sie muß sie geschlossen lassen, muß auf ihren Körper achtgeben, der sich auflöst, ohne daß sie in der Lage ist, das alles zu begreifen, oder zu handeln, muß fühlen, wie die Spirale ihrer Wahrnehmungen sich immer fester über ihrem Bewußtsein zusammenzieht, es erstickt und auslöscht…

Und dann überspült ein klarer, bebender Laut dies sich zusammenziehende Universum, kommt in langen, flüsternden Wellen – *lllllliiiiiissssbeiiiiii, llliiisssbeii* – und plötzlich gewinnt ein anderes Universum an den Grenzen ihrer eigenen Welt Gestalt, anfangs ist es nur ein Fleckchen, aber dann schwillt es zu einer Oberfläche an, zur Oberfläche ihrer Haut. Eine Hand legt sich auf ihre Schulter, und jetzt leuchtet ein anderes Licht, eine andere Aura, drängend und stark – Tula? –, ihr wird Leben eingeflößt, und das Licht füllt die Leere aus, dreht die tödliche Spirale in die Gegenrichtung auf, löscht das Feuer. Lisbeï macht die Augen nicht auf. Sie schließt den Körper ihrer Retterin in die Arme, zieht ihn nah zu sich heran. Nein, es ist nicht Tula, dazu ist der Körper zu groß, zu hart, zu andersartig, und sie weiß ja nur zu gut, daß Tula weit weg ist, daß Tula auf der Bühne voller blutigroter Blumen und Flammen gerade in der letzten Figur des Paarungstanzes auf den Mann zugleitet. Und jetzt läßt sich auch Lisbeï gleiten, während sich die Grenzen ihres eigenen und dieses anderen Körpers auflösen, aber in der aufsteigenden Lichtwelle ihres Innern dennoch vorhanden sind, und das Innere ist das Äußere ist das Innere, und die Wellen springen gegeneinander, miteinander, schießen durch das Licht nach oben.

Kapitel 9

Beim Erwachen fand Lisbeï sich am Fuß des Wasserturms in dem kleinen Park wieder, der die Residenz umgab. Kein Wunder, daß sie zusammengebrochen war: Ohne anzuhalten war sie den ganzen Weg vom Hafen bis zum höchsten Punkt der Festung gerannt! Irgend jemand hatte sie mit einer gelbbraunen Jacke zugedeckt. Sie erkannte die Jacke, aber sie wußte sowieso, wer sie dort gelassen hatte. Vögel zwitscherten in den Bäumen. Die Sonne stand schon ziemlich hoch am Himmel, ihr Licht drang durch die zitternden Birkenblätter. Lisbeï hüllte sich in das, was von ihrem schönen Gewand übriggeblieben war, und verknotete die Enden, damit es einem Kleidungsstück wenigstens annähernd ähnlich sah. Der Gürtel hielt es einigermaßen zusammen. Dann warf sie sich die Jacke über die Schulter und stieg ohne jede Überlegung den Pfad zur Residenz hinauf.

Sie traf auf keine Schlafenden, die einander in den Armen lagen. Denn so war es damals, in den letzten Jahren in Bethely gewesen, wenn sie am Morgen nach der Feier die unheimliche Starre und Stille durchwanderte. Später konnte sie sich nicht mehr genau daran erinnern, was ihr durch den Kopf ging, als sie dem Pfad folgte. Verschwommene Gedanken, weder Bilder noch Vorstellungen, schossen ihr ins erschöpfte Bewußtsein, wie versprengte Fische in aufgewühltem Wasser. Sie hätte fast getanzt. Das also war der Paarungstanz. Zumindest hatte sie das jetzt gesehen. Die beleuchtete Bühne, die hellen Umrisse nackter Körper unter dem Mond. An solch einem Morgen hätte sie vor drei Jahren die Mutter werden sollen. Der bittersüße Duft der öligen Flüssigkeit, die in dem dargereichten Kelch glänzte. Die Lust. Warum hatte ihr nie jemand von der Lust der Feier erzählt? Das tränenbenetzte Gesicht Selvas, das im dunklen Spiegel zerfloß, die Wut, die Scham, die Verzweiflung, die durch das kleine Zimmer gewirbelt waren. Lisbeï und Tula, sprachlos, wie sie sich zu ihren getrennten Betten zurückziehen und nie, nie wieder über das sprechen, was sie gerade gesehen haben.

Und du, Tula, hast du bei deinem Mann Lust empfunden?

Als sie später versuchte, dies alles niederzuschreiben, mußte sie an dieser Stelle aufhören. Die magische Erlösung, die darin lag, alles schwarz auf weiß festzuhalten, funktionierte diesmal nicht. Drei durchgestrichene Seiten beim Versuch, dies alles zu beschreiben. Und dann die plötzlichen Tränen, die unbegreiflichen, überraschenden Tränen. Und die Gewißheit, daß sie Tula jetzt wirklich verloren hatte, ohne daß sie wußte, woher diese Gewißheit kam. Der Brief brach an dieser Stelle ab – der erste Brief, bei dem sie sich nicht einmal mehr vormachte, er sei für Tula bestimmt.

Auf ihr unsicheres Klopfen hin öffnete eine kleine Grüne die Tür. Ganz plötzlich fragte sie sich, was sie überhaupt vorhatte. Sie blieb in der Eingangshalle stehen, einem großen Raum mit blankpolierter Wandtäfelung. Der Haushalt der Capta von Wardenberg war trotz der Feier bereits auf; Frühstücksdüfte stiegen ihr in die Nase. Das kleine Mädchen hatte aschblondes Haar, sehr weiße Haut und blasse, schrägstehende Augen, die ins Sonnenlicht blinzelten. Die Ähnlichkeit des Kindes mit Toller war so überwältigend, daß es Lisbeï die Sprache verschlug. Das Kind starrte sie einen Augenblick lang an und streckte dann höflich beide Hände zur Begrüßung aus, wie es am Tag nach der Feier üblich war. »Glück in Elli, Gefährtin. Willst du mit uns frühstücken?« Alle waren an diesem Tag in jedem Haushalt willkommen, das war in Wardenberg nicht anders als in Bethely. Ihre Hände berührten sich, und das Kind wie Lisbeï zuckten zusammen, weil sie beide kurz, aber intensiv die Resonanz spürten, eine Resonanz, die schwächer wurde, als Lisbeï die Hände des Mädchens losließ. Die beiden sahen einander einen Augenblick lang an, dann drehte das Kind sich um und bedeutete Lisbeï, ihm zu folgen.

Im großen Gemeinschaftsraum wandten sich ihr die Gesichter am ovalen Tisch lächelnd und willkommenheißend zu. Sygne war da, schlank und blond, zur Feier war sie aus Foloten, wo in diesem Jahr die baltische Versammlung getagt hatte, zurückgekommen. Zu ihrer Linken saßen ihre Mutter und ihr zweites Gedächtnis, Ireyn, die Capta der Schule. Zu ihrer Rechten saß Untika, ihre Gefährtin, ihr erstes Gedächtnis und ihre ›Cousine‹, wie sie hier sagten. Kinder jeden Alters hielten im Schwatzen inne, um Lisbeï neugierig zu mustern, ebenso wie zwei junge rote Frauen, die zwischen ihnen saßen, und die Blauen, die bei Tisch bedienten. Der Mutter gegenüber saß Toller am Tisch und hielt einem Kleinkind, das kaum ein Jahr alt sein konnte, einen Löffel ans geöffnete Mündchen.

Abgesehen von Ysandes Haushalt hatte Lisbeï nicht viele Familien in Wardenberg besucht. Livines Familie hatte judditische Ansichten und betrachtete ihren buchstäblichen Sprung vom Status einer Grünen zum Status einer Blauen als Schande. Bei den wenigen Gelegenheiten, bei denen Lisbeï sich dort aufgehalten hatte, war ihr aufgefallen, wie sehr sich die Atmosphäre von dem freundlich-rauhen Chaos in Ysandes Wohnung unterschied. Die Kinder waren sich selbst überlassen. Die Erwachsenen widmeten ihnen nicht viel Aufmerksamkeit, außer wenn die älteren Grünen, die aufpaßten, keine Disziplin durchsetzen konnten. Normalerweise wirkten die Erwachsenen so, als seien die Kinder ihnen ein Ärgernis oder gleichgültig. Fraine hatte diesen Eindruck bestätigt und erklärt, das sei in Wardenberg oft der Fall. Zweifellos verbarg sich hinter dieser Haltung viel Gefühl, aber die Kinder nahmen sie als Schranke wahr. Fraines familiäre Zuneigungen galten ihren Schwestern und Cousinen, nicht der Mutter oder den ›Tanten‹ der vorhergehenden Generation. Offensichtlich reagierten die Wardenberger auf diese Weise auf die nur allzu gewisse Bedrohung, den Verlust eines Kindes betrauern zu müssen. Oft behielten die Erwachsenen ihre distanzierte Haltung selbst dann noch bei, wenn das kritische Alter der Kindheit vorüber war. Lisbeï dachte an die rauhe, aber echte Zuneigung der Roten und Blauen, selbst der Hüterinnen, zu allen Kindern Bethelys. Vielleicht war das System Litales doch nicht so schlecht …

Aber sie hatte noch nie gesehen, daß sich jemand

anders als eine weibliche Person um den Nachwuchs gekümmert hätte! Und hier saß Toller, der sich wieder zu dem Kind drehte und ganz offensichtlich mit der Aufgabe vertraut war, Babies zu füttern. Währenddessen brüllte das Baby kräftig und schaute auf den Löffel, der gerade außerhalb seiner Reichweite war.

»Lisbeï«, sagte Ireyn und griff gewandt ein, ehe der stumme Blick des Neuankömmlings auf Toller und seinen Breilöffel peinlich werden konnte. »Willkommen in Elli. Komm und setz dich.«

Wußten sie es alle? Hatten sie alle gesehen, daß ... Trotz ihres Ohrensausens schaffte es Lisbeï mit übermenschlicher Anstrengung, ohne zu stottern zu erklären, sie habe die Jacke im Park gefunden und wiedererkannt, weil Toller sie abends getragen habe.

»Ja, er hat erzählt, daß er dich getroffen hat«, sagte Sygne völlig sachlich. »Wie nett von dir, daß du sie zurückbringst. Aber setz dich doch, du hast bestimmt Hunger.«

Der einzige freie Stuhl stand neben Toller. Sie nahm Platz, sie hatte plötzlich weiche Knie, als sie merkte, wie ausgehungert sie war. Die Feier hatte diese Wirkung, das wußte sie, weil sie mitbekommen hatte, welche Essensberge in Bethely und Wardenberg zu diesem Anlaß vorbereitet wurden. Vielleicht brachte das die Droge mit sich? Oder lag es daran, daß beim Tanzen so viel Energie verausgabt wurde? Aber ihr fehlte die Kraft, so zu tun, als habe sie einen klaren Kopf. So schnell ging das noch nicht wieder. Später würde sie versuchen, das alles herauszufinden. Im Moment war sie einfach zu hungrig.

Und so verbrachte sie, mit den Fetzen ihres schönen Kleides nur notdürftig bekleidet, den Tag nach ihrer ersten Feier im Haushalt der Capta von Wardenberg. Irgendwie fand sie die Kraft, sich an dem freundlichen Geplauder zu beteiligen. Die Unterhaltung drehte sich um das Leben im Süden, um Bethely, um ihr Studium in Wardenberg, die Versammlung in Kergoët und die baltischen Interessen, das Musikfestival, die noch nicht offiziellen Ergebnisse der Wettkämpfe … Hie und da warf Toller ein Wort ein, aber die meiste Zeit spielte er mit dem Kind auf seinem Schoß. Anscheinend teilte er dessen Begeisterung für den Löffel, er hob ihn jedesmal auf und gab ihn dem kleinen Mädchen zurück, das den Löffel prompt wieder auf den Boden warf. Als die Kinder vom Tisch aufstanden und das Baby mitnahmen, gab er seine kleine Beschäftigung mit offensichtlichem Bedauern auf. Nach dem lauten Abgang zu urteilen, tat es dem Baby genauso leid.

Lisbeï wurde zum Abendessen eingeladen (sie lehnte ab) und gefragt, ob sie sich das Finale des Musikfestivals am nächsten Tag ansehen werde (wahrscheinlich) und vorhabe, nächstes Jahr dabeizusein (vielleicht). Schließlich ließen sie Lisbeï ziehen.

Toller begleitete sie zur Tür. »Ich habe ihnen einfach erzählt, ich hätte meine Jacke verloren«, sagte er, ohne sie anzublicken. War es ihm peinlich? Aber von ihm ging kein Echo aus, nur dieser starke Wille, seine Gefühle zu kontrollieren. Sie kamen zur Tür. Und trotz der Lächerlichkeit, trotz der Unverschämtheit der Frage (aber was bedeutete an diesem durch und durch seltsamen Morgen schon ein Fauxpas mehr oder weniger?) konnte Lisbeï sich nicht verkneifen zu fragen, wie viele von Sygnes Kindern denn die seinigen seien. Er schwieg einen Augenblick lang, als müsse er erst abschätzen, wie sie seine Antwort verkraften werde. »Nur die älteste, Gudrun, und die zweite, Emelyne.« Und dann, mit dem so typischen schnellen, trockenen Lächeln: »Aber ich habe zur Capta von Wardenberg und ihrer Familie beste Beziehungen.« Das Lächeln verschwand. »Lisbeï«, sagte er mit plötzlich ernster und drängender Stimme. »Trink niemals Agvite, es sei denn, du willst tanzen oder…« – er zögerte kurz – »… trink nicht, wenn du allein auf der Feier bist. Diese Droge hat ein paar wirklich gefährliche Wirkungen und kann sogar tödlich sein, wenn … wenn du nicht beim Paarungstanz mitmachst. In Ordnung?«

Sie konnte genau spüren, daß in seiner Aura Sorge, Kummer und Bitterkeit mitschwangen. Dann verschwand alles, als sei es nie dagewesen. Lisbeï stand da und starrte den Blauen an, während ihr verworrene Erinnerungen an die letzte Nacht durch den Kopf gingen. Erinnerungen, die sich gegen jede Einordnung sträubten. Das Licht, ja, daran erinnerte sie sich deutlich, sie hatte nicht geträumt: Das Licht war das gleiche helle Sichverschwenden, wie sie es auch mit Kelys und mit Tula erfahren hatte. Aber es war besser gewesen als mit Tula – sie verwarf diesen Gedanken gleich wieder. Mit einem *Mann?* Sie erfuhr das *Licht* mit einem *Mann?*

Als er sie ansah, inzwischen hatte er wieder eine unbeteiligte Miene aufgesetzt, begriff sie erst, was er da gesagt hatte. Sie antwortete mit dem Erstbesten, was ihr gerade einfiel: »Agvite. Die Droge der Bienenstöcke?«

Ganz kurz sah er überrascht (oder überrumpelt) aus, dann leicht belustigt. »Es war das erste Mal für dich«, murmelte er wie im Selbstgespräch. »Das hätte ich eigentlich wissen müssen.«

Ja, fuhr er deutlicher fort, ja, es war die Droge der Bienenstöcke, die früher auch die Droge der Harems gewesen war.

Lisbeï kannte die Droge, sie wurde in jedem Geschichtsbuch erwähnt. Sie wußte, wie sie hergestellt wurde und was sie enthielt: die Substanz eines Pilzes, die Halluzinationen hervorrief, und das destillierte Öl verschiedener Pflanzen. Diese Droge hatte bei den Kriegerinnen der Harems und der Bienenstöcke eine besondere Art von Hörigkeit gegenüber ihren Anführern und später Anführerinnen ausgelöst. Wer die Droge nahm, war höchst empfänglich für jede Art von Suggestion, außerdem hatte sie auch aphrodisiakische Nebenwirkungen (es sei denn, die Suggestion zielte in eine andere Richtung und konterkarierte diese Wirkung), was die Abhängigkeit noch steigerte.

Aber Lisbeï hatte nicht gewußt, daß Agvite Teil des Feier-Rituals war. Der Paarungstanz war ein *Mysterium*, das einzige in der Anbetung Ellis. (Sie hatte Mooreïs Ausdruck in einer uralten Schwarte in der Schule wiedergefunden und ihn passend gefunden, nachdem Carmela den Zusammenhang erklärt hatte). Niemand erwähnte die Droge, außer die Initiierten untereinander. Tula zum Beispiel hatte in den Monaten vor der Versammlung von Bethely nur die Tanzfiguren erlernt, sonst gar nichts. Darüber hinaus hatte sie Lisbeï nichts erzählen können. »Sie haben alle gesagt, daß man bis zum Zeitpunkt danach darüber nicht reden darf, und später auch nur mit Leuten, die schon an einer Feier teilgenommen haben«, hatte Tula erklärt. »Die anderen können es nicht verstehen.« Es war Tula peinlich gewesen, Lisbeï hatte ihr ja schon gesagt, sie werde nicht tanzen, werde nie tanzen, wenn sie erst mal eine Blaue war. Es sei denn, Tula selbst führe den Tanz an.

Jetzt wurde ihr klar, wie naiv sie gewesen war, und warum. Sie wandte den Blick von Toller ab, auch ihr war die Situation inzwischen peinlich, sie ärgerte sich sogar. Erwartete er etwa ein Dankeschön? Statt dessen hörte sie sich fast anklagend sagen: »Du warst gestern nicht bei der Feier!«

»Ich tanze nicht mehr«, sagte er mit leicht gerunzelter Stirn. »Danke, daß du die Jacke zurückgebracht hast. Schönen Tag noch, Lisbeï.« Er machte auf dem Absatz kehrt und ging zurück in die Residenz.

Lisbeï schlenderte durch die engen Gassen zurück zu ihrer Pension. Auf dem Heimweg begegnete sie nur den großen getigerten Katzen von Wardenberg mit ihren komischen Korkenzieherschwänzen, die sich auf den Balkonen und Türschwellen in der Sonne wärmten. In der Pension war es still. Sie ging sich waschen, hatte die Dusche endlich einmal für sich allein und kehrte dann in ihr Zimmer zurück. Sie wanderte unruhig zwischen Tisch und Bett hin und her und konnte sich zu nichts aufraffen. Schließlich setzte sie sich, um den Brief an Tula zu schreiben. Den Brief, den sie nie beenden würde und der auch gar nicht an Tula gerichtet war. Ein Brief, den sie zusammen mit all den anderen nicht abgeschickten Briefen in der Schublade versenken würde.

Lange weinte sie in ihr Kissen, schließlich lag sie erschöpft da und starrte die Decke an. Sie versuchte zu schlafen, aber konnte ihre Gedankenwirbel nicht zur Ruhe bringen. Fast hätte sie wieder losgeheult, statt dessen beschloß sie sich auf das zu konzentrieren, was sie gerade erfahren hatte. Sie bemühte sich, in ihr anderes Selbst zu schlüpfen, sich in Lisbeï, die rationale, beobachtende Historikerin zu verwandeln.

Wie war es dazu gekommen, daß Agvite Teil des feierlichen Rituals geworden war? War es denn nicht ganz klar ein Symbol der Barbarei vergangener Tage? Schon erstaunlich genug, daß die Frauen der Bienenstöcke dieses Symbol ihrer Versklavung beibehalten hatten, wenn man bedachte, wie eifrig sie alle anderen Spuren der Haremszeit beseitigt hatten. Balte von Gualtière hatte eine Erklärung geliefert, die Lisbeï ohne viel Überzeugung zu schlucken versucht hatte: Gerade, *weil* Agvite ein Symbol ihrer Versklavung war, hatten sie es beibehalten. In erster Linie deshalb, weil sie zeigen wollten, daß sie es jetzt nach Belieben einsetzen konnten. Und in zweiter Linie deshalb, weil sie den Spieß hatten umdrehen wollen: Mit der Droge konnten sie sich die Männer gefügig machen, was sie als höchste Gerechtigkeit empfanden. Außerdem steigerte die Droge die Leistungskraft der Kriegerinnen und führte dazu, daß sie sich für unbesiegbar hielten und Verletzungen nicht spürten – ein Faktor, den man nicht unterschätzen durfte, wenn man die fast permanenten gegenseitigen Vernichtungskriege der Bienenstöcke in Betracht zog. Aber Lisbeï war wohl kaum empfindungslos gewesen, oder? Sie wollte ja gern an die Macht der Suggestion glauben, es gab ja auch jede Menge dokumentierter Vorfälle, aber *ihre* Empfindungen waren bis zu einem beängstigenden Grad intensiviert worden. Welche Suggestion wäre stark genug, einen solch gewaltigen Sprung in der Sinneswahrnehmung zunichte zu machen? Ein Sprung, der für Kriegerinnen die Katastrophe bedeutet hätte … Aber womöglich interessante erotische Aspekte hatte, denn die aphrodisiakische Wirkung sollte ja wohl der einzige sogenannte Nebeneffekt der Droge sein. Eine tödliche Wirkung war nie erwähnt worden. Ebenso wenig das Bedürfnis, die verausgabte Energie durch große Essensmengen zu kompensieren.

Vielleicht war das Agvite, das heute benutzt wurde, ja auch in ganz anderen Anteilen zusammengemixt und hatte deshalb diese Wirkung?

Wenn sie sich nach der Droge erkundigte, würde sie dann irgendwelche Antworten bekommen? Die Herstellung von Agvite mußte Teil des eigentlichen Rituals sein. Somit ein Thema, das tabu war. Aber immerhin hatte sie ja am Paarungstanz teilgenommen – oder doch beinahe. Niemand brauchte zu wissen, daß sie nicht bis zum Schluß geblieben war. Letztendlich wußte sie jetzt, was die Feier ausmachte.

Später erinnerte sie sich, wie sie bei dem Gedanken triumphiert hatte, und doch so enttäuscht gewesen war. War das Mooreïs ›schöne große Überraschung‹? Man nahm eine Droge, die einen fast in den Wahnsinn trieb, man sprang wie eine Aufziehpuppe auf und nieder, und dann, wenn die Mutter und der

Mann … Elli machten … (Sygne fiel ihr dabei ein, die gelassene, liebenswerte Sygne, mit der sie gerade gefrühstückt hatte, auch sie hatte …?). Aber Lisbeï war nicht so lange geblieben. Wenn sie ganz ehrlich war, mußte sie zugeben, daß sie nur riet. Sie erriet, daß die Feiernden unter dem Einfluß von Selbstsuggestion und stimuliert von der Droge an der Begegnung von Mutter und Mann teilhatten, daß sie für einen Augenblick mit ihnen zu Elli wurden … Und das alles endete in einer erotischen Orgie, wie Lisbeï schon seit Jahren vermutet hatte. Immer schon, seitdem sie in den Wiesen und Obstgärten Bethelys auf nackte Schläferinnen gestoßen war. Und das war der Tanz.

Ganz bestimmt nicht. Es mußte doch mehr daran sein. Oder konnte das schon alles sein? Dann wäre Mooreï doch nicht so sicher und heiter gewesen. Aber Selva war ganz gewiß nicht sicher oder heiter gewesen. Und sie war diejenige, die bis zu diesem Jahr getanzt hatte. Vielleicht waren die Erfahrungen ganz unterschiedlich, je nachdem, ob … ob was? Hingen sie von dem Mann ab, mit dem man Elli machte? Vielleicht war nicht immer Lust dabei. Vielleicht hatte sie sich die Lust auch nur vorgestellt. Das mußte die Selbstsuggestion, vielleicht auch die Wirkung der Droge gewesen sein. Sie würde noch mehr über Agvite herausfinden müssen.

Sie konnte Dokumente der Schule heranziehen und dort nachlesen, wie das eigentliche Ritual entstanden war. Wie kam es, daß sich die friedliche Anbetung Ellis eine Zeremonie einverleiben konnte, die sich ganz offensichtlich vom Frühlingsopfer der Bienenstöcke herleitete, der Opferung der nicht zeugungsfähigen Männer? Natürlich war der Kontext ein ganz anderer, aber es gab zu viele Parallelen, als daß man sie hätte leugnen können. Die Zeremonie war etwas, das sie, wie so viele andere Dinge, von den Bienenstöcken übernommen und ihren eigenen Zwecken angepaßt hatten. So hatten sie es auch mit dem Kalender gehalten, mit den Horten in Litale, mit der Bestimmung, daß künftig die weibliche Sprachform dominieren solle (das war in allen Sprachen Maerlandes so, eine Ausnahme stellte nur das Frangleï dar, das in Wardenberg gesprochen wurde), mit der Neubenennung bestimmter Tier- und Pflanzenarten … die Liste war lang. Die Bienenstöcke hatten viele Dinge von den Harems übernommen, umgewandelt oder den eigenen Zwecken angepaßt, so wie es die Harems ihrerseits mit …

Die aufeinander folgenden Gesellschaftsformen waren nicht so völlig voneinander losgelöst, wie die Bienenstöcke (oder Edwina von Carlsbad) gedacht hatten. Der Faden war nie ganz abgerissen. Auch wenn es inzwischen ein sehr dünner Faden war, der sich äußerst fein unter der Hauptkette des Webmusters hindurchzog. So trugen ganz bescheidene Märchen, Legenden, Sprichworte, Spiele, Redensarten und selbst das nicht-sprachliche Verhalten das verborgene Erbe weiter.

Aufgeregt und freudig überrascht entdeckte Lisbeï später, daß eine Droge mit ähnlicher Wirkung von der unbekannten Autorin im zweiten Teil des Notizbuches erwähnt wurde. Die Verfasserin nannte die Droge ›Neopsylocin‹ und war ganz und gar dagegen, daß die Männer der Harems sie benutzten.

Die Schule würde erst in einer Woche wieder anfangen, aber die Bibliothek war am Tag nach der Feier schon wieder zugänglich. Die Pförtnerin, eine alte Blaue namens Olcya, war inzwischen schon mit Lisbeïs Arbeitsgewohnheiten vertraut und enthielt sich jeden Kommentars, als sie die Tür öffnete, dann machte sie sich wieder über ihr unvermeidliches Strickzeug her. Irgendwann einmal war Lisbeï auf das Fragment einer Erzählung gestoßen, die von einer legendären Frau handelte: Die Frau webte ein

Stück Tuch und zog das Gewebe gleichzeitig wieder auf, um irgendein unbekanntes Ereignis abzuwehren – vielleicht ihren Tod, dachte Lisbeï, wenn sie die alte Olcya sah.

Lisbeï kam gern früh am Morgen in die Schule. Sie mochte die leeren Gänge und verlassenen Treppen, das Gefühl, daß die Bibliothek mit all ihren Büchern, Dokumenten und Archiven für ein paar Stunden nur ihr gehören würde. Sie hatte sich schon vor langer Zeit einen Lieblingsplatz zum Arbeiten eingerichtet, ein kleines Zimmer mit einem einzigen Fenster, das auf einen winzigen Garten zwei Stockwerke tiefer hinausging. Der Garten hatte anscheinend keinen Eingang, und doch war er, wie alle Wardenberger Gärten, sehr gut gepflegt.

Die erste Möglichkeit, ernsthafte Recherchen über den Einsatz von Agvite anzustellen, bot der von Hallera verfaßte Anhang zum WORT Ellis. Lisbeï zog das Original wie auch Kommentare aus der damaligen Zeit heran. Dazu benötigte sie mindestens fünf große Lexika und ein Dutzend Nachschlagewerke für Dialekte. Diejenigen, die die Kommentare verfaßt hatten, stammten aus den verschiedensten Regionen Maerlandes, und die Gefährtin Hallera, im baltischen Osten geboren, hatte eine schwer verständliche altertümliche Version des Slavoï benutzt.

Trotz Halleras Garde (›Garde die Zweite‹ hieß sie inzwischen bei Lisbeï und vielen anderen Haldistas) und ihrer Friedensbotschaft hatte Maerlande die Bienenstöcke nicht gleich abgeschafft. Kriege und Friedensverhandlungen hatten einander drei Jahre lang immer wieder abgelöst. Der Prozeß gegen Markali und ihre Kriegerinnen hatte erst sieben Jahre nach den Ereignissen stattgefunden, die später Gegenstand der ersten ENTSCHEIDUNG werden sollten. Erst im Jahre 122 war der eigentliche Anhang zum WORT Ellis wegen der ENTSCHEIDUNG zusammengetragen und einer genauen Prüfung unterzogen worden. Der Anhang umfaßte Notizen, in denen mündliche Aussagen von Überlebenden der Bethely-Demonstrationen festgehalten waren, sowie Briefe und Textfragmente, die Hallera verfaßt hatte. Man nahm an, daß diese Fragmente vor dem Jahre 42 Nach Garde entstanden waren, allerdings stand Gardes Todestag ja gar nicht genau fest, es war ja nicht einmal bekannt, wo sie begraben war. Halleras Erinnerungen, die von dem kurzen Wandeln der Tochter Ellis auf der Erde handelten, waren von höchstem Interesse.

Aber nicht alles im Anhang enthaltene Material war als gültige Ergänzung des WORTES anerkannt worden. Was nach der Einfügung und Verschmelzung vieler Fragmente das WORT geworden war, bestand aus der Geschichte, wie Elli die Welt erschaffen hatte, aus den Geboten für menschliches Verhalten, wie Garde sie überliefert und in zahlreichen Parabeln ausgedrückt hatte, und aus dem Versprechen. Der offiziell anerkannte Anhang enthielt die Geschichte von Gardes Märtyrertum und ihrer Wiederauferstehung sowie einen Bericht über ihre letzten Tage mit Hallera, der einzigen Gefährtin, die überlebt hatte, und den Jüngerinnen von Bethely. In diesem Bericht wurden Einzelheiten dessen erwähnt, was nach und nach die FEIER ELLIS werden sollte. Garde und Hallera hatten den Jüngerinnen gezeigt, wie sie sich in Elli vereinigen und in dieser Vereinigung das Versprechen erfahren konnten. Und Garde hatte sie aufgefordert, diese Zeremonie zu ihrem Gedächtnis zu wiederholen.

Dies war der Ursprung des Taïtche, der Parade und natürlich auch des Tanzes und der Feier. Aber die Zeremonie als solche wurde nicht beschrieben und deshalb auch die Droge nicht erwähnt. Halleras Worte verboten bereits allen, die die Feier erfahren hatten, sie Nicht-Eingeweihten zu offenbaren. Man konnte die Feier nicht erlernen, man konnte sie nur begreifen, indem man daran teilhatte. Falls sich damals irgend jemand über Einsatz oder Wirkung der Bienenstock-Droge gewundert hatte, war es nicht zu Papier gebracht und nur mit anderen Eingeweihten besprochen worden. Und wenn im Zusammenhang mit der Droge Agvite irgendwelche Todesfälle aufgetreten waren, dann hatte man sie verschwiegen.

Die ENTSCHEIDUNG von Karillie war deshalb angerufen worden, weil verschiedene Fassungen des WORTES und der Zeremonie kursierten und ein Konflikt unter den verschiedenen Gruppen drohte. Genauer gesagt waren viele Judditen dagegen gewesen, daß überhaupt ein Mann an der Feier teilnahm. Daß sich die ursprüngliche Zeremonie mit eindeutig weiblichen Partnern zu dem Paarungsritual entwickelt hatte, bei dem die Mutter mit dem Mann tanzte, war direktes Ergebnis der ENTSCHEIDUNG gewesen und hing mit Halleras Kommentaren zusammen. Die ENTSCHEIDUNG hatte aus Halleras Anmerkungen den Schluß gezogen, daß Garde ihren Jüngerinnen nur einen ungefähren Eindruck von der Zeremonie hatte vermitteln können, da damals nur Frauen versammelt waren. Das WORT besagte jedoch recht eindeutig, daß Elli alles war – Mann und Frau und noch vieles mehr. Deshalb sollte bei der Feier ein Mann der Partner der auserwählten Frau sein. Dennoch dauerte es noch gut und gern dreißig Jahre, bis dieser Teil der ENTSCHEIDUNG von Karillie völlig akzeptiert war. Zu dieser Zeit hatte es sich schon eingebürgert, daß nur die Mutter der Familie diese auserwählte Frau sein konnte.

Die ENTSCHEIDUNG hatte auch viele Fragmente aus Halleras Nachlaß als der offiziellen Lehre widersprechend verworfen. Um was es bei diesen Fragmenten ging, konnte man nur noch anhand der Aussagen der

Revisorinnen rekonstruieren. Die Dokumente selbst hatte man nach der ENTSCHEIDUNG vernichtet – ein Akt, den man in der Folgezeit bereut hatte und den die Historikerinnen ein ›unglückliches Überleben der Bienenstockmentalität‹ nannten. Hier und dort waren einige wenige Fragmente wiederaufgetaucht, manche wurden rein zufällig in irgendeinem Familienarchiv entdeckt, wo sie zwischen andere Unterlagen geraten waren. Diese kostbaren Relikte wurden in der Regel nach Wardenberg geschickt.

Der offiziell angenommene Anhang zum WORT umfaßte viele Fragmente, in denen Garde aus erster Hand oder durch ihre Worte und Taten beschrieben wurde. Antonës ENTSCHEIDUNG war für die Unterschiede zwischen beiden Gardes nicht verantwortlich zu machen. Wenn man sich auf Hallera und die Zeugenaussage ihrer Tochter beim Prozeß gegen Markali verließ, dann war die Persönlichkeit dieser ›zweiten‹ Garde völlig stimmig: Sie hatte gewußt, was sie wollte, und es mit friedlichen, aber starken Worten ausgedrückt. Im Vergleich dazu wirkte die andere Garde höchst exaltiert und, ehrlich gesagt, manchmal ein bißchen verrückt. Auch diese Garde hatte ihren Gefährtinnen die Grundlagen des Taïtche und der Parade beigebracht (und regelmäßig mit ihnen geübt – so jedenfalls beschrieb Halde ihre letzten gemeinsamen Tage). Aber sie hatte nie von ihnen verlangt, darüber Stillschweigen zu bewahren – im Gegenteil. Und sie hatte kein Wort über den Tanz, die Paarung oder Agvite verloren …

Lisbeï befaßte sich sowieso nicht mit diesem Aspekt, sondern mit Einsatz und Wirkung der Droge. Sie hoffte, in den Kommentaren der Revisorinnen zumindest irgendeinen versteckten Hinweis zu finden. Vielleicht spielten Galice von Ermenonves und Justice von Trevises Bemerkungen über ›eine Sitte, die ein Erbe der Bienenstöcke ist‹ ja darauf an. Allerdings schienen sie sich mehr über die Tatsache aufzuregen, daß diese Sitte von den Bienenstöcke stammte, als daß sie eine körperliche Gefahr damit verbunden sahen.

Lisbeï hatte auch nicht erwartet, im offiziellen Anhang zum WORT Ellis viel über die Droge zu finden. Auch die vernichteten Fragmente hatten vermutlich kaum etwas darüber enthalten, soweit die Kommentare der Revisorinnen oder andere, noch erhaltene Fragmente Rückschlüsse zuließen. Sehr viel mehr gaben die dem Prozeß gegen Markali folgenden Berichte her – in Form zufälliger Bemerkungen, denn die Droge war nicht Gegenstand der Verhandlung gewesen. In den mehr als zwei Jahrzehnten, die seit dem Urteil gegen Markali vergangen waren, zu einem Zeitpunkt also, als die ältesten Überlebenden der Bienenstöcke bereits weggestorben oder aber bekehrt waren, war gelegentlich wieder ›Drogenmißbrauch‹ aufgetreten (Lisbeï verstand inzwischen, worauf dieser Ausdruck abzielte). Ein solch gewaltiger Drogenentzug konnte nicht von heute auf morgen bewerkstelligt werden.

Die einzig bemerkenswerte Einzelheit in den noch erhaltenen, der Doktrin widersprechenden Apokryphen war die Tatsache, daß Ariane, Halleras Tochter, die kriegerische Markali und die Friedensstifterin Alicia anscheinend für Schwestern gehalten hatte. Wahrscheinlich lag darin der Ursprung dieser Legende, die sich hartnäckig hielt. Kein Wunder, daß diese Fragmente nicht Eingang in die offizielle Lehre gefunden hatten. Seltsamerweise schien Ariane in mehreren Fragmenten für sich selbst die maskuline Sprachforn zu verwenden, wie es auch Hallera und viele andere getan hatten. Ein Beweis dafür, daß die Fragmente nicht als verläßliche Quelle dienen konnten.

Erst spät am Abend hörte Lisbeï mit ihren Nachforschungen auf und räumte die Dokumente und Bücher weg. Es erfüllte sie mit einem Gefühl der Zufriedenheit, daß sie ihre Hausaufgaben so gründlich erledigt hatte. Steinchen für Steinchen hatte sie gedreht und gewendet, ein Prinzip, das sie von Kelys übernommen hatte.

Am nächsten Tag stürzte Lisbeï sich in die ihr zugängliche Dokumentation darüber, wie die Droge von den Harems und Bienenstöcken benutzt worden war. Alle Quellen besagten dasselbe, sie konnte ihnen nichts Neues entnehmen. Nur eine einzige Bemerkung, deren Alter unmöglich zu datieren war (und die deshalb von der Historikerin, die sie zitierte, für unzuverlässig gehalten wurde), erwähnte bei den körperlichen Wirkungen der Droge auch hohes Fieber, Sinneshalluzinationen, ein Gefühl der Persönlichkeitsspaltung (allerdings nicht das schreckliche Gefühl zu zerbrechen, wie es Lisbeï erlebt hatte) und schnellen Tod durch ›allgemeine Überhitzung der lebenswichtigen Körpersysteme‹, wenn die durch ihre Empfindungen erregte Person eine ›anstrengende körperliche Tätigkeit‹ ausübte. Das schien alles andere als plausibel, es sei denn, daß sich die Reaktion der Menschen auf die Droge gewandelt hatte. Denn immerhin waren die Kriegerinnen der Bienenstöcke nach Genuß der Droge in den Kampf gezogen, und bei der Feier Ellis tanzten die Leute und machten Elli. Und Toller hatte ihr ja auch klar und deutlich gesagt, sie dürfe die Droge nicht nehmen, wenn sie nicht tanzen wolle oder allein sei.

Woher wußte er das überhaupt?

Diesmal konnte sie nicht umhin, über den Charakter dieses Mannes nachzudenken. Bisher hatte sie das erfolgreich vermieden. Er war wie Kelys, er war wie sie selbst, Lisbeï. Und wie diese beunruhigende Rote, Guiseïa, die Mutter von Angresea. Und wie Tula – obwohl Tula nicht ganz wie die anderen war. Alle waren sie Kinder der *Schlimmen Krankheit, Mutanten.* In dieser Hinsicht konnte sie sich mit Kelys' Bemerkungen ohne weiteres abfinden. Und auch mit den Dingen, die Antonë, wie ihr jetzt bewußt wurde, oft angedeutet hatte. Es war nur logisch, daß Männer in gleicher Weise davon betroffen waren. Das hätte sie eigentlich nicht weiter überraschen sollen.

Aber bedeutete das auch, daß Toller die gleiche Erfahrung wie sie selbst gemacht hatte? Wenn ja, wie hatte er dann seine Dienstzeit überlebt, während der er doch der Mann (zumindest) der Mutter von Wardenberg gewesen war? Oder war genau das der Grund dafür, daß er vorzeitig zum Blauen geworden war? Aber nein, man *konnte* gar nicht offiziell zum Blauen erklärt werden, wenn man nicht erwiesenermaßen steril war. Wie lange hatte seine Dienstzeit wirklich gedauert?

An diesem Punkt ihrer Überlegungen schien es Lisbeï ganz selbstverständlich, sich die Wardenberger Erblinien vorzunehmen, die von Sygne und die von Toller. Das hatte nichts mit Indiskretion zu tun: Er hatte Marcies Frage ja bereitwillig beantwortet, auch wenn er sein Familienzeichen nicht trug.

Angresea.

Lisbeï saß da und starrte das Schiff und die Wellen des Familienzeichens in dem Kasten an, der Tollers Namen mitsamt kurzer Bemerkungen über seine Erblinie enthielt. Natürlich war der Name vertraut: Toller von Angresea. Der ›Zwillingsbruder‹ der Guiseïa von Angresea. Sie war auf seinen Namen gestoßen, als sie sich in Bethely die Dokumentation über Angresea vorgenommen hatte. Damals, als Selva schließlich mit dem Plan für die Allianz herausgerückt war. Lisbeï hatte sogar kurz über diese Zwillingsgeburt und die damit verbundene seltsame Beziehung nachgedacht. Besonders deshalb, weil es hier um eine Beziehung zwischen einem Mädchen und einem Jungen ging.

Aber wie verschieden sie doch voneinander waren! Außer in der Farbe ihrer Augen...

Das Buch der Erblinien enthielt natürlich nichts darüber, warum Toller ein Blauer geworden war. Wenn sie das in Erfahrung bringen wollte, dann mußte sie medizinische Unterlagen heranziehen, und dazu brauchte sie seine Erlaubnis. So lautete die Vorschrift. Undenkbar. Aber das war es auch gar nicht, was sie am meisten beschäftigte. Sie dachte an Maxime von Angresea. Wenn sie im sechzehnten Lebensjahr Mutter von Bethely geworden und die Feier Ellis angeführt hätte, wäre er ihr erster Mann gewesen. Letztendlich *hatte* sie jetzt ja wirklich mit einem Mann aus Angresea getanzt. Das war schon komisch. Warum hatte sie dann Tränen in den Augen, warum wußte sie dann so genau, daß sie es Tula nie würde erzählen können?

Vielleicht war es aus einer Trotzhaltung heraus, daß Lisbeï beschloß, Toller geradeheraus nach den Wirkungen der Droge zu fragen, da er ja anscheinend so gut darüber Bescheid wußte. Nur so konnte sie mehr erfahren. In der Residenz sagten sie ihr, er arbeite gerade in der Schule. Daß er zeitweilig als *Tutor* in der Schule beschäftigt war – und auch noch in einer technischen Abteilung, Optik! Es konnten nicht mehr als ein Dutzend männliche Blaue sein, die an der Schule lehrten. Sie wartete, daß er aus einem Seminar kam. Es war nicht weiter überraschend, daß fast die Hälfte seiner Studenten männliche Grüne oder Blaue waren. Als er Lisbeï an der Labortür stehen sah, zog Toller die Augenbrauen hoch. Aber er wirkte weder verärgert noch verlegen, wie immer seine Erinnerungen an den Vorfall bei der Feier aussehen mochten. Auch die direkte Frage, die sie ihm stellte, sobald sie allein auf dem Flur waren, schien ihn nicht aus der Fassung zu bringen. »Ja, ich hatte die gleiche Erfahrung«, sagte er sehr gelassen.

Offensichtlich wollte er nicht in die Einzelheiten gehen. Aber Lisbeï war es wichtig herauszufinden, ob er wußte, was mit ihm los war.

»Du hast die *Schlimme Krankheit* erst spät bekommen?«

Er lächelte flüchtig, als wisse er ganz genau, worauf sie hinauswollte. Und das war auch schon der einzige Hinweis auf irgendeine Gefühlsregung. Es war sehr seltsam. Wenn Tula oder Selva ihre Gefühle verbergen wollten, hatten sie sich hinter der Spiegelwand verschanzt. Bei Kelys waren die ganze Zeit Gefühle präsent gewesen, aber Lisbeï wußte inzwischen, daß Kelys sie weitgehend steuern konnte. Toller hatte keine wahrnehmbare Schranke aufgebaut, er wirkte einfach so, als sei er gar nicht wirklich da. Soweit sie sich an ihre beiden Begegnungen mit Guiseïa erinnern konnte, war es da genauso gewesen.

»Du auch«, sagte er mit fast nachsichtigem Ton, als gestehe er ihr diesen Punkt zu. »Wie auch Antonë, Kelys und ein paar andere.«

Sie beschloß, andersherum zu fragen. »Kennst du sie schon lange?«

»Antonë hat ein paar Monate in Angresea verbracht. Kelys ist eine alte Freundin der Familie. Sie ist diejenige, die uns die Dinge erklärt hat, noch vor Antonë.«

Uns? »Dinge, die die Droge betreffen?«

»Auch Dinge, die die Droge betreffen.«

»Also gibt es da einen Zusammenhang?«

»Ja.«

Sie gingen weiter den Flur entlang. Guiseïa war wie Toller, das ›uns‹ mußte sich auf sie beziehen. Hatte Kelys in Bethely die Angreseas erwähnt? Lisbeï konnte sich nicht daran erinnern. War Kelys diejenige gewesen, die Selva zu dieser Allianz geraten hatte? Und war sich Antonë darüber im klaren, daß Kelys die Angreseas gut kannte? Auch die Ärztin hatte die

Angreseas niemals erwähnt. Aber ganz sicher hatte Antonë sich nie ausdrücklich auf den Zusammenhang von *Schlimmer Krankheit* und Mutation bezogen. Wußte sie von der speziellen Wirkung der Droge? Sie hatte nie getanzt... Ganz plötzlich schoß Lisbeï ein gräßlicher Gedanke durch den Kopf. Aber nein, bestimmt hatte man Tula gewarnt. Kelys hatte mit ihr für den Tanz geübt. Und da Kelys sich mit der Droge auskannte, hatte sie Tula bestimmt davon erzählt. Vielleicht war die Wirkung je nach Mutation unterschiedlich? Antonë war eine Variante, Tula eine andere, und auch Selva...

»Wie lange weißt du es schon?«

»Schon immer. Von der Droge noch nicht ganz so lange. Wir waren knapp zehn Jahre alt damals.«

Sie war schockiert: Das mußte gewesen sein, ehe sie geboren war. Toller wie Guiseïa waren jetzt dreiunddreißig. Hatten sie die Droge schon als Kinder ausprobiert?

Sie gab sich keine Mühe, ihre Überraschung zu verbergen.

»Wir waren sehr wagemutig«, reagierte Toller.

Daraufhin dachte sie an Tula. Plötzlich schienen ihre eigenen Anflüge von Wagemut ihr überaus zahm. Sie ging wortlos weiter.

»Ich frage mich, ob Antonë ihre Forschungen jetzt endlich veröffentlichen wird«, sagte Toller wie aus heiterem Himmel. Seine Gedanken waren offensichtlich in eine ganz andere Richtung gegangen.

»Welche Forschungen?«

»Über die *Schlimme Krankheit* und Veränderungen in den letzten hundert Jahren. Als Antonë uns das letztemal schrieb, hatte sie angefangen, beträchtliches Material zusammenzutragen. Meiner Meinung nach hat sie schon seit geraumer Zeit genügend Stoff zur Veröffentlichung. Aber sie hat es immer wieder hinausgeschoben, weil sie erst ganz sicher sein wollte...

Du kennst ja Antonë. Und dann kam die ENTSCHEIDUNG. Jetzt schreibt sie in ihren Briefen kaum noch von ihren Forschungen.«

In den beiden Briefen, die Antonë seit dem Ende ihres selbst auferlegten Schweigens an Lisbeï geschickt hatte, war die ENTSCHEIDUNG kein Thema gewesen. Antonë erzählte vor allem von den Ereignissen in Bethely und von ihren Erinnerungen an Wardenberg, wo sie Medizin studiert hatte. Antonë hatte ihr vorher nie geschrieben, aber Lisbeï spürte deutlich, daß das nicht mehr die Antonë aus der Zeit vor der ENTSCHEIDUNG war. Sie war mehr im Frieden mit sich selbst, so als sei sie von einer Last befreit. Antonë hatte auch Mooreï erwähnt. Mit Sympathie erwähnt. Wenn Lisbeï diese wenigen Bemerkungen mit denen von Mooreï verglich (das Gedächtnis hatte Lisbeï regelmäßig alle drei Monate geschrieben, seitdem sie aus Bethely fortgegangen war), war es ziemlich klar, wo Antonë zumindest einen Teil ihrer neuen Gelassenheit gefunden hatte.

»Antonë hat uns eigentlich nie von ihren Forschungen erzählt«, sagte Lisbeï. Sie gab das nicht gerne zu.

»Ich glaube, deine Mutter hatte eine ziemlich zwiespältige Haltung allem gegenüber, das mit Mutation zu tun hat«, sagte der Blaue so, als sei das eine allgemein bekannte Tatsache. Lisbeïs erster Impuls war Protest, aber sie war zu erstaunt. Wie konnte ihr das entgangen sein? Sie mußte ja nur daran denken, wie sie selbst im Hort behandelt worden war, als sie versucht hatte, von ihren besonderen Wahrnehmungsfähigkeiten zu erzählen. Wie mußte es erst für Selva gewesen sein, allein mit solchen Fähigkeiten und eine Generation früher (Loï war, wie Kelys sagte, nicht so wie Selva gewesen). Und mit einer Mutter, die in mehrfacher Hinsicht praktisch eine orthodoxe Judditin gewesen war. Es war immer noch seltsam, an

Selva irgendwie anders als an die Mutter oder die Capta zu denken. An Selva als *Person*. An Selva als kleines Mädchen oder Jugendliche mit ihrer Halbschwester Loï und ihrer Mutter, der schwierigen Cemmelia. Seltsam, Selva in dem Licht zu sehen, in das Tollers Worte sie stellten. Seltsam, zugeben zu müssen, daß Selva plausible Gründe für ihre Haltung hatte, und sich klarzumachen, daß sie noch viel schlimmer hätte sein können.

»Sie ist nicht die einzige«, fuhr Toller wie im Selbstgespräch fort. »Jedenfalls hat Maerlande dringendere Probleme …«

Lisbeï merkte, wie sie nachgab. Es regte sie auf, als sie sich klarmachte, daß sie sich auf dieselbe Strategie vorsichtigen Verschweigens einließ, die sie drei Jahre zuvor in Bethely mit so viel Aufsehen durchkreuzt hatte. Aber nein, das war nicht dasselbe … Warum? Weil sie jetzt viel persönlicher davon betroffen war? Weil sie selbst das war, was die Judditen eine ›Mißgeburt‹ nennen mochten? Ein ziemlich schwaches Argument. Immerhin hatte sie sich um des Notizbuches willen eine Lügnerin nennen lassen, eine Fälscherin, eine fremdgesteuerte Närrin. Was konnte sie persönlicher betreffen?

Vielleicht war es jetzt anders, weil es nicht nur um sie selbst ging? Da waren Tula und Antonë, Kelys, Selva, die beiden aus Angresea und wahrscheinlich noch eine ganze Reihe anderer … Aber in ihr gab es auch diese andere Lisbeï, die jetzt Zweifel anmeldete. Von Selva und Mooreï, Kelys und Antonë hatte man damals ähnlich Beleidigendes vermutet – wegen Lisbeï waren sie ähnlichen Vermutungen ausgesetzt gewesen.

Allerdings hatte sie seinerzeit nicht im Traum daran gedacht, daß sie mit ihrer Entdeckung Angriffe auf sich ziehen könnte. Sie war naiv gewesen.

Und war sie jetzt etwa welterfahren und weise?

Wenn ja, in welchem Licht waren dann ihre Handlungen vor drei Jahren zu sehen?

Sie war inzwischen erwachsen genug, um sich eine solche Frage zu stellen. Aber nicht reif genug, darauf eine zufriedenstellende Antwort zu finden. Plötzlich war ihr die Situation peinlich, aber glücklicherweise wechselte Toller das Thema.

»Wolltest du sonst noch etwas fragen?« Seine Stimme war freundlich, allerdings nicht frei von einem ironischen Unterton.

»Wurden in den Familien, in denen du deinen Dienst tatest, viele Kinder wie du geboren?«

Die Schärfe seiner Reaktion überraschte sie – Toller hielt seine Gefühle ja stets so im Zaum. Sein Gesicht wurde hart, und er blickte sie nicht an. Sie bemerkte, wie sich der Kiefer kurz anspannte, hörte die Kälte in seiner Stimme.

»Offensichtlich ist die Eigenschaft rezessiv. Aber ich kenne nicht alle meine Kinder.«

Also mußte auch Sygne es irgendwie gehabt haben, denn das Kind neulich … war es Gudrun oder Emelyne? Warum war er so böse? Die Blauen durften doch sicher über Kinder reden? Ging es darum, daß er vorzeitig zum Blauen geworden war? Konnte es sein, daß die Männer ihre Sterilität manchmal nur sehr schwer akzeptierten? Ihr fiel der Blaue aus Nevenici ein und die gelegentlichen Bemerkungen, die sie in Wardenberg über die religiös-dogmatischen Überzeugungen vieler blauer Männer gehört hatte: Über die Erlöser, die Diener Ellis … Aber Toller machte gar nicht den Eindruck, als sei er ein *Gläubiger*.

»Ich wollte dir nicht zu nahe treten«, murmelte sie verlegen.

»Das ist ganz normal. Du bist eine Frau und aus Litale.«

Sie starrte ihn sprachlos an. »Und weiter?«

»Und weiter ist es so, daß die Frauen ihre Kinder *kennen.* Bei Männern ist das nicht der Fall, ganz besonders nicht in Litale.«

Lisbeï brauchte ein bißchen Zeit, bis ihr klar wurde, daß sie den plötzlichen Ärger des Blauen mißverstanden hatte. Was ihm weh tat, war nicht seine Zeugungsunfähigkeit, sondern die Tatsache, daß er seine Kinder nicht *kannte.* Welch seltsame Vorstellung! Aber es war ihm ernst, wie sie merkte. Durch ihre Gedankenlosigkeit hatte sie seine Gefühle wirklich verletzt. Sie war noch nie auf die Idee gekommen, daß die Männer ihre Kinder gern kennen würden. ›Ihre Kinder.‹ Schon der Ausdruck war bizarr, und doch waren die Kinder in bestimmter Hinsicht auch die ihrigen. Aber sie kennen ... die Vorstellung war ... na ja, ein bißchen komisch, oder nicht? Sie hatte nie über diesen Aspekt nachgedacht, aber ein normal zeugungsfähiger Mann konnte in seiner Dienstzeit sicher ein paar Hundert Nachkommen zeugen. Während seiner zweijährigen Dienstzeit in Wardenberg mußte Toller selbst ... mindestens fünfzig, wenn nicht mehr Nachkommen gezeugt haben! Wenn er die alle kennen wollte ... ja, warum sollte er dann nicht auch gleich für alle sorgen wollen, wenn er schon mal dabei war!

Aber genau das tat er doch, als ich zur Residenz ging. Nach meinem anfänglichen Schock war mir zum Lachen zumute, als ich ihn dort mit Sygnes jüngstem Baby sah, den Löffel in der Hand. Wenn ich jetzt darüber nachdenke, war ich eher schockiert als belustigt. Ein Mann kann doch nicht ... Hüterin sein. So was wie männliche Hüterinnen – Hüter müsse das dann ja heißen, nehme ich an – gibt es ja gar nicht, und das ist nicht nur in Litale so. Er wirkte aber ganz geschickt dabei.

Und immerhin durften bei den Wettkämpfen vor fünf Jahren ja auch noch keine männlichen Grünen oder Blauen beim Taïtche mitmachen. (Vor 472 waren bei den Wett-

kämpfen nicht einmal weibliche Grüne aus Litale zugelassen!) Und vor hundert Jahren durften männliche Blaue auch nicht an der Feier Ellis teilnehmen. Nicht einmal in Wardenberg. Ich nehme an, die Dinge ändern sich.

Die Unterhaltung drehte sich eine ganze Weile um dieses Thema – ich meine nicht um Kinder, sondern um die Lage von Männern im allgemeinen. Insgesamt besteht sie ganz sicher aus einem Bündel von Widersprüchen. Wenn im Muster Ellis jedes menschliche Wesen gleich viel gilt, warum behandeln wir die Männer dann so, als seien sie… weniger wert? Daß wir sie nicht bei Dingen mitmachen lassen, die Angriffs- oder Verteidigungskünste umfassen, oder sie vom Streifendienst ausnehmen – na ja, das ist schon irgendwie verständlich. Aber warum sind sie nicht in der Versammlung vertreten?

Und dann die Schule. Wir sprachen über Dougall und seinen Wunsch, Nachrichtenübermittlerin – Nachrichtenübermittler müßte das ja eigentlich heißen – zu werden. Aber in Wirklichkeit sprach Toller über sich selbst. Er interessiert sich für Technik und ist offenbar sehr begabt auf diesem Gebiet. Sonst hätte die Schule ihn auch gar nicht als Tutor eingestellt. Aber ich glaube, wirklich gern wäre er ein Gedächtnis geworden. Dann hätte man ihn jedoch zur Versammlung zulassen müssen. Deshalb können Männer nicht als Gedächtnis dienen.

»Ein Wort, für das in Frangleï keine männliche Form nötig ist«, sagte er. Aber warum überhaupt männliche Formen benutzen? Auf hundert Menschen kommen ja doch nur drei Männer, und auch das ist bloße Statistik. In Wirklichkeit sind es normalerweise sogar noch weniger.

Tatsache ist, daß es einfach zu wenige Männer gibt. Aber das ist kein logisches Argument dafür, ihnen größeren Spielraum zu verweigern. Auch während der Herrschaft der Harems waren die Männer in der Minderheit. Damals jedoch waren es die Frauen, die wenig Macht hatten. Die Bienenstöcke kehrten hier wie auch bei vielen anderen Dingen das Unterste nach oben. Wenn wir an den

Bienenstöcken so viele dieser Verkehrungen ins Gegenteil kritisieren, warum dann nicht auch dies, das dem WORT *selbst widerspricht?*

Lisbeï schrieb an diesem Abend mehrere Seiten voll, die alle in dieselbe Kerbe hauten. Die Frage kam ihr jedesmal in den Sinn, wenn sie Toller in der Schule traf, wo er einen Monat lang als Tutor unterrichtete. Er riet ihr, einen Blick in die Archive von Wardenberg zu werfen. Einige der Haremsführer hatten ›sehr fortschrittliche‹ (Tollers Ausdruck) Meinungen zum Status ihrer Frauen geäußert, besonders derjenige, der Alicia in die Bergfestung aufgenommen hatte. Lisbeï hatte die Archive zu Rate gezogen, aber konnte diese ›sehr fortschrittlichen‹ Meinungen schwerlich teilen. Allerdings war Toller die einzige Person, mit der sie über solche Dinge sprechen konnte. Fraine machte sich von Tag zu Tag mehr Sorgen um ihre Schwangerschaft, und Livine war entsprechend nervös. Die anderen Mitglieder der üblichen Gruppe waren mehr denn je damit beschäftigt, sich auf die künftigen Entdeckungsreisen vorzubereiten. Selbst Dougall war fortgegangen. Natürlich gab es immer noch das Notizbuch, aber das war nicht dasselbe. Sie versuchte angestrengt, die Frage aus männlichem Blickwinkel zu betrachten, aber schaffte es einfach nicht. Es war zu schwierig. Allerdings war sie von dieser anderen Seite der Medaille viel zu fasziniert, um aufzugeben. Jetzt schon gar nicht, da sie doch gemerkt hatte, wie *merkwürdig* dieser Standpunkt war, merkwürdiger als alle anderen. Oder war Toller einfach ein besonders merkwürdiger Mann? Möglich.

Es liegt auf der Hand, daß man den kleinen Dougall nicht mit ihm vergleichen kann. Erstens ist er nicht in einer so fortschrittlichen Familie wie Angresea aufgewachsen. Zweitens ist er so viel jünger und völlig unerfahren. Natürlich muß ich zugeben, daß meine eigenen Erfahrungen mit Männern ziemlich begrenzt sind! Das Trio im Hort, Rico von Cartano, ein fast genauso kurzer Blick auf den jugendlichen Garrec, und dann war da noch der Blaue aus Nevenici …

Aleki!

Lisbeïs Federhalter blieb über dem Papier starr in der Luft stehen. Was wußte sie wirklich über Aleki von Felden?

Daß er brutal gewesen war. Zornig. Daß er Selva mindestens ebenso gehaßt hatte, wie sie ihn verabscheut hatte. Daß es ihm Spaß gemacht hatte, sie zu verletzen (und dann erinnerte sie sich: wie Gerd, während der Tage ihrer Patrouille).

Und daß Selva sich ihm unterworfen hatte.

Aber wie war es möglich, daß Männern in Maerlande ein solches Verhalten gestattet wurde?

Natürlich wurde es nicht gestattet. Andere Mütter waren nicht so stolz wie Selva, zögerten nicht, sich zu beschweren, wenn ein Mann sie während seines Dienstes mißhandelte. Solche Männer wurden bestraft. Tatsächlich hatte die Familie, in der Aleki nach Bethely gedient hatte, eine Beschwerde eingereicht. Es war nicht das erste Mal gewesen. Er war auf der Stelle sterilisiert worden. Auf der baltischen Versammlung war seine Familie öffentlich gerügt und gezwungen worden, der betreffenden Familie Schadensersatz zu leisten. Aleki war ohne das geringste Zeichen von Reue zur nächsten *Schlimmen Zone* aufgebrochen.

Lisbeï hatte das alles von Kelys erfahren, die ein paar Tage später wieder in Wardenberg aufgetaucht war. Nicht von Toller. Er mochte sie in der Nacht der Feier Ellis berührt haben, aber es fiel ihr im Traum nicht ein, mit einem Mann über etwas sprechen, worüber sie nicht einmal mit Tula hatte reden können. Außerdem konnte oder wollte sie sowieso keinen Zusammenhang zwischen den Ereignissen jener Nacht und der Erinnerung an Aleki und Selva sehen.

Was war schon groß passiert? Toller hatte sie

berührt, ja. Mit der Offenbarung seines Lichts hatte er ihr dabei geholfen, aus einer schwarzen, wirbelnden Hölle wieder aufzutauchen. Aber war sonst noch etwas passiert? Wenn sie das anfänglich geglaubt hatte, so bezweifelte sie es inzwischen. Je öfter sie Toller traf, desto größer wurden ihre Zweifel. Dafür sorgte sein stets lockerer Umgang mit ihr, vor allem aber seine konkrete Gegenwart. Vielleicht tröstete die Vorstellung, daß ein Mann aus Angresea sich mit ihr gepaart hatte, um Elli zu machen, sie einfach über etwas hinweg, kompensierte irgendein verborgenes, aber hartnäckiges Bedauern darüber, daß sie nicht Mutter von Bethely geworden war. Allerdings machte sie sich keine Minute lang irgend etwas vor. Jetzt war sie kein Kind mehr.

Kapitel 10

Lisbeï und ihre Freundinnen trafen sich nach der Schule gern in der ›Tanzenden Prinzessin‹. Der Wintergarten des Restaurants ging auf die Ebene Eins hinaus und bot Aussicht auf die bunten Dächer mit ihren verblichenen Ziegeln, die von der Terrasse stufenweise bis hinunter zu den nicht sichtbaren Werften reichten. Jenseits davon lag das je nach Jahreszeit graue, blaue oder grüne Meer. Bei schönem Wetter konnte man riesige dunkle Flecken erkennen: Dort erhob sich nahe unter der Wasseroberfläche das versunkene Land. Wenn nicht gerade Regentropfen die Fensterscheiben trübten, starrte ganz sicher irgend jemand aus der Gruppe auf das Meer hinaus und dachte laut über die verborgenen Schätze der Tiefe nach. Heute war es Livine.

»Unsinn. Das ist alles längst verrostet«, sagte Fraine mürrisch.

»Und es gibt dort U-U-Ungeheuer«, fügte Marcie mit einem langgedehnten Höhlenschrei hinzu.

»Ihr lacht vielleicht«, warf Bertia ein, »aber habt ihr den Delphin gesehen, den sie neulich herausgeholt haben? Die Zahnspuren?«

»Man könnte ja Armbrüste herstellen, die man unter Wasser benutzen kann.«

»Man kann bereits unter Wasser arbeiten«, ergänzte Livine. »Wir wissen, wie man Tauchanzüge herstellt. Das ist gar nicht so kompliziert.«

»Aber wie steht's mit Tiefseetauchen?«

»Wir würden gar nicht so tief tauchen müssen.«

»Es könnte zuviel schieflaufen.«

»Das könnte genauso in einer *Schlimmen Zone* passieren.«

»Da ertrinkt ihr bestimmt nicht so schnell oder kriegt den Tiefenrausch.«

»Ach, komm schon, Livine!« schrien mehrere Stimmen im Protest gegen ihren offensichtlichen Unernst.

»Wie steht's mit der Verseuchung?« fragte jemand. »Ja, und mit Mißbildungen?« ergänzte eine andere. »Und mit wilden Tieren. Bestimmt habt ihr doch die ausgestopften Tiere im Tiermuseum gesehen?«

»Und die Abtrünnigen«, sagte Fraine kurz darauf.

Es wurde einen Augenblick lang still. Dann nahm Marcie den Faden wieder auf. »Kurz gesagt: Nichts ist sicher, und alles wird immer schlimmer. Leider sind wir Entdeckerinnen und Restauratorinnen, Verdammte!« Auf diese komische Weissagung hin gab es Gelächter.

»Nicht alles wird gefährlicher«, bemerkte die vernünftige Bertia. »Tatsächlich sind die *Schlimmen Zonen* jetzt viel weniger verseucht als früher.«

»Und viel besser erforscht«, sagte Livine in ihrer sturen Art. »Deshalb müssen wir es mit dem Meer probieren.«

»Das tun wir doch. Die Westflotte ist nächstes Jahr bereit.«

»Ich meine die Unterwasserforschung! Der Festlandgürtel unter dem Meeresspiegel ist gar nicht so weit von uns entfernt.«

»Wir werden es tun«, sagte Kelys. »Aber vernünftiger ist es bestimmt, zuerst die Kontinente zu erforschen, oder nicht?« Wie üblich stellte ihre feste, melodiöse Stimme, die so selten laut wurde, die Ruhe wieder her. Oder doch beinahe.

»Und wenn wir diesen berühmten westlichen Erdteil erforscht und ihn mit Gemeinden bevölkert haben, was dann?« fragte Fraine.

Wie immer, wenn sie in streitlustiger Stimmung war, sprach sie mit gesenkten Blick und war offensichtlich völlig davon in Anspruch genommen, ihre Hände zu betrachten. Sie hatte ein Blatt ihrer Papiere aus der Schule vor sich auf den Tisch gelegt und zerriß es in kleine Fetzen.

»Selbst wenn sich die Phase der Fortpflanzungsfähigkeit wirklich verlängern sollte…«

»Sie verlängert sich. Die Schule hat Statistiken dazu, die jede einsehen kann.«

»Es wird einige Zeit dauern!« gab Marcie zu bedenken.

»*Falls* der Kontinent überhaupt bewohnbar ist.«

»Ein so großer Kontinent…«

»…mag tatsächlich auch nichts anderes sein als eine gigantische *Schlimme Zone*«, stellte Lisbeï fest.

Was zu einem Aufschrei von Protest führte. Und selbst Lisbeï glaubte das ja auch gar nicht. Trotzdem hatte sie es sich zum Prinzip gemacht, die Leute an alternative Möglichkeiten zu erinnern. Als sich der Tumult ein bißchen gelegt hatte, fuhr sie stur fort: »Es könnte eine *Schlimme Zone* mit einer Bevölkerung sein, die von unserer Ankunft dort nicht viel hält. Wer weiß, wie sie sich entwickelt hat?«

»Tja, das werden wir erst dann wissen, wenn wir dort sind«, sagte Livine und sprach damit aus, was alle dachten.

»Jedenfalls kein Grund zur Panik«, sagte Marcie und sah nach, ob noch Apfelwein im Krug war. »*Wir* werden damit beschäftigt sein, uns die Rücken krumm zu arbeiten, damit wir Wardenberg unsere Ausbildung zurückzahlen können. Wißt ihr, daß das jetzt durchschnittlich sechseinhalb Jahre dauert? Noch vor fünfzehn Jahren wurden nur fünf Jahre verlangt. Und die sechseinhalb gelten auch nur für die Captas, die einen Vertrag abschließen. Ich hab noch gar nicht ausgerechnet, was es für einfache Teammitglieder ausmacht. Es ist wirklich Zeit, daß wir was Neues zum Erforschen finden!«

»O, aber es ist doch noch längst nicht alles erforscht, oder, Lisbeï?«

Sie nahm das wissende Grinsen gelassen hin, aber Fraine eilte ihr gleich zu Hilfe. »Ganz bestimmt nicht – mit den Techniken, die im Augenblick zur Verfügung stehen!«

»Macht euch keine Sorgen«, fuhr Marcie hartnäckig fort. »Lisbeï wird durchs ganze Land ziehen, die ›Erzählungen der roten Katze‹ herumschwenken, und dann werden sich die Ausgrabungsstätten ganz von selbst auftun.«

Selbst Lisbeï mußte bei dieser Vorstellung lachen. »Marcie, deine Faulheit wird noch dein Ruin werden! Ich hab nie behauptet, daß man ohne Spaten auskommt. Nur, daß es Hinweise gibt, die noch nie beachtet wurden.«

»Du könntest ja noch mal versuchen, Cedryn davon zu überzeugen!«

Diesmal war Lisbeïs Lächeln leicht gezwungen. Das erste Jahr ihrer Feldforschung war irgendwie enttäuschend verlaufen. Sie hatte das Pech gehabt, Cedryn von Schuiten als Auszubildende zugeteilt zu werden. Cedryn war eine Restauratorin mit besonders wenig Phantasie, die alles buchstabengetreu erledigte, egal, ob sie die alten Landkarten nach vielversprechenden Ausgrabungsstätten untersuchte, das Gelände dazu erforschte, lokalisierte und analysierte oder alle paar Meter Gräben oder Bohrlöcher anlegen ließ. Cedryn hielt sich selbst für eine Fortschrittlerin, weil sie nur harte Fakten akzeptierte. Einige Wochen lang hatte Lisbeï versucht, Cedryn beizubringen, daß ihre Definition ›harter Fakten‹ möglicherweise recht eng gefaßt war. Es hatte keinen Zweck. Das erste Mal, daß Lisbeï vorgeschlagen hatte, ihre eigene Theorie tatsächlich auf eine Ausgrabungsstätte anzuwenden, war auch das letzte Mal gewesen. Es stand überhaupt nicht zur Debatte, daß eine von Cedryns Auszubildenden ihre Zeit auf diese Weise verschwenden durfte. Aber wozu war man denn eine Auszubildende, wenn man keine neuen Dinge ausprobieren durfte? »Wenn du eines schönen Tages deine eigene Expedition leitest, dann kannst du dich vergnügen, wie's dir paßt. Aber jetzt grab erst mal.«

Und doch war Lisbeï der festen Überzeugung, daß sie recht hatte. Sie hatte alle Unterlagen über die legendären unterirdischen Gänge in Bethely gesammelt, die sie selbst entdeckt hatte. Wie die Dokumente klar bewiesen, waren alle Hinweise dort bereits enthalten gewesen. Für die Entdeckung war nur jemand nötig gewesen, der sich die Mühe machte, sie richtig zu deuten. Kelys hatte Lisbeï jedoch ausgeredet, diese Arbeit bei der Schule einzureichen. Dahinter steckte ihre Überlegung, Lisbeï werde den Einwand nicht entkräften können, daß man die Hinweise im nachhinein, *nach* Erkenntnis der Tatsachen, ja leicht deuten konnte. Sie würde das Umgekehrte beweisen müssen. Aber nach ihrem Praktikum bei Cedryn war sie voll davon beansprucht, ihre Schulden an Wardenberg zurückzuzahlen. Konnte sie weitere Schulden riskieren, indem sie Expeditionen leitete, die keinen Gewinn versprachen, nur um ihre Theorie unter Beweis zu stellen? Da war es schon vernünftiger, sich dem Team einer anerkannten und erfolgreichen Restauratorin wie Kelys anzuschließen und sich an den Funden zu beteiligen. Sie hatte mit Kelys noch gar nicht darüber gesprochen, aber eigentlich sollte das ohne Probleme möglich sein.

Von Anfang an hatte Lisbeï beschlossen, Bethely nicht um Hilfe zu bitten. In jedem Fall hätte sie auch der Familie die Schulden zurückzahlen müssen, was auf dasselbe oder noch Schlimmeres hinauslief. Zumindest hatte Wardenberg ein Kreditsystem, das es ermöglichte, den Austausch irgendwie objektiver zu bewerten. Warum, im Namen der Vernunft, übernahm nicht ganz Maerlande dieses System? Aber die Judditen waren von jeher grundsätzlich dagegen gewesen, ebenso wie ein Großteil der Gläubigen und selbst einige Fortschrittlerinnen. Sie betrachteten das System als ein Erbe der Harems und die Wurzel allen Übels, und das Argument, daß Wardenberg doch offensichtlich ganz gut damit fuhr, zog bei ihnen überhaupt nicht. Aber Wardenberg zählte bei den Judditen ja sowieso nicht. Die anderen (und das schloß zu Lisbeïs Erstaunen und Bestürzung auch Kelys ein) argumentierten damit, daß ein gemeinsames Währungssystem einen irreversiblen Schritt zur Zentralisierung hin bedeuten würde. Dieser Schritt würde eine Bürokratie und, damit einhergehend, bestimmte Institutionen erfordern – und das war etwas, das Maerlande von Anfang an hatte vermeiden wollen. So hatte es ja nicht zuletzt an der Zentralisierung gelegen, daß Wardenberg während der Haremszeit so viel Macht gehabt hatte. (Weise, wie Wardenberg in dieser Sache wie auch in anderen Angelegenheiten war, hatte es nie darauf bestanden, daß das System irgendwo anders eingeführt wurde). Die anderen Möglichkeiten – eine Währung für jede Familie oder Provinz mit bestimmten Tauschkursen – waren so schwerfällig und hatten vergleichsweise so viele Nachteile, daß jeder Gedanke daran verschwendete Zeit war. Es reichte schon, daß man die Erblinien in den Büchern auseinanderhalten mußte! Das gegenwärtige Tauschsystem gründete sich auf Werte, die schon lange gültig waren. Alle hatten diese Werte am Ende ihrer Kindheitsjahre im Kopf, das System funktionierte ganz gut. Im Augenblick wurden die meisten Bedürfnisse der Familien damit abgedeckt. Und niemand würde das System nur deshalb ändern, um den radikalen Fortschrittlerinnen einen Gefallen zu tun. Lisbeï hielt sich selbst eigentlich nicht für eine radikale Fortschrittlerin und blieb normalerweise gelassen, wenn die Diskussion an diesen Punkt kam.

»Trotzdem wäre es den Versuch wert«, sagte Livine gedankenverloren. Sie sann immer noch über das Thema Sagen und die Hinweise, die darin enthalten sein mochten, nach. »Nur mal um zu sehen, ob es klappen würde.«

»Eine Expedition ohne bestimmtes Ziel?« wollte Bertia wissen.

»Ich würde es machen«, sagte Fraine trotzig.

»Ich auch.« Eine männliche Stimme, hinter Lisbeï. Sie drehte sich um.

»Hallo, Dougall!« sagte Livine und grinste.

Fraine stieß ihren Stuhl zurück und streckte den Arm aus, um einen Stuhl vom Nachbartisch herüberzuziehen. Dort saßen eine Blaue mittleren Alters und ein dickliches Mädchen in Grün, das etwa zwölf Jahre alt sein mochte. Beide trugen Reisekleidung. Ohne den Kopf zu wenden, hob die Blaue ihre Tasche vom Boden auf den Stuhl.

»Können wir diesen Stuhl haben?« fragte Fraine.

Jetzt legte auch die Grüne ihre Tasche auf den Stuhl und sah Fraine dabei direkt in die Augen.

»Sieh mal…«, begann die junge Rote. Ihre Stimme zitterte schon.

»Laß sein«, sagte Dougall. »Ich bleib stehen.«

»Nimm meinen Stuhl«, sagte Lisbeï, stand auf und drehte sich zu ihm. »Mir tut der Hintern eh schon weh.«

Dougall war immer noch etwas kleiner als sie, aber er war stämmiger geworden und hatte eine gesunde Hautfarbe. Er trug weite blaue Hosen und ein himmelblaues Hemd. Über eine Schulter hatte er eine Reisejacke geschwungen.

»Blau, Dougall?« fragte Fraine.

»Seit einem Monat ist es offiziell.« Er zögerte immer noch, aber Lisbeï schob ihren Stuhl in seine Richtung.

Die Blaue am Nachbartisch stand auf. Ihre junge Freundin tat es ihr nach. Sie nahmen ihre Taschen und stolzierten hinaus.

Fraine griff sich einen der jetzt freien Stühle und zog ihn mit lautem Gepolter an den Tisch. »Danke für den Stuhl«, rief sie mit scharfer Stimme den beiden nach.

Lisbeï starrte die beiden an, die nun den Rückzug angetreten hatten. Es war unglaublich. Eine solche Feindseligkeit Männern gegenüber hatte sie in Wardenberg noch nicht erlebt. Höfliche Gleichgültigkeit, das ja, schlimmstenfalls. Offene Feindseligkeit nie.

»Setz dich, Lisbeï«, sagte Fraine langsam und in gefährlichem Ton. Ihre Hände waren wieder damit beschäftigt, das Papier auf dem Tisch in kleine Fetzen zu zerreißen, sie zitterten leicht.

»Es ist mir egal«, sagte Dougall beinahe so, als sei es wahr. »Ich bin jetzt ein Blauer.«

»Hast du ihre Familienzeichen gesehen?« entrüstete sich Livine. »Die Grüne war jedenfalls aus Nevenici. Was machen Judditen wie die in Wardenberg?«

»In diesem Jahr nimmt eine große Delegation aus Litale an den Wettkämpfen während der Versammlung teil«, sagte Kelys gelassen. »Kommst du zurück zur Schule, Dougall?«

Er kommt allerdings nicht in unsere Gruppe zurück. Wir haben jetzt einen Vorsprung von zwei Jahren, aber er wird versuchen, das aufzuholen. Während seiner Dienstzeit ist er nicht untätig gewesen. Paradoxerweise wirkt er jetzt, wo er ein Blauer ist, viel selbstsicherer.

Lisbeï zögerte, aber entschied sich dafür, den Satz nicht durchzustreichen. Toller würde eine solche Bemerkung bestimmt nicht übelnehmen. Er selbst hatte in einem Brief geschrieben, es sei keine Katastrophe sondern eher eine Befreiung gewesen, zum Blauen zu werden. In diesem Stadium ihres Briefwechsels hatte das Lisbeï auch gar nicht weiter überrascht. Sie hatte inzwischen viel dazugelernt.

Nach einem Monat als Tutor hatte Toller Wardenberg verlassen. Sie hatte sich gewundert, als sie ein paar Wochen später einen kurzen Brief von ihm erhielt, in dem er ihr seine gegenwärtige Adresse mitteilte (in diesem ersten Jahr änderten sich seine Adressen ständig) und fragte, ob sie ihre ›geistige Reise ins Land der Männer‹ fortgesetzt habe. Eher erstaunt und belustigt als schockiert hatte Lisbeï sich zur Antwort entschlossen, und sie hatten sich seitdem in unregelmäßigen Abständen geschrieben. Bei jedem Brief Tollers dachte Lisbeï, es werde der letzte sein, aber schließlich tauchte immer wieder der nächste von irgendwo in Maerlande auf. Im zweiten Jahr trugen die Umschläge das Familienzeichen von Angresea. Oft enthielten sie Leselisten, im allgemeinen recht mottenzerfressene Titel, die man der Zeit des Zusammenbruchs zuschrieb, oder Werke aus den Archiven von Wardenberg, die aus der Zeit der hundertjährigen Isolation stammten – staubige Schinken, die fast niemand weiter beachtete. *Hast du beschlossen, meine Ausbildung zu übernehmen?* hatte sie an einem gewissen Punkt halbernst und ein bißchen verärgert geschrieben. Aber die Neugier brachte sie stets dazu nachzusehen, wovon die Bücher handelten. Sie las nicht alles, aber doch genug, daß sie ihre Arbeiten für die Schule hin und wieder unterbrach. Es war eine stets willkommene Abwechslung nach den langweiligen, erschöpfenden Berichten, auf denen Cedryn nach jeder kleinen praktischen Expedition bestand.

»Du brauchst das«, hatte Toller geantwortet. Der Blaue hatte Nerven! Aber auch wenn seine Briefe kurz waren, brachte er stets den einen oder anderen interessanten Punkt zu Papier. Oft waren es unbequeme Dinge, die Lisbeï, ob sie wollte oder nicht, einfach nicht leugnen konnte, wenn er sie erst einmal ausgesprochen hatte. Wenn sie die Dinge von seinem Standpunkt aus betrachtete, konnte sie sich seinen Argumenten nicht verschließen. Außerdem war es recht seltsam, einen Briefwechsel – selbst, wenn er nur sporadisch vorkam – mit einem Mann zu unterhalten, den sie letztendlich kaum kannte. Eine ganz besondere Rolle spielte dabei die Tatsache, daß er ein *Mann* war. Das hatte etwas erfreulich ... Ungewöhnliches. Dazu kam noch, daß er ihr manchmal Neuigkeiten aus Bethely mitteilte, aber aus ganz anderem Blickwinkel als Mooreï, Antonë ... oder Tula. Es war immer spannend, Bethely mit anderen Augen zu sehen und die Gesichtspunkte miteinander zu vergleichen: Es blieb Bethely und war doch ganz anders.

Tatsächlich vermittelten ihr die meisten Dinge, die Toller schrieb, eine neue Perspektive. Oft hatte sie das Gefühl, daß sie zwar von derselben Sache redeten, aber ganz unterschiedliche Aspekte hervorhoben. Was den Dienst betraf, zum Beispiel. Auch Frauen leisteten ihren Dienst, auch wenn sie ihn in der eigenen Familie leisteten. Außerdem waren es die Frauen, die die Kinder austragen mußten und daran sterben konnten, wie Fraine eines Tages bitter bemerkt hatte. (Solche Ausbrüche von Bitterkeit waren seit Ysandes Tod typisch für sie.) Und weibliche Grüne wurden als Adoptivtöchter zu anderen Familien geschickt. Lisbeï war längst nicht mehr schockiert, wenn sie Klagen über den Dienst hörte, schließlich war sie inzwischen schon mehr als vier Jahre, fast fünf Jahre in Wardenberg. Ihrer Meinung nach hatten die Männer auch nicht mehr Grund zur Klage als die roten Frauen.

Trotzdem hatte der Vorfall im Restaurant sie erschüttert. Das hatte nichts mehr mit Theorie, mit irgendeinem vermoderten Dokument zu tun. Zwar hatte sie Dougalls Emotionen nur vage spüren können, aber seine Reaktion war eindeutig gewesen. Genau wie die Reaktionen von Livine und Fraine, vor allem die von Fraine. Arme Fraine: Ihr wäre nichts lieber gewesen, als daß man sie auf der Stelle zur Blauen erklärt hätte. Aber die Tradition verdammte sie zu einem weiteren, letzten Versuch mit einer anderen Erblinie. Die Männer hingegen konnten schon nach ihrer ersten Dienstperiode zu Blauen erklärt werden. Manchmal schon nach einem Jahr, wenn die Besamungen kein Ergebnis zeitigten oder bei der Frau zu einer Schwangerschaft führten, die nicht normal verlief. Zumindest wurde das in Baltike und in der Bretanye so gehandhabt. Was das Verfahren bei Frauen betraf, wandelte sich Litale ganz allmählich, und sei es nur, weil den Roten die Qual nutzloser Schwangerschaften erspart werden sollte. Bethely war bei diesem Wandel die treibende Kraft gewesen. Selva hatte seit Loïs Tod die Frage in jeder Versammlung auf die Tagesordnung gebracht. Wer also hatte mehr Grund zur Klage?

Lisbeï kaute auf ihrem Federhalter herum (bald würde sie sich einen neuen besorgen müssen) und schrieb dann weiter. Sie erzählte von Dougall, wie er sich verändert hatte. *Er hat mir einige Stellen im Notiz-*

buch gezeigt, die er übersetzt hat. Fast immer ist er zu den gleichen Ergebnissen wie ich gekommen, außer bei Abschnitten, bei denen wir beide überhaupt nicht durchgeblickt haben. Aber an seinen Auslegungen ist was dran. Es ist so schade, daß er sie nicht selbst der Vereinigung vortragen kann.

Und warum nicht? antwortete Toller ein paar Wochen später. Aber Lisbeïs Kühnheit hatte ihre Grenzen. Es war schon gewagt genug, Dougalls Übersetzungen als ihre eigenen auszugeben und weiterzuleiten, wie sie es angeboten hatte. Ihre Interpretationen und Hypothesen wurden von der Vereinigung sowieso schon mit recht skeptischen Augen betrachtet, wann immer sie den Nerv hatte, sie bekanntzugeben! Selbstverständlich hatte ein männlicher Blauer jederzeit das Recht, das Notizbuch zu Rate zu ziehen und eine Übersetzung zu versuchen. »Zugang für alle«, hieß es in Antonës ENTSCHEIDUNG, und das schloß ganz offensichtlich auch Männer ein. Aber Männer konnten nicht Mitglied einer Forschungsvereinigung werden – genauer gesagt waren Männer in überhaupt keiner Vereinigung als Mitglieder zugelassen. Und das, obwohl viele Männer mehr oder weniger dieselbe Ausbildung hinter sich hatten wie Lisbeï. Eine Ausbildung, die Lisbeï dazu befähigt hatte, in der Schule mindestens ein Jahr zu überspringen. Welch offensichtlicher Unsinn, ihnen eine solche Ausbildung angedeihen zu lassen, wenn sie diese Ausbildung später als Blaue gar nicht nutzen konnten. Und im Fall eines Mannes wie Dougall (und auch Toller) war es eindeutig eine reine Vergeudung von Begabung.

Dieses ›Warum nicht?‹ klang ihr über die nächsten Monate unangenehm in den Ohren. Hartnäckiger denn je machte sich dieses ›Warum nicht?‹ bemerkbar, als das Verbandsorgan der Vereinigung es ablehnte, ihre Abhandlung über die im zweiten Notizbuchteil enthaltenen Versionen von drei Sagen abzudrucken. Die Redaktion tat das mit dem Kommentar ab: »Häufig nicht annehmbare Schlußfolgerungen, die auf fragwürdigen Interpretationen basieren.« Kelys, der sie diese Antwort empört zeigte, warf mit gespieltem Bedauern die Hände hoch.

»Lisbeï, ich bin nicht in der Redaktion.«

»Aber du hast die Vereinigung gegründet! Du bist Mitglied! Warum hast du zugelassen, daß diese alten Dummköpfe ernannt werden?«

Kelys zog entrüstet die Augenbrauen hoch, Lisbeï wurde rot. Sie alle waren anerkannte Forscherinnen. Alt, aber anerkannt. Anerkannt aufgrund der Leistungen, die sie vor ziemlich langer Zeit erbracht hatten, aber dennoch anerkannt. »Du mußt doch zugeben, daß die Ergebnisse seit ihrer Ernennung ziemlich enttäuschend ausgefallen sind. Die Vereinigung bringt praktisch nichts von Bedeutung heraus – nur eine Menge erbsenzählerischer Untersuchungen über diese oder jene linguistische Variante. Aber was den *Inhalt* des Notizbuches betrifft… Ist es das, was ihr, du und Carmela, euch vorgestellt habt, als ihr die Vereinigung ins Leben gerufen habt? Ganz sicher nicht!«

Kelys musterte Lisbeï, ohne etwas zu sagen. Innerlich bebte sie vor Belustigung, wie ihre Aura verriet. Sie waren in dem riesigen Zimmer, das Kelys auf der Durchreise in der Residenz zugeteilt worden war. Lisbeï ging noch einmal mit großen Schritten auf und ab und ließ sich dann resigniert in den Sessel fallen. »Du hast ja recht, Geduld ist nicht meine Stärke. Und einige meiner Schlußfolgerungen sind – zugegeben – gewagt. Aber schließlich ist *Denken* nicht verboten, oder?«

»Allerdings empfiehlt es sich nicht, bei solchen Dingen voreilig zu denken«, sagte Kelys.

»Voreilig! Du hast die Abhandlung doch gelesen! Hättest du sie denn nicht abgedruckt?«

»Doch, hätte ich. Aber…«

»Aber du bist nicht die Redaktion. Ja, weiß ich.«

»Es hindert dich ja nichts und niemand daran, das irgendwo anders zu veröffentlichen, Lisbeï«, stellte Kelys fest und erwischte Lisbeï damit auf dem falschen Fuß.

»Ach ja, wirklich? Wo denn? Die *Mitteilungen der Restauratorinnen* würden es nicht nehmen: Erstens bin ich noch kein offizielles Mitglied, und zweitens liegt es sowieso nicht auf ihrer Linie.«

»Ein Versuch kann ja nicht schaden. Wie steht's denn mit den *Mitteilungen der Entdeckerinnen?* Oder gib doch eine eigene Zeitschrift heraus, die *Tribüne der unabhängigen Haldistas* – wie wär's damit? Du bist ja nicht die einzige, deren Artikel abgelehnt werden. Du könntest sogar Dougall bitten, Artikel beizusteuern.«

Kelys amüsierte sich zweifellos prächtig.

»Ja. Warum nicht?« sagte Lisbeï.

Aber erst einmal wartete sie ab, bis auch die *Mitteilungen der Entdeckerinnen* ihren Artikel abgelehnt hatten.

KAPITEL 11

Eines Tages begegnete Lisbeï ihrem Vater, aber so nannte sie ihn nicht. Selbst in Wardenberg gab es ein solches Wort nicht. Es existierte nur noch in den ältesten Überbleibseln aus der Haremszeit, die den Rachefeldzügen der Bienenstöcke entgangen waren, und in Dokumenten aus der Zeit des Zusammenbruchs. In Wirklichkeit gab Lisbeï dem Mann gar keinen Namen, selbst in ihrem Tagebuch nicht. Auf allen Seiten, die sich auf das Erlebnis beziehen, heißt es einfach ›er‹. Eines Tages begegnete Lisbeï… ihrem Erzeuger. Selvas erstem Ex-Mann, der seit vielen Jahren überhaupt ein Ex-Mann war. Punktum. Er war ein Blauer in den Fünfzigern, ziemlich klein, mit breitem Rücken, einem großen, frischen Gesicht und braunem Haar, das bereits grau und dünn wurde. Sie wäre ihm nie begegnet, wenn er nicht nach ihr gesucht hätte. Zumindest hatte er einen Blick auf sie werfen wollen. Es geschah bei einem der umstrittenen Vorträge, die die ›Unabhängigen Haldistas‹ gegen Ende der Wintra 495 in Wardenberg veranstalteten. Er saß in der ersten Reihe, ein unauffälliger Mann, der zunächst auch gar nicht weiter beachtet wurde, ein Blauer eben. Sie merkte, wie er sie während des ganzen Vortrags anstarrte. Hin und wieder sah er schockiert aus, aber öfter noch skeptisch, belustigt, ein bißchen nachsichtig. Als der Vortrag beendet war, blieb er zur anschließenden Diskussion, aber er beteiligte sich nicht daran. Weiterhin beobachtete er sie, mit genau demselben Gesichtsausdruck wie zuvor. Er schien neugierig zu erfahren, wie sie mit der manchmal heftigen Kritik umgehen werde, die einige Leute aus dem Publikum an ihren Vergleichen zwischen verschiedenen Fassungen des WORTES äußerten. Beispielsweise hatte sie die Version Halleras mit der Version nach der ENTSCHEIDUNG von Karillie verglichen. Eine ihrer vorläufigen Schlußfolgerungen wurde allgemein skeptisch aufgenommen: In ihrer Version des WORTES wie auch in ihren Briefen und allem, was sie sonst noch schriftlich niedergelegt habe, beziehe sich Hallera allzu sehr auf Elemente aus der Haremszeit, hatte Lisbeï gesagt. Sie gehe sogar bis zur Zeit des Zusammenbruchs zurück, aber vernachlässige Elemente aus der Zeit der Bienenstöcke. Eine eingehende sprachwissenschaftliche Analyse offenbare, daß sich hinter Halleras slawischer Sprache – und hinter dem Alt-Litali ihrer Tochter Ariane – Ausdrücke und ein Satzbau verbargen, die ganz eindeutig typisch für das Alt-Frangleï seien, wie es damals in Baltike gesprochen wurde. Und der Vergleich enthülle noch andere merkwürdige Einzelheiten: Anscheinend sei die Technik der künstlichen Besamung in Litale (und vor allem in Bethely) erstmals kurz vor Ende der Bienenstockzeit aufgetaucht. Diese Technik sei ursprünglich in Wardenberg wieder entdeckt und genutzt worden. Alicia sei mit einem Friedensangebot nach Wardenberg gereist. Habe Ariane möglicherweise im Auftrag Wardenbergs gehandelt? Oder, wer weiß, vielleicht sogar Hallera selbst?

Diese letzten Hypothesen wurden vom Publikum, vor allem dem Wardenberger Publikum, noch kühler aufgenommen.

Der seltsame Blaue hörte der Diskussion jedoch schweigend zu. Dann und wann schüttelte er mit leicht ungläubigem Ausdruck den Kopf, wenn die Debatte zum Wettstreit ausartete, wer lauter brüllen konnte. Als sich der Saal allmählich leerte, wollte er ohne ein Wort gehen. Aber Lisbeï, wie üblich nach solchen Diskussionen höchst gereizt, fragte ihn plötzlich, was er denn eigentlich von all dem halte. Sie stand so nah bei ihm, daß die Frage eindeutig ihm galt, wie er merken mußte. Er zeigte Überraschung, daß er überhaupt nach irgendeiner Meinung gefragt wurde.

»Ich weiß es nicht«, sagte er.

»Was heißt, ›du weißt es nicht‹?« ereiferte sich Dougall mit einem Lächeln. Auch ihn regten diese Vorträge an und auf. »Hast du keine eigene Meinung?«

»Ich bin einfach nur zum Zusehen gekommen«, antwortete der Blaue leicht verlegen, weil man gerade ihm so viel Beachtung schenkte. Nur Lisbeïs engste Freundinnen und Freunde waren dageblieben: Fraine, die zusammen mit Marcie und Bertia Stühle stapelte, Livine, die die schriftlichen Unterlagen einsammelte, und Dougall, der jetzt verärgert fragte:

»Zusehen? Wobei?« Seit Beginn der Vortragsreihe hatte jedesmal und unvermeidlich mindestens ein Zuhörer oder eine Zuhörerin dagegen protestiert, daß sich ein männlicher Blauer um Dinge kümmere, die ihn nichts angingen. Diesmal waren es zwei männliche Rote gewesen.

Der seltsame Mann deutete mit seinem Kinn in Lisbeïs Richtung.

»Der berühmten Lisbeï von Bethely?« fragte Lisbeï sarkastisch. Anscheinend war niemand bereit, ihre Rolle bei der Entdeckung des Notizbuches zu vergessen. Egal, ob man ihr dazu gratulierte, oder, was häufiger vorkam, die Art und Weise kritisierte, wie sie seine Existenz an die Öffentlichkeit gebracht hatte.

»Lisbeï von Bethely-Callenbasch«, sagte der Blaue und fügte in fast entschuldigendem Ton hinzu: »Ich bin Erne von Callenbasch.«

Zuerst verstand Lisbeï gar nichts. Als sie den Namen erkannte, war ihr erster Impuls, in Gelächter auszubrechen. Die trübe Aura um den Blauen bebte und zeigte, daß sie seine Gefühle irgendwie verletzt hatte. Lisbeï bemühte sich um eine ernste Miene. »Verzeih mir. Ich bin nur so furchtbar überrascht.«

Was sollte ich tun? Was sagen? Irgend etwas Besonderes? Ich ließ es einfach zu, daß er mich weiter musterte und sagte dann: »In Ordnung, jetzt hast du mich gesehen und kannst also gehen, oder?« Und dann dachte ich an Toller und das, was Kelys mir erzählt hatte: wie sehr ihm seine Kinder am Herzen lagen. Vor allem die Jüngste, Emelyne, das letzte Kind, das er gezeugt hatte. Irgendwie war ich ja das letzte Kind oder eines der letzten Kinder, die dieser seltsame Blaue gezeugt hatte. Denn gleich nach seinem Dienst in Bethely war er zum Blauen erklärt worden. Ich bat ihn, einen Augenblick Platz zu nehmen. Die anderen hatten sich diskret zurückgezogen, es war fast schon komisch. »Lebst du in Wardenberg?« fragte ich ihn. Nein, er war nur auf der Durchreise. »Wohnst du in Callenbasch?«

Ja, die meiste Zeit über. Irgendwie mangelte es an Themen. Aber er sah nicht dumm aus. Ich brauchte ihn wirklich nicht so von oben herab behandeln. »Du wolltest mich also sehen?« fragte ich. »Ja«, antwortete er einfach. »Ich habe nicht viele berühmte Kinder gezeugt.« Er lächelte ein bißchen schüchtern. Insgesamt wirkte er sehr nett. Ich bat ihn, uns zum Abendessen zu begleiten – zumindest Dougall würde sich freuen, wenn er die Einladung annahm. Der Blaue überraschte mich: Er nahm an.

Sie gingen zu Fraine. Nachdem sie gegen Ende der Wintra endlich eine Blaue geworden war, hatte Fraine ihre eigene Wohnung auf Ebene Zwei: Ihr Apartment war zum Versammlungsort der ›Unabhängigen Haldistas‹ von Wardenberg geworden. Aber Livine war die Köchin. »Wenn ich kochen würde, müßten wir verhungern!« – später, während Lisbeïs Expedition, war das Fraines ständiger Witz.

Während des Essens beobachtete Lisbeï heimlich den Blauen. Alle ihre Sinne waren auf Empfang geschaltet, aber in dieser Hinsicht war er völlig durchschnittlich. Sie nahm bei ihm nicht mehr wahr als bei Livine oder Dougall – nicht mehr und nicht weniger.

»Eine rezessive Eigenschaft tritt nur dann wieder auf, wenn das vorhandene Gen entsprechend aktiviert wird. Aber wenn man bedenkt, wie intensiv diese Eigenschaft bei mir ›aufgetaucht‹ ist, hätte es nahegelegen, daß schon mein Erzeuger ein aktiver Mutant ist. Anscheinend verdanke ich mich vor allem Selva.

Was für eine blöde Vorstellung! Der Anteil besteht aus zwei gleichen Hälften ...«

Dennoch wußte sie, wie zufrieden sie gewesen war, als sie dies niedergeschrieben hatte. Nachdem sie einen Augenblick nachgedacht hatte, mußte Lisbeï sich mit Nachsicht eingestehen, daß Kindheitsphantasien schwer totzukriegen sind. Um sich selbst daran zu erinnern, fügte sie hinzu: *Nein, Lisbeï, in Wirklichkeit machen die Frauen die Kinder nicht ganz alleine.*

Selva hatte sie mit diesem harmlosen Blauen gezeugt. Er war ihr erster Mann gewesen. Er mußte … warte mal, in den Dreißigern gewesen sein. Ein Roter am Ende seiner Dienstzeit und offensichtlich erstaunt, daß er zur Zeugung eines solchen Kindes wie Lisbeï beigetragen hatte.

»Ich brauchte jedesmal Agvite, wenn ich zu ihr ging«, erzählte er ihr schließlich. Oder sich selbst. Es war sehr spät und der Zirfell reichlich geflossen. Marcie und Bertia versuchten sich an die Worte irgendeines unanständigen Liedes aus Haremstagen zu erinnern. Dougall schlief, er hatte sich auf dem Plüschteppich aus Bethely zusammengerollt, den Lisbeï Fraine geschenkt hatte. Livine döste, ihr Kopf lag auf Fraines Knien. Und Fraine hatte beschlossen, den Zirfell vollends niederzumachen.

Lisbeï und der Blaue fanden sich auf den Kissen der breiten Fensterbank wieder, hoch über Ebene Eins mit ihren matt glänzenden Dächern. Der Halbmond verblaßte fast schon. Hatte sie ihn ausgefragt? Sie konnte sich nicht daran erinnern. Wahrscheinlich nicht. Aber er hatte angefangen, in Erinnerungen zu schwelgen. Vielleicht lag es daran, daß er wie die meisten Menschen, die sich Lisbeï anvertrauten, ihr Interesse spürte. Daß sie Interesse hatte, streitet sie nicht ab. Und er hatte eine Menge getrunken.

Er hat Glück, daß Agvite keine Droge ist, die wirklich abhängig macht! Er nahm gewöhnlich so viel, daß er sich beim Aufwachen in seinem Schlafzimmer nicht erinnern konnte, was passiert war. »Wirklich schade, denke ich, denn beim Frühstück am nächsten Morgen in ihren Räumen war Selva sehr freundlich.« (In jenen Tagen hatte Selva mit ihren Männern gefrühstückt? – Allein die Vorstellung!) »Ich war eigentlich sehr verlegen«, fuhr er fort, »weil ich mich an nichts erinnern konnte. Das Problem war, daß sie reden wollte.« (Worüber in Ellis Namen?! Das sagte er nicht). »Und ich bin nie sehr gesprächig gewesen.«

(Dann ist das mit dem Alter besser geworden!) *»Damals hatte ich es gründlich satt, ein Roter zu sein.*

Ich hielt es nicht mehr oder kaum noch aus. Wenn nicht das Agvite gewesen wär, hätte ich es mit Selva nie geschafft. Allmählich ging es so weit, daß ich wegrennen wollte, wenn ich nur eine Rote sah.« (Na ja, immerhin war er nicht dazu gezwungen worden, mit jeder passenden Roten Elli zu machen, wie es in der Zeit der Bienenstöcke noch üblich war!)

Bei diesem Abschnitt merkte Lisbeï, wie oft sie Randbemerkungen hinschrieb. Das sah ihr gar nicht ähnlich! Eigentlich versuchte sie doch immer, Unterhaltungen so objektiv wie möglich wiederzugeben. Und ihre Randbemerkungen waren eindeutig nicht objektiv. Zugegeben, der Blaue hatte sie mit seinem Gejammer gereizt. Oder war das, was sie wahrgenommen hatte, nur ein Gebettel um Mitgefühl gewesen?

Kurz gesagt: Wenn man ihm glauben kann, hätte ich mit ein wenig Glück auch Tula werden können.

Lisbeï schaute leicht überrascht an, was sie da gerade geschrieben hatte. *Oder ich hätte überhaupt nicht existiert,* fügte sie dann hinzu, *wenn es dieser ausgelaugte alte Rote nicht geschafft hätte, sich irgendwie Agvite zu beschaffen. Eigentlich darf man es doch nur bei der Feier Ellis trinken. Woher hatte er Agvite?*

»Von Kelys«, war die überraschende Antwort gewesen. »Von dieser großen schwarzen Frau, ich glaube, sie heißt Kelys. Sie durchschaute die Situation. Sehr verständnisvoll für eine Frau. Natürlich, sie war ja auch eine Blaue, manchmal hilft das. Du siehst also…«, hatte er mit betrunkenem Lachen und halbem Schluckauf gesagt, »ohne Kelys wärst du vielleicht gar nicht hier.«

Kelys sollte in zwei Tagen in Wardenberg ankommen. Aber Lisbeï hatte keine Gelegenheit, sie über Erne von Callenbasch auszufragen, Kelys tauchte nämlich überhaupt nicht auf. Statt dessen kam ein paar Tage später eine kurze Nachricht, in der Kelys Lisbeï mitteilte, in den Maestera-Archiven von Escarra sei ein Rundschreiben entdeckt worden – eines der berühmten Rundschreiben aus Bethelys Haremszeit. Darin wurde offiziell die Gefangennahme und Hinrichtung von Garde und ihren Gefährtinnen publik gemacht. Selbstverständlich mußte Kelys sich das ansehen. In der folgenden Woche schloß Lisbeï ihre Vortragsreihe endlich ab und gönnte sich ein paar Tage, die sie ganz dem Notizbuch widmete. Dabei stieß sie auf den Abschnitt, in dem ›Neopsylocin‹ und andere Hinweise erwähnt wurden, die zu ihrem späteren Fund von Belmont führen sollten. Sie hatte Besseres zu tun, als sich die halbbetrunkenen Vertraulichkeiten eines fremden Blauen ins Gedächtnis zu rufen – eines Mannes, den sie nie und nimmer ›Vater‹ genannt, selbst wenn sie einen solchen Ausdruck gekannt hätte.

KAPITEL 12

Es war Coralle gewesen, eine junge Blaue aus Baïanque, die als erste auf eine Bemerkung über die Rundschreiben gestoßen war. Dabei hatte sie in den Wardenberger Archiven etwas ganz anderes gesucht. Ironie des Schicksals: Sie war nicht einmal eine Haldista!

Der Hinweis tauchte in einem Bündel zerfledderter Papiere auf, einem Briefwechsel zwischen Wardenberg und dem Harem von Kilermere, der jenseits der Meeresenge lag. Wo, fragte Kilermere, blieben die Plakate, die Wardenberg hätte drucken und verteilen sollen? Leider war der Brief fast zerschlissen und das Datum unleserlich. Dennoch konnte man ihn mit Hilfe des restlichen Bündels zeitlich zuordnen: Der

Brief mußte während der Haremsherrschaft, in der Zeit zwischen 140 und 145 geschrieben worden sein. Aus dem Brief ging hervor, daß Bethely mehrere Hundert eines Plakates in Auftrag gegeben hatte, das ein Foto Gardes nach ihrer Hinrichtung zeigte und die Namen der Gefährtinnen nannte, die man lebendig eingemauert hatte. Kilermere hatte auf ein Rundschreiben reagiert, das an alle Harems gegangen war. Das Plakat, so hatte das Schreiben empfohlen, sei einzusetzen, um ein für allemal die hartnäckigen Gerüchte aus der Welt zu schaffen, die Rebellin sei auferstanden.

Coralle beschäftigte sich gerade mit einem ziemlich langweiligen Forschungsprojekt: Sie untersuchte die Art der Lebensmittel, die man gegen Ende der Haremszeit konsumiert hatte. Da das Material über den örtlichen Harem nicht genügend hergab, kam ihr die Idee, den Briefwechsel zwischen Wardenberg und seinen Nachbarn zu durchforsten, der irgend etwas darüber enthalten mochte. Schließlich war die Ernährung immer schon ein wichtiges Wardenberger Gesprächsthema gewesen, und während Wardenbergs Isolation hatten Unterhaltungen übers Essen manische Formen angenommen.

Aber anstelle von Kommentaren zur Fischqualität in der Meerenge fand Coralle den Hinweis auf den Rundbrief. In diesem Fall hatte Elli wirklich mehr Humor als Anstand bewiesen, mußte Lisbeï bei sich denken. Fische – also wirklich! Coralle hatte keine blasse Ahnung davon, wie wichtig ihr Fund war. Sie ging so in ihrer eigenen Forschung auf, daß sie den Brief einfach dem Stoß ihrer Karteikarten hinzufügte. Erst später erwähnte Coralle den Brief gegenüber einer Studentin, die an einer historischen Untersuchung über die Wardenberger Druckereien arbeitete. Glücklicherweise war die Freundin ehrlich und gab die Entdeckung fairerweise nicht als ihre eigene aus.

Jetzt ging in Wardenberg die hektische Suche nach dem Plakat los. Mit Sicherheit hatten die Bienenstöcke jede Kopie zerstört, die sie gefunden hatten. Aber wenn es überhaupt noch einen Abzug gab, dann in Wardenberg. Es reichte ja schon, wenn man wenigstens den Rundbrief ausfindig machen könnte! Das wäre der erste und unwiderlegbare Beweis für Haldes Testament. Oder doch zumindest die Bestätigung dafür, daß die erste Garde wirklich gelebt hatte. Wenn nichts sonst, so würde es doch wenigstens belegen, daß Garde vom Harem Bethely hingerichtet worden war.

Und jetzt war sie da: eine Kopie des Rundbriefes, die man nicht in Wardenberg, sondern in den Tiefen Escarras aufgestöbert hatte! Diesmal hatte Elli ihre Hand nicht so deutlich im Spiel gehabt. Das Gedächtnis von Maestera, eine von Kelys' ältesten Schulkameradinnen, hatte wirklich nach dem Dokument gesucht. Seit Coralles Entdeckung, die anderthalb Jahre zurücklag, hatte sie ihr Archiv systematisch durchkämmt und sich alles Material vorgenommen, das aus der Zeit vor den Bienenstöcken oder aus deren Frühzeit stammen mochte. In diesem Fall hatte sich die blinde und unablässige Geduld wirklich einmal gelohnt – eine Ausnahme, die ganz und gar nicht die Regel bestätigte, wie Lisbeï bei sich dachte. Immer noch hielt Lisbeï stur daran fest, der eigenen Intuition zu folgen.

Weil sie der Intuition vertraute – ihr Vertrauen war vor sechzehn Jahren im Westturmhort entstanden und durch ihre Entdeckung des unterirdischen Gangs buchstäblich untermauert worden –, vertraute Lisbeï auch ohne jede Vorbehalte dem Notizbuch. Besser gesagt: der unbekannten Verfasserin des zweiten Teils. ›Die-Garde-gewesen-sein-mag‹ nannte Lisbeï sie bei sich selbst. Nach Lisbeïs Verständnis enthielt ihr Text einen Hinweis darauf, daß sich eine Ausgrabung in

Belmont lohnen könnte. Und die Ausgrabungsstätte müßte ein großes Gebiet umfassen. Anscheinend war das ›Neopsylocin‹, das im Notizbuch im Zusammenhang mit der Droge der Harems erwähnt wurde, in der letzten Phase des Zusammenbruchs ›in Bellemont‹ hergestellt worden. In Alt-Frangleï hieß die Präposition ›in‹ zweifellos so viel wie ›innen drin‹. Und wenn man an die Manie dachte, mit der man in der Zeit des Zusammenbruchs alles eingebuddelt hatte, *mußte* es einfach *unterhalb der Erdoberfläche* bedeuten.

Woher kannte diese Verfasserin eine solche, ganz offensichtlich wissenschaftliche Bezeichnung wie ›Neopsylocin‹? Woher wußte sie, an welchem Ort es während der Zeit des Zusammenbruchs hergestellt worden war? Insbesondere, wenn man die letzten Seiten des zweiten Teils berücksichtigte, mußte sie achtzig Jahre vor dem Abtritt der Harems geschrieben haben. Aber das störte Lisbeï nicht weiter. So wie sie auch die Tatsache beiseite fegte, daß Belmont – ganz zu schweigen von seinen *Schlimmen Zonen* – eines der Gebiete war, das man seit Maerlandes Anfängen am gründlichsten durchpflügt hatte. Es mußte dort einen Ort geben, der die Ausgrabung lohnte. Und wenn ihn noch niemand gefunden hatte, hieß das nur, daß er tiefer als alles übrige liegen mußte. Vor allem aber hieß es, daß noch kein Mensch daran gedacht hatte, danach zu suchen.

»Und was hast du vor? Willst du das ganze Gebiet von Belmont mit Spaten und Spitzhacke aufgraben, hundert Meter tief oder mehr?« Marcie hatte eindeutig Bedenken. Selbst Livine und Fraine zerbrachen sich den Kopf, Dougall allerdings zeigte Interesse. Aber Dougall war sowieso an allem interessiert, was Lisbeï sagte, dachte oder tat. Als Lisbeï jedoch offenbarte, was sie für ihr entscheidendes Argument hielt, stieß sie bei keinem von ihnen auf die erhoffte Begeisterung.

»O nein, nicht schon wieder eine Sage!« seufzte Marcie und hob ihre Augen gen Himmel.

»Sagen, im Plural«, stellte Lisbeï richtig. »Laß es mich wenigstens erklären!«

»Mach weiter«, sagte Dougall.

Die anderen gaben seufzend Ruhe. Sie hatten es sich am Tisch in Fraines Wohnung bequem gemacht. Mit weiteren Seufzern reagierten sie, als sie merkten, daß die drei Sagen, um die es hier ging, aus dem Notizbuch stammten. (Augenscheinlich waren die Sagen Teil einer Erzählungsreihe, die Ähnlichkeit mit dem Pimpernella-Zyklus hatte). Während sie zuhörten, wie Lisbeï bei einer Sage nach der anderen verschiedene Örtlichkeiten aufzählte, schüttelten sie traurig den Kopf.

Allerdings setzten sie sich aufrecht und aufmerksam hin – als erster Dougall –, als Lisbeï in die Details ging und die unterschiedlichen Fassungen der Sagen, die in Belmont kursierten, miteinander verglich.

»Übereinstimmungen in zwölf Punkten?« wollte Dougall wissen. Er sah sich die Liste an. »Bist du sicher? Bei mindestens fünf Bezeichnungen weicht die Schreibweise voneinander ab.«

Mit diesem Einwand hatte Lisbeï jedoch gerechnet. Sie verglich weitere Ortsnamen miteinander: zwanzig, dreiundzwanzig Übereinstimmungen, wenn man den Vergleich ein bißchen weiter faßte.

»In Ordnung. Pimpernellas wichtigstes Versteck liegt in zwanzig Fällen am Fuße eins hutförmigen Hügels, eines kappenförmigen Hügels oder eines Hügels, der aussieht wie eine Schlange, die einen Elefanten verschluckt hat«, stellte die immer noch skeptische Bertia fest. »Und was ist ein Elefant?«

»Etwas, das wie ein Hut aussieht«, antwortete Marcie und kicherte hilflos.

»Seid doch mal ernst. Was für eine Art Hut oder Kappe?« fragte die vernünftige Livine. »Heute gibt es

Dutzende von Formen, und damals muß es genauso gewesen sein.«

Lisbeï zog Blätter heraus, auf die sie verschiedene Hut- und Kappenformen gezeichnet hatte, Formen, die aus den frühen Haremstagen überliefert waren. Außerdem waren darauf auch einige wenige Formen zu sehen, die vermutlich aus der Zeit des Zusammenbruchs stammten. Marcie kreischte vor Lachen, als sie die Blätter in jede nur mögliche Richtung drehte. »Ein Hügel in Form einer Schale mit Früchten?«

»Die Form unterhalb der Früchte«, sagte Lisbeï und zwang sich zur Geduld.

»In Form eines leeren Tellers«, sagte Marcie und versuchte, ernst zu bleiben. »Ein Hügel mit einer Vertiefung an der Spitze?«

»Nein«, sagte Fraine. »Wie eine Schlange, die etwas verschluckt hat. Die Form muß gewöhnlicher sein, so wie diese, zum Beispiel.« Sie deutete mit dem Finger auf einen Hut, der die Form eines Ofenrohres hatte.

»Du meinst eine Hochebene? In Belmont gibt's keine«, stellte Dougall fest.

»Vielleicht kommen wir eher drauf, wenn wir wissen, was ein Elefant ist«, sagte Bertia. »Ist das ein Gegenstand, eine Frucht, ein Tier?«

»Es muß ein kleines Tier sein«, sagte Lisbeï. »Schlangen sind keine Vegetarierinnen.«

»Aber wer weiß, wie groß die Schlangen in der Zeit des Zusammenbruchs gewesen sind oder was sie gefressen haben?« flüsterte Marcie geheimnisvoll.

»Hör endlich damit auf, Marcie«, schimpfte Fraine. »Wir müssen uns die Tiere vornehmen, die in der Zeit des Zusammenbruchs gelebt haben.«

Das fand Beifall.

»Oho! Ihr seid also überzeugt?« rief Marcie.

»Sieht so aus«, antwortete Dougall grinsend.

Zwei Tage später kam Marcie mit schlechten Nachrichten zum Gruppentreffen. Elefanten waren anscheinend riesige wilde Tiere, so groß wie ein Haus. »Das müßte eine ganz schön große Schlange sein, die einen Elefanten schlucken kann«, war ihre Schlußfolgerung.

»Ach. Aber wer weiß, was diese Schlangen in der Zeit des Zusammenbruchs ...«, äffte Livine sie mit unschuldigem Gesicht nach.

»Wir sprechen von Sagen«, wandte Lisbeï ein. »Natürlich übertreiben sie. Wie sehen Elefanten überhaupt aus?«

»Das geht aus den Fragmenten, die ich gefunden habe, nicht deutlich hervor. Jedenfalls Füße wie Baumstümpfe, große Ohren und auf dem Kopf ein ›Rüssel‹.« Sie skizzierte ein Ei, das sich auf vier massive Beine stützte. Links und rechts von einem schachtelartigen Auswuchs waren Eselsohren zu sehen.

Lisbeï fühlte sich recht entmutigt. So konnte doch kein Hügel aussehen, selbst in der wildesten Sage nicht!

»Vielleicht ist damit nur gemeint, daß die Schlange aufgebläht ist, weil sie eine große Beute verschluckt hat«, murmelte Dougall. »In diesem Fall wäre der Hügel genau wie Dutzende anderer, die man überall sieht.«

»Vielleicht sollten wir nachsehen, was wir unter ›Schlange‹ finden können«, schlug Fraine vor, die Lisbeïs Enttäuschung bemerkt hatte.

»Oder weiter unter ›Elefant‹. Dieser ›Rüssel‹ bedeutet bestimmt etwas anderes«, sagte Livine.

Am Ende war es Fraine, die am nächsten Abend noch spät an Lisbeïs Tür klopfte. Fraine triumphierte. In den Händen hielt sie die Abschrift eines Fragments, das sie unter dem Stichwort ›Schlange‹ gefunden hatte. »Es ist aus einem Kinderbuch. Darin geht es um ein Mädchen, das lieber Bilder malt, als Geschichten zu erzählen. Sie ist in der Wüste und versucht etwas zu reparieren. Es gibt da noch ein Kind – vielleicht ist es ein Kind –, das unbedingt Tiergeschichten von ihr will. Und weil das Mädchen nicht richtig zeichnen kann, verfrachtet sie die Tiere in Schachteln, weil Schachteln leichter zu zeichnen sind. Um es kurz zu machen: Eines der Fragmente zeigt einen ›Hut‹, und der Hut sitzt innerhalb von etwas, das ›Boa Constrictor‹ heißt!«

Schläfrig sah sich Lisbeï Fraines Skizze von einer Schlange an, die durch etwas mit zwei Höckern aufgebläht war.

»Und ein Hut ist ganz bestimmt kein Elefant?« fragte sie unsicher.

Fraine schwieg einen Augenblick lang. »Es handelt sich um Sagen, Lisbeï, das hast du selbst gesagt«, bemerkte sie dann. Es lag eine Art verdrehter Logik darin, daß es jetzt Fraine war, die drängte. Besonders um ein Uhr morgens. Sie beschlossen, die Zeichnung zum nächsten Treffen mitzunehmen.

»Ein Hut ist eindeutig kein Elefant«, stellte Marcie entschieden fest.

»Aber es ist eine ziemlich typische Hügelform«, bemerkte Livine. »Zwei Kuppen, die eine etwas höher als die andere.«

»Ist da nicht ein Wort genau vor ›Élefant‹ durchgestrichen im Notizbuch?« fragte Lisbeï, der plötzlich etwas dämmerte. Sie durchblätterte die Seiten ihrer Übersetzungskopie. »Ja: ›verschluckte ein (nächstes Wort ist durchgestrichen) einen Elefant‹. Vielleicht hat Fraine recht. Sagen haben oft solch willkürliche Wendungen: Das durchgestrichene Wort könnte das Alt-Frangleïsche Wort für Kamel sein, *chameau*, und das sieht so ähnlich aus wie *chapeau*, das Wort für Hut. Und da ist« – mit wachsender Aufregung nahm sie sich die anderen Seiten vor – »ein Hutmodell, das passen würde!«

»Bor-sa-li-no«, sagte Marcie und blickte verwirrt

auf eine Zeichnung. »Na ja, jedenfalls stimmt die Form.«

Pimpernella hatte sich ihrem Versteck fast immer aus einer bestimmten Richtung genähert. Nachdem sie ein paar Vergleiche angestellt hatten, konnten sie festhalten, daß der Hügel vom Osten her zu sehen war. Mehr noch: Sie konnten als das Gebiet, für das die meisten Faktoren sprachen, den nördlichsten Teil der *Schlimmen Zonen* von Belmont einkreisen. (»O nein, nicht die Felsenhügel«, seufzte Marcie.) Und nach all den Vergleichen, schlauen Vermutungen und wiederholtem Durchsehen und Durchsprechen des Materials brachte Lisbeï schließlich einen Projektvorschlag auf den Tisch, der nach Meinung der Gruppe so hieb- und stichfest war, daß sie ihn dem Ausschuß vorlegen wollten, der in Wardenberg für die Finanzierung von Forschungsexpeditionen und Bergungsarbeiten zuständig war.

Die Mitglieder dieses Ausschusses besaßen die Höflichkeit, Lisbeï bis zum Ende anzuhören, ehe sie vor Lachen schier zusammenbrachen (genauer gesagt gaben sie sich ausgedehntem Gekicher hin, was bei so respektablen Matronen auf dasselbe hinauslief).

»Lisbeï«, sagte Alwyne, die sich als erste zusammenriß und wahrscheinlich von allen im Ausschuß noch das meiste Verständnis aufbrachte, »glaubst du nicht, daß du dir schon genug Schulden aufgeladen hast, indem du dein Studium nach den zwei Jahren Praktikum fortgesetzt hast? Gar nicht zu reden von der *Tribüne der Unabhängigen*.«

Alwyne war eine von Sygnes Tanten und stand ihr sehr nahe, Lisbeï war ihr mehrmals begegnet, als sie Kelys in der Residenz besucht hatte. Daß Alwyne Mitglied des Ausschusses war, hatte Lisbeï einen Funken Hoffnung gegeben. Aber jetzt kamen ihr Zweifel, ob sie hier mehr als Mitleid ernten würde.

Sie fragte sich, ob sie darauf hinweisen sollte, daß auch ihre Freundinnen Mitarbeiterinnen der *Tribüne* waren und daher einen Teil der Kosten trugen. Wahrscheinlich war es besser, gar nichts zu sagen: Auch Edwina von Carlsbad war im Ausschuß. Am Ende des Jahres, in dem sie die Gruppe als Tutorin in Explorationstechniken unterwies, hatte sie Lisbeï vorgeworfen, sie übe einen schlechten Einfluß auf die anderen aus.

Und wahrscheinlich tat Lisbeï auch klug daran, nicht zu erwähnen, daß bei ihrer ganzen Schuldenlast ein paar Schulden mehr oder weniger schon gar nicht mehr zählten.

»Sie könnte ja Bethely bitten, die Finanzierung zu übernehmen«, begann Rosyle, das andere Mitglied der Wardenberg-Familie in diesem Ausschuß. Ihre Augen glitzerten.

Lisbeï hatte sich schon gefragt, wer als erste daran denken würde. »Nein«, sagte sie fest. Die Idee, Bethely um persönliche Hilfe zu bitten, hatte sie längst verworfen. Und ganz sicher lag ihr nichts ferner als der Gedanke, daß sich Bethely ihr zuliebe bei Wardenberg verschulden sollte.

Selbst wenn sie Selva persönlich bitten würde (keine zehn Pferde brächten sie dazu), selbst, wenn Selva ihr helfen wollte (was noch unwahrscheinlicher war), würde sich die Familie weigern, und das mit gutem Recht.

»In diesem Fall, junge Lisbeï ...«, begann Alwyne.

»Dieses Projekt ist totaler Unsinn«, unterbrach Edwina sie. »Es hat noch nicht mal Ähnlichkeit mit einer rationalen Spekulation.«

Lisbeï hätte am liebsten gerufen »Und gerade deshalb!«, aber sie hielt den Mund. Sie liebte und schätzte Paradoxien, inzwischen war ihr jedoch klar geworden, daß die wenigsten Menschen so dachten, mal abgesehen von ein paar Gläubigen wie zum Beispiel Mooreï. Und niemand konnte im Ernst irgendein Mitglied des Wardenberger Ausschusses für Finanzierung von Forschungsexpeditionen und Bergungsarbeiten als ›Gläubige‹ bezeichnen.

Verzweifelt schrieb sie an Kelys im entfernten Escarra. Zumindest war die Annahme, daß Kelys in Wardenberg einigen Einfluß hatte, eine ›rationale Spekulation‹. Falls Kelys ihr Projekt unterstützte und vielleicht damit einverstanden war, sich für Lisbeï zu verwenden und um Gelder zu bitten …

Kelys unterstützte nicht nur das Projekt, sie kehrte auch (mit dem berühmtem Rundbrief) aus Escarra zurück, sobald sie den dicken Papierstoß mit Lisbeïs Beweisstücken und Argumenten erhalten hatte. Und sie erklärte sich nicht nur bereit, die Finanzierung zu beantragen, sondern bot auch an, die Expedition persönlich zu leiten und die Ausrüstung aus eigener Tasche zu bezahlen.

»Dann glaubst du also, daß ich recht habe!« jubelte Lisbeï.

Die hoch aufgeschossene Schwarze machte es sich in ihrem Sessel bequem. »Ich leiste mir einfach den Gedanken, daß jeder Mensch einen Versuch machen darf, wenigstens einen.«

Das war nicht gerade ein Vertrauensbeweis, aber da es von Kelys kam, reichte es aus.

Jede Bergungsexpedition hatte das, was Kelys im Spaß als ›wunden Punkt‹ bezeichnete: Das war der letzte Augenblick, ehe die Expedition offiziell angekündigt wurde. Wenn der Ausgrabungsort erst einmal lokalisiert war, sah das ideale Vorgehen so aus, Proben – insbesondere Boden- und Wasserproben – zu entnehmen. Wenn man dabei sozusagen auf frischer Tat erwischt wurde, konnte es passieren, daß die örtliche Familie ihr eigenes Schürfteam auf die Beine stellte. Allerdings mußte die Familie dann auch eine offizielle Absichtserklärung abgeben, und zwar gegenüber der Capta der Versammlung der Mütter. Manchmal kam es dann zu einem Kopf-an-Kopf-Rennen, wer als erste die entscheidende offizielle Verlautbarung machte. Aber wenn es um *Schlimme Zonen* ging, war die Wahrscheinlichkeit, beim Entnehmen von Proben erwischt zu werden, nicht so groß.

Und das traf auf die von Lisbeï vorgesehene Ausgrabungsstätte zum Glück zu. Die *Schlimmen Zonen* von Belmont waren eigentlich ziemlich harmlos, da hier in der Zeit des Zusammenbruchs die unterschiedlichen Verseuchungsfaktoren von Anfang an nur schwach aufgetreten und inzwischen fast verschwunden waren. Da das Terrain allgemein felsig und kahl war und nichts als ein paar dürre Bäume zu bieten hatte, war es der Belmont-Familie und ihren Ablegern nicht eilig gewesen, Ansprüche darauf anzumelden. Kelys hatte die Kundschafterin dorthin geschickt, mit der sie immer zusammenarbeitete, eine verschlossene, stämmige Blaue mit dem hübschen, aber unpassenden Namen ›Dulcie‹. Sie würde den Ausgrabungsort festlegen und die nötigen Proben so diskret wie möglich entnehmen. Tatsächlich hatte sie keine Schwierigkeiten, den hutförmigen Hügel ausfindig zu machen – eine beachtliche Erhebung, wie sie ihnen erzählte, die sich über ein Gebiet von fünfhundert Quadratmetern erstreckte. Marcie seufzte gequält.

Die entnommenen Proben, insbesondere die aus fließendem Wasser, wiesen einen leicht höheren Anteil von Säure auf, als in der Gegend üblich, außerdem Metalloxide. Marcie sah nicht überzeugt aus. »Daraus kann man kaum auf irgend etwas schließen.«

»Aber diese Probe stammt aus einem Fluß, dessen Quelle im Hügel liegt«, bemerkte Livine. »Wenn ein Erdbeben die unterirdischen Anlagen beschädigt hätte...«

»In Belmont hat's seit Jahrhunderten kein Erdbeben mehr gegeben«, sagte Bertia. »Sehr stabile Gegend. Kontinentalschild. Ich hab nachgesehen.«

»Wenn ich einen unterirdischen Komplex auf Dauer hätte anlegen wollen, hätte ich ihn genau dort gebaut«, verkündete Dougall, der Lisbeï den Rücken stärken wollte. »Es könnten ja ganz kleine Erdbeben und ein Absinken aufgetreten sein.«

»Und da dort nie jemand hingeht, wüßte auch niemand davon, wenn dort in den letzten Jahren irgend etwas passiert wäre«, folgerte Fraine.

»Also los?« fragte Marcie. »O meine armen Hände!«

Fraine schenkte ihr ein spöttisches Lächeln. »Keine Angst, wir nehmen jede Menge Handschuhe mit.«

Alle Unabhängigen sollten schließlich an der Expedition teilnehmen. »Aber ihr wißt doch gar nicht, worauf ihr euch da einlaßt«, wandte Lisbeï ein. »Wenn wir nichts finden, habt ihr alle Zeit und Mühe verschwendet und euch neue Schulden aufgehalst. Ich will euch da nicht mit hineinziehen.«

»Du ziehst uns nicht hinein«, sagte Livine. »Es ist unsere eigene Entscheidung.«

»Warum, frage ich mich?« murmelte Lisbeï.

»Was meinst du damit, ›warum‹?« sagte Fraine vorwurfsvoll.

»Was! Warum?« ergänzte Marcie und tat so, als sei sie verwirrt.

»Wozu sind Freundinnen da?« erklärte Livine lächelnd.

Bertia vervollständigte den Chor mit einem lakonischen »Jawoll«.

Lisbeï sah eine nach der anderen an. Die emotionale Wärme, die ihr entgegenschlug, überraschte sie. *Freundinnen*. So hatte sie in den sechs Jahren, die sie sich jetzt kannten, eigentlich nie an sie gedacht. Sie waren … die Menschen gewesen, die sie bei ihren Studien und Zerstreuungen akzeptiert hatten. Gefährtinnen, Kommilitoninnen, Kolleginnen. Als sie gemeinsam und auf eigenes Risiko die ›Tribüne‹ gegründet, die ›Unabhängigen‹ und die Vortragsreihe auf die Beine gestellt hatten, war sie davon ausgegangen, daß es aus intellektueller Überzeugung geschah. Nicht aus persönlicher Zuneigung. Jedenfalls machten sie wirklich ›die Gruppe‹ aus. Sich selbst sah sie als mehr oder weniger toleriert, irgendwo am Rande. Selbst noch nachdem die Gruppe erfahren hatte, wer sie war, und sie für sie zu ›Lisbeï, die das Notizbuch entdeckt hat‹ geworden war. Ysande hatte ihr zu verstehen geben wollen, daß es anders war, aber ihre Stimme hatte allzu früh verstummen müssen …

Was für ein Glück, daß die Gruppe mitmachen wollte! Kelys hatte für dieses Jahr keine Expedition geplant gehabt, und außer Dulcie war niemand aus ihrem üblichen Team verfügbar. Wenn die Belmont-Expedition erst einmal offiziell angekündigt war, mußten neue Restauratorinnen eingestellt werden. Leider entmutigte die Projektbeschreibung viele Interessierte, obwohl Kelys Name für einige als Zugpferd wirken mochte. Der Monat Ellis war fast schon vorüber, sie konnten nicht mehr lange warten.

»Wie können vierzig Menschen ein Gebiet von fünfhundert Quadratmetern aufgraben«, regte sich Marcie auf. »Das wird Jahre dauern – wenn wir überhaupt so lange leben!«

»Vielleicht finden wir in Belmont Leute.«

»Bei Frühlingsanfang? Da beginnen sie mit der Aussaat!«

»Wir könnten bessere Bedingungen bieten, indem wir unseren eigenen Anteil niedriger ansetzen«, schlug Livine vor.

»Aber sie werden nur sagen, daß ein größerer Anteil von nichts immer noch nichts ist«, meinte Fraine und gab damit die Überlegungen einiger Interessentinnen wieder.

»Wir können doch nicht aufgeben!« rief Livine.

»Verpflichtet Männer, und bietet ihnen gute Bedingungen«, bemerkte Kelys mit ihrer gelassenen Stimme aus der Tiefe ihres Sessels heraus.

Männer verpflichten? Blaue? Die einzige gute Bedingung, die sie anbieten konnten, war vertragliche Partnerschaft. Aber Männer wurden doch nie als Partnerinnen verpflichtet! Wenn Männer bei einer Expedition tätig waren, dann als Lohnarbeiter.

»Dougall ist Partnerin bei dieser Sache«, stellte Kelys fest.

Lisbeï merkte zu ihrem Schrecken, daß sie das ganz *vergessen* hatte. Wie die anderen auch. Keine der Frauen, die bei der Expedition eventuell mitmachen würden, ahnte etwas von Dougalls Partnerschaft. Die Frage war gar nicht erst aufgetaucht.

Alle drehten sich zu Dougall um, der so wirkte, als schrumpfe er ein wenig in sich zusammen.

»Mach dir keine Sorgen«, sagte Lisbeï unwillkürlich. »Natürlich gehörst du dazu. Es ist nur so: Wir...« – sie zögerte. Würde ihn das verletzen? – »Wir haben ganz vergesssen, daß du ein Mann bist.«

Er sah sie an, eine nach der anderen. »Wollt ihr damit sagen – daß ich in den Vertrag als Partnerin aufgenommen werde?«

»So etwas ist nirgendwo offiziell untersagt«, warf Kelys lässig wie immer hin.

»Wenn es nicht offiziell untersagt ist, dann...« Fraine hielt inne.

»... ist es machbar«, schloß Livine.

Lisbeï, die angefangen hatte, über ihre impulsiven Worte nachzudenken, stellte zu ihrem Erstaunen fest, daß die anderen anscheinend akzeptiert hatten, was Kelys rein hypothetisch vorgeschlagen hatte. Mit einem »aber« auf den Lippen drehte sie sich zu Kelys um. Kelys sah sie fest an, das unbewegte schwarze Gesicht schien zu sagen: *Aber was?*

Aber was, ja wirklich! Nichts hätte Männer jemals davon abgehalten, an Forschungs- und Bergungsexpeditionen teilzunehmen, nichts, bis auf enge und gewohnheitsmäßige Auslegungen von Tradition.

»Wir brauchen kräftige Leute«, sagte Lisbeï und gab nach. Männer waren in körperlicher Hinsicht im allgemeinen ein bißchen stärker. Das zumindest wäre ein Vorteil.

Die beiden anderen begriffen allmählich die Tragweite ihrer Entscheidung. Würde überhaupt irgendein männlicher Blauer Interesse haben?

»Ich kümmere mich drum«, sagte Kelys und räkelte sich langsam aus dem Sessel.

Fast zwei Wochen später brach die Expedition nach Belmont auf. Die meisten Leute hielten das für reine Zeitverschwendung, nur die Teilnahme von Kelys hatte das Genörgel einigermaßen im Zaum gehalten. Die rund sechzig männlichen Blauen, dic sich auf Kelys' Aufruf zur freiwilligen Teilnahme hin gemeldet hatten, würden am Ausgrabungsort zu ihnen stoßen. Es mußte irgendeine Art heimliches Netz unter den männlichen Blauen geben. Logisch. Dennoch ziemlich seltsam. Die Vorstellung war irgendwie… *unangenehm,* schrieb Lisbeï in ihr Tagebuch. *Aber warum?* fügte sie dann sofort hinzu. Solche Netze existierten auch unter weiblichen Blauen, insbesondere unter den Restauratorinnen und Entdekkerinnen. Aber männliche Blaue waren so selten auf diesen Gebieten tätig, daß die Vorstellung schwerfiel, sie bräuchten dazu ein Netz. Laut äußerte Lisbeï die Frage einem männlichen Blauen gegenüber, der gerade angekommen war.

»Wozu? Um herauszufinden, welche Familien Fachleute brauchen und auf welchen Gebieten«, antwortete Duarte, als sei ein solches Netz die natürlichste Sache der Welt.

Nicht alle männlichen Blauen mit guten technischen Fähigkeiten waren bei ihrer eigenen Familie beschäftigt. Manche zogen es vor, als Fachleute herumzureisen. Und Auszubildende anzulernen.

Lisbeïs Augenbrauen rutschten vor Staunen in die Höhe. »Und was ist mit der Schule?«

»Manche männlichen Blauen möchten lieber von Männern ausgebildet werden«, antwortete Duarte mit stoischem Gesicht.

Sie spürte, daß er sie beobachtete, und hielt ihren leichten Schock – und Ärger – unter Kontrolle. Wofür hielt sich dieser Blaue? Tollers Predigten waren schon schlimm genug – aber nein, das war ungerecht. Toller predigte nie in seinen Briefen. Genauso wenig, wie Duarte jetzt predigte. Das brauchte er auch gar nicht. Seine bloße Gegenwart ... brachte sie schon genügend aus der Fassung.

Er war einer der Blauen, die allein oder in kleinen Gruppen während der zweiten Marsa-Woche am Ausgrabungsort angekommen waren. Er war der letzte gewesen – ein verschlossener brauner Riese in den Vierzigern, den ein junger Blauer von kaum zwanzig Jahren begleitete. Als er sich Lisbeï und Kelys vorstellte, machte er keinen Hehl daraus, daß er zusammen mit Sergio die Ausgrabungsstätte Ende Maïa verlassen wollte (falls die Ausgrabungen so lange dauern sollten), um bei der Versammlung von Entraygues dabeizusein. »Wir haben einen gemeinsamen Freund«, sagte er dann und reichte Lisbeï einen kleinen Umschlag.

Ich empfehle ihn. Gezeichnet Toller.

Duarte war jedoch nicht in der Bretanye, sondern in Escarra geboren. Sergio stammte aus Termilli, das in unmittelbarer Nachbarschaft von Lisbeïs Geburtsort Bethely lag. Er wirkte bei einer Ausgrabung ziemlich fehl am Platz, so dünn und zart gebaut wie er war. »Du brauchst dir um ihn keine Sorgen machen«, versicherte ihr Duarte. Und tatsächlich wirkte er zerbrechlicher, als er wirklich war. Sein nackter Körper verriet die Muskeln eines Sprinters, der Extra-Kilometer in petto hatte. Über sich selbst redete er nicht viel. Er war einer jener Blauen aus dem Süden, die krankhaft schüchtern waren und Lisbeï stets an Garrec erinnerten. Aber Duarte sprach für ihn. Duarte sprach sehr bald auch für alle anderen blauen Männer, die zum Team gehörten.

Es ist überaus merkwürdig zu beobachten, schrieb Lisbeï in ihr Tagebuch, dem sie, egal wie müde sie war, am Tagesanfang und -ende stets einen kostbaren Augenblick widmete. *Noch nie habe ich so viele Männer auf einem Haufen gesehen, alle sind sie Blaue, alle arbeiten an derselben Sache. Zur Erntezeit in Bethely waren nie mehr als vier oder fünf auf jedem Bauernhof. Inmitten der blauen Frauen und grünen Dottas verschwanden sie fast. Sie taten, was immer die Capta ihnen auftrug, genau wie alle anderen. Aber dies ist ein bißchen anders – nichts als graben und die Erdwälle befestigen. Die Stärksten übernehmen die schwerste Arbeit, und da viele Männer da sind, sind sie es, die es tun. Schließlich haben wir sie ja deswegen eingestellt. Interessant zu sehen, wie die Arbeit aufgeteilt worden ist. Wir waren schon in Arbeitsgruppen organisiert, als der letzte Blaue ankam, und es war Duarte, der die Männer unseren jeweiligen Arbeitsgruppen zuteilte. Ich verstehe nicht ganz, wie das so schnell klappte. Er hat keine besonderen Qualifikationen. Liegt es daran, daß er der älteste ist? Oder, noch bizarrer, hängt es damit zusammen, daß er der stärkste ist? Sind Männer unter sich immer noch in diesem Stadium? (Übrigens ein merkwürdiger Ausdruck ›Männer unter sich‹.) Ich dachte, diese archaische Anschauung sei mit den Harems verschwunden. Besser gesagt: mit den eugenischen Programmen der Bienenstöcke, die versuchten, zu gewalttätige oder zu starke Männer zu beseitigen. (Hinsichtlich seiner Körpergröße und -stärke ist Duarte ganz eindeutig ein Anachronis-*

mus). Jedenfalls übernahm er es, die Männer den bestehenden Arbeitsgruppen zuzuteilen. Er traf eine gute Wahl, wir haben sie bestätigt. Soweit ich gesehen habe, ist Kelys die einzige andere Person, die sich so spontan Autorität verschaffen kann, ohne daß sie irgend etwas besonders Bemerkenswertes tut. Man merkt deutlich, daß sie schon mit männlichen Blauen gearbeitet hat, sie wirkt in ihrer Gesellschaft völlig entspannt. Entspannter als die Männer in ihrer oder unserer Gesellschaft.

Oder wir in ihrer. Daß Dougall ein Mann ist, konnten wir leicht vergessen, schließlich haben wir nicht die ganze Zeit mit ihm zusammengelebt! Natürlich leben wir auch mit diesen Männern nicht die ganze Zeit zusammen: Sie sind in Zelten untergebracht, die rund hundert Meter von uns entfernt sind. Allerdings arbeiten wir den ganzen Tag mit ihnen zusammen. Als Elli in der ersten Woche Hitze brachte und wir alle anfingen, uns unserer Jacken, Blusen und Hemden zu entledigen … Wir dachten nicht zweimal darüber nach. Ich nehme an, wenn ich aus Nevenici stammen würde, hätte ich zweimal darüber nachgedacht, selbst nach sieben Jahren in Wardenberg. Aber wenn ich aus Nevenici käme, wäre ich gar nicht erst nach Wardenberg gegangen. Jedenfalls zogen wir uns aus, und nach einer Weile dämmerte uns allmählich, daß sie alle irgendwie verlegen wirkten, selbst Dougall. Als es am Ende des Tages Zeit zum Waschen war, gingen wir voraus zum Fluß, der am Zeltlager vorbeifließt, und sie gingen anschließend. An diesem ersten Tag wurde das so eingeführt, und es hat sich bis heute nicht geändert.

Ist dies vielleicht ein weiterer blöder Grund dafür, daß es so wenig männliche Restauratorinnen gibt? Ich nehme nicht sonderlich Anstoß an so was, ebenso wenig wie die anderen Frauen hier. Das mag damit zusammenhängen, daß wir im Hort von Bethely immer zusammen waren, selbst in den Duschen. Wardenbergerinnen sind sogar noch besser daran gewöhnt, Männer um sich zu haben. Von den Frauen aus anderen Familien haben nur zwei an

Ort und Stelle ihren Vertrag gekündigt, sobald sie männliche Blaue sahen.

Nehmen die Männer daran Anstoß? Wenn man es ihnen *ersparen wollte ... Na ja, vielleicht ... Aber trotzdem wäre es blöd, oder nicht?*

Besonders Dougall wirkte sehr verstört. Er hatte sein Zelt ganz selbstverständlich neben den anderen Mitgliedern der schulischen Gruppe aufgebaut. Nach Ankunft der anderen blauen Männer suchte er Lisbeï auf. Anfangs konnte sie sein Problem gar nicht verstehen. »Aber du kannst dein Zelt doch überall aufbauen, wo du möchtest, Dougall!« Dann merkte sie, daß er einerseits bei der Gruppe bleiben wollte, andererseits jedoch das Gefühl hatte, er müsse sich den anderen Männern anschließen. Lisbeï hatte keine Ahnung, was sie ihm raten sollte. Sie schickte ihn zu Kelys, die sich seiner erbarmte und die Entscheidung für ihn traf: Er schlug sein Zelt bei den Männern auf.

»Wo lag das Problem?« fragte Lisbeï, als Kelys ihr davon erzählte.

Kelys musterte sie skeptisch. »Könntest du dir die umgekehrte Rollenverteilung vorstellen, du an der Stelle von Dougall?« Ehe Lisbeï antworten konnte, warf sie die Hände in die Luft. »Nein, vergiß es. Das war eine rein rhetorische Frage. Glaub mir, dies ist wahrscheinlich die beste Lösung.«

Dennoch sah Dougall nicht sonderlich glücklich aus. Und warum war es eine rhetorische Frage? Allerdings mußte Lisbeï, nachdem sie sich versuchsweise in die Rolle von Dougall versetzt hatte, zugeben, daß sie sich die Dinge wohl wirklich nicht aus seiner Perspektive vorstellen konnte. Bei ihr wäre gar kein Problem aufgetaucht: Natürlich hätte sie sich den anderen blauen Frauen angeschlossen!

Kelys nickte und sah dabei ganz wie jemand aus, der gerade den Beweis für seine Behauptung erbracht hatte.

Im Laufe der ersten Woche am Ausgrabungsort überredete Kelys alle, den Tag mit einer Taïtche-Übungsstunde anfangen und enden zu lassen. So startete man gut in den Morgen und entspannte sich wunderbar am Abend. Frauen und Männer gemeinsam. Die männlichen Blauen waren ausgezeichnet im Taïtche, wie Lisbeï mit einiger Überraschung feststellte. Anfangs schien die Idee vielen Männern und einigen Frauen, die sich in Wardenberg verpflichtet hatten, nicht zu behagen. »Niemand zwingt euch«, sagte Kelys. Am Ende der ersten Woche jedoch nahmen alle bis auf Sergio an den Übungen teil. Nicht daß Sergio nicht gewollt hätte, nein, er fiel beim Taïtche in eine Art Koma, wie Duarte sagte, während der junge Blaue mit leicht gesenktem Kopf vor Lisbeï und Kelys stand.

Wie Tula? Aber Lisbeï hatte gar nichts Besonderes bemerkt... Angetrieben von Neugier ging sie hinüber, um Sergio zu berühren. Er schreckte zurück, Duarte trat dazwischen. Um ihn zu verteidigen? Lisbeï blieb mit immer noch ausgestreckter Hand ganz still stehen. Sie war verblüfft. *Angst?* Sergio hatte *Angst?* Aber wovor, in Ellis Namen?

»Sergio mag es nicht, wenn Menschen ihn... berühren«, sagte Duarte mit leicht erstickter Stimme.

»Schon gut«, sagte Kelys gelassen, und die Atmosphäre entspannte sich ein wenig.

Als sie fort waren, drehte Lisbeï sich zu Kelys um. »Er ist wie Tula? Ich hab überhaupt nichts gespürt.«

»Eher wie Antonë.«

»Hast du ihn berührt?«

»Nein«, sagte Kelys.

Es war sowieso nicht besonders wichtig. Interessanter war die Art und Weise, wie Duarte dazwischengetreten war, das fast bedrohliche Leuchten, das in seiner Aura mitgeschwungen hatte.

Vielleicht ist Sergio eines seiner Kinder – eines seiner

männlichen Kinder, überlegte Lisbeï mit einem Anflug von Humor, als sie an diesem Abend in ihr Tagebuch schrieb. Allerdings war sie auch von der Geschichte fasziniert, die ihr bei dem Vorfall durch den Kopf geschossen war. Sie war darauf insofern vorbereitet gewesen, als sie Toller mit Sygnes Kleinen erlebt hatte. Einen solchen Verteidigungsreflex konnte man durchaus einem Mann zuschreiben, der ein Kind beschützte, das war denkbar. Außerordentlich seltsam, aber nicht unvorstellbar.

Was sollte einen Blauen denn auch daran hindern, nach dem zu suchen, was… er gezeugt hat? Genauso wenig, wie eine Blaue daran gehindert werden kann, nach dem zu suchen, der sie gezeugt hat.

Hier setzte Lisbeï nachträglich ein Ausrufungszeichen, um ihre Belustigung hervorzuheben… *der sie gezeugt hat! Das ist aber wirklich keine Situation, die man umkehren kann, Kelys. Vielleicht möchten manche Männer ihre Kinder kennenlernen, das will ich Toller zugutehalten, aber umgekehrt? Nein. Jedenfalls müßte man sich im Fall von Duarte und Sergio die Tätowierungen ansehen.*

Am ersten Nachmittag, an dem sie alle ihre Hemden auszogen, löste sich Lisbeïs Geschichte in Luft auf. Duarte war ein Gualientès-Teysseres, Sergio ein Termilli. Sie konnten sich auch noch gar nicht lange kennen. Sergio war erst seit höchstens vier Jahren ein Blauer.

»Hast du viele männliche Freunde unter den Blauen, Dougall?« fragte Lisbeï während einer Pause. Die Arbeitsgruppe war gerade mit einem besonders hartnäckigen Baumstumpf fertiggeworden. Auch die Pferde pausierten und ästen im kurzen Gras weiter unten am Hügel.

Er zögerte. »Eigentlich nicht viele«, sagte er schließlich.

»Toller?«

Er wirkte verlegen. »Ich sehe ihn nicht oft«, murmelte er.

Zweifellos war Toller für ihn eher ein Wohltäter als ein gleichgestellter Freund. Lisbeï nickte. »Aber was ist mit Wardenberg, mit der Schule?« fuhr sie fort.

»Eigentlich nichts.« Dann, als sei das eine Erklärung: »Ich war die meiste Zeit mit unserer Gruppe zusammen.«

Da ist einiges dran. Als Grüne, im Jungenalter, sind sie alle zusammen. Aber sobald sie Rote werden, machen sie während ihrer Dienstzeit die Runde durch die Familien. Nirgendwo bleiben sie länger als zwei Jahre. Unter solchen Bedingungen ist es bestimmt schwierig, Freundschaften zu pflegen. Zumal man die Durchschnittszahl männlicher Blauer in jeder Familie bedenken muß. Wenn sie ihrerseits zu Blauen werden, kehren nur einige wenige zu ihren Familien zurück. Andere können es gar nicht, wegen des Einspruchs der Judditen, und wandern weiter, von Ort zu Ort. Manche gehen nach Wardenberg, aber nicht für lange, und ziehen nach Abschluß ihrer Schulausbildung wieder weiter. Dennoch leben eigentlich ganz schön viele männliche Blaue in Wardenberg, auch wenn sie nicht zur Familie gehören. Allerdings verstehe ich jetzt, daß Dougall wenig Gelegenheit gehabt hat, Freundschaften zu schließen.

Wir *sind seine Freunde, hat er* das *gemeint?*

Also gut, ich nehme an, er hat recht. Aber es muß ein bißchen merkwürdig für ihn sein …

Vielleicht ist es das, was Kelys neulich angedeutet hat.

Die Expedition legte die Gebiete fest, die am ehesten Zugang zu einem unterirdischen Komplex bieten mochten. Sie berücksichtigten dabei die Bodenlage, die unterschiedlichen chemischen Zusammensetzungen, die die Wasserrinnsale aufwiesen, und die Erfahrung von Kelys und anderen, die wußten, was man in unterirdischen Bauten erwarten konnte. Sie bezogen auch die wenigen Beschreibungen von Pimpernellas

Versteck ein, wie sie in fast allen Sagen über Belmont zu finden waren, außerdem die Bemerkungen im Notizbuch. Die Gebäudekonstruktion mußte sich auf eine den Hügel durchziehende Granitschicht stützen. Der Westhang wies mehr Erosionen auf als das übrige Gebiet und offenbarte den exakten Verlauf der obersten Granitschicht, die hier ihren Anfang nahm. Es sprach viel dafür, daß das Gebäudefundament auf dieser Ebene zu finden war. Leider hatten sie überhaupt keine Vorstellung von der Länge und Breite des Komplexes, die Höhe konnten sie aufgrund ihrer Ausbildung ungefähr abschätzen. Der Fuß des Hügels hatte die Form eines Ovals, das fast in Nord-Süd-Richtung verlief. Man konnte davon ausgehen, daß das Gebäude in Ost-West-Richtung angelegt war, weil die Luftschächte und Eingänge möglichst nah an der Oberfläche zu vermuten waren. Die Ausgrabungsstätten erstreckten sich auf den Osthang, die Senke zwischen den zwei Erhebungen und den Westhang, und in dieser Reihenfolge setzten sie auch die Prioritäten der Grabung gemäß der Wahrscheinlichkeit, fündig zu werden.

Glücklicherweise entsprach dieser Prioritätenliste auch der Grad der Zugänglichkeit des Geländes. Der Osthang war nicht sonderlich steil. Dort würden sie mit den Ausgrabungen beginnen. (»Elli sei Dank!« sagte Marcie aus vollstem Herzen). Der Westhang mit seinen steil abfallenden Felsen würde ihr letzter Ansatzpunkt sein.

Kelys hatte die Durchschnittstiefe abgeschätzt, bis zu der sie an jeder Ausgrabungsstelle vordringen mußten. Wenn sie versuchen wollten, in der Senke zwischen den Erhebungen auf die Spitze einer Kuppelkonstruktion zu stoßen, würden sie mindestens zehn Meter tiefe Gräben anlegen müssen. Das halbe Dutzend unterirdischer Gebäudekonstruktionen, das man bis jetzt entdeckt hatte, hatte Kuppelformen gehabt, aber das mußte in diesem Fall nicht unbedingt zutreffen. Wenn sie sich vom Osthang aus hineingruben, mußten sie sich horizontal durch mindestens hundert Meter durcharbeiten, darüber hinaus vertikal durch ein halbes Dutzend Meter oder mehr. Als erstes jedoch mußten sie mit Hilfe von Sprengungen den Boden roden. Danach würden sie durch eine Erdschicht und als nächstes durch eine Schicht von Schieferbruch über dem Granit stoßen müssen. Von diesem Punkt an würde die Arbeit allerdings viel leichter sein, sie würden nach im rechten Winkel zum Hang verlaufenden Rohrleitungen oder Durchgängen Ausschau halten.

Lisbeï sah den Arbeiterinnen zu, die in einer Reihe entlang der Ausgrabungslinie schufteten, die blauen Männer vornedran mit mächtigen Spitzhacken, die blauen Frauen dahinter mit Schaufeln und Schubkarren. Vom Morgengrauen bis zur Abenddämmerung hallte der Hügel vom Lärm der Gerätschaften wider. An heißen Tagen machten sie eine dreistündige Pause, um der Sonne zu entfliehen. Im Augenblick war das Wetter ganz gut. Nach einer Hitzewoche hatte sich der Himmel grau bezogen. Allerdings hatten einige kleinere Regengüsse sie das Schlimmste befürchten lassen. (»Und was kann schlimmer sein als felsiges Gebiet?« hatte Marcie in die Gruppe gefragt, als sie an diesem Abend am Fluß saßen. »Schlamm!« hatten die anderen im Chor gerufen.) Aber Anfang Aprila war das übliche Frühlingswetter wieder da: blauer Himmel, am Morgen leichte Kühle, zarte Wolken und ein paarmal Vorboten von Gewittern, die sich jedoch niemals entluden.

»Müde?« fragte Dougall besorgt und streckte sich, wie auch Lisbeï es gerade getan hatte.

»Nein. Ich dachte nur gerade daran, daß wir alles wieder so herrichten müssen, wie es war, falls wir nichts finden.«

»Wir werden was finden!« sagte Dougall.

Er begann wieder zu graben, und Lisbeï tat es ihm nach. Allmählich hatte sie ernsthafte Zweifel an der plötzlichen Eingebung, die sie beim Übersetzen des Notizbuches überkommen hatte. Kein Wunder bei der Müdigkeit und der Tatsache, daß sie bis jetzt überhaupt nichts gefunden hatte, das ihre Theorie hätte stützen können, nicht einen einzigen Gegenstand, nicht einmal ein Bröckchen Material, das nicht zu den ursprünglichen Bodenschichten gehört hätte. Einwände gegen ihre eigene Theorie wirbelten ihr durch den Kopf, andere Möglichkeiten der Auslegung…

»Hör mit dem Nachdenken auf!« sagte Fraine in der Mittagspause, als sie Lisbeï stumm und in Gedanken verloren antraf.

»Und grabe«, ergänzte Marcie, die nicht kleinzukriegen war, und hob ihren Becher im Gedenken an Cedryn.

Plötzlich waren laute Stimmen von der Seite des Hügels zu hören, an der sich die Männer normalerweise zum Essen versammelten. Wütende Stimmen. Lisbeï rannte Kelys nach, bis sie die langbeinige Forscherin eingeholt hatte.

Die Männer machten Platz, um sie durchzulassen. In der Mitte des Kreises versuchte Dougall mühsam, wieder auf die Beine zu kommen, seine Unterlippe blutete. Duarte sah ihn mit gesenktem Kopf und geballten Fäusten an, seine Aura war dunkel umwölkt. Sergio saß mit hängendem Kopf und über der Brust verschränkten Armen etwas abseits auf einem Felsen.

Kelys kam Dougall zu Hilfe und führte ihn fort. Lisbeï stand sprachlos da, ihr Herz wummerte wie eine Trommel. Sie verschränkte die Arme, holte tief Luft und reckte sich zu einer Höhe, die wohl die meisten Leute beeindruckt hätte. Nicht jedoch Duarte.

»Duarte?«

Der massige Körper schien plötzlich in sich zusammenzusinken. Die Wut hatte sich verflüchtigt und nur Scham und Verdruß hinterlassen.

»Es ist meine Schuld«, sagte Sergio schwach. Er hatte seinen Kopf nicht gehoben. »Ich hätte es nicht tun sollen. Versuchen, Dougall zu erklären...« Er brach ab, als sei die Anstrengung zu sprechen schon zu viel gewesen.

»Was erklären?« Lisbeï sah sich im Kreis der schweigenden Blauen um. Sie blickten weg. Ihre Gesichter und Körper erzählten mehr als ihre umwölkten Auren: von Scham, Verlegenheit, Mitleid, Wut, Resignation.

Duarte richtete sich ein wenig auf. »Frag Dougall«, sagte er, ging hinüber zu Sergio und ließ sich auf den Fersen neben ihm nieder.

In ihrem Zelt, das auch als Krankenstation diente, hatte Kelys Dougall bereits verarztet. »Nur ein Kratzer«, sagte sie bei Lisbeïs Eintreten, ohne sich umzudrehen. »Eine gespaltene Lippe, ein paar Zähne wakkeln ein bißchen.«

»Was ist passiert, Dougall?«

»Er hat versucht, Duarte zu schlagen.«

Dougall? Der sanfte, ruhige, sogar irgendwie schüchterne Dougall hatte versucht, Duarte zu schlagen?

»Was hat er getan?«

Der junge Blaue hatte sich auf einen Hocker fallen lassen. Seine Hände baumelten zwischen den Knien, den Kopf hatte er voller Scham und Verzweiflung gesenkt. Er richtete sich leicht auf und sah Kelys fragend an. Die schüttelte den Kopf und drehte sich mit dem blutbefleckten Verbandszeug weg.

»Er hat mir gesagt, ich sei eifersüchtig«, murmelte er schließlich.

Lisbeï fiel nichts ein, was sie darauf hätte sagen

können. Ihr Kopf war leer. Eifersüchtig. Dougall. Duarte. Eifersüchtig auf wen?

Sergio?

Lisbeï ließ sich wie vor den Kopf geschlagen auf Kelys' Hocker nieder. Völlige Lähmung – so hat sie es in Erinnerung. Sprachlos, weil sie nicht eher darauf gekommen war, nie auch nur darüber nachgedacht hatte. Aber es war da, war immer präsent gewesen, allerdings in einem jener nicht aktivierten, isolierten Gedankenfelder, die dann mit plötzlichem, blendend hellem Wissen in Bewegung gerieten. Männer unter sich. Grüne, Blaue – was *taten* sie, wenn sie unter sich waren? Rote. Sie hatte – bis auf den Mann der Mutter – nie an irgendwelche Rote gedacht. Aber nicht alle Männer waren ›Mann der Mutter‹, selbst wenn sie alle die Fähigkeit dazu hatten, fähig sein mußten, in dieser Fähigkeit ausgebildet wurden…

Sie sah Dougall an. Er wollte schon wegblicken, dann starrte er zurück, hoffnungslos, bittend. Dougall: ein Blauer nach nur zweijähriger Dienstzeit. Da war noch etwas anderes, das sie hätte verstehen sollen. Aber ihr fehlte irgendein entscheidender Schlüssel, und sie wußte nicht, wo er zu finden war.

»Warst du eifersüchtig, Dougall?« fragte sie vorsichtig und achtete auf seine Reaktion.

»Nein!« Wut, Ablehnung, Ekel.

Furcht?

»Was hat Sergio zu erklären versucht?«

Als sie sah, wie er zögerte, fügte sie hinzu: »Sie haben mir gesagt, ich solle dich fragen.«

Er senkte erneut den Kopf. »Es war nichts… Schlimmes. Nur, daß du… selbst als Blauer… mit einer blauen Frau…« Er brach ab, als ersticke er an seinen eigenen Worten.

Lisbeï war völlig verblüfft. Sie dachte, sie verstehe allmählich, aber jetzt kam sie überhaupt nicht mehr mit.

»Aber ich bin nicht eifersüchtig auf sie!« rief der junge Blaue mit heiserer Stimme, so daß Lisbeï zusammenzuckte. »Nicht darauf! Es ist … respektlos. Ein Sakrileg. Selbst für einen blauen Mann!«

»Von was redest du überhaupt?« rief Lisbeï und stand wütend auf.

Ihr Ausbruch schockierte Dougall. Er starrte sie einen Augenblick lang an und dann – nein, er wollte doch wohl nicht *weinen!* Doch, stumme Tränen, noch immer waren seine Augen auf sie gerichtet.

Sie kauerte sich neben ihn und versuchte unbeholfen, ihn in die Arme zu nehmen, murmelte irgend etwas zu seiner Ermutigung. Seit Ysandes Tod hatte sie niemanden mehr weinen sehen. Und selbst damals war es Livine gewesen, die Fraine umarmt hatte, während Lisbeï, befangen in ihrer eigenen ohnmächtigen Wut und ihrem herzzerreißenden Schmerz, wie gelähmt dabeigestanden hatte. Jetzt klammerte sich Dougall wortlos an sie, sein ganzer Körper bebte. Unter seinem Gewicht verlor sie die Balance, und sie stürzten zusammen zu Boden. Lisbeï rappelte sich hoch, wollte lachen, war erleichtert, daß sie lachen konnte. Bestimmt würde auch Dougall sich wieder in den Griff bekommen. Wenigstens weinte er nicht mehr. Plötzlich wirkte seine Aura anders, dichter, intensiver. Aber er ließ sie nicht los, drückte sich mit geschlossenen Augen weiter an sie, mit einer Art … Hartnäckigkeit?

Sie stieß ihn weg, zuerst sanft, dann nachdrücklich. Er wehrte sich. Dann ließ er sie plötzlich los und rollte auf den Rücken, das Gesicht bedeckte er mit seinem Arm. Völlig verwirrt, besorgt und wütend kniete sie neben ihm nieder. »Dougall? Sag was. Erklär's mir.«

Nach kurzem Schweigen sprach er. Seine Stimme war anders, monoton, tot. »Du weißt nichts. Du verstehst nichts.«

Aber darum ging es doch gerade: Sie wollte es verstehen. Warum erklärte er es nicht?

Mit plötzlicher Behendigkeit setzte er sich auf. Sie zuckte zusammen und zog sich zurück. Er mußte es falsch verstanden haben, denn er murmelte: »O nein, nein, niemals...« Leicht schwankend stand er auf und fuhr sich mit einer Hand durchs Haar. Er berührte seine Lippe, verzog leicht das Gesicht, drehte sich auf dem Absatz um und ging aus dem Zelt.

Gegen Mittag des folgenden Tages fanden ihn Dulcie und Duarte in der Flußbiege, eingeklemmt zwischen zwei Felsen.

Als Kind war Lisbeï bei der Trauerfeier für Loï nicht dabeigewesen, da sie Loï nicht gekannt hatte. Sie wußte jedoch, daß die Zeremonie trotz der Tatsache stattgefunden hatte, daß Loï selbst ihren Lebensfaden durchtrennt hatte – eine Tat, die manche Leute offensichtlich als sehr schwerwiegend empfanden oder sogar verurteilten. Aber noch nie hatte sie an einer Trauerfeier für einen Mann, ob Grüner oder Blauer, teilgenommen. (Bethely, gelobt sei Elli, hatte nie einen Roten während seiner Dienstzeit zu beklagen gehabt.) Ihre notorische Neugier darauf, was die Männer taten, war mit dem Satz beantwortet worden: »Sie gedenken seiner, wenn sie unter sich sind.«

Jetzt saß sie, von Kummer überwältigt, im Zelt von Kelys und lauschte, wie das Wasser langsam von dem Tisch tropfte, auf dem Dougalls durchnäßter Leichnam aufgebahrt war. Ihr einziger zusammenhängender Gedanke war *die Trauerfeier*. Würden sie und die anderen daran teilnehmen? Sollten sie, Fraine, Livine und die anderen der Gruppe nicht teilnehmen? Was konnten sie bei der Trauerfeier für Dougall *sagen?* »Es ist meine Schuld, ich hätte etwas verstehen müssen, aber ich wußte nicht, was – ich habe es nicht verstanden und verstehe es noch immer nicht.« Nein: Bei der

Trauerfeier ging es nicht um sie, sondern allein um Dougall. »Er dachte, ich wüßte es, er dachte, ich hätte verstanden, aber er hat sich geirrt.«

Der Wechsel von Licht und Schatten ließ sie aufblicken. Jemand hatte die Zeltklappe angehoben. Kelys, deren Silhouette sich im Eingang abzeichnete, ein tieferer Schatten.

»Gib keinem die Schuld, Lisbeï. Ich habe ihn zu den Männern geschickt. Du wußtest nichts.«

»Was? *Was* wußte ich nicht?«

Kelys kam mit großen Schritten herüber und nahm sie in die Arme, ihre Aura ein schweres Tal voller Mitgefühl, traurig, resigniert, mit schwach rotglühendem Zorn. »Er konnte es dir nicht sagen, und es wäre nicht recht, wenn ich es täte. Die Männer könnten es, wenn sie wollten. Duarte und die anderen. Sie waren die ersten, die ihn aufnahmen.«

Aufnahmen?

»Einige Männer veranstalten manchmal eine Art ... Trauerfeier, wenn eine Gruppe einen neuen Blauen aufnimmt.«

Aber Trauerfeiern waren doch für die Toten!

Kelys nickte. »Es ist ja auch ein Versuch, gekappte Lebensfäden wiederherzustellen, in Elli wiedergeboren zu werden.«

Lisbeï war sprachlos. Wiedergeboren zu werden ... wenn man noch am Leben war? Sahen blaue Männer sich selbst auf diese Weise?

Nach einer Weile fuhr Kelys fort: »Er suchte sie auf, ehe er zum Fluß ging. Sie konnten ihn nicht zurückhalten.« Sie trat einen Schritt zurück und musterte Lisbeï eingehend. »Willst du sie aufsuchen?«

»Die Blauen? Duarte? Wären sie denn damit einverstanden?«

»Man kann ja fragen.«

Lisbeï nickte. Sie fühlte sich völlig ausgelaugt. Vage Gedanken schossen ihr durch den Kopf. »Was, wenn sie ablehnen?« Aber die Aura von Entschlossenheit, die Kelys umgab, erübrigte die Frage offensichtlich. Draußen wartete Fraine mit den drei anderen, alle waren sie ebenso von Kummer überwältigt wie Lisbeï. Kelys forderte sie mit einem Wink auf, ihr zu folgen. Mehrere andere blaue Frauen aus der Arbeitsgruppe sahen sie vorbeigehen, zögerten und schlossen sich dann an. Es waren die Blauen aus Wardenberg.

Die blauen Männer hatten sich vor Duartes Zelt versammelt. Sie verstummten und machten Platz, als sie Kelys mit der kleinen Gruppe von Frauen näher kommen sahen. Lisbeï fand sich vor Duarte wieder. Seine Kleidung war immer noch naß. Er hatte sich nicht umgezogen, seitdem er Dougall zurückgebracht hatte. Sie wußte, Kelys würde die Frage nicht stellen. Es blieb ihr überlassen. Sie sah Duarte mit zurückgelegtem Kopf an, das helle Sonnenlicht machte sie blinzeln. Er wartete. Kein Zorn, keine Zurückweisung. Er wartete einfach.

»Wir waren … Dougalls Freundinnen.« Sie brach ab. Dieser eine Satz hatte alles erschöpft, was ihr an Mut geblieben war.

Der Riese beobachtete sie gelassen, mit leicht schräg geneigtem Kopf.

»Das Trauern«, sagte Fraine plötzlich aus der Gruppe der Frauen heraus. Sie beließ es dabei.

Duartes braunes Gesicht ließ einige Überraschung erkennen, ein Zögern bei aller Gelassenheit. »Ihr wollt euch an der Trauer beteiligen?« Die Worte kamen langsam.

»Ja«, sagte Lisbeï, von den Gefühlen ermutigt, die sie in der Gruppe hinter sich spürte. Die Männer sahen einander an, die Köpfe drehten sich in diese und jene Richtung, eine Welle von Unsicherheit und auch Feindseligkeit war zu spüren.

»Laß sie kommen«, sagte Sergio tonlos. »Es ist zuviel geschwiegen worden.«

Duarte drehte sich mit jener Aura von Freude und Erstaunen zu ihm um, mit der er immer reagierte, wenn Sergio das Wort ergriff. Aber der junge Blaue verstummte wieder, wie es seine Art war.

Die anderen blauen Männer waren sehr still und beobachteten Duarte. Würde er wieder die Entscheidung für sie alle treffen?

Duarte nickte. »Es ist zuviel geschwiegen worden.« Es war ein Zulassen, ein Annehmen.

Bei Sonnenuntergang versammelten sie sich um das Lagerfeuer, das die Männer entzündet hatten – selbst die Frauen, die sich früher am Tag Kelys und Lisbeï nicht angeschlossen hatten. Man hatte den Tisch nahe ans Feuer gebracht. Darauf lag Dougalls blau gekleideter Leichnam. Ein Körper, der jetzt im Frieden mit sich selbst war, seine Hände waren über der Brust gefaltet. Die Frauen und Männer ließen sich in einem Halbkreis nieder, die flackernde Silhouette auf dem Tisch zwischen sich und dem Feuer. Allein oder in Gruppen hatten sie den ganzen Tag darüber nachgedacht, was sie sagen sollten.

Lisbeï hatte noch immer keine Ahnung, was sie sagen sollte. In ihrer Erinnerung gab es Hunderte von Bildern, gewiß, Hunderte von Gesten, Worten … Welche hätte sie verstehen müssen, welche zeigten, daß sie nicht verstanden hatte? Sie konnte es nicht sagen. Selbst das letzte Gespräch im Zelt … Nein, das gab nicht Dougall wieder, sondern warf eher ein Licht auf ihre eigene Unwissenheit, Ungeduld und Unkenntnis der Situation.

Vielleicht sollte sie einfach versuchen, das auszudrücken, was Dougall ihr bedeutet hatte. Aber was *bedeutete* er ihr wirklich? Er war eigentlich kein ›Freund‹ gewesen, obwohl sie das Wort am Morgen gebraucht hatte. Anfangs hatte er zur Szenerie gehört, ein Kuriosum. Allmählich war er in ihr Blickfeld getreten – ein Gesicht, ein Name, eine Stimme, stets ein wenig abgehoben von den anderen. Dann hatte sie beinahe vergessen, daß er ein Mann war, er war Teil der Gruppe geworden … Aber kein Freund wie die anderen. Welches Wort konnte ihre Beziehung ausdrücken? Was hatten sie wirklich miteinander geteilt, nur sie beide? Das Notizbuch. War er also ein Studienkamerad? Ein Kollege? Lag der Schlüssel in der ungläubigen Freude, mit der er auf ihren Vorschlag reagiert hatte, seine Übersetzungsbemühungen unter ihrem Namen der Vereinigung der Haldistas vorzulegen? Nein, das konnte sie nicht bringen. Dabei ging es nicht um Dougall, sondern wieder nur um sie selbst, Lisbeï.

Bestürzt merkte sie, daß sie sich nicht einmal erinnern konnte, wann sie ihn zum ersten Mal gesehen hatte, wirklich gesehen hatte. Vielleicht sollte sie darüber sprechen.

Konnte sie von so etwas bei der Trauerfeier für Dougall reden? Wenn sie das Tagebuch jenes Jahres bei sich gehabt hätte, hätte sie nachsehen können, wann sie Dougall das erste Mal darin erwähnt hatte. Aber sie konnte sich nur auf ihr Gedächtnis stützen, ein Gedächtnis, das überfloß und doch trügerisch war. Sie konnte die wechselvollen Bilder von Dougall nicht festhalten. Sobald sie sich eines in Erinnerung rief, zerfloß es, an seine Stelle traten Bilder von Bethely – aber warum Bethely?

Nach einer Weile schloß sie erschöpft die Augen und ließ sich in eine Art sirrenden, halbbewußten Zustand fallen, sie hatte eine schlaflose Nacht hinter sich, die Folter einer unerklärlichen Pein. Immer wieder hatte sie ihr letztes Gespräch mit Dougall rekapituliert, war aufgestanden, um wirre Sätze in ihr Tagebuch zu kritzeln, hatte sich wieder hingelegt und ins Dunkle gestarrt. Als im Morgengrauen jemand gekommen war und ihr mitgeteilt hatte, Dougall sei verschwunden, hatte sie die durch nichts begründete Gewißheit von irgendeiner Katastrophe nicht abschütteln können. Und dann, gegen Mittag: Duarte, der mit Dulcie ins Lager kam, am Zügel seine große rote Stute, über dem Sattel Dougalls durchnäßter Körper ... Die Felsen hatten sein Gesicht nicht sehr entstellt – nur über der linken Augenbraue hatte er eine dreieckige, purpurrote Beule, das Blut hatte der Fluß fortgewaschen. Die Beule hatte seinem Gesicht etwas Verwirrtes, Kindliches gegeben. Kindlich. In ihrem Tagebuch hatte sie ihn immer gern ›klein‹ genannt, obwohl er ein Jahr älter war als sie. Allerdings hatte sie es vor den anderen sorgfältig vermieden, ihn so zu nennen. Der Ausdruck ›klein‹ für Dougall hing eigentlich nicht damit zusammen, daß sie größer war. Der kleine Dougall. Nicht aus einer besonderen Zuneigung heraus ... Kindlich. *Kindlich.* Wie war Dougall als kleiner Grüner gewesen? In Verchères gab es keine Horte, die Jungen wurden getrennt von den Mädchen aufgezogen ... Erschreckt wachte sie auf. Der Abend zog herauf, Kelys kauerte neben ihr, Kelys, gesammelt und ruhig. Es war Zeit, Zeit für die Trauerfeier, Zeit für die Trauer um Dougall.

Die Frauen sprachen als erste, die Blauen aus der Gruppe. Fraine und die anderen. »Ihr habt Dougall länger als wir gekannt«, sagte Duarte. »Erzählt ihr zuerst von ihm.«

Das Schweigen zog sich lange hin. Aber Lisbeï wollte nicht, konnte nicht den Anfang machen. Sie wußte immer noch nicht, was sie sagen sollte. Die Bilder, die sie bis in den Schlaf hinein verfolgt hatten, die Bilder von Bethely und dem Hort, sagten überhaupt nichts aus. Sie wußte nicht, warum Dougall tot war, wußte nicht, was sie über ihn sagen sollte, und sie konnte keine Geschichte erfinden, nicht für eine Trauerfeier, in der es darum ging, das wahre Bild eines Lebens zu rekonstruieren. Ebensowenig konnte sie einfach irgendein Bild beschreiben, das ihr einfiel. Sie spürte, daß das irgendwie verlogen gewesen wäre, und sie konnte Dougall jetzt nicht belügen!

»Als ich ihn das erste Mal berührte…« Livines Stimme verriet Unsicherheit. »Wenn ich rede«, nahm sie den Faden mit wachsendem Selbstvertrauen wieder auf, »neige ich dazu, die Leute anzufassen. Ich weiß, daß es anderen ziemlich auf die Nerven gehen kann, und ich hab immer versucht, mir das abzugewöhnen. Aber der Drang ist einfach zu stark. Als ich das erste Mal mit Dougall sprach und ihn dabei anfaßte… also, ich weiß nicht mehr, über was wir gesprochen haben, aber ich erinnere mich genau daran, daß ich ihn berührt habe, weil er zusammenzuckte und ich mich entschuldigte. Ich erklärte ihm, es sei eine meiner Schwächen. ›Nein, nein‹, sagte er, ›ich halte das nicht für eine Schwäche.‹ Und er erzählte mir, er habe das auch getan, als er noch klein war. Bis man es ihm abgewöhnt hatte. Es mache ihm überhaupt nichts aus, wenn ich ihn anfasse. Er… er freute sich, daß ich ihn genauso anfaßte, wie ich es auch mit allen anderen tat.«

Flackernder Feuerschein, Schweigen und Marcie, die entschlossen ihre Stimme erhob.

»Er hätte gern als Nachrichtenübermittlerin gearbeitet, das hat er mir eines Tages gestanden. Na ja, er machte nicht viele Worte, aber wir alle verstanden, glaube ich, wie er es meinte. Es war unmittelbar, ehe er hörte, daß er schließlich doch noch ausgewählt worden war. Wir sprachen über verschiedene Ausbildungsgänge, darüber, was wohl die interessanteste Arbeit wäre. Und er sagte: ›Nachrichtenübermittlerin.‹ Ich muß wohl gelacht haben – ich lache oft ohne jeden Grund. Es war einfach so… bizarr, überhaupt die Vorstellung, daß ein Mann Nachrichtenübermittlerin sein könnte. Es war nicht speziell auf ihn gemünzt. Und überhaupt halte ich die Arbeit nicht für sonderlich interessant. Wir haben später darüber diskutiert, aber er sagte nicht viel. Lisbeï hat ihn dabei gefragt, was er so toll an dieser Arbeit finde, und er sagte: ›Daß man den Menschen dabei hilft, miteinander zu reden.‹«

Marcie brach plötzlich ab, so als habe sie ursprünglich mehr sagen wollen, es sich jetzt jedoch anders überlegt.

Bertia erzählte, wie sie sich mit Dougall gestritten hatte. Nach Ysandes Tod war Fraine sehr reizbar gewesen, bereit, jedem vors Schienbein zu treten. Insbesondere Dougall, der ihr jedesmal Kontra gab. Sein Verhalten hatte Bertia geärgert. Sie hatte ihm gesagt, er solle Fraine in Ruhe lassen, wenn sie in solcher Stimmung sei. Ganz besonders er. Natürlich hatte sie damit sagen wollen ›ganz besonders du als Mann‹. Gemeint hatte sie: Wie sollte er als junger Roter solche Dinge nachvollziehen können. Babies, die dich umbringen und dann nicht einmal selbst am Leben bleiben. Und dann Fraine, die noch zwei Babies austragen mußte, nachdem ihr erstes Baby gestorben war. Dougall war wütend geworden, sie selbst auch. Er war rausgegangen und hatte die Tür zugeknallt. (Dougall, der eine Tür zuknallte!) Erst da hatte sie gemerkt, daß es ihre Worte ›ganz besonders du‹ gewesen waren, die ihn zur Weißglut gebracht hatten, auch wenn sie den Grund nicht recht verstand.

Erneutes Schweigen. Dann Fraines Stimme, etwas heiser. »Dougall war ein Roter, der eigentlich keiner sein wollte. Er hatte Angst, nicht so wie ich, aber dennoch Angst. Aber er war tapfer, viel tapferer als ich. Als mein drittes Baby starb, besuchte er mich zu Hause, er ließ sich von der Anwesenheit meiner Schwestern, Cousinen, Tanten und selbst meiner Mutter nicht abschrecken. Es sagte nichts, selbst als ich wieder die alten bösen Bemerkungen vom Stapel ließ. Er legte seine blaue Halskette auf den Nachttisch und wartete, bis ich ruhig war. Dann sagte er: ›Wir sind mehr als unsere Erblinien.‹ Genau das, was auch Ysande immer gesagt hat. Ich habe seine Kette nie getragen, aber ich habe sie noch. Vielleicht hätte er Nachrichtenübermittlerin werden können. Wir haben eigentlich nie richtig darüber gesprochen, aber er wußte es. Er verstand es. Und auch er liebte Lisbeï.«

Schweigen. Die angeleuchteten Schatten tanzen. Verschwommene Stücke blauer Kittel, ein halbes Gesicht, eine Hand. Der Geruch von Feuer und von Rauch, der sich bei einem plötzlichen Windstoß kräuselt. Das Zerbrechen in glitzernde Bruchstücke all jener Dougalls, die Lisbeï kannte, ohne sie wirklich zu kennen, die sie nicht hatte wahrhaben wollen, die sie nicht hatte wahrnehmen können... Ihre eigene Stimme, die sich erhebt, leicht zitterig, die Worte ausspricht, die eigentlich keine Überraschung in sich bergen. »Er erinnerte mich an Garrec. Und Turri. Und Rubio. Die Jungen im Hort von Bethely. Es waren drei, aber sie waren wie eine einzige Person. Sie waren eins und immer abseits, aber ich wollte sie nicht bemitleiden, denn ich war ja auch allein.«

VIERTES BUCH

*

Entraygues Angresea Bethely

499 – 519 N.G.

KAPITEL 1

In jenem Jahr fand die Versammlung der Mütter in Entraygues statt, einer Capterie von mittlerer Größe in der östlichen Bretanye, in günstiger Nähe zu Litale und Escarra gelegen. Es war eine Region fruchtbarer Ebenen, sumpfiger Waldgebiete, in denen es von Fisch und Wild nur so wimmelte, und zahlreicher, längst ausgeschwemmter, urzeitlicher Berge, die von Wäldern bedeckt waren. Inmitten dieses üppigen Landstrichs lag ein Streifen Ödland, der aus einer tiefliegenden Wüste und zerklüftetem Hochland bestand. Der größte Teil war auf Landkarten noch mit dunklem Grau markiert. In alten Dokumenten wurde dieses Ödland gemeinhin als das Herz einer in der Zeit des Zusammenbruchs dicht besiedelten Region bezeichnet, möglicherweise handelte es sich um eine *Megapolis* wie jene, die in erhaltenen Fragmenten erwähnt wurden – Zusammenballungen, die Dutzende von Quadratkilometern mit Stein, Asphalt und Beton bedeckt hatten, bis die Erbauer auf der Suche nach weiterem Platz tief in die Erde vorgedrungen waren. Wie sich herausstellte, entsprach der in dieser *Schlimmen Zone* registrierte Verseuchungsgrad den Markierungen in alten Landkarten. Flora und Fauna waren immer noch verkümmert und wiesen viele Mißbildungen auf. Expeditionen mußten sich auf eine festgelegte Anzahl von Wochen beschränken, sonst hätten die Forscherinnen ihre Gesundheit und vielleicht sogar ihr Leben aufs Spiel gesetzt.

Die Nähe dieser *Schlimmen Zone* war zwar irgendwie peinlich, aber die Familie war andererseits auch recht stolz darauf, denn dort waren mehrere sehr nützliche Funde gemacht worden. Zwar gehörte Ödland in der Regel niemandem, aber ein kleiner Teil des geborgenen Materials ging stets an die Familie, deren Gebiet am nächsten lag. Einige der Gegenstände, die auf diese Weise in den Besitz der Familie von Entraygues gelangt waren, wurden in der großen Eingangshalle der Capterie ausgestellt. Am meisten war Lisbeï von einer freistehenden Uhr fasziniert, die ungefähr die Größe eines kleinen Ziegelsteins hatte. Das Zifferblatt bestand aus einem schwarzen Rechteck mit großen rubinroten Leuchtzahlen, die in regelmäßigen Abständen wechselten. Genauer gesagt veränderten sich die alten Zahlen durch die geniale Kombination einer bestimmten Anzahl eckiger Elemente zu neuen. Die Zahlen waren entsprechend rechtwinklig: 112305 mußte man als elf Uhr, dreiundzwanzig Minuten und fünf... sechs, sieben, acht, neun Sekunden dechiffrieren. Die blinkenden Formen hatten hypnotische Wirkung.

Lisbeï merkte, daß sie mehr als anderthalb Minuten völlig bewegungslos vor dem Zifferblatt stehengeblieben war, gefesselt von dem fortwährend fließenden und dennoch seltsam fixierten Zeitstrom. Ihr waren ihre eigene große Taschenuhr und die runden Uhren im Turm von Bethely und in der Bergfeste von Wardenberg lieber. Dort krochen die schlanken Zeiger unmerklich über den Raum, der auch Zeit war, ein Kreis, in dem ein Teil des menschlichen Lebens genau einzugrenzen war. *Fast* halbacht, *mehr als* sieben Minuten, *schon* viertel vor acht.

Und man konnte gleichzeitig acht Uhr, elf Uhr, Mittag/Mitternacht, den ganzen Tag sehen, alle Tage wiederholten sich auf dem runden Zifferblatt bis in alle Ewigkeit, während sie im Leben doch ganz unterschiedlich verliefen.

Ein Verrinnen von Zeit, das man vorhersehen konnte, wie man auch darauf zurückblicken konnte, nicht diese unendliche, ewige Gegenwart, die die Zeit genauso vertröpfeln ließ wie die konzentrierte Aufmerksamkeit des Betrachters. Man schaute hin und ließ sich von einem Rennen fesseln, das schnurstracks auf ein Ziel zu führte, das nie erreicht wurde.

Das langsame Fortschreiten der Zeiger hatte seinen eigenen unerbittlichen Rhythmus. Ewig kehrten dieselben Stunden wieder, aber wenigstens lag es bei einem selbst, ob man die Uhr aufzuziehen vergaß! Und man konnte sehen, wie die Stunden wiederkehrten – der Mittag, der gleichzeitig Mitternacht war. In den dicken Bänden von Belmont, die Lisbeï in einem Anflug von Panik (all diese Bücher!) willkürlich aufgeschlagen hatte, war ihr die Zeile eines Gedichts ins Auge gesprungen. Wild entschlossen hatte sie sich die Mühe gemacht, die Zeile zu entziffern. Sie stammte aus einem jener Gedichte aus der Zeit des Zusammenbruchs, die in vertikalen Blöcken angeordnet waren. Oft trennte eine Leerzeile die etwa gleichgroßen Versblöcke. Die Sprache war sehr frühes Alt-Frangleï, älter sogar als die Sprache des Notizbuches. *Die Dreizehnte kehrt wieder … Wieder einmal ist sie die Erste.* Unten auf der Seite eine Notiz (diese Leute zur Zeit des Zusammenbruchs mußten immer alles erklären, selbst Lyrik), in der diese Zeile anscheinend mit den Ziffern auf runden Uhren in Verbindung gebracht wurde. Wie seltsam, wenn man sich vorstellte, daß dieselben Leute ihre Uhren mit den runden Zifferblättern abgeschafft und durch Zahlen ersetzt hatten, die weder Vergangenheit noch Zukunft kannten. Zahlen, die auf dem Schirm aufsprangen und die Zeit so zerhackten, daß es ansteckte und sich auch auf den Zeit-Geist auswirkte …

»Und sie geht immer noch«, sagte Duartes Stimme hinter ihr.

Für ihn lag die Faszination in der Tatsache, daß dieser Gegenstand nach so vielen Jahrhunderten immer noch funktionierte. Ja, auch das war faszinierend, aber auf ziemlich erschreckende Weise. Apparate, die immer noch intakt und am Leben waren, während diejenigen, die sie erfunden hatten, schon lange vom Erdboden verschwunden waren. Wie mußten die Menschen ihre Apparate gehaßt haben. Sie hatten ihnen eine nahezu unbegrenzte Lebensdauer verliehen, eine Lebensdauer, über die sie selbst nie verfügen würden! Eine Unsterblichkeit, die sich aus Sonnenenergie speiste. Immerhin. Es war nur ein schwarzer Plastikklumpen mit einem dunklen Schirm gewesen, den man vor zwei Jahrhunderten bei Entraygues ausgegraben hatte. Die Arbeiterinnen hatten ihn zusammen mit anderen, offensichtlich nutzlosen Gegenständen in der Sonne gelassen. Welche Überraschung mußte es gewesen sein, als die Zahlen plötzlich aufleuchteten! In der großen Eingangshalle von Entraygues stand die Uhr auf einem Sockel an dem Platz, der die meisten Sonnenstrahlen einfing.

»Schade, daß sich unsere Ausgrabungstätte nicht aus derselben Energiequelle gespeist hat«, räumte Lisbeï ein.

Ich war so erleichtert, als Kelys vom Grund des Fahrstuhlschachts nach oben rief, alles sei in Ordnung, hatte Lisbeï nach dem ersten Tag geschrieben, an dem sie den unterirdischen Komplex in Belmont erforscht hatten. *Sie hat wirklich schrecklich viel riskiert, als sie sich so ganz allein nach unten begeben hat, auch wenn sie erfahrener ist als wir alle zusammen. Und dann stand alles still. Glücklicherweise haben die Leute in der Zeit des Zusammenbruchs auch für Nottreppen gesorgt. Und wir hatten Gaslampen. Es war fast wie damals bei der Entdeckung der Schutzstätte: Die Zeit reichte gerade, um hineinzugelangen und einen Blick darauf zu werfen, wie es in der Zeit des Zusammenbruchs ausgesehen haben muß, dann fiel das Licht, der Strom aus. Frustrierend. Kelys glaubt, daß die Dinge nur durch die Gegenwart von Menschen aktiviert wurden. So wollte man Energie sparen. Aber nach all den Jahren war kaum noch Energie da, genau wie in der Schutzstätte. Wenn wir nicht zufällig auf die Rohrleitung gestoßen wären, wenn wir die ganze Strecke bis zum Haupttunnel hätten graben müssen, dann hätten wir vielleicht gar keinen Strom mehr vorgefunden. Wer hätte gedacht, daß sie den Eingang nach ganz unten gelegt haben. Aber vielleicht waren die Bodenverhältnisse in jener Zeit anders.*

Wie sich herausstellte, lag ›jene Zeit‹ noch länger zurück als der Bau der Schutzstätte. Das sollte sich einige Jahre später zeigen, als die Forscherinnen das Katalogisieren und Registrieren aller aufgefundenen Gegenstände abgeschlossen hatten. Es waren Bücher, Gemälde, Skulpturen und merkwürdig groteske oder häßliche Objekte, die wohl ebenfalls als Kunst gegolten hatten, man hatte sie bei den anderen Kunstwerken gefunden. Anhand der Bücher würden sie das Alter der Stätte schätzen können. ›Museum‹ hatte Kelys den Komplex sofort getauft und den anderen die Wortbedeutung erklärt.

Keines der Bücher war nach 2120 veröffentlicht worden. Aber wann war das – ›2120‹? Auf was bezog sich die Jahreszahl? Auf eine ausgetilgte Geschichtsschreibung. Wenn man die Kalender Maerlandes, der Bienenstöcke und der Harems miteinander verband und ›Null‹ als das Jahr wählte, in dem in den überlieferten Texten das Wort ›Harem‹ zum erstenmal auftauchte, dann war jetzt das Jahr 623. Vorläufer der Harems hatte es schon früher gegeben: An verstreuten Stellen deutete einiges darauf hin, daß sogar schon hundertfünfzig Jahre früher eine Gebietsbesetzung stattgefunden haben mußte. Aber die genaue zeitliche Bestimmung wurde dadurch erschwert, daß die Bienenstöcke so viel verwüstet hatten und die aus der Zeit des Zusammenbruchs stammenden Ruinen über die Jahrhunderte für neue Zwecke verwertet und verwendet worden waren.

»Ziemlich überraschend, daß die Leute von Entraygues diesen Gegenstand aufbewahrt haben.« Diesmal war es Kelys, die hinter Lisbeï stand.

Ja, wirklich: Die Uhr stammte aus ungefähr derselben Zeit, in der viele Gebiete des heutigen Ödlands, der *Schlimmen Zonen*, verseucht worden waren. Die Familie verhielt sich widersprüchlich, wenn sie einen möglicherweise verseuchten Gegenstand aufbewahrte, wie Lisbeï schon aufgefallen war, als sie mit ihrer Gruppe der engstirnig-traditionalistischen Mutter von Entraygues begegnet war.

Marcie war mit folgender Theorie gekommen: Die Leute von Entraygues hätten sich mit der benachbarten Familie der Fortschrittlerinnen noch nie gut verstanden. Vielleicht habe deren Mutter ihnen damals die Uhr als todbringendes Geschenk zugedacht. Kelys hatte diese Idee köstlich amüsiert. »Wie auch immer, offensichtlich hat niemand in Entraygues daran Schaden genommen«, hatte sie schlagfertig zurückgegeben, »obwohl das Ding seit mehr als zwei Jahrhunderten Staub angesetzt hat.«

Fraine war zusammen mit den anderen in der großen Halle umhergestreift und warf einen letzten skeptischen Blick auf die Ausstellungsvitrinen. »Ist dir inzwischen irgendeine Idee gekommen, wie du dich entscheiden willst?« fragte sie Lisbeï.

»Eigentlich nicht. Und dir?«

»Überhaupt keine.«

Wie sollte der einmalige Fund von Belmont geschätzt und aufgeteilt werden? Von dem Augenblick an, als die Gruppe die unterirdischen Kammern entdeckt hatte, war klar gewesen, daß der Fund eine ganze Reihe von Problemen nach sich ziehen würde. Kelys hatte vorgeschlagen, diese Probleme direkt in die Versammlung der Mütter einzubringen. Grundlegend sah die bisherige Regelung so aus, daß ein Zwölftel an die Familie ging, auf deren Gebiet irgendein Fund gemacht worden war. Ein weiteres Zwölftel erhielt Wardenberg für das Aufbewahren, Kopieren und Konservieren der Dokumente. Ein

Drittel bekam die vertraglich festgelegte Verantwortliche der Expedition, ein Sechstel die Familie, aus der sie stammte, falls sie von ihr noch unterstützt wurde. Das war bei Lisbeï der Fall. Alles übrige ging an die Partnerinnen und andere, die sich dem Projekt verpflichtet hatten. Solange es sich um zu restaurierendes Material handelte, war die Aufteilung nicht weiter schwierig. Probleme warfen die ›nützlichen‹ Gegenstände auf, vor allem im Hinblick auf ihr technisches Potential. Sogenannte ›nutzlose‹ Gegenstände hatten immer noch einen potentiellen wissenschaftlichen Wert, wenn es auch eine Art Glücksspiel war. Bücher und Schriftstücke mußten erst einmal entziffert und übersetzt werden. Erst danach konnte man abschätzen, ob sie Wert und Nutzen in sich bargen. Das alles konnte viel Zeit in Anspruch nehmen.

Langsam und unmerklich wie bei einem natürlichen Niederschlag landeten die Originale der Bücher und Schriftstücke stets in Wardenberg, und ihre Bewertung basierte häufig auf Wardenberger Forschung – daher der traditionelle zwölfte Teil, den die Versammlung von Baïanque 171 N.G. schließlich der Familie von Wardenberg zugesprochen hatte. Nach und nach hatte man auch ein System zur Abschätzung technischer und wissenschaftlicher Werke entwickelt. Aber noch nie hatten Forscherinnen eine ganze Bibliothek gut erhaltener Werke entdeckt, Werke zudem, die nicht sofort als wissenschaftliche oder technische Dokumente einzuordnen waren. Welche wertvollen Informationen mochten diese Bücher bergen? Vielleicht Informationen über die Menschen, die sie vergraben hatten, über den Zusammenbruch und vieles andere, wer konnte das schon sagen? Wie konnten solche Dinge abgeschätzt oder aufgeteilt werden?

Und nie zuvor hatte jemand ein ›Museum‹ voller Kunstwerke entdeckt.

Zum Glück barg die Ausgrabungsstätte auch eine Fülle restaurierbarer Gegenstände, vor allem aus Metall: Bücherwände, Sockel, verschiedene Schränke, darüber hinaus viele Gebäudeelemente, die man bergen konnte, wie Treppen und Plattformen.

Die Historikerinnen würden die Ausgrabungsstätte im ursprünglichen Zustand erhalten wollen und sich mit den Restauratorinnen entsprechend oft in den Haaren liegen. Wie üblich, würden die Restauratorinnen den Sieg davontragen, die Historikerinnen würden sich mit einem Teil des ersten Stockes begnügen müssen. Eigentlich würden die Historikerinnen auch nur aus Prinzip dagegenhalten. Alle Stockwerke des Museums glichen einander wie ein Ei dem anderen. Offensichtlich hatten seine Erbauerinnen vor allem die Notwendigkeit gesehen, so viele Objekte wie möglich auf kleinstem Raum unterzubringen. Zu Lisbeïs größter Überraschung deutete allerdings nichts auf die pharmazeutische Produktionsanlage hin, auf die sich ihrer Meinung nach eine Bemerkung im Notizbuch beziehen mußte.

Alles in allem würden diejenigen, die das Wardenberger Kreditsystem befürworteten (oder zumindest eine vorsichtige Ausdehnung dieses Systems auf die allgemeinen Verhandlungen nach einer Entdeckung guthießen) gewichtige Argumente anführen können. Kelys hatte das sofort gesehen.

In drei Wochen sollte die Versammlung von Entraygues stattfinden, längst schon war die Antragsfrist überschritten. Aber Kelys schätzte den Fund von Belmont als so wichtig ein, daß sie das Sonderverfahren beantragte, das im Anschluß an Antonës ENTSCHEIDUNG festgelegt worden war. Den Finanzierungsantrag hatte Kelys damals unterschrieben, aber darauf bestanden, daß allein Lisbeï als Ausgrabungsleiterin den Vertrag unterschrieb, während sie selbst die Liste der Projektmitglieder anführte. Glücklicher Umstand: Bethely, die (angesehene) Familie der Expeditionsleiterin, würde bei der derzeit amtierenden Capta der Versammlung vorstellig werden. Eine Unabhängige wie Kelys von Fusco hätte das legalerweise nicht tun können.

Die Belmonter Brieftauben flogen mit ihren eiligen Botschaften davon und trafen fast gleichzeitig in Bethely und Selonges an. Kelys kannte die Mutter von Selonges so gut, daß sie diesen kurzen Weg vorschlagen konnte. Gleichzeitig erreichten ein Kommuniqué über den Fund von Belmont und der Dringlichkeitsantrag die Mütter gerade noch, ehe sie nach Entraygues aufbrachen. In dem Antrag wurde eine Neuregelung für Schätzung und Aufteilung von Funden dieser Art und Größe gefordert.

Lisbeï und ihre Truppe von Blauen waren schon Berühmtheiten, als sie in Entraygues ankamen. Was noch mehr war: Inoffiziell war Lisbeï jetzt von ihren Schulden und ihren Verpflichtungen Wardenberg gegenüber befreit, da war sich Kelys ganz sicher, wie immer auch die Regelungen zur Aufteilung letztlich aussehen würden.

Während Lisbeïs zweijähriger Ausbildung hatte es Zeiten gegeben, in denen sie sich Tagträumen überließ – wenn der Regen durchs Zelt sickerte und sie auf ihrer dünnen Matratze nicht einschlafen konnte. In einem ihrer Träume hatte sie eine aufsehenerregende Fundstätte entdeckt und war, vollbeladen mit Schätzen, im Triumphzug nach Bethely zurückgekehrt. In einem anderen Traum sorgte sie im Zusammenhang mit dem Notizbuch für bahnbrechende neue Erkenntnisse und kehrte, wiederum im Triumphzug (allerdings ohne Reichtümer), nach Bethely zurück. Manchmal nehmen Träume eine ironische Wendung, wenn sie Wirklichkeit werden. Jetzt hatte sie mit einem Streich eine aufsehenerregende, mit dem Notizbuch verknüpfte Fundstätte entdeckt und würde mit Ruhm und Reichtum überschüttet werden. Es sollte jedoch noch viel Zeit vergehen, bis sie Bethely wiedersah – aber das wußte sie nicht.

Die Delegation aus Bethely war erst seit zwei Tagen in Entraygues, als Lisbeï mit ihrer Gruppe eintraf. Tula würde sogar noch später ankommen, erst am Abend der Versammlung. Da sie hochschwanger war, hatte sie die Schiffsreise vorgezogen, mit dem Schiff dauerte es zwar länger, aber es war komfortabler. Tula hatte nicht gewollt, daß ihr zweites Gedächtnis für Bethely sprach. Sie selbst würde die Interessen der Familie vermutlich wirkungsvoller vertreten – Mooreï wurde mit dem Alter immer kompromißbereiter. Selva wäre die ideale Lösung gewesen, aber Selva war krank.

Lisbeï hatte nicht gewußt, daß Selva kränkelte. Ins Ödland wurde keine Post befördert, und sie war seit zehn Jahren nicht in Bethely gewesen. O ja, sie hatte von verschiedenen Leuten Briefe erhalten, Kelys hatte ihr die Neuigkeiten berichtet, und im vorigen Jahr hatte Antonë sie sogar besucht, mitten in der Auseinandersetzung der ›Unabhängigen‹. Es war ein rein persönlicher Besuch gewesen, der Lisbeï den Rücken stärken sollte, nach einer ENTSCHEIDUNG hatte die Schiedsrichterin keine besondere Autorität mehr.

Die Briefe und die Berichte von Kelys hatten Lisbeï ein ziemlich deutliches Bild davon vermittelt, wie sich Mooreï, Antonë, Selva und auch Tula im Laufe der Zeit verändert, charakterlich weiterentwickelt hatten. Aber über die physischen Veränderungen hatte sie nicht weiter nachgedacht. Kelys wirkte fast unverändert, abgesehen von dem Schnee, der sich allmählich durch ihr Kraushaar zog. Antonë war erst fünfunddreißig, als sie zu Besuch kam, bei ihr waren Lisbeï vor allem die charakterlichen Veränderungen aufgefallen. Aber Selva krank, alt, mit abnehmenden Kräften... Sie war erst zweiundvierzig!

»Sie hat sich nie richtig von ihrer letzten Schwangerschaft vor zwei Jahren erholt«, seufzte Meralda. Obwohl sie Rote war, wurde sie inzwischen von Mooreï zum Gedächtnis ausgebildet und unterstützte Tula in Entraygues.

Noch ein Kind, ein Kind, das den Hort vielleicht nie verlassen würde. Wozu? Hatte Selva länger als Mooreï eine Rote bleiben und ganz Maerlande damit beweisen wollen, wie erstaunlich fruchtbar die Frauen von Bethely waren? Mooreï hatte mit achtunddreißig Jahren eine weitere Besamung abgelehnt, wie es ihr gutes Recht war, sie lag sowieso schon zwei Jahre über der offiziellen Altersgrenze. Und jetzt noch Tula, die im achten Monat war, und dennoch diese anstrengende Reise auf sich nehmen mußte!

»O Meralda«, sagte Kelys, die plötzlich aus dem Nirgendwo auftauchte, so daß die junge Rote erschrak, »sollen wir mit der Arbeit anfangen? Es wird Zeit...«

Sie mußten noch die letzten Feinheiten des Antrags ausarbeiten, den Bethely einbringen würde. Offiziell sollte Lisbeï nichts damit zu tun haben. Sie hatte beschlossen, diese bequeme Notlüge wörtlich zu nehmen und Kelys gesagt, sie werde an den Arbeitssitzungen mit Meralda nicht teilnehmen. Welches Schicksal dem Antrag auch beschieden sein mochte, letztendlich war es ihre Freiheit, auf die es ihr ankam – Freiheit von Wardenberg für sie, Fraine und die anderen, wenn sie ihre Schulden erst einmal zurückgezahlt hatten. Wahrscheinlich würden sie sogar einen Überschuß haben – individuell gesehen, einen sehr kleinen, aber sie alle hatten sich darauf geeinigt, das Geld in eine gemeinsame Kasse einzuzahlen. So würde es entscheidend zur Finanzierung der *Tribüne* beitragen. Sie waren entschlossen, den Fund von

Belmont zu nutzen, den alten Forscherinnen an der Schule auch weiterhin Dampf zu machen.

Lisbeï übersah Meraldas Enttäuschung geflissentlich und machte sich auf den Weg zum Marktplatz, der zwischen Capterie und Fluß, der Garesche, lag. Die Capterie von Entraygues stand mitten auf einer fast runden Landzunge, der Fluß machte hier eine große Biegung. Die Anlage sah nicht besonders eindrucksvoll aus: Sie wies die übliche Architektur aus der Bienenstockzeit auf, kleine zweistöckige Gebäude in Reihenbauweise, alle gleich, in der Mitte das Gebäude, in dem die Mutter mit ihrer engeren Familie lebte. Abgesehen von zwei zusätzlichen Stockwerken, hatte selbst dieses Gebäude nichts Besonderes an sich. Glücklicherweise bedeckten üppig wachsende Kletterrosen und Weinranken den Großteil der Wände und verbargen so die phantasielose Eintönigkeit. Die Festungsanlagen, die dieses Haus einst umgeben hatten, waren verschwunden. Die Capterie stand auf einem oben abgeflachten Hügel, der wie ein künstlich angelegter Erdaufwurf aus alten Zeiten aussah. Eigentlich erinnerte nur noch dieser Hügel an die kriegerischen Vorstellungen der Bienenstock-Frauen.

Holzstände und auf Böcke gestützte Tische standen längs der Mörtelsteinmauer, die inzwischen die fast senkrecht abfallenden Hänge abstützte. Die Stände erstreckten sich den ganzen Hügel hinunter und weiter, in buntem Durcheinander, bis zur Garesche. Auch das Spielfeld auf der anderen Seite des Hügels reichte von der Mauer bis zum Fluß. In der Hitze der frühen Juna tummelten sich viele Badende im Wasser und spritzten einander naß. Kleine Boote glitten flußaufwärts, junge Frauen ruderten gegen die Strömung – Training für die Regatta, die in Entraygues stattfinden sollte. Auch Wardenberg hatte eine Regatta veranstaltet, in Bethely war das nicht möglich gewesen. Jede Familie, die irgendeine Wasserstrecke von ausreichender Größe zu bieten hatte, setzte innerhalb der Spiele auch Schwimmwettkämpfe und Bootsrennen aufs Programm. Lisbeï hatte Lust, das Wasser auszuprobieren, und wanderte den Pfad zum Fluß hinunter. Fraine und die anderen hatten gesagt, sie würden hier den Nachmittag verbringen. Vielleicht würde Lisbeï dazustoßen, allerdings hatte ihr Tagebuch sie länger als erwartet in Anspruch genommen, und Meralda hatte sie zusätzlich aufgehalten. Sie fand sie am alten Treidelweg. Sie hatten sich Handtücher über die Schultern geworfen, ihre Kleider waren feucht, die Haare noch naß. Zwei von Duartes jüngsten Blauen machten sich mit ihnen auf den Weg zum Markt: Marek aus Entremer, dunkelhaarig und breitschultrig, und der blonde Toome (seltsamer Name!), dessen Körper geschmeidig und beweglich war – er war nach nur einjähriger Dienstzeit zum Blauen geworden, ein typisches Beispiel Wardenberger ›Instabilität‹. Am Fluß war immer noch ein reges Kommen und Gehen von Badenden. Als wollten sie ein Riff umschiffen, machten sie mit gebührendem Abstand einen großen Bogen um Lisbeïs Gruppe und wandten nach dem Überholen den Kopf. Fraine lächelte Lisbeï zögernd zu. »Hättest du gern mal eine passende Begleitung?« Als die Menschen zur Versammlung von Entraygues eintrafen, hatten sich die Neuigkeiten schon herumgesprochen. Die berühmte ›Lisbeï der ENTSCHEIDUNG‹ machte wieder von sich reden. Als diese Person war sie bei den meisten Leuten in und um Entraygues bekannt. Bei Ankunft der Familien aus Baltike und aus der Bretanye gesellte sich zur ersten Persönlichkeit eine zweite: ›Lisbeï von den Unabhängigen‹. Jetzt tauchte eine dritte auf: ›Lisbeï von Belmont‹. Der rote Faden, der diese verschiedenen Persönlichkeiten miteinander verband, war die Tatsache, daß Lisbeï immer irgend etwas mit dem Notizbuch zu tun gehabt hatte. Und später sollte noch eine vierte Persönlichkeit Gesprächsstoff abgeben: die ›Lisbeï von den Blauen‹. Aber bis jetzt war das noch eine unbekannte Größe, da Duarte und die anderen Männer auf getrenntem Weg in Entraygues angekommen waren und sich in kleinere Gruppen aufgeteilt hatten.

Zu den Festlichkeiten anläßlich der Versammlung waren Scharen von Männern angereist, die meisten vermutlich wegen der Spiele. Seit junge Männer, ob Grüne oder Blaue, zu den Wettkämpfen zugelassen waren, hatte eine stets wachsende Zahl von Männern die Provinzversammlungen und die Versammlungen der Mütter besucht. »Um die anderen zu unterstützen«, hatte Marcie gesagt. Das mochte für viele Blaue hier gelten, aber nicht für alle.

Duarte und seine Gruppe waren seit ihrer Ankunft wie vom Erdboden verschluckt. Lisbeï nahm an, daß sie sich im Zeltdorf der männlichen Blauen am jenseitigen Ufer der Garesche aufhielten und letzte Feinheiten des Antrags ausarbeiteten, den sie in die Versammlung einbringen wollten – *falls* es ihnen gestattet würde.

Plötzlich fiel Lisbeï auf, wie unwirklich das alles war. Vielleicht lag es daran, daß ihr alles so merkwürdig vertraut vorkam: der Fluß, das Marktgewusel im Hintergrund. Die Erinnerung an ihre Sommer in Bethely überlagerten die Ereignisse der letzten beiden Monate. Hatte sie sich wirklich darauf eingelassen, Duarte und seine Gruppe zu unterstützen? Hatte *Kelys* sich darauf eingelassen? Kelys war nicht ins Schwanken gekommen, als Duarte die Frage an sie gerichtet hatte, was Wardenberg dazu sagen würde.

»Wardenberg wird es so früh oder so spät hören, wie alle anderen auch«, hatte sie gelassen geantwortet. Sie hatte Sygne nichts erzählt. Kein Blauer hatte an dem Wort von Kelys gezweifelt, die meisten kannten sie zumindest ihrem Ruf nach. In den Geschichten, die die Männer einander erzählten, existierte eine andere Kelys: In der Nacht der Trauerfeier für Dougall war es Kelys gewesen, die nach Lisbeï im Halbkreis der Trauernden das Wort ergriffen hatte. Kelys hatte beschrieben, wie ihr Toller eines Nachts in Wardenberg Dougall gebracht hatte. Sein Gesicht war aschgrau gewesen. Die tiefen Schnitte an seinen Handgelenken hatte sie genäht und Stillschweigen über den Vorfall bewahrt. Der damals sechzehnjährige Dougall war außer sich vor Wut und Verzweiflung, weil er nicht ausgewählt worden war. Er war wütend auf die anderen Roten, auf die Mütter, auf seine Lehrerinnen, auf alle, und seine Wut war so ketzerisch, so unaussprechlich groß, daß er gar nicht anders konnte, als sie gegen sich selbst zu wenden.

»Es ist zuviel geschwiegen worden«, hatte Kelys am Ende gesagt. »Zu viel geschwiegen unter euch, zu viel geschwiegen zwischen euch und uns. Erzähl uns von Dougall, Duarte.«

Eine Stimme nach der anderen drang durch das flackernde Dunkel rings um die Flammen. Namenlose, gesichtslose Stimmen, die Stimmen von Männern, die sich in der Nacht verloren. Obwohl Lisbeï vor Kummer wie gelähmt war, merkte sie nach einer Weile, daß es nicht nur Dougall war, von dem sie sprachen. Der Grüne, der zum ersten Mal in seinem Leben eine Stute gesehen hatte, als er den Hort verließ – das konnte nicht Dougall gewesen sein. Verchères hatte keinen Hort und hielt auf den Bauernhöfen keine Stuten. Aber in Termilli gab es das, ja, auch wenn es eher Duarte als Sergio war, der sprach. Duarte, der beschrieb, wie der junge Grüne auf die Stute zuging und die weichen, bebenden Nüstern bewunderte, den heißen Atem auf seiner ausgestreckten Hand, den mächtigen, ruhigen Körper dieses riesigen Geschöpfes … Und wie er dann grob zur Seite geschubst wurde: Rote dürfen das nicht, es ist zu gefährlich – aber er ist doch noch gar kein Roter, kann er die Stute denn nicht einfach mal um die Koppel laufen lassen, sie füttern? Nein. Und war dies Dougall, dieser enthusiastische junge Rote, der neu erwählte Mann der Mutter? Jetzt hat sein Leben endlich einen Sinn, er wird Elli wirklich dienen, er wird mit der Mutter tanzen, die Sünden des Zusammenbruchs sühnen! Und er hat Glück: Die Familie ist nett zu ihm, die Mutter weder zu jung noch zu alt – auch wenn das eigentlich keine Rolle spielt, denn er sieht ja Elli in allen Müttern, immer. Inbrünstig macht er seine Übungen, jeden Tag, stundenlang, instinktiv durchläuft sein Körper die Figuren des Paartanzes, sobald er in Trance gleitet. Er betet morgens und abends, führt die Rituale durch, die er in der Kindheit gelernt hat, das endlose Gebet, die Konzentration, Kundali – denn natürlich ist er immer ein gutes Kind Ellis gewesen, und sein Glied kann stundenlang hart und erigiert bleiben, wenn er will – nein, wenn *Elli* es will.

Aber vielleicht ist dies Dougall, der junge Mann, der leise weint, als er aus dem Zimmer der Mutter zurückkommt. Er hat es versucht, und *wie* er es versucht hat, ihr Lust zu geben, so wie er es gelernt hat! Aber sie hat ihn gewaltsam weggestoßen, hat ihn wie irgendein ekliges Insekt angestarrt und leise und hämisch geseufzt: »Tu das nicht noch mal!« Er könnte Dougall sein, dieser junge Rote, der seinen Dienst leistet, der die Mutter stets zusammen mit ihrer roten Gefährtin findet, wenn er zum Dienst gerufen wird, denn die Mutter will von ihr zwischen den Beinen dick eingeschmiert werden, damit es nicht so schmerzt. Und natürlich will sie eigentlich gar nicht, daß er sie berührt... und die Gefährtin bleibt die ganze Zeit dabei, sieht vorwurfsvoll zu, die Hand auf den Mund gepreßt, und danach weint die Mutter in den Armen ihrer Gefährtin, die ihr übers Haar streicht und sich mit Abscheu von ihm abwendet.

Die Stimmen zogen sich durch die Nacht, während das sterbende Feuer Funken spie und schließlich in sich zusammensank wie ein schläfriges rotes Tier mit hypnotischen Augen. Dies kann doch nicht Dougall sein, der junge Mann, der zufällig mit anhört, wie die Ärztin mit ihrer Assistentin spricht, während er die Krankenstation verläßt. »Der hier gibt nicht mehr viel her. Er wird bald am Ende sein.« Sie hat recht, aber auf andere Weise, als sie denkt. Am Ende, er bringt's nicht mehr, *bringt's nicht mehr*. Bestimmt könnte er es bei der Feier Ellis mit Hilfe der Droge bringen – aber er ist nicht der Mann der Mutter, er würde die Droge nicht bekommen. Hier, in solcher Umgebung, im kleinen Meditationsraum der Krankenstation, bringt er weniger und weniger. Wenn er wenigstens ein bißchen von der Droge haben könnte, nur ein bißchen, so wie er es anfangs von den Lehrerinnen bekam ... Er hat schreckliche Angst. Elli muß ihn wohl für diesen Gedanken bestrafen. Und für die Monate voller Elend, Zorn und Ekel. Er achtet jetzt mehr darauf, was er ißt, er macht all die vorgeschriebenen Übungen, er meditiert stundenlang. Alles völlig nutzlos. Und sowieso wird er bald ein Blauer sein, nicht weil er zeugungsunfähig, sondern weil er *impotent* ist.

Dougall, nicht Dougall, vielleicht Dougall – dennoch sprechen alle wirklich über Dougall, wie es ja auch Dougall war, den Lisbeï sah, wenn sie an Garrec dachte. Der winzige Grüne, der in einer dunklen Ecke des Hortes weinte, weil er herausgefunden hatte, daß Elli Jungen bestrafte – das war Dougall. Oder Rubio, Turri, Garrec. Sie lebten alle zusammen, aber jeder war mit seinem Schweigen allein. Die anderen Jungen konnten, durften keine Freunde sein. Sie durften nur an Elli denken, an niemanden sonst. Jeder junge Grüne allein mit seiner Sünde, denn manchmal, während der Meditation, legte sich etwas anderes über die heraufbeschworenen Bilder: das Gesicht eines geliebten Wesens, ein vertrauter Körper, der Körper eines anderen Jungen, den man nicht berühren und auf keinen Fall lieben durfte, weil das Ketzerei war. Allein, weil blaue Männer normalerweise nicht mit ihrer Familie und zu weit entfernt voneinander leben, manchmal auch zu eifersüchtig aufeinander sind, Rote zum Beispiel, wenn sie nicht der Mann der Mütter sein können. Allein selbst dann, als auch er ein Blauer wird. Allein mit der Scham seines erschöpften, seit der Kindheit nur auf ein einziges Ziel getrimmten Körpers. Ein Körper, der nicht vergessen kann und auch weiterhin Verlangen empfindet... Verlangen nach der Mutter – aber jetzt ist er ein Blauer und kann auf keinen Fall mit einer blauen Frau reden, kann ihr auf keinen Fall sagen... Und nie, nie mehr wird er es wagen, bei der Feier Ellis zu tanzen. Dougall. All dies mochte das ausmachen, was Dougall, der junge Grüne, der junge Rote ertragen hatte, was andere immer noch ertrugen und Dougall jetzt nicht mehr ertragen mußte. Dougall: Duarte, Sergio, Marek und Garrec, Turri, Rico von Cartano, der Blaue aus Nevenici, und selbst Aleki, der brutale Aleki von Felden, und all die anderen – diejenigen, die in die *Schlimmen Zonen* fliehen, die dorthin geschickt werden. Diejenigen, die sich selbst umbringen. Diejenigen, die andere umbringen.

Und während diese Litanei großer und kleiner Qualen in das Glühen über dem Feuerschein emporstieg, mischte sich nach und nach eine andere Klage dazu: weibliche Stimmen, das Echo anderer Szenen und Erinnerungen, alle verschieden, alle gleich, und das schloß Lisbeï mit ein. Die Erinnerung an Ysande, wie sie mit einem Gesicht, das fast so weiß wie ihr Kissen war, lächelte. An Merritt, die sich mal wieder aufregte: »Sie führen ein gutes Leben, sie müssen keine Kinder austragen und für sie sorgen oder sogar für sie sterben.« Nein, nicht auf dieselbe Art. Cardens

Stimme, die sie eines Tages zufällig in der Werkstatt hörte: »Ich gehe noch mal hin«, und Lisbeï wußte, was sie meinte, spürte die Mischung aus Ermattung und Resignation, die Spritze, das Warten, die Enttäuschung, die gleichzeitig Erleichterung war: »Ich gehe noch mal hin.« Ysande kurz bevor ihr letztes Baby geboren wurde, riesig und entstellt, mit stets leicht angespanntem Gesicht. Die vorgewölbte Narbe (die sie vorher nie gesehen, sich aber oft vorgestellt hatte) quer über dem Unterleib einer Frau in der Dusche der Pension. Loï, die vor ihrem kleinen Feuer in der *Schlimmen Zone* fröstelte, Loï auf ihrem Dach, bereit zu springen. Und Selva, zu Eis erstarrt, als sie den Brief aus Cartano liest. Selvas Qual, die sie innerlich verzehrt, die Male auf ihren Schultern und Brüsten, ihre Tränen nach Aleki. Tula, die niemals das Meer überqueren wird, bis die Zeit ihr den Willen dazu genommen hat. Und Lisbeï, die Mutter hatte werden sollen, die Bethely verloren hat und sowieso nie Tulas Gefährtin hätte sein dürfen.

Aber das waren Erinnerungen, die sie für sich behielt.

Resigniert, aber entschlossen setzte Lisbeï ihren Weg zum Fluß fort. Fraine begleitete sie. Zumindest war Lisbeï ihr dieses *tête-à-tête* schuldig. Am Tag nach der Trauerfeier hatten sie Dougall nahe beim Fluß beerdigt. Stillschweigend waren sie übereingekommen, die Arbeit erst am nächsten Tag wieder aufzunehmen. Statt dessen hatten sie am Tag der Beerdigung schweigend ein paar häusliche Pflichten erledigt und die Bürde eines Wissens geteilt, das sich nur durch Blicke verriet. Lisbeï hatte den Tag damit verbracht, Tagebuch zu schreiben und alles festzuhalten, was sie vom Abend der Trauerfeier in Erinnerung hatte. Ohne einen einzigen Kommentar, ohne eine einzige Frage, ohne ein »Ja, aber«. Als sie die Arbeit wieder aufnahmen, fiel Lisbeï in ihre alte Gewohnheit zurück, alles zu beobachten. Sie bemühte sich, in den Arbeitsgruppen jedes Wort, jede Geste aufzuschnappen, die einen Wandel im Verhältnis der Geschlechter anzeigen mochten. Offensichtlich hatte sich nicht viel geändert, allerdings wirkte jetzt manches bemüht. War jetzt häufiger ein Lächeln zu sehen, das schnell wieder zurückgenommen wurde? Vielleicht. Sie war leicht enttäuscht und notierte in ihrem Tagebuch: *Im wirklichen Leben geht alles langsamer voran als in den Geschichten, auch wenn es diesen Geschichten manchmal ähneln mag.*

Später würde Lisbeï auch aufschreiben, was Kelys geantwortet hatte, als Lisbeï sie während einer Pause fragte: »Wußtest du das alles?« Kelys hatte genau verstanden, was sie meinte: *Hätte ich das alles wissen müssen?* Sie dachte einen Augenblick lang nach und sagte dann: »Teilweise, man weiß es teilweise.« Plötzlich hatte sie die unpersönliche Form benutzt, wie es in Wardenberg üblich war. »Dann sieht man einen weiteren Teil, aber denkt nicht immer darüber nach. Zumindest in Wardenberg nicht. Anderswo ein bißchen mehr. Aber man kann dazulernen.«

Als Lisbeï jetzt am Fluß stand, sah sie Fraine wirklich, sah sie, wie Livine Fraine immer gesehen hatte. Aber Fraine hatte das Thema Livine nie angeschnitten, und Lisbeï mußte mit schlechtem Gewissen zugeben, daß sie darüber erleichtert gewesen war.

Die beiden setzten sich ins Gras und ließen ihre Füße ins Wasser baumeln. Lisbeï wollte jetzt nicht schwimmen. Der Nachmittag war sowieso fast vorbei, und Schwimmen hätte ihr Gespräch mit Fraine nur aufgeschoben. Eine Weile sahen sie den Badenden zu. Die Grünen aus der Bretanye, deren Training beendet war, ließen ihre Boote in der Strömung treiben. Manche hatten die Ruder hochgezogen, andere ließen sie im Wasser hängen. Aus der Ferne klangen Rufe und atemloses Gelächter über den Fluß.

»Und überhaupt, was wird es schon ändern, wenn die Männer bei den Wettkämpfen ihre eigenen Veranstaltungen hätten?« sagte Fraine. Sie hatte zur Eröffnung des Gesprächs ein unverfängliches Thema gewählt. Lisbeï war bereit, ihr die Gesprächsführung zu überlassen und abzuwarten, obwohl sie diese Angelegenheit schon während der Reise nach Entraygues mit Duarte und den anderen besprochen hatten.

»Kurzfristig wahrscheinlich gar nichts...« Lisbeï sah nicht, was es selbst mittel- oder langfristig ändern sollte, aber irgend etwas störte sie dabei. Würde es wirklich irgend etwas lösen, wenn getrennte Veranstaltungen durchgeführt würden? Waren die Männer nicht schon isoliert genug? Marek hatte gesagt, ein halber Brotlaib sei besser als gar keiner.

»Die jungen Grünen und Blauen nehmen doch schon an ein paar von unseren Veranstaltungen teil. Willst du denn, daß auch diese Wettkämpfe künftig getrennt durchgeführt werden?« fragte Fraine, die nicht locker ließ.

Schweigen. In dieser Frage hatten sich selbst die weiblichen und männlichen Blauen aus Lisbeïs Truppe nicht einigen können. Nein, sagten die einen, ja, die anderen, und die Minderheit, die aus einer einzigen Person, nämlich Toome bestand, hatte gesagt, grundsätzlich solle man bei allen Veranstaltungen gemeinsam zum Wettkampf antreten, und zwar unter denselben Bedingungen, die jetzt schon für Blaue und Grüne galten: gleiche Größe, gleiches Gewicht. Das hatte bei beiden Seiten heftigen Protest ausgelöst.

»Nach dem fünfzehnten Lebensjahr ist der Unterschied einfach zu groß!«

»Selbst bei den grünen Mädchen und Jungen ist es fragwürdig.«

»Auf keinen Fall bei allen Veranstaltungen!«

Pferderennen konnte man ja noch einräumen, aber männliche Grüne und Blaue sollten auf keinen Fall zum Schießen oder für irgendeine Sportart zugelassen werden, in der es um die körperliche Verteidigung ging.

Das war die Frage, die nicht zu lösen war. Alle anderen Sportwettkämpfe und technischen oder künstlerischen Wettbewerbe, sei es in Gesang, Nähen, Schmuckherstellung, bildender Kunst, Architektur oder Gartenbau, hatten denselben Grundgedanken: Sie boten Gelegenheit, die körperlichen und kreativen Fähigkeiten der Erblinien vorzuführen. Und die Fähigkeiten der Grünen herauszustellen, die später ja nicht nur zu robusten Roten werden würden, sondern auch zu Architektinnen, Forscherinnen, Gärtnerinnen oder sonstwie nützlichen Arbeiterinnen. Fähigkeitsprüfungen, bei denen es, wie zum Beispiel beim Bogenschießen, auf Zielsicherheit ankam, bewiesen nur eines: die Eignung zum Patrouillendienst. Und der war ausnahmslos für jede Frau Pflicht. Jede mußte ihren Teil an Grenzkontrollen bei den *Schlimmen Zonen* leisten.

»Jede *Frau*«, hatte Dulcie betont und betulich hinzugefügt: »Männer und Waffen vertragen sich nun mal nicht miteinander.«

Duarte und die anderen Blauen hatten diese Behauptung durchgehen lassen. *Weil sie sich zu gut miteinander vertragen.* Das alte Sprichwort der Bienenstöcke tauchte unvermeidlich immer wieder auf, wenn in Maerlande die Frage auf den Tisch kam, ob männliche Grüne und Blaue zu Kampfspielen zugelassen werden sollten. Natürlich auch in der Versammlung von Entraygues, als es soweit war. Es war ein Argument, das schwer zu widerlegen war.

Wie stand es mit der Beteiligung in sonstigen Bereichen?

»Nicht bei der Parade!« (Dulcie, knallhart).

»Warum nicht? Der Tanz wird uns doch beigebracht. Warum nicht bei der Parade?« (Marek, ungerührt).

»Aber der Tanz ist nicht Teil der Spiele, ist kein Wettkampf! Die Parade ist was anderes.« (Dulcie und ihre Freundinnen, die dieses ziemlich lahme Argument hartnäckig wiederholten).

Es ist was anderes. Lisbeï merkte, wie sie dieser Bemerkung mehr und mehr Aufmerksamkeit schenkte. »In welcher Weise anders?« sollte sie später die Versammlung fragen, wie sie das auch Dulcie in dieser Nacht gefragt hatte. Man tanzte in Elli, ja, man verlor sich in Elli, so daß Elli zu einem Teil des Selbst wurde (vor allem mit Hilfe der Droge, aber das würde sie in der Versammlung nicht sagen). Andererseits hielt man bei der Parade stets Abstand zur Partnerin, selbst wenn das Ziel für beide darin bestand, zum Spiegelbild der anderen zu werden, die andere so perfekt wie möglich zu ergänzen. »Wie können dann ein Mann und eine Frau bei der Parade Partnerinnen sein?« sollte jemand fragen. Und wenn die Männer die Parade gemeinsam durchführten? Die Parade verlangte Kraft, Ausdauer, Anmut und Beweglichkeit, wie der Tanz. Tatsächlich war die Parade ja eine Vorbereitung auf den Tanz, die Übungen dafür waren genauso anstrengend wie die Ausbildung zum Patrouillendienst. Wenn Männer tanzen konnten (wie niemand leugnen würde), dann konnten sie auch die Parade gemeinsam durchführen. In ihrer Ausbildung gingen sie vom Taïtche direkt zum Tanz über, aber das war einfach Gewohnheit, eine Gewohnheit, die genauso leicht zu ändern war wie vieles andere.

An diesem Punkt setzte die Vernunft aus, grundlegende Vorurteile wurden offenbar. Judditen (wie Dulcie, auch wenn sie eigentlich gar nicht Judditin war) brachten dabei gern ein nichtssagendes und ewig wiederholtes Argument vor, das schon in Serres-Morèna aufgetaucht war. Wie ließen sich die Spiele mit dem WORT vereinbaren? Inwieweit förderten die Spiele ein aggressives Konkurrenzdenken, das der

Lehre Ellis zuwiderlief? Von diesem Standpunkt aus betrachtet, kam irgendeine Beteiligung von Männern grundsätzlich nicht in Frage!

»Das Ziel ist doch, der Beste für Elli, in Elli zu sein, und nicht, andere zu besiegen«, würde Duarte in der Versammlung entgegnen. Der Riese konnte ganz gut sein Wort wahrmachen, wenn er wollte. Das konnten anscheinend alle Männer, wenn man ihnen die Möglichkeit gab. »Nirgendwo steht im WORT geschrieben, daß Elli uns alle gleich geschaffen hat, so als wären wir Ziegelsteine! Elli liebt und hegt uns alle, aber sie sieht unterschiedliche Bestimmungen für uns vor, weil wir unterschiedliche Eigenschaften haben. Es stimmt völlig mit dem WORT überein, wenn wir das, was wir schon ganz gut machen, noch verbessern wollen. Jede Gläubige sucht ihren eigenen Weg, Elli zu genügen, oder nicht? Im Frieden Ellis ist kein Weg zu diesem Ziel besser oder schlechter als der andere.« (Duarte konnte das WORT so gut wie jede und jeder andere auswendig zitieren).

Da den Judditen dieses Argument aus der Hand geschlagen war, enthüllten sie schließlich ihre tiefsitzenden Ängste. Wo sollte es hinführen, wenn Männer an der Parade teilnehmen durften – selbst wenn sie nicht mit Frauen antraten (»*Gegen* Frauen antraten«, war eigentlich gesagt worden. Das verriet die Gefühle der Judditen noch deutlicher, denn diejenigen, die bei der Parade *gegen* andere antraten, waren nie die Besten).

Daraufhin walzten die Judditen das alte Argument aus, das sie schon in der Debatte über den Patrouillendienst bemüht hatten: Männer seien schwächer als Frauen – nicht in körperlicher, sondern in geistiger und seelischer Hinsicht. Gewalttätigkeit sei bei ihnen so tief verwurzelt, daß es selbst die Bienenstöcke nicht geschafft hätten, diese Eigenschaft aus männlichem Erbgut zu eliminieren. Sollte es tatsächlich

Leute geben, die einen weiteren, von *Männern* verursachten Zusammenbruch riskieren wollten? (»Diese Judditen und ihre wissenschaftsfeindlichen Phantasien!« seufzte Antonë, wenn sie so etwas hörte. »Gewalttätigkeit ist ganz bestimmt nicht Teil des genetischen Codes.«)

Das Gedächtnis von Fontbleau würde aufstehen und fragen, ob die Judditen überhaupt das Recht hätten, in dieser Weise über Gewalttätigkeit zu sprechen. Schließlich hätten ihre Vorfahren für die Harems gekämpft, die Bienenstöcke gegründet und Gardes Tod verursacht. – An diesem Punkt sollte die Diskussion dieses Nachmittags in eine Redeschlacht über das Notizbuch ausarten. Obwohl Lisbeï innerlich kochte, sollte sie mit wohlüberlegtem Schweigen zuhören, während der Streit weiter tobte.

Früher, auf der Straße nach Entraygues, hatte Duarte auf Dulcies Bedenken hinsichtlich der Parade versöhnlich reagiert. »Na ja, die Männer könnten ja wenigstens an den anderen Veranstaltungen teilnehmen, nicht? Getrennte Wettkämpfe für die jungen roten und die blauen Männer – das wäre der vernünftigste Vorschlag.« Der Vorschlag, der in der Versammlung am ehesten durchgehen würde, meinte er damit. Anscheinend hielt er es für ganz selbstverständlich, daß der Antrag behandelt werden würde.

»Jedenfalls ein Anfang«, sagte Fraine und unterbrach damit Lisbeïs Tagträumereien. »Es ist das, was sie im Augenblick wollen, oder? Du denkst immer zu weit voraus.«

War aus ihren letzten Worten Kritik herauszuhören? Die Andeutung *du denkst immer zu weit voraus und siehst das vor deiner Nase nicht?* Zu weit voraus, zu weit zurück ... Nein, es war Lisbeï selbst, die sich vorwarf, wie sie Fraine behandelt hatte. Und dennoch konnte sie sich nicht die Entgegnung verkneifen: »Aber wenn man an die Zukunft denkt, bedeutet das nicht nur die Teilnahme der Männer an den Spielen, sondern auch an den Versammlungen.«

»Und was spricht dagegen?« gab Fraine zurück. Es ging ihr eher um den verbalen Schlagabtausch als um die Sache. Aber Lisbeï hatte keineswegs die Absicht, sich durch ihre Vorliebe, auch die andere Seite zu sehen, in eine bestimmte Ecke stellen zu lassen. Sie wollte nicht gegen etwas argumentieren, an das sie in Wirklichkeit stärker als Fraine glaubte! Und überhaupt sprachen sie im Grunde über etwas ganz anderes.

»Ich nehme an, die Entwicklung wird interessant«, sagte sie, um dem Gespräch eine andere Wendung zu geben. Kurzes Schweigen. Fraine gab keine Antwort und schnitt auch kein anderes Thema an. Schließlich gab Lisbeï nach. »Was habt ihr, du und Livine, denn jetzt beschlossen?«

Fraine sah sie an und blickte dann wieder auf den Fluß. Sie war verlegen aber auch dankbar dafür, daß Lisbeï den ersten Schritt getan hatte. »Am Abend der Feier werden wir Gelübde austauschen.«

»Oh, das ist gut!«

Die junge Blaue wandte sich ihr zu. Lisbeï lächelte und dachte wieder einmal daran, daß sie Kelys fragen mußte, wie man Gefühle am besten vermittelte. Fraine schien jedoch zu spüren, daß sie es ehrlich meinte, denn sie gab das Lächeln mit glänzenden Augen zurück. Dann erstarb das Lächeln, und ihr Gesicht nahm einen nachdenklichen und leicht melancholischen Ausdruck an. »Und du, Lisbeï?«

Hat es da noch nie irgend jemanden gegeben, wird es niemals jemanden geben? Lisbeï war völlig klar, was Fraine sagen wollte. Was konnte sie darauf antworten? Sie wußte nicht, ob es jemals irgendeinen Menschen geben würde. Und nein, seit Tula hatte es niemanden gegeben, aber von Tula wollte sie nicht reden. War es falsch, lieber allein zu bleiben als sich halbherzig, nur zur Lustbefriedigung, auf jemanden einzulassen? Darunter hätte Fraine wahrscheinlich weit mehr gelitten als unter Lisbeïs unschuldiger Gleichgültigkeit.

Unschuldig? Wirklich? schrieb Lisbeï an diesem Abend und zog skeptisch die Augenbrauen hoch. *Wahrscheinlich nicht mehr und nicht weniger als bei Dougall,* entschied sie einen Augenblick später. Aber als sie das Geschriebene nochmals durchlas, fügte sie hinzu *auf jeden Fall weniger unschuldig als bei Dougall.* Trotzdem war es nicht dasselbe. Wenigstens ließ sich Fraine vom Leben nicht kleinkriegen, wie sie Lisbeï gesagt hatte, als sie am Fluß saßen und miteinander sprachen. Lisbeï hatte auf Fraines Frage nichts zu sagen gewußt und mit einer Entschuldigung geantwortet, die anscheinend keinerlei Zusammenhang mit der Frage hatte. »Es tut mir leid.« Aber Fraine mußte den Zusammenhang begriffen haben, denn sie hatte Lisbeïs Hand berührt und gesagt: »Ich bin da.« Vielleicht hatte sie gemeint: »Ich liebe dich trotzdem, ich bin und bleibe deine Freundin.« Es spielte keine Rolle, was Fraine tatsächlich gesagt hatte, Lisbeï hatte die Zuneigung und Kraft hinter den Worten gespürt. Ihre Kehle wurde eng, und zu ihrer eigenen Überraschung murmelte sie, ob aus Dankbarkeit oder Scham: »Ich verdiene das nicht.« Fraine klang fast wie Ysande, als sie antwortete: »Du bist nicht die einzige, die zu entscheiden hat, was du verdienst.«

Danach saßen sie schweigend da und sahen auf den Fluß. Endlich herrschte Frieden zwischen ihnen. Aber ihre Gedanken gingen offensichtlich in ganz verschiedene Richtungen, denn als Fraine das Schweigen brach, sagte sie träumerisch: »Irgendwie muß es vor dem Zusammenbruch schön gewesen sein, als es noch genauso viele Männer wie Frauen gab. Niemand *mußte* die Besamung mitmachen. Und die Frauen konnten sich, wenn sie wollten, auch dazu entschließen, keine Kinder zu bekommen. Es gab ja immer genügend Leute, die für gesunde Erblinien sorgten. Und für Männer muß es genauso gewesen sein. Wahrscheinlich konnten sie sich, wenn sie wollten, auch an das eigene Geschlecht halten …«

Leicht überrascht dachte Lisbeï über die Vergangenheit nach, die Fraine sich ausmalte. Hatten Männer, sofern sie das wollten, auch mit Frauen zusammenleben können? »Wahrscheinlich«, sagte Fraine, aber sie hatte es offensichtlich nicht durchdacht. Sie ging nicht unbedingt davon aus, daß *Frauen* auf diese Weise mit Männern leben wollten! Mütter vielleicht? Aber in jener Zeit gab es ja gar keine Mütter. Trotzdem kam Lisbeï dabei eine andere Idee, die sie beschäftigte. *Wenn der Mann der Mutter, wie man sagt, mitunter Probleme bekommt, wenn er zum Blauen wird, gibt es dann auch Mütter, die … Männer begehren, auch wenn sie nicht mehr bei der Feier Ellis mit dem männlichen Partner tanzen, auch wenn sie keine Mütter mehr sind? Kann man Männer begehren? Aus Lust? Logischerweise ja. Was spricht dagegen? Logisch gesehen, kann man eine Annahme ja auch umdrehen. Konnte man die Logik so weit (und ins Absurde) treiben, sich Mütter vorzustellen, die beim Abschied von einem ganz bestimmten Mann unglücklich wurden? Mütter, die inzwischen Blaue waren und nicht nach einer ganz bestimmten blauen Frau Ausschau hielten – wie Parsia und Nylla in einem der Bücher der Ludivine von Kergoët –, sondern nach einem ganz bestimmten blauen Mann.*

Klar, dieses »Was spricht dagegen?« konnte ganz unterschiedliche Situationen abdecken. Allerdings schmeckte diese ganz spezielle Frage so sehr nach reiner Theorie, daß man sie ernsthaft eigentlich gar nicht stellen konnte. Zumindest Lisbeï nicht. »Findest du es nicht auch ein bißchen kühn, wenn wir uns vorzustellen versuchen, wie es vor dem Zusammenbruch war?« entgegnete sie mit bemühter Sachlichkeit. Und natürlich stimmte Fraine ihr zu.

Später sollte sich Lisbeï an dieses Gespräch erinnern: als sie *La Princesse de Clèves* entzifferte. Darin ging es um eine Heldin, die auf tragische Weise zwischen ihrer unvorstellbaren Liebe zu einem bestimmten Mann und ihrer Pflicht einem anderen Mann gegenüber hin- und hergerissen wird. Aber das war lange nach dem Gespräch mit Fraine. Gerade ebbte die Aufregung über die Belmonter *Romanzen* (später nannte man sie ›Romane‹) ab. Zumindest bei Lisbeï, wenn vielleicht auch nicht im übrigen Maerlande.

Kapitel 2

Noch zwei Tage bis zur Feier. Die ewigen Diskussionen darüber, wie restaurierbare Funde zukünftig anders abgeschätzt und aufgeteilt werden konnten, kamen allmählich zum Ende. An diesem Punkt standen in der Versammlung mehrere Historikerinnen auf. Sie forderten, die Kunstwerke des Museums (der Ausdruck, den Kelys benutzt hatte, war sofort Allgemeingut geworden) sollten als Sammlung erhalten und der Öffentlichkeit zugänglich gemacht werden. An sicherem Ort, unabhängig von persönlichen Interessen irgendeines Menschen oder irgendeiner Familie.

Vielleicht konnte man diejenigen, die an der Belmont-Expedition teilgenommen hatten, in der Weise entschädigen, daß man Wardenberg um eine generelle Bewertung des Materials bat, das, abgesehen von Holz und Stein, für die Skulpturen verwendet worden war. Was die Bilder und andere Objekte betraf, die schwer zu bewerten waren: Konnten sie nicht anhand der Kriterien eingeschätzt werden, wie sie im Tauschhandel allgemein üblich waren?

»Aber wer soll dieses … neue Museum schaffen?«

wollte Ireyn aus Wardenberg wissen. »Wie soll das durchgeführt werden? Und wer wird die Werke als erste kaufen... tauschen? Wird jede Familie etwas beisteuern?« Ireyn sprach nicht im Ernst, das machte ihr Ton deutlich – aber die Delegierte aus Kergoët nahm sie beim Wort und stand auf, um zu antworten. »Was spricht dagegen? Das ist doch mehr oder weniger genau das, was wir auch für die Einrichtung der Patrouille und der Westflotte geleistet haben. Bei so vielen Objekten ist der Gedanke, sie auf die Expeditionsmitglieder aufzuteilen, schlichtweg absurd. Wäre es nicht besser, sie alle zusammen an einem besonderen Ort aufzubewahren, als sichtbare Erinnerung an den Zusammenbruch?«

Und wo sollte dieser besondere Ort liegen? (Die Stimmen kamen von Escarra). Wo auch immer das sein mochte, auf jeden Fall würde der Ort innerhalb bestimmter Familiengrenzen liegen. Würde eine Familie sich freiwillig anbieten, oder sollte man sie auswählen? Und wer? Und wozu? Die Familie hätte ja nicht nur die enorme Aufgabe, ein Gebäude zu errichten, sondern müßte auch die Pflege und Konservierung der Werke übernehmen und Besichtigungstouren organisieren... Schließlich handelte es sich hier nicht um irgendeine winzige Schutzstätte. Wenn man diese Werke richtig ausstellen wollte, brauchte man eine riesige Anlage. Wer würde die Familie für ihre Ausgaben entschädigen? Eine Vereinigung der Familien? Eine familienübergreifende Vereinigung? Schon die Vorstellung, es könnte eine übergeordnete Instanz geschaffen werden, ließ die Judditen die Messer zücken. Was?! Sollten diese Gegenstände aus der Zeit des *Zusammenbruchs* etwa als Vorwand dienen, Familien zu zwingen, ihre so teuer erkaufte Unabhängigkeit stückweise aufzugeben? Diese Dinge gehörten zum *Zusammenbruch*, und es gab überhaupt keinen Grund, sie mit größerem Respekt zu behandeln als irgendeinen anderen restaurierbaren Gegenstand – ganz im Gegenteil. Die Objekte waren nicht nur völlig nutzlos, die Köpfe und Hände, die all das geschaffen hatten, waren die des *Zusammenbruchs*. (Maine sprach, sie war das Gedächtnis von Nevenici. Jedesmal, wenn sie *Zusammenbruch* sagte, klang ihre Stimme wie eine Totenglocke). Die verhängnisvolle Verseuchung – und nicht nur die physische, sondern auch die geistige – hatte ganz bestimmt auf alles übergegriffen, das diese Leute angefaßt hatten. Maine war der Meinung, man tue am besten daran, die Werke zu zerstören.

Die Versammlung verschwendete nicht viel Energie darauf, den Judditen den Wind aus den Segeln zu nehmen. Die wütende Reaktion war vorhersehbar gewesen. Die Tirade Nevenicis war sowieso nur Bühnendonner. Auf keinen Fall würde man die Gegenstände zerstören – das wußten alle, und ganz besonders Maine, aber sie mußte für ihre Familie sprechen, was immer sie selbst auch denken mochte.

Danach meldete sich zu aller Überraschung Tula aus Bethely zu Wort. Sie stellte fest, an der Argumentation von Maine sei vielleicht etwas dran – tatsächlich könne von den in Belmont entdeckten Werken eine gewisse Gefahr ausgehen. Lisbeï war wie vor den Kopf geschlagen und wollte sich schon zu einer Entgegnung melden, als eine Hand ihren Arm zurückhielt: Kelys. Von ihrer Aura ging Belustigung wie Neugierde aus.

»Ja, eine geistige Gefahr, keine körperliche«, fuhr Tula fort. »Möglicherweise stellt eine Entdeckung dieser Größenordnung genau das dar, und vielleicht sollten wir zu allererst darüber nachdenken. Bis jetzt haben wir noch nie etwas anderes als Bruchstücke der Vergangenheit geborgen, das meiste davon Stückwerk ohne viel Zusammenhang. Welche ungewöhnlichen oder beunruhigenden Enthüllungen diese Entdeckungen auch enthalten mochten, ihre Wirkung war stets begrenzt. Und wir hatten auch stets die nötige Zeit, das zu verarbeiten – was immer es auch sein mochte –, selbst wenn es uns tief, bis ins Mark traf ...«

Das war ein deutlicher Hinweis auf das Notizbuch. In der Versammlung erhob sich Gemurmel. Tula wartete, bis es sich wieder gelegt hatte. »Mit der Entdeckung von Belmont haben wir nicht nur Gegenstände geborgen, sondern auch Bücher, auch wenn sie im Moment nicht zur Diskussion stehen. Es kann sein, daß wir jetzt plötzlich alles oder doch sehr viel über den Zusammenbruch erfahren. Glücklicherweise wird es lange dauern, bis wir die Bücher entziffert haben. Ich sage ›glücklicherweise‹, weil die Zeit als Puffer dienen kann, wie sie ja auch schon in anderen Situationen als Puffer gedient hat. Als Puffer, um den Schock zu mildern, wenn wir plötzlich allzu seltsame und – wenn wir ihren Ursprung berücksichtigen – vielleicht auch schlimme Dinge erfahren. Wenn man solche Gegenstände, Bilder und Skulpturen an einem einzigen Ort vorfände, wäre die Wirkung überwältigend. Wer weiß, welche kritische Schwelle in den Köpfen und Herzen bei denen überschritten würde, die diesen Anblick verarbeiten müßten? Nein, der einzige Weg, dem geistigen Gift des Zusammenbruchs, das diese Gegenstände enthalten mögen, entgegenzuwirken oder es zu neutralisieren ...«

Aus den Reihen der Bretanye war leises Gelächter zu hören. »Das geistige Gift des Zusammenbruchs?« flüsterte Lisbeï, die ihren Ohren nicht traute und schockiert war, daß Kelys Tulas Worte offensichtlich guthieß. »Erzähl mir nicht, daß du die Rede geschrieben hast!«

»Oh, ich habe nur ein paar ganz allgemeine Vorschläge gemacht«, antwortete Kelys ganz ungerührt.

»Lacht nicht!« Nachdem wieder Stille im Saal eingekehrt war, fuhr Tula fort: »Wir mögen die Kunstauffassung aus der Zeit des Zusammenbruchs nicht teilen, aber ihr alle habt die wenigen Fotografien gesehen, die in Belmont aufgenommen wurden. Gibt es wirklich jemanden, den das alles unberührt gelassen hat? Den nicht irgendein Gegenstand, irgendein Werk berührt hat? Bewegt, schockiert, aus heiterem Himmel überrascht, vielleicht auch erschreckt – aber trotzdem berührt hat. Und danach, als wir fortgingen, waren wir da nicht alle durcheinander, deprimiert oder sprachlos?«

Diesmal war der Welle von Gemurmel Zustimmung zu entnehmen. Hatte Kelys deshalb darauf bestanden, die Fotomotive selbst auszuwählen?

»Stellt euch doch nur mal ein ganzes Gebäude voller solcher Gegenstände vor – und ich spreche hier nicht von den beträchtlichen Kosten des ›Museums‹, wie ihr es nennt. Auch nicht von den materiellen und technischen Problemen, die mit seinem Bau und seiner Instandhaltung einhergehen, diesen Punkt haben meine Nachbarinnen aus Escarra schon deutlich aufgezeigt. Nein, die einzige Möglichkeit, diesen Gegenständen, diesen Werken, diesen Überresten der Vergangenheit den bösen Geist auszutreiben, besteht darin, sie *auf keinen Fall* an einem einzigen Ort zusammenzutragen. Auch ihre Zerstörung ist keine bessere Alternative. Das hätten die Bienenstöcke getan, aber wir lassen uns nicht mehr so leicht einschüchtern. Was wir tun müssen, ist folgendes: Wir müssen sie aufteilen. Aufteilen nicht nur unter den Mitgliedern der Belmont-Expedition und anderen Anspruchsberechtigten, sondern unter allen Familien und sogar innerhalb der Familien, so daß alle, die wollen, einen Gegenstand erhalten können. Mit anderen Worten: Wir sollten sie über das Handelsnetz in Umlauf bringen. Auf diese Weise machen wir sie uns zueigen – sie werden *unsere* Werte annehmen.

Tatsächlich müssen wir ihnen zu einem neuen Leben verhelfen, müssen ihnen die Chance zur Erlösung geben, wie sie auch uns gegeben wurde. Sie mögen Produkte des Zusammenbruchs sein, aber über die Harems und die Bienenstöcke sind wir selbst das ja auch. Das laßt uns nie vergessen! Anders als wir wollte Elli, daß diese Werke den Verwüstungen der Zeit entgingen, so daß sie wieder ihren Platz in Ellis Muster einnehmen konnten, unberührt von den Ereignissen, die unser Schicksal geprägt haben. Denkt doch nur daran, daß wahrscheinlich jedes dieser Werke von einer einzelnen Person geschaffen wurde. Jede einzelne von uns hat die Aufgabe, sie Stück für Stück in unseren Lebensfaden einzuknüpfen – in den Faden Ellis.«

Jeder Gedanke an Widerspruch, jedes Erstaunen erstarb. Lisbeï hörte zu, während Tulas letzte Worte in ihr nachklangen. Eine Trauerfeier – eine Klage zum Gedächtnis. Eine große Klage, nicht um den Zusammenbruch, sondern um diejenigen, die in dieser Zeit gelebt hatten und die gestorben waren. Eine Klage, die auch Wiedergeburt bedeutete und so lange andauern würde, wie die Werke im Tausch von Hand zu Hand gingen. Ja.

Tula nahm deutlich erleichtert wieder Platz. Es fiel ihr schwer, sich lange auf den Beinen zu halten. Das Schweigen dehnte sich ein wenig in die Länge, dann stand Marine aus Lletrewyn auf.

»Jedes dieser Werke«, sagte sie, »muß fotografiert werden, und die Fotografien müssen mehrfach abgezogen und in Umlauf gebracht werden. Das wird sehr viel Zeit in Anspruch nehmen, aber meiner Meinung nach ist der Aufschub eine gute Sache.«

»Ganz bestimmt werden diese Werke mehr als einmal von einer Hand zur anderen wechseln«, ergänzte das Gedächtnis von Maestra in nachdenklichem Ton, »sie werden in ganz Maerlande von Hand zu Hand gehen – ähnlich wie der Austausch bei der Feier Ellis. Und das wird jahrelang so gehen.«

»Und das, was beim ersten Tausch hereinfließt, können wir in einer Art Gemeinschaftsfond sammeln und damit diejenigen bezahlen, die sich um das Fotografieren, Registrieren, Organisieren usw. kümmern«, mischte sich Kergoët ein.

»Hm. Soll heißen, das meiste geht nach Wardenberg«, grummelte jemand aus Cartano. Niemand schenkte der Bemerkung sonderliche Beachtung. Ohnehin wurde Wardenberg ja für die Arbeit der Schule entschädigt, es machte also keinen großen Unterschied.

Alle diese Kommentare bezogen sich auf die Zukunft, als sei Tulas Antrag bereits beschlossene Sache – was er am Tagesende auch war. Gleichzeitig war ein Antrag von Qualientès verabschiedet worden. Er forderte, daß die Expeditionsmitglieder und andere Anspruchsberechtigte als erste ihre Wahl treffen konnten, ohne im Austausch etwas zurückgeben zu müssen. Immerhin machten die Museumswerke einen wesentlichen Teil dessen aus, was sie normalerweise erhalten hätten. Wie üblich wurde das Einverständnis der Begünstigten eingeholt. Die Lösung schien gerecht und wurde dankbar begrüßt. Die meisten, nicht zuletzt Lisbeï, hatte die Aussicht, all diese Gegenstände untereinander aufteilen zu müssen, eher erschreckt. Lisbeï waren sie lebendig und in ganz Maerlande in Umlauf lieber als tot und auf einem Haufen in irgendeinem Museum. Dennoch drängte es sie, ein »Ja, aber ...« einzuwenden. Sie hatte das Gefühl, die Rednerinnen hätten sich insgeheim abgesprochen (ausgenommen natürlich die Judditen). Und nicht nur Kelys und Bethely. Sie bewahrte jedoch ihre innere Gelassenheit. Es war nichts Verbotenes oder Schlimmes daran, Angelegenheiten auch außerhalb der Versammlung zu diskutieren, Meinungen auszutauschen oder sich in gewisser Hinsicht sogar abzusprechen. In bestimmter Hinsicht waren die Unterschiede zwischen Strategie und Betrug haarfein. Davon mußte sie ausgehen, wenn sie an ihre Abmachung mit Duarte und den anderen dachte.

Gegen Tagesende waren alle in Hochstimmung. Selbst die Judditen hatten sich von der allgemeinen Zufriedenheit anstecken lassen, einige gingen später zu Tula hinauf und gratulierten ihr zu ihrer Klugheit und Weitsicht. Tula antwortete mit müdem Lächeln und blieb in Bethelys Abschnitt sitzen. Sie wartete, bis sich die Menschenmenge im Versammlungszelt verlaufen hatte, und stieg dann mühsam die Treppe hinunter. Lisbeï blickte einen Augenblick zu ihr hinüber, beschloß dann aber, Tula jetzt nicht zu belästigen. Sie konnte später am Abend mit ihr sprechen. Irgend jemand hatte Lisbeï gerade einen Zettel in die Hand gedrückt, die Einladung zu einem Empfang für die Expeditionsmitglieder. Seit Tulas Ankunft spät am Vorabend der Versammlung hatte Lisbeï kaum drei Worte mit ihrer Schwester gewechselt. Sie hatten sich am folgenden Morgen während der Eröffnungssitzung inmitten einer Menschenmenge getroffen und nach beiderseitigem Zögern verlegen umarmt. Lisbeï wußte, warum sie selbst gezögert hatte: Tula sah so sehr wie Selva aus, wie eine junge, verletzliche Selva, so blaß unter ihrem roten Haar, so fragil mit ihrem angeschwollenen Bauch – ein zarte Eierschale, die bei der geringsten Erschütterung zerbrechen konnte. Warum *Tula* zögern sollte, war Lisbeï nicht klar. Immerhin hatten sie einander zehn Jahre nicht gesehen. Tula hatte sich körperlich verändert, aber das hatte auch Lisbeï. Sie war jetzt einen Kopf größer als Tula.

Plötzlich war sie sich riesig und unbeholfen vorgekommen, war sich ihrer breiten Schultern, langen Beine und schwieligen Hände bewußt geworden. Und all der Muskeln, die während der vier Monate fast ununterbrochenen Grabens hart geworden waren. Zehn Jahre. War es möglich? Sie hatte es geschafft, zehn Jahre ohne Tula zu überstehen. Hatte ihr Zögern damit zu tun, daß es ihr irgendwie peinlich war oder sie sich dessen schämte? Vielleicht war es das, was auch Tula hatte zögern lassen. »Du und ich, gemeinsam.« Nein, nicht gemeinsam, wie sich herausgestellt hatte, und beide hatten es überlebt. Was war von all diesen Versprechungen, von all diesen Träumen, von all diesem Kummer geblieben? Zwei Fremde, die einander einen Augenblick lang angesehen hatten, ohne sich zu rühren, und sich dann umarmten. Umarmten, weil es sich so gehörte, weil man es von ihnen erwartete.

Und dann die erste Woche der Versammlung ... die Empfänge, die Diskussionspausen, immer umgeben von einer Menschenmenge, immer durch irgendwelche Leute voneinander getrennt, weil Tula die Capta von Bethely war, weil alle einander vor der Feier Ellis treffen, bei dem Durcheinander von Vereinbarungen und Absprachen mitmischen und alles so regeln wollten, daß sie sich heiteren Herzens der Feier widmen konnten.

Heute war Lisbeïs Geburtstag. Tula hatte ihr am Vortag ein Geschenk geschickt (einen hübschen Kompaß aus Silber mit Intarsien aus Emaille). Dazu eine kurze Notiz: Sie müsse an dem Empfang für die Familien aus Litale teilnehmen. (Und die Leute würden es nicht verstehen, wenn sie wegen eines Geburtstags fernbliebe – das schrieb sie nicht einmal, das verstand sich von selbst). Mit etwas veränderter Handschrift, wie nach längerer Unterbrechung, hatte sie hinzugefügt: »Morgen kommt noch etwas anderes auf dich zu.« Was meinte sie damit? Auch heute abend, während des Empfangs von Entraygues, war wieder eine Menschenmenge versammelt. Menschen, die Lisbeï kannte – aber genau darin bestand das Problem. Für

Tula waren das bloß Namen – *falls* Tula sich überhaupt an Lisbeïs Briefe erinnerte und ihr die Namen derjenigen einfielen, mit denen Lisbeï ihr Leben, ihr Leben ohne Tula teilte …

Schweren Herzens machte sich Lisbeï bei diesem Menschenandrang dünne. Mit gesenkten Augen wich sie jedem Blick aus. Sie wollte sich nicht in irgendeine belanglose Unterhaltung ziehen lassen, in der sie die ›Lisbeï von Belmont‹, die ›Lisbeï des Notizbuches‹ oder, weiß Elli, welche Lisbeï sonst noch spielen mußte. Niemand hielt sie auf. Sie schlüpfte aus dem Zelt und folgte den Menschenscharen, die den Hügel hinunter zum Marktgelände strebten.

Sobald der offizielle Teil der Versammlung vorüber war, hatten anscheinend alle Teilnehmerinnen nur eines im Sinn: den kleinen Spaziergang zurück in die Kindheit, ehe sie sich zu ihren Zelten begaben, wo sie sich frischmachten und auf die Gesellschaftsrituale des Abends und der Nacht vorbereiteten. Nun umlagerten sie die Handelsstände und träumten von dem, was sie bekommen oder geben konnten. Aber genau wie in früheren Jahren hatte Lisbeï niemanden, für den sie etwas kaufen, und nichts, das sie anbieten konnte – allenfalls die Fotos der Gegenstände aus dem Belmonter Schatz, die es ihr angetan hatten: Das gemalte Portrait einer jungen Frau mit dickem, gerundeten Bauch, die jedoch blaue Kleidung – schwere, altertümliche Sachen – trug und im Zwielicht einen Brief las. Und eine kleine Skulptur aus grünem Stein, milchig-blaß, kühl, wenn man sie berührte, eine mandeläugige Tänzerin mit einem rätselhaften Lächeln auf ihrem runden Gesicht, die ihre Arme schwang. »Ist das alles, was du willst?« würden die Leute später überrascht fragen. Aber Lisbeï verließ sich bewußt auf den Instinkt, der sie vor diesem Gemälde, dieser Skulptur hatte innehalten lassen, als sie mit Kelys und der Fotografin der Expedition einen Rundgang durchs Museum machte. Reihen und Reihen voller Objekte. Es war überwältigend. (Tula hatte recht gehabt, ›überwältigend‹ war das richtige Wort). Später waren ihr auch andere Werke aufgefallen, aber sie alle verschmolzen irgendwie im Nebel. Diese zwei Dinge hatten zu allererst ihre Aufmerksamkeit erregt und hoben sich in ihrer Erinnerung deutlicher ab.

Kelys würde eine kleine Bronzeskultpur wählen, eine offene Hand. In der nach oben gewandten Handfläche lagen zwei menschliche Körper, ein Mann und eine Frau, ineinander verschlungen. Die Hand war eindeutig männlich. Aber wenn der unbekannte Bildhauer damit einer vagen Eingebung vom Tanz Ellis Gestalt verliehen hatte, wer wollte ihm da schon eine solche Darstellung von Männlichkeit übelnehmen?

Lisbeï erkannte die Stimme eher als das Gesicht, obwohl vier Jahre dazwischenlagen. Nicht, daß sich das Gesicht verändert hatte – die zurückgeworfene Kapuze enthüllte dasselbe, fein gemeißelte Antlitz unter dem Gewirr schwarzer Locken, dieselben großen, hellen, mandelförmigen Augen. Das sanfte Leuchten der Gaslampen glättete alle Falten, die inzwischen doch bestimmt da sein mußten. Vierzig Jahre, mindestens… fast so alt wie Antonë oder Selva, stellte Lisbeï zu ihrer Überraschung fest.

Die Blaue schenkte ihr ein trockenes Lächeln. »Sind wir dazu verdammt, uns nur bei den Märkten während der Versammlungen zu treffen?«

»Da war ja auch das Konzert in Wardenberg.«

»Ich meine, in aller Stille treffen, anonym, so wie jetzt. In Litale nennt ihr das ›incognito‹, nicht?« Das wußte sie sehr gut, schließlich beherrschte sie Litali ganz ausgezeichnet.

Lisbeï sah ihr für einen Augenblick direkt in die Augen und versuchte, Kelys in ihrem ruhigen Gleichmut zu imitieren. Es gelang ihr von Tag zu Tag besser.

Auch hinsichtlich ihrer Größe hatte sie denselben Vorteil wie Kelys. Allerdings wirkte diese Frau nicht klein, sie sprühte vor Leben, vibrierte wie eine Peitsche oder eine Bogensehne … und auch ihr Licht vibrierte, blendete, wenn man sie ansah. *Elektrisierte* – das war das richtige Wort. Wardenberg hatte Lisbeï den angemessenen Ausdruck für das gegeben, was sie in Gegenwart von Guiseïa aus Angresea empfand.

Die Blaue erwiderte Lisbeïs Blick. Den Kopf hatte sie leicht in den Nacken gelegt, in ihren Augen funkelte Übermut. Noch immer trug sie um den braunen Hals die Kette, die halb im Verborgenen rot und blau glänzte. Aber sie war nicht mehr Mutter – zumindest keine offizielle Mutter, da ihre zweite Tochter, Coreyn, inzwischen den Titel trug. Es war Lisbeï, die den Blick als erste abwandte. Ihre Niederlage überspielte sie damit, daß sie sich mit den Fingern durchs Haar strich und ihren Blick über den Markt schweifen ließ.

»Willst du in diesem Jahr auch etwas tauschen?« Lisbeï hatte das Gefühl, sie habe einen angemessen nonchalanten Ton gewählt. Der Gedanke, daß Guiseïa ihr Spiel womöglich durchschaute, ärgerte sie. Warum empfand Lisbeï plötzlich so etwas wie Feindseligkeit? Diese Frau hatte ihr nie etwas getan. Sie war die Capta von Angresea gewesen, aber das war ja nicht … ihre Schuld, dachte Lisbeï. Eine recht absurde Ausdrucksweise, aber sie rückte Lisbeïs unerwartete Reaktion ins rechte Licht. Vielleicht war die Capta von Angresea ja eine ganz andere Frau, so wie die ›Lisbeï von Belmont‹ oder die ›Lisbeï von den Unabhängigen‹ eine ganz andere Frau war als sie selbst. Die Capta von Angresea … Ihre Verbindung zu Bethely, Dinge, die Lisbeï aus Nachrichten und Gerüchten über diese ruhige, aber starrsinnige Fortschrittliche erfahren hatte, deren Schicksal aufgrund des zufälligen Todes ihrer jüngeren, zur Mutter bestimmten Schwester einen anderen Lauf genommen hatte – das alles zählte nicht für Lisbeïs Beziehung zu dieser Blauen ›incognito‹ (um ihren Ausdruck zu benutzen), hatte nichts mit der Frau zu tun, die sie jetzt beobachtete. Die im übrigen auch Tollers Zwillingsschwester war. Wie paßte das zu all den anderen Identitäten? Lisbeï empfand diesen Punkt als besonders kompliziert, weil Toller nie davon gesprochen oder geschrieben hatte. Und sie konnte sich nicht vorstellen, auf diese Weise mit einem Mann verwandt zu sein. Schon wollte sie spontan fragen, ob auch Toller auf dem Markt sei, aber dann fiel ihr ein, daß Guiseïa ihre erste Frage noch gar nicht beantwortet hatte, und sie schwieg.

»Wie hast du's nur erraten?« Die Blaue lächelte und griff in die große Tasche ihres Umhangs.

Sie zog ein Päckchen heraus und entfernte den feinen, schimmernden Stoff, in das es eingewickelt war, so daß ein dünner, mit Kieselsteinen besetzter Lederriemen sichtbar wurde.

»Cyndrellas Sandalen«, sagte Guiseïa mit amüsierter Selbstzufriedenheit. »Ich konnte nicht widerstehen. Sie sind für meine dritte Tochter, Sylvane. Sie sammelt so was.«

Wieder eine ganz andere Guiseïa: die aufmerksame Mutter, die mehrere Kinder hat und an sie denkt. Lisbeï mußte über ihre eigene Nervosität lächeln. Dieses selbstkritische Vergegenwärtigen der Situation brachte sie, wie so oft, wieder ins Gleichgewicht. Guiseïa, die den Stimmungswechsel zweifellos mitbekommen hatte, setzte das Gespräch in unbefangenem, neutralen Ton fort, so als sei sie irgendeine Frau mitten auf dem Markt, die ein Schwätzchen mit einer anderen hielt und sie besser kennenlernen wollte.

»Was hast du jetzt vor?«

Einen Augenblick lang hatte Lisbeï das schwindelerregende Gefühl eines *déjà-vu*, als müsse sie noch einmal, wie vor zehn Jahren, gewisse Pläne für sich behalten.

»Gehst du nach Wardenberg zurück?« fuhr Guiseïa fort.

Lisbeï merkte, daß die Blaue die Zeit nach Ende der Versammlung meinte. (Diesmal sollte es gegen Ende der Versammlung, nicht am Anfang passieren … Gemeinsam mit den anderen hatten Lisbeï und Kelys beschlossen, dies sei der beste Zeitpunkt für ihr Eingreifen). Sie seufzte und ging weiter, ohne darauf zu achten, ob die Blaue mitkam. »Ja. Nachdem Belmont abgewickelt ist, natürlich.«

»Natürlich.«

Natürlich. Keine triumphale Rückkehr nach Bethely. Wie hatte sie sich ernsthaft einer solch kindischen Phantasie hingeben können? Später, erst viel später, wenn überhaupt, würde sie nach Bethely zurückkehren. Erst einmal kam Belmont, kamen die Fotos, die Bücher, das Katalogisieren, das Abschätzen, das Aufteilen … Und dann die Unabhängigen, die *Tribüne*, und, ja, Wardenberg. Sicher auch einige Reisen, um andere Unabhängige zu treffen, die sie von Briefwechseln oder Artikeln her kannte. Zweifellos waren auch Tagungen zu organisieren. Und als besonderen Luxus gab es dann und wann die Möglichkeit, das Notizbuch weiter zu dechiffrieren.

»Du wirkst nicht gerade begeistert bei diesen Aussichten«, stellte Guiseïa fest. Es war nicht spöttisch gemeint, eher klang es irgendwie besorgt.

»Das ist nur die Müdigkeit.«

»Ja«, antwortete Guiseïa nachdenklich, »die Kampagne war ein ganz schöner Stress …«

Lisbeï blieb wie angewurzelt stehen. Guiseïa drehte sich um, die beiden Frauen starrten einander einen Augenblick lang an. Erst sah Guiseïa überrascht aus, dann betroffen. »Kelys«, sagte sie und lächelte fast entschuldigend.

Neuerlich gereizt, ging Lisbeï weiter. Kelys redete also hinter ihrem Rücken über sie? Kelys kannte diese Frau, diese Ex-Mutter von Angresea so gut, daß sie über Lisbeï sprach, ihr erzählte … »Was genau hat sie gesagt?«

»Ich kannte Dougall doch auch.«

Lisbeï merkte, wie ihr Ärger verflog. In Guiseïas trauriger Stimme schwangen so viele Untertöne mit – nein, nicht Untertöne, es war eine bloße Feststellung gewesen. Aber eine Feststellung, die für Lisbeï so viele Möglichkeiten barg, daß ihre Neugier siegte. »Kanntest du ihn schon lange?«

»Ich bin ihm zum ersten Mal in dem Jahr begegnet, in dem er bei der Wahl der Männer übergangen wurde. Armer Junge.«

Sie wirkte aufrichtig. Warum sollte sie auch etwas vortäuschen? Sie war eine Fortschrittlerin. Und, was noch wichtiger war, Tollers Schwester. Wahrscheinlich teilte sie seine Ansichten über das Leben von Männern.

Langsam gingen beide weiter, im Gleichschritt. Zwar wurde kein Wort gewechselt, aber das Wissen, das sie teilten, hatte plötzlich, mitten in dieser Menschenmenge, ein enges Band zwischen ihnen geknüpft. Bald darauf erreichten sie den schimmernden Fluß, in dessen dunklen Wassern sich die Dinge gebrochen spiegelten. Am anderen Ufer brannte ein großes Feuer. Gegen den goldgelben Glanz hoben sich schwarze Silhouetten ab, die sich hin- und herbewegten. Der Wind trug Fetzen von Musik herüber – hell perlende Flötentöne, das drängende Geklapper von Kastagnetten und den staccatoartigen Schlag der Gitarren, die im wilden Rhythmus von Escarra hämmerten. In ihrem Lager am anderen Flußufer tanzten die Männer miteinander.

»Hast du je Leute aus Escarra tanzen sehen?« fragte Guiseïa mit nachdenklicher Stimme.

Ja, mit breiten, eng um die Taille geschlungenen Schärpen, gebogenen Rücken, hoch erhobenen Köpfen, einem verächtlichen und doch gebieterischem Klatschen, Fingern, die ständig in Bewegung waren, distanzierten Gesichtern, selbst wenn der Tanz am wildesten und eindeutigsten war. Natürlich tanzten nur die Frauen von Escarra in der Öffentlichkeit. Bis zu diesem Abend war Lisbeï nicht klar gewesen, daß auch die Männer von Escarra diese Tänze aufführten.

Plötzlich tauchte jemand neben ihnen auf. Kelys.

Guiseïa wirkte nicht sonderlich überrascht. Vielleicht ein ganz kleines bißchen verärgert? »Sie tanzen«, sagte sie einfach.

»Sie machen sich bereit«, antwortete Kelys.

»Also hat Duarte eine Entscheidung getroffen.«

»Ja.«

Sie verstummten. Mit so wenigen Worten war so viel gesagt worden. Lisbeï merkte, wie ihr Ärger neuerlich wuchs. Duarte, von Toller empfohlen. Guiseïa, Tollers Schwester. All diese Leute in Entraygues. Und sie hatte nicht einen Augenblick lang zwei und zwei zusammengezählt. Hatte nicht gemerkt, daß Guiseïa wohl schon informiert war. Nicht daran gedacht, daß der früheren Capta von Angresea klar sein *mußte*, was im Gange war. Gab es noch weitere Menschen, andere Captas, die bereit waren, Duartes Forderung am letzten Versammlungstag zu unterstützen, und nicht sahen, ebensowenig wie Lisbeï es gesehen hatte, daß sie vereinnahmt wurden… Wofür vereinnahmt? Für eine Verschwörung? War dies das richtige Wort? Oder war es eine ›Bewegung‹? Lisbeïs Phantasie ging mit ihr durch, so daß sie alle Verletzungen ihrer Selbstachtung vergaß. So war es also beschlossene Sache. War es Dougall, der Duarte zu einer Entscheidung veranlaßt hatte? Allerdings war Duarte bereits auf dem Weg nach Entraygues gewesen (zumindest hatte er das gesagt), als er an der Ausgrabungsstätte ankam. Aber vielleicht hatte er zu diesem Zeitpunkt noch gar nicht recht gewußt, was er tun sollte?

Das war jedoch nicht die Frage, die Lisbeï jetzt an Guiseïa richtete. »Kennst du auch Sergio?« wollte sie wissen.

Guiseïa nickte. »Während des ersten Jahres seiner Dienstzeit in Escarra, in Gualientès, wurde er von Abtrünnigen entführt. Duarte und Toller haben ihn zurückgeholt.« Das war alles, was sie sagte. Anscheinend vertraute sie darauf, daß Lisbeï sich den Rest der Geschichte oder zumindest *irgendeine* Geschichte schon würde zusammenreimen können. Und doch war es eine Geschichte, die Lisbeï nie für möglich gehalten hätte. Abtrünnige? Abtrünnige, die Rote entführten? Wozu denn bloß?

»Im Süden passiert das immer häufiger«, sagte Guiseïa, die Lisbeïs Erstaunen falsch interpretierte. »Manchmal gehen sie organisiert vor.«

Und die Patrouillen waren dazu da, an den Grenzen zu den *Schlimmen Zonen* Wache zu halten, nicht dazu, jemanden bis in die *Zonen* hinein zu verfolgen, selbst Abtrünnige nicht. Selbst *organisierte Abtrünnige* nicht.

»Aber die Patrouillen ...«, murmelte Lisbeï und sprach damit laut aus, was sie dachte.

»Wäre das die Lösung, Lisbeli?« entgegnete Kelys. »Mehr Patrouillen?«

So weit hatte Lisbeï gar nicht gedacht. Sie versuchte immer noch mit der Vorstellung fertigzuwerden, daß es *organisierte Abtrünnige* gab. »Aber warum sollten sie einen Roten entführen?«

Kelys sah sie einen Augenblick lang schweigend an. »Elli hat uns nicht so geschaffen, daß wir uns von Natur aus in unser Schicksal fügen, Lisbeli«, sagte sie schließlich. »Hätte Elli es so eingerichtet, dann hätte Garde nicht unter uns weilen müssen.«

Es ist auch früher schon passiert, dachte Lisbeï aufgeregt. Abtrünnige sind geflohen, ohne daß sie sterben oder, wie Loï, zurückkehren wollten – und sie wurden nicht sterilisiert. Einen Roten entführen, um… In den *Schlimmen Zonen?*

Davor versagte ihre Vorstellungskraft. Ein solcher Haß, solche Verzweiflung, solche absolute Verachtung. Darüber hinaus gab es die wirklich Abtrünnigen. Diejenigen, die andere umbrachten. Oder solche wie Aleki, die dorthin *verbannt* wurden, die dort blieben. Organisierte Abtrünnige! Lisbeï starrte über den Fluß, auf die schwarzen Silhouetten, die vor dem Feuer tanzten. Sie dachte an Dougall, an Fraine, die während des zweiten Jahres ihrer Dienstzeit manchmal darauf anspielte, daß… Sie dachte an Loï, die tatsächlich entkommen war. Und an Gerd, an Myne. »Nein«, antwortete sie ruhig auf Kelys' Frage, die immer noch in ihrem Kopf nachklang. »Die Patrouillen verstärken, das ist ganz bestimmt nicht die beste Lösung. Und auch nicht die einzige.«

Etwas bewegte sich neben ihr: Kelys, die sich beifällig zu Guiseïa wandte, während Guiseïa skeptisch blickte. Hatten sie auf Lisbeïs Antwort Wetten abgeschlossen? Lisbeï staunte über ihre eigene Naivität – um so mehr, als diese Naivität ganz zentrale Dinge betraf. Das Wissen, das sie sich angeeignet hatte. Gegebenheiten, die sie stets als selbstverständlich betrachtet hatte. Sie drehte sich zu den beiden Frauen um.

»Meine Erziehung muß wohl gründlich überholt werden, nicht wahr?« Aus irgendeinem Grund mußte sie plötzlich an Toller denken. Guiseïa wirkte überrascht, aber schien sich zu freuen.

Kelys war einfach belustigt. »Nein, deine Erziehung muß nur vervollständigt werden«, sagte sie mit liebenswürdiger Lässigkeit. Sie deutete mit dem Kinn auf die Szene am anderen Flußufer. »Hast du Lust, das aus der Nähe anzugucken?«

»Geht das denn?« fragte Guiseïa erstaunt.

»Jetzt ja«, antwortete Kelys.

Einige Stunden später fielen Lisbeï der Empfang von Entraygues und Tula wieder ein. Aber dafür war es inzwischen viel zu spät.

Von dem Augenblick an, als Lisbeï am letzten Versammlungstag aufstand, um vom Podium Bethelys aus zu sprechen, ging alles nach Plan. Bei ihr war Duarte, eingehüllt in seinen blauen Kapuzenmantel. Die für Bethely interessantesten Themen waren alle schon abgehandelt, Tula war eine Woche nach der Feier Ellis abgereist. Meralda war dageblieben, um sich um die übrigen Angelegenheiten zu kümmern und Erfahrungen zu sammeln. Tulas Abreise hatte Lisbeï einerseits enttäuscht, andererseits erleichtert. Zwar hatte sie die Gelegenheit für ein ernsthaftes Gespräch mit Tula verpaßt, aber ihr blieb auch die Erklärung erspart, warum sie an diesem letzten Versammlungstag unbedingt eine Freundin bei sich auf dem Podium von Bethely haben wollte. Tula hätte das sicherlich wissen wollen, aber Meralda verzichtete auf Fragen.

Die Capta der Versammlung musterte der Form halber die Sitzreihen. Als nächstes würde sie, wie es die Tradition verlangte, die letzte Frage an die Delegierten richten. Sie war schon drauf und dran, den Abschiedssegen zu erteilen, als Lisbeï sich zu Wort meldete. Erstaunen und Ärger der Capta waren nicht zu übersehen, deutlich hörbar seufzte sie, als sie dieser Nachzüglerin das Rederecht einräumte. Lisbeï brachte die kurzen, wohlgeübten Einleitungsworte schnell hinter sich und nahm dann Platz, während Duarte seinerseits aufstand und die Kapuze abwarf. Die Versammlung war wie vom Donner gerührt. Duarte verlor keine Zeit. Ehe aus schockiertem Schweigen wütendes Gemurmel werden konnte, begann er mit seiner Rede. Seine laute, rauhe Stimme trug bis zum letzten Winkel des Versammlungszeltes. Er schaffte es sogar, seinen ersten Antrag ohne jede Unterbrechung vorzubringen. »Wir beantragen, daß künftig auch männliche Grüne, alle blauen Männer und alle roten Männer, die nicht im Dienst stehen, verstärkt an den Spielen und insbesondere an der Parade teilnehmen können.«

Geschrei, Rufe und Einwände waren die Antwort auf diesen Antrag – Phase Zwei, alles nach Plan. Duarte verschränkte schweigend die Arme und senkte den Kopf. Lisbeï stand auf und tat es ihm nach, ebenso Meralda – nach kurzem Zögern. Einem so kurzen Zögern, daß Lisbeï ganz überrascht war. Dann schloß sich die ganze Gruppe der blauen Frauen von der Belmont-Expedition an. Sie standen aus den Reihen ihrer Familien auf, die sie um Erlaubnis gebeten hatten, dem Ende der Versammlung beiwohnen zu dürfen. Nach und nach standen hier und da in den Reihen der Bretanye und Baltikes weitere rote und blaue Gestalten auf – diejenigen, die von diesem Antrag gewußt hatten, wie Guiseïa, oder diejenigen, die etwas geahnt hatten, wie die Frauen aus Lletrewyn. Aber auch andere, die einem männlichen Blauen einfach das Recht auf Anhörung zugestanden, ob es in der Versammlung der Mütter oder sonstwo war.

Der Aufruhr legte sich, und Duarte – wiederum ganz nach Plan – konnte sein Plädoyer halten, allerdings nicht ohne gewisse Unterbrechungen. Auf Argumente folgten Gegenargumente, neue Protestwellen, Fragen, weitere Argumente, Einwände, alles wie vorhergesehen... Vielleicht empfand Lisbeï dies alles fast schon als Routine, weil sie, Duarte und die anderen bei jedem Aufenthalt auf dem Weg nach Entraygues versucht hatten, jede nur mögliche Situation durchzuspielen. Diese Debatte war auch nicht viel anders als andere Wortgefechte: Natürlich war sie lebhafter und von einem *Mann* provoziert, das schon. Dazu eine Debatte in der allerletzten Versammlungsminute, auf die der Großteil der Teilnehmerinnen freudig verzichtet hätte. Aber dennoch eine richtige Debatte.

Die schlimmsten Befürchtungen der Gruppe hatten sich als gegenstandslos entpuppt. Niemand versuchte, Duarte hinauszuwerfen. (Falls irgendeine Judditin einen solchen Antrag hatte vortragen wollen, war ihre Stimme im allgemeinen Tumult der ebenso überraschten wie neugierigen Versammlung untergegangen). Duarte durfte trotz aller Unterbrechungen frei sprechen. Als kurz vor Ende eine Stimme zu hören war, die ihre Bestürzung ausdrückte und verlangte, der Blaue müsse für die Verletzung der Versammlungsordnung bestraft werden, reagierte kaum jemand. Nie zuvor war so etwas passiert. Wollten sie die Versammlung etwa noch länger ausdehnen, um über seine Bestrafung zu befinden? Jedenfalls hatte er ganz offensichtlich Helfershelferinnen, sagte einige. Wie lange würde es dauern, über *ihre* Bestrafung zu befinden?

Nein, nicht Helfershelferinnen, sagten andere. *Sympathisantinnen,* ziemlich prominente weibliche Verbündete. Viele seiner Argumente klangen doch ganz vernünftig. Was sonst hätte er denn überhaupt tun können? Schon die Tatsache, daß er auf diese Weise vorgehen mußte, zeigte doch klar und deutlich, daß die Versammlungsordnung überholt war. Vielleicht traf das sogar auf die Familienordnungen zu. Diese Feststellung löste Protest aus, allerdings nicht so vehementen Protest, wie Lisbeï erwartet hatte. Waren die Leute einfach müde, oder sahen sie ein Licht am Ende des Tunnels? Vielleicht führte eines zum anderen … Jedenfalls würde man das ganze Thema weiterdiskutieren müssen, in den jeweiligen Familienversammlungen. Für die Delegierten war es sinnvoller, die Sache in ihre eigenen Versammlungen einzubringen, als in Entraygues herumzusitzen und über eine Strafe zu diskutieren, gegen die ihre Familien womöglich ihr Veto einlegen würden, falls sie dem Blauen recht gaben.

Notgedrungen und zur allgemeinen Erleichterung kam man in diesem Punkt schließlich überein. So konnte Crisanne von Selonges um elf Uhr abends den Segen verkünden, mit dem sie die Delegierten eigentlich schon um zehn Uhr morgens hatte entlassen wollen. Im flackernden Licht der Fackeln bahnten sich die Teilnehmerinnen der Versammlung ihren Weg durch die wartende Menge schweigender blauer Männer. Hunderte von Männern waren versammelt, hinter ihnen drängten sich neugierige, verwirrte, besorgte oder wütende Zuschauerinnen. Die Diskussion hatte nicht nur innerhalb des Zeltes, sondern auch außerhalb die Gemüter bewegt. Frauen und Kinder, Rote, Blaue und Grüne, hatten fanatisch Partei ergriffen, während die blauen Männer daneben standen und gewissenhaft Schweigen bewahrten, wie es abgemacht war. Die Diskussion dauerte noch an, als die Delegierten längst schon das Zelt verlassen hatten. In dieser Nacht kam in Entraygues niemand vor dem Morgengrauen ins Bett.

So einfach hatte ich mir das nicht vorgestellt, schrieb Lisbeï in ihr Tagebuch. Sie war zum Umfallen müde, aber es war ihr klar, daß sie wahrscheinlich Zeugin eines historischen Moments gewesen war. Ein wenig über sich selbst belustigt, merkte sie, wie sich in ihr Erstaunen auch leichte Enttäuschung mischte. Was an diesem Tag in Gang gesetzt worden war, würde ganz gewiß größere Veränderungen für Maerlande mit sich bringen. Größere Veränderungen, als das Notizbuch sie bewirkt hatte. Merkwürdig war jedoch, daß die

Versammlung auf Duarte und diejenigen, die ihn unterstützten, längst nicht so feindselig reagiert hatte wie die Versammlung vor zehn Jahren auf Lisbeï. Warum? Sie war zu müde, um darüber zu spekulieren, hielt aber die Tatsache fest.

Am Morgen jedoch fand sich Lisbeï, sehr zu ihrem Verdruß, genau dieser heftigen Feindseligkeit ausgesetzt. Eine Gruppe von Judditen, aber auch einige der eher gemäßigten Gläubigen aus Litale nahmen Lisbeï beiseite. Aus ihrer Empörung machten sie kein Hehl. Auf dem Marktgelände und auf dem Spielfeld entnahm sie gelegentlichen Bemerkungen und Blicken, die in ihre Richtung gingen, ähnliche Emotionen.

Lisbeï konnte entweder mit Fraine und den anderen nach Wardenberg oder mit den Blauen der Expedition zur Belmonter Ausgrabungsstätte zurückkehren. Die Blauen würden dort weiterarbeiten und auf die Funde achtgeben, bis Verstärkung kam. Aber keine der beiden Möglichkeiten reizte sie. Schon der Gedanke an all die Bücherreihen, die Stapel von Bildern und Gegenständen war niederdrückend. Bethely kam schon gar nicht in Frage. Und Wardenberg – nein, nicht sofort! Ihr war eher nach … nach einem Ortswechsel als nach einer Rückkehr zu den schalen, altvertrauten Dingen. Und so nahm sie Guiseïas Angebot, ein paar Wochen in der Capterie von Angresea zu verbringen, erleichtert und beinahe dankbar an.

KAPITEL 3

Ebenso wie Wardenberg, wenn auch aus ganz anderen Gründen, hatte Angresea nie eine Bienenstock-Epoche erlebt. Die Haremsfrauen von Angresea hatten den Herrschaftssitz der Führer dem Erdboden gleichgemacht und sich danach im Binnenland niedergelassen. Weit von der Küste hatten sie sich auf Kergoët und Lletrewyn aufgeteilt. Der Grund dafür wurde deutlich, wenn man sich der Capterie von Südwesten her bei Ebbe näherte. Die gut gepflegte, mit Platten und Ziegelsteinen gepflasterte Straße wand sich in weiten Kurven an der steilen Bergkette des Morbriand hoch und führte dann um den schmalen Gipfel herum, der sich über senkrecht aufsteigende, zum Meer hin abfallende rosagraue Felsmauern erhob. Die glatten, leicht gekrümmten Mauern waren eindeutig das Werk von Menschenhand. Das Meer verschwand, während sich die Straße über eine kurze Strecke um den Berghang des Raz schlängelte, um dann in einer kaum wahrnehmbaren Kurve wieder entlang des Felsgipfels zu verlaufen.

Weiter vorne, auf dem Kap von Angresea, wo die Straße aufhörte, erhoben sich stufenförmig die Gebäude der Capterie. Jenseits der Straße waren weitere künstlich angelegte, rosagraue Felsmauern zu sehen, die am Cap von Brezblüt am höchsten waren. An diesem Punkt machten sie eine scharfe Kurve nach Nordosten, wo sie mit der Straße nach Kergoët zusammentrafen.

Die Bienenstock-Frauen hatten nicht ewig die entschwundene Macht der Zeit des Zusammenbruchs vor Augen haben wollen.

Eine Macht, die imstande gewesen war, diese Felsen, diese fast acht Kilometer langen Deiche zu errichten. So angelegt, daß die aufsteigenden Fluten nicht ins Landesinnere dringen sollten. Dieselbe Macht hatte das nach Osten liegende Tiefland in sanft ansteigendes Hügelland verwandelt, das sich vom Fuß des Trélaz stetig bis zur Spitze der Deiche hinzog.

Am Morgen nach ihrer Ankunft verstand Lisbeï diesen Rückzug ins Landesinnere sogar noch viel besser. Früher hatte ein dreizehn Kilometer langer

Außendeich die Bucht von Angresea – die damals natürlich noch gar keine Bucht gewesen war – gegen das Meer geschützt. Der Deich verlief zwischen den Vorgebirgen des Raz und des Brezblüt. Inzwischen wurde dieser ausgehöhlte Deich bei Flut zum strudelnden, tödlichen ›Riff‹, das nur vom Norden her, über die Melourèn-Schlucht zugänglich war. Oder, bei gutem Wetter, über das enge Nadelöhr von Sans-Jeane. Bei Ebbe schnitten die Ruinen des Deiches wie der Unterkiefer eines riesigen Seeungeheuers das westliche Angresea ab, so daß die engen Schluchten wie zwei ungleiche Zahnlücken aussahen.

Innerhalb des Unterkiefers, zwischen dem alten Deich und Angresea, tauchten bei Niedrigwasser die Überreste dessen auf, was früher eine große Stadt gewesen sein mußte. Eine Stadt, die zwischen Cap Raz und Cap Brezblüt gelegen hatte. Immer noch konnte man den Grundriß von Gebäuden erkennen. Generationen von Restauratorinnen hatten sie nach und nach abgetragen. Schlamm und Algen überlagerten die Strukturen. Da und dort ragten rostige, mit Entengrütze überzogene Gerüste aus dem Schlamm, Reste uralter Metallkonstruktionen und Maschinen. Oder auch Schiffsrümpfe.

Guiseïa und ihr Haushalt (wie die engere Familie in der Bretanye genannt wurde) lebten im ›Geschmolzenen Turm‹, dem größeren von zwei Rundtürmen, die den nordwestlichen Hafenabschnitt überragten.

Im anderen Turm, ›Dysturm‹ genannt, waren die Bibliothek, die Laboratorien und die Werkstätten untergebracht. Die Turmspitze beherbergte einen Leuchtturm, dessen kreisender Lichtstrahl in regelmäßigen Abständen die Bucht erfaßte. Angresea hatte selbstverständlich ein eigenes kleines Wasserkraftwerk, angesiedelt am Fluß Lletrewyn. Etwas südlich von der ›Batlerie‹ (in Angresea auch ›Batelerie‹ oder ›Werft‹ genannt) mündete der Fluß ins Meer. Seit mehr als zehn Jahren war die Capterie am Schiffsbau für die Westflotte beteiligt.

Tatsächlich hatte es im Cap von Brezblüt einen Hafen gegeben, einen Unterseehafen in einer von Menschenhand geschaffenen Höhle, die auch bei Ebbe Wasser führte – ein weiteres Beispiel dafür, wie sehr die Menschen in der Zeit des Zusammenbruchs von Tiefen besessen waren. Die ganze Halbinsel war von Tunneln durchzogen, deren Eingänge aber wohl schon lange vor der Haremszeit in die Luft gesprengt worden waren. Die Überreste des Unterseehafens bildeten eine riesige Grotte, deren Wände aus irgendeinem rostfreien Metall bestanden – das leider nicht zu bergen war! Die ins Metall eingelassenen Lampen leuchteten nach all diesen Jahrhunderten immer noch. Bei Hochwasser war es ein schwaches Strahlen, das stärker wurde, je mehr der Wasserspiegel sank.

»Es ist verboten«, sagte Guiseïa mit einem Lächeln, »aber fast alle Kinder gehen dort wenigstens ein einziges Mal hin. Ein Teil der Grotte liegt immer noch über dem Wasser, auch wenn der Eingang versunken ist. Du mußt nur die Luft anhalten können.« Während sie das sagte, umgab sie eine leicht nostalgische Aura.

Die Kinder von Angresea sah man sogar noch häufiger als die Kinder von Wardenberg. Zweimal täglich strömten die Mostas und Dottas zum Ufer, um die bei Ebbe freiliegenden Austernbänke und Krabbennetze abzuernten. Dabei hatte Angresea eigentlich einen geringeren Prozentsatz von Grünen als Wardenberg (und sie trugen kaum Grün). Schließlich hatte Angresea ja auch weniger Platz. Die Capterie, die in den ersten zwei Jahrzehnten nach der Bienenstock-Epoche errichtet worden war, wirkte mit ihren abgestuften, durch Treppen und Rampen verbundenen Ebenen fast wie die Miniaturausgabe der Wardenberger Zitadelle.

Die Kinder fielen um so mehr auf, als die Erwachsenen fehlten. Ein Drittel der erwachsenen Bevölkerung arbeitete in der Batlerie, ein weiteres Drittel auf den Feldern und Obstplantagen, die sich über eine vom Südufer der Lletrewyn bis zu den Bergen von Trélaz und Raz erstreckende Ebene verteilten. Die übrigen arbeiteten in den niedrigen Gebäuden der Konservenfabrik, nahe beim Damm des Wasserkraftwerks. Der Ostwind trug Gerüche herüber, die einem den Mund wässerig machten, aber manchmal miteinander in Konflikt gerieten (zum Beispiel wenn Fisch-Aroma mit dem von Erdbeermarmelade konkurrierte). Die Konservenfabrik war Guiseïas ganzer Stolz, ihr Trumpf-Ass in dem lebhaften Handel, den die Familie mit der übrigen Bretanye pflegte. Die Nachbarfamilien brachten einen Großteil ihrer Frucht- und Gemüseernte nach Angresea, um sie hier konservieren zu lassen. Im Austausch dafür stellten sie Arbeiterinnen für die Schiffswerft oder auch für die Felder und Obstplantagen.

Guiseïa betrachtete das vielgerühmte Selbstversorgungsprinzip der Familien schlicht als Anachronismus und fand, es sei Zeit für den Fortschritt. Auch beim Dienst und bei der Patrouille hingen alle Familien voneinander ab, und niemand mäkelte daran herum. Warum sollte man das bestehende Netz nicht auch auf die Produktion und die Handelsbeziehungen ausweiten? Diese Bereiche waren für die Wirtschaft der Familien doch mindestens so wichtig wie Männer und Adoptivtöchter, oder nicht? Warum weiterhin fast alles innerhalb einer Familie produzieren? Warum sollten diejenigen, die die besten Stoffe, die besten Konserven oder die besten Werkzeuge herstellten, das nicht auch für alle anderen erledigen? Warum diese Spezialprodukte nicht systematisch austauschen? Das würde doch Zeit sparen und die Ressourcen schonen.

»Zeit sparen und Ressourcen schonen, wofür?« fragte Lisbeï, als Guiseïa und sie zum ersten Mal darüber sprachen.

»Um zu lernen, um zu reisen, um zu ... na ja, um eben das Beste aus dem Leben zu machen ... aber vor allem, um zu lernen.« Guiseïa deutete zum Abendhimmel, der sich verdunkelte, während die ersten Sterne am Firmament glänzten. »Früher einmal gab es dort oben, zwischen den Sternen, Menschen. Hast du dich noch nie gefragt, wie es wäre, wenn man dorthin könnte?«

»Das wäre schwierig, wenn nicht gar unmöglich, selbst wenn wir uns alles nötige Wissen wieder aneignen könnten.«

»Was spricht dagegen?«

Lisbeï lächelte bei diesem Echo auf Tollers Worte. Aber sie spürte, daß Guiseïas Leidenschaft echt war, und antwortete ernsthaft. »Wir müßten uns ja auch die ganze Technik wieder aneignen, und dazu haben wir weder die Rohstoffe, noch genügend Energiequellen.«

»Elektrizität. Materialien bergen. Die bestehenden Quellen besser verwalten.«

»Das meiste würde für den Treibstoff draufgehen, alles andere würde darunter leiden. Und das bezieht sich ja nicht nur auf die Energiequellen, sondern auch auf die menschlichen Ressourcen. Eine Familie allein kann das gar nicht schaffen.«

»Wir könnten uns ja zusammentun. Wie wir's auch für die West-Expedition getan haben.«

»Aber das wäre etwas ganz anderes. Etwas in ganz anderem Maßstab, Guiseïa.« Einer jener Momente, wo Quantität in Qualität umschlägt. »Stück für Stück würde sich damit ganz Maerlande verändern, und wozu? Um die Neugier einiger weniger zu befriedigen?«

»Um den Kontakt zu denjenigen wiederherzustellen, die vielleicht immer noch da oben leben.«

Lisbeï ersparte sich eine Antwort. Guiseïa wußte selbst sehr genau, wie leichtfertig eine solche Bemerkung war.

Aber Guiseïa, der es jetzt wirklich ernst war, ließ nicht locker: »Wer weiß, was wir dort oben lernen könnten?«

»Wahrscheinlich sehr vieles. Deshalb versucht Wardenberg ja auch schon, fahrtüchtige Ballons herzustellen.«

Spöttisch schüttelte Guiseïa den Kopf. »Ein Schritt nach dem anderen. Ist das deine Philosophie, Lisbeï?«

»Was spricht dagegen?« gab Lisbeï mit zuckenden Mundwinkeln zurück.

Guiseïa platzte mit einem Lachen heraus. »Also dann, warum nicht zugeben, daß wir damit *anfangen* können, das Handelssystem der Familien zu verändern? Und die Art und Weise, wie jede Familie ihre Arbeit organisiert? Wenn die Produktion nicht ein solches Stückwerk wäre, hätten wir alle weniger Pflichten.«

»Du meinst weniger Abwechslung und ein Mehr an Spezialisierung.« Lisbeï runzelte die Stirn. »In der Schule gibt es ein altes Fragment, in dem ein Mann, ein Astronom, erwähnt wird. Er fällt in einen Brunnen, weil er die Sterne beobachtet, anstatt auf das vor seiner Nase achtzugeben.«

»Und weiter?« wollte Guiseïa wissen. Offensichtlich hatte dieser plötzliche Themenwechsel sie aus dem Konzept gebracht.

»In der Zeit des Zusammenbruchs und davor konnten es sich die Männer leisten, nicht über alltägliche Angelegenheiten nachzudenken. Sie hatten ja Frauen, von denen sie bedient wurden, genau wie die Männer in der Haremszeit. Die Magd des Astronomen mußte Wasser vom Brunnen holen: Sie wäre bestimmt nicht aus Versehen hineingefallen.«

»Aber wir sind nicht mehr die Dienstboten der Männer, Lisbeï!«

»Nein, aber ob wir nun Männern dienen oder nicht, wir müssen doch Wasser vom Brunnen holen. Irgendwie kommt es mir so vor, als wollest du eine ähnliche Situation herstellen, wie sie früher war. Im Namen der ›Effizienz‹ sind dann einige von uns dazu verdonnert, die ganze Zeit dasselbe zu tun, damit die anderen ihre Freiheit genießen können.«

»Andere, deren Talente im Augenblick vergeudet werden.«

»Aber jetzt sind die Familien immerhin so beschaffen, daß die Wasserschöpferin, wenn sie will, von den Sternen träumen kann – außer sie ist gerade an der Reihe, zum Brunnen zu gehen. In deinem System könnte sie nie träumen.«

»Aber vielleicht könnten wir etwas tun, außer von Sternen nur zu *träumen*. Wer nicht wagt, der nicht gewinnt.«

Lisbeï sah skeptisch drein. »Ist das nicht eine gut verbrämte Form des Sprichworts ›Der Zweck heiligt die Mittel?‹«

»Ganz und gar nicht! Schließlich gibt es auf dieser Welt jede Menge kausaler Beziehungen. Wenn ich Fisch essen möchte, dann muß ich fischen gehen, oder nicht?«

»Ursache und Wirkung unterscheiden sich nach ihrem *Ausmaß,* Guiseïa. Fischen, um sich selbst zu ernähren, ist das eine. Ein grundsätzliches System Maerlandes zugunsten eines höchst zweifelhaften Nutzens über den Haufen zu werfen, ist das andere. Stell dir doch mal vor, du müßtest dein ganzes Leben lang immer dasselbe tun … Nein, du mußt die Leute wenigstens selbst entscheiden lassen. Wir alle müssen gemeinsam die Ziele festlegen. Die sich in den Mitteln ausdrücken.«

Guiseïa seufzte mit gespielter Empörung. »Mußt du aus allem ein moralisches Problem machen?«

»Ja, weil alles miteinander zusammenhängt.«

»Das Muster Ellis.«

»Das Muster Ellis«, gab Lisbeï zu und sah gleichzeitig das Komische an dieser Situation: Hier saß sie und argumentierte gegen die fünfzehn Jahre ältere Guiseïa wie einst Mooreï gegen Antonë.

Sie gingen die breite Platanenallee am Ufer zwischen den Türmen entlang. Seit zwei Tagen war Lisbeï jetzt in Angresea, und Guiseïa war längst noch nicht damit fertig, mit ihrer Capterie anzugeben. (Sofort hatte Lisbeï Guiseïas freizügigen Umgang mit dem besitzanzeigenden Fürwort bemerkt und sich gefragt, wie wohl die junge Coreyn, offiziell die Mutter von Angresea, damit zurechtkam). Guiseïa hatte Lisbeï gerade zum Leuchtturm mitgenommen und ihr seinen genialen Spiegelmechanismus vorgeführt. Vom Dach des Dysturms hatte man bei Ebbe einen großartigen Blick auf das Riff. Nach örtlichen Legenden war die schlammbedeckte Stadt in der Bucht einst Ys gewesen. Als Strafe für ihre Sünden war die Stadt in einer einzigen Nacht von den Großen Fluten verschlungen worden. Die einzige Gerechte von Ys, Melourèn, hatte den Deich in die Luft gesprengt.

»Unmöglich«, wandte Lisbeï ein. »Dann wäre doch die ganze Gegend überflutet worden. Wenn die Einbrüche absichtlich geschaffen worden sind, dann müssen sie nach dem Bau der zweiten Deich-Linie entstanden sein.«

»Und ich dachte, du magst Geschichten!« erwiderte Guiseïa lachend.

»Trotzdem …« Lisbeï hielt inne. Sie konnte Guiseïa nicht erklären, daß sie einerseits den Zauber und das Geheimnis von Legenden schätzte, sie andererseits aber mit Hilfe der Logik analysierte und nach Bindegliedern zu tatsächlichen historischen Ereignissen suchte. Ganz anders Guiseïa. Sie konnte die Dinge stets nur aus einer einzigen Perspektive betrachten. Lisbeï hatte diesen Zug an ihr auf ihrer Reise nach

Angresea bemerkt. (Es war eine angenehme zweiwöchige Reise gewesen, die sie von Entraygues in die nordwestliche Bretanye geführt hatte.).

Beispielsweise glaubte Guiseïa selbstverständlich nicht, daß die Glassteine in den Wänden des ›Geschmolzenen Turms‹ aufgrund eines himmlischen Feuers geschmolzen waren, wie es eine Legende über die Zeit des Zusammenbruchs wollte. In Wirklichkeit stammten die Steine aus einem nahen Steinbruch, von einem kleinen Vulkan, der rund zwanzig Kilometer vom Montbriand-Gebirge entfernt lag. Auch die Capterie von Lletrewyn hatte ›geschmolzene Steine‹ in ihren Wänden.

Aber, soweit es Lisbeï betraf, machte die konkrete Erklärung eine Interpretation des symbolischen Gehalts von Legenden keineswegs überflüssig. So gab es ja auch jede Menge historischer Beweise dafür, daß die Großen Fluten wirklich stattgefunden hatten. Das betraf die Küste von Angresea genauso wie das südliche Escarra. In Escarra stand die Capterie von Baïanque auf einem künstlich errichteten Felsen. Er sah den Gesteinen dieser Gegend noch ähnlicher als die Deiche von Angresea den natürlichen Klippen. Hätte es nicht solche zwingenden Beweise für die Großen Fluten gegeben, wären sie wohl leicht für eine Ausgeburt der Phantasie gehalten worden. In einem alten Text hatte Lisbeï einen Hinweis auf die Stadt Ys gefunden. Wie es hieß, war die Legende um den Untergang von Ys schon lange vor dem Zusammenbruch entstanden. In diesem Fall hatte die Zeit dafür gesorgt, daß aus der Legende historische Realität geworden war. Eine Realität, die nicht nur eine einzige Stadt, sondern Tausende von Städten, eine ganze Zivilisation betraf. Und jetzt wurde aus der Wirklichkeit allmählich wieder Legende, man mußte nur an den Geschmolzenen Turm und den Dysturm denken.

Lisbeï gefiel diese Umkehr der Dinge als Gedankenspiel. Man hatte ihr großzügig den Zutritt zu allen Archiven eingeräumt. Während der ersten Wochen in Angresea empfand sie eine fast kindliche Freude, wenn sie herausfand, wo Legende und Wirklichkeit, Wirklichkeit und Legende ineinander übergingen. Die künstliche Klippe nördlich der Capterie wurde inzwischen ›Noire Dame‹, die ›Dame in Schwarz‹ genannt, die im Süden ›Suave Dame‹, die ›Milde Dame‹, und der Raz war die ›Rase Dame‹, die ›Geschliffene Dame‹ – ein Trio liebender Damen mit tragischem Schicksal. Jedenfalls wurde den Kindern von Angresea und Umgebung die Geschichte so erzählt. Aber das Faszinierende daran war nicht zuletzt die phantastische Übertragung der Namen in modernes Frangleï. Namen für die Deiche oder Dämme, die in Alt-Frangleï völlig prosaisch geklungen haben mußten.

»Das nimmt ihnen den Zauber«, wandte Guiseïa ein.

Nein, überhaupt nicht. Ganz im Gegenteil. Es war doch bewegend zu beobachten, wie jede menschliche Gesellschaft ihre Umgebung mit ihren eigenen Träumen oder Alpträumen ausstattete und interpretierte. Niemand wußte, wie sich die Leute der Haremszeit die Deiche erklärt hatten, denn der Harem von Angresea war vernichtet worden. Auch in den Wardenberger Archiven fand sich kein Hinweis. In der Bienenstock-Epoche waren die Menschen aus der Nähe der drei ›Damen‹ geflohen, aber sie hatten die Erinnerung an sie der Nachwelt in Form von Legenden überliefert. Die ›Damen‹ waren zu Charakteren in einem düsteren Liebes- und Rachedrama geworden. Man mußte sich das einmal vorstellen: Falls auch Maerlande irgendwann untergehen sollte, wie würden dann die Besucherinnen einer fernen Zeit seine Überreste deuten? Wer weiß? Wie, zum Beispiel, würden sie so etwas wie die gegenwärtige Karte von Angresea mit all den merkwürdigen Namen verstehen?

»Welche Besucherinnen?« fragte Sylvane, die ihre Mutter und Lisbeï wie ein eifriges Sammoye-Hündchen umkreiste und beim Spazierengehen die zehnfache Strecke der Erwachsenen zurücklegte. »Wenn Maerlande untergeht, heißt das doch, daß die ganze Menschheit verschwindet.«

Eine merkwürdige Bemerkung von den Lippen einer Dotta, die so fröhlich und gut gelaunt war. Wahrscheinlich plapperte sie nur nach, was sie von einem Erwachsenen gehört hatte. Angresea beherbergte einige Fortschrittlerinnen, die ziemlich skeptisch über die Zukunft der Menschheit dachten.

»Bestimmt gibt es auf dem westlichen Kontinent Menschen, Sylvane«, sagte Lisbeï. »Und es war sowieso nur Spekulation.«

Die Dotta verzog das Gesicht. Sie kam ganz nach ihrer Mutter, wenn es darum ging, sich Dinge aus purem Spaß an der Freud vorzustellen. Tatsächlich glich sie in fast allen Charakterzügen ihrer Mutter. In körperlicher Hinsicht war Sylvane ein Rätsel. Als Lisbeï sie zum ersten Mal sah, fühlte sie die alte Skepsis, die sie empfunden hatte, als sie von Tollers Zwillingsbeziehung zu Guiseïa erfuhr. *Aber sie sehen sich doch überhaupt nicht ähnlich.* Dasselbe galt für Guiseïa und ihr Kind. Es war so, als hätten Tollers körperliche Züge, die latent auch bei Guiseïa vorhanden waren, so stark wie nur möglich in ihrer dritten Tochter Gestalt angenommen. Dabei war das Kind doch eine Mischung aus den Erblinien von Angresea und Fontbleau. Das strohblonde Haar, die mandelförmigen Augen von Sammoye, das deutlich ausgeprägte Kinn, dicke Augenbrauen... Trotzdem würde sie später hübsch sein. Jetzt, mit zwölf und noch keine Rote, hatte sie lediglich den Charme eines Füllen. Sie war lebhaft und in der recht spontanen Art ihrer Mutter auch klug.

Guiseïa hatte einen Narren an dem Mädchen gefressen und zog Sylvane gegenüber ihren anderen Kindern deutlich vor. Mit Interesse verfolgte Lisbeï, wie insbesondere Coreyn darauf reagierte. Sie gab es jedoch bald auf, sich daraus eine Geschichte zurechtzuspinnen. Weder die jugendliche Mutter von Angresea noch Guiseïas andere zwei Töchter, die noch im Geschmolzenen Turm lebten, schienen an dieser Bevorzugung irgendwie Anstoß zu nehmen. Alle mochten Sylvane, auch Toller, obwohl ›Onkel Toller‹, wie die Kleine ihn stets nannte, mit Äußerungen seiner Zuneigung sparsam umging. Allerdings schien Sylvane nicht die besonders ausgeprägte Wahrnehmungsfähigkeit ihrer Mutter oder Tollers zu besitzen. Die schwierigen frühen Kindheitsjahre waren ohne irgendwelche größeren Probleme vorübergegangen. Sylvane hatte die *Schlimme Krankheit* nie gehabt – aber sie war ja auch robust und trotz der winterlichen Feuchte von Angresea fast nie erkältet.

»Eine stämmige kleine Arbeitsstute«, sagte Guiseïa und zerzauste dem Mädchen das Haar. Als Lisbeï das zum ersten Mal hörte, mußte man sie daran erinnern, daß in Angresea nicht Wasserbüffel, sondern Stuten den Pflug zogen. Man nahm sie mit und zeigte ihr eine dieser ›Arbeitsstuten‹, ein gewaltiges Tier, wie es in Litale keines gab. Die Hufe waren beinahe größer als der Kopf.

»Meine Güte, das ist ja fast ein … Elefant!« hatte sie erstaunt und belustigt gerufen. Daraufhin war sie mit Erklärungen dran und mußte alles, was sie wußte, über Elefanten erzählen.

»Ich sehe da keine Verbindung«, sagte Sylvane unverblümt, eine winzige Person, die mit ernsthaftem Gesicht neben der großen Stute stand. Ohne Mühe konnte Lisbeï das Kind davon überzeugen, daß es auch keine großartige Verbindung zwischen ihr und einer Arbeitsstute gab. Nicht einmal eine kleine – wenn es kleine Verbindungen überhaupt *gab.*

»Welche Sage ist heute dran?«

Lisbeï wirbelte herum und begegnete Tollers grauen Augen. Er lächelte. Jedenfalls hatte sie keinen Grund für ein schlechtes Gewissen. Guiseïa hatte die Bibliothekstür aufgemacht und mit weit ausgreifendem Arm auf die Bücherwände und Schränke gedeutet. »Alle Sagen, alle Erzählungen, alle tiefen und dunklen Geheimnisse aus Angreseas Vergangenheit sind hier versammelt«, hatte sie gesagt. Das schelmische Funkeln in ihren Augen hatte ihre Grabesstimme Lügen gestraft. »Zumindest die seit Angreseas Gründung. Grab sie aus!«

»Alle?« hatte Lisbeï gefragt.

Guiseïa hatte sie angestarrt, während der Glanz aus ihren Augen wich, und sich dann in der stillen Bibliothek umgesehen. Wie die Bibliothek von Bethely war sie jetzt, mitten am Nachmittag, bis auf das Personal leer. »Was spricht dagegen? Papier ist geduldig. Man kann ihm viele Dinge entnehmen, aber von sich aus sagt es nichts. Jedenfalls nichts Wichtiges.«

Natürlich hatte Lisbeï sofort an das Notizbuch denken müssen und Guiseïas Aussage innerlich widersprochen. Aber wahrscheinlich hatte Guiseïa etwas ganz anderes gemeint.

»Nein«, hatte sie Lisbeïs Einwand entkräftet, »wenn die lebendige Stimme verhallt, der Atem verhaucht … dann bleibt nichts übrig.« Dann hatte sie ihr typisches, schiefes kleines Lächeln aufgesetzt, das Lisbeï inzwischen schon kannte. »Möglicherweise«, hatte sie in aufrichtigem Ton bemerkt. »Ich vertraue da ganz auf dich.«

»Ich bin zu neugierig und liebe die Sagen zu sehr.«

»Für dich sind Sagen Mittel zum Zweck«, hatte Guiseïa darauf erklärt. Es war die Capta von Angresea, die wirkliche, wenn auch nicht offizielle Capta, die Lisbeï abschätzend angeblickt hatte. »Du magst es, wenn du etwas *verstehst*.«

Und ihr Ausdruck hatte sich zu einer Miene verändert, die Lisbeï nur allzu gut kannte – wissend, verführerisch und stur genug, um anzudeuten, daß einen alles täuschen mochte, nicht aber das eigene Begehren. »Du bist wie ich. Wie Toller.«

Da liegt sie falsch, schrieb Lisbeï, von der Episode leicht verärgert, ohne daß sie wußte, warum. *Wir sind sehr verschieden.*

Vielleicht hatten sie ja beide recht – aber diese Idee kam ihr ausnahmsweise erst viel später.

Toller hatte keine Überraschung gezeigt, als er Lisbeï vor dem Geschmolzenen Turm von ihrer Stute absitzen sah. Elli sei Dank hatte sie ihm nicht von Dougalls Tod erzählen müssen, auch nicht von den Ereignissen in Entraygues. Guiseïa ging keinen Schritt ohne Käfig von Brieftauben. Deshalb hatten Toller und der übrige Haushalt die Reisenden oben auf der großen, halbrunden Treppe schon erwartet. Nach einem Durcheinander aus Umarmungen und Begrüßungsrufen (das Lisbeï ganz schön aus der Fassung brachte, wenn sie daran dachte, wie man Guiseïa in Bethely begrüßt hätte) war ihr sofort die ganze engere Familie vorgestellt worden. Den Anfang machte merkwürdigerweise die Jüngste: Jaane, Martinikas Erstgeborene (Guiseïas älteste Tochter hatte den exotischen Iturri-Namen Martinika); Liet, Guiseïas jüngstes Kind und damit das ›Baby‹, eine rundliche fünfjährige Mosta, die durchaus glücklich wirkte, als Sylvane sie in der Taille wie einen Sack Kartoffeln umschlang; Gawain, das zweitjüngste Kind, groß und stark für seine acht Jahre (Twyne, ihr viertes Kind, war als Adoptivtochter in Bethely), Sylvane natürlich; Mireyne und Alane, Rowènes jüngste Kinder, zwei Rote von fünfzehn und dreizehn Jahren; und Coreyn, die es anscheinend nicht übelnahm, als ›mein zweites Kind‹ vorgestellt zu werden, obwohl sie offiziell die Mutter von Angresea war.

Martinika war nicht zur Mutter ernannt worden, weil es in Angresea und fast überall in der Bretanye ein besonderes Auswahlsystem gab, das für die Wahl die Zustimmung der Familienversammlung voraussetzte. Martinika war eine große Rote, nett, aber schüchtern, ihre Gesichtszüge würde man sich nach einem ersten Treffen nur schlecht einprägen können. Sie war gerade einundzwanzig geworden, hochschwanger und in der Ausbildung zu Coreyns Zweitem Gedächtnis. Mit Ylene schien sie eine sehr glückliche Liebesbeziehung zu verbinden …

Ylene war genauso alt wie Coreyn, achtzehn, und als Studentin von Angresea Lisbeï gleich nach der jungen Mutter vorgestellt worden. *Wäre es noch seltsamer gewesen, wenn Guiseïa gesagt hätte: »Und hier ist deine Schwester, Ylene?«* fragte sich Lisbeï in ihrem Tagebuch. *Aber Guiseïa verzog keine Miene, als sie mir meine junge Halbschwester vorstellte, und tat so, als sei sie eine Adoptivtochter wie jede andere. Das war wirklich die beste Lösung. Dennoch starrten wir einander ziemlich zögerlich an, bis Ylene mit amüsiertem Lächeln beide Hände ausstreckte. Sie freute sich, mir endlich zu begegnen. Als ich aus Bethely fortging, hatte sie den Hort gerade hinter sich. Da war kein Echo, kein Licht wie bei Tula, gar nichts. Aber sie ist eine durch und durch liebenswerte junge Rote, wie ich sagen muß, und eine richtige Bethely: rotes Haar (»heiß genug, um ein Feuer zu entfachen«, wie sie hier sagen), milchweiße Haut, aquamarinfarbene Augen … allerdings mit der großen Nase und dem Mund der Erblinie Gloster belastet. Alles in allem keine unerfreuliche Erscheinung, wenn auch ein bißchen seltsam.*

Danach wurde ich dem Mann der Mutter vorgestellt, Coreyns erstem Mann, Odrigo von Serres-Morèna, ein ruhiger, hübscher Mann Anfang zwanzig. Dann kam

Rowène, Guiseïas und Tollers älteste Schwester. Wie Martinika wurde sie bei der Bestimmung der Mutter von Angresea in der Nachfolge übergangen, allerdings aus einleuchtenden Gründen: Sie ist die Ärztin der Familie und von ihrer Forschung besessen. Die archetypische Fortschrittlerin! Als letzte kam die Familienälteste an die Reihe, Edwayne, Guiseïas Großmutter und das Erste Gedächtnis von Angresea, jedenfalls offiziell. Inzwischen ist sie eine gebrechliche alte Blaue, aber in ihrer Jugend muß sie die Blicke ganz schön auf sich gezogen haben. Selbst mit ihrer leicht gebeugten Haltung ist sie so groß wie ich. Schrecklich kurzsichtig (ihre Brillengläser sind so dick wie Flaschenböden), mit ziemlich zitteriger Stimme. Ich glaube nicht, daß ich jemals einem so alten Menschen begegnet bin: Sie ist siebzig! Sie sind eine langlebige Sippe, diese Angreseas! Alle sprechen in der formellen zweiten Person plural mit ihr. Sie ist diejenige, die den Haushalt zusammengehalten hat, als Bruwyne ihre offizielle Mutter-Kette auf dem Tisch neben dem Bettchen der kleinen Yolde zurückließ – eine ziemlich ausgefallene Art, das eigene Kind zur Mutter zu bestimmen, um das mindeste zu sagen – und in die anonymen Reihen der Blauen entschwand.

Das mußte die Kette gewesen sein, die Guiseïa in Bethely eingetauscht hatte, als sie und Lisbeï sich zum ersten Mal begegnet waren. Ihre Mutter-Kette. Bruwynes Kette, ein Stück, das bestimmt seit Generationen in der Familie gewesen war. Lisbeï konnte sich die antike Form noch vorstellen. Später mußte die Kette Yolde gehört haben, aber nicht für lange. Guiseïa hatte sie ihrer toten Schwester wahrscheinlich vom Hals genommen ... Nein, wenn jemand die Kette entfernt hatte, dann mußte es die Ärztin gewesen sein, vielleicht sogar Rowène. Eine Vorstellung, die nicht ganz so gräßlich war. Dennoch, alle Zutaten für eine Geschichte waren vorhanden.

Die Dokumente von Angresea, die Lisbeï bis jetzt

zu Rate gezogen hatte, enthüllten keine derart faszinierenden Einzelheiten. Und natürlich enthielten sie auch keine Protokolle darüber, wie Guiseïa die Familienversammlung *dazu gebracht* hatte, sie zur Mutter zu nominieren. Tatsächlich war das mit Hilfe Edwaynes und Unterstützung Rowènes passiert, aber gegen Bruwynes ausdrücklichen Wunsch, wie sie in ihrem Brief an ihre eigene Mutter, Edwayne, deutlich gemacht hatte. Bruwyne hatte Yolde als ihre Nachfolgerin gesehen. Es hatte also einen Brief gegeben. Aber Bruwyne war nicht dort gewesen, um ihren Fall vorzutragen – ganz klar ein taktischer Fehler. Obwohl sie ein Jahr nach Yoldes Geburt eine Blaue geworden war, hatte ihre plötzliche Abreise Überraschung ausgelöst. Allerdings konnte Bruwyne gemäß der Charta der Bretanye mit gutem Recht zurücktreten, auch wenn Yolde noch keine Rote war. Bruwyne hatte jedoch nicht nur die Möglichkeit abgelehnt, für eine Interimszeit als Mutter zu dienen, sondern auch ihr Recht wahrgenommen, die Familie zu verlassen. Andere Provinzen, andere Familien, andere Chartas. In Litale war eine Blaue automatisch davon ausgenommen, weiterhin die Funktion der Mutter zu erfüllen. Es wäre interessant gewesen, den Brief zu finden …

Toller nahm Lisbeï gegenüber Platz und griff nach den Dokumenten, die sie gerade las. Er blickte nur kurz darüber und schob sie ihr dann wieder zu. »Hm. Die Erzählung über Bruwyne. Ein denkwürdiger Abend.«

»Du warst dabei?«

»Incognito.«

Das Wort ließ Lisbeï aufhorchen. Sie sah den Blauen direkt an und suchte in seiner Miene nach einer Spur von Ironie. Nichts, natürlich nicht. Ähnlich wie Kelys perfektionierte auch Toller seine Gelassenheit manchmal bis zur hohen Kunst. Der Trick lag in der Stimme, in den Modulationen. Wenn man nicht sicher war, ob man richtig gehört hatte, war man aufgeschmissen. Lisbeï reagierte darauf so, wie sie es gegenüber Kelys oder jetzt auch Toller für einzig möglich hielt, wenn sie auf ›Nummer Sicher‹ gehen wollte: Sie nahm sie beim Wort und brachte ihre eigene Vorstellung nachdrücklich vor, indem sie so lange direkte Fragen stellte, bis sie entweder auf eindeutige Ablehnung stieß oder eine Antwort erhielt. Diese Technik widersprach allem, was sie sich in Bethely angeeignet und auch in Wardenberg – trotz mancher Merkwürdigkeiten dort – beibehalten hatte. Aber inzwischen hatte sie sich an Tollers Art irgendwie gewöhnt.

»Ist der Brief verlorengegangen?«

»Er wurde vernichtet. Mit Absicht, in einem Wutanfall.«

»Guiseïa?«

»Yolde. Sie wollte nicht Mutter sein.«

»Aber Bruwyne fand Guiseïa zu ehrgeizig.«

»Bruwyne«, sagte Toller gelassen, »wollte keine Mißgeburt als Capta von Angresea.«

»Aber das stand nicht im Brief«, antwortete Lisbeï nach einer Pause und versuchte, Tollers neutralen Ton zu übernehmen.

»Nein. Aber die anderen Argumente waren schließlich nicht weniger zwingend.«

»Bruwyne war so wie ihr beide?«

»Wie Antonë. Oder eher wie Selva, aber längst nicht so tolerant. Über das Thema wurde kein Wort verloren. Aber sie ertappte uns mit Kelys, als wir das Agvite ausprobierten.«

»Und Kelys hat alles erklärt?«

»In jenen Tagen hatte Kelys mehr Skrupel. Oder weniger – je nachdem.«

Die Kelys von Angresea schien sich in bestimmten Aspekten von ihren anderen Verkörperungen, die Lisbeï kannte, zu unterscheiden. Guiseïa, Toller, praktisch der ganze Haushalt waren mit Kelys vertraut, weil sie zehn Jahre ohne Unterbrechung in der Familie verbracht hatte. Lisbeï ließ die Bemerkung im Raum stehen, notierte sie lediglich ohne jeden Kommentar in ihrem Tagebuch. Nach ihren Erfahrungen in Belmont und Entraygues hatte sie das Gefühl, an Kelys könne sie gar nichts mehr überraschen. Eigentlich war sie viel mehr an dem interessiert, was Toller oder Guiseïa über sich selbst enthüllten, wenn sie über Kelys sprachen. Es gab eine Welt, in der sie Neugier, Lust und Schmerz teilten, und diese Welt war ihr sofort vertraut, sie brauchte ja nur an ihre Beziehung zu Tula denken. Und doch war diese Welt auch einzigartig und fremd, wenn sie daran dachte, wer diese Komplizen, diese wißbegierigen Wesen, diese Freunde eigentlich waren. Nie hatte jemand versucht, Guiseïa und Toller voneinander zu trennen. Von dem Augenblick an, als Kelys nach Angresea gekommen war – damals waren beide etwa fünf Jahre alt gewesen – hatten sie dieselbe Ausbildung erhalten. Bruwyne hatte, wenn auch widerwillig, ihre Zustimmung gegeben. Es war die Ausbildung zur Mutter, denn in der Bretanye kamen grundsätzlich alle Kinder des Haushalts als Nachfolgerinnen in Frage. Außer Jungen, natürlich. Hatte niemand in Angresea etwas dagegen gehabt?

Toller lächelte verhalten. »In Angresea werden Jungen nicht so wichtig genommen, daß man sie immerzu ausschließen muß.«

Das klang so ähnlich wie das Argument, das Lisbeï für die Teilnahme männlicher Grüner an den Wettkämpfen ins Feld geführt hatte: Jungen fielen dabei doch gar nicht weiter ins Gewicht. Jetzt jedoch, als es jemand anderes aussprach, stellte sie fest: »Aber anderswo werden sie so wichtig genommen.« Wozu war Tollers Ausbildung in Angresea überhaupt gut?

»Zumindest hat sie zum guten Verhältnis mit den Müttern beigetragen, bei denen ich Dienst tat.«

»Dazu werden die künftigen Männer doch sowieso ausgebildet.«

»Sie werden zu künftigen Männern ausgebildet. Ich wurde vor allem *zu einem Menschen erzogen.*«

Wie hatte er sich dann in die Ausbildung zum künftigen Mann eingefügt? Schlecht, nahm sie an... Aber diese Frage behielt Lisbeï ihrem Tagebuch vor. Wenn man ein solches Thema berührte, machte Toller ganz schnell die Schotten dicht.

Lisbeï war bereits bekannt, daß alle Männer der Bretanye zum selben Ausbildungsort geschickt wurden, zu einer Art Schule, die La Baillie hieß und an Lletrewyn und Verchères angrenzte. Lanik, Rowènes einziger Sohn, würde die Schule bald verlassen, um seinen Dienst in Escarra anzutreten. Besucherinnen waren dort zugelassen. Als Lisbeï die Schule erblickte, war sie vom Alter dieses Ortes beeindruckt. Bestimmt stammte das Gebäude noch aus der Zeit vor dem Zusammenbruch. Weder die Harems noch die Bienenstöcke hatten es angerührt. Warum nicht? fragte sie sich. Aus Angst? Ähnlich wie viele Bauten aus der Zeit des Zusammenbruchs mußte sich das Gebäude doch geradezu als Steinbruch angeboten haben, zumal es mit gebrauchsfertigen, haltbaren Glasursteinen ausgestattet war. Hatte man diese Haltbarkeit schlicht für übernatürlich gehalten? Die Bienenstöcke hatten sich selbst so gründlich von der Vergangenheit und den Überlieferungen, die Erklärungen für das Gebäude liefern mochten, losgesagt, daß der Aberglaube bei ihnen noch mehr Blüten getrieben hatte als bei den Harems. Die Steine waren mit irgendeiner durchsichtigen Glasur versiegelt (Kunststoff?), die sie vor der Witterung geschützt hatte. La Baillie mußte schon während der Zeit des Zusammenbruchs ein ehrwürdiges Relikt aus einer früheren Epoche gewesen sein, deshalb hatte man es wohl auch erhalten.

Das Gebäude bestand aus mehreren Flügeln, die ein längliches Kreuz bildeten (fast wie im Hinke-Pinke-Spiel der nördlichen Provinzen – bestand da womöglich irgendein Zusammenhang?). Oben, am kürzeren Ende des Kreuzes, erhob sich ein viereckiger Turm. Die Strebebögen, die die Mauern stützten, erinnerten Lisbeï an bestimmte Festungen der Bienenstöcke – aber das war auch das einzige Vertraute inmitten einer Fülle faszinierender architektonischer Details. Über dem Haupteingang war in die Decke eine Rosette mit steinernen Verzierungen und buntem Glas eingelassen, dessen intensive Farben sich in den großen spitzgiebeligen Seitenfenstern wiederholten; gewaltige Pfeiler und hohe Kreuzgewölbe bestimmten den Hauptabschnitt ... Im Schnittpunkt des Kreuzes lag eine Art Garten, um den ein Fußweg herumführte. Kleine, gemeißelte Säulen säumten den Weg. In den drei anderen Flügeln waren Schlaf- und Speisesäle, Meditationsräume, Sporthallen, Klassenzimmer und die Wohnungen der Tutorinnen untergebracht. (Da dies die Bretanye war, gab es auch ein paar Wohnungen für Tutoren).

Das steinerne Anwesen strahlte Ruhe aus. Vielleicht traf das ja auch auf den Bauernhof der Grünen in Malverde, Bethely zu, aber Lisbeï konnte das nicht beurteilen, da sie nie dort gewesen war. La Baillie lag in einem kleinen, von großen Kastanienbäumen bestandenen Tal. Elli war einem an solchen Orten, jenseits des menschlichen Lärms, angeblich näher.

»Elli ist hier weder näher noch weiter weg«, sagte Toller. »Man kann die Menschen einfach besser abrichten, wenn keine Ablenkung da ist, das ist alles.«

Toller ist in Angresea anders, hatte Lisbeï schon am Anfang ihres Aufenthalts in Angresea notiert. Weniger distanziert, nicht so oft hinter seiner gleichmütigen Maske versteckt, weniger kontrolliert. Das gleiche galt im übrigen auch für Guiseïa, die zwar auch in

Angresea vor Leben sprühte, aber etwas ausgeglichener wirkte. Wahrscheinlich war das nicht weiter verwunderlich, schließlich waren die beiden hier zu Hause. *Wäre ich in Bethely anders?* Lisbeï dachte einen Augenblick nach und fragte sich, warum sie es so formuliert und nicht geschrieben hatte: *Werde ich in Bethely anders sein?* Seit Entraygues konnte sie sich ihre Rückkehr nach Bethely kaum noch vorstellen. Sie ließ den Satz so stehen, wie er war.

Der Tag begann wie jeder andere. Lisbeï wurde schon früh vom schrillen Gezwitscher eines Schwalbenpaars wach, das zwischen zwei Steinen genau unterhalb ihres Fensters im dritten Stock des Geschmolzenen Turms nistete. Sie war gern vor allen anderen wach. Von ihrem Fenster aus konnte sie sehen, wie die Morgendämmerung das Meer nach und nach in Licht tauchte, und zum Hafen blicken, in dem die Schiffe bei Flut schliefen. (In der Jula ging man bei Einbruch der Dunkelheit auf Fischfang, mit Lampen.) Das Wasser lag ruhig da und wurde vom Wind kaum gekräuselt. Von Minute zu Minute hob sich der weiße Strich der Riffe schärfer gegen den Horizont ab. Die rosafarbenen Klippen an der Küste von Brezblüt flammten rot auf. Wenn die Sonne schließlich am Himmel aufging, zogen sich die Schatten vom äußersten Ausläufer der ›Noire Dame‹ zurück, so daß ihre sanft geschwungene, künstliche Biegung sichtbar wurde. Bei Ebbe hatte die Küstenlandschaft an der Bucht ein ganz anderes Gesicht. Der Deich ragte dreißig Meter aus dem Schlick, der mit algenüberzogenem Schrott und merkwürdigen Aufwerfungen bedeckt war (die Aufwerfungen waren so regelmäßig, daß sie unmöglich natürlichen Ursprungs sein konnten). Diese Ruinen sahen seltsamerweise so ähnlich wie die künstlichen Klippe aus, deren imposante Biegung immer noch vollständig erhalten war.

Wie sehr sich Angresea doch von Wardenberg unterschied! Dort hatte Lisbeï von ihrem Zimmer aus nur Hausdächer gesehen. Von Ysandes (später Fraines) Zimmer aus hatte man Aussicht auf den Hafen gehabt. Wardenberg war eigentlich gar keine richtige Insel, bei jeder Ebbe trat die Verbindung zum Festland klar zutage. Der Wardenberger Hafen lag der Festlandküste direkt gegenüber. Nur selten wurden die Kais an der Seeseite der Insel überhaupt genutzt – ein deutliches Zeichen dafür, wie gern Wardenberg in seinem Trachten und Tun dem Meer die kalte Schulter zeigte.

Im Unterschied zu Wardenberg stellte sich Angresea dem Meer. In Wardenberg hatte Lisbeï nie das Gefühl von weitem Raum gehabt. In Angresea konnte man bei Ebbe das Felsmassiv der Berge und gleichzeitig die Ebene rundherum sehen. Das Meer von Wardenberg war ein fremder Eindringling gewesen, eine illegale Besatzungsmacht in einem Land, in das es nie hätte eindringen dürfen. In Angresea war das Meer zu Hause, selbst bei Ebbe, wenn die Trümmer der alten Stadt und die Zähne des alten Deiches fast den ganzen Horizont einnahmen. Jenseits des gebrochenen Deiches glitzerte in der Ferne stets das offene Meer. Es verstand sich wie von selbst, daß die Leute in Angresea Schiffe bauten und zur treibenden Kraft für die Westflotte geworden waren. Manchmal sah Lisbeï bei Morgendämmerung vom Geschmolzenen Turm aus zu, wie der kreisende Lichtstrahl des Leuchtturms oben auf dem Dysturm im Sonnenschein zu einem schwachen Blinken verblaßte. Sie ließ die Weite des Horizonts auf sich wirken und trat in der Phantasie eine Reise zu den Ländern jenseits des Himmels und des Wassers an. Die Sehnsucht, dorthin aufzubrechen, hatte sie wirklich gepackt.

Was Lisbeïs Phantasie am meisten beschäftigte, war jedoch nicht die eigentliche Reise nach Westen. Stets hatte sie es Fraine und den anderen überlassen, deren Organisation, Probleme und Gefahren (und wie man ihnen begegnen konnte) zu diskutieren. Was sie sich ausmalte, war die Ankunft. Sie spekulierte sogar gern darüber, wie die Entdeckerinnen zurückkehren und verkünden würden, daß der Kontinent im Westen bewohnt war. Und mehr noch: daß dort bereits Menschen lebten. Ihre Phantasie ging fast mit ihr durch, wenn sie sich die Formen und Konsequenzen einer solchen Begegnung mit dem anderen Kontinent ausmalte. Neue Sprachen, neue Sitten, eine ganz andere Geschichte – und auch jede Menge neuer Geschichten! Sie ließ sich von ihrer Phantasie sogar noch weiter davontragen und versuchte sich die ganz andere Welt vorzustellen, in der die Kinder von Ysande und Fraine aufwachsen würden. (Allerdings hatte Fraine keine Kinder, die überlebt hatten.) In erster Linie war sie nicht an den materiellen Veränderungen interessiert. Vielmehr faszinierte sie das, was auch eintrat, wenn eine *Schlimme Zone* offiziell wieder freigegeben wurde: Dann verschwanden die grauen Flecken von der Landkarte, neue Gebiete gewannen in der geistigen Landschaft jedes einzelnen Menschen Gestalt. Wo nichts als Leere gewesen war, würde es plötzlich etwas geben: einen neuen Faden im Muster Ellis – nein, ein ganz neu *gestaltetes Motiv*! Die Dimensionen der ganzen Welt würden sich unmerklich ausdehnen, und auch Geist und Seele der Menschen würden sich erweitern müssen, um sich dieser veränderten Welt anzupassen. Das war eine aufregende Zukunftsperspektive. Und doch war nicht zu leugnen, daß diese Entwicklung auch Zweifel und Ablehnung hervorrufen und Ungemach mit sich bringen würde. So als werde jemand, der gern in den Tag hinein schlafen möchte, plötzlich von rauher Hand wachgerüttelt. Leise seufzend wandte sie sich vom Fenster weg. Vielleicht würde sie in zwei Jahren nach Angresea zurückkehren können, um dabeizusein, wenn die Flotte in See stach. Aber nur Elli wußte, wann und mit welchen Nachrichten die Flotte zurückkehren würde. Man konnte sich auch ganz andere Geschichten zusammenreimen. Wenn die Existenz des westlichen Kontinents erst Tatsache war, würde das vielleicht immerwährende Sorge, Bedauern oder sogar Angst in ganz Maerlande auslösen.

Lisbeï zog sich schnell an, begleitet vom rauhen Schrei der am Himmel kreisenden Seemöven. Seit Belmont hatte sie ihre Gewohnheit beibehalten, wenigstens morgens so regelmäßig wie möglich ihre Taïtche-Übungen durchzuführen. In Angresea tat sie das ganz oben im Geschmolzenen Turm. Barfuß rannte sie die Wendeltreppe hoch, um ihre Muskeln zu erwärmen. Hier oben hatten die Brieftauben ihr Domizil. Während sie wartete, bis ihr Puls wieder normal ging, lauschte sie dem ständigen Gurren. Dann begann sie mit den vertrauten Übungen und glitt nach und nach in Trance. Kelys hatte ihr und den anderen beigebracht, die Uhr des eigenen Körpers zu ›programmieren‹ (seltsames Wort!). Wenn sie zur festgesetzten Zeit wieder aus der Trance auftauchte, war es Zeit fürs Frühstück. Sie konnte zum Eßzimmer (wie der Speisesaal in Angresea hieß) hinuntergehen, ohne daß die Küche meuterte.

An diesem Morgen war das Eßzimmer leer. Der große Tisch war bereits gedeckt – das mußten die jüngeren Kinder jeden Abend erledigen. Das Ticken der großen Uhr hallte in der Stille wider. Fast acht Uhr. Lisbeï hatte sich leicht verspätet. In der Küche dampften Töpfe und Tiegel auf den beiden großen Herden, es war jedoch niemand zu sehen. Sie trat auf den leeren Gang hinaus und wollte schon »Hallo?« rufen, als sie irgendwo im Treppenhaus den von Schluchzern unterbrochenen Schluckauf eines Babies hörte, dann Schritte und Stimmen. Schließlich erschien eine Kinderschar, angeführt von der Köchin Ermyne, einer stämmigen, rotbäckigen Blauen in den Vierzigern. Wie die Kinder und Liet, deren Schluchzer jetzt verebbten – sie hatte eine Hand in den Mund gestopft – hatte auch Ermyne geweint. Sie starrte Lisbeï an und schien sie dann endlich zu erkennen. »Sylvane«, war alles, was sie mit kummervoller Stimme herausbrachte. Vage deutete sie zum Treppenhaus.

Lisbeï eilte nach oben in den zweiten Stock, wo die Kinder schliefen. Die Dottas hatten alle ihr eigenes Zimmer, während die Mostas in einem Raum untergebracht waren. Als sie den Gang erreichte, sah sie gerade noch, wie Guiseïa aus Sylvanes Zimmer kam. Guiseïa machte die Tür hinter sich zu und schwankte wie betrunken, während sie sich mit geschlossenen Augen und eng um sich geschlungenen Armen gegen die Wand lehnte.

»Guiseïa?«

Guiseïa wandte den Kopf, machte die Augen auf und blickte die näherkommende Lisbeï an.

Sah Guiseïa sie überhaupt? Lisbeï war sich nicht sicher und berührte mit der ausgestreckten Hand Guiseïas bloßen Arm. »Guise?«

War es der Kosename, der wirkte? Jedenfalls schien Guiseïa wieder zu sich zu kommen. In ihre müden Augen trat ein dumpfer Glanz. »Sylvane«, murmelte sie mit erstickter Stimme. »Die *Schlimme Krankheit*.«

Lisbeï betrat das Zimmer. Einen Moment lang wandte Rowène den Kopf und sah sie an, dann schaute sie wieder, ohne sich von der Stelle zu rühren, auf Sylvane. Während der Nacht hatte das Mädchen alles Bettzeug abgeworfen und sich das Nachthemd ausgezogen, um sich Kühlung zu verschaffen. Jetzt lag sie nackt auf dem Rücken, total durchgeschwitzt und bewußtlos. Bei jedem schnellen, flachen Atemzug hob und senkte sich das Zwerchfell.

Unter dem Schweiß auf ihrer Haut zeichneten sich die Rippen deutlich ab. Toller, starr und stumpf wie ein Baumstamm, stand am Fußende des Bettes und umklammerte den hölzernen Bettrahmen.

Lisbeï ging das durch und durch. Sie würde jetzt nicht wagen, Toller anzufassen. »Wir müssen abwarten«, murmelte sie hilflos. Aus dem Augenwinkel sah sie Rowène nicken. Die Zeit schien stillzustehen. Dann hörte sie sich sagen: »Weiß das Gedächtnis davon?« Daraufhin wirkten die beiden noch verzagter. Nein, die Älteste wußte noch nichts. Sie stand immer als letzte auf, wie es ihr von Alters wegen zustand. »Ich gehe schon«, murmelte Lisbeï und floh aus dem Zimmer.

Guiseïa war nicht mehr auf dem Gang, sondern auf der Treppe, die hinunter zum Hauptstock führte. Dort wohnte die alte Edwayne. Als Lisbeï Guiseïa einholte, ging Guiseïa einfach weiter. Sie bewegte sich wie eine Marionette, wirkte wie eine leere Hülle. Das allein hätte gereicht, Lisbeï zum Schweigen zu bringen. Aber es gab auch nichts zu reden. Guiseïa klopfte an die Tür und trat ohne eine Antwort abzuwarten ein. Die Tür ließ sie angelehnt. In dem halbdunklen Raum setzte sich eine Gestalt mit Geraschel auf. Die alte Frau war wach und tastete nach der Gardinenschnur.

»Großmutter?« Guiseïa ging auf das Bett zu. Sie blinzelte nicht einmal, als die Sonne ins Zimmer strömte und den Kissenberg und Edwaynes besorgtes Gesicht in Licht tauchte. »Großmutter.« Die Stimme war die eines kleinen Mädchens, ungläubig, flehend. »Sylvane hat die *Schlimme Krankheit*.« Sie ließ sich aufs Bett fallen und brach mit einem rauhen Schrei neben der alten Frau zusammen. Edwayne nahm Guiseïa in die Arme – bestimmt eine altvertraute Geste – und vergrub ihre knochigen Finger in Guiseïas schwarzen Locken. Ohne Brille war Edwayne fast blind. Sie versuchte festzustellen, wer da so unbeweglich an der Tür stand. »Toller?«

»Nein, ich bin's«, sagte Lisbeï und ging mit schwerem Herzen näher ans Bett. »Toller ist beim Kind.«

Edwayne streckte die Hand aus und tastete auf dem Nachttisch nach ihrer Brille. Sie setzte sie auf und blickte Lisbeï einen Augenblick lang nachdenklich an, dann schaute sie auf Guiseïa hinunter, die sich nicht bewegt und keinen Laut von sich gegeben hatte. Das alte Gesicht hatte einen seltsamen Ausdruck angenommen. Sie ließ ihre leicht zitternde Hand wieder auf dem Lockenkopf ruhen. »Elli schneidet den Lebensfaden ab, der nie hätte geknüpft werden dürfen«, murmelte sie.

Durch Guiseïas Körper ging ein krampfartiger Ruck. Sie setzte sich langsam auf. »Sag nicht so etwas«, zischte sie mit plötzlich fester, harter Stimme.

Die alte Frau ließ die Arme sinken und lehnte sich in die Kissen zurück. Sie hatte keine Angst, war nicht einmal traurig, sie war ... sehr gelassen, resigniert, unendlich müde. Edwayne hatte eine Gewißheit, wie jemand, der lange vor etwas davongelaufen ist und jetzt anhält und sich umdreht, aber schon weiß, was er ganz nah hinter sich sehen wird.

Einen Moment lang dachte Lisbeï, Guiseïa werde das alte Gedächtnis schlagen. Statt dessen stand Guiseïa auf. Ihre Hände hatte sie zu Fäusten geballt und gegen ihre Brust gepreßt, als versuche sie, sich mit aller Gewalt zurückzuhalten. Dann machte sie auf dem Absatz kehrt und verließ das Zimmer. Als sie vorbeifegte, traf Lisbeï eine heftige Welle unterdrückter Emotionen. Es war Zorn dabei, Angst – und ein Schuldgefühl.

Kapitel 4

Sylvane war stark. Sie hielt fünf Tage durch. Das Fieber stieg nicht mehr, aber es sank auch nicht. Schon bei Ausbruch der Krankheit hatte es seinen Höchststand erreicht, bis zum Ende blieb es dabei. Sie brachten eine Badewanne ins Zimmer und setzten das Kind hinein. Das Eis mußte jede Viertelstunde erneuert werden. Sie brauchten den ganzen Salzvorrat des Geschmolzenen Turms auf. Was sonst konnten sie tun? Nichts. Warten. Beten? In Angresea beteten die Menschen nicht, zumindest nicht die in Guiseïas Haus. Abwarten. Vor Erschöpfung einschlafen, während man auf einem Stuhl neben dem Bett sitzt. Zusammenfahren, aufwachen und merken, daß nur wenige Minuten vergangen sind, sich nichts verändert hat. Und wieder abwarten. Von jenen fünf Tagen, jenen fünf Nächten sind Lisbeï nur Bruchstücke in Erinnerung. Martinika, wie sie ihre Hände auf dem riesigen Bauch ruhen läßt. Ylene, wie sie Martinika unter die Arme greift, sie sanft zur Tür führt und sie drängt: »Es hilft doch nichts. Du schadest dir nur selbst. Komm.« Guiseïa, wie sie mechanisch die Geschicke der Capterie lenkt und ihr Inneres die ganze Zeit wie eine geballte Faust verschließt.

Rowène, wie sie sich im Labor einschließt, weil sie es nicht aushält, nichts tun zu können. Dort experimentiert sie mit neuen Stoffen, die das Fieber senken und der Entzündung entgegenwirken sollen. Sylvane, wie sie nichts mehr schlucken kann, während das Fieber sie buchstäblich verbrennt und sichtlich austrocknet. Toller, wie er seinen Stuhl nah ans Bett zieht. In den Händen hält er ein Paar winziger Sandalen, die er hin- und herwendet. Die Riemchen sind mit glitzernden Steinen besetzt.

Die anderen Kinder waren bei ihren Halbschwestern und Cousinen in verschiedenen Wohnungen der Capterie untergebracht. Fremde Menschen aus Angresea kamen zu zweit oder zu dritt zum Geschmolzenen Turm – es waren nie dieselben – und standen dann schweigend in der Eingangshalle. Ohne ein Wort gingen sie wieder, wenn sie erfahren hatten, daß es nichts Neues zu berichten gab.

Am Tag vor Sylvanes Tod hatte Rowène den verzweifelten Versuch unternommen, Sylvanes Körper mittels eines ›Tropfes‹ Flüssigkeit zuzuführen. Der ›Tropf‹ bestand aus einem Schlauch, den sie aus Tierdärmen hergestellt und im kochenden Saft eines Gummibaums hatte sieden lassen. An einem Ende war der Schlauch mit einem ebenfalls wasserfesten, gut verschlossenen Fasersack verbunden, der eine Lösung aus destilliertem Wasser und Honig enthielt. Am anderen Ende des Schlauchs war eine Kanüle befestigt, die in Sylvanes Unterarm steckte und mit einem Pflaster festgeklebt war. Der Sack hing von einem Stativ herunter, das höher war als die Badewanne, so daß die Lösung dank der Schwerkraft in die Adern fließen mußte. Die Geschwindigkeit des ›Tropfes‹ wurde durch eine kleine Metallvorrichtung reguliert, eine Art Aderpresse, deren Druck variiert werden konnte.

Die Lösung hatte keine sichtbare Wirkung.

Edwayne verließ kaum noch ihr Zimmer. Vielleicht betete sie. Wenn Lisbeï ihr etwas zu essen brachte, fand sie Edwayne gewöhnlich neben dem Fenster sitzend, das sie wegen der Jula-Hitze weit aufgerissen hatte. Oder sie lag im Schatten der geschlossenen Fensterläden voll bekleidet auf dem Bett. Sie aß sehr wenig und sagte fast nichts. Als Lisbeï sie am vierten Tag zwingen wollte, einen Teller Suppe zu essen, murmelte sie: »Es ist meine Strafe. Wußtest du, Kleine, daß wir für das, was unsere Kinder getan haben, bestraft werden können?« Sie sprach wie ein Kind, das gerade etwas Neues herausgefunden hat.

Noch ehe Lisbeï Worte gefunden hatte, ihr Sylvanes Tod mitzuteilen, sank sie am Abend des fünften Tages in ihrem Stuhl zusammen und sagte: »Zu lange. Ich habe zu lange gelebt.« Sie wandte sich leicht zum Fenster, das Sonnenlicht verblaßte schon, und schloß ganz friedlich für immer die Augen.

Am Nachmittag hatte die Verbindung zwischen Schlauch und dem Beutel mit der ›Lösung‹ zu tropfen angefangen. Während Rowène den ›Tropf‹ reparierte, hatte Lisbeï Sylvanes Arm festgehalten, damit die Kanüle und das Pflaster beim Wackeln des Schlauchs nicht verrutschen konnten. Während sie das Kind berührte, spürte sie die ganze Zeit Sylvanes Licht, seinen schwindenden Glanz, das ferne Echo, das sie jetzt zum ersten- und letztenmal wahrnehmen sollte. Das Echo eines Kindes, das erst sehr spät die *Schlimme Krankheit* bekommen hatte, viel zu spät... Ein Kind, dem die *Schlimme Krankheit* jetzt nicht die Verwandlung, sondern den Tod brachte.

»Nach all der Zeit!« sagte Toller am Abend der doppelten Beerdigung. Nach einem Abendessen, das eigentlich gar keiner angerührt hatte, saßen sie zu dritt im großen Wohnzimmer, nur Guiseïa, Lisbeï und Toller. Die jüngsten Kinder waren immer noch anderswo untergebracht. Der junge Mann aus Serres-Morèna war taktvoll in seinen Räumen geblieben. Martinika war völlig am Ende und hatte sich ebenfalls in ihren Trakt zurückgezogen, Ylene stand ihr treu zur Seite. Rowène hatte sich wieder in ihrem Labor eingeschlossen und analysierte die Ergebnisse der Autopsie.

Die stechende Sonne, die Hitze, die ironische Lebendigkeit der Dinge hatten die Beerdigung noch schwerer gemacht. Aber warum sollte die Natur für Sylvane, die ihr Opfer war, oder für Edwayne, die so lange gelebt hatte, Tränen vergießen? Außer einigen Vertreterinnen der Familie und den drei Entsandten der drei Familienableger in der Nachbarschaft war nur der engere Haushalt am Grab versammelt. Für Lisbeï war das neu und unerwartet, aber sie war zu müde, um Vergleiche anzustellen. Sie fragte sich, wann und ob eine Trauerfeier – oder wie immer sie das in der Bretanye nennen mochten – stattfinden würde. Niemand hatte so etwas erwähnt, und sie traute sich nicht, danach zu fragen. Vielleicht fand nur dann eine Trauerfeier statt, wenn genügend Gläubige versammelt waren. Aber in Angresea schien es keine einzige Gläubige zu geben. Niemand, der das WORT singen und dabei die rituellen Symbole auf die Särge malen würde. Niemand, der Samen auf die Gesichter und Körper der weiß umhüllten Leichname fallen lassen würde. Da war nur dieser schweigende Zug schwarzgekleideter Menschen, der den Pfad zum Friedhof beschritt. Als die Körper in die Erde gelassen wurden, brachen die Trauernden das Schweigen endlich mit Liedern und Segenswünschen, aber selbst das hatte nichts Befreiendes. So waren sie nun mal in der Bretanye. Als ob sie sich selbst bestraften, aber wofür?

Wenigstens pflanzten sie Blumen auf die Gräber.

Lisbeï, die sich in einen Sessel vergraben hatte, hielt ein Glas mit einem Stärkungsmittel in der Hand. Guiseïa hatte es ihr gegeben. Da ihr vor äußerster Erschöpfung schwindelig war, wagte sie es nicht anzurühren. In ihren ziemlich unzusammenhängenden Gedanken zur Beerdigung war sie gerade bis zu diesem Punkt gekommen, als Toller sein Glas in den kalten Kamin warf, wo es zersplitterte.

»Nach all der Zeit!« Wilder Zorn und Fassungslosigkeit ließen seine Stimme brechen.

»Die *Schlimme Krankheit ...*«, fing Guiseïa an.

»Sie hätte die *Schlimme Krankheit* nie bekommen dürfen. Nicht mit zwölf! Kelys hat uns doch gesagt, sie würde sie nicht bekommen!«

»Kelys?« fragte Lisbeï begriffstutzig.

»Sie war hier, als das Baby auf die Welt kam. Sie kam jedes Jahr wieder«, sagte Guiseïa.

»Sylvane *war* normal!«

»Na ja, auch Kelys ist nicht unfehlbar«, murmelte Guiseïa. Sie schloß die Augen und lehnte den Kopf gegen die Sessellehne. »Du hast Sylvane doch genau wie ich kurz vor ihrem Tod berührt«, fuhr sie fort. Ihre Stimme klang vor Müdigkeit ganz rauh.

»Es lag an *uns*, nicht an ihr!«

Guiseïa schüttelte schwach den Kopf. »O Toller …«

»Möchtest du lieber so wie Edwayne denken? Ellis Rache?«

»Du hast kein Recht, so etwas zu sagen«, sagte Guiseïa. Immer noch hatte sie die Augen geschlossen, ihre Stimme klang apathisch.

»Warum nicht?«

»Weil sie auch mein Kind war.«

In ihrem Tagebuch fragte sich Lisbeï später, wann sie die Antwort – nein, nicht erraten oder gespürt, sondern wirklich *gewußt* hatte.

Guiseïa kam in Sylvanes Zimmer. Von ihrem Dienstzimmer im Erdgeschoß war sie hinaufgegangen, sie war nicht gerannt. Sie ging zu Tollers Sessel hinüber. Er hatte sich nicht gerührt, seit Rowène die nutzlose Tropf-Vorrichtung mit der Kanüle und dem Pflaster weggenommen hatte. Guiseïa kniete nieder, als würden ihre Beine unter ihr nachgeben, und sagte sehr sanft: »Liebster«, dann faßt sie nach Tollers herunterhängenden Hand und drückte sie an ihre Wange. Sie blieb bei ihm und blickte auf den kleinen Körper.

Das war alles, was Lisbeï gesehen und gehört hatte, ehe sie die Tür leise hinter sich zumachte. Natürlich hatte es auch andere Hinweise gegeben: die körperliche Ähnlichkeit zwischen Sylvane und Toller, Edwaynes Worte, das schwindende Licht, das sie in Sylvane gespürt hatte. Und auch die Art, wie Guiseïa und Toller sich bewegten oder beieinander standen, wenn einer in der Nähe des anderen war. Nie berührten sie sich. Oder wie sie einander ansahen, und bestimmt noch hundert andere Anzeichen, die für sich allein genommen gar nichts bedeuteten. Es war auch nicht unbedingt dieser letzte Hinweis gewesen, der Lisbeï das, was sie wußte, deutlich bewußt gemacht hatte. Es war eine Erkenntnis, die nicht an eine bestimmte Zeit gebunden war. Sie enthüllte in allen Einzelheiten die Form, wie sie im Muster Ellis angelegt war, so als fielen Lisbeï plötzlich die Schuppen von den Augen. Und in jener Nacht, als Guiseïa und Toller in ihrem traurigen Zwiegespräch die Geschichte noch einmal Revue passieren ließen, merkte Lisbeï, daß das Muster, das sie intuitiv begriffen hatte, der Wirklichkeit sehr nahe kam.

Er ist nur auf der Durchreise. Er hat sie seit langer Zeit nicht gesehen, und eigentlich hofft er, daß sie schwanger ist, wenn sie sich begegnen – unförmig und nicht wiederzuerkennen. Aber sie ist schlank und sprüht vor Leben, wie immer, obwohl sie inzwischen doch zwei Kinder hat und die Mutter von Angresea ist. Er spricht über dies und das.

Sie antwortet, aber weiß, daß er in Wirklichkeit über etwas ganz anderes redet. Wer von beiden schlägt einen Spaziergang zur Noire Dame vor? Es spielt keine Rolle. Sie sagen nichts, während sie in der Nachmittagshitze die Straße hinunter gehen, und dieses Schweigen bindet sie um so fester aneinander. Dann kommt der vertraute Pfad, der vom Kliff hinunter zum Meer führt. Das Meer liegt zwischen den Gezeiten träge und glatt da. Vielleicht fliegt eine Seemöwe hoch am leuchtenden Himmel. Ihre Flügel sehen wie zwei Hände aus, die zum Abschied winken. Sie zieht ihr rotes Kleid aus. (An jenem Tag trägt sie ein rotes Kleid. Vielleicht zum Selbstschutz. Sie wußte, daß er kommen würde.) Sie zieht das rote Kleid aus, darunter ist sie nackt. (Wie sie sehr wohl weiß.) Er läßt seinen Blick über ihre Oberschenkel, den Bauch, die Brüste gleiten und sucht nach Zeichen ihrer Mutterschaft, aber findet kaum eine Spur. Zögert er? Auch er zieht sich aus. Sie streckt eine Hand aus und berührt leicht seine Wange, dann dreht sie sich um und taucht.

Auch er taucht. Vor ihm ist die Blasenspur und der sich wellenförmig bewegende Körper in der grünen Kühle. Er taucht hinunter, weg vom Tageslicht, auf ein anderes Licht zu, vorbei an dem glatten, runden Felsen, der den Weg weist. Noch ein paar Schwimmzüge – wird er es schaffen, oder wird ihn die Dunkelheit wie beim ersten Mal umschließen und schließlich den Blick auf Guiseïas erschrecktes Gesicht freigeben? Guiseïa, die ihren Mund auf seinen drückt, während ihr weißer Körper zittert? Aber er ist kein Dreizehnjähriger mehr, er hat den Brustkorb, die Lungenkapazität eines Erwachsenen.

Er stemmt sich auf den Vorsprung hinter ihr. In der unterirdischen Grotte, der Unterwassergrotte, streckt er sich auf dem Rücken aus und atmet durch, hört, wie das Wasser sanft von ihren Körpern tropft, während sich sein Blick im ewigen Spiel des Lichts über der Höhlendecke verliert. Immer noch, nach all dieser Zeit, leuchten Lampen an den Wänden. Nach all dieser Zeit.

Er läßt das Schweigen andauern. Er weiß, daß er es besser nicht täte, daß ihre gemeinsamen Vorstellungen mit jedem Augenblick greifbarer werden, aber die Kehle ist ihm zu eng. Sie dreht sich zu ihm. Ihr Haar fällt über ihr Gesicht, als das Wasser, das sie mit der Rundung ihres Körpers festgehalten hat, abläuft. Er versucht, nicht auf ihre aufgerichteten Brüste zu schauen.

Sie bettet ihren Kopf an seinen Hals und schlingt einen Arm um seine Taille, ohne etwas zu sagen. Auch er will nichts sagen. Einen Augenblick später steht sie auf. Im Spiegel der Metallwand im hinteren Teil der Höhle steht auch ihre Silhouette auf. Die Realität und ihr Spiegelbild greifen nach seiner Hand und ziehen ihn zur Wand. Ihre Spiegelbilder sehen sie an, und sie stellt sich vor ihn und singt leise: »Elli betrachtete Elli, Elli sah Elli. Und aus der Ewigkeit wurde die Nacht geboren, und der Tag …«

Aber ihre Spiegelbilder stimmen nicht mehr in der Weise überein wie früher, bei den Spielen ihrer Kindheit. Der Umriß seines Körpers zeichnet sich wie eine Aura hinter ihrem Körper ab, die Schultern, der Rumpf, die Hüften und sein Gesicht über ihrem Gesicht. Nach all dieser Zeit.

Sie dreht sich um und drückt sich an ihn, er schließt sie in die Arme, während sein Penis an ihrer kühlen Haut brennt. Er verliert sich, verliert sich in der Berührung und kann nicht mehr bestimmen, wer er ist. Er gleitet in sie hinein und sie empfängt ihn, es ist die alte, schwindelerregende Spirale.

Danach, als sie zusehen, wie das Wasser gegen die Wände klatscht, sagt sie vielleicht: »Ab morgen muß ich meinen Mann empfangen.« (Ja, sie nennt ihn nicht einmal bei seinem Namen, Maxel, oder bei seinem Nachnamen, Fontbleau. Nur ›meinen Mann‹, ›ab morgen‹). Er stützt sich auf einen Ellbogen, um sie anzusehen. Er versucht, schockiert zu sein, aber in seinem Innersten weiß er, daß er gar nicht schockiert ist, und das weiß sie auch, und es ist alles so, wie es sein soll, es muß so sein, ihre Erblinie, die seine und die ihre, und sie wird mit ihm und mit ihr den Anfang nehmen, es ist ihr Geheimnis, ihre Rache, ihr verbotenes Kind.

Dann verläßt er sie, sie wartet ab. Bei Sylvane wartet Guiseïa am Anfang wie am Ende ab, wartet auf Tod oder Leben, und es wird Leben entstehen: Ihr Bauch schwillt an. Und vielleicht hat sie Angst. Vielleicht erzählt sie eines Tages alles Edwayne, oder Edwayne errät es, denn diese beiden sind viel eher ihre Kinder, als sie jemals die Kinder von Bruwyne gewesen sind. Und jetzt wartet auch Edwayne ab, wartet auf Tod oder Leben. Das Kind wird geboren, kommt lebendig zur Welt, bleibt am Leben, überlebt zwei, fünf, zwölf Jahre ganz normal, wunderbar normal, ihr Kind.

»Und jetzt«, murmelt Guiseïa, »nach all dieser Zeit, ist sie tot.«

Am Ende des unendlichen Schweigens stand Toller mit abgewandten Augen auf und ging langsam, mit gebeugtem Rücken aus dem Zimmer. Die Arme hielt er an die Seiten gedrückt wie ein alter Mann, der die Kälte spürt. Guiseïa hob leicht den Kopf, aber sonst reagierte sie nicht. Lisbeï wußte, daß das, was sie eben gehört hatte, in Wirklichkeit nicht die Trauerrede für Sylvane gewesen war, sondern das Trauern um zwei junge Rote, die es nicht mehr gab. Sie trauerten um all die Erinnerungen, um den heimlichen Triumph, der sie am Leben und zusammengehalten hatte. Erinnerungen, die sich jetzt in Kummer und Gewissensbisse verwandelten und nach und nach zwischen ihnen stehen würden.

Zwei Tage, nachdem Sylvane und das Gedächtnis Edwayne zur letzten Ruhe gebettet worden waren, schien das Leben wieder seinen normalen Gang zu gehen. Martinika würde bald gebären und hielt sich die meiste Zeit in ihren Räumen auf. Ihr Rückzug hatte wenig Auswirkungen auf das Alltagsleben. Toller konnte zusammen mit Coreyn leicht die Pflichten des Gedächtnisses übernehmen, und Guiseïa lenkte sowieso noch immer viele Geschicke der Familie. Nur Rowène war überfordert, da sie jetzt ganz allein für den Unterricht der jüngsten Kinder zuständig war, vordem hatte Toller die Last mit ihr geteilt. Lisbeï bot ihre Hilfe an, und Rowène nahm das Angebot mit einem lakonischen Dankeschön an. Mit den beiden ältesten Kindern hatte Lisbeï keine Schwierigkeiten, aber es war eine neue Erfahrung für sie, jetzt auch einen Jungen zu unterrichten. Der achtjährige Gawain fing zwar gerade erst mit dem Unterricht an, aber sein Stundenplan enthielt mehr Fächer, als Lisbeï im letzten Jahr ihres Aufenthalts im Hort von Bethely gehabt hatte. Natürlich Schreiben, Lesen und Rechnen, aber auch Geschichte, Erdkunde, Naturwissenschaften, Biologie… und (zu Lisbeïs großer Überraschung) die Anfangsgründe des WORTES. (Als Lisbeï scherzhaft erwähnte, sie wundere sich, daß in Angresea das WORT auf dem Stundenplan stehe, zuckte Guiseïa nur die Achseln. »Weißt du, er muß ja auch Dienst bei Gläubigen leisten.«) Wie seine Schwestern war auch Gawain nie entmutigt worden, Fragen zu stellen. Eigentlich war er sogar noch neugieriger als seine Schwestern, denn in Angresea – wie in Bethely und überall sonst – lieferte die alltägliche Umgebung den weiblichen Grünen weitaus eher als den männlichen Grünen die fertigen Antworten. Diese neue Einsicht notierte Lisbeï auch in ihrem Tagebuch.

Während dieser kurzen Wochen in Angresea wurde die Unterrichtszeit bald zum einzigen Teil des Tages, der Lisbeï behagte. Die im Grunde einfachen und vertrauten Fragen, die ihr von den kleinen Mädchen und Jungen gestellt wurden, Lisbeïs Gewißheit, darauf so antworten zu können, wie es von ihr erwartet wurde, all das hatte etwas Beruhigendes. Anders war es mit Erwachsenen wie Guiseïa und Toller. Am Abend der Beerdigung war sie zu erschöpft gewesen, hatte sich von den heftigen Gefühlen, die keiner zu verbergen suchte, zu stark vereinnahmen lassen. Hatte sich zu sehr von der Geschichte fesseln lassen, die sich ihr da enthüllte. Sie hatte nichts gesagt. Erst als sie am nächsten Morgen in ihr Tagebuch schrieb, hatte sie sich äußerst unwohl gefühlt, und so ging es ihr in den folgenden Tagen jedesmal, wenn sie an Guiseïas und Tollers Geschichte dachte.

Weder Guiseïa noch Toller sagten irgend etwas. Zuerst sprachen sie nicht einmal miteinander. Im Laufe der Zeit dämpften die alltäglichen Pflichten ihren Kummer, oft mußten sie bei ihrer Arbeit mit Coreyn zwangsläufig an einem Strang ziehen. Anscheinend waren sie aber stillschweigend übereingekommen, einander überall sonst zu meiden. Zu den Mahlzeiten versammelte sich der ganze Haushalt, aber die Gespräche beim Essen konnte man leicht auf unverfängliche Themen beschränken. Trotzdem merkte Lisbeï mehr und mehr, daß Guiseïa und Toller sie intensiver beobachteten als einander. Als Gast hatte sie immer noch häufig die Gelegenheit, sie einzeln zu treffen, allerdings seltener als am Anfang ihres Aufenthalts, da sie nach Edwaynes Tod ein größeres Arbeitspensum bewältigen mußten. Früher oder später mußte das Thema ihrer unorthodxen Elternschaft auf den Tisch kommen. Mit einem Anflug von Feigheit hoffte Lisbeï, es würde ihr erspart bleiben, das Thema von sich aus anzuschneiden.

Guiseïa gab als erste auf. Als Lisbeï an einem heißen Austanachmittag den Unterricht abkürzen wollte, um mit den Kindern zum Strand zu gehen, kam Guiseïa ins Klassenzimmer. »Es ist viel zu heiß zum Arbeiten«, sagte sie. Wenig später trafen sie sich an der Kiesbucht südlich des Hafens, Angreseas Badestrand. Fast alle Grünen und jungen Roten waren da. Genau wie in Bethely war das Leben in Angresea im Sommer lockerer, und die Kindheit dauerte hier sowieso länger. Erst nach dem vierzehnten Geburtstag begann der ernsthafte Unterricht in der Capterie. Das Gelächter und Spritzen der Tauchenden hallte gegen die Wände der Capterie und mischte sich mit dem Rauschen der Brandung. Einige der älteren hatten kleine Boote mit dreieckigen Segeln aufs Wasser gezogen und segelten entlang der Küste um die Wette. Weiter draußen segelten einige im Slalom und lavierten abenteuerlich hin und her, während ihre Segel ständig zu luven drohten, wenn sie beim Wendemanöver erschlafften. Kein Wunder, daß Angresea bei den Segelregatten in der Bretanye seit Jahren in Führung lag! Die kleinsten Kinder hatten einen Sandstreifen zwischen den Kieseln mit Wasser benetzt und dort das traditionelle Doppelkreuz des Hinke-Pinke aufgemalt, so wie es im Norden gespielt wurde. Einmütig sangen sie den Kinderreim, der dazugehörte, wenn der kleine Stein geworfen wurde.

Guiseïa sprach allerdings nicht sofort mit Lisbeï, sondern ging erst einmal lange mit ihr schwimmen. Geschmeidig glitt sie durchs Wasser. Ihr Körper war kräftig und beweglich, obwohl sie schlank war. Zwar hatten die Schwangerschaften ihre Spuren hinterlassen, sie hatten Guiseïas Figur jedoch nicht entstellt. Guiseïa wartete, bis sie zurück auf dem Kieselstrand waren und sich in einiger Entfernung von den anderen im Schatten der Schlänge ausgestreckt hatten. Lisbeï hatte ihre Augen geschlossen und war gerade am Eindösen, als Guiseïa schließlich sprach. Sie gab sich ironisch, war aber angespannt vor Entschlossenheit.

»Du hast also nicht die Flucht ergriffen.« Guiseïa benutzte die vertrauliche Anredeform des Frangleï: »toi.«

Lisbeï konnte sich nicht mehr daran erinnern, wer mit dieser sprachlichen Intimität angefangen hatte und wann das gewesen war, jedenfalls war es während Sylvanes Krankheit geschehen. Mit einem inneren Seufzer, obwohl sie eigentlich erleichtert war, setzte Lisbeï sich auf und lehnte ihren nackten Rükken gegen die rauhen Steine der Schlänge.

»Ich hatte sowieso nicht angenommen, daß du weglaufen würdest«, fuhr Guiseïa fort.

»Was dachtest du denn?«

»Daß du protestieren würdest. Aus Überzeugung.«

Tatsächlich zog sich der Protest in Lisbeïs Tagebuch über mehrere Seiten. Dort hatte sie sich den größten Teil ihrer Bestürzung, ihrer Entrüstung von der Seele geschrieben. Und gleichzeitig versucht, Guiseïas und Tollers schreckliche Geschichte zu verstehen. Nach den Erfahrungen von Belmont war diese Geschichte, wenn man es recht bedachte, wohl leichter zu verstehen, wenn auch nicht gutzuheißen. Lisbeï hatte schon verschiedene Versionen dieses Gespräches im Kopf durchgespielt. Manchmal nahm sie Guiseïas Position, manchmal sogar die von Toller ein. Plötzlich hatte sie den Eindruck, daß Guiseïa genau dasselbe getan hatte: Das zeigte ihre Aura, diese Mischung aus Entschlossenheit, Wut und einer vagen Belustigung nach dem Motto: *Bringen wir's hinter uns.*

Sie brauchten nicht um den heißen Brei herumzureden, brauchten sich nicht zu quälen.

»Es ist ja nicht so, daß ihr es anfangs mit Absicht getan hättet. Aber daß ihr die Schwangerschaft zugelassen ... daß ihr das Kind behalten habt ...«

»Es war ein Spiel mit dem Feuer«, hatte Lisbeï anstelle von Guiseïa in einem ihrer Tagebuch-Gespräche geantwortet. »Ellis Wille geschehe. Es hätte ja gar nichts passieren müssen, oder es hätte im frühen Stadium der Schwangerschaft oder irgendwann während der neun Monate eine Fehlgeburt geben können, ohne daß irgend jemand davon erfahren hätte. Elli hätte das Embryo jederzeit töten können, nicht wahr? Hätte uns damals oder später, bei der Geburt und in den folgenden Monaten, jederzeit bestrafen können. Aber Elli entschied sich dagegen, uns das Kind wegzunehmen, also behielt ich es.«

Allerdings war es sehr unwahrscheinlich, daß sich Guiseïa auf diese Weise einer Gottheit beugen sollte, deren Existenz sie doch ganz offensichtlich bezweifelte. Oder war ihr der Glaube *damals* abhanden gekommen?

»Es war Tollers Kind«, murmelte Guiseïa. »Und Kelys hatte uns gesagt, wir könnten durchaus normale Kinder bekommen. Als es das erste Mal passierte, waren wir noch Grüne, aber trotzdem hatten wir Angst. Natürlich hat Kelys es erraten. Sie ging mit uns unsere Erblinien durch und zeigte uns, daß durchaus die Möglichkeit für ein normales Kind bestand.«

Aber Kelys hatte ihnen doch bestimmt nicht ihren Segen gegeben, oder?

»Nein. Aber sie verstand es. Sie hatte uns zusammen aufwachsen sehen. Ich glaube nicht, daß sie besonders überrascht war, als es passierte. Ein bißchen traurig und besorgt, aber nicht überrascht. Eigentlich auch nicht … böse.«

»Und beim zweiten Mal?«

»Es war nicht das zweite Mal«, stellte Guiseïa mit einem schiefen kleinen Lächeln fest. »Aber nein, auch damals nicht. Sie beruhigte mich, blieb während der ganzen Schwangerschaft bei mir. Sie war diejenige, die mir bei der Geburt half.«

Kelys. Ganz entschieden würde Lisbeï im Zusammenhang mit Kelys nach dieser Sache überhaupt nichts mehr überraschen!

»Ich glaube, sie war auch neugierig auf das Ergebnis«, fügte Guiseïa hinzu. In früheren Zeiten hätte Lisbeï auf eine solche Unterstellung mit Wut reagiert. Aber jetzt war das anders. Sie betrachtete die Angelegenheit von allen Seiten und mußte zugeben, daß es durchaus möglich war. Kelys hatte stets mehrere Motive für jede ihrer Handlungen, wie Lisbeï allmählich klar wurde.

Eine Weile saßen sie schweigend da. »Jedenfalls habe ich sie nicht zur künftigen Mutter bestimmt«, murmelte Guiseïa schließlich, als wolle sie sich entschuldigen. Aber wem gegenüber?

»Trotzdem habt ihr eine furchtbare Verantwortung übernommen«, sagte Lisbeï. Sie konnte ihre Stimme einfach nicht leicht und locker klingen lassen. »Nicht nur für das Kind, sondern auch für all ihre Kinder und Kindeskinder, eigentlich für ganz Maerlande. Schließlich gibt es nicht umsonst Erblinien!«

»Erblinien! Dienst! Merkst du denn immer noch nicht, was sie uns antun? Verteidigst du das immer noch?«

Lisbeï merkte, wie bitter und aggressiv Guiseïas Aura wurde, aber wehrte das Gefühl ab. Sie wußte, daß Guiseïa nicht ehrlich war. »Du bist nie eine richtige Abtrünnige geworden. Du versuchst, Veränderungen über die Versammlung und andere Mittel durchzusetzen.«

»Aber für Toller kommt das zu spät!« Guiseïa wirkte jetzt nicht mehr so bitter. »Zu spät für mich ... und für unsere Mutter und so viele andere. Siehst du das wirklich nicht?«

Fast lag etwas Bittendes in ihrer Stimme. Und plötzlich sah ich es wirklich. Sie wollte, daß ich es verstand und ihr vergab. Daß ich ihr sagte, ich nähme es ihr nicht übel, verachte oder hasse sie nicht für das, was sie getan hatte. Es war gar nicht in erster Linie Sylvane, über die sie reden wollte. Es ging um sie und um mich. Um uns ...

Das Gespräch lief überhaupt nicht so, wie Lisbeï es sich vorgestellt hatte. Plötzlich war es ihr peinlich. Sie wandte sich ab und murmelte: »Ja, ja, ich verstehe es. Obwohl ...«

Guiseïa war enttäuscht und zog sich zurück. »Na ja, der Schaden hielt sich ja in Grenzen, nicht?« bemerkte sie sarkastisch. »Das Kind ist tot. Sie wäre nie eine Rote geworden, hätte nie ein Baby ausgetragen. Sie wäre sofort eine Blaue geworden.« Guiseïa sprach jetzt in aggressivem Ton und sah Lisbeï herausfordernd an.

Kurz wurde es still, dann zog Lisbeï mit bemühter Gelassenheit die Augenbrauen hoch. »Willst du mir nicht sagen, warum?«

Guiseïa fühlte sich vor den Kopf gestoßen und starrte sie an. »Willst du das wirklich wissen?« Ihrem leichten, verständnisvollen Lächeln fehlte jede Wärme. »Du willst, daß ich es erfahre.«

Wieder trat eine Pause ein, dann seufzte Guiseïa und wandte sich ab, um die Farbtupfer, die über das schimmernde Meer segelten, zu betrachten. »Ich muß ... darüber reden, weißt du. Toller, also ...« Sie brachte den Satz nicht zu Ende. Warum sollte sie jetzt noch etwas vortäuschen?

Lisbeï spürte in diesem Appell tiefe Resignation und Aufrichtigkeit. Diesmal konnte sie sich ihm nicht entziehen. Mit offenem Mitgefühl faßte sie Guiseïa am Arm.

»Als er das erste Mal fortging, hätte ich fast ... na ja, ich habe zumindest mit dem Gedanken gespielt, wenn auch nicht ernsthaft. Ich war jung. Jedenfalls hab ich's nicht getan.

Aber die Zeit verging. Kurz nachdem das Kind geboren war, wurde Toller ein Blauer. Er kam zurück. Ich hatte Zeit gehabt, mich wieder in den Griff zu bekommen. Wenn man Capta ist, bringt man die Gedanken ein bißchen besser auf die Reihe, nehme ich an.« Sie sah Lisbeï einen Augenblick an. »Es gibt Methoden ..., wie man die Empfängnis eines Kindes verhüten kann. Wußtest du das?«

Lisbeï glaubte, daß Antonë es erwähnt hatte, aber darum ging es jetzt gar nicht. Sylvane wäre sowieso nie die Mutter von Angresea geworden. Wenn jedoch eine normale junge und kerngesunde Rote verhinderte, daß die *künstliche Besamung* Früchte trug ... also nein, darüber wußte sie nichts. Aber es gab ein Medikament. Rowène hatte offensichtlich nach Jahren intensiver Forschung ein solches Mittel entwickelt. Mit dieser Methode verhinderte man nicht, daß sich der Samen festsetzte, sondern sorgte dafür, daß der Fötus sich nicht voll entwickeln konnte.

»Du meinst, man leitet *mit Absicht* eine Fehlgeburt ein? Bei einem *normalen* Fötus?«

»Zum einen weiß ja niemand, ob Sylvanes Kinder überhaupt normal gewesen wären«, versetzte Guiseïa heftig, wieder in der Defensive. »Ja. Mit Absicht. Es wäre die einzige Möglichkeit gewesen, Sylvane zur Blauen erklären zu lassen. Wäre es dir lieber gewesen, sie hätte Kinder bekommen?«

»Hast du es ihr gesagt? War sie einverstanden?«

Guiseïas Schweigen war ein Schuldgeständnis.

Eine Minute lang konnte auch Lisbeï nichts sagen. Schließlich murmelte sie: »Sie wußte es nicht.« Ein Gefühl von Entsetzen überwältigte sie. »Und sie sollte es auch nicht erfahren. Du hättest sie gar nicht erst nach ihrer Meinung gefragt.«

»Was sonst hätte ich tun können?« Guiseïas Stimme war leise, aber angespannt und voller Qual. »Es hätte ihr nicht wehgetan. Sie war keiner Gefahr ausgesetzt.«

»Wie kannst du das wissen? Habt ihr, du und Rowène, das Mittel etwa schon ausprobiert?«

»Ich hab's ausprobiert«, flüsterte Guiseïa. Dann gewann der ihr eigene Geist der Rebellion wieder die Oberhand, und sie rief: »Ich hatte doch schon vier lebende Kinder! Danach bekam ich noch Gawain und Liet. Diese Föten hätten vielleicht sowieso nicht überlebt! Und ich konnte das Medikament ja wohl schlecht an jemand anderem ausprobieren, nicht wahr?«

»Also, da bin ich ja froh, daß du doch so anständig warst, dich in dieser Hinsicht zurückzuhalten«, sagte Lisbeï trocken. Sie konnte einfach nicht anders. Sie wollte Verständnis zeigen, aber auch das hatte seine Grenzen.

Guiseïa schrumpfte in sich zusammen. Lisbeï spürte das schmerzhafte Echo ihrer Scham, ihrer Verzweiflung und ihrer wiederkehrenden Wut. Sie konnte es nicht übersehen, obwohl sie es versuchte. Sie atmete tief durch. Was geschehen war, war geschehen. Was nicht geschehen war, war nicht geschehen. Und das Kind sowieso nicht mehr am Leben. »Der Faden, der nicht hätte sein sollen«, hatte Edwayne gesagt – dieser Faden und das ganze schreckliche Muster, das sich um diesen Faden herum gesponnen hatte. Erst recht mißgestaltet dadurch, daß schon sein Anfang so verdreht war. Aber es war nicht zu vermeiden gewesen. Guiseïa hatte die Wahrheit gesagt. Hatte sie irgendeine Wahl gehabt, nachdem sie einmal beschlossen hatte, das Kind leben zu lassen?

Wenigstens hätte sie dem Kind eine Wahlmöglichkeit lassen können.

Aber sie wollte Sylvane beschützen.

Sie hatte *sich selbst* schützen wollen. Und wahrscheinlich auch Toller. Hatte die Achtung und die Liebe des Kindes für sie beide erhalten wollen.

All das und noch viel mehr – Umstände, die Lisbeï sich im Augenblick kaum vorstellen konnte, aber nach und nach in ihrem Tagebuch klar analysieren würde. Vielleicht hatte Guiseïa sich und Toller durch das Kind unbewußt bestrafen wollen … oder ihr Seelenheil wiederherstellen wollen. Vielleicht auch beides. Aber wie auch immer die Wahrheit aussehen mochte, an diesem Nachmittag an der Kieselbucht konnte Lisbeï ihre Empörung nicht aufrechterhalten, konnte Guiseïa nicht mehr verurteilen. Sie verstand Guiseïas Dilemma ganz und gar, allzu deutlich spürte sie ihren herzzerreißenden Kummer.

Und sie konnte nicht umhin, über das Medikament nachzudenken. Wie wirkte es? Hatte das Mittel keine Nebenwirkungen? Und wie hatten sie überhaupt von einer solchen Möglichkeit erfahren?

»Ich weiß es wirklich nicht mehr«, sagte Guiseïa. »Du mußt Rowène fragen. Sie hat es mir erklärt, aber ich bin keine Biologin. Das Mittel hat jedenfalls eine pflanzliche Basis. Es hat mit einem Gespräch zwischen Rowène und Kelys angefangen. Sie unterhielten sich darüber, wie irgendein Textabschnitt aus der Zeit unmittelbar nach den Harems zu deuten sei. Darin ging's um verschiedene Methoden, mit denen die Frauen ihren Herren in bestimmten Führerbastionen Widerstand entgegensetzen konnten.«

Anscheinend wurden mehrere Pflanzen dazu benutzt. Nach Auffassung von Kelys hatte es eher mit Magie zu tun und wahrscheinlich überhaupt keine Wirkung auf die

Fruchtbarkeit. Aber Rowène war anderer Meinung und fest entschlossen, Kelys zu beweisen, daß sie falsch lag. Sie zogen einander ständig mit dieser Sache auf, obwohl es Rowène ernst war. Sie untersuchte, welche Pflanzenarten für die Haremsfrauen überhaupt verfügbar waren, und besorgte sich diese Pflanzen. Nach dem Ausschlußverfahren experimentierte sie mit ihnen, grenzte die Pflanzen mit einer bestimmten Wirkung immer enger ein. Sie probierte sie an Mäusen aus, wie man es ja auch mit Pflanzen aus den Schlimmen Zonen *macht, die möglicherweise Nutzpflanzen sind. Schließlich entwickelte auch Kelys Interesse daran und begann mit eigenen Untersuchungen. Gemeinsam hatten die beiden Erfolg.*

Allerdings hatte Kelys keine Ahnung davon, daß das Mittel tatsächlich an einem Menschen ausprobiert wurde. Nachdem die Mäusetests positive Ergebnisse erbracht hatten, hatte sie Rowène ihren Punktsieg zugestanden und nicht weiter darüber nachgedacht.

»Hättest du es ihr gesagt, wenn du es bei Sylvane angewendet hättest?«

»Sie hätte es wohl erraten, nehme ich an.«

»Und nichts gesagt?«

»Und du? Hast du vor, uns an den Pranger zu stellen?« Guiseïas Worte klangen halb scherzhaft, aber es war ihr ernst.

Lisbeï dachte einen Augenblick lang nach. »Habt ihr vor, dieses Mittel bei anderen anzuwenden?«

Guiseïa schüttelte mit bitterem Humor, der nicht Lisbeï galt, den Kopf. »Gute Frage. Nein, im Augenblick nicht.«

»Was meinst du damit: im Augenblick nicht?«

»Es ist noch zu früh«, sagte Guiseïa. Jetzt, da sich das Gespräch wieder um allgemeine Vorhaben drehte, wirkte sie wieder sicherer. »Aber wenn die angekündigte Bevölkerungsexplosion beginnt, kann die Zeit kommen, daß man es in Betracht ziehen muß. Wenn du vier überlebende Kinder, einschließlich eines Jungen, bekommen hast, ist es dann wirklich nötig, noch weitere Kinder in die Welt zu setzen? Bis du eine Blaue bist? Entweder überleben sie nicht – und warum sollte man sie dann überhaupt empfangen –, oder sie überleben und tragen zum Bevölkerungsproblem bei. Ich kann einfach nicht glauben, daß die Erblinien immer noch nicht vielfältig genug sind. Oder daß wir die Erbmasse immer noch vergrößern müssen!«

»Wenn die Erforschung des westlichen Kontinents Erfolg hat, werden sich dort Ableger unserer Familien ansiedeln. Hier werden dann nicht mehr so viele verschiedene Erblinien verfügbar sein …«

»Das gilt für den Anfang. Aber wenn sich die Zeitspanne, in der die Frauen gebärfähig und die Männer zeugungsfähig sind, weiterhin verlängert, wird das keine Probleme machen.«

Lisbeï war davon nicht überzeugt. Der Gedanke, die Geburt *normaler* Kinder zu verhindern, widerstrebte ihr zutiefst, wie sie merkte.

»Sieh es doch mal langfristig, Lisbeï. Selbst wenn der westliche Kontinent – und das ist ein großes Wenn – oder wenn alle *Schlimmen Zonen* bewohnbar werden …«

»Das ist wirklich *sehr* langfristig gedacht!«

»Egal. Der verfügbare Raum ist begrenzt. Wir können nicht offenen Auges ein unbegrenztes Bevölkerungswachstum hinnehmen.«

»Wir brauchen Jungen.«

»Es gibt jede Menge Jungen! Jedes Jahr werden fast zweitausend Jungen gar nicht in Dienst genommen!«

»Das sind die aus den weniger annehmbaren Erblinien.«

»Erblinien, die sich mit der Zeit verbessern werden.« Guiseïa schüttelte den Kopf. »Lisbeï. Das denkst doch nicht du. Das denkt Litale.«

Und sie hatte recht! Natürlich hätte ich genauso gut

sagen können: Aus dir sprechen Bretanye und Angresea. Aber wahr war es trotzdem, und das galt für uns beide. Sie hatte ihre Beweise, ich hatte meine, wie ja auch die Judditen und die Gläubigen ihre haben. Wie jede sie hat, die die Dinge nie in Frage gestellt hat, mit denen sie großgeworden ist. Aber es kommt die Zeit, in der Fragen unvermeidlich sind. Das Muster schließt die Veränderung ein. Und es hört uns zuliebe auch nicht damit auf, nur, weil wir die Vorstellung nicht mögen und nur bis zu einer bestimmten Grenze gehen wollen. Wenn die Dinge erst einmal in Bewegung geraten, gibt es kein Zurück. Und genau deswegen müssen wir uns nach Möglichkeit jetzt schon alle Konsequenzen vor Augen halten. Nur können wir das eigentlich gar nicht, wie Fraine einmal gesagt hat. Und was dann?

»Manchmal ist die langfristige Vorstellung nichts anderes als eine Flucht«, war alles, was Lisbeï antwortete. (Plötzlich ging ihr auf, was es auf sie angewandt bedeutete.) »Wir haben es mit dem Hier und Heute zu tun. Und ich sehe sowieso nicht, warum es in fünfzig Jahren eher erlaubt oder moralisch vertretbar sein sollte, das Mittel einzusetzen, nur weil sich die materielle Lage der Welt vielleicht verändert hat. Der Zweck würde ebensowenig wie heute die Mittel heiligen. Wir können die Gesetze nicht beiseite fegen, nur weil es uns gerade paßt.«

Guiseïa sah bei diesen Worten sehr aufgebracht aus, aber bemühte sich sichtlich um Selbstbeherrschung. »Nein«, sagte sie schließlich. »Unvollkommene Entscheidungen in einer unvollkommenen Welt, wie man so sagt. Und es wird jeder Frau selbst überlassen bleiben, wie sie sich entscheidet.«

Eine Wahlmöglichkeit, die man Sylvane nicht gegeben hatte. Lisbeï biß sich auf die Zunge. Ihr war ein anderer Gedanke gekommen, der besser war als diese nutzlose Replik. »Und Toller?«

»Was ist mit Toller?« Guiseïa zog ihre Augenbrauen hoch. Die Frage hatte sie aus der Fassung gebracht.

»Hast du ihm erzählt, was du mit dem Kind vorhattest?«

»Ja.«

»Und er war einverstanden?«

»Warum hätte er das nicht sein sollen? Er selbst hat ja entschieden …« – sie zögerte und fuhr dann entschlossen fort –: »vorzeitig ein Blauer zu werden. Er wollte keine Kinder zeugen, die er nie kennenlernen würde. Besonders nach Sylvane. Und vor allem auch deswegen, weil er die Zeit mit seinen Kindern in Wardenberg verbringen konnte. Die Vorstellung, Dienst in Familien zu leisten, in denen man ihm vielleicht nicht einmal erlauben würde, seine Kinder zu *sehen* … Nein, Toller war einverstanden.«

»Er wurde vorzeitig ein Blauer?« Lisbeï konnte es nicht fassen. »Hat er auch ein Mittel genommen?«

Guiseïas Lachen klang leicht bitter. »Nein. Rowène behauptet zwar, daß so etwas im Prinzip auch bei Männern klappen müßte, aber wahrscheinlich mit irgendeinem anderen Medikament. Die männlichen Mäuse haben den Versuch mit Rowènes Medikament nicht lange überlebt. Und überhaupt können Männern leichter aufhören. Wozu, glaubst du, sind die Dienstvorschriften denn da – die Vorschriften zur Ernährung, die Diäten? Nicht nur, weil es Spaß macht, ihnen das Leben sauer zu machen, egal, was die Menschen glauben mögen. Ihre Systeme geraten viel schneller aus dem Gleichgewicht als unsere. Nach der vierten oder fünften Ejakulation ist nicht mehr viel übrig.« Wieder brach sie in Gelächter aus. In ihrem Lachen lag etwas Unangenehmes. »Auch das ist eine Verhütungsmöglichkeit für Mütter, nicht wahr?«

Sie sah Lisbeïs Gesichtsausdruck und mäßigte sofort ihren Ton. »Aber klar, wie sollst du das auch wissen?« murmelte sie. Sie streckte sich so, daß ihre Gelenke knackten. »Also, um es kurz zu machen: Auf diese Weise hat Toller es geschafft, zum Blauen erklärt zu werden. Erstaunlich, daß es nicht mehr Männer tun. Man muß wohl davon ausgehen, daß auch sie Pflichtbewußtsein haben. Andererseits wissen wir nicht, wie viele es tatsächlich schaffen, vorzeitig Blaue zu werden.«

»Aber wenn er noch ... zeugungsfähig war, als er zum Blauen erklärt wurde ...«

Guiseïa verstand Lisbeïs Beunruhigung und Bestürzung falsch. »Er hielt sich zurück«, sagte sie trocken, wenn auch ein bißchen traurig.

Auch bei dir? Gleichzeitig mit einem Dutzend anderer Eindrücke schoß Lisbeï dieser Gedanke durch den Kopf – Tollers Stimme in Sygnes Residenz in Wardenberg, als er gesagt hatte: »Ich tanze nicht mehr.« Und was er wohl gemeint hatte, als er sagte: »Ich stehe mit der Mutter von Wardenberg auf sehr gutem Fuß.« Aber vor allem dachte sie an die Nacht der Feier Ellis.

Lisbeï merkte, daß Guiseïa sie verwirrt beobachtete. Zweifellos spürte sie ihre Verlegenheit, ihre plötzliche Bestürzung, ihre Erleichterung, als sie sich innerlich sagte: *Nur gut, daß ich eine echte Blaue bin!*

Vor allem wurde Lisbeï klar, daß Toller Guiseïa nichts von ihrer Begegnung vor sieben Jahren, am Abend der Feier Ellis, erzählt hatte.

Als Lisbeï am nächsten Morgen zur Spitze des Geschmolzenen Turms hochstieg, wo sie ihre Übungen machen wollte, fand sie Toller dort vor. Inmitten der ständig gurrenden Tauben wartete er auf sie. Als sie sich neben ihm ans Geländer lehnte und den Blick auf den Hafen unten richtete, sagte er ohne Umschweife: »Du hast ihr nichts gesagt.«

Obwohl er so förmlich wie immer redete, hatte er während der letzten Woche seine Gelassenheit eingebüßt. Sie sollte nie wiederkehren. Seine Unsicherheit, vor allem aber seine Resignation drangen deutlich zu Lisbeï durch.

Sie versuchte, sich dagegen zu wehren. »Du ja auch nicht.«

Toller nickte, sie hatte ihn erfolgreich mundtot gemacht.

Lisbeï schämte sich ein bißchen. »Ich habe nichts gesagt«, fügte sie hinzu, »weil... na ja, ich weiß eigentlich gar nicht, was genau passiert ist.«

Er musterte sie in dieser beunruhigenden Weise, in der er die Menschen abschätzte, ehe er irgend etwas für ihn oder sie Wichtiges sagte. Er sah als erster weg. »Ich habe nichts gesagt, weil nichts passiert ist.« Da er spürte, daß Lisbeï ihm nicht glaubte, sah er sie wieder an. »Oh, die Droge hatte die normale Wirkung, zusätzlich zu den besonderen Wirkungen, die sie auf uns unter diesen Umständen haben mußte...«

Sie spürte die Anstrengung, die es ihn kostete, sie weiterhin anzusehen, und zwang sich selbst, ruhig zu bleiben. »Also, was ist passiert?«

»Ich sah, wie du mit den Feiernden auf den Strand zugingst. Ich hatte dabei... ein ungutes Gefühl. Deshalb bin ich dir in einigem Abstand gefolgt. Ich sah, wie du dich von der Gruppe trenntest und plötzlich anfingst zu rennen.« Er lächelte ihr leicht zu, es war ein trockenes Lächeln. »Dich einzuholen war Schwerarbeit. Du bist wirklich zäh. Ich dachte, du würdest viel eher zusammenbrechen.« Lisbeï merkte, daß er wieder verlegen wurde, wenn er auch entschlossen war, seine Geschichte zu Ende zu bringen. »Schließlich holte ich dich ein. Um herauszufinden, welches Stadium du erreicht hattest, mußte ich... dich berühren. Den Kontakt zu dir herstellen, meine ich. Mich dir öffnen.

Aber wenn es um jemanden wie dich oder Kelys oder Guiseïa geht, kann ich nicht... finde ich es schwer, mich selbst im Griff zu behalten. Ich bin verloren – ich verliere mich in diesem Kontakt.«

»Du meinst das *Licht?«* fragte Lisbeï. Sie wollte ihn verstehen und vergaß jede Vorsicht.

»Für dich ist es ein Licht?«

Sie hatte noch nie mit irgend jemand richtig darüber gesprochen, selbst mit Kelys nicht, als sie sich an den Grenzen der *Schlimmen Zone* aufhielten. Mit Tula war es zuerst einfach eine Gegebenheit des Lebens gewesen, nicht anders als die Farbe des Himmels. Nichts, über das man redete. Später, nach dem Vorfall mit Meralda, war es ein Thema geworden, das sie beide wegen Tulas Barriere geflissentlich vermieden hatten.

»Es steckt alles mögliche drin, aber ich habe mir angewöhnt, es Licht zu nennen, weil es beim ersten Mal … Egal. Jedenfalls habe ich immer das Gefühl, ich könnte sie besser *sehen*, ich meine die Leute, die es auch haben. Als ob sie … in einem besseren Licht stünden. Es ist ein Licht, aber auch eine Art Echo.«

»Bei mir ist es ein Gefühl des Kontakts«, sagte Toller. Plötzlich hatte seine Neugier die Verlegenheit besiegt. »Als ob meine ganze Haut … bei Guiseïa auch. Sie mußten uns in derselben Wiege lassen, deshalb haben sie später auch nie ernsthaft versucht, uns voneinander zu trennen. Als wir größer wurden, nahm es irgendwie ab. Zum Glück brachte uns Kelys bei, wie wir damit umgehen mußten. Sie bemühte sich sehr. Aber …« Er brach plötzlich ab.

Ihr fielen Guiseïas halbvertrauliche Bemerkungen ein, sie erinnerte sich an ihre eigenen Jugendträume, als sie Angreseas Geschichte nachgeschlagen hatte. Die Vertrautheit, die zwischen Zwillingen entstehen konnte. Aber wenn man ein Zwilling war und außerdem noch so – also, das konnte einem schon ein bißchen Angst einjagen. Sich beim Gefühl der Berührung zu verlieren ... Wie konnten sie es ertragen, voneinander getrennt zu sein?

»Um fortzufahren«, sagte Toller mit rauher Stimme, »du warst ganz schön drauf. Auf der Droge, meine ich. Ich berührte dich. Das hatte Kelys mit uns getan, Körperkontakt hergestellt. Als erstes. Dann konnte ich mich nicht mehr zurückhalten, mußte deine Empfindungen teilen – das heißt, auf meine Weise. Aber es kam zu keiner ...«

Lisbeï spürte erneut Tollers Verlegenheit und merkte, wie ihre eigene Bestürzung eine Schwelle überschritt: Letztlich war es komisch, wie sie beide um das Wort wie um den heißen Brei herumschlichen!

»Penetration«, sagte sie laut. Sie spürte Tollers Überraschung. »Antonë«, fügte sie hinzu.

»Oh.« Er lächelte zögernd. »Also gut, ja, es kam zu keiner Penetration. Und deshalb habe ich Guiseïa auch nichts gesagt.«

»Und gestern abend auch nicht.«

»Genauso wenig wie du gestern nachmittag.«

Lisbeï mußte lächeln, als sie das Echo ihrer eigenen Worte von ihm hörte. Aber das Lächeln verging ihr beim Gedanken an das, was dahintersteckte. »Wäre sie ...«

Toller brachte die Frage für sie zu Ende: »... eifersüchtig gewesen? Das weiß ich nicht.«

»Und das war ein weiterer Grund, nichts zu sagen?«

»Ja.«

Es trat eine Pause ein. Plötzlich merkte sie, wie ein Lachen in ihr hochstieg, und sie ließ es zu. Der Gedanke war so absurd! Eifersüchtig? Auf wen eigentlich? Auf was? Der Blaue erwiderte das Lachen, aber in seinem Lächeln lag Bitterkeit.

Lisbeï hörte auf zu lachen. Die Neugier war wieder einmal stärker als ihre Vorsicht.

»Und du, wärest du eifersüchtig?«

»Auf dich und sie?« Er zuckte die Achseln – ein nicht ganz gelungenes Herauskehren der alten Gelassenheit. »Es ist nicht meine Sache, eifersüchtig zu sein.«

Das war keine Antwort. Damals merkte ich das nicht – wollte es nicht merken. Ich dachte nicht daran, daß dieses Gespräch noch eine ganz andere Seite haben konnte. Dachte er daran? Guiseïa und Toller, Guiseïa und ich, ich und Toller. »Auf dich und sie?« hatte er gefragt. Er hätte auch sagen können: »Auf sie und dich.« Hätte das den Kern genauer getroffen? Eifersucht zwischen Männern und Frauen ist ein solch … merkwürdiger Gedanke, schwer vorstellbar …

Was war vorstellbar? Lisbeï hatte von diesen Dingen keine deutliche Vorstellung. Es war zu fremd. Sie notierte lediglich den weiteren Verlauf des Gespräches. Irgendwie waren sie in eine Diskussion darüber geraten, welche Forschungsprojekte zur Kühlhaltung in Angresea betrieben wurden, aber ihr fiel nicht mehr ein, wie sie ausgerechnet auf dieses Thema gekommen waren.

Zuerst sprachen wir über Guiseïa. Daß sie nie eine Gefährtin gewählt hatte. Irgendwie mußte ich an Selva denken. Auch sie hatte nie eine Gefährtin, aber das mußte wohl an Loï gelegen haben. Ganz bestimmt nicht an einem ihrer Männer! Ich weiß nicht, ob Toller mir vertraute. Er wirkte wie im Selbstgespräch oder tat zumindest so – vielleicht war es für ihn die einzige Möglichkeit, mir Dinge anzuvertrauen. Ich weiß, daß er von Sylvane sprach, von der Kette der Umstände, die Guiseïa und ihn dazu gebracht hatten, die Grenze zu überschreiten … »Wir waren kampflustiger, als wir jung waren«, sagte er. Die Bemerkung klang irgendwie bitter. Und ironisch. Und sehr traurig.

»Bist du jetzt nicht mehr kampflustig?« fragte ich.

Natürlich verstand er und lächelte wieder. »Wir hatten

nicht vor, dich zu erziehen, weißt du. Es war eigentlich eher ein… Scherz.« (Er sagte nicht, mit wem er den Scherz geteilt hatte.) »Dougall war in deiner Gruppe und erzählte mir von dir. Und dann bist du ja auch eine von uns, und Kelys hatte uns ebenfalls von dir erzählt.«

Danach gingen wir zum Thema Kelys über und sprachen davon, daß Kelys sie niemals, weder jetzt noch in der Vergangenheit, für das, was sie taten, verurteilt hatte. Mir kam der Gedanke, daß er mich dadurch indirekt fragen wollte, ob ich sie verurteilte. Aber warum sollte ich? Was wäre geschehen, wenn Tula ein Junge gewesen wäre? Oder ich? Oder wir beide?

»Ich kann so etwas nicht beurteilen«, hatte Lisbeï gemurmelt. Auch sie hatte plötzlich ein Gefühl von Bitterkeit. »Was weiß ich schon von Liebe? Es hat nie jemanden gegeben.«

»Tula«, sagte Toller sanft, »Tula. Du hast in jener Nacht ihren Namen genannt«, fügte er hinzu, da er spürte, wie verwundert und empört Lisbeï war.

Wie sie von diesem Punkt auf die Probleme und Aussichten der Kühlhaltung zu sprechen kamen, dazu fiel Lisbeï überhaupt nichts mehr ein.

Lisbeïs Tagebuch sollte sich jedoch bald einem völlig anderen Thema zuwenden. Vor zwei oder drei Wochen hatte Lletrewyn Angresea einen Koffer voll alter Dokumente geschickt, der etwa aus der Zeit stammte, als sich die Frauen von Angresea auf die Bienenstöcke der Region verteilt hatten. Der Koffer war in der Gemeinde Greymarshe entdeckt worden. Als Lisbeï endlich dazu kam, seinen Inhalt zu untersuchen – eine willkommene Ablenkung –, stieß sie auf ein Foto. Zwar waren die Begleitdokumente ziemlich schlecht erhalten, aber anscheinend deuteten sie darauf hin, daß das Foto ein Abzug des ursprünglichen Fotos von Garde war, das der Harem von Bethely der Wardenberger Druckerei geschickt hatte.

Kapitel 5

Stellane aus dem Harem von Bethely zählte zu den Überlebenden der großen friedlichen Demonstration, die Gardes Jüngerinnen organisiert hatten. Sie war vor den Judditen und ihren Verfolgungen der Anhängerinnen Ellis, die immer schlimmer wurden, geflohen, und dann erneut vor der Revolutionswelle der Bienenstöcke, um schließlich Zuflucht in Angresea zu finden. Hier hießen sie die Jüngerinnen willkommen und versteckten sie, bis auch dieser Harem durch den Sieg der Judditen fiel, sein Führer hingemetzelt wurde und seine Frauen sich willkürlich auf die anderen Gemeinden der Region verteilten. Was war dann aus Stellane geworden? Hatte sie, wie so viele Jüngerinnen, im Versteck überlebt? Oder war sie entdeckt und getötet worden, wie es so vielen anderen geschehen war? Die wenigen Notizen, die man zusammen mit der Fotografie in einem zerfledderten Umschlag gefunden hatte, sagten nichts über Stellane als Person aus, etwa über ihr Alter oder andere Einzelheiten. Die Tatsache, daß das Foto erhalten war, legte nahe, daß auch sie überlebt hatte. Allerdings konnten es ebensogut andere Jüngerinnen, die mehr Glück gehabt hatten oder vorsichtiger gewesen waren, aufbewahrt haben. Anscheinend hatte Stellane die Judditen mit einer Heftigkeit gehaßt, die sich schlecht mit der Philosophie der Gewaltlosigkeit und der Vorsicht, die für die Jüngerinnen lebensnotwendig war, vertrug.

Stellanes Bemerkungen zu den Judditen von Bethely gaben Halde in jeder Hinsicht recht. Sie hatten Garde verraten und dem Haremsführer ausgeliefert. Von diesem Punkt an wichen die beiden Zeugenaussagen allerdings voneinander ab, was nicht weiter überraschend war. Da Halde, sofort nachdem sie und Garde zusammen mit anderen Gefährtinnen gefangengenommen worden waren, eingemauert worden war, hätte sie die folgenden Ereignisse auch gar nicht beschreiben können. Nur Halleras Bericht hatte überlebt. Gardes zweiter Tod und ihre zweite Auferstehung, ihr Triumphmarsch an der Spitze der friedlichen Demonstration …

… hatten gar nicht stattgefunden.

Da stand es, auf dickem, brüchigen Papier. Die sorgfältig geschriebenen Worte ließen keinen Zweifel zu. Die Demonstration war von den Judditen gesteuert worden und hatte in einem Blutbad geendet. Die Jüngerinnen und ihre Botschaft der Gewaltlosigkeit waren völlig mißachtet worden, die radikalste revolutionäre Gruppierung hatte das Ruder übernommen. Für die Bienenstöcke bedeutete das Ergebnis den Sieg. Für diejenigen, die an Elli glaubten, die Verfolgung. Die Gläubigen wurden zerstreut und demoralisiert, weil es für Garde, die Stimme Ellis, keine Wiederkunft mehr geben würde. Garde – hingerichtet und auferstanden, wie Stellane und Halde gesehen hatten. Garde, die noch einmal vor das Erschießungskommando gebracht wurde, deren Körper diesmal auf einem Scheiterhaufen verbrannt wurde, während die Gefährtinnen lebendig eingemauert wurden. Aber sie war nicht noch einmal erschienen. Garde war kein zweites Mal auferstanden, hatte nicht die Demonstration angeführt, ehe sie für immer verschwand und ihren Jüngerinnen das WORT und ihre Lehren hinterließ.

Das Foto war im Laufe der Zeit vergilbt, aber dennoch scharf. Es zeigt eine Frau, die mit dem Gesicht zur Kamera auf einer Holzbank sitzt, im Rücken hat sie eine Ziegelsteinmauer. Man kann erkennen, daß es eine Frau ist, durch das zerrissene Hemd sind ihre Brüste zu sehen. Sie trägt gerippte Reithosen – möglicherweise aus Leder – und weiche Stiefel, die mit irgendwelchen Flecken übersät sind. Ihre Beine wirken seltsam verdreht. Ihre Häscher müssen ihr die Kniegelenke gebrochen haben. Die Hände der Frau sind vorne mit starken Fesseln zusammengeschnürt. Auf der bloßen Haut sind dunkle Stellen sichtbar – auf dem Gesicht, den Armen, der Brust und an den Knien. (Lisbeï wurde klar, daß es Blutergüsse sein mußten). Zwei grinsende bärtige Männer stehen zu beiden Seiten der Gestalt und halten sie an der Schulter. Es ist nicht zu erkennen, wie alt die Frau ist. Ihr Kopf ist nach links geneigt, hängt ein bißchen nach hinten, der Mund steht leicht offen. Ein Auge scheint in die Kamera zu starren, während das andere von mittellangem Haar verdeckt wird. Zu bleich, um blond zu sein. Weiß. Ohne den Griff der Soldaten würde sie zusammenbrechen, wie deutlich zu sehen ist. Die Frau auf dem Bild ist erschöpft, halb ohnmächtig. Oder tot.

Das Gewicht des Fotos in ihrer Hand. Seltsamerweise ist das Lisbeïs lebhafteste Erinnerung an diesen ersten kurzen Blick. Ein Bild, das auf einer Metallplatte vervielfältigt wurde. Sie hielt es mit beiden Händen, aber plötzlich schien es ihr so schwer wie Blei, und sie mußte es niederlegen. Nicht eine Sekunde zweifelte sie an der Identität der Frau auf dem Bild. Es war Garde, und sie war tot. Die Tatsache war nicht zu leugnen. Man konnte sie sich nicht als Lebende vorstellen, schon gar nicht als Auferstandene. Die Einzelheiten waren zu realistisch, zu körperlich – die Flecken auf dem zerrissenen Hemd, die kleinen Verzierungen auf den Stiefellaschen, wahrscheinlich bunte Perlen … Als Lisbeï das Foto mit einer Lupe untersuchte, bemerkte sie die grausigen Einschußlöcher. »Nicht viel Blut, angesichts der vielen Wunden«, sagte Guiseïa später. Nachdem Lisbeï den ersten gräßlichen Schock überwunden hatte, kam ihr der Gedanke, man müsse den Leichnam wohl gewaschen und dann wieder angezogen haben.

So stellte man sicher, daß das Opfer noch zu erkennen war.

Tot. Tot. Lisbeï versuchte, an das Notizbuch zu denken, an Haldes hartnäckigen Triumphschrei an der Schwelle ihres eigenen Todes: »Ich sah die Stimme Ellis tot, und ich sah sie lebendig...« Aber auch Stellane hatte sie lebendig gesehen – und das Feuer, das Garde verzehrte. Garde, nicht mehr tot *und* auferstanden, sondern auferstanden *und* tot. Warum war alles anders, wenn man den Satz umkehrte? Warum galt die uralte Wahrheit, das Paradoxum, nicht mehr, wenn man es auf diese Weise formulierte? Tot, lebendig, und nochmals tot. Ein Prozeß, der nur in einer Richtung verlief, eine Einbahnstraße zum Tod. Und wenn man ihn umkehrte, hatte die erste Auferstehung keinen Sinn mehr. Bestenfalls war sie dann ein Rätsel. Oder ein Mißverständnis, eine Täuschung – alles war möglich. Das Gewicht des Fotos zog am Faden, überdehnte ihn zu Haaresbreite. Überdehnte den Faden, an dem Lisbeïs Glauben hing, den Faden, an dem sie sich bislang so mühelos fest- und im Gleichgewicht gehalten hatte. Sie setzte sich plötzlich, als müsse sie sonst fallen. Eine Weile sagte niemand in Guiseïas Büro, in dem sich Lisbeï, Guiseïa und Toller getroffen hatten, ein Wort.

Guiseïa bewegte sich als erste. Sie kramte in einem Schrank herum und kehrte mit einer Flasche und kleinen Gläsern zurück, die sie mit einer bernsteinfarbenen Flüssigkeit füllte. Lisbeï trank auf einen Schluck aus, ohne überhaupt zu probieren. Toller hatte die Zettel an sich genommen und entzifferte die verblaßte Tinte mit zusammengekniffenen Augen.

Später las auch Lisbeï die wenigen Bemerkungen zu Ende, die Stellane hinterlassen und offensichtlich in einem Zustand der Verstörung und Verzückung geschrieben hatte. Als Garde aus der *Schlimmen Zone* zurückkehrte, war ihr der Verrat schon bewußt, noch ehe ihr Halde davon berichtete. Garde hatte genau gewußt, daß sie in eine Falle ging, wenn sie zur Demonstration nach Bethely zurückkehrte. Sie hatte etwas Erhabenes und Verzweifeltes an sich gehabt (dieselben Worte hatte auch Halde benutzt), und Stellane hatte Garde flüstern hören: »Wenn ich sterbe, hört Elli mich im Tod vielleicht deutlicher als in der Auferstehung.«

Später hatte Stellane sich einreden wollen, Garde sei gar nicht ein zweites Mal gestorben, sondern verschwunden, um wieder bei Elli zu sein. Aber Stellane hatte sich nie richtig erklären können, warum Garde ihre Jüngerinnen dem Gemetzel überlassen hatte, oder warum Elli zugelassen hatte, daß das WORT geschändet und von den Judditen verfolgt wurde. Wie immer auch Stellanes Ende ausgesehen haben mochte, sie mußte in Verzweiflung gestorben sein.

Später stellte Lisbeï die Fragen, die auf der Hand lagen, und gab die Antworten, die auf der Hand lagen. Ihre Theorien über Hallera, über das geheime Einverständnis zwischen Halleras Tochter Ariane, Alicia und Markali, über Wardenbergs Verwicklung in die Sache – all das kam der Wahrheit wohl viel näher, als sie angenommen hatte. Die fast unblutige Revolution, die das Ende der Bienenstöcke bewirkt hatte, war einerseits das Ergebnis politischer Geheimverhandlungen gewesen. Andererseits hatte Gardes subversive Botschaft den Sieg dieser Revolution eingeläutet. Oder auch der Glaube ihrer Jüngerinnen. Als das noch bloße Hypothesen gewesen waren, hatte Lisbeï sie ganz gern als Möglichkeit akzeptiert. Aber jetzt konnte sie es nicht, wie sie merkte. Sie konnte es nicht fassen, daß sich Heiliges und Profanes so, ohne Widersprüche, miteinander verbinden sollten. Ihre Bestürzung schrieb sie im Tagebuch nieder. Sie hatte das Gefühl, ein lebenswichtiges Geschenk sei ihr genommen oder zerstört worden. Wann hatte sie ihre Balance auf dem feinen Faden zwischen den Paradoxi verloren? Es konnte nicht nur an dem Foto liegen, an den wenigen Zetteln oder an Stellanes längst vergangener Qual. Es mußte früher begonnen haben. Irgendwann hatte sie, ohne es zu merken, eine Schwelle überschritten.

Haben wir alle nur einen begrenzten Vorrat von Elastizität, ist unsere Fähigkeit, an mehrere Dinge gleichzeitig zu glauben, ohne daß das eine das andere ausschließt, begrenzt? Ich muß meinen Vorrat aufgebraucht haben, ohne es zu merken. Weil ich mir selbst zu viele Geschichten erzählt habe, denen die Wirklichkeit widersprach. Oder die anders ausgingen, als ich mir das je hätte vorstellen können. Vielleicht war die Totenklage um Dougall der Punkt ohne Wiederkehr. Oder Sylvanes Tod. Vielleicht ist es auch irgendwo zwischen beiden Ereignissen geschehen, auf der Straße nach Entraygues? In Entraygues? Oder war es viel früher, in Wardenberg? Könnte es Wardenberg selbst gewesen sein?

Wardenberg, so pragmatisch, so vernünftig in seinen Gewißheiten.

Vielleicht überschreiten wir mehrere Schwellen und stellen jedesmal wieder eine Art Gleichgewicht her. Aber können es nach einer gewissen Zeit, nach zu vielen Veränderungen nicht mehr finden ... Ist es das, was alt werden bedeutet?

Zwei Tage später kam Kelys an. Sie wußte nichts von dem Foto, aber von Sylvanes Tod. Kelys war in Belmont gewesen, um die Bergungsarbeiten am Museum zu überwachen. Wie konnte sie davon gehört haben? »Manche Nachrichten verbreiten sich schnell«, sagte Kelys kurz angebunden. Guiseïa und Toller schien das zu genügen, aber Lisbeï gab diese Antwort Rätsel auf. Allerdings hatte sie keine Gelegenheit, nachzuhaken: Sie war zu sehr damit beschäftigt, Kelys' Fragen zu beantworten. Kelys wollte jede

Einzelheit im Zusammenhang mit dem Tod des Kindes wissen. Fast einen Tag lang riegelte sie sich mit Rowènes Autopsiebericht ein, später mit Rowène. Lisbeï hatte den Eindruck, der ruhelosen Kelys wäre es am liebsten gewesen, Sylvane exhumieren zu lassen und selbst eine Autopsie vorzunehmen. Aber Sylvane war schon vor zwei Wochen beerdigt worden.

»Sie hätte das nicht haben sollen«, murmelte Kelys als Antwort auf Lisbeïs verwunderte und leicht schockierte Frage, warum sie denn so hartnäckig nachhake. Kelys strich sich mit der Hand übers Gesicht. Plötzlich wirkte sie alt – nicht körperlich, vielmehr strahlte ihre Aura eine Art tiefer Erschöpfung, Bedächtigkeit aus… ein bißchen wie Edwayne in ihren letzten Tagen. »Die *Schlimme Krankheit*, meine ich. An ihr sterben. Das hätte sie nicht sollen.« Es lag weniger Verwunderung als ein Schuldgefühl darin.

»Du meinst, es wäre zu verhindern gewesen? Du hättest es verhindern können?«

Kelys zögerte, dann seufzte sie tief und schien sich zusammenzureißen. »Es ist der erste Fall dieser Art.« Das war eigentlich keine Antwort. Vielleicht führte sie ein Selbstgespräch. »Die Mutation entwickelt sich immer noch.«

»Vielleicht liegt es ja auch einfach an Sylvanes Abstammung«, rutschte Lisbeï heraus. Versuchte Kelys, ihre Verantwortlichkeit abzustreiten? Allerdings schien sie die Anklage, die in Lisbeïs Bemerkung lag, kaum zu begreifen und schüttelte nur den Kopf. »Nein?« bohrte Lisbeï weiter. »Wie kannst du das denn so sicher wissen?«

Diesmal sah Kelys auf. Sie saß schweigend da und musterte Lisbeï. »Es könnte sein«, sagte sie schließlich. »Wir haben keine Möglichkeit, es wirklich herauszufinden, nicht wahr?« Die alte Gelassenheit glättete die Linien im schwarzen Gesicht. Wie bei Toller mußte Lisbeï sich auch bei Kelys anstrengen, ihren

Ton und die Emotion, die darin mitschwang, zu erfassen. Waren es Gewissensbisse? War es Reue? Ganz gewiß Traurigkeit. Eine tiefe, müde Traurigkeit, so ähnlich der, die Lisbeï selbst empfand, daß sie keine weiteren Fragen mehr stellte. Was wußte sie schon von der Geschichte, in der Kelys, Guiseïa, Toller und die kleine tote Dotta die Hauptrollen spielten? Fast gar nichts. Und es war nicht ihre Sache, mögliche Szenarien auszuspionieren oder zu erfinden. Sie hatte überhaupt kein Recht, neugierig zu sein.

»Was hast du mit dem Foto und den Dokumenten vor?« fragte Kelys zu Lisbeïs großer Überraschung ohne jede Überleitung.

»Die Dokumente gehören Angresea«, antwortete sie zögernd. Die Zukunftsperspektive machte ihr schwer zu schaffen. Bis jetzt hatte sie sich um die Frage gedrückt, was als nächstes zu tun sei. War die Entdeckung der Papiere und des Fotos nicht schon genug? Sie gab nicht mehr viel auf Zeichen und Wunder. Bis jetzt hatte ihr Leben aufgrund eines Glaubens Sinn gehabt, selbst wenn ihr Glaube eher einem ästhetischen Bedürfnis entsprach und mit ihrem Kinderglauben an Elli nichts mehr zu tun hatte. Aber jetzt ...

Es mochte andere, ganz zufällige Gründe dafür geben, daß sich ihr Lebensfaden erneut mit Garde – oder zumindest einer ihrer Jüngerinnen – verwoben hatte. Ein Dutzend verschiedener Geschichten, eine völlig plausible Folge von Umständen, die bestimmte Ereignisse erklärten, weit entfernt von göttlichem Eingreifen. Aber sie würde diesen Vorstellungen *nicht* nachhängen. Sie war hier, die Schriftstücke und die Photographie waren hier, und Kelys hatte recht: Sie konnte der Frage nicht länger ausweichen.

Und die Antwort war eigentlich ganz einfach. Irgendwie, irgendwann würde sie die Entdeckung bekanntgeben. Allerdings hatte sie inzwischen das sichere Gefühl, daß es keine große Rolle spielen würde, obwohl sie keine Ahnung hatte, warum. Mehr aus Prinzip als aus Überzeugung würde sie feststellen, daß … was eigentlich? Jedenfalls würde sie nicht ›die Wahrheit‹ behaupten. Ein weiterer Abschnitt aus Haldes Notizbuch würde untermauert werden, ein weiterer Abschnitt aus Halleras Nachlaß würde in Zweifel gezogen werden. Aber niemals würde es Gewißheit darüber geben, was wirklich geschehen war. Keine dieser Erklärungen, egal wie authentisch sie in ihrer stofflichen Beschaffenheit auch sein mochten, boten einen unwiderlegbaren Beweis. Es handelte sich einfach um Geschichten – um Haldes Geschichte, Stellanes Geschichte, Halleras Geschichte – für keine sprach mehr oder weniger als für die andere. Ob man eher der einen oder der anderen glaubte, war die reine Willkür. Die grundlegende, im Kern gleiche Geschichte hatte zu viele Facetten. Und diese Facetten ergänzten sich nicht, sondern waren unvereinbar miteinander. Wer würde so tollkühn sein, eine ENTSCHEIDUNG zu verlangen? Damit würde sich Antonës Erfahrung lediglich wiederholen. Die Leute würden darüber streiten, ob die Schriftstücke und das Foto wirklich echt seien, was aber ihre eigentliche Bedeutung betraf …

Garde tot, auferstanden, wieder tot. Wer konnte, wer würde zu entscheiden wagen, ob oder ob nicht eine zweite Auferstehung ohne Zeuginnen stattgefunden hatte? Gab es eine göttliche Garde, die geheimnisvolle Wege beschritt? Oder gab es eine menschliche Garde, die in Wirklichkeit beim ersten Mal gar nicht gestorben war? Ein Irrglaube? Eine Sinnestäuschung? Was spielte es für eine Rolle? Hatte Garde sich selbst geopfert, geopfert in der fehlgeleiteten Überzeugung (die im übrigen ihren eigenen Lehren widersprach), ihr Blut würde irgendwie zum endgültigen Sieg beitragen? War Garde möglicherweise eine Judditin gewesen oder von den Judditen manipuliert worden, eine willige Schachfigur in irgendeinem lange ausgeheckten Komplott – aber da hebe ich schon wieder ab und stelle mir Dinge vor, die ich mir nicht vorstellen sollte. Trotzdem muß es entweder das eine oder das andere sein: Entweder ist Garde menschlich, oder sie ist göttlich. Ich kann es mir anders nicht vorstellen. Mein einziger Trost wäre jetzt Antonës Bemerkung vor der ENTSCHEIDUNG: *Auf lange Sicht spielt es keine Rolle, ob Garde menschlich oder göttlich ist. Was zählt, ist das, was wir aus ihr gemacht haben und was sie aus uns gemacht hat. Dennoch: Drückt man damit nicht einfach aus, daß der Zweck die Mittel heiligt? Ich weiß es nicht. Ich weiß es einfach nicht mehr.*

Allerdings weiß *ich, was ich verloren habe. Was kann ich an seine Stelle setzen? Das Eine oder das Andere? Die menschliche Garde oder die göttliche? Ich kann mich nicht entscheiden. Ehe ich das Foto sah, gab es mir seltsamerweise Kraft, keine Entscheidung treffen zu müssen, überhaupt nicht an eine solche Entscheidung zu denken. Aber jetzt deprimiert es mich, daß ich dazu nicht fähig bin. Vorher war da … Fülle, und jetzt empfinde ich es als Leere und habe das Gefühl, ich* müßte *mich entscheiden. Aber warum? Und vor allem, wie? Wenn Garde einmal auferstehen konnte, warum dann nicht auch ein zweites Mal? Wenn es in ihrer Macht lag, warum wählte sie dann den Tod? »Damit Elli sie deutlicher hören konnte«? Warum hörte Elli nicht zu? Bei wem oder was hörte sie nicht zu? Und warum sollte der Tod der Trägerin des* WORTES *mehr Wirkung haben als ihre Auferstehung? Warum sollte Elli ihren Geschöpfen überhaupt zuhören? Elli schuf das Muster und das Universum und überließ es ihm selbst, sich nach Ellis Gesetzen bis in alle Ewigkeit immer wieder zu erneuern. Garde war bloß ein Mensch, mehr nicht. Mit ihrer eigenen Freiheit und Verantwortung genauso konfrontiert wie wir anderen auch, ob wir nun Gläubige sind oder nicht.*

Und was war mit dem Versprechen? Ihr werdet sein wie Ich. Ihr werdet sein wie Elli. *Sterblich? Unsterb-*

lich? Aber in Ellis Schöpfung gibt es kein Gesetz, das besagt, daß Menschen sterben und wieder auferweckt werden können. Ist Garde also göttlich? Ist das ein Mysterium, eine bewußte Verkehrung Ellis eigener Gesetze? Aber zu welchem Zweck?

Auch daran kann ich nicht glauben!

Irgendwie beneide ich Hallera darum, daß sie an ihrer Version von Garde festhalten konnte – daß sie ihre eigene Version von Garde schaffen konnte –, und daß sie so gewichtige Gründe dafür hatte. Ganz anders als ich. Ich muß mich an meinem Faden festhalten. Nicht, weil ich kein Bedürfnis zum Springen hätte, sondern weil ich nicht entscheiden kann, in welche Richtung ich springen soll! Ich muß Antonë schreiben, sie fragen, wie sie es geschafft hat…

Sie hat eine ENTSCHEIDUNG *angerufen, so hat sie es geschafft. Ich könnte das nicht. Ich würde mein Leben lang brauchen, zu einer Meinung zu kommen!*

Also gut, soll ich würfeln?

Nein. Denn dann müßte ich entscheiden, warum ich ein Würfelspiel gewählt habe. Ist der ›Zufall‹ Elli? Ich weiß es nicht.

Und würde ich mich überhaupt nach dem Ergebnis richten? Ich weiß, ich würde es nicht tun.

Nach diesem Satz des Tagebucheintrags, datiert einen Tag nach der Ankunft von Kelys in Angresea, bleibt die restliche Seite leer. Ohne Wechsel des Datums wird das Tagebuch auf der gegenüberliegenden Seite fortgeführt.

Ich bin im Hort, mit Tula. Wir sind nicht mehr klein, aber wir spielen Hinke-Pinke. Aus irgendeinem Grund ist mir nicht wohl in meiner Haut. Ich schaue auf die Hinke-Pinke-Spirale, die mit roter Farbe auf die Fliesen gemalt ist. Wir sind nicht in Bethely, wir sind in … Belmont? Jedenfalls sind überall Regale. Oder große, aufeinander gestapelte Kisten. Es gibt keine anderen Mitspielerinnen, aber es schauen Menschen zu. Selva, Mooreï, Kelys, wahr-

scheinlich Antonë. Ich sehe mich nicht um, da das Spiel begonnen hat. Tula trägt ein langes rotes Kleid, sie rafft es hoch, um von Feld zu Feld zu hüpfen. Ich denke bei mir, daß sie nicht so angezogen sein sollte. Ich trage Blau, dabei bin ich doch diejenige, die Rot tragen sollte. Dann fällt mir wieder ein, daß Tula die Mutter von Bethely ist, nicht ich. Ich merke, wie die Ablehnung der Zuschauerinnen sich mir in den Rücken bohrt, aber drehe mich immer noch nicht um. Ich sehe zu, wie Tula das Steinchen wirft, von Feld zu Feld hüpft, zurückkommt, das Steinchen weiter wirft. Es ärgert mich: Ich möchte auch mal drankommen. Jedesmal, wenn sie auf einem Feld landet, singe ich den ganzen alt-frangleischen Kinderreim, nicht nur eine Strophe: »Très Sainte, viens-t'en, aime les Vertes, saisisnous vite, presse!« – *Komm Heilige, liebe die Grünen, greif uns schnell, beeile dich! Ich muß es sehr schnell singen, weil Tula fallen würde, wenn ich es nicht täte.*

Ich kauere mich neben die aufgemalte rote Spirale. Ich habe Angst: Sie ist zu rot, glänzt zu sehr, es ist keine Farbe, es ist Blut. Und plötzlich merke ich, daß ich die Zauberformel nicht mehr singe und Tula mit beiden Füßen wie festgenagelt im Mittelfeld steht, und jetzt ist es das Doppelkreuz des Hinke-Pinke, wie es in der Bretanye gespielt wird, und Tula sieht mich vorwurfsvoll an, aber ich kann nichts dafür. Es liegt am Blut.

Da ist ein riesiger, durchsichtiger Deckel, und Tula geht immer wieder drumherum. Ein bißchen wie in dem Traum vom Kirschgarten. Plötzlich ist da ein Brunnen, und Tula würde hineinfallen, wäre da nicht so etwas wie ein Deckel, ein Deckel über der Öffnung zu dem unterirdischen Gang, aber er ist aus Eis und zu dünn. Tula hat schreckliche Angst, sie weiß, daß sie fallen wird, aber tritt trotzdem hinauf, tritt auf den Kreis, den Deckel, das Eis, aber das ist nicht Tula mit dem weißen Haar, das vor Schweiß steif ist. Ich sehe, daß ihre Brüste unter dem offenen karierten Hemd mit blauen Flecken übersät sind, und ich rufe schnell und so laut wie ich kann in einer Art von verrück-

tem Alt-Frangleï: »Trés enceinte va-t-en haine ouverte c'est ta fuite laisse« – *Hochschwanger geh weg offener Haß es ist dein Fluchtweg verschwinde, und ich weiß, das ist nicht richtig, ich hätte ins Hinke-Pinke-Mal treten sollen, um nach Tula-die-auch-Garde-ist (und sie ist auch jemand anderes, aber wer?) zu suchen, aber ich kann nicht hineinkommen, ich müßte über die Linie treten, und das ist nicht erlaubt, alle schauen zu, und wenn ich mich nicht an die Regel halte, kann ich nicht die Mutter sein. Ich zwinge mich, einen Finger auszustrecken und die rote Linie zu berühren, ich reibe meinen Finger, aber das Rote geht nicht ab, mein Finger blutet, und ich werde sterben, wenn ich nicht die richtige Antwort finde, denn jetzt ist da eine Stimme, die mir das Rätsel des Geistes aufgibt: »Was ist außen rot und innen blau, Leben, wenn es rinnt, und Tod, wenn es rinnt, und bleibt ganz, selbst wenn man es in Stücke schneidet?« Und ich sehe zu, wie mein Finger blutet, und ich weiß die Antwort, alle wissen die Antwort, sie heißt ›Blut‹, aber ich kann es nicht sagen, ich kann nicht, ich sage ›Garde‹, Tula fällt in den Brunnen, und ich freue mich, freue mich!*

Aber es ist noch nicht vorbei. Im Kreis ist Garde-die-Tula-ist, und ich muß mit ihr den Paarungstanz tanzen. Ich will mich gerade in ihre Arme werfen, da denke ich plötzlich, vielleicht ist es doch nicht Garde/Tula. Ich strecke die Hand aus, sie tut dasselbe. Es ist ein Spiegelbild, es ist ErSie, ich versuche, meine Hand zurückzuziehen, denn ich weiß, ich werde vergehen, wenn unsere Hände einander berühren. Aber sie tun es nicht. Anscheinend bin ich von einer großen Glasglocke umgeben. Ich klopfe gegen die Wand, aber kein Ton ist zu hören, und Garde sagt traurig: »Du und ich, Lisbeï, wir sind nicht dasselbe.« Und jetzt ist es wieder Tula, die mir von Angesicht zu Angesicht gegenübersteht, sie steht völlig still da, aber weicht zurück, ihre Brust blutet – nein, Tula schrumpft, schrumpft zu einem bloßen Fleck … Sie verschwindet, und ich wache auf, indem ich ihren Namen rufe, und fange wieder an zu wei-

nen, was ist das, was bringt mich dazu, solche Träume zu träumen, was bedeutet das alles?

Wieder bleibt Platz auf der Seite leer. Dann folgt ein Eintrag in einer ganz anderen chaotischen Handschrift. *Ich gehe zurück nach Bethely. Ich muß nach Bethely zurückkehren.*

Mooreïs Nachricht von Selvas Tod kam am folgenden Tag. Sie trug das Datum der 25. Austa. Die Brieftaube aus Angresea hatte drei Tage gebraucht, um zu ihrem Taubenschlag auf der Spitze des Geschmolzenen Turms zurückzukehren. Die 28. Austa verzeichnet keinen Eintrag in Lisbeïs Tagebuch. Fortgeführt wird es am Tag nach ihrer Ankunft in Bethely, an der 7. Septemra. Ehe Selva das Fieber packte und sie erst ins Delirium und dann ins Koma fiel (in ihrem wirren Gerede hatte sie zu Loï und seltsamerweise auch zu Erne von Callenbasch gesprochen), waren ihre letzten klaren Worte gewesen: »Sagt Lisbeï, daß sie mir immer die Liebste war.«

Außer dieser Notiz hatte Lisbeï in ihrem Tagebuch lediglich vermerkt: *»Welch ein Glück für mich.«*

Kapitel 6

»Noch mal, Tamino. Jetzt geht's besser.«

Der kleine Grüne fing den Federring, den Tula ihm zuwarf. Er rieb sich mit dem Arm über die Stirn, holte ein paarmal tief Luft und ging zurück zur Markierung auf der großen runden Matte, die das Übungsfeld darstellte. Einen Augenblick lang schloß er die Augen, konzentrierte sich, stand auf den Zehenspitzen, während er seine Arme anmutig zur Wurfhaltung hob, dann machte er die Augen auf und schleuderte den Ring in die Luft, während er gleichzeitig mit einer Reihe von Sprüngen und Drehungen bis zur Mitte des Kreises vorschnellte, dort den Ring auffing und wieder in die Luft warf.

»Atme, Tamino, der Rhythmus!«

Tula machte andeutungsweise das Atmen und die Bewegungen vor, dabei stieß sie beim Atmen die Bezeichnungen der Bewegungsabfolgen hervor und gab ihre rhythmischen Kommentare ab: »Gut, gut« und »Höher, wirf den Ring höher!« Ihr rotes Haar, vorne kurz, klebte in dunklen, feuchten Ringellocken an ihrer Stirn. In der Turnhalle war es an diesem Septemranachmittag sehr warm, obwohl es schon spät war und alle Türen weit offen standen. Trotz der Hitze führten etwa dreißig Grüne, Mädchen und Jungen zwischen neun und dreizehn Jahren, mit Elan ihre Turnübungen durch. Für die kommende Woche war ein Turnfest mit Cartano angesetzt, eines vieler Turnfeste, die das ganze Jahr über stattfanden und dazu beitragen sollten, die Turnriegen für die Wettkämpfe der Provinz in Ausscheidungskämpfen zusammenzustellen. Inzwischen trainierten in Bethely die Jungen zusammen mit den Mädchen. Am Abend würde ein Dutzend Jungen gemeinsam mit den Mädchen im Ostturm essen und in dem Zelt schlafen, das in einem Feld an der Ostpromenade aufgeschlagen war. Am kommenden Morgen würden sie Seite an Seite in den Obsthainen arbeiten und am Nachmittag ihre gemeinsamen Übungsstunden fortsetzen. Und Anfang nächster Woche würden sie gemeinsam nach Cartano reisen. Erst nach dem Turnfest würden die Jungen zu ihrem Bauernhof, dem Bauernhof der Grünen im Wald von Malverde, zurückkehren.

Wie oft hatte Lisbeï sich ihre Rückkehr nach Bethely ausgemalt – allerdings nicht, als sie die Reise dann tatsächlich angetreten hatte: Sie war an den Abenden zu erschöpft gewesen und wie ein Tier sofort eingeschlafen, sobald ihr Kopf aufs Kissen sank. Aber in Wardenberg und vor der Versammlung in

Entraygues hatte sie sich diesen Augenblick vorgestellt. Bethely würde sich verändert haben: Das hatte sie erwartet, wenn sie sich auch nur schwer im einzelnen vorstellen konnte, wie diese Veränderungen aussehen mochten. Nie wäre sie auf die Idee gekommen, daß die auffallendste Veränderung der Anblick von zwei jungen männlichen Grünen in verschwitzten Unterhemden, die zusammen in einer Ecke die Parade übten, sein würde. Oder auch der Anblick der anderen, die sie zuerst für Mädchen gehalten hatte, weil sie sich gemeinsam mit den Mädchen in den Kreisen der Turnhalle tummelten.

Natürlich hatte sie vorausgesehen, daß sie viele Gesichter der grünen Mädchen und jungen roten Frauen nicht kennen und bei den Erwachsenen Gesichter vermissen würde. Unter den Erwachsenen würde es neue, gänzlich unbekannte Gesichter geben, zu denen vertraute Namen gehörten. Da sein – das wußte sie von der Versammlung von Entraygues – würde Meralda, noch in der Ausbildung zum Gedächtnis, an Tulas Seite. Da sein würden auch eine gealterte Mooreï und eine gereifte Antonë, aber nie hatte sie sich Bethely ohne Selva vorgestellt.

Lisbeï war spät abends mit Kelys und Toller angekommen. Niemand hatte sie erwartet, man hatte frühestens in einer Woche mit ihnen gerechnet. Als Lisbeï sah, daß im Büro der dritten Ebene Licht brannte, war sie hinaufgegangen und hatte die Tür aufgestoßen. Tulas roter Kopf hatte sich fragend umgewandt. Für einen Moment hatte Lisbeï die verwirrende Vision von Selva, und genau in diesem Augenblick war ihr zum ersten Mal wirklich klargeworden, daß Selva tatsächlich tot war und sie Selva nie wiedersehen würde. Tulas graugrüne Augen hatten sich mit Tränen gefüllt, mit denselben überraschenden Tränen, die auch Lisbeï in die Augen schossen, und dann hatten sie einander fest in die Arme geschlossen. In einer langen Umarmung teilten sie das Licht, alle Vorbehalte waren weggewischt, Tulas Körper drückte sich an Lisbeï, ein Körper, der mit den volleren und immer noch schlaffen Brüsten und dem Bauch einer Frau, die vor gerade einem Monat geboren hatte, so seltsam anders war. Aber schließlich hatte Lisbeï erwartet, daß Tula verändert sein würde. Sie hatte sie in Entraygues gesehen, wie kurz und peinlich ihre Begegnung auch verlaufen war. In dieser Hinsicht konnte sie nichts mehr enttäuschen.

Alles in allem sah Bethely nicht viel anders aus als früher: Gärten, Obsthaine, die Promenaden und Türme, die Geräusche, Gerüche und Farben, die schnelle, melodische Sprache... Vielleicht war der Ort nicht so groß, wie sie ihn in Erinnerung hatte, die Türme nicht ganz so hoch, die Säle nicht ganz so weiträumig... Obwohl sie doch schon fünfzehn gewesen war, als sie fortging – zumindest der Körpergröße nach eine Erwachsene. Aber das Bild, das sie sich von Bethely gemacht hatte, stammte aus älteren Erinnerungen, die bis in alle Ewigkeit andere Dimensionen angenommen hatten.

Der Junge brachte seine Übung zu Ende und stand still vor Tula, während er keuchte und triumphierend lächelte. Sie gab sein Lächeln zurück und ahmte sein Keuchen mit leichter Übertreibung nach. »Das Atmen, Tam, das Atmen! Aber du machst es schon viel, viel besser.« Sie strich dem Jungen über die Wange. »Genug für heute. Lauf!«

Der Junge freute sich und verbeugte sich kurz vor Tula und danach vor Lisbeï. Dann ging er übermütig davon, die winzigen Glocken seines Federrings schlugen gegen seinen Oberschenkel. Lisbeï sah Tula von der Seite an. Löste der silberne Ton bei ihr dieselben Erinnerungen an die ersten Taïtche-Stunden aus? Jedenfalls waren die Glöckchen ein neues Element beim Kunstturnen in Bethely: Sie halfen dabei, die zeitliche Abfolge bei den verschiedenen Figuren festzulegen und trugen so zu einer flüssigen Durchführung der Übungen bei.

Kelys sah schweigend zu, anscheinend war sie in Gedanken. Es war Toller, der schließlich etwas sagte: »Meisterhaft, nicht? Ich habe die Tätowierung nicht gesehen, aber …«

»Ja«, antwortete Tula. »Ausgezeichneter Gleichgewichtssinn und sehr gute Raumorientierung. Noch ein bißchen jung für die Parade. Aber ich denke, er wird auch darin sehr gut sein.«

»Wie steht's mit Taïtche?« fragte Kelys.

»Er ist wie ich«, sagte Tula. »Nicht besonders schlecht vielleicht, aber …« – sie brach in Gelächter aus – »er schläft dabei ein.«

Lisbeï sah sich nach dem schlanken, sich entfernenden Rücken um, aber er war unter den anderen Grünen nicht mehr auszumachen. Sie hatte nichts Besonderes bemerkt. Wie Sergio also. Noch einer, der auf seine eigene Weise die *Schlimme Krankheit* überstanden hatte.

Allmählich leerten sich die Kreise, die Übungsstunde näherte sich dem Ende. Am Haupteingang unterhielten sich ein paar Grüne aufgeregt mit den beiden Turnlehrerinnen. Diejenigen, die mit ihren Übungen im Kunstturnen gerade fertig waren, sammelten sich in der Nähe von Tula. Sie entschuldigte sich und ging hinüber, um mit den Kleinen zu reden, teilte geschwind Kommentare und Ratschläge aus, zauste ein oder zwei Kindern durchs Haar, gab einem anderen einen Klaps auf den Hintern und schickte die Meute zum Duschen. Eine kleine Nachzüglerin, eine schlanke braune kleine Dotta, führte lässig einen doppelten Salto rückwärts vor, verneigte sich mit breitem Grinsen in Tulas Richtung und rannte dann den anderen hinterher. Tula schüttelte lachend den Kopf: »Was für eine kleine Angeberin!«

»Angresea«, sagte Toller. (Elli! Prüfte er jedesmal jede Tätowierung? Was für ein scharfes Auge er hatte!).

»Meine Erste. Und meine Erstgeborene, die überlebt hat«, sagte Tula mit offensichtlichem Vergnügen. »Cynria«, fügte sie hinzu.

Irgend etwas in Tulas Tonfall, vielleicht auch in ihrer Aura, zog Lisbeïs Aufmerksamkeit auf sich, während sie zum Eingang hinüberblickte, wo sich die letzten Grünen allmählich zerstreuten. Tula hatte sie angesehen, wandte sich jetzt aber ab. Das Kind war ihre Erstgeborene, knapp sieben Jahre alt und mit vier Jahren aus dem Hort entlassen worden – nach der *Schlimmen Krankheit*, wie es in Bethely neu eingeführt worden war. Die zukünftige Mutter. Schön, und was weiter?

Und plötzlich fuhr Lisbeï schuldbewußt zusammen und erinnerte sich an Cynria (oder Cyndria, wie Cyndrella in Litale genannt wurde) und die Stelle in der Geschichte, als sie von ihrer Schwester, der Königin, erkannt wird. So hieß auch das Kind, das Lisbeïs Geschenk für Tula gewesen war, als sie Samen ausgetauscht hatten. In jenen Tagen, ehe die langweiligen biologischen Tatsachen die Ammenmärchen des Hortes in Luft aufgelöst hatten. Bestimmt hatte Tula ihr von der Geburt ihres ersten Kindes geschrieben? Aber Lisbeï hatte es sich nicht gemerkt, mußte den Namen und ihre alte Geschichte vergessen haben, noch ehe sie von Bethely fortgegangen war.

Tula war mit Kelys und Toller schon auf dem Weg zum Ausgang. Lisbeï holte sie ein. Die Türme glitzerten im Licht der untergehenden Sonne, und der Wind, der sich drehte, brachte Stallgeruch. Aus den offenen Fenstern der vierten Ebene des Ostturms drang das rhythmische Klicken der Webstühle und hallte als Echo von den anderen Türmen zurück. Bethely. So vertraut, und trotzdem fühlte sich Lisbeï plötzlich wie eine Fremde. Cynria. Vielleicht bedeutete das gar nichts. Eine heitere Erinnerung vielleicht, nichts weiter. Sieben Jahre und all diese Briefe, die nichts besagten. Sie versuchte sich an Mooreïs, Antonës, Selvas Briefe zu erinnern. Aber es war zwecklos. In ihrem Kopf vermischten sich die Briefe, sie waren alle gleich, gerieten mit Tulas Briefen durcheinander, verschmolzen zu einem einzigen, immer gleichen Brief, in dem Dinge von und über Bethely standen, die sie nicht interessierten. War das Kind wie Tula? Hatte Tula sie mitunter im Hort besucht? Hatte sie nächtlich an ihrem Bett gewacht, als die *Schlimme Krankheit* zuschlug? Hatte sie sich selbst um das Kind gekümmert? Und was war mit den anderen Kindern? Tula hatte noch zwei Kinder. Madeli, die ... wie alt? ... drei? war. Und das jüngste Kind, Reno, noch in der Krippe des Westturms. Hatte Tula Lisbeï zusammen mit den beiden anderen Gästen zur Übungsstunde der Grünen eingeladen, um ihr Cynria vorzuführen?

Würde sich eine Gelegenheit ergeben, Tula danach zu fragen?

Seit ihrer Ankunft vor zwei Tagen hatte Lisbeï noch keine einzige private Minute mit Tula verbracht. Natürlich waren Mooreï und Antonë dauernd in Sichtweite, ansonsten auch Kelys, Toller oder Meralda. Oder Sanra, die andere Halbschwester, die die *Schlimme Krankheit* überlebt hatte und noch im Hort gewesen war, als Lisbeï nach Wardenberg aufbrach. Sanra, die jetzt im Westturm lebte und ihrem Erzeuger aus Westershare stark ähnelte. Sie war fast sechzehn, eine junge Rote mit einem ›grünen Daumen‹, wie Antonë sagte. Bei der Vorstellung hatte Antonë lächelnd bemerkt, alles was Sanra pflanze, blühe ganz ›unverschämt‹ gut. Man hatte die Neuankömmlinge mit Informationen über Sanra und zahllose andere Angelegenheiten eingedeckt, wahrscheinlich

Toller zuliebe. Genau wie Lisbeï durchschaute er diesen höflichen Trick bestimmt, aber hörte trotzdem aufmerksam zu, beobachtete und stellte Fragen, als wisse er sehr wenig über Bethely, als sei dort seine Nichte Twyne nicht seit fünf Jahren Adoptivtochter. Wie lange noch würde Tula sie wie Besucherinnen behandeln?

Das mit Toller verstehe ich. Und selbst das mit Kelys. Tula hatte zu ihr nie dieselbe Beziehung wie ich. Aber was mich betrifft! Ist das ihre Art, mich daran zu erinnern, daß sie *die Mutter von Bethely ist? Ihre Art, mir zu sagen, daß ich nicht zurückkehren kann, da ich nun einmal fortgegangen bin?*

Lisbeïs Feder war wild über die Seite gerast. Jetzt hielt sie inne. Wollte sie überhaupt zurückkommen? Wollte sie bleiben? Wenn sie ehrlich war, mußte sie zugeben, daß sie erst seit kurzem daran dachte. Nach Mooreïs Nachricht – warum war sie von Mooreï und nicht von Tula unterzeichnet? Hatte Tula sie gar nicht abschicken wollen? Nein, das war dumm. Tula mußte einfach eine Menge anderer Dinge um die Ohren gehabt haben. Jedenfalls hatte die Nachricht nichts enthalten, was sie zum Kommen aufforderte. Sie selbst, Lisbeï, war es gewesen, die sich voller ohnmächtiger Verzweiflung entschlossen hatte, nach Bethely aufzubrechen. Die anderen konnten sich diese Verzweiflung nicht erklären, stellten sie jedoch nicht in Frage. Eine Verzweiflung, die sie in einer Rekordzeit quer durch Maerlande getrieben hatte, nur weil sie keine Gelegenheit zum Nachdenken haben wollte. Nachdenken – worüber? Sie waren in der Morgendämmerung aufgebrochen, geritten, zu Fuß gegangen, hatten die Pferde gewechselt, waren auf Fähren gesprungen und wieder geritten und am Ende jeder Tagesreise hundemüde eingeschlafen. Weder Kelys noch Toller hatten protestiert, obwohl diese Hast lächerlich war. Selvas Beerdigung und die Totenklage waren schon vorbei, als die Brieftaube den Geschmolzenen Turm erreicht hatte. Und sie konnte der Erinnerung an den Traum nicht entrinnen. Denn inzwischen konnte Lisbeï sich selbst eingestehen, daß sie eher vor dem Traum geflohen war, als daß sie nach Bethely wollte. Nach Bethely, warum? Wegen einer Bestätigung, einer Erklärung … einer Zuflucht?

Aber Bethely war keine Zuflucht und konnte es nie wieder sein. Und was ihr Gespräch mit Tula betraf – was konnte sie, sollte sie sagen? »Tula, ich hatte einen schrecklichen Traum. Du starbst, und es war meine Schuld, aber ich war froh darüber?« Das war nicht die ganze Wahrheit, es war in Wirklichkeit nicht Tula gewesen. Es war eine jener verworrenen Traumgeschichten gewesen, in denen sich Gegenwart und Vergangenheit vermischen. »Ziellose Tätigkeit des Hirns«, pflegte Antonë zu sagen, aber die kleine Lisbeï hatte ihr damals eigentlich nicht geglaubt, und sie glaubte ihr auch heute nicht. Der Traum war zu deutlich, zu intensiv, zu plastisch selbst im hellen Tageslicht gewesen, sein dunkles Geraune hielt sich hartnäckig am Rande des Bewußtseins. Kein Traum, der ein schlechtes Vorzeichen bedeutete. Natürlich nicht. Selva war schon gestorben, als Lisbeï den Traum hatte. Und im Traum war es sowieso nicht um Selva gegangen, oder doch?

Während Lisbeï ihren Gedanken freien Lauf ließ, hatte sie am Rande des Tagebuchs etwas hingekritzelt. Eine Spirale. Das Hinke-Pinke-Spiel natürlich, wie es in Bethely gespielt wurde. In die Schlange malte sie die zwölf Felder und die entsprechenden Zeichen – die ebenso wenig wie der Kinderreim, der dazu gesungen wurde, irgendeine Bedeutung hatten. Die Mostas hatten sie jedoch getreulich von Generation zu Generation weitergegeben. Abgesehen von ein paar unterschiedlichen Verzierungen konnte man diese Zeichen überall wiedererkennen, wenn der Umriß des Hinke-Pinke-Mals im Norden auch anders aussah als im Süden. Auch das war Teil des Erbes, hatte unauffällig, aber hartnäckig überlebt. Wer auch immer dieses Spiel erfunden haben mochte, war so anonym geblieben wie diejenigen, die Märchen ersponnen hatten, vielleicht sogar noch anonymer. Wo war dieses Spiel hergekommen? Sie mußte versuchen herauszubekommen, wann es zum ersten Mal aufgetaucht war. Die Mühe würde noch vergeblicher sein als der Versuch, das genaue Alter von Märchen zu bestimmen. Wen kümmerte schon das Katalogisieren von Spielen? *Hinke-Pinke* begann Lisbeï zu schreiben. Sie hatte das verwirrende Gefühl, dieses gedankliche Nebengleis müsse sofort weiter verfolgt werden. *Haldes Notizbuch enthält Hinke-Pinke-Zeichnungen. Wer immer den zweiten Teil geschrieben hat, ist auch an Spielen und Märchen interessiert gewesen. Bei mir ist es umgekehrt: Bei mir hat das Notizbuch das Interesse an Märchen und Spielen geweckt. Vielleicht war das Interesse aber auch schon da, und das Notizbuch brachte es nur heraus. »Hat es kristallisiert«, wie Guiseïa sagen würde.*

Aber es gab kein Entkommen. Das Hinke-Pinke-Spiel war mit dem Kinderreim verbunden, und der Kinderreim mit dem Traum. Noch immer klangen ihr die unsinnigen Worte in den Ohren: *»Trés enceinte va-t-en haine ouverte c'est ta fuite laisse«* –»hochschwanger geh weg offener Haß es ist dein Fluchtweg verschwinde«. Was sie am meisten traf, war nicht der Unsinn, sondern die wilde Freude, die sie dabei im Traum empfunden hatte – das war noch absurder als die Worte.

Ärgerlich verstaute Lisbeï ihren Federhalter, schraubte den Deckel auf das Tintenfaß und klappte das Tagebuch zu, ohne sich darum zu kümmern, ob die Tinte schon trocken war. »Ich versuche lieber, ein bißchen zu schlafen«, murmelte sie, obwohl sie sehr gut wußte, daß sie so wach wie nie war. Trotzdem, es war spät. Die Uhr des Südturms hatte schon vor einiger Zeit elf geschlagen. Auf den Gängen war es still. Bethely schlief oder würde bald schlafen. Unwillkürlich mußte sie an alle Nächte denken, in denen sie selbst ruhig eingeschlafen war, umfangen von den weiten und sicheren Armen Bethelys. Unwillkürlich mußte sie auch daran denken, wie anders jetzt alles war, wie erdrückend. Plötzlich wollte sie nur noch raus – aber wohin? In Wardenberg hatte sie dieses Gefühl auch gekannt. Nach den ersten paar Monaten, als sie mit den Labyrinthen der Capterie schon vertraut war, fand sie sich oft in den engen Gassen und auf den Treppen wieder und ging dort mitten in der Nacht allein spazieren. War es jetzt in Bethely genauso? Auch hier war sie nicht zu Hause. Dieser Ort gehörte ihr nicht mehr. Er gehörte ... Tula.

Sie ist auf dem dunklen Gang und verdrängt entschlossen die Erinnerungen, die Erinnerung an hundert ähnliche Momente in längst vergangenen Tagen... längst vergangen. Jetzt nur laufen, ohne ein Geräusch zu machen. Inzwischen ist es kühler geworden, die Türen zu den Außentreppen stehen offen. Draußen eine Nacht wie Samt, das Glitzern der blassen Sterne. Irgendwo hinter dem dunklen Massiv des Turms der aufgehende Mond. Nächtliche Gerüche und Geräusche, die durch die Luft getragen werden. Im Halblicht wirken sie intensiver, als ob alle anderen Sinne beweisen wollten, daß das Sehen überflüssig ist. Wie immer beben die Stufen der Wendeltreppe unter ihrem Gewicht. Im Hof riecht es durchdringend nach Früchten und Gewürzen, die auf Drahtgestellen trocknen. Zwischen dem Ostturm und dem Südturm wabern große weiße Gespenster um die Wäscheleinen: Bettlaken. Alles ist vertraut. Alles ist anders. Unwillkürlich greift sich Lisbeï mit der Hand an die Kehle, wo das Vergrößerungsglas wie ein Anhänger baumelt. Seitdem Fraine es für sie vor Jahren hat einfassen lassen, trägt sie es Tag für Tag wie ein Schmuckstück. Hat sie also alles verloren – selbst Bethely? Tränen brennen ihr in den Augen, während sie sich selbst eine sentimentale Närrin schimpft. Sie holt tief Luft, der Knoten in ihrem Hals löst sich ein bißchen. Mit festem Schritt überquert sie den Hof, ohne überhaupt zu wissen, wohin sie geht. Läuft sie immer noch davon? *Offener Haß es ist dein Fluchtweg.* Ohne jeden Zusammenhang. Vergiß es.

Jetzt stand sie vor dem offenen Eingang zur Turnhalle. Jenseits der Schwelle strömte von den Fenstern Licht in den höhlenartigen Raum und zeichnete Zebrastreifen auf den Boden. Sie streifte ihre Sandalen ab und ging auf den weichen, geflochtenen Matten vorwärts. Sie hatte heute ihr Taïtche versäumt – genau wie gestern, vorgestern und die ganze Zeit, seit sie aus Angresea fortgegangen war. Also gut, besser spät als nie. Sie zog ihr Nachthemd aus und begann mit der Erwärmung, hörte jedoch mitten in der kreuzförmigen Streckübung auf, da sie merkte, daß jemand zuschaute. Eine Frau. Eine Frau, die zögernd aus dem Eingang glitt und auf sie zukam. Tula. Sie war ein bißchen überrascht, aber Tula hatte wohl nicht schlafen können und mußte gehört haben, wie sie aus ihrem Zimmer auf der anderen Seite des Gangs herausgeschlichen war. Daß Tula zu dieser Stunde wach und ihr gefolgt war … paßte irgendwie.

Lisbeï vollendete die Dehnungsübung, während sie die Augen auf die sich nähernde Gestalt richtete. Dann brachte sie mit methodischer Gründlichkeit die Bewegungsabfolge zu Ende. Tula hielt ein paar Schritte vor ihr an. Lisbeï machte die Pause, die vor den Atemübungen und dem eigentlichen Taïtche vorgeschrieben war. Tula ließ den Augenblick verstreichen, ohne zu reden. Lisbeï schloß die Augen und begann mit dem Ein- und Ausatmen. Sie zwang sich, das dreimal hintereinander durchzuführen, auf die

Gefahr hin, daß Tula danach verschwunden sein würde. Sie machte die Augen auf. Tula hatte sich nicht von der Stelle gerührt. Auch ihre Aura hatte sich nicht verändert. Sie war deutlich präsent, wenn auch distanziert – eine Art der Zurückhaltung, wie Lisbeï sie von ihrem Zusammensein mit Guiseïa und Toller kannte. Tula hatte inzwischen raffiniertere Verteidigungstricks gelernt als die Spiegelwand. (Bei wem? – Egal!) Lisbeï machte mit ihren Atemübungen weiter und glitt in die erste Figur des Taïtche, wartete auf das sanfte Kribbeln, das das Einsetzen der Trance ankündigte. Es würde bestimmt schwierig werden, Tula lenkte sie ab... Dennoch tauchte sie in die Trance ein, zwang sich selbst hinein – ein merkwürdiges Gefühl: Sie hatte gar nicht gewußt, daß man sich selbst in dieser Weise dazu *zwingen* konnte...

Und jetzt hatte sie den Eindruck, durchlässig zu werden, ja, durch die Poren ihres eigenen Fleisches auszuströmen bis zu jener Grenze, hinter der das Körperbewußtsein allmählich schwindet und das Bewußtsein sich dem rosa Leuchten zuwendet, von diesem Leuchten eingesogen und verdichtet wird...

Aber an der Grenze fand sie Tulas Körper, Tula, auch Tula in Trance oder einem sehr ähnlichen Zustand, obwohl sie die Übungen doch offensichtlich gar nicht gemacht hatte. Hatte Tula schließlich etwas für sich entdeckt, das dem Taïtche entsprach? Aufhören. Aufhören zu denken, laß deinen Körper für dich denken, gib dich der Bewegung hin. Bewege dich mit Tulas Körper, während die Grenze, die Tulas Körper ist, sich verschiebt und bis zu dem Raum ausdehnt, der Lisbeï umgibt, ihn berührt. Wie in der Parade. Aber das kann doch gar nicht die Parade sein (hör auf zu denken), dieses langsame Aufeinanderzuschwingen, dieses langsame... Einsinken in den anderen, aber wer ist es? Zu spät, die Frage zurückzuhalten, zu spät, sie kristallisiert und wird zu einem harten schwarzen Kern, der in dem leuchtenden Raum um Lisbeï (oder Tula) immer mehr Gewicht bekommt, und der leuchtende Raum schrumpft, schrumpft schneller und schneller, und es wird dunkler und dunkler, schwerer und schwerer, bis es wieder ein von Fleisch umschlossener Körper und Lisbeï ist. Ihr Herz rast, sie sieht Tula an, und Tula sieht Lisbeï an. Mit einem Gesicht, das – warum? – verzerrt ist.

»Du«, sagt Tula mit leiser und nachdrücklicher Stimme. »Du kannst es nicht, oder? Du konntest es noch nie, oder? Mich einfach dasein lassen, mich einfach mit dir zusammensein lassen, einfach ...«

Sie schüttelte den Kopf, ihr Mund stand offen, als müsse sie ersticken. Sie erstickte wirklich. An ihrem Zorn? War es Zorn, der ihr Gesicht verzerrte und wie eine geballte Faust ihre Aura zerschlug? Wie betäubt starrte Lisbeï Tula an und merkte, wie als Reaktion auch in ihr ein winziger Zornesfunke entbrannte und schnell größer wurde, ein Funke, den sie mit Mühe löschte. Was geschah? Sie hatte nichts getan, ebenso wenig wie Tula.

»Wir konnten noch nie ... die Parade zusammen durchführen, das ist alles. Was ist mit dir los?«

»Du konntest es noch nie, mit niemandem. Du konntest einfach nicht zulassen, daß es auch noch andere außer dir gab. Wenn du alles mit dir selbst, in dir selbst abmachst, ist es ja auch viel einfacher, nicht wahr?«

Tula? War das Tula, die da sprach? Die Tula der Spiegelwand, die Tula des Schweigens, die Tula, die sagte: Du solltest fortgehen, fortgehen nach Wardenberg?

»Welche Wahl hast du mir denn gelassen?«

»Ich hatte nichts zu geben oder zu verweigern! Ich hab versucht, Atem zu holen, hab versucht, so viel Zwischenraum zwischen uns zu lassen, daß wir einander berühren konnten!«

Tulas Stimme brach, aber sie fuhr fort. »Du hast es nie verstanden. Selva hatte recht. Du hast es nie verstanden.«

Der Funke zündete und wuchs. Zu ihrem eigenen Schrecken hörte Lisbeï sich heiser fragen: »Selva?«

»Du warst ihr immer die Liebste. Du warst ihr so ähnlich. Aber sie verstand es, sie verstand es wirklich.«

»Was verstand sie?«

Tulas einzige Reaktion in dem trübsinnigen Dunkel, das sie beide umgab, war ein halbherziges, verzagtes Achselzucken. In Sekundenschnelle hatte Lisbeï den Zwischenraum zwischen ihr und Tula überwunden, sie packte Tula bei den Armen und schüttelte sie.

»Du wolltest, daß wir uns berühren, jetzt berühren wir uns, ich bin hier, rede mit mir!«

Tula wand sich aus der Umklammerung, befreite sich mit erstaunlicher Kraft. Lisbeï wollte sie wieder packen, aber Tula wich aus, wieder und wieder. »Faß mich«, sagte sie mit einer Stimme, die wohl ironisch klingen sollte, »faß mich!« Lisbeï sprang auf sie zu. Tula glitt zur Seite. »Das kannst du doch besser, Lisbeï.« Ihre Stimme war angespannt, ihre Augen blitzten in einem Strahl des Mondlichts auf. Lisbeï war aus der Fassung gebracht. Jetzt versuchte sie einen klügeren Griff, aber Tula entwischte ihr erneut. Und noch einmal. Ein Rhythmus schien sich herauszubilden, ein Rhythmus, der immer vertrauter wirkte. Angriff, Abwehr, Parade. Alte Erinnerungen daran, wie sie für den Streifendienst geübt hatten. Auch das ist eine Parade, ja, das Atmen, die Konzentration auf den Körper der anderen ... Da die andere aber Tula ist, kann ich gar nicht anders als gleichzeitig ihr Licht zu suchen, muß ihr mein eigenes Licht zuwenden, auch ohne Trance, denn Tulas Körper ist so nah, aber entgleitet mir wieder bei der leichtesten Berührung, und das Licht weicht zurück, verblaßt zu dem harten, verhaßten Glanz der Spiegelwand, und jetzt ist niemand mehr da außer Lisbeï, Lisbeï wieder ganz allein mit dem tief in ihrem Innern entzündeten Funken des Zorns, der jetzt an die Oberfläche steigt…

Tula stand völlig still da. Sie war da, ganz in der Nähe, hatte den Kopf zurückgeworfen, weil Lisbeï so viel größer, massiver, schwerer war – aber Tula hatte keine Angst, und Lisbeïs Ohren summten, ihre Finger brannten, ihre Muskel zogen sich zusammen, so als ob…

Sie taumelte nach hinten.

»Du kannst mich nicht fassen«, sagte Tula, sehr ruhig, sehr müde. »Das ist es doch gerade, nicht? Hast du so große Angst davor herauszufinden, daß ich eine eigene festgefügte Existenz besitze, daß ich nicht wie du bin? Ich nehme an, das ist meine Schuld. Ich habe dir zu lange geglaubt: ›Du und ich, gemeinsam.‹ Du *bist* ich, hast du in Wirklichkeit gemeint. Und als ich schließlich *nicht* mehr du sein wollte, da wolltest du auch nicht mehr mit mir zusammensein.«

Was sagte sie da? Du bist ich – nein! Oder doch, ja, aber dann war das eine Verbindung in beide Richtungen, galt also auch umgekehrt. Wenn du ich bist, bin ich… Nein? Plötzlich fühlte Lisbeï sich schwach und tastete blindlings nach irgendeinem Halt, gegen den sie sich lehnen konnte, fand aber nichts. Ihre Knie gaben nach, sie ließ sich schwerfällig auf dem Boden nieder und schnappte nach Luft. Sie war nahe, sehr nahe daran gewesen, Tula zu schlagen.

»Ich wollte mit dir zusammen sein«, protestierte sie schwach. »Du bist diejenige, die mir sagte, ich solle gehen.«

Auch Tula setzte sich, umklammerte ihre Knie und stützte ihr Kinn auf die Arme. Im Mondlicht zeichnete sich ihr Umriß ab. »Lange davor, Lisbeï.«

»Im Hort? Aber ich konnte doch nicht kommen ...«

»Das meine ich ja gar nicht.« Tula seufzte. »Obwohl es stimmt. Auch deshalb war ich dir böse, und dabei war es eigentlich gar nicht deine Schuld. Wir hätten darüber ... reden sollen.«

»Du wolltest das nicht!«

»Du hättest mich dazu bringen müssen!«

Einen Augenblick lang sahen sie einander gereizt an, dann entspannte sich Tula ein bißchen. »Siehst du. Daran liegt's. Daran lag's. Wir waren zu viel zusammen ... aber auf die falsche Art und nicht oft genug auf die richtige Art. Oh, es ist auch meine Schuld, das weiß ich. Als ich es schließlich begriff, hätte ich ... na ja, dir schreiben sollen. Aber nach all den Jahren des Schweigens war es zu schwierig. Diese Briefe. Als ich aus Entraygues zurückkam, war ich deprimiert. Ich hatte mir geschworen, ich würde mit dir reden, und die einzige Gelegenheit, die wir hatten ... na ja, du warst nicht da, obwohl ich dir gesagt hatte ... Ich dachte, du hättest es verstanden. Siehst du? Wir haben immer angenommen, die andere müßte alles verstehen. Wegen des Lichts. Ich habe mich früher oft gefragt, ob es besser geklappt hätte, wenn ich ... normal gewesen wäre, oder wenn wir beide normal gewesen wären? Dann hätten wir miteinander reden *müssen*. Ich habe dich mit deinen Freundinnen gesehen und war ... traurig. Eigentlich nicht eifersüchtig, sondern traurig. Weil du mit mir nie so warst. Du hast es eigentlich nie so richtig versucht. Aber ich nehme an, es war gar nicht anders zu erwarten. Bei mir hattest du zu große Gewißheit.«

»Gewißheit? Worüber?«

»Daß ich wie du war. Und ich war ja auch wirklich so wie du, so wie du mich haben wolltest. Im Hort fast die ganze Zeit. Wie hätte ich mich dagegen wehren sollen? Selbst danach gab es Zeiten, in denen ich nicht ... Erst später, nachdem du fort warst, als ich versuchte, mich gegen den Einfluß der anderen zu wehren, als die Spiegelwand …«

»Um Himmels willen, wovon redest du überhaupt?«

Wieder starrten sie einander an. »Du wußtest es nicht«, sagte Tula schließlich. Sie holte tief Luft, hielt den Atem an und stieß ihn dann aus. »Du hast mich beeinflußt, Lisbeï. Du hast mich erstickt. Du bist viel stärker – dein Licht ist viel stärker als meins. Wenn du wirklich etwas wolltest … Dasselbe fand ich später bei Kelys, und das ist auch der Grund, weshalb ich bei ihr immer ein schlechtes Gefühl hatte.«

»Aber ich hab's nie mit Absicht getan! Ich weiß nicht einmal, wie Kelys das macht!«

»Das weiß ich«, antwortete Tula. »Inzwischen weiß ich es. Und du weißt es auch.« Nach einer Weile erhob sie sich mit leichtem Seufzen, ihre Hände hatte sie in den Rücken gestemmt. »Ich bin noch nicht wieder ganz fit, nicht einmal für eine Pseudo-Parade«, murmelte sie mit trockenem Humor.

Auch Lisbeï stand auf und zog ihr Hemd wieder an. Gemeinsam durchquerten sie das Schattengitter, das das Licht auf die geflochtenen Matten warf, und gingen hinaus. Der in Mondlicht getauchte Hof lag kühl unter der riesigen, glänzenden Kugel, die sich über dem Westturm erhob. Die Kugel würde schrumpfen, wenn sie höher stieg. Lisbeï fiel ein, daß sie ihre Sandalen in der Turnhalle gelassen hatte und auch Tula barfuß war, sie war ihr tatsächlich ohne Schuhe nachgelaufen. Sie spürte einen Knoten im Hals, als sie sagte: »Dir wird kalt sein.«

»Mach dir keine Sorgen, es geht schon«, antwortete Tula.

Sie gingen bis zur Außentreppe. Lisbeï dachte an andere Nächte mit Tula, hatte aber keine Ahnung, ob das auch Tula durch den Kopf ging. Sie mußte sie danach fragen, wagte es aber nicht – dazu war es noch zu früh.

Plötzlich war es so, als hätten wir uns gerade erst getroffen, als sei Tula eine Fremde. Keine vorgefaßten Meinungen, keine Unterstellungen mehr ... das war eigentlich gar nicht mal schlecht. Wir gingen an dem Pflasterstein mit der Vertiefung in der Mitte vorbei, und sie setzte ihren Fuß in die Vertiefung – allerdings paßte er natürlich nicht mehr so wie früher hinein. Ich stützte meine Hand auf den Pfeiler neben der Platte, auf die Stelle, in die wir unsere Initialen geritzt hatten, und wir lächelten einander zu. Die Erinnerungen würden uns immer bleiben. Alle Erinnerungen. Nur müssen wir sie einander erzählen, damit wir sehen können, ob sie miteinander übereinstimmen. Jedenfalls teilten wir die Erinnerung an diese Platte.

Seite an Seite stiegen sie die Treppen hoch, gemeinsam gingen sie den Gang entlang, bis sie vor Tulas Tür stehenblieben. Tula stieß die Tür leicht auf, so daß etwas Licht in den Gang fiel. Sie drehte sich zu Lisbeï um. »Es gibt so viele Dinge, die wir einander erzählen müssen. Mir ist davon ganz schwindelig.« Sie tat so, als müsse sie ihr Gesicht vor Schrecken verziehen. »Morgen?« Dann streckte sie ihre Arme hoch und legte sie Lisbeï um den Hals, und Lisbeï beugte sich zu ihr hinüber, um den Kuß entgegenzunehmen – kurz, aber ohne den kleinsten inneren Widerstand.

»Jederzeit«, sagte Lisbeï. »Wir werden Zeit dafür haben – wir werden sie uns nehmen.«

Die Augen auf die geschlossene Tür gerichtet, stand sie für einen Augenblick bewegungslos da. Sie war irrsinnig glücklich. Es war so, als habe Tula sie zum ersten Mal geküßt. Und in gewisser Weise war es ja auch das erste Mal.

Es hatte keinen Zweck, sich vorzumachen, sie wolle zurück in ihr Zimmer gehen. Sie wußte, sie würde in dieser Nacht keinen Schlaf finden. An der

Außentreppe zögerte sie und begann dann, auf Zehenspitzen nach oben, zur Turmspitze, zu steigen. Nach dem zehnten Stock verlangsamte sie ihren Aufstieg, aber sie fühlte sich stark, leicht, voll unerschöpflicher Energie. Ihr war nach Lachen, Weinen, alles auf einmal! Als sie oben angekommen war, außer Atem trotz des Energieschubs, ging sie an den Wassertanks vorbei und stützte ihre Ellbogen auf die Brüstung. Kein Meer in Bethely. Nur das silberne Band der Douve, die sanft geschwungenen Hügel und die Weiden. Aber es war Bethely, und endlich war sie angekommen, wenn sie auch nicht heimgekehrt war und nicht heimkehren konnte.

Die Minuten verstrichen. Nach einer Weile nahm sie das unterbrochene Taïtche wieder auf. Es war eine Möglichkeit, die innere Ruhe wiederzufinden und den Faden dieser Nacht weiterzuspinnen, dieser Nacht, die immer noch dieselbe und jetzt doch so anders war. Sehr schnell trat das rosafarbene Leuchten ein und verwandelte sich in Rot, Scharlachrot und schließlich in das leuchtende Schwarz der Trance. Sie überließ sich dem vertrauten inneren Rhythmus – dem Atmen, dem Pochen ihres Herzens, dem elektrischen Impuls – und hatte das Gefühl, sie könne diesen Rhythmus fast willkürlich steuern, könne ihn genauso willentlich formen wie die äußeren Figuren des Taïtche. Diesen inneren Rhythmus konnte sie genauso deutlich sehen wie außerhalb ihres Körpers die Wand des Wassertanks, die Turmbrüstung oder die bewegungslose Gestalt… Sie wußte, es war Toller, und es war ihr egal, ob er sie beobachtete, vielleicht auch *gemeinsam* mit ihr beobachtete, wie sich die neue, in der Trance enthüllte innere Landschaft entfaltete.

Die Tiefen dieser inneren Landschaft bargen eine großartige Klarheit. Zum ersten Mal konnte sie den kontinuierlichen Bewegungsfluß durchdringen und

Erhebungen, Symmetrien und strahlende Verknüpfungen von Kraft ausmachen… Aber was stellten diese beiden Knoten dar, die so stumpf, dunkel und disharmonisch wirkten? Zwei träge Zonen, wo doch elektrische Funken sprühen sollten, wo ein lebendiges Kribbeln zu spüren sein müßte, wie anderswo auch. Knoten, die sie lösen mußte, die sie lösen konnte. Aber wie? Bewegen… nein. Selbst die Bewegung des Taïtche war jetzt überflüssig geworden. Ihr Körper wurde ganz ruhig. Der Wille… *Wille*. Der Wille, noch weiter einzudringen. Ja, jetzt konnte sie sehen, daß die Knoten aus zahllosen anderen, kleineren Knoten bestanden. Innerhalb dieser Knoten gab es weitere, aber eigentlich waren es gar keine Knoten, sondern… winzige, geschlossene Türen, und alles, was sie tun mußte, war erst einmal eine einzige Tür zu öffnen… genau so. Und jetzt gingen sie wie fallende Dominosteine eine nach der anderen auf, und aus allen Türen drang nacheinander Licht, wie in einer Serie von Explosionen, und die ganze Landschaft antwortete darauf mit einer wellenförmigen Bewegung, änderte ihren Rhythmus, glitt in neue, kaleidoskopartige Konfigurationen, wirbelte wie Wasser – Wasser, das allen Lichterglanz, alles Windgekräusel, alle Wellen in sich bewahrt hatte.

Lisbeï machte die Augen auf. Über ihr breitete sich tiefes Himmelsblau, das vor ungeborenem Leben vibrierte. Sie lag am Boden. Bald würde der Morgen dämmern. Unbewußt mußte sie wohl von der Trance in den Schlaf geglitten sein. Sie lächelte. Toller schlief zusammengerollt zwischen der Brüstung und dem Wassertank. Sie trat über den Schlafenden hinweg, ohne ihn aufzuwecken.

Trotzdem sprachen sie in den folgenden Tagen nicht über die Vergangenheit. Sie gaben sich nicht einmal Mühe, viel zu reden. Für den Anfang war es genug, daß sie friedlich auf einem Raum lebten. Daß

Lisbeï Tula beispielsweise beim Frühstück in den Zimmern, die einst Selva bewohnt hatte, Gesellschaft leistete. Manchmal stieß auch die kleine Cynria mit ihren Schulheften in der Hand dazu, ehe ihr Unterricht begann.

Als Cynria das erste Mal eintrat, hatte sie Tula umarmt – ihre normale Begrüßung, wie deutlich zu merken war –, dann hatte Tula sie sanft in Lisbeïs Richtung geschubst und gesagt: »Das ist meine Schwester.« Lisbeï hatte dieses Kind von Bethely und Angresea beim Hereinkommen beobachtet. Eigentlich hatte es mit keiner der beiden Familien Ähnlichkeit, sondern sah aufgrund irgendeiner ironischen Fügung der Genetik eher wie Lisbeï aus: schwarzes, gekräuseltes Haar, braune Haut, haselnußbraune Augen. Für ihr Alter war Cynria schon groß. Und da war auch das Licht, das Lisbeï erst wahrnahm, als das Kind seine Arme um ihren Hals legte. Ein kleines Licht, so voller Vertrauen und Freude, wie ihr eigenes nie gewesen war. »Also bist du meine Tante«, sagte das Kind. »So sagt man doch in Wardenberg?« Lächelnd umarmte Lisbeï die Dotta – der Ausdruck ›Tante‹ aus dem Frangleï klang in einem litalischen Satz so merkwürdig. »Aber hier sagen wir nicht so«, stellte sie vor allem Tula zuliebe fest. »Warum nicht?« antwortete Tula darauf.

Nach der Zahl der »Warum nicht?« zu urteilen, die Tula in Bethely ohne jeden schockierten Aufschrei losgelassen hatte, waren sie einander nach zehnjähriger Trennung jetzt wohl ähnlicher, als wenn sie zusammengeblieben wären. Während dieser Tage kam Lisbeï der Gedanke recht oft. Sie war darüber ebenso belustigt wie gerührt.

Nach dem Frühstück ließ sich Tula normalerweise an ihrem Schreibtisch nieder. Bald schuf Lisbeï Platz für Tisch und Stuhl und nahm das Buch von Bethely in das angrenzende Zimmer mit. Sie hatte beschlossen, Stellanes Schriftstücke noch einmal abzuschreiben und sie mit größerer Sorgfalt zu übersetzen. Das gab ihr Zeit, darüber und über ihre Pläne nachzudenken.

An diesem ersten Tag gesellten sich Mooreï und Meralda zu Tula. Lisbeï stand auf und begann, ihre Papiere einzusammeln.

»Was machst du?« fragte Tula.

»Ich gehe nach nebenan, um zu arbeiten.« Noch vor ein paar Tagen wäre Lisbeï wie angewurzelt stehengeblieben und hätte trotzig Tulas Aufforderung zu gehen abgewartet.

Tula sah sie kurz prüfend an und lächelte. »Läßt du bitte die Tür offen, wenn es dir nicht zu viel ausmacht?«

Als die Stimmen im Büro verstummten, kam ein rotes Kleid in Lisbeïs Blickfeld. Sie hob den Kopf: Meralda. Sie wirkte nur neugierig, aber Lisbeï wußte, daß es um mehr ging.

»Woran arbeitest du im Moment?«

»An einer Übersetzung. Alte Haremsdokumente. Trotzdem. Wieder einmal.«

»Für die *Tribüne?*«

»Wahrscheinlich.«

»Ich bekomme die *Tribüne* regelmäßig, wußtest du das? Im Austausch mit Kelys. Sie schickt sie mir.«

»Und findest du uns überzeugend?«

»Ich war immer überzeugt, wenn deine Hand im Spiel war«, sagte Meralda.

Lisbeï spürte den Reflex, merkte, wie es sie reizte, den undurchdringlichen, aber ermutigenden Blick – ihre beste Kelys-Imitation – aufzusetzen, Meralda zu mustern und ihr so genügend Leine zu geben, daß sie sich ihren eigenen Strick daraus drehen konnte. Sie zwang sich, es nicht zu tun, nicht auszuweichen. »Das hab ich eigentlich gar nicht verdient, gemessen an dem, was ich getan habe.«

Meraldas Lächeln wirkte jetzt nicht mehr so vorsichtig. »So läuft das ja auch gar nicht.«

Diesmal war es nicht nötig, das Schweigen zu überbrücken.

»Bleibst du lange?«

»Weiß ich nicht«, hörte Lisbeï sich sagen. Eine Bewegung zog ihre Aufmerksamkeit auf die Bürotür. Tula lehnte gegen den Türpfosten, die Arme hielt sie verschränkt – nicht um sich, wie Selva, zu verteidigen, sondern um sich *Halt* zu geben. Lisbeï merkte es jetzt und verstand plötzlich, daß da gar kein so großer Unterschied bestand, außer daß in Tulas Haltung vielleicht etwas weniger Leid lag. Möglicherweise würde Cynria nie das Bedürfnis haben, ihre Arme zu verschränken …

»Ich weiß nicht«, wiederholte sie. »Nicht besonders lange.« Diese einschränkende Bemerkung galt nicht nur Meralda, die Lisbeïs Blick zur Tür verfolgt hatte und ohne sich umzudrehen wußte, wer dort stand, sondern auch Tula, die die letzten Sätze des Gesprächs mitbekommen hatte. Und sie war ebenso für Lisbeï selbst bestimmt. Erst beim Sprechen war ihr die Antwort gekommen. »Ich weiß nicht. Wahrscheinlich nicht besonders lange«, sagte sie noch einmal. Meraldas Nicken kam fast gleichzeitig mit Tulas.

Der Nachmittag war Familienpflichten vorbehalten. Da Tula zwei Gedächtnisse zur Verfügung standen, konnte sie ihrer Meinung nach auf die dauernde Kontrolle der Büroarbeiten verzichten. Es lag ihr am Herzen, am alltäglichen Leben in den Türmen teilzunehmen, damit sie nicht bis zu Tagungen der Familienversammlung warten mußte, um über die Stimmungen und Wünsche der Menschen Bescheid zu wissen. Inzwischen schloß Lisbeï sich Tula auf diesen Rundgängen ohne böse Gefühle an: Tula verhielt sich wie die Capta, weil sie die Capta *war*, und nicht, weil sie Salz in die Wunde reiben wollte. Und es war sowieso leichter für sie beide, während dieser vertrauten Runden miteinander zu reden. Unmerklich fielen sie dabei wieder in alte Gewohnheiten zurück. Und während ihnen dieses und jenes auffiel oder wieder einfiel, vermischten sich Vergangenheit und Gegenwart ganz mühelos.

Gegen Ende dieses ersten Nachmittags gingen sie durch die Krankenstation im Osthort. Tula wollte sich über den Verlauf der gerade ausgebrochenen Masern informieren. Für den Augenblick war Antonë mit der Entwicklung ganz zufrieden, keine einzige Mosta war gestorben. Selbst nach dieser langen Zeit nahm sie sich alles, was in den Horten geschah, noch immer sehr zu Herzen.

»In Wardenberg«, bemerkte Lisbeï, »probieren sie einen Impfstoff aus.«

Antonë nickte. »Und wenn er wirkt, werden sie jeden überreden müssen, daß der Impfstoff auch verwendet wird und man sich auf Wardenbergs Lieferungen verlassen soll.«

Natürlich konnten sich nicht alle Familien ein Labor auf dem Niveau von Wardenberg einrichten, schon gar nicht für ein einziges Mittel wie Impfstoff. Lisbeï nickte zustimmend. »Eine schwierige Aufgabe. Ich kann die Nevenicis schon schreien hören.«

»Ach, unsere fähige Capta wird das schon machen«, sagte Antonë und streichelte Tula den Arm.

Tula verzog das Gesicht. »Ich habe große Zweifel, ob ich sie überreden kann, das Wardenberg zu überlassen! Wenn mehrere Familien der Bretanye den Impfstoff herstellen, klappt es vielleicht. Toller hat mir erzählt, daß auch in Angresea Forschungen dazu laufen.«

»Forschung über Kühlhaltung, nicht über Impfstoffe«, warf Lisbeï ein.

»Aber sie könnten genauso gut Impfstoff herstellen. Die Kühlhaltung wird dazu beitragen, wenn ich es richtig verstanden habe. Jedenfalls wird Wardenberg bestimmt nicht versuchen, alleinigen Anspruch auf die Entdeckung geltend zu machen, da bin ich sicher.«

»Sie sind ja nicht verrückt«, stimmte Lisbeï ihr zu.

Antonë hörte diesem Wortwechsel zu. Lisbeï, der plötzlich Antonës belustigter Gesichtsausdruck auffiel, zog fragend eine Augenbraue in Richtung der Ärztin hoch. Antonë sah aus, als versuche sie, ein angemessenes Motto zu finden. »Die Zeit geht weiter«, sagte sie schließlich, »egal, was passiert.«

»Die Zeiten ändern sich«, sagte Tula, als sei es dasselbe. »Die Zeiten und die Menschen.«

»Vielleicht brauchen manche Menschen einfach länger, um zu sich selbst zu finden.«

»Das hängt von den Zeiten ab«, entgegnete Tula, und Lisbeï hatte den Eindruck, als hätten sie diese Diskussion schon oft geführt.

»Es hängt von der Zeit, von der Dauer, von der Zeit*spanne* ab«, beharrte Antonë. »Statistisch gesehen kann alles passieren, wenn man ihm nur genug Zeit läßt.«

Lisbeï brach in ohnmächtiges Gelächter aus. »Immer noch dieselbe alte Antonë, die Statistiken nur so ausspuckt.«

»Die Statistik ist mit dem Muster Ellis durchaus vereinbar«, sagte Antonë. »Oder denkst du inzwischen anders darüber?« Sie war gelassen, aber wachsam, ein Echo Mooreïs. Es wäre komisch gewesen, hätte das Thema bei Lisbeï nicht einen empfindlichen Nerv getroffen.

»Ich weiß es nicht«, antwortete Lisbeï viel zu spät. Mit Erstaunen merkte sie, daß dieses Eingeständnis nicht so schlimm – nicht so deprimierend – war, wie es noch vor wenigen Tagen gewesen wäre. Sie gestand lediglich ein, daß sie es nicht wußte. Sie gestand nicht ein, daß sie wie gelähmt war. Irgendwo hatte sie eine weitere Schwelle überschritten. War in der scheinbaren Zufälligkeit des Universums eine neue Ordnung möglich, wenn die alte Ordnung sich erst einmal aufgelöst hatte? Möglich, ja. Neue Konstellationen, die sich enthüllen würden, neue Balancen an neuen Fäden? Oder an den alten Fäden, aber erneuert? Die Zeiten änderten sich, die Menschen änderten sich. Vielleicht, um noch tiefer zu irgendeiner ewigen Wahrheit vorzudringen. Sie gab Antonës Worte wieder: »Die Zeit geht weiter. Und unsere eigene Zeit … verändert sich. Weil wir unsere Zeit sind. Darin besteht Geschichte: Wir ändern uns, sie verändert uns …«

»Nicht nacheinander, sondern gleichzeitig«, fiel Tula ein.

Antonë warf ihre Hände in die Luft. »Also gut, dann sind wir uns ja einig!«

»Außer, daß du es umgekehrt siehst Für dich ist die menschliche Geschichte in deiner eigenen spezifischen Zeit, in deiner ›Zeitspanne‹ ein Sonderfall, während sie in unserer …«

»Es gibt nur die menschliche Zeit«, sagte Antonë leicht verletzt.

»Es gibt auch Ellis Zeit, die Zeit von Ellis Werden«, führte Tula ihr Argument hartnäckig zu Ende.

»Ist das denn nicht dasselbe?« fragte Lisbeï halb im Spaß.

Antonë und Tula schwenkten herum. »Natürlich mußtest du das sagen!« sagte die eine. »Lange her, daß ich das gehört habe!« sagte die andere. Und sie alle brachen in Gelächter aus.

»Laßt uns Mooreï fragen«, sagte Antonë. »Das rundet es ab. Ich sterbe vor Hunger. Wie spät ist es?«

Tatsächlich war es Zeit für das erste Essen im Westturm, gemeinsam gingen sie über den Hof. Antonë und Tula spielten durch, was Mooreï wohl sagen würde, und natürlich stellte sich jede jeweils andere Argumente vor, aber im Grunde liefen sie alle auf dasselbe hinaus. Lisbeï hörte nur mit halbem Ohr zu. Sie achtete mehr auf ihre Umgebung – auf das Herbstlicht, das so harmonisch zu ihren warmen Gefühlen für Antonë und Tula paßte, auf den scheinbar zufälligen Tanz all dieser roten, grünen und blauen Gestalten in Richtung Westturm. Antonë hatte recht. Die Zeitspanne war eine Spirale und hatte eine Richtung. Auch Tula hatte recht. Für jedes menschliche Wesen wurde das Muster Ellis immer wieder neu erschaffen, entstand dort neu, wo sich die Bewegung der Spirale und die Zeit des einzelnen Menschen überschnitten. Es war … wie der Umriß des Hinke-Pinke-Mals, den einige kleine Grüne nahe beim Eingang zum Westturm auf das Pflaster des Hofs gemalt hatten – die südliche Version des Hinke-Pinke-Mals, mit Windungen wie bei einer Schneckenmuschel, aber mit denselben Symbolen wie beim Doppelkreuz des Nordens. Dasselbe Hinke-Pinke-Spiel, aber an verschiedenen Schnittpunkten in der Zeitspirale.

Plötzlich überfiel Lisbeï kindliche Freude. Sie sprang in den kleinen Kreis in der Mitte und achtete dabei darauf, nicht auf die sorgfältig mit Kreide gemalten Worte zu treten. Hier schrieben die Kinder BETHELY. Der letzte große Halbkreis, über den man springen mußte, ohne mit den Zehen den Boden zu berühren, war die SCHLIMME ZONE. (In Angresea waren die Halbkreise an jedem Ende des Doppelkreuzes gleich groß. Ohne plausiblen Grund begann man bei ErSie – über das Feld mußte man mit einem Satz springen – und mußte dann logischerweise bei ELLI ankommen. Über ELLI hüpfte man mit beiden Füßen, sobald das Spielsteinchen in diesem Feld gelandet war). Lisbeï hüpfte schnell durch das schneckenartige Hinke-Pinke-Mal. Je größer die Felder, desto größer wurden ihre Sätze, bis sie mit großem Schwung zum letzten Sprung ansetzte und über die SCHLIMME ZONE flog.

»Bravo«, rief Tula lachend und applaudierte.

»Das könnte ja jede mit solchen Beinen«, motzte eine junge Grüne. Lisbeï wollte sie schon auffordern, ihr vorzuführen, was kürzere Beine vermochten, aber bremste sich. Plötzlich war sie wie gelähmt. Vielleicht lag es nur daran, wie das Kind die Symbole in die zwölf Hinke-Pinke-Felder eingezeichnet hatte, aber wenn man hinter dem letzten Halbkreis stand und zurückschaute, das Gesamtmuster also auf dem Kopf sah, ähnelten einige der Symbole stark rechteckigen Ziffern. Ein bißchen sahen sie so aus wie die Ziffern auf der kleinen Solaruhr in Entraygues. 13, 20, 1, 16 ... Lisbeï hatte die Symbole oft genug selbst gemalt. Dabei war ihr (wie Generationen von Spielerinnen vor ihr) aufgefallen, daß manche der Zeichen wie eine 5 oder ein S aussahen und daß das neunte Zeichen – es bestand aus zwei nebeneinander liegenden Kreisen – normalerweise wie eine 8 gemalt wurde, die auf der Seite lag. (»Das Zeichen für Unendlichkeit«, hatte Antonë ihr erzählt). Die vertikalen Zeichen hatten sie stets als M – O – R gelesen (»Amor sans A« – »Amor ohne A«, sagten die Dottas und äfften damit ihre Alt-Frangleï-Lehrerinnen nach. Lisbeï hatte für sich den Ausspruch zu »Mort – Santé«, »Tod – Gesundheit« umgewandelt). Und die Symbole am Ende waren S – E, normalerweise zischten die Kinder die Laute wie die Schlangen.

»Was ist los?« fragte Tula und kam zu Lisbeï herüber.

»Sie sehen wie Ziffern aus«, murmelte Lisbeï und versuchte dem seltsamen Gefühl, das sie überwältigt hatte, rational auf den Grund zu gehen.

»Klar sehen sie so aus: dreizehn, fünf, zwanzig, eins, M, O, R ...«

Es gibt Zeiten, da treffen unterschiedliche Elemente aufeinander. Und plötzlich schlägt es Funken. All diese Elemente tragen in sich irgendeine unbekannte, aber identische zündende Bedeutung. Plötzlich zünden sie in unserem Innern. Irgendeine unsichtbare chemische Verbindung kristallisiert alles in einem Geistesblitz, mit einem Blitzschlag, wie man sagt, mit einem Schlag unwiderstehlicher Intuition. Später versuchen wir, diesen Prozeß zu rekonstruieren, wir sagen »Es war offensichtlich«, aber das stimmt nicht, es war überhaupt nicht offensichtlich. Es wurde *offensichtlich. Und die Folgen dieses Blitzschlags verändern unsere frühere und spätere Wahrnehmung – unsere Zukunft, aber auch unsere Vergangenheit. Und es ist mühevolle Arbeit, diesen Geistesblitz in allen Einzelheiten zu rekonstruieren, in eine lineare Reihe von Worten zu bringen, die äußerste Gewißheit erneut zu erlangen, die irgendein Kurzschluß in der Zeit und in der Sprache hervorgebracht hat. Wir müssen den anstrengenden Versuch unternehmen, zurückzugehen, müssen uns an das* erinnern, *was wir einst* wußten…

Lisbeï spürte das Aufblitzen der Gewißheit schon verblassen – der Gewißheit, die sie plötzlich erfaßt hatte, als sie Tula die Zahlen, die sie selbst nur gelesen hatte, *sagen* hörte. Aber sie würde sich daran erinnern, sie würde versuchen, es erst Tula und Antonë und dann Mooreï, Meralda, Kelys und Toller zu erklären. Die Zahlenreihe in Haldes Notizbuch, das Hinke-Pinke-Spiel, die Reime, die Symbole, Garde. »Garde, Garde«, würde sie sagen, ohne genau zu wissen, was sie meinte, aber mit einem tiefen Gefühl dafür, daß dieser Name das Verbindungsstück war. Der sich entrollende Faden, der Schlüssel.

»Ein Code!« rief Toller, dem seinerseits ein Licht aufging.

»Ein kindischer Code«, stellte Kelys später mit ironischem Lächeln fest. Aber was konnte man von einem achtjährigen Kind schon anderes erwarten?

Kapitel 7

Wenn ich älter bin, gehe ich in die Außenwelt, um nach den Menschen dort zu sehen. Sie sagen, ich soll sie in Frieden lassen, aber die Menschen dort leben nicht in Frieden. Sie verletzen einander, sie tun einander weh, und sie bringen einander um. Ich weiß es, weil ich es gesehen habe. Es ist nicht gut. Wenn es nicht gut für uns ist, dann ist es auch nicht gut für sie. Selbst wenn unsere Leute sagen, die Menschen der Außenwelt seien anders. Ich weiß, sie sind wie wir – sie sind Menschen, und wir haben kein Recht, sie in völliger Unwissenheit sterben zu lassen. Ich werde ihnen nicht alles sagen. Man muß vorsichtig sein. Aber ich werde es ihnen in Form von Rätseln oder Samen sagen, so wie Tom der Däumling es getan hat, so daß sie ihren Weg finden können. Nein, keine Samen, die fressen die Vögel. Dinge, die wirklich vorhalten. Ich muß Dinge finden, die wirklich vorhalten, denn die Menschen in der Außenwelt leben nur so kurz …

Dieser Absatz, dessen *Ziffern* Lisbeï inzwischen zu Buchstaben dechiffriert hatte, war der allerletzte des ersten Teils. Danach hatte das Kind den Code (und wahrscheinlich auch das Notizbuch) zugunsten anderer Abenteuer aufgegeben. Aber sie hatte den Code nicht vergessen. Sie hatte ihn im Kopf, als sie Kindern die Symbole der Hinke-Pinke-Spirale beigebracht hatte. Wo oder wann hatte sie lange genug Zugang zu den Haremskindern gehabt, daß die sich die Symbole merken konnten? Das würde ein unlösbares Geheimnis bleiben. Hatte sie irgendwie gehofft, daß man den Schlüssel eines Tages als das erkennen würde, was er war? Wahrscheinlich nicht. Die Spirale war eher so etwas wie ein Wink mit dem Zaunpfahl, der nach all den Jahren auf das kleine Mädchen verwies, dessen codiertes Tagebuch mit den Worten begann: *Dies ist mein persönliches Tagebuch! Hudo wird es nicht lesen, weil er den Code nicht kennt, also wird er mich in Ruhe lassen. Hudo ist böse, er ist häßlich, er kann nichts richtig machen, ich hasse ihn.*

In diesem Tagebucheintrag war vieles durchgestrichen, wahrscheinlich hatte das Kind noch nicht viel Erfahrung mit seinem Code. Nachdem die Schreiberin ihrem Groll auf den niederträchtigen Hudo Luft gemacht hatte, wandte sie sich Themen zu, die eine Geheimsprache verdienten, und natürlich fing sie mit sich selbst an.

Ich heiße Garde. Ich bin acht Jahre alt. Meine Mutter heißt Lia. Mein Vater heißt Abram. Des weiteren erwähnte sie jede Menge Namen von Schwestern und Brüdern, Cousinen und Cousins, Tanten und Onkeln – oder vielmehr von Brüdern und Schwestern, Onkeln und Tanten, denn die männliche Form nannte sie stets als erste. Sie schrieb in einer Art Alt-Frangleï, das noch altertümlicher war als das Alt-Frangleï des Notizbuches. Später, als Lisbeï schon einige der Bücher aus Belmont übersetzt hatte, die in dieser Sprache geschrieben waren, merkte sie, daß die Texte – und wahrscheinlich auch die Sprache – der kleinen Garde mehr Ähnlichkeit mit diesen Werken als mit dem restlichen Notizbuch hatten. Offensichtlich ging das Kind überaus freizügig und witzig mit weiblichen und männlichen Pronomen und Endungen um, und das bezog sich nicht nur auf jene Erwachsenen, die allen Kontakt mit der ›Außenwelt‹ ablehnten, sondern auf Erwachsene ganz allgemein.

Anscheinend stammte Garde aus einer traditionell kinderreichen Familie. Die Elterngeneration war besonders zahlreich vertreten: Die Namen, vielleicht auch Vornamen, füllten zwei volle Seiten. Wahrscheinlich hatte das Kind daran ihren Code ausprobiert, denn danach war nicht mehr so vieles durchgestrichen. Das zahlenmäßige Verhältnis von Frauen und Männern war schwer abzuschätzen, allerdings gab es wohl eine bemerkenswert große Zahl von

Männern. Namen halfen da aber nicht viel weiter. Wie konnte man wissen, ob Lantkéou, Jude, Torre oder Roger weibliche oder männliche Namen darstellten? Die lange Liste hörte mit *›und Großmutter‹* auf. Zweifellos handelte es sich um die Matriarchin der Erblinie, die in dieser Eigenschaft erwähnt wurde. Von anderen Großeltern oder Vorfahren kein Wort.

Danach beschrieb Garde ausführlich und pflichtschuldigst ihr Dorf, Lakewood: Blockhäuser, ein See, Kühe, Schafe und Ziegen (alle altertümlichen Bezeichnungen waren in den archaischen Geschlechtsformen ausgedrückt), die Gärten am See (bewässert, nach der Beschreibung zu urteilen) und die Nachbardörfer, von denen einige feindselig gesonnen waren oder die man jedenfalls meiden sollte. *Man kann sie nicht besuchen – die Menschen dort sind leicht verrückt.* Der nächste Abschnitt gehörte zu den zahlreichen Textblöcken am Anfang des Notizbuchs, die sorgfältig durchgestrichen waren. Nach Lisbeïs Theorie hatte die erwachsene Garde bestimmte Einzelheiten, die zuviel verrieten, nachträglich getilgt. Etwa Einzelheiten, die eine Lokalisierung der Dörfer erleichtert hätten. Entweder hatte sie befürchtet, ihr Notizbuch werde in falsche Hände geraten, und diese Abschnitte gelöscht, ehe sie in die Außenwelt ging, oder es war später passiert (vielleicht hatte sie vorgehabt, Halde das Notizbuch zu geben, aber das würden sie nie erfahren), denn ähnliche ausgelöschte Abschnitte gab es auch im zweiten Teil.

Inzwischen war Lisbeï ganz und gar davon überzeugt, daß Garde diesen zweiten Teil geschrieben hatte. Zwar sprachen einige Aspekte der Sprache dagegen, aber das fiel nach der Dechiffrierung des ersten Teils nicht mehr ins Gewicht. Die Gemeinde, in der Garde aufwuchs, war ziemlich lange von der Außenwelt abgeschnitten gewesen, hatte jedoch gelegentlich Flüchtlingen (anscheinend Haremsfrauen ›aus der Außenwelt‹) Zuflucht gewährt. Von diesen Frauen hatte das Kind höher entwickelte Sprachformen aufgeschnappt. Deshalb hatte die erwachsene Garde Varianten des Alt-Frangleï benutzt, die weitgehend auf der Höhe ihrer Zeit waren. Das erklärte auch die zeitliche Diskrepanz zwischen Gardes Alt-Frangleï und Haldes Alt-Litali. Möglicherweise löste das auch noch andere Geheimnisse: Die Person, die bestimmte Märchen erzählte, war tatsächlich Garde, aber der Stoff dieser Märchen basierte ganz sicher auf Erzählungen von geflohenen Haremsfrauen...

Das paßte wunderbar zu Lisbeïs anderer Lieblingstheorie: Lisbeï nahm an, daß einige der Märchen, die, wie ihre Sprache verriet, aus der frühen Haremszeit stammen mußten, eher Neuentwürfe als Niederschreibungen mündlicher Erzählungen waren. Die Autorin des zweiten Teils des Notizbuches hatte die Geschichten nicht dokumentiert, sondern neu konzipiert. Die Märchen, die Sprichworte, das Hinke-Pinke-Spiel: All diese Dinge hielten besser vor als Samen. Aber was sollten sie vermitteln?

»Warum bist du so fest davon überzeugt, daß es Garde war, die diese Geschichten oder das Hinke-Pinke-Spiel in die Welt gesetzt hat?« wandte Tula ein. »Warum können es nicht einfach Geschichten sein, die sie gehört und aufgeschrieben hat, wie die anderen auch?«

»Sie enthalten den Schlüssel zum Code«, gab Toller zu bedenken.

Tula hielt kurz inne und dachte darüber nach. »Ja, das gilt für das Hinke-Pinke-Spiel, wenn du so willst«, gab sie mit einem Nicken zu.

»Was soll das ›Wenn du so willst?‹«, rief Meralda. Sie war nicht nur auf dem letzten Stand, was die Erforschung des Notizbuches betraf, sie verteidigte Lisbeïs Theorien auch genauso heftig und engagiert wie Lisbeï selbst. »Ich neige eher zu der Behauptung, daß Garde die Märchen in die Welt gesetzt hat, ›wenn du so willst‹, auf jeden Fall aber das Hinke-Pinke-Spiel. Wer, wenn nicht Garde, könnte die Hinke-Pinke-Symbole erfunden haben?«

»Jemand, der den Code ebenfalls kannte?« bot Kelys an.

»Aber warum?«

Die Forschungsreisende zuckte die Achseln. »In Erinnerung an Garde?«

»Du meinst während der Zeit der Bienenstöcke? Die Jüngerinnen?«

»Es ist eine Möglichkeit«, sagte Tula.

Zeit, sich einzumischen, beschloß Lisbeï. »Warum hätte Garde ihren Jüngerinnen den Code überhaupt vermitteln sollen? Als eine Geheimsprache zur Verständigung? Aber es handelt sich um den Code eines Kindes, Kelys, das hast du selbst gesagt. Noch wichtiger ist jedoch die Frage: Wenn sie ihnen den Code vermittelt hat, warum erwähnt dann später keine von ihnen diesen Code?«

»Den Tanz Ellis oder die Droge hat ja auch niemand erwähnt«, betonte Kelys.

»Schon gar nicht Garde selbst! Das ist eine von Halleras Erfindungen.«

»Es gibt keinen einzigen Beweis dafür, daß Garde mit ihren Eintragungen ins Notizbuch erst aufgehört hat, als sie es Halde gab«, stellte Kelys fest. »Im Gegenteil scheint es so, als habe sie bereits einige Zeit davor mit dem Schreiben aufgehört. Sonst hätte sie die Form von Alt-Frangleï benutzt, die zu Haldes Zeit üblich war. Gut möglich, daß sie das Paarungsritual entwickelt hat, ohne irgend etwas niederzuschreiben, und dann ihren Jüngerinnen, wie Hallera sagt, mündlich überlieferte.«

»Also gut, mag sein, daß Hallera das erwähnt.

Aber Halde sagt in ihrem Bericht über ihren letzten Abend mit Garde gar nichts darüber.«

»Wenn es jedoch Halleras Ziel war, die Anbetung Ellis zu institutionalisieren und zu festigen, dann kann sie sehr wohl – sagen wir mal aus didaktischen Gründen – ihren Bericht vom letzten Abend auf mehrere andere Treffen gegründet haben. Selbst wenn an diesem letzten Abend nichts davon geschah, kann die Zeremonie ja tatsächlich bei anderen Begegnungen stattgefunden haben.«

Lisbeï hatte eine scharfe Antwort auf der Zunge, hielt sich aber zurück: Sie spannen ein Netz von Theorien um Theorien – das, was Carmela von Vaduze ›den dritten Grad‹ genannt hatte, eine ironische Anspielung auf eine Art von Folter, wie sie in einigen der Führerbastionen zur Haremszeit angewandt worden war. Aber schließlich spielte Kelys ja nur systematisch alle Möglichkeiten durch – genau wie Lisbeï selbst es tat, wenn andere sich ihrer Sache zu sicher waren. Sie unterdrückte ein Lächeln: Na ja, inzwischen war klar, von wem sie einige ihrer schlechten Angewohnheiten übernommen hatte.

»Egal, das ist auch gar nicht so wichtig«, unterbrach Lisbeï laut und energisch. »Entscheidend ist doch, daß das Kind Garde in einer *Schlimmen Zone* gelebt hat. Es gibt nur zwei solche Gebiete, die man noch nicht in allen Ecken besucht und schon gar nicht erforscht hat: Callenbasch und unsere eigene *Riesige Schlimme Zone*.«

Das Schweigen nach diesem Einwurf dehnte sich. Alle Anwesenden ließen sich die Konsequenzen dieser Annahme durch den Kopf gehen. Es war die erste Theorie, die Lisbeï nach der Dechiffrierung des Tagebuchs der kleinen Garde von sich gab.

»Aber wenn diese Leute immer noch dort leben, warum kommen sie dann nicht raus?« fragte Mooreï fast ärgerlich.

Antonë nahm die Neuigkeiten anscheinend besser auf als Mooreï. Während Lisbeï Stellanes Aufzeichnungen zusammengefaßt und ihre eigene eilige Übertragung der ersten Notizbuchseiten vorgelesen hatte, war Antonë damit beschäftigt gewesen, die Fotografie zu betrachten und hatte ohne jeden Kommentar zugehört. Schlüpfte sie unbewußt in die Rolle der obligatorisch schweigenden Schiedsrichterin? Lisbeï spürte jedoch, daß der Ärztin tatsächlich nichts Schweres auf der Seele lag. Antonë hatte sich auch nach der ENTSCHEIDUNG zur Aufgeschlossenheit verpflichtet gefühlt und genügend Flexibilität bewahrt, diese neuen Gegebenheiten ohne Angstgefühle zu begrüßen. Wie sie die Tatsachen interpretierte, stand auf einem anderen Blatt. In jedem Fall würde sie ihre Auslegung für sich behalten. In das erste Schweigen hinein, das auf Lisbeïs Zusammenfassung folgte, sagte sie lediglich: »Also gut, Garde kann uns immer noch was beibringen.« Eines war sicher: Diese Antonë würde keine weitere ENTSCHEIDUNG beantragen.

»Das scheint mir doch recht klar«, antwortete Meralda auf Mooreïs Frage. »Diese Gemeinden wollen ganz und gar für sich bleiben.«

»Nach mehr als vierhundert Jahren? Sie müssen doch wissen, daß die Harems genauso wie die Bienenstöcke ausgestorben und wir kein Haufen wilder Tiere sind.«

»Und wenn sie Gemeinschaften von Mißgeburten sind?« murmelte Tula mit gerunzelter Stirn.

»Garde war normal«, warf Lisbeï ein.

»Garde starb und wurde von den Toten erweckt«, sagte Mooreï mit leicht zittriger Stimme.

»Und starb wieder und wurde vielleicht noch einmal von den Toten erweckt«, führte Antonë, ruhiger als Mooreï, den Gedanken fort.

Lisbeï hob die Hände, um der sich ankündigenden Diskussion zuvorzukommen. »Darum geht es im Augenblick nicht. Wenn Garde göttlich war, dann kann sie sehr wohl die *Schlimme Zone* als Ort ihrer irdischen Niederkunft gewählt haben, um damit ihre Botschaft von Frieden und Toleranz zu unterstreichen. Wenn sie menschlich war, hätte diese Herkunft ihrer Botschaft nichts an Bedeutung genommen – ganz im Gegenteil. Aber egal, ob göttlich oder menschlich oder beides: Über das reden wir hier gar nicht. Meiner Meinung nach wissen wir nicht genug, um die Diskussion darüber wiederaufzunehmen. Wichtig sind hier die Gemeinden in der *Schlimmen Zone*. Und ich glaube, es geht um die *Schlimme Zone* von Bethely. Die einzige Möglichkeit, das herauszufinden, ist hinzugehen und persönlich nachzuschauen.«

»Aber es handelt sich um die *Riesige Schlimme Zone!*« wandte Tula ein. »Niemand ist je von dort zurückgekehrt!«

Lisbeï sah Kelys an, aber Kelys sagte nichts.

»Wenn sie wirklich so verseucht wäre, wie die Patrouillen sagen, könnte jetzt niemand dort leben. Und schon gar nicht zu Gardes Zeit. Und dennoch …«

Die Atmosphäre von Sorge und Zweifel, die von den anderen ausging, nagte allmählich an dem dünnen Faden von Lisbeïs ursprünglicher Intuition. Nagte an der Gewißheit, die ihrem Denken nach Übertragung des Tagebuchs Klarheit verliehen hatte. Niemand zog den Inhalt des Tagebuchs in Zweifel. Was Zweifel hervorrief, war die Lage der Gemeinden, die das Kind Garde beschrieben hatte. Gewiß, eine *Schlimme Zone*. Aber die *Riesige Schlimme Zone*? Dafür bot das Tagebuch keinen Beweis, vielleicht hatte ja die erwachsene Garde dafür gesorgt, daß es keinen gab. Stellane untermauerte Haldes Erklärung: Die auferstandene Garde war aus Richtung der *Riesigen Schlimmen Zone* gekommen, als die Gefährtinnen sie trafen. Aber keine behauptete, daß Garde auch aus der *Schlimmen Zone stammte.* Sie konnte auch einfach eine der Abkürzungen genommen haben, die Kelys erwähnt hatte. Die winzigen Erwachsenen, deren Skelette in den unterirdischen Zellen eingemauert waren, *konnten* auch aus anderen verseuchten Gebieten gekommen sein …

»Was nichts anderes heißt, als daß es sich nicht um *unsere Schlimme Zone* handeln muß«, beharrte Tula. Lisbeïs Pläne zur Landerforschung waren ihr von Anfang an gegen den Strich gegangen. Jetzt nutzte sie die Tatsache, daß die Diskussion sich nicht mehr um den Inhalt des Notizbuches, sondern wieder um dieses Thema drehte, um ihren Ansichten Nachdruck zu verleihen. Lisbeï gab sich Mühe, nicht jedesmal gleich ›Verrat‹ zu denken, wenn Tula einen neuen Einwand brachte. Offensichtlich bangte Tula um ihre sichere Position, aber ärgerlich war es trotzdem.

»Ganz gewiß werden im Notizbuch Mißgeburten beschrieben«, stellte Antonë fest. »Diese Leute, die ›gleichzeitig alt und sehr jung‹ sind und mit fünfundvierzig an Altersschwäche sterben … Und diejenigen, die sie ›Seti‹ nennt, sind anscheinend so ähnlich wie Zwerge.«

»Die drei eingemauerten Gefährtinnen«, ergänzte Mooreï leise.

»Ziemlich harmlose Mutantinnen, wenn ihr den Ruf der *Riesigen Schlimmen Zone* bedenkt«, betonte Lisbeï.

»Genau! Warum sollte das Gebiet einen solchen Ruf haben, wenn es nicht wahr wäre?« gab Tula zurück.

»Weil es den Gemeinden gut gepaßt hat und sie diesen Ruf sogar noch gefördert haben«, sagte Toller klar und deutlich zur allgemeinen Überraschung. Alle drehten sich zu ihm um. »Was bedeuten würde, daß es im Osten tatsächlich riesige Gebiete gibt, die gar nicht oder nur leicht verseucht sind.«

Tula schüttelte stur den Kopf. »Aber in diesem Fall wären sie nicht unbesiedelt. Noch schlimmer, sie wären von Mißgeburten besiedelt, die mit uns nichts zu tun haben wollen.«

»Die zu Gardes Zeit keinerlei Kontakt haben wollten, aber …«

»Und die auch keinerlei Botschaften ausgesandt haben!« sagte Tula heftig.

»Vielleicht sind die *Schlimmen Zonen* von Gemeinschaften der Abtrünnigen bewohnt«, warf Kelys ein, die lässig an der Wand lehnte, wie sie es während der ganzen Diskussion getan hatte.

Jetzt wandten sich alle Köpfe in ihre Richtung.

»Falls die *Riesige Schlimme Zone* überhaupt bewohnbar ist, dann findet man dort *ganz bestimmt* Abtrünnige. Vielleicht gibt es dort auch die Gemeinden, von denen Garde spricht, möglicherweise auch Gemeinschaften, die auf Flüchtlinge aus der Harems- und aus der Bienenstockzeit zurückgehen, aber zweifellos Abtrünnige. Und sie werden ganz bestimmt zur schlimmsten Sorte gehören, mit der man nichts mehr anfangen kann: Das werden die Gewalttätigsten, die mit der feindseligsten Haltung sein.«

Wieder schwiegen alle.

»Nein!« protestierte Lisbeï. »Bei Nachrichten von dieser Tragweite wären einige von ihnen bestimmt das Risiko eingegangen, zurückzukehren und einen Tauschhandel abzuschließen: Informationen gegen ihre Wiedereingliederung in die Gesellschaft.«

»Um zu verhindern, daß solche Nachrichten nach außen dringen, wären ganz schön viele Abtrünnige bereit zu töten, Frauen wie Männer«, antwortete Kelys ungerührt, »ganz zu schweigen von Gardes Gemeinden, so sie denn existieren.«

»Noch besser!« rief Tula. »Die verseuchten Gebiete besetzt von Horden Abtrünniger! Aber die ganze Idee ist absurd! Nie ist irgend jemand von dort zurückgekehrt, das Gebiet ist einfach zu verseucht, und damit hat sich's!«

»Wenn es dort Gemeinschaften feindlich gesinnter Abtrünniger gibt, wie Kelys meint, dann sollten wir vielleicht mehr über sie in Erfahrung bringen«, sagte Antonë nachdenklich. »Besonders für Bethely wäre es lebenswichtig. Wir wären die ersten, die betroffen wären.«

»Es wäre für die ganze Provinz lebenswichtig«, räumte Tula ein, »aber das ist eine Aufgabe für die Grenzstreifen, nicht für Forschungsreisende.«

Besorgt über den Verlauf der Diskussion, versuchte Lisbeï sie wieder zurück auf das Thema zu bringen, das ihr am Herzen lag. »Die Grenzstreifen sollen nicht weit in die *Schlimme Zone* hineingehen, und ganz sicher nicht wegen einer solchen Sache. Ich glaube, eine kleine unauffällige Gruppe ist als Spähtrupp besser geeignet. Falls die Gemeinden wirklich noch dort sind und wir sie finden, werden sie sich nicht so bedroht fühlen. Falls sie Abtrünnige sind – na ja, jedenfalls wird es dann leichter sein, uns selbst auch als Abtrünnige auszugeben.«

»Benutz nicht die Zeitform der Zukunft so, als sei die ganze Sache schon abgesprochen, Lisbeï!« widersprach Tula. »Ich kenne das Spiel. Ich glaube nicht eine Sekunde, daß es unsere *Schlimme Zone* betrifft, und da bin ich nicht die einzige hier!«

Lisbeï zwang sich, ganz ruhig zu bleiben. Sie hatte gehofft, soweit werde es nicht kommen, aber falls Tula entschlossen war, die Mutter zu spielen, konnte sie ihr ins Gedächtnis rufen, daß auch die Autorität einer Mutter ihre Grenzen hatte. Was Lisbeï mit ihrem Leben anfing, war ihre Sache – selbst wenn sie Tula Kontra bieten mußte. War es nicht Tula, die gesagt hatte, sie seien verschieden, zwei unterschiedliche Menschen?

»Dies ist kein innerer Familienrat, und ich habe

dich nicht um Erlaubnis gebeten. Ich kann gehen. Als Blaue ist es mein absolutes Recht. Ich hänge gegenwärtig nicht von Bethely ab.«

»Allein gehen?« wollte Kelys, noch immer ungerührt, wissen.

Lisbeïs Blick erstarrte, sie war bestürzt über den Widerstand, der sich dort andeutete, wo sie Unterstützung erwartet hatte. »Diesmal glaubst du mir nicht, oder?« murmelte sie schließlich. »Du glaubst nicht, daß die *Schlimme Zone* von Bethely die aus dem Notizbuch ist.«

Kelys löste sich von der Wand und zog einen Stuhl an Tulas Schreibtisch. Während sie Lisbeï musterte, nahm sie rittlings darauf Platz, umfaßte die Rückenlehne und stütze ihr Kinn auf die Arme. Kurz darauf hob sie mit resigniertem Ausdruck den Kopf. »Was ich glaube oder nicht glaube, tut hier nichts zur Sache. Ich kann nicht an deiner Stelle die Entscheidung treffen, Lisbeli. Wenn du dich zum Gehen entscheidest, werde ich mit dir gehen.«

»Aber warum, wenn du denkst, daß ich falsch liege?«

»Weil du keine Feldforscherin bist, Lisbeli, und ich lange genug eine gewesen bin, um zu wissen, daß ich mit Abtrünnigen fertig werde«, antwortete die Schwarze nach kurzer Pause. »Kannst du das auch?«

Diese Frage hatte ich mir schon selbst gestellt, schrieb Lisbeï abends. *Was konnte ich sagen? Wie die überwältigende Mehrheit der Menschen in Maerlande bin ich körperlich noch nie von einem anderen Menschen bedroht worden. Außer von Gerd, und selbst Gerd hat damals nicht versucht mich umzubringen, sie wollte mir nur wehtun. Sie war frustriert, weil Nance ihr in allem, was sie taten, überlegen war und Kolia mir Avancen machte. Ich weiß, daß ich wahrscheinlich handgreiflich werden und kämpfen kann, aber ich habe mich eigentlich nie daran gewöhnt, mich tatsächlich zu* verteidigen. *Oh, ich kann mit dem*

Gewehr ein Ziel treffen, ich bin eine sehr gute Bogenschützin und ganz gut mit der Armbrust und Schleuder. Ich kann auch einen Speer oder ein Lasso auf ein bewegliches Ziel werfen, aber nicht auf lebende Ziele. Die Vorstellung, daß es in den Schlimmen Zonen *wirklich feindlich gesinnte Gruppierungen gibt …*

Menschen, die mit Gewalt *jede Kontaktaufnahme verhindern wollten … der Gedanke erschüttert mich. Ich versuche, mir ihre Geisteshaltung vorzustellen, aber selbst nach meinem Streifendienst kann ich sie nicht nachvollziehen, das steht fest. Und es ist sowieso schon zu lange her.*

Wenn sie sich selbst und ihren Überzeugungen die Treue bewahren wollte, dann mußte sie gehen. Im Prinzip ganz allein, wenn niemand ihre Überzeugungen teilte. Und dennoch – war sie bereit, zu einem Leichnam mit hehren Prinzipien zu werden? Das hing davon ab, wieviel ihr daran lag, die Vermutungen, die Gardes Tagebuch in ihr ausgelöst hatten, zu bestätigen und mehr über die Gemeinden zu erfahren, so sie denn existierten.

Vernünftig wäre es, mit der *Schlimmen Zone* von Callenbasch anzufangen. Ihre Intuition vergessen, vernünftig sein.

»Wenn es so ist, kann ich dich nicht mitgehen lassen, Kelys.«

»Und wie willst du mich daran hindern?« Kelys lächelte.

Tula schlug heftig auf ihren Schreibtisch, so daß alle zusammenfuhren. »Dies alles geht an der Sache vorbei, Kelys, du überraschst mich. Hier sitzt ihr, und jede versucht so unheimlich selbstlos zu sein und hehre Ziele hochzuhalten, aber wir befinden uns nicht in irgendeinem Roman von Ludivine von Kergoët. Ehe ihr einander wegen einer Solo-Entdekkungsreise zur *Schlimmen Zone* in die Haare geratet, könntet ihr vielleicht erst einmal die Folgen bedenken. Nicht für Lisbeï – oder wer immer sie begleiten mag –, sondern für uns übrigen, für Bethely, Litale und sogar Maerlande.«

Danach zu urteilen, wie Kelys das Kinn erneut auf ihren Arm stützte, mußte sie das schon die ganze Zeit erwartet haben. Lisbeï war wütend. »Welche Folgen? Ich möchte dich nochmals daran erinnern, daß das kein innerer Familienrat ist und ich die Familie nicht um irgendeine Unterstützung bitte.«

»Darum geht es nicht. Wenn wir beweisen können, daß diese *Schlimme Zone* tatsächlich bewohnbar ist oder tatsächlich bewohnt wird, vom wem auch immer ... also, das kann einfach nicht dem Gutdünken einer einzelnen Entdeckungsreisenden und auch nicht mehreren überlassen werden. Die Folgen würden uns alle treffen.«

Jetzt reichte es Lisbeï. »Erzähl mir bloß nicht, daß du die alten Argumente gegen die Erforschung des Westens wieder ausgräbst!« explodierte sie. »Ich dachte, die hätten sich ein für allemal erledigt.«

»Es gibt nicht viele Fragen, die ein für allemal erledigt sind, Lisbeï«, seufzte Antonë. »Jeder Fall liegt anders, also müssen auch die Lösungen jeweils unterschiedlich ausfallen.«

»Was ist in diesem Fall anders? Die *Riesige Schlimme Zone* liegt näher und gilt als gefährlich, aber ...«

Wieder mischte sich Kelys mit nervtötender Gelassenheit ein. »Es hat fast zehn Jahre gedauert, die Flotte zur Erforschung des Westens aufzubauen, Lisbeli. Die Reise selbst wird mehrere Monate dauern, wenn alles gutgeht. Und danach werden wir monatelang nichts hören. Wenn uns keine Nachrichten erreichen, wird die Entscheidung, ob wir die Erforschung durchführen sollen oder nicht, noch länger dauern. Die Zeit ist immer ein wichtiger Faktor. Wenn die Dinge in der *Schlimmen Zone* schieflaufen, kann es eine Frage von Wochen, Tagen, vielleicht auch nur Stunden sein, bis wir die möglichen Folgen ausbaden und außerordentlich schwerwiegende Entscheidungen treffen müssen. Die *Schlimme Zone* ist fünfzig Kilometer von uns entfernt, dreiundsechzig von Cartano und achtzig von Termilli. Wir haben keine Ahnung, wer auf dem westlichen Kontinent leben mag – wenn er tatsächlich bewohnbar ist –, aber wir können uns recht gut vorstellen, wer vielleicht in der *Schlimmen Zone* lebt.«

Angespannt und fast flehend lehnte sich Tula über den Schreibtisch. »Denk an die Konsequenzen, Lisbeï. Ob es nun echte Gemeinschaften oder Abtrünnige sind: Wenn sie dich aufspüren und gefangennehmen – oder dich umbringen –, dann wirst du nicht nur tot oder eingesperrt sein, du wirst sie auch gewarnt haben, daß wir von ihrer Existenz wissen.«

»Wir könnten sie leicht davon überzeugen, daß es sonst niemand weiß.«

»Sie könnten dich leicht davon ›überzeugen‹, ihnen die Wahrheit zu sagen!«

»Aber sieh doch mal«, drängte Lisbeï, »wenn es sich um Gardes Gemeinschaften handelt, haben sie seit Jahrhunderten nichts unternommen. Sie werden uns auch jetzt nicht gleich überfallen, nur, weil zwei Durchreisende auftauchen! Ihnen zu unterstellen, sie könnten tätlich werden, ist doch unter unserer Würde. Aber selbst wenn es sich um Gemeinschaften von Abtrünnigen aus der Epoche der Bienenstöcke handelt, falls du so willst, würden sie Schwierigkeiten bestimmt vermeiden wollen und nicht riskieren, uns mit ihrer Gegenwart zu alarmieren. Eher würden sie sich verstecken! Immer vorausgesetzt, daß wir uns tatsächlich als Durchreisende ausgeben.«

Lisbeï und Tula starrten einander schweigend und unversöhnlich an, beide vor Wut außer sich und gleichzeitig zutiefst getroffen. Mooreïs leicht heisere Stimme schwebte dazwischen. »Diese kleine Garde sagt nichts von Elli.«

Auch dem Gedächtnis war diese Tatsache nicht entgangen. Aber das hieß rein gar nichts! Wenn Lisbeï eine codierte Sprache erfunden hätte, um sich an einer gräßlichen Schwester zu rächen, hätte sie Elli wahrscheinlich auch nicht erwähnt.

Mooreï rieb sich über die Stirn und ließ ihre Hand für einen Augenblick darauf ruhen, so daß sie ihr Gesicht beschattete. Dann richtete sie sich seufzend auf. »Aber wenn es in der *Schlimmen Zone* wirklich Gemeinschaften gibt – solche, von denen Garde spricht –, dann sind sie jedenfalls Schwestern in Elli. Es wäre unsere Pflicht ... na ja, Kontakt mit ihnen aufzunehmen. Wenn es Flüchtlingsgemeinden aus den Bienenstock-Tagen sind, wie du, Lisbeï, gesagt hast, ist das um so dringlicher. Wenn dort Abtrünnige sind – also, ihr kennt ja meine Auffassungen über das Exil! Aber wer immer sie sind, wenn wir erst einmal von ihrer Existenz wissen, können wir nicht einfach die Hände in den Schoß legen.« Sie senkte den Kopf und starrte auf ihre Hände, die sie vor sich auf der Tischplatte gefaltet hatte.

Tula, die sich über diese Unterstützung von unerwarteter Seite freute, ließ sich zurück in den Stuhl sinken. »Auch dieser Aspekt ist wichtig. Mir ging es jedoch vor allem um die Möglichkeit neuen Siedlungslands. Fast alle Ableger-Siedlungen in Maerlande haben die Grenzen ihrer Kapazität erreicht. Aus dem Westen werden wir mindestens drei oder vier Jahre nichts hören. Die *Riesige Schlimme Zone* liegt räumlich und zeitlich näher. Wie Kelys deutlich gemacht hat, werden wir, falls die Dinge schieflaufen, sehr viel schneller Entscheidungen treffen müssen.«

Sie ging die Möglichkeiten systematisch durch. Vielleicht bezog sich das Tagebuch der kleinen Garde auf andere *Schlimme Zonen*, und Bethelys *Schlimme Zone* galt zu Recht als verseucht. Die Entdeckungsreisenden konnten krank oder sogar sterbenskrank zurückkehren – aber dann würde Bethely wenigstens wissen, mit was es zu rechnen hatte. Wenn sie jedoch in der *Schlimmen Zone* starben, würde niemand in Bethely die Ursache wissen – ob an Verseuchung oder durch einen Angriff möglicher Bewohner. Dann wären schon zwei Leben verloren. Sie würden entscheiden müssen, ob sie weitere Leben aufs Spiel setzen wollten, aber wofür?

Falls die Entdeckungsreisenden mit der Nachricht zurückkamen, die *Schlimme Zone* sei nicht oder nur leicht verseucht, würde sich das Problem verlagern, aber genauso schwerwiegend oder noch schwerwiegender sein. Selbst wenn nicht sofort Siedlerinnen entdeckt würden, mochten sie dennoch existieren, allerdings mußten es nicht unbedingt Gardes Gemeinschaften sein. Harems- oder Bienenstock-Flüchtlinge konnten jede Menge Zeit gehabt haben, zahlreiche Gemeinschaften zu gründen, ob mit Abtrünnigen aus Maerlande oder ohne, ob freiwillig oder gezwungenermaßen. Würden die Gemeinschaften freundlich gesinnt sein? Vielleicht ja – vielleicht auch nicht, vor allem, wenn dort Abtrünnige waren. Vielleicht würde der Grad der Feindseligkeit auch je nach Gemeinschaft variieren. Egal, wie freundlich sie zwei Entdeckungsreisende aufnehmen mochten: Eine ganz andere Art von Willkommen mochten sie Familien bereiten, die dort Ableger ansiedeln wollten. Besucherinnen waren eine Sache, aber Siedlerinnen würden sie sehr wahrscheinlich ablehnen.

»Also gut, dann lassen wir die Gemeinschaften einfach links liegen«, gab Lisbeï zurück. Langsam verlor sie die Geduld. »Wir gehen hin, sehen uns um, bringen einiges in Erfahrung und kommen zurück. Schluß. Aus. Die Grenzstreife wird dafür sorgen, daß sie Bethely keine Schwierigkeiten machen, wenn es das ist, was dir auf der Seele liegt, Tula.«

Kelys verzog die Lippen. »Ein Rückfall also ins

Ende der Bienenstock-Epoche. An der Grenze auf und ab patrouillieren? Ich nehme an, Maerlande ist zu einem solchen Rückschritt immer noch fähig. Die Grenzstreife steht schon an Ort und Stelle. Wir würden sie so verstärken, daß sie als ständiges Heer entlang der ganzen Grenze zur *Riesigen Schlimmen Zone* postiert ist. Das mag ja akzeptabel sein, und vielleicht sind auch alle Familien bereit, über die Einrichtung einer solchen ständigen Grenzstreife zu verhandeln – jedenfalls für eine bestimmte Zeit. Aber Ursache und Wirkung ändern sich dadurch nicht.«

Lisbeï konnte Kelys' letzte Bemerkung nicht verstehen, bis sie sich an die Hauptargumente erinnerte, die die Advokatinnen der Erforschung des Westens ins Feld geführt hatten. »Falls der westliche Kontinent bewohnbar ist, brauchen wir diese *Schlimme Zone* nicht«, stellte sie fest.

»Falls«, sagte Kelys.

»Wir«, sagte Antonë.

Lisbeï sah beide an und schüttelte ablehnend den Kopf. »Und *falls* diese Gemeinden, *falls* sie denn existieren, auch ein Bevölkerungsproblem haben. Im Augenblick wissen wir rein gar nichts über ihre Zeugungsrate. Elli, wir wissen ja nicht einmal, ob es sie *gibt!*«

»Aber falls es sie gibt, müssen wir – selbst wenn wir nichts über ihre Wachstumsrate wissen –, doch annehmen, daß sie früher oder später mehr Raum benötigen«, seufzte Antonë.

»Selbst wenn *wir* sie in Ruhe lassen, obwohl wir selbst mehr Raum brauchen und unsere Hoffnungen auf den Westen möglicherweise enttäuscht werden...«, ergänzte Kelys.

Kelys' offene Skepsis schockierte Lisbeï. »Wir sind doch fähig, uns andere Lösungen als eine Invasion auszudenken!«

»Unsere Möglichkeiten sind begrenzt, Lisbeï«, bemerkte Antonë. »Wenn ebenso viele Jungen wie Mädchen geboren würden, sähe die Sache anders aus. Dann könnten wir an Geburtenkontrolle denken. Aber so lange wir nicht wissen, wie wir das unausgeglichene Geburtenverhältnis ändern sollen …«

»Aber selbst wenn wir uns andere Lösungen als eine Invasion vorstellen könnten«, fiel Kelys ein, »wer kann sagen, ob *sie* das tun?«

»In diesem Fall stellen wir den Kontakt am besten so schnell wie möglich her, damit wir ihnen beibringen können, sich andere Lösungen vorzustellen«, gab Lisbeï hartnäckig zurück.

Kelys verschränkte die Hände hinter dem Kopf und setzte sich in ihrem Stuhl auf. »Missionarinnen«, murmelte sie.

»Was?«

»Das hat Mooreï gerade gesagt. Gesandte ausschikken, um sie zu bekehren. Wie am Ende der Bienenstock-Epoche … Aber wenn sie nie mit uns Kontakt aufnehmen wollten, obwohl sie von unserer Existenz wissen (und das müssen wir doch annehmen, nicht wahr?), frage ich mich, ob sie sich wohl bekehren lassen.«

»Wir müssen es versuchen.«

»Zu welchem Preis?« fragte Kelys leise. »Einige Bienenstöcke haben Dutzende von Gesandten massakriert.«

Auf diese Bemerkung folgte ein recht langes Schweigen. Schließlich ergriff Lisbeï, die nahe am Verzweifeln war, das Wort. »Jede von uns muß für sich selbst die Entscheidung treffen, nicht wahr? Falls wir hineingehen und Gemeinschaften finden … Es ist genauso wie mit dem westlichen Kontinent. Wir schaffen damit unumstößliche Tatsachen – einen Faden im Muster Ellis. Und auf dieser Grundlage werden wir unsere Entscheidung treffen müssen. Wir haben uns entschieden, nach Westen aufzubrechen.«

»Aber wir haben uns nicht entschieden, zur *Riesigen Schlimmen Zone* aufzubrechen – noch nicht«, sagte Kelys. »Wir können uns auch dafür entscheiden, *nicht* zu gehen. Wir können uns dafür entscheiden, es diesen hypothetischen Gemeinschaften selbst zu überlassen, ob und wann sie die *Riesige Schlimme Zone* verlassen und ihre Isolation beenden.«

»Und bei uns einfallen?« fragte Antonë halb im Ernst.

»Kelys hat recht. Daß man eine Sache tun kann, heißt noch lange nicht, daß man sie auch tun muß. Und sowieso entscheidet nicht ›man‹, sondern wir entscheiden. Hier und jetzt.«

Ich muß mich entscheiden. Und ich weiß nicht, wie. Ich weiß nicht, ob ich bereit bin, die Verantwortung auf mich zu nehmen. Kelys mußte mich gar nicht beeinflussen – wenn es das war, was sie versucht hat. Die Argumente, die sie angeführt hat, sprachen für sich. Sie ist eine Entdeckungsreisende und kann sich die Gefahren leichter vorstellen. Sie weiß, wie es ist, wenn man gegen jemand kämpfen muß, der einen umbringen will. Gewalt. Krieg. Davon reden wir hier. Nicht von meinem Tod oder vom Tod der ersten Entdeckungsreisenden. Sondern von der Tatsache, daß Maerlande – und nicht nur Bethely oder Litale – mittel- oder langfristig die Möglichkeit eines Krieges in Betracht ziehen muß.

Könnten wir das? Kelys und Antonë sind anscheinend davon überzeugt, daß wir uns, falls wir angegriffen würden, auf breiterer Basis als der Grenzstreife verteidigen *könnten.*

Das WORT *– na ja, das* WORT *hat nie gesagt, daß wir uns abschlachten lassen sollen, ohne einen Finger zu rühren. Es gibt auch gewaltlose Methoden. Aber wie weit würden sie greifen? Es ist die Gegnerin, die Grenzen setzt, von der es abhängt, was sie uns antun will. Natürlich stellt Kelys die Dinge im schlimmsten Licht dar, um ihrer Argumenta-*

tion Nachdruck zu verleihen. Diese Gemeinschaften würden uns nicht unbedingt abschlachten. Aber falls sie uns unterwerfen wollen, falls sie immer noch im Stadium der Bienenstöcke oder Harems sind, was dann?

Und wenn wir uns tatsächlich verteidigen, wenn wir Schritte zum Widerstand einleiten, was wird uns das antun? Jedem von uns, dem Maerlande, das wir alle sind? Es ist ja nicht so, daß wir keine Ahnung hätten. Wir haben das warnende Beispiel der Harems und Bienenstöcke, ganz zu schweigen von unseren Theorien über den Zusammenbruch. Wir können nicht so tun, als hätten wir keine Ahnung von den möglichen Folgen.

Ich *kann nicht so tun, als wüßte ich nicht um die Folgen. Diesmal nicht.*

Und Tula hat trotz allem recht. Ich kann nicht einfach sagen: Ich gehe auf eigene Faust, ich bin bereit, mein Leben für die Forschung zu opfern, und das ist ganz allein meine Sache. Gehen, dableiben – darum geht es hier nicht. Tatsache ist, daß ich das Notizbuch dechiffriert habe ... kann man das ungeschehen machen? Nein, es ist passiert. Es ist ins Muster eingewebt. Auch die Hypothese existiert: Die Riesige Schlimme Zone *ist möglicherweise besiedelbar oder schon besiedelt.*

Und deshalb werden wir letztendlich, früher oder später, genau wie im Fall des westlichen Kontinents, in die Riesige Schlimme Zone *eindringen, selbst wenn wir von unserer Vernunft ausgehen und zunächst die* Schlimme Zone *von Callenbasch weiter erforschen. Falls wir jetzt schon aufbrechen, habe ich das ganze nur beschleunigt. Aber* was *beschleunigt? Alles ist so theoretisch, wobei einige Theorien plausibler als andere sind und die schlimmste Annahme nicht unbedingt die mit der größten Wahrscheinlichkeit sein muß. Es wiederholt sich noch einmal die ganze Auseinandersetzung über den westlichen Kontinent.*

Wenn ich nicht *gehe, werden wir alle mehr Zeit haben, über die möglichen Folgen nachzudenken und uns vorzubereiten. Wie wir es ja auch in der Frage des westlichen*

Kontinents getan haben, während die Flotte in Angresea gebaut wurde. Selbst jetzt, während die Flotte fast fertig ist… Die Schiffe könnte man auch für etwas anderes verwenden. Wir haben immer noch Zeit, uns anders zu entscheiden.

Aber was würde geschehen, wenn es umgekehrt wäre? Wenn morgen eine Flotte vom Westen aufbrechen und bei uns einfallen würde? Wenn morgen die hypothetischen Gemeinschaften in der Schlimmen Zone *entscheiden würden, bei uns einzufallen?*

Lisbeï hielt mit dem Schreiben inne, ihre Augen waren starr und blind auf das dunkle Fensterquadrat gerichtet. Mit Mühe schüttelte sie die Gedanken an die Geschichten ab, die in ihrer Phantasie hochstiegen, und begann wieder mit fester Hand zu schreiben.

Erstens hätten sie nicht unbedingt vor, bei uns einzufallen. Und zweitens glaube ich – vertraue ich darauf –, daß wir tun würden, was immer wir tun müßten. Auch wenn wir nur wenig vorgewarnt wären, würden wir unser Bestes tun, uns selbst soweit möglich treu bleiben und die Verantwortung für alle Folgen unserer Handlungen auf uns nehmen.

Unvollkommene Entscheidungen in einer unvollkommenen Welt. Das Sprichwort hat recht. »Wer nichts wagt, der nichts gewinnt.« Auch die Familie wird recht haben. Obwohl niemand, nicht einmal Elli, im voraus das Muster des Teppichs kennt. Also gut, so sei es.

Als Lisbeï ihr Tagebuch zuklappte, merkte sie mit einer gewissen traurigen Ironie, daß sie ihre Entscheidung getroffen hatte – und keine besonders spektakuläre. Sie hatte sich dafür entschieden, noch ein bißchen abzuwarten, da ihr die Umstände diesen Luxus erlaubten. Sie würde zunächst die Entscheidung der Familie abwarten, obwohl sie jetzt schon wußte, wie sie ausfallen würde. Und wenn sie sich danach zum Aufbruch entschloß, egal, ob allein oder in Begleitung, würde sich sowieso keine Expedition vor dem nächsten Frühling aufmachen können. Das war gewiß nicht das, was Ludivine von Kergoëts Heroinen taten. Für eine von Natur aus ungeduldige Lisbeï jedoch stellte das Abwarten einen Fortschritt dar.

Kapitel 8

»Aber so viele Dinge in Bethely haben sich verändert«, hatte Lisbeï ausgerufen, als sie sich nach dem ersten Familientreffen für die Nacht auf ihr Zimmer zurückzog.

Antonë hatte sich die Augen gerieben und ein Gähnen unterdrückt. »Genau. Deshalb hat ja auch nicht Tula, sondern Mooreï der Familie die Frage vorgetragen. Tula hat sie schon dazu gebracht, viele Dinge zu akzeptieren. Aber das hat auch Grenzen – einen Sättigungspunkt. Und dieser Antrag – na ja ...«

»Aber praktisch ist es doch dieselbe Debatte wie die über die Erforschung des westlichen Kontinents!«

»Genau«, hatte Antonë wiederholt. »Bei all diesen Palavern über die Expedition zum Westen sind ihre Reserven an Kühnheit, ihre Fähigkeit, im dunkeln zu tappen, möglicherweise erschöpft. Oh, ich weiß, daß es nicht rational ist. Aber niemand ist die ganze Zeit rational, selbst in Wardenberg nicht, hab ich recht? Die Entfernung zwischen uns und dem westlichen Kontinent ist riesig, und wir wissen nichts darüber. Die *Riesige Schlimme Zone* andererseits – nun ja, sie ist immerhin die *Schlimme Zone*, Lisbeï. Für Familien, sagen wir in der Bretanye, ist es etwas anderes, aber hier in Bethely glauben die meisten, sie wüßten nur zu gut über die *Schlimme Zone* Bescheid.«

Auch Lisbeï selbst spürte, wie sich bei der bloßen Erwähnung des Namens alles in ihrem Innern vor

Furcht zusammenschnürte. Es war eine instinktive Reaktion, die selbst nach zehnjähriger Abwesenheit so tief verwurzelt war, daß sie sich nicht unterdrücken ließ. Daß sie diesen Spannungsknoten lösen konnte, lag teilweise an ihrer Wardenberger Erfahrung, größtenteils jedoch an der Geschichte, die Stellane und das Notizbuch erzählten, und am Glauben an ihre eigene Intuition – auch das war, wenn sie es recht bedachte, sehr irrational. Aber es gab andere Leute, die mit derselben Vehemenz andere Geschichten für wahr hielten. Geschichten über die *Schlimme Zone*. Und auch Geschichten, die von Bethely, von alten Traditionen und der jüngsten Vergangenheit handelten. Diese Leute waren keine Judditen, aber auch keine Fortschrittlerinnen. Und sie hatten so oft entgegen aller Tradition gehandelt, daß es ihnen zu schaffen machte. Schon Lisbeïs erste Entdeckung hatte die Familie ins Licht der Öffentlichkeit gezerrt, worauf sie liebend gern verzichtet hätte. Sicher, die ENTSCHEIDUNG hatte die ursprüngliche Entdeckung nachträglich sanktioniert, aber was sollte all das Gerede über ein codiertes Tagebuch, Ziffern, eine kindliche Garde? Sie hatten sich ja noch gar nicht recht an die Grundsätze gewöhnt, die mit Antonës ENTSCHEIDUNG verbunden waren. Sollten sie diese Grundsätze jetzt etwa in Frage stellen?

Lisbeï war immer noch eine aus Bethely, und tatsächlich *hatte* sie ja mit ihren unorthodoxen Methoden Belmont entdeckt, und für die positiven Nebeneffekte dieser Entdeckung waren sie ja auch dankbar. Aber mußte sie ständig so weitermachen, mußte sie der Familie mit ihren Entdeckungen und Theorien weiter Schwierigkeiten machen? Zumal es jetzt um eine Sache ging, deren Grundlage auf Beweismaterial beruhte, das noch stärker anzufechten war.

Lisbeï konnte sich nichts vormachen. Wenn Bethely die möglichen Gefahren gegen die möglichen Gewinne abwog, würde die Antwort der Familie eindeutig ein NEIN sein. Man würde niemand in die *Schlimme Zone* entsenden. Man würde niemand dorthin entsenden und nach Lisbeï suchen lassen, falls sie nicht zurückkehrte.

Früher hätte man Lisbeï angeboten, ins Exil zu gehen, falls sie sich geweigert hätte, sich der kollektiven Entscheidung zu beugen. Aber das war in Maerlandes Kindheitstagen gewesen, als Blaue auch weiterhin zu ihren Familien gehörten. Inzwischen lagen die Dinge anders. Falls sie beschloß, trotz allem in die *Schlimme Zone* einzudringen, und zurückkehrte, um Bericht zu erstatten, würde Bethely sie willkommen heißen. Falls sie an einer blutvergiftenden Verseuchung litt, würde man versuchen, sie zu kurieren. Falls sie überhaupt nicht zurückkehrte oder nach ihrer Rückkehr in Bethely starb, würde man ihr eine Trauerfeier widmen.

Alles sehr tröstlich! Was für ein Pech, daß sie nicht mehr Trost oder Selbstvertrauen empfinden konnte, als der Augenblick der Entscheidung da war. Wenigstens versuchte Tula nicht, sie zu beeinflussen. Seit dem Treffen, das sich unerwartet zum inneren Familienrat gewandelt hatte, hatte Tula sich hinter der Familie und ihren Debatten verschanzt. Bis die Familie eine Entscheidung getroffen hatte, würde sie das Thema nicht noch einmal anschneiden. »Das verstehst du doch, nicht wahr, Lisbeï?« hatte sie gesagt, nachdem der Ausschuß aufgestanden war. Sie war aufgeregt, aber fest. Natürlich verstand Lisbeï. Tula war die Mutter, die Capta von Bethely. Allerdings war sie nicht wie Selva. Sie würde die Familie nicht im dunkeln tappen lassen, während sie auf den schnellen Untersuchungsbericht einer einsamen Entdeckungsreisenden wartete. Selbst wenn es nur darum ging, den Verseuchungsgrad der *Schlimmen Zone* jenseits der blauen Steine zu bestimmen – ein

Vorschlag, den Lisbeï, allerdings ohne innere Überzeugung, als letzten Ausweg angeboten hatte.

»Hast du nicht zugehört?« hatte Tula gefragt. »Das würde an dem grundsätzlichen Problem nicht einen Deut ändern.«

Und Lisbeï, die sich einerseits schämte, andererseits aber auch wütend war, hatte sich die Antwort verkniffen, daß Tulas Grundsätze nicht die einzigen auf der Welt waren. Welche Art von Argumentation wäre das auch gewesen?

»Was hättest du gesagt, wenn es nicht um mich gegangen wäre?« hatte sie, inzwischen recht sauer, gefragt.

Tulas Gesicht nahm wieder den wütenden Ausdruck an. »Es spielt überhaupt keine Rolle, ob du oder jemand anderes sein Leben in der *Schlimmen Zone* aufs Spiel setzt.«

Lisbeï hätte es gern erlebt, daß Tula gegen alle Vernunft wenigstens einmal Partei für sie ergriffen hätte. Natürlich wußte sie, daß es unvernünftig von ihr war, natürlich hatte Tula in ihrer gegenwärtigen Position weitaus weniger Wahlmöglichkeiten als Lisbeï. Aber der Groll war trotzdem da. Und gerade jetzt, da sie begonnen hatten, einander zu finden! Warum hatte sie auch allen von dem Code erzählen müssen …?

Andererseits: Welche Wahlmöglichkeit hatte sie selbst denn gehabt? Nein, jede tat, was sie tun mußte. Finde dich damit ab. Die Zeit war vergangen. Tula hatte sich verändert, genau wie Lisbeï, das wußte sie sehr wohl. Hatten sie sich das nicht beide in der dämmrigen Turnhalle eingestanden? Lisbeïs gegenwärtiger Groll war eine alte, instinktive Reaktion. Ein alter Fehler in ihrer Haltung zu Tula. Sie waren nicht gleich, sie würden nie gleich sein. Tula würde nicht versuchen, ihr die Erforschung der *Schlimmen Zone* *aus*zureden, wenn es auch ein bißchen bitter war, sich das einzugestehen. Mußte Tula Lisbeï wirklich größere Treue halten als Lisbeï sich selbst? Vielleicht war das Tulas Art, sie zu lieben – und Lisbeï konnte ihr das ja wohl nicht vorwerfen, oder?

Aber das Gefühl, das Bethely vermittelte, schien jetzt unheimlich ähnlich wie die allgemeine Atmosphäre nach der Versammlung der ENTSCHEIDUNG. Niedergedrückt von Erinnerungen und vor allem von der vertrauten Umgebung, fühlte Lisbeï sich von Tag zu Tag unwohler. Sie versuchte sich selbst gut zuzureden, aber es war nutzlos. Sie schlief schlecht, wachte müde auf, war gereizt und ärgerte sich über die kleinste Provokation. Sie hatte das schmerzliche Gefühl eines déjà-vu, egal, ob sie mit Tula, Mooreï, Kelys oder Antonë zusammen war. Nach der ersten Woche endloser Debatten merkte sie zu ihrem Erstaunen, daß die einzige Person, die kein solches Gefühl auslöste, Toller war.

Am Anfang hatte sich Toller, wie es schien, in Bethely ganz wohlgefühlt. Im Unterschied zu Guiseïa hatte er Bethely nie zuvor besucht. Obwohl er schon viel über die Familie wußte, war er neugierig darauf, die Wirklichkeit mit dem Wissen aus zweiter Hand zu vergleichen, sehr ähnlich war es ja auch Lisbeï in Angresea gegangen. Er hatte sich über die Begegnung mit seiner Nichte Twyne gefreut, und die Freude beruhte auf Gegenseitigkeit. Zu seiner Zufriedenheit stellte er fest, daß er sich ungehindert mit den grünen Dottas treffen konnte, besonders auch mit den Töchtern des Maxim von Angresea, Tulas erstem Mann. Cynria und Toller hatten sofort Freundschaft geschlossen, aber Toller war bei Kindern aller Altersstufen überaus beliebt. Die Werkstätten an der Douve interessierten ihn, und er hatte Lisbeï einige Verbesserungen für die Zellstoffabrik vorgeschlagen. Lisbeï hatte Tollers Vorschläge an Tula weitergeleitet, die diese Informationen auf taktvolle Weise der Capta der Fabrik vermittelt hatte. Fröhlich hatte Toller bei der letzten Ernte in den Obstplantagen mitgemacht und bei der Wintervorbereitung in den Gärten und Feldern geholfen.

Litali sprach er ohne jeden Akzent, die Leute merkten kaum, daß ein fremder Blauer unter ihnen weilte. Als sie seine Anwesenheit schließlich doch bemerkten, wollten sie die Gründe für seinen Aufenthalt in Bethely eigentlich gar nicht wissen – es war nicht wichtig, da er sowieso nur ein Blauer war, auch wenn er ein naher Verwandter der Capta von Angresea sein mochte. Meistens kamen sie gar nicht auf den Gedanken, daß er in irgendeiner Verbindung zu Kelys und Lisbeï stehen könnte. Natürlich hatte man in Bethely über die Ereignisse in Entraygues gesprochen, schließlich hatte die Familie wie üblich eine große Abordnung zu den Wettkämpfen während der Versammlung geschickt. Aber in ihren Köpfen wurde das Bild von Lisbeï als Anführerin der männlichen Blauen immer noch von anderen Bildern überlagert: Sie sahen Lisbeï als Tochter von Selva, als diejenige, die ursprünglich Mutter von Bethely hatte werden sollen, als die Entdeckerin von Haldes Notizbuch oder – ein Bild jüngsten Datums – als Lisbeï von Belmont. Manche sahen auch nur die ganz frühe Lisbeï, sahen einfach Lisbeï, das Kind aus dem Hort des Westturms, das nur Bethely kannte.

Mit Toller fühlte Lisbeï sich wohl. Ihm mußte sie nichts beweisen, bei ihm mußte sie sich für nichts entschuldigen. Mit ihm konnte sie alles durchsprechen, ohne daß sie Zugeständnisse an Bethelys Vorurteile machen mußte.

Nicht, daß Toller keine Vorurteile hätte – er hat die Vorurteile von Angresea und die der Fortschrittlerinnen – aber er kann sie mit innerem Abstand betrachten, ähnlich, wie ich ja inzwischen auch Bethelys vorgefaßte Meinungen mit Abstand betrachten kann.

Paradoxerweise kann ich mit ihm sogar leichter reden als

mit Tula. Wahrscheinlich liegt das daran, daß ich bei Toller nicht die komische Erwartung habe, er müsse so sein wie ich.

Erst als sie bewußt nach ihm Ausschau hielt, merkte sie, daß er ihr nach Möglichkeit aus dem Weg ging. Sie wunderte sich. So war er in den ersten Wochen nicht gewesen. Aber inzwischen mied er fast jeden und flüchtete sich in die Bibliothek, anstatt sich wie früher an den täglichen Aktivitäten zu beteiligen. Er sah blaß und fiebrig aus und neigte dazu, die Menschen anzufahren. Er versuchte sich hinter die alte, unbewegte Maske zurückzuziehen, allerdings ohne großen Erfolg, soweit es Gefühle betraf. Immerhin vermittelte er deutlich seinen Unwillen, auf persönliche Fragen zu antworten. Schließlich erfuhr Lisbeï, daß er mehrere Briefe aus Angresea erhalten hatte, zweifellos von Guiseïa. Jetzt war auch sie beunruhigt und beschloß, sich ihren Weg trotz seiner Reserviertheit zu erzwingen.

Sie fand ihn in der Bibliothek, tief in seltsame Archive vergraben, die vom Ende der Bienenstock-Epoche stammten. »Irgend etwas Neues über die Geheimnisse von Litale?«

Er wartete, ehe er hochblickte. »Eigentlich nicht – allerdings einige interessante Dinge über die letzten Tage des Bienenstocks von Bethely.«

»Alicia und Markali, die angeblichen Schwestern?«

»Ganz sicher Schwestern. Es sieht so aus, als ob deine Theorie sich mehr und mehr als richtig erweist.«

»Ein schönes Thema für einen Roman oder eine Tragödie. Alicia, die Markali dazu überredet, sich auf einen Prozeß einzulassen. Oder, noch besser: Markali, die Alicia dazu überredet.«

»Oder beide ziehen Strohhalme, die über ihr Schicksal entscheiden.«

»Das ist ein bißchen übertrieben, findest du nicht?«

»Es gibt Situationen, aus denen niemand als Sieger hervorgehen kann.«

Tollers bewußtes, allerdings vergebliches Bemühen um Selbstbeherrschung brachte Lisbeï aus der Fassung. Sie versuchte es mit Humor. »Wußtest du, daß du allmählich zum Phantom der Bibliothek wirst? Wir sehen dich kaum noch irgendwo anders.«

Das Lächeln, das Toller ihr schenkte, war verkrampft. »Es gibt Zeiten, da ... da tut es ziemlich weh, wenn man von zu vielen Leuten umgeben ist«, sagte er nach einer Pause.

»Ja, in dieser Hinsicht ist Bethely ein wenig wie Wardenberg.« Sie überlegte, was sie als nächstes sagen sollte, und verlor allmählich die Geduld. Warum nicht einfach fragen? »Toller, was ist passiert? Stimmt irgend etwas in Angresea nicht?«

Er zuckte leicht die Achseln, gab aber keine Antwort.

Lisbeï ließ sich neben ihm nieder. »Hängt es mit Guiseïa zusammen? Warum gehst du nicht zurück?«

»Ich warte noch die Entscheidung eurer Versammlung ab.«

»Warum? Es wird in jedem Fall ein Nein sein.«

»Wird auch deine Entscheidung ein Nein sein?« fragte er mit bewußt unbeteiligter Stimme.

Völlig schockiert starrte sie ihn an. »Falls ich wirklich gehe, gehe ich meiner Meinung nach allein.«

Diesmal reagierte er. »Das kannst du nicht.«

»Ich muß es.«

»Kelys wird dich nicht lassen.«

»Na ja, jedenfalls betrifft das nicht dich.«

Das war nicht das, was sie mit ihm hatte bereden wollen! Das Schweigen zog sich in die Länge. Sie wartete auf seine Antwort. Sie konnte sich denken, was er sagen würde.

»Ich wollte immer schon eine *Schlimme Zone* besuchen«, sagte er schließlich mit einem kleinen, bitteren Lächeln.

»Aber warum?«

»Warum nicht?«

Sie starrte ihn an. »Warum gibst du mir keine echte Antwort?«

»Warum stellst du mir keine echte Frage?« fuhr er sie unbeherrscht an. Allerdings hatte er sich gleich darauf wieder im Griff. »Verzeih mir«, sagte er wieder ruhig, »ich bin ziemlich müde.« Seine Stimme klang apathisch. »Ich will aus Neugier in die *Schlimme Zone* und auch deswegen, weil ich nichts Besseres zu tun habe, egal ob hier oder sonstwo. Reicht dir das?«

»Und Angresea? Hast du in Angresea denn nichts zu tun?«

»Angresea.« Er seufzte. »Muß ich dir wirklich erklären, warum ich aus Angresea weggegangen bin?«

Sie zögerte. »Nein.« Nachdem sie ihm das zugestanden hatte, blieb offensichtlich nicht mehr viel zu sagen. »Wie läuft's dort so?« fragte sie schließlich leicht verzweifelt.

»Der Familie geht es gut. Guiseïa nicht. Sie will, daß ich zurückkomme.«

Und das konnte er natürlich nicht. Nicht für länger. Das mußte selbst Guiseïa verstehen. Der Verlust von Sylvane fraß wie Säure an beiden. Da sie nicht gemeinsam mit ihrem Tod fertigwerden konnten, mußte es jeder für sich allein versuchen. Und selbst dann …

»Aber du bist trotzdem nicht verpflichtet, in die *Schlimme Zone* zu gehen!«

»Nein. Ja.«

Sie wollte schon etwas einwenden, da überraschte er sie damit, daß er sich plötzlich erhob. »Laß uns woanders hingehen. Du hast recht: Es ist an der Zeit, daß wir das alles durchsprechen.«

Verwundert folgte Lisbeï ihm zur Außentreppe,

hinunter in den Hof und über die Südpromenade. Die Sonne ging unter, die Arbeiterinnen kehrten heim. Toller ging schnell. Er schaute nicht nach rechts und links, hatte die Hände in den Jackentaschen vergraben und wirkte düster-entschlossen. Das Blatt hatte sich wirklich gewendet! Lisbeï hätte gelacht, wäre sie nicht so besorgt gewesen. Als sie den Mühlenteich an der Douve erreicht hatten, blieb Toller stehen. Sie waren nicht weit von der Öffnung zu dem unterirdischen Tunnel, der jetzt mit Balken abgestützt und als Wetterschutz überdacht war. Der Blaue ließ sich nieder und klopfte auf das Gras neben sich. Sie gehorchte. Er stützte die Arme auf die Knie und starrte auf das stille Wasser.

»Lisbeï, ich weiß nicht, was los ist. Ich bin seit langem ein Blauer. Ich habe gelernt, mich zu beherrschen. Mir hat die … Enthaltsamkeit, auch die geistige Enthaltsamkeit, nie etwas ausgemacht. Die Episode während der Feier ist mir immer noch ein Rätsel, selbst wenn man unsere besonderen Fähigkeiten berücksichtigt. Daß ich mich derart hinreißen lassen konnte … Ich kann es nicht abstreiten, aber ich verstehe es immer noch nicht so recht. Das Agvite muß auf dich irgendeine Wirkung gehabt haben, die es bei mir oder Guiseïa nie hatte. Vielleicht hat es … deine Fähigkeit, dich in jemand anderen hineinzuversetzen, grundlegend verstärkt, ich weiß es nicht … Also gut, das war eine Ausnahmesituation. Danach hatte ich mit dir nie irgendwelche Probleme. Aber seit neulich nacht auf dem Turm … Ich war schon da, als du heraufkamst. Ich wollte mit meinem Teleskop den Vollmond betrachten. Ich stand auf der anderen Turmseite, hatte also keine Ahnung, daß du da warst. Plötzlich spürte ich – ich weiß nicht, was es war, aber es war sehr deutlich. Ich ging hinüber, um nachzusehen, und da warst du, offensichtlich in Trance. Und ich war machtlos … ich konnte nicht weggehen, konnte nicht widerstehen. Du hattest in dieser Nacht doch keine Droge genommen, oder?«

Sie mußte zweimal ansetzen, ehe sie ein schwaches »Nein« hervorbrachte.

Er drehte sich ihr zu, um sie direkt anzusehen, er wußte, was sie dachte. »Nein, es ist nichts passiert! Ich war nur... wie in Bann geschlagen von deiner Trance, deinem Taïtche – falls es das war, was du machtest. Gegen meinen Willen. In Bann geschlagen, in deine Trance hineingezogen, hineingeschoben, hineingedrängt. Ohne die Droge. Ist dir das jemals passiert? Oder anderen mit dir?«

Sie zog den Atem ein und stieß ihn wieder aus. »Nein«, sagte sie schließlich. »Aber ich habe gar nicht gemerkt...«

»Ich weiß.« Er schlug die Knie übereinander und machte es sich im Schneidersitz bequem. »Von dieser Art Phänomen habe ich außerhalb des Tanzes nie gehört. Wenn man allerdings die Droge nimmt, ohne beim Tanz mitzumachen – ich meine, normale Leute, nicht wir – dann kann sie einen beeinflussen, wenn auch nicht in diesem Ausmaß. Außerdem hast du diesmal ja auch gar nichts genommen.«

»Nein«, wiederholte sie, immer noch erstaunt.

Einen Augenblick sagte er gar nichts und wiegte sich neben ihr leicht vor und zurück. Die Schatten, die sie auf das stille Wasser warfen, wurden länger. Die schrägen Strahlen der untergehenden Sonne glitten von der Wasseroberfläche ab und tauchten das gegenüberliegende Ufer in ein bebendes Leuchten.

»Seit damals bin ich einfach nicht mehr ich selbst«, fuhr er mit sanfterer Stimme fort. »Ich weiß nicht genau, ob es da einen Zusammenhang gibt, aber... ich weiß nicht. Deine Gegenwart... die Gegenwart einer Frau überhaupt, aber insbesondere deine Gegenwart... ich schlafe schlecht, und wenn ich schlafe, habe ich seltsame Träume. Hast du auch seltsame Träume, Lisbeï?«

»In welcher Hinsicht seltsam?« Sie zögerte. »Erotische Träume?«

»Auch das.« Er lachte leicht ironisch. »Und ich war so selbstzufrieden, daß ich keine hatte. Ich hatte ja auch wirklich keine, weißt du. Nicht seitdem ich ein Blauer war. Überhaupt keine. Jahrelang keine. Aber ich meine nicht nur diese Art Träume. Auch andere Träume, Träume, die … wie soll ich sagen? Die Art von Traum, der einem anscheinend etwas Wichtiges zu sagen hat, ohne daß man es richtig greifen kann.«

Lisbeï nickte. »Ich hatte einen, aber das war, ehe ich hierher zurückkam.«

»Und seitdem?«

Der Traum war in dieser oder jener Form mehrmals wiedergekommen. Sie hatte vage vermutet, es würde aufhören, nachdem sie den Code des Hinke-Pinke-Spiels geknackt hatte, aber der Traum kehrte wieder. Besser gesagt: Er kehrte bruchstückhaft in anderen Träumen wieder. Manche Bilder tauchten in merkwürdigen Momenten auf, verschiedene Traumcharaktere erschienen und lösten sich zu nichts auf. Selva, Tula, Garde, wie sie auf dem Foto ausgesehen hatte, das blutende Hinke-Pinke-Spiel, absurde und verstümmelte Versionen des dreifachen Rätsel des Geistes.

»Blut?« rief Toller aus. »Träume von Blut? Ich träume von … von roten, von seltsamen Dingen, einem seltsamen Ort, rot …«

Sie sahen einander bestürzt an.

»Aber was kann das bedeuten?« fragte Lisbeï schließlich.

»Ich habe keine Ahnung«, sagte Toller, »ich wollte es aber mit dir besprechen. Irgend etwas ist geschehen, ich weiß nicht, was, aber es hat mit dir zu tun.«

Sie saßen schweigend da, während das Licht schwächer wurde, beide in Gedanken verloren.

Schließlich sprach Lisbeï. »Und war das der Grund, daß du mir in die *Schlimme Zone* folgen wolltest?« Es war der schwache Versuch, den Faden des Gesprächs, das sie hatte führen wollen, wiederaufzunehmen.

Toller sagte nichts. Sie sah ihn an, er wandte ihr mit einem müden halben Lächeln den Kopf zu. »Das und anderes.«

Wenn Guiseïa mir so geantwortet hätte, oder Tula, oder sonst eine Frau, mit der ich vielleicht eine derart ungeklärte Beziehung hätte (ungeklärt nur deshalb, weil er ein Mann ist!), dann hätte ich gesagt: »Und was noch?« Aber sollte ich das so durchgehen lassen, nur weil er ein Mann ist? Das war nicht … gerecht oder ehrlich. Unmöglich, dabei nicht an Dougall zu denken. Unmöglich, schweigend darüber hinwegzugehen. »Und was noch?« fragte ich. Toller war gleichzeitig überrascht, erleichtert und erschrocken. Er versuchte, die Antwort hinauszuzögern: »Du weißt, was noch.« Ja, natürlich, wenn ich richtig darüber nachdachte. Aber das war nicht dasselbe. Er mußte es sagen. Oder jemand mußte es sagen. Vielleicht war es trotz allem auch nicht unbedingt seine Aufgabe. Vielleicht schuldete ich es Dougall.

»Du begehrst mich.«

Jetzt sah er sie aufmerksam an, als sei sein Selbstbewußtsein wieder gewachsen. Er verzog leicht das Gesicht. »Erst seit kurzem. Ich meine, ich hatte es völlig unter Kontrolle … das heißt, nein, vor dem Tag neulich habe ich dich eigentlich gar nicht *richtig* begehrt. Seit Jahren habe ich meinen Drang sehr wirkungsvoll neutralisiert. Und ich weiß sehr genau, daß du mich nicht begehrst, daß du dir so etwas nicht einmal vorstellen kannst. Ich mache mir nichts vor. Manche blauen Frauen würden es vielleicht tun wollen, aber nicht du. Obwohl du, dank Antonë, einen guten Teil der Ausbildung zur Mutter mitgemacht hast. Du wärst höchstens neugierig, aber du würdest keinen nur zum Experimentieren benutzen.«

»Nein! Und dich schon gar nicht, keinen, bei dem Gefühle im Spiel sind.«

Er nickte leicht. »Was bleibt also? Ich weiß es wirklich nicht. Von Liebe zu reden, scheint ein bißchen… merkwürdig. Ich habe so etwas nie empfunden. Guiseïa… na ja, ist Guiseïa. Ein bißchen wie bei dir mit Tula, wenn du so willst.«

Lisbeï merkte, wie sich in ihr Widerspruch regte. Das war nicht dasselbe! Aber sie hielt sich zurück und dachte lange genug darüber nach, daß sie ehrlich antwortete: »Ich weiß nicht. Mir scheint, es ist ganz anders.«

»Die Situation war anders, die Umstände. Was ich meine, ist folgendes: Du hast doch im Traum nie daran gedacht, du könntest jemanden so wie Tula lieben. Habe ich recht?«

Sie brauchte eine Weile, bis ihr klar wurde, daß er nicht gesagt hatte »jemanden außer Tula«, und sie antwortete anders als ursprünglich beabsichtigt. »Ja, ja natürlich.«

»So ist es auch bei mir und Guiseïa. Für uns beide. Ich weiß nicht, wie es wäre, wenn man auf eine andere Weise lieben würde. Ich habe keine Ahnung, was mich zu dir hinzieht oder wie es angefangen hat. Nach der Versammlung hier hat Guiseïa von dir erzählt. Anscheinend hast du sie bezaubert, und natürlich war ich interessiert. Als ich dich in Wardenberg nach der Konferenz traf…, war ich einerseits belustigt, andererseits gerührt. Du warst so erschrocken und trotz allem so entschlossen.«

»Dann ist es also bei der Feier passiert?« fragte Lisbeï, während Toller seine Worte abwägte und versuchte, die Geschichte schlüssig zu erzählen. Sie konnte ihm dabei nicht mit Stichworten helfen, selbst wenn seine Geschichte ihrer eigenen mehr ähneln mochte, als ihr lieb war.

»Nein«, sagte er. »Ich war überrascht, daß jemand

mich... beeinflussen konnte. Sogar verärgert, das muß ich zugeben. Dann wurde ich neugierig auf das, was *du* tun würdest, aber damit war es mir nicht eilig. Es war nur Neugier. Du hast mich erwischt, als ich nicht auf der Hut war. Ich hätte nicht gedacht, daß du zur Residenz kommen würdest, um die Jacke zurückzubringen. Das war eine tapfere Geste.«

»Ich wußte gar nicht, was ich tat!«

Er mußte wider Willen lachen. »Na ja, ist ja auch egal. Es freute mich. Und dann dein sturer Wille, mehr zu erfahren. Du möchtest die Dinge gern verstehen, selbst wenn es dich aus der Fassung bringt. Selbst, wenn es andere Leute aus der Fassung bringt. Das ist ein Wesenszug, den ich immer schon unwiderstehlich fand.«

»Es ist nicht so bewundernswert, wenn es dazu führt, daß andere Leute aus der Fassung geraten.«

»Ich mag auch diese Skrupel.« Sein ironisches Lächeln war das von Guiseïa, aber das Gefühl war echt.

»Ich bin sicher, daß ich diese Art Gespräch schon mit deiner Schwester geführt habe«, bemerkte Lisbeï so erstaunt wie belustigt.

Toller konnte anscheinend ganz gut nachvollziehen, warum sie so überrascht war. »Vielleicht sind Frauen und Männer in mancher Hinsicht doch nicht so verschieden, wie du denkst.«

Sie blickte auf die sich verdunkelnde Wasseroberfläche und darüber hinaus, auf die Felder und Hügel, die sich nach Osten, in Richtung der *Schlimmen Zone* erhoben. *Frau und Mann.* Vielleicht hatte Fraine recht gehabt, was die Beziehungen zwischen Frauen und Männern in der Zeit des Zusammenbruchs betraf. Vielleicht gab es in jenen Tagen wirklich Frauen und Männer, die nicht nur wegen der Fortpflanzungspflicht miteinander verkehrten. Vielleicht konnte es immer noch solche Frauen und Männer geben? Sollte der Tanz daran erinnern? Ob Garde das ganze Ritual ins Leben gerufen hatte oder nicht, wäre angesichts dieser neuen Möglichkeit unwesentlich.

»Und danach hast du also beschlossen, dich um meine Erziehung zu kümmern.«

»Ich war immer noch neugierig«, antwortete Toller. »Ich wollte sehen, wie weit du gehen könntest.«

»Wie Kelys?« stellte sie fest, selbst überrascht über diese plötzliche Einsicht.

»Wenn du so willst. Kelys ist eine viel... geheimnisvollere Lehrerin.«

Geheimnisvoll? – Eine Sekunde lang war Lisbeï verblüfft. Aber er hatte recht. Es war immer ein bißchen schwierig zu durchschauen, auf was Kelys aus war. Und Toller mußte sie besser kennen. Schließlich hatte sie ihn und Guiseïa zehn volle Jahre lang aufgezogen.

Toller hatte eine andere Gedankenspur verfolgt. »Nein, ich weiß wirklich nicht, was das ist, das ich für dich empfinde. Ich komme gut mit Sygne aus, aber das ist anders. Sie hatte die nötige Erfahrung, mich zu verstehen und mir zu helfen, als ich zusammenklappte, als ich mich auflehnte... na ja, als ich ein Blauer wurde.« Er wandte sich ihr zu. »Guiseïa hat's dir erklärt, glaube ich.«

Lisbeï nickte.

»Sygne ist... eine Freundin. Sie ließ mich daran Anteil nehmen, wie unsere gemeinsamen Kinder aufwuchsen, sie ließ mich das sein, was ich für Sylvane nie sein konnte. Ihr Vater, auf eine bestimmte Art und Weise.«

Eine Weile sprach niemand. Während die Glocke des Südturms die Stunde schlug, schossen die Mauersegler mit durchdringendem Geschrei nahe über das Wasser hin. Sieben Uhr. Sie hatten die erste Runde fürs Abendessen verpaßt.

»Dougall sagte, wir seien seine Freundinnen,

Fraine, ich und die anderen«, brachte Lisbeï zögernd hervor.

»Und das traf in deinem Fall nicht ganz zu.« In Tollers Stimme lag kein Vorwurf, Lisbeï entspannte sich ein bißchen.

»Aber welchen Unterschied …«

»Ich weiß. Ich habe mich das auch schon gefragt. Es ist nicht so sehr das physische Begehren … Aber ich bin neugierig auf dich. Und ich hätte gern, daß es auf Gegenseitigkeit beruht, das liegt auf der Hand. Ich bin gern mit dir zusammen. Es wäre mir lieb, wenn du mit mir ebenso offen reden würdest wie … mit Tula.«

Lisbeï konnte sich ein leicht bitteres Lächeln nicht verkneifen. »Wir haben bis jetzt kaum gemerkt, wie es wäre, offen miteinander zu reden, Tula und ich. Und es lief nicht gerade gut.«

»Ich weiß. Dasselbe ist mir mit Guiseïa passiert, als ich zurückkam.« Sein Gesicht verdüsterte sich. »Aber anscheinend ist jetzt eine Rückkehr gar nicht mehr möglich.«

»Glaubst du nicht«, sagte Lisbeï nach einer Pause, »es könnte vielleicht genau daran liegen, daß …«

Er lächelte sanft. »Glaubst du, ich hätte daran nicht gedacht? Aber ich sah ja, wie die Dinge in Angresea liefen. Daß Guiseïa da war, hat den Frust gemildert. Ebenso wie meine Anwesenheit das bei ihr getan hat. Aber inzwischen kann ich mir uns beide dort nicht mehr ohne dich vorstellen. Und deshalb bin ich fortgegangen, deshalb hat sie mich auch dazu aufgefordert. Und jetzt möchte sie, daß ich zurückkomme, allerdings nicht allein. Sie möchte, daß ich dich mitbringe.«

Lisbeï war nicht sicher, ob sie alles begriff, was in dieser vertraulichen Mitteilung mitschwang. War nicht sicher, ob sie es überhaupt begreifen wollte. Ich muß wohl allmählich selbst genug von all dem haben, dachte sie mit nervösem Humor. Laut antwortete sie: »Aber ich kann nicht. Nicht jetzt.«

»Willst du wirklich in die *Schlimme Zone* gehen? Bist du so sehr von deiner Theorie überzeugt?«

»Du wohl nicht.«

Er dachte darüber nach. »Logisch gesehen, sind die Hinweise wirklich zu schwach.« Er lächelte. »Unlogisch gesehen – na ja, ich weiß noch, wie aufgeregt du warst, als du den Code geknackt hast. Du hast vor Überzeugung geglüht. Und deine Intuition hat dir bis jetzt ganz gute Dienste geleistet, nicht wahr?«

»Es gibt immer ein erstes Mal«, murmelte Lisbeï, war ihm aber trotzdem dankbar.

»Hör zu. Wenn diese *Schlimme Zone* wirklich so verseucht ist, wie man sagt, dann werden wir es sehr schnell herausfinden. Sie werden uns ja nicht gerade am Übergang der Abtrünnigen absetzen, weißt du. Falls nötig, können wir sofort umkehren. Wenn es dort verseucht ist, wird uns das nicht unbedingt umbringen. Und wenn nicht – also gut, dann können wir weitersehen. Selbst mit einer solchen Information zurückzukehren, wäre ja schon was. Ich hab es sowieso von jeher für seltsam gehalten, daß die *Schlimme Zone* immer noch so gefährlich sein soll, wo sich doch in all den anderen verseuchten Gebieten die Bedingungen verbessern.«

»Kelys hat mir einmal praktisch ohne Wenn und Aber gesagt, die Zone sei jenseits der blauen Steine inzwischen bewohnbar.«

»Da hast du's!«

»Das heißt nicht, daß sie bis zu jeder beliebigen Entfernung bewohnbar ist.«

»Wir gehen hin und schauen uns das an.«

Sie sah ihn an. Als er das sagte, hatte seine Stimme fast wie die von Dougall geklungen. Aber es war nicht Dougall. Es war ein Blauer, der seinen Dienst abgeleistet hatte, ein Mann, der fünfzehn Jahre älter war als sie. Er mußte doch wissen, was er tat, oder nicht? »Ich wünschte, Kelys wäre so zuversichtlich wie du«, seufzte sie und wandte sich ab.

»Kelys wird mitkommen. Vor allem, wenn ich dabei bin. Dann hat sie zwei unerfahrene Entdeckungsreisende, auf die sie aufpassen muß.« Er sah wieder ernst aus. »Ich glaube, Kelys hat Angst vor dem, was wir in der *Schlimmen Zone* finden könnten. Gemeinschaften von Abtrünnigen. Sie hat Angst vor dem, was das für uns heißen könnte, ich meine für Maerlande.«

Sie zog die Augenbrauen hoch. Kelys Angst?

Toller bemerkte ihre Skepsis und lächelte. »Also gut, sagen wir, sie macht sich Sorgen. Von jeher hat sie etwas dagegen, wenn zu viele entscheidende Änderungen auf einmal eintreten.«

Und sie mag sehr wohl recht haben, falls man nach der Reaktion von Bethely gehen kann – selbst, wenn Bethely nicht für ganz Maerlande steht.

Lisbeï las noch einmal durch, was sie sich von dem Gespräch mit Toller notiert hatte. »Angst vor dem, was wir in der *Schlimmen Zone* finden könnten.« Nachdem sie jetzt zu einem Entschluß gekommen war, konnte sie sich eingestehen, daß diese Perspektive sie auch nicht gerade erfreute oder in Hochstimmung versetzte. Sie würde gehen, weil sie gehen mußte. Sie hatte Gardes Notizbuch entdeckt, sie hatte das Foto und Stellanes Aufzeichnungen gefunden, sie hatte den Code dechiffriert. *Wer nichts wagt, der nichts gewinnt.* Das Wissen hatte seinen Preis. Eine Art innerer Logik verlangte, daß sie die erste Entdeckungsreisende sein sollte, die in die *Riesige Schlimme Zone* aufbrach. Im Augenblick hätte sie es wohl vorgezogen, sich in irgendeiner anderen Geschichte, in irgendeinem weniger gefährlichen Abenteuer wiederzufinden. Aber sie konnte sich einfach nicht vormachen, daß dieser Faden im Muster Ellis sie nichts anging. Sie mußte seinem Lauf folgen. Oder nicht?

Die Familie erließ ihre Entscheidung während einer ausgedehnten abendlichen Sitzung in der zweiten Novemrawoche. Lisbeï hatte nach der ersten Sitzung nicht mehr an den Beratungen teilgenommen. Was sollte das auch?

Am Abend der Entscheidung war sie mit Toller in der Bibliothek. Sie brüteten noch einmal über Bethelys ältesten Regionalkarten und versuchten sich ein Bild von der allgemeinen Topographie der *Riesigen Schlimmen Zone* zu machen. Die Bibliothek verfügte auch über eine Sammlung von Überwachungsberichten der Grenzstreifen aus mehr als vierhundert Jahren. Alle wiesen auf den hohen allgemeinen Verseuchungsgrad hin und betonten, wie langsam sich die Verseuchung abbaute. Darüber hinaus warnten Erzählungen vor ungeheuerlichen Spuren und beunruhigenden Silhouetten, auf die man aus der Ferne einen Blick erhascht hatte.

»Aber richtige Ungeheuer hat niemand je erbeutet«, stellte Lisbeï nachdenklich fest. »Spuren kann man künstlich legen.«

»Und was ist mit den Boden- und Wasserproben?«

Lisbeï lachte. »He, wer bestreitet hier was?« Toller war oft genauso schnell wie sie, wenn es darum ging, ein »Ja, aber...« einzuwenden, unabhängig davon, was er wirklich davon hielt. Ihre Antwort überrumpelte ihn für einen Augenblick, dann mußte er ebenfalls lachen.

Genau in diesem Moment kam Tula in den Kartenraum. Niemand sagte ein Wort. Dann richtete Toller sich auf und klappte den Atlas zu.

»Die Familienversammlung hat ihre Entscheidung getroffen«, sagte Tula schließlich in sehr offiziellem Ton. »Bethely ist bereit, eine Expedition in die *Schlimme Zone* von Callenbasch zu unterstützen.«

Lisbeï war leicht überrascht. Sie hatte angenommen, die Familie werde von vornherein all ihre Theorien über möglicherweise und wer-weiß-wo existierende Gemeinschaften zurückweisen.

»Es ist spät«, sagte Toller. »Gute Nacht, Mutter Tula. Gute Nacht, Lisbeï.«

Tula kam zum Tisch, klappte den Atlas auf und blätterte ihn schweigend durch.

Inzwischen hatte Lisbeï den Mund schon zu einem Einwand geöffnet, aber Toller hatte den Raum bereits verlassen. »Er hätte bleiben können!« Ihre Bemerkung, verwirrt und verärgert, wie sie war, galt Tulas Rücken. »Er kommt mit mir mit.«

Tula fuhr herum. »In die *Riesige Schlimme Zone*? Du gehst trotzdem?«

»Aber ... ja.« Lisbeï starrte sie ungläubig an. »Du wußtest ganz genau, daß ich es tun würde!«

»Nein.« Tulas Stimme war leise und angespannt. »Nein, ich wußte es nicht. Ich hatte angenommen, du hättest es dir überlegt.«

»Ich *habe* es mir überlegt!«

»Nein, hast du nicht. Du bist nur noch halsstarriger geworden!«

Sie musterten einander mit grimmigem Blick. Tulas wachsender Zorn stand Lisbeïs Bestürzung offensichtlich in keiner Weise nach. »Ich kriege sie dazu, Callenbasch zuzustimmen – aber nein, das reicht noch nicht. Du willst in die *Riesige Schlimme Zone* gehen! Und da *wunderst du dich* auch noch?«

»Du hast nicht versucht, mich umzustimmen«, wandte Lisbeï nach einer kleinen Pause ein.

»Ich dachte, du könntest von dir aus eine vernünftige Entscheidung treffen. Ich dachte, du hättest endlich kapiert!«

Lisbeï spürte den Kummer und die Furcht, die Tulas Zorn zugrundelagen, und zwang sich, ihrer eigenen wachsenden Empörung nicht nachzugeben. »Aber Tula, für mich *ist* es eine vernünftige Entscheidung, wenn ich gehe. Ich glaube wirklich daran.«

»Und die Folgen? Alles, was gesagt worden ist? Zählt das denn gar nicht?«

»Ich sehe die Dinge nicht so schwarz, Tula. Vielleicht sind sie wirklich schwarz, aber auch auf diese Möglichkeit bin ich vorbereitet, das müssen wir ja alle. Aber ich halte auch anderes für möglich. Der Aufbruch nach Callenbasch würde das Unvermeidliche nur hinausschieben. Wir *müssen* in die *Riesige Schlimme Zone* hinein. Ich muß hinein.«

»Nein, mußt du nicht! Nichts und niemand zwingt dich! Nichts, außer deine eigene verrückte Sturheit, deine Eitelkeit, dein … dein Egoismus!«

In Tulas Stimme schwangen Tränen mit. Lisbeï streckte sofort den Arm aus, um sie zu berühren. Tula wich zurück und verschränkte die Arme – diesmal war ihr die Zurückweisung ernst. Lisbeï hielt inne, spürte, wie verletzt Tula war. Wie konnte sie Tula dazu bringen, daß sie es verstand?

»Tula, das ist es nicht, wirklich nicht! Ich glaube tatsächlich daran. Ich kann nicht genau erklären, warum, aber das sollte auch nicht nötig sein, nicht bei dir.« Sie griff nach Tulas widerstrebender Hand und legte sie sich auf die Brust. »Ich glaube daran, Tula, es ist wahr. Spürst du das denn nicht?«

Tula riß ihre Hand weg. »Und weil du daran glaubst, denkst du, das ist genug! Was ist mit mir? Was, wenn ich nicht daran glaube? Muß ich wieder mal das tun, was *du* willst?«

Bis ins Innerste getroffen, stolperte Lisbeï einen Schritt zurück. »Wieder mal? Du bist doch diejenige, die mir damals gesagt hat, ich solle weggehen!«

»Du konntest nicht hierbleiben – du warst zu unglücklich! Jetzt ist es anders. Ich will dich nicht noch einmal verlieren!«

Aber die lang ersehnte Bitte kam zu spät. Ihre Worte hatten Erinnerungen an Wardenberg freigesetzt, Erinnerungen an die qualvolle Einsamkeit und

Verzweiflung jener ersten Monate, an die Tränen, die keine Erleichterung brachten, wenn sie all ihre nicht abgeschickten Briefe in der Schublade verschloß.

»Du wirst mich verlieren, wenn ich bleibe«, sagte Lisbeï. Etwas Hartes und Verdorrtes drohte ihre Brust zu sprengen. »Und sowieso«, fügte sie aus irgend einem düsteren Impuls hinzu, »wäre ich nicht geblieben. Ich wäre zurück nach Angresea gegangen.«

Tula richtete sich auf, als sei sie geschlagen worden. Ihr Gesicht unter dem roten Haar war weiß. »Wenn du gehst, komm ja nie zurück!« gab sie mit zusammengebissenen Zähnen zurück. Der Zorn war vergangen, die Verletztheit, das flehentliche Bitten hinter der Spiegelwand versteckt.

Tu das nicht! Lisbeïs stiller Schrei wurde von ihrer eigenen Wut erstickt. Sie spürte, wie eine Welle der Emotion ihr zusetzte, sie zu Fall brachte und unter sich begrub. Sie wandte sich ab und ging hinaus, zuerst zögernd, dann fiel sie in einen blinden Lauf, rannte durch den Gang, die Haupttreppe hinunter und nach draußen in den Hof, raste auf die Westpromenade zu.

Elli ließ es regnen. Ein kalter Sprühregen, fast schon Graupel. Da und dort drang Licht aus den Türmen, aber draußen war niemand. Die Mitglieder der Familienversammlung hatten sich nach Ende der Sitzung beeilt, ins Bett zu kommen. Nur Lisbeï sah die Reiterin auf ihrer durchnäßten Stute. Beide schienen in einem Zustand äußerster Erschöpfung zu sein. Völlig überrascht lief sie hinüber, um sie zu begrüßen. Auf der Promenade war es zu dunkel, als daß sie deutlich hätte sehen können. Aber als sie nach dem Zügel griff und ihren Kopf zu dem Schatten in dem tropfnassen Umhang hob, brauchte sie nicht einmal zu fragen. Unter der Kapuze, fiebrig vor Elend, leuchtete Guiseïas Licht.

Kapitel 9

Lisbeï band die Stute unter dem Säulendach des Westturms fest und ging hinüber, um die diensthabende Blaue zu benachrichtigen. Beim Anblick von Lisbeï, die Guiseïa halb trug, als sie die Treppe heraufkam, machte die Blaue große Augen. Sie schafften es bis zu Tollers Räumen auf dem dritten Stock Süd und klopften. Sie spürte, wie bei Toller der plötzliche Ansturm aus Überraschung und Freude Schock und Bestürzung wich, als Guiseïa eine Hand ausstreckte und seinen Namen stammelte. Toller nahm die schwache Gestalt in die Arme und trug sie zu seinem Bett.

»Ich besorg was Heißes«, sagte Lisbeï. Die Küchen mußten inzwischen verwaist sein, aber die Herde würden bestimmt noch nicht ganz erkaltet sein.

Guiseïa murmelte irgend etwas. »Bleib«, sagte Toller und wandte seinen Kopf Lisbeï zu. Zögernd trat sie näher ans Bett.

»Sie ist völlig durchnäßt. Wir müssen sie warm kriegen!«

Toller hatte den Umhang aufgeschnürt und nahm sich jetzt die Knöpfe an Guiseïas ebenso nasser Jacke vor. »Im Schrank, auf dem zweiten Brett«, warf er ihr über die Schulter zu, »ein ledernes Reiseetui.«

Lisbeï fand Handtücher und den Koffer, der einen silbernen Becher und eine kurze, flache Flasche enthielt. Die Flasche war mit weichem Leder überzogen und trug den Stempel von Serres-Morèna. Sie öffnete die Flasche und füllte den Becher mit einem großzügigen Schuß des klaren, zähflüssigen Alkohols, der stark nach Anis roch. Beim ersten Schluck hustete Guiseïa ein bißchen, dann trank sie den Rest auf einmal. Toller goß ihr ein zweites Mal ein.

»Findest du das richtig?«

Er sah sie an, trank die Flüssigkeit selbst und hielt ihr die Flasche hin. »Wir werden es brauchen.« Sie schüttelte den Kopf. Er zuckte die Achseln und wandte sich wieder Guiseïa zu. »Zieh ihr die Stiefel aus, ich kümmere mich um die Oberkleidung.«

Der Regen war nicht durch Guiseïas Stiefel gedrungen. Lisbeï zog ihr die Strümpfe aus, rieb ihr die kalten Füße und half Toller, die nassen ledernen Reithosen abzustreifen. Draußen schlug der Regen heftig gegen das Fenster, während Donner grollte.

»Was für ein Wetter«, murmelte Toller.

Lisbeï reichte ihm die Handtücher und ging zum Schrank, um eines der großen Federbetten zu holen, die neuerdings zur Bettausstattung von Bethely gehörten. Die Wintra wurden inzwischen wirklich kälter. Mit der weichen, lockeren Masse in den Armen kehrte sie zurück und stopfte das Federbett um Guiseïas nackte Beine herum fest.

»Habt ihr noch ein bißchen von diesem Ousso?« Guiseïas Stimme klang heiser. Lisbeï goß ihr einen Schluck ein und reichte ihr den Becher, den sie beim Trinken mit beiden Händen hielt. Sie zitterte.

»Ich sollte dir eine Suppe machen«, sagte Lisbeï.

»Bleib«, murmelte Guiseïa, ohne sie anzusehen.

Nach kurzem Zögern zog Lisbeï einen Stuhl ans Fußende des Bettes und nahm rittlings darauf Platz. Toller half Guiseïa, sich trocken zu reiben, danach half er ihr in eines seiner Flanellnachthemden. Es war viel zu groß, aber sie wickelte sich zitternd darin ein, ihre Hände wurden von den langen Ärmeln verdeckt. Ihr Haar hing in feuchten Locken um ihr herzförmiges Gesicht und über ihre Stirn, ihre verschleierten Augen wurden zusätzlich vom trüben Licht der Gaslampen überschattet. Sie strich das Haar zurück.

»Tut mir leid, daß ich euch so überfalle«, sagte sie mit einem schwachen Anflug von Humor. »Ich hab mich zu Tode gelangweilt.«

Toller streichelte ihre Hand, ohne sie anzusehen. Guiseïas Gesicht verzog sich plötzlich. »O Toller!« sie warf ihm die Arme um den Hals und drückte sich an ihn. Ihre Augen hatte sie geschlossen, ihr Gesicht zur schmerzerfüllten Grimasse eines kleinen Mädchens verzerrt.

Lisbeï stand auf.

»Bleib!« rief Guiseïa mit immer noch geschlossenen Augen. »Dich habe ich auch vermißt! Wo ihr beide hier wart ... Ich hab's versucht, ich hab's wirklich versucht. Hab ich dir nicht gesagt, du solltest gehen, Toller? Aber ich konnte es nicht ertragen. Ich konnte es einfach nicht!« Sie machte die Augen auf und sah Lisbeï fragend an. »Verstehst du das? Verstehst du es wirklich?«

Lisbeï sank auf die Bettkante und streichelte linkisch den flanellbedeckten Arm, der um Tollers Hals geschlungen war. Guiseïa legte ihr sofort den Arm um die Schulter und zog sie mit erstaunlich kraftvollem Griff nahe zu sich heran, während sie, von beiden eingerahmt, lautlose Schluchzer von sich gab. Toller fing an, sie sanft zu wiegen, und murmelte dabei unverständliche Worte. Auch Lisbeï begann zu weinen. Sie nahm direkten Anteil an dem Leid dieser beiden, an ihrer Liebe, ihrer herzzerreißenden Qual, die ein so schmerzliches Echo der Pein war, die Lisbeï vor so kurzer Zeit hatte kopfüber in den Regen stürzen lassen. Jetzt hatte auch Toller einen Arm um sie geschlungen, sein Mund lag an ihrem Haar. »Nicht weinen, mein kleines Mädchen, meine Kleine.« Und der Schmerz schnitt ihr immer mehr ins Herz – inzwischen weinte sie so, wie sie es sich noch nie in ihrem Leben erlaubt hatte, mit tiefen, markerschütternden Schluchzern, mit solch heftigen Krämpfen, daß es sie erschreckt hätte, wäre es nicht eine solche Befreiung gewesen, aber Befreiung wovon? Sie war nicht frei. Sie war allein, sie hatte Tula für immer verloren, und auch Toller und Guiseïa hatten einander nicht wiedergefunden, all dieser Schmerz für nichts, nichts, oh, wenn sie doch nur schon in der *Riesigen Schlimmen Zone* wäre, wenn sie doch nur schon tot wäre und nie mehr etwas empfinden müßte, nie mehr!

Tollers Angst, Guiseïas Angst, die sie plötzlich einhüllte. Ihre Stimmen: »Nein, Lisbeï, bleib bei uns!« Die besorgte Liebe, die sich über sie verströmte, über ihre Augenbrauen, ihre Lippen, ihre Schultern. Hände, die sie in der Dunkelheit, in die sie fliehen wollte, suchten und zurück ins Licht zwangen, zurück zum Empfinden, zurück zum Leiden... Sie machte die Augen auf und fand sich auf dem Bett wieder. Guiseïas lebensprühendes, forderndes Licht umgab sie, Guiseïas Körper drückte sich an ihren und bebte vor Kälte und Begehren, Tollers Nähe schloß sie und Guiseïa ein. Sein Kopf auf ihrem Bauch, das Gewicht seines Rumpfes auf ihren Oberschenkeln, es war auch sein Begehren, seine Lust, so herzzerreißend, so trostlos, so durchdringend wie der Schrei eines Kindes in der Nacht. Wie konnte sie widerstehen? Wollte sie es jetzt überhaupt? Es war zu stark, zu nah. Es gab nichts zu sagen. Alle Antworten waren da, ohne daß Fragen gestellt werden müßten, existierten in der wirbelnden Intimität ihres Lichts. Empfindungen, Bekenntnisse, die wie Blitze alles erhellten, ja, wie geteilte Intuitionen waren. Empfindungen. Neue und doch sichere Empfindungen. Strukturen. Geschmack. Gerüche. Erfüllung. Hier, dort, aber es war alles eins, ein Körper, drei Einsichten, das langsame Sichfinden in der Lust... Lust, unterschiedlich, wechselnd, aber für sie alle Entdeckung, Dankbarkeit, Sicherheit, Wiedererkennen, *dies ist wo ich sein wollte*, innen, außen, überall, Teil eines Ganzen und doch ganz ich selbst.

Lisbeï befreite sich vorsichtig und stand auf, ohne Guiseïa zu wecken. Sie suchte ihre Kleidungsstücke zusammen, die immer noch regenfeucht waren. Ihre Haut, ihr ganzer Körper, innen und außen, schien vor

Elektrizität zu kribbeln. Sie hatte ihr Hemd angezogen, als sie merkte, daß Toller die Augen aufgemacht hatte und sie über Guiseïas an seine Brust gedrückten Lockenkopf hinweg ansah. Er bewegte sich nicht und sagte auch nichts. Er sah sie einfach an, ein bißchen traurig, aber friedlich und in sein Schicksal ergeben. Sie ging leise hinaus.

Tula öffnete ihre Tür fast so schnell, wie Lisbeï klopfte. Sie war immer noch angezogen. Ihre Augen waren rot. Sie starrte sie ungläubig, fast freudig an, doch dann gewann die Sorge sofort wieder die Oberhand. »Komm rein. Um was geht's?«

»Guiseïa. Sie muß fast ohne Pause durchgeritten sein. Sie ist bei Toller. Er kümmert sich um sie.«

Lisbeï machte ein paar Schritte ins Zimmer hinein, das ihr so vertraut war. Tulas Zimmer, Selvas Zimmer. Sie drehte sich um und sah Tula an.

»Ich habe ihr geschrieben«, sagte Tula nach einer Pause. »Nachdem du uns das Tagebuch vorgelesen hast.«

Lisbeï spürte plötzlich den unwiderstehlichen Drang zu niesen. *All das, und dazu noch eine Erkältung?*, dachte sie und platzte mit einem Lachen heraus, während sie gleichzeitig laut und heftig nieste.

Tula holte einen Morgenmantel aus ihrem Schrank. Lisbeï zog ihr feuchtes Hemd aus. Tula nahm es und begann es zusammenzulegen.

»Was hast du ihr erzählt?«

»Nichts. Nur die Neuigkeiten.«

Lisbeï ließ sich auf dem Bett nieder und wickelte sich in den knappen Morgenmantel. »Sie geht mit Toller zurück, sobald sie sich erholt hat.«

Tula nickte. Sie war sehr ruhig, ruhig vor Bestürzung, sie hatte zu viele Dinge auf einmal zu verdauen. »Aber du wirst in die *Schlimme Zone* gehen. Im Frühling. Mit Kelys.«

»Ja.«

Tula setzte sich neben Lisbeï. Noch immer faltete sie das Hemd, wahrscheinlich war es ihr gar nicht bewußt. Die beiden Frauen saßen schweigend im Flackern der Gaslampe da, das Licht zuckte über die Wände, das Federbett, Lisbeïs nackte Beine, Tulas rotes Haar und den Spiegel der Frisierkommode, aus dem ihre Spiegelbilder zurückstarrten.

»Ich hatte kein Recht, das zu sagen, was ich gesagt habe«, sagte Tula. Ihre Stimme klang immer noch irgendwie abwesend. Eine Feststellung, keine Erklärung. »Du kommst doch zurück, oder?«

Aus der *Schlimmen Zone*. Von Angresea. Lisbeï sah Tula ins Gesicht – sah die leicht gewölbten Augenbrauen, den auf unbestimmte Art verwirrten Gesichtsausdruck, den leicht geöffneten rosa Mund, die Linien auf der Stirn und die Fältchen um die Augen herum – und erwiderte zärtlich als Antwort auf beide Fragen: »Ja.«

Sie schlüpften unter das Federbett.

»Halt mich«, sagte Tula einen Augenblick später. Und noch einen Augenblick später: »Erzähl.«

Kapitel 10

Guiseïa und Toller reisten drei Tage später ab. Falls es in Bethely Fragen gab, so stellte sie niemand in Lisbeïs Anwesenheit. Zweifellos gestanden die Menschen der früheren Capta von Angresea jetzt, da sie eine Blaue war, die Freiheit zu, zu tun und lassen, was sie wollte. Twyne war beglückt, ihre Mutter wiederzusehen, auch wenn es nur für kurze Zeit war, und Guiseïa freute sich über die ausgezeichnete Überlebensrate bei den Kindern des Maxim von Angresea. Als sie Cynria sah, bemerkte sie Lisbeï gegenüber lediglich: »Sie sieht so aus wie du.« Mit Mooreï unterhielt sich Guiseïa über Stellanes Kommentare und das Foto von Garde. Mit Antonë sprach sie über Angresea und Sylvanes Tod. »Wie du siehst«, sagte sie der Ärztin, »hatte Kelys recht. Es war noch zu früh, deine Forschungsergebnisse zu veröffentlichen. Es ist immer noch zu früh. Wir haben noch nicht genügend Unterlagen zusammen.« Antonë stimmte traurig zu. Mit Tula unterhielt sich Guiseïa über die Westflotte, die Nachwirkungen der Versammlung von Entraygues, Belmont, die gegenwärtig in Angresea laufende Forschung über Kühlhaltung und die immer noch andauernde Masernepidemie. Mit Kelys redete sie nur wenig. Über Gardes Tagebuch und die *Schlimme Zone* sagte sie überhaupt nichts.

Toller hatte sehr wenig zu sagen. Hin und wieder trafen sich seine und Lisbeïs Blicke. Dann sahen sie einander einen Moment lang unverwandt an. Sie lächelte leicht, er erwiderte das Lächeln, und sie wandten den Blick ab.

Als die Zeit für ihre Abreise gekommen war, fand Lisbeï sich mit Guiseïa in der Eingangshalle wieder. Sie waren ein wenig hinter den anderen zurückgeblieben. Guiseïa blieb stehen und wandte sich um. Den Kopf hatte sie leicht zurückgeworfen, so daß sie Lisbeï besser ansehen konnte. Es war wie ein Echo ihres früheren trockenen Humors, als sie wie im Selbstgespräch murmelte: »Du bist erwachsen geworden. Wie schade.«

»Warum nicht ›wie schön‹?«

Guiseïa verzog leicht das Gesicht, aber fuhr mit ihrer Inspektion fort. Ihr Licht wurde sanfter und flackerte ein bißchen. »Wir werden dich brauchen.«

»Ich weiß«, sagte Lisbeï, der die Kehle eng wurde. »Ich werde euch auch brauchen.«

Guiseïa nickte und musterte sie einen Moment lang, dann drehte sie sich um und schloß sich den anderen draußen an. Toller saß schon auf seiner Stute. Lisbeï ging zu ihm hinüber. Er zog seinen Handschuh aus und streckte seine Hand aus. Ohne zu zögern nahm sie seine Hand in ihre. Es war eine große Hand, fein und doch stark, eine warme Hand. Sie lächelte Toller zu. In der grellen Sonne, die den nassen Hof und die Türme in gleißendes Licht tauchte, mußte sie blinzeln. »Paßt gut aufeinander auf, ihr beide.«

»Das werden wir wohl müssen.«

»Ihr schafft das schon.«

Er sah sie an. Die Sonne stand in seinem Rücken, und sein Gesicht lag im Schatten, aber Tollers Licht war da, zuerst etwas zögerlich, dann deutlich. »Ich nehme es an.«

Sie ließ seine Hand los, er wandte den Kopf seiner Stute.

»O Lisbeï«, rief Guiseïa und wühlte in ihren Satteltaschen, »Ich hab dir in Entraygues ein Geschenk besorgt, aber bei all dem, was passiert ist, hab ich vergessen, es dir zu geben.«

Sie streckte ihr ein kleines, schweres Päckchen hin, das wahrscheinlich eine Schachtel enthielt. Es war sorgfältig in blaugelb gestreiften Stoff, die Farben von Bethely, eingewickelt. Nach einem letzten Winken zog auch sie ihre Stute herum.

Es war ein viereckiges, hölzernes Kästchen mit Intarsien aus Perlmutt. Lisbeï brauchte einen Augenblick, bis sie merkte, daß das Muster aus optisch täuschenden, abwechselnd konkaven und konvexen Würfeln bestand. Sie lächelte, als sie das Kästchen aufmachte. Innen lag auf einem purpurroten Satinkissen die fein abgesetzte, emaillierte Halskette, die die Kunsthandwerkerin aus Baïanque verkauft hatte – die blaurote Halskette, die vor so langer Zeit ihre Besitzerin gewechselt hatte. Sie betrachtete sie kurz, dann legte sie sich die Kette um den Hals, über die

Goldkette, von der als Anhänger das Vergrößerungsglas baumelte. Sie fummelte am Verschluß.

»Warte«, sagte Tula, »laß mich das machen.«

In Bethely ging das Leben weiter. *Das Leben geht immer weiter,* schrieb Lisbeï belustigt, aber auch dankbar in ihr Tagebuch. Im Laufe der Novemra wurde das Wetter rauher. Es war kälter als üblich, aber sie hatten ein paar Tage lang einen knallblauen Himmel, so wie Lisbeï ihn am liebsten mochte. Die Tage schlichen dahin. Lisbeï nahm Bethely und seine Besonderheiten erneut unter die Lupe, lernte, diese Besonderheiten ihren eigenen Bedürfnissen anzupassen oder, falls nötig, sich ihnen anzupassen. Trotz der Entscheidung der Familie hatte sie ihre Absicht, zur *Schlimmen Zone* aufzubrechen, ruhig und ohne jede Provokation bekanntgegeben. Aus den verschiedenen Reaktionen konnte sie ersehen, daß kaum jemand angenommen hatte, sie werde zuerst nach Callenbasch gehen. Niemand schien ihr etwas Böses zu wollen. Die Menschen machten ihr Vorwürfe, aber der Ton war eher besorgt und resigniert als verletzend. Es war die alte Berta, die frühere Capta der Schmiede, die die allgemeine Stimmung zusammenfaßte. »Na ja, wir können sie nicht davon abhalten. Und wenn schon jemand gehen muß, dann kann es ja auch Lisbeï sein.«

Als Kelys ihr von dieser Bemerkung erzählte, fragte sich Lisbeï, ob da nicht so etwas mitschwang wie »Na ja, wenigstens werden wir sie ein für allemal los!« Aber die allgemeine Atmosphäre war frei von solchen Empfindungen. Im vergangenen Monat war die ganze Familie – jede Blaue, Rote und Grüne in Bethely – gezwungen gewesen, sich mit der Frage auseinanderzusetzen und eine persönliche Entscheidung zu treffen. Alte Ängste und Gewißheiten hatte man in Frage gestellt, ebenso wie die Position Bethelys in Maerlande und die Position Maerlandes im Muster Ellis. Alle wußten, daß Lisbeï die Frage genauso gewissenhaft abgewogen hatte: Es war ihre Pflicht, wie es ihr Recht war, sich danach für einen Weg zu entscheiden, der von Bethelys Weg abwich. Jetzt mußte das Schicksal seinen Lauf nehmen, aber wenigstens hatten sie jetzt eine Vorstellung von dem, was passieren konnte. Sie würden sich nicht überrumpeln lassen. Und die Einheit, Stärke und Haltung der Familie bewiesen sich darin, daß man Lisbeï ihre eigene Entscheidung zugestand.

War der Familie dieses Paradoxon bewußt? Lisbeï war sich darüber nicht im klaren, aber es kam ihr sehr zustatten.

Anfang Dezemra begann sie sich zu fragen, ob sie irgendeine Krankheit ausbrütete. War das möglich? Die Ironie einer solchen Wendung ihres Schicksals belustigte sie, trotzdem machte sie sich unbestimmte Sorgen. Nachdem der Regen sie völlig durchnäßt hatte, war die drohende Erkältung wie üblich abgeklungen. Aber irgend etwas stimmte nicht. In den letzten drei oder vier Tagen war sie mit einem Gefühl von Übelkeit aufgewacht. Es dauerte nicht lange, und es gab auch keine anderen Symptome, aber es war unangenehm. Hatten die Masern sie doch noch erwischt?

Antonë untersuchte sie. Sie stand vor einem Rätsel. »Du? Jedenfalls liegt die Inkubationszeit weit unter einem Monat. Die Masern können es nicht sein. Hast du irgend etwas Außergewöhnliches gegessen? Wir wollen mal sehen… Kein Fieber, keine Kopfschmerzen, keine Magenschmerzen, abgesehen von der Übelkeit…«

Lisbeï spürte, wie sehr sich die Ärztin um Gelassenheit bemühte. »Ich bin nicht mehr im Hort, Antonë.«

»Das war Sylvane auch nicht«, murmelte Antonë

und wandte ihr den Rücken zu, um ihre Instrumente wegzuräumen.

»Aber da besteht doch überhaupt kein Zusammenhang«, wandte Lisbeï, die fast gelacht hätte, ein. Sie fühlte sich ausgezeichnet. Tatsächlich fühlte sie sich besser als seit langem. Das einzige, was ihr zu schaffen machte, war das unangenehme Gefühl beim Aufwachen, ein Gefühl, als müsse sie sich übergeben.

»Wer muß sich übergeben?« fragte die muntere Stimme einer unsichtbaren Mooreï aus Antonës Büro, das neben dem kleinen Untersuchungszimmer lag. »Ist jemand schwanger?«

Antonë drehte sich um. Sie dachte, sie wüßte, was Lisbeïs Gesichtsausdruck zu bedeuten hatte. »Versuch darauf zu achten, was du ißt«, sagte sie und strich Lisbeï über die Wange. »Vielleicht hängt es damit zusammen. Und sag mir auf jeden Fall Bescheid, wenn das noch mal passiert.«

Mooreï tauchte leicht verlegen im Türrahmen auf. »Oh, du bist es, Lisbeï. Ich hab deine Stimme gar nicht erkannt …«

»Schon gut«, schnitt Lisbeï ihr das Wort ab.

Warum sie danach auf direktem Weg zu Kelys ging, wußte sie nicht. Während sie daran dachte, daß sie vielleicht Tula informieren sollte, fand sie sich vor dem Zimmer von Kelys wieder.

Die Forscherin öffnete die Tür, sah sie auf der Schwelle stehen, zog sie hinein und machte die Tür hinter ihr zu.

»Was ist los?«

Lisbeï brachte ihre Geschichte stockend vor. »Aber das ist doch lächerlich, oder?« sagte sie schließlich und versuchte ohne viel Erfolg zu lachen. »Vielleicht war es irgend etwas in Belmont.«

»Belmont ist inzwischen nicht mehr so verseucht.«

»Aber vielleicht das Museum …«

»Nein.«

Wie konnte sie so sicher sein?

»Dann wäre ich auch krank«, gab Kelys zu bedenken.

»Aber Kelys, das ist doch gar nicht *möglich*. Ich bin eine Blaue! Immer schon gewesen!«

Kelys nahm sie bei der Hand und sah sie aufmerksam an, als wolle sie ihre Haut durchdringen und die Tiefen ihres Körpers ausloten. »Vielleicht bist du ja keine Blaue mehr«, sagte sie schließlich mit leicht zusammengekniffenen Augen. »Das kann vorkommen. Du bist fünfundzwanzig, was ziemlich spät ist, aber unmöglich ist es nicht.«

»Aber *Toller* ist ein Blauer! Er ist vierzig! Kann auch das vorkommen?«

Kelys runzelte die Stirn und trat einen Schritt zurück. »Na ja, es ist … weniger wahrscheinlich«, murmelte sie nach einer Pause. Sie richtete sich auf und ging kurz mit auf dem Rücken verschränkten Händen auf und ab. Dann drehte sie sich zu Lisbeï um. »Jedenfalls ist es wohl noch zu früh für eine solche Vermutung, meinst du nicht auch? Leider gibt es viele Leiden, die mit Übelkeit beginnen. Allerdings«, fügte sie leiser hinzu, »gehen sie normalerweise mit anderen Symptomen einher. Laß uns einfach sehen und abwarten. Es tut mir leid, aber ich kann dir auch nicht mehr sagen als Antonë.«

Es gibt reguläre Tests, aber dazu sei es noch zu früh, sagte sie. Und ich weiß ja sowieso, daß die ganze Sache völlig lächerlich ist! Wenn Moorei nichts gesagt hätte, hätte ich keinen Gedanken darauf verschwendet. Lächerlich, wirklich. Selbst wenn ich durch irgendeinen unbegreiflichen Vorgang zur Roten geworden wäre, hätte es bei Toller nicht funktioniert. Kein Mann jenseits der sechsunddreißig oder siebenunddreißig ist zeugungsfähig, auch in Bethely nicht. Und schon gar nicht in Angresea, obwohl sie dort eine hohe Lebenserwartung haben, aber das hat damit nichts zu tun. Vielleicht sollte ich mich fragen, warum ich mir die Idee nicht aus dem Kopf schlagen kann, da sie doch so offensichtlich und unbestreitbar lächerlich ist. Welche blöde Geschichte mache ich mir selbst wieder einmal unwissentlich vor, das ist hier die Frage.

Aber sie mochte die Frage drehen und wenden, wie sie wollte, Seiten in ihrem Notizbuch füllen, versuchen, die Ereignisse jener Nacht zu rekonstruieren, und sich ihre Empfindungen ins Gedächtnis rufen: Die Sache war leider ganz einfach. Sie selbst zwischen Toller und Guiseïa, Guiseïa zwischen ihr und Toller. Sie erinnerte sich sehr genau an jedes Streicheln, jede Geste, das Erstaunen, nicht erstaunt zu sein, an alle Nuancen der Lust – Tollers und Guiseïas Lust, ihre eigene Lust – und an das Licht, die Intensität des Helldunkel, das sich gerade in der Tiefe der Schatten enthüllte. Schatten. Da waren Schatten gewesen. Vielleicht war das ein versteckter Hinweis? Aber sie blieben Schatten, sie konnte diese unbekannten Zonen nicht erklären, sondern nur sagen: »Das war Guiseïa, das war Toller, das war ich.« Jede Person war eine Einheit in sich selbst und unterschied sich von den anderen, selbst im Augenblick der am intensivsten geteilten Vereinigung.

Die morgendliche Übelkeit hielt an, ebenso wie die Attacken eines Heißhungers, der kaum noch zu stillen war. Allmählich nahm sie ein bißchen zu. Gegen Mitte des Monats Elli nahm Kelys bei ihr Blut- und Urinproben und sah später bei ihr vorbei.

»An Tatsachen kann man nicht rütteln«, sagte sie unverblümt, »selbst wenn die Tatsachen unmöglich sind. Lisbeï, du bist schwanger.«

Mooreï und Antonë waren wie vor den Kopf geschlagen, als sie die Neuigkeiten hörten, während Tula nur eine einzige Frage hatte: »Willst du sie behalten?«

Lisbeï hörte sich spontan antworten. »Wenn sie lebend zur Welt kommt, ja.«

»Nicht hier«, sagte Kelys.

Zuerst war Lisbeï von der Niedergeschlagenheit der anderen irritiert. Dann kam ihr die Erleuchtung: *Nemdotta*. Niemandstochter. Das Kind würde außerhalb der Erblinien zur Welt kommen. Es würde auffliegen, daß Toller sich fälschlicherweise selbst zum Blauen erklärt hatte ... Und wenn Lisbeï, plötzlich eine Rote, nach ihrem Aufenthalt in der *Schlimmen Zone* von Belmont (selbst wenn die Zone nicht sonderlich verseucht war) mit ihm ein Kind gezeugt hatte, dann würde man sie beide zu Gesetzlosen, Abtrünnigen erklären. Man würde sie sterilisieren und in die Verbannung schicken. Und das Kind ... falls sie lebend zur Welt kam – lebendig geboren würde, normal geboren würde – und überlebte ... Sie würde eine Nemdotta sein. Oh, man würde sie am Leben lassen, dies war nicht die Epoche der Bienenstöcke – und selbst in jenen Tagen wurden die Nemdottas nicht immer umgebracht. Aber ganz bestimmt würde man sie sterilisieren.

»Wie stehen die Chancen, daß das Kind normal ist, Kelys?« fragte Tula. Sie wirkte weder fassungslos noch niedergeschlagen.

Kelys dachte kurz mit gerunzelter Stirn nach. »Soweit ich mich erinnern kann, sind die Erblinien miteinander vereinbar«, sagte sie schließlich mit irgendwie belegter Stimme. Sie hob den Kopf, ihre Augen trafen die von Lisbeï. Dachte auch sie an Sylvane?

»Toller und ich haben beide die *Schlimme Krankheit* gehabt«, rief ihr Lisbeï ins Gedächtnis.

»Also gut, wenn das bei dir zu verzögerter Geschlechtsreife und bei Toller zu verlängerter Zeugungsfähigkeit geführt hat«, sagte Kelys mit offensichtlichem Widerstreben, »dann mag das für das Kind gar nicht so schlecht sein.«

»Du willst sehen, wo das hinführt«, sagte Lisbeï mit bewußt unbeteiligter Stimme.

Kelys zuckte unwillkürlich zusammen, ihr schwarzes Gesicht verzog sich. Sie gab sich deutlich Mühe, ihren Blick nicht abzuwenden. »Du hast gesagt, du willst sie behalten«, stellte sie fest. »So lange du das tust, würde ich gern wissen, wie sie sich entwickelt, ja.« Sie schien allmählich ihre Lebensgeister zurückzugewinnen. »Willst *du* es denn nicht wissen?« Sie sprach mit sanfter Stimme, aber es lag auch ein leiser Vorwurf darin.

Nach kurzem Zögern nickte Lisbeï. Fast hätte sie geantwortet: »Aber das ist nicht der Grund, aus dem ich sie behalten will.« Wenn man sie gefragt hätte, hätte sie selbst nicht erklären können, warum sie das Kind unbedingt behalten wollte. In Reaktion auf Tulas Frage hatte sie einem unerklärlichen Impuls nachgegeben, den sie nicht begriff, der aber so eindeutig war wie eine innere Eingebung.

»Kelys hat recht«, sagte Tula. »Du kannst das Kind nicht hier zur Welt bringen.«

»Ich kenne einen ruhigen Ort«, sagte Kelys.

Schließlich tauchte Antonë aus ihrer inneren Versenkung auf. »Und was weiter?«

Tula ging zu Lisbeï hinüber und faßte sie bei den Schultern. »Machst du dir auch die Folgen klar, Lisbeï, wenn du sie behältst?« Sie wirkte gelassen und resolut. »Alle Folgen?«

Lisbeï nickte, gerührt von Tulas plötzlicher Stärke.

»Hier kannst du sie nicht behalten und ihre Mutter sein. Tatsächlich auch nirgendwo sonst«, stellte Tula fest. Sie hatte dabei wahrscheinlich ihr eigenes Wohl ebenso im Auge wie das der anderen.

»In Angresea«, brachte Antonë zögernd hervor.

»Nein«, sagte Lisbeï. Eine weitere Gewißheit, die ihr plötzlich aus dem Nirgendwo kam.

»Nein«, wiederholte Tula bestätigend. »Aber das Kind könnte eine von uns sein. Ich kann in diesem Jahr noch ein Kind mit jemand aus der Gloster-Familie haben. Das sollte ich tatsächlich, es entspricht der Tradition. Niemand wird sonderlich überrascht sein, wenn ich innerhalb von zwei Jahren zwei Kinder bekomme, auch wenn ich es vorher noch nie so gehalten habe. Und ich mag Mikal recht gern.«

Lisbeï traute ihren Ohren nicht. »Aber du hast doch wohl nicht ernstlich vor ...«

»Nein. Ich werde eine Schwangerschaft vortäuschen, damit die ganze Sache plausibel wirkt. Mikal wird keine Fragen stellen. Niemand wird die paar Wochen Zeitunterschied bemerken.«

»Du meinst ... du willst das Kind als dein eigenes annehmen?« fragte Mooreï.

»Na ja, es macht bei der Erblinie doch keinen so großen Unterschied, nicht wahr? Lisbeï hätte sowieso ein Kind von jemand aus Angresea bekommen sollen.«

»Genau«, sagte Antonë, die an der Idee allmählich Gefallen fand. »Tatsächlich müßten wir das Kind nicht einmal sterilisieren.« Ihr Gesicht verdüsterte sich. »Falls sie lebt. Und falls sie geschlechtsreif wird«, fügte sie mit leiser Stimme hinzu.

Danach schwiegen alle. Lisbeï spürte, wie jede von ihnen die Geschichte, die Tula vorgeschlagen hatte, bedachte und für sich verarbeitete. Irgendwie war sie überrascht, daß offensichtlich niemand auf die Idee kam, sich dagegen auszusprechen. Sie selbst hatte sofort, in dem Moment, als Tula sprach, den ganzen Plan in allen Einzelheiten vor sich gesehen. So real, als sei alles bereits wirklich geschehen. Sie wußte schon, welchen Namen sie dem Kind geben wollte: Yemen. So hatte Tula in ihren Horttagen die Tochter genannt, die ihr Geschenk für Lisbeï war.

Kapitel 11

Lisbeï sollte sich stets mit Vergnügen und gelegentlicher Nostalgie an die acht Monate erinnern, die sie mit Kelys in der *Schlimmen Zone* verbrachte – an Kelys' ›ruhigem Ort‹ nördlich von Bethely. Sieben Kilometer jenseits der blauen Steine, auf der Kuppe einer niedrigen Hügelkette, stand in einer von Bäumen umgebenen Lichtung ein Blockhaus, an dem ein Bach vorbeifloß. Die Hütte war alt und aus soliden Baumstämmen gebaut, die wegen der Verwitterung inzwischen silbern waren. Dickes, aber lichtdurchlässiges Glas schützte die Fenster. Zwei Personen hatten darin Platz, es gab Betten und Bettzeug, Kochutensilien, Trockenvorräte, Konservendosen, die den Stempel von Angresea trugen, und Holzscheite zum Nachlegen, die unter einer großen Persenning sorgfältig an der Südwand aufgestapelt waren.

»Kommst du oft hierher?« fragte Lisbeï, als sie an der alten Hütte angekommen waren. Es war ihre einzige Frage. Sie hatte nichts gesagt, als sie sah, welche Richtung Kelys bei ihrer Abreise aus Bethely einschlug, auch nicht, als sie die Grenzlinie der blauen Steine überquerten. Kelys bot keine Erklärungen an. Den ganzen Reisetag hatten sie bis auf wenige, rein zweckgebundene Bemerkungen bei den Essenspausen schweigend verbracht. Kelys setzte ihre letzte Satteltasche auf dem Tisch ab und sah sich in dem Blockhaus, das nur aus einem einzigen großen Raum bestand, um. »Wenn ich nachdenken muß«, antwortete sie mit den Händen an den Hüften.

Lisbeï ließ sich auf einem der Betten nieder. Es war recht bequem. »Und hast du oft Besucherinnen?«

Kelys lächelte. »Nein.«

»Erklärst du's mir?«

Die Entdeckungsreisende begann auszupacken. »Was willst du wissen?«

»Wie wär's mit allem?«

»Willst du dir das wirklich erzählen lassen, anstatt es selbst herauszufinden?« Kelys lachte leicht und machte weiter, ohne eine Antwort abzuwarten. »Jedenfalls weiß ich auch nicht so viel, Lisbeï.«

»Du weißt jedenfalls, daß die *Schlimme Zone* sehr wohl bewohnbar ist.«

»Daß dieser Teil der *Schlimmen Zone* bewohnbar und sicher ist.«

»Und bewohnt?«

Kelys begann ihre Sachen in einem Schrank zu verstauen. Mit einem Seufzer stand Lisbeï auf und tat es ihr nach. Als sie fertig war, nahm sie das in Augenschein, was für die kommenden acht Monate ihr Zuhause sein würde. Eine ganze Regalwand war mit Büchern vollgestopft. Es waren Lexika, Geschichtsbücher, Abschriften der Fragmente und des Notizbuches, Romane (mehrere von Ludivine von Kergoët), technische Handbücher, dickleibige Bände der Medizin und Anatomie und Bücher, die wie nagelneue Märchensammlungen aussahen.

»*Die Erzählungen der Roten Katze,* Kelys? *Das Märchen von der verlorenen Prinzessin? Der Pimpernella-Zyklus?*« Lisbeï drehte sich zu Kelys um, die halb auf dem Tisch saß und ihr zusah.

»Du hast mich überzeugt«, sagte Kelys lächelnd.

»Na ja«, antwortete Lisbeï und wandte sich wieder den Bücherregalen zu, »wenigstens haben wir was zu lesen.« Sie ging hinüber zu den Küchenschränken und musterte kritisch ihre Vorräte. Sie hatte Hunger. »Ein bißchen dürftig für acht Monate«, stellte sie fest.

»Hier gibt's immer Wild«, versicherte Kelys.

Es ist merkwürdig, wie schnell ich mich hier eingewöhnt habe, schrieb Lisbeï einige Wochen später. *Wahrscheinlich liegt es daran, daß Kelys den Dreh heraus hat, alles, was sie tut, alles was man mit ihr zusammen unternimmt, so klar festzulegen. Vielleicht bin ich auch anpassungsfähiger als früher. Ehrlich gesagt, ist es allerdings auch sehr leicht, an einem solch verlassenen Ort eine bestimmte Routine zu entwickeln. Wir stehen später und später auf, während die Abende länger und länger werden. Wir machen die Taïtche-Übungen und kümmern uns ums Mittagessen – tatsächlich geht ganz schön viel Zeit für die Vorbereitung der Mahlzeiten und das Essen drauf! Wir lesen und schreiben, jede in ihrer Ecke. Ab und zu geht Kelys auf die Jagd. Bei gutem Wetter gehen wir spazieren.*

Bald hatte Lisbeï vergessen, daß sie in der *Schlimmen Zone* war. In den ersten paar Tagen hatte sie die Woche sonnigen Wetters ausgenutzt und sich sorgfältig mit den Pflanzen und Tieren rund ums Blockhaus vertraut gemacht. In dieser Jahreszeit gab es nicht viel zu sehen. Neben den Laubbäumen, die fast alle schon ihre Blätter verloren hatten, wuchsen in dieser Höhe vereinzelt auch Nadelbäume. Einige waren offensichtlich Mutationen und hatten eine schuppige, fast reptilienartige Rinde. ›Schlangenbäume‹ nannte sie Kelys. Die langen knisternden Blätter, spitz wie Nadeln, bedeckten den Erdboden. Kelys gab Lisbeï die Früchte zu essen – eiförmige Kerne mit einer hübschen Maserung, knusprig, aber nicht zu hart, wenn man sie röstete, sie schmeckten wie Haselnüsse. Roh waren die Kerne tödlich: Sie enthielten eine schnell wirkende Substanz, die die Opfer lähmte. Im Magen sprossen die Kerne auf. Wenn man sie in einem Stück verschluckt hatte, konnten die Magensäfte nichts dagegen ausrichten. Nur ein einziges Geschöpf, ebenfalls eine Mutation: eine Abart der Drossel, fraß die Kerne tatsächlich manchmal ganz auf. Nagetiere, die die Kerne nur anknabberten, litten, je nachdem, wieviel sie davon gefressen hatten, eine gewisse Zeit unter Bauchschmerzen und Lähmungen. Nach ein paar heilsamen Erfahrungen ließen sie die Kerne später links liegen. Wahrscheinlich hing es auch mit diesen Kernen zusammen, daß sich die Nadelbäume nicht weiter verbreitet hatten: Die Vögel, die die Kerne schluckten, kamen nie weit. *Gut, daß wir über diesen Baum in Bethely nichts wissen, in den Horten würde es zu Alpträumen führen!* notierte Lisbeï an diesem Abend und dachte an die Geschichten von den Äpfeln und den Samenkernen, die Mooreï einst erzählt hatte.

Lisbeï selbst hatte keine Alpträume. Inzwischen war sie zu alt dafür. Und das Kind, das weibliche Embryo in ihrem Schoß, das sie nährte, war ... also gut, nicht gerade das, was sie sich schon immer gewünscht hatte, aber immerhin die Realisierung von dem, was hätte sein sollen. Nach all den Jahren. Eine merkwürdige, aber passende Art, all ihre Lebensfäden wieder zusammenzuführen. Selbst diejenigen, auf die sie vor langer Zeit verzichtet hatte. Und es machte ihr auch gar nichts weiter aus, wenn man nie erfahren würde, daß sie die Mutter dieses Kindes war. Toller hätte das natürlich nicht verstanden. Ihr war nicht klar, ob sie selbst es überhaupt verstand.

Toller. Sie hatte draußen das Geschirr gespült, auf einer Bank gesessen und sich über das Becken gelehnt. Sie hielt so plötzlich in der Bewegung inne, daß Kelys beunruhigt war.

»Eine Wehe?« fragte die Entdeckungsreisende und setzte den Teller ab, den sie gerade abtrocknete.

»Nein, nein«, sagte Lisbeï mit rauher Stimme. Was sollte sie Toller sagen? Und (aber warum erst an zweiter Stelle?) Guiseïa? Es war das erste Mal, daß sie daran dachte, seit sie Bethely verlassen hatte. Da waren die Vorbereitungen gewesen, die Abreise, das Sicheinrichten in dem Blockhaus von Kelys, dann die Anpassung an die tägliche Routine. Die flüchtige Verwunderung, daß sie jetzt wirklich in der *Schlimmen Zone* war und sie ... nicht sonderlich merkwürdig fand, hatte sie schnell überwunden. Toller, Guiseïa.

Hatte sie den Gedanken daran verdrängt? Hatte sie deshalb den Eindruck, als ob sie plötzlich von einer Flutwelle erfaßt wäre, als ob in ihrem Kopf halb formulierte Gedanken herumwirbelten? Hatte sie deshalb Atemnot und Herzklopfen? Toller, Guiseïa. Was sollte sie ihnen sagen?

Sollte sie es ihnen überhaupt sagen? Je weniger Menschen Bescheid wußten, desto besser, nicht wahr? Aber was dachte sie da? Wie konnte sie es ihnen nicht erzählen? Es nicht *Toller* erzählen ... Toller in Wardenberg, wie er den Löffel mit Brei hielt und den Mund gleichzeitig mit Sygnes Kind aufmachte. Toller in Bethely, wie er zuhörte, als Cynria ihm feierlich vom Unterricht des Tages erzählte ...

Toller in Angresea, an Sylvanes Bett. Wenn sie eine Fehlgeburt hatte ... Wenn das Kind die Geburt nicht überlebte ... (Erst viel später merkte sie, daß ihr nie der Gedanke gekommen war, das Kind könnte lebensfähig, aber mißgestaltet zur Welt kommen. Oder daß es ein Junge sein könnte. Oder daß sie selbst bei der Geburt sterben könnte. Wie sich herausstellte, hatte sie recht daran getan, diese Möglichkeiten zu ignorieren, aber das konnte sie vorher ja nicht wissen, oder? Die Stärke ihrer eigenen Überzeugung schien alle negativen Möglichkeiten beiseite gedrängt zu haben. Es war so, als ob sie letztendlich das Kind dadurch geschaffen hätte, indem sie sich selbst von ihm erzählt hatte – von diesem Kind, das sie erst gar nicht gewollt hatte). Aber wenn das Kind nicht überlebte, sollte sie dann Toller – und Guiseïa – mit neuem Leid belasten ...

Sie richtete sich auf und lehnte sich gegen die von der Sonne warmen Baumstämme. Der ursprüngliche, heftige Gewissenskonflikt war verflogen. Sie merkte, wie sie in einer merkwürdigen Klarheit dahintrieb, während sich ihre Vorstellungen entfalteten und von selbst zusammenfügten, langsam, aber mit unerbittlicher Gewißheit. Toller, Guiseïa. Sie würde ihnen nicht nur sagen, daß sie ein Kind von Toller empfangen hatte – falls sie es ihnen erzählte. Sie würde ihnen auch sagen, daß sie immer noch gebärfähig war. Und Toller immer noch zeugungsfähig. Und Guiseïa würde verstehen… was? Daß sie Toller keine Kinder mehr schenken durfte? Aber es kam ja ebensowenig in Frage, daß Lisbeï weitere Kinder von Toller empfing.

Wenn sie sich zu dritt wiedersahen… Denn sie würden einander wiedersehen, das wußte Lisbeï ganz sicher. Und vielleicht… ganz bestimmt… noch einmal… alle drei zusammen… Sie konnte es ihnen *nicht* verheimlichen! Sie konnte nicht riskieren… Oder das empfängnisverhütende Mittel nehmen, das Rowène entwickelt hatte? Aber sie mußte es ihnen in jedem Fall sagen!

Und es ihnen nicht zu erzählen… Mit ihnen zusammenzusein, in dieser Weise zusammenzusein und es ihnen nicht zu sagen… Das konnte sie nicht. Zwischen ihnen durfte es kein Verschweigen, keine Lüge geben.

Aber es ihnen zu sagen… Das Wissen, das zwischen ihnen stand, das Bedauern, vielleicht auch Bitterkeit…

»Kelys«, hörte sie sich plötzlich sagen, »ist das endgültig? Daß ich keine Blaue mehr bin?« Es war eine seltsame Formulierung, aber damals merkte sie es nicht.

Nach langem Schweigen war Kelys' Stimme langsam und bedächtig zu vernehmen. »Nicht unbedingt.«

Lisbeï wandte den Kopf. Ihre Augen trafen sich. Lisbeï biß sich auf die Lippe. Nicht unbedingt. Und falls sie wieder zur Blauen werden konnte, würde sie es ihnen nicht sagen müssen…

»Toller«, sagte Kelys hellsichtig und resigniert. Es war keine Frage. »Und Guiseïa.«

Lisbeï nickte. Sie wußte nicht, ob diese Hellsichtigkeit sie erleichterte oder ärgerte.

»Kannst du dich auf ihre Diskretion verlassen?«

Natürlich. Das war es nicht…

»Solltest du nicht wenigstens abwarten, bis du weißt, ob das Kind überleben wird?« fuhr Kelys fort.

Wie lange abwarten? Und es ihnen nur dann sagen, falls das Kind schließlich starb? Bekennen, daß sie es für wer weiß wie lange verschwiegen hatte? Sylvane hatte bis zu ihrem vierzehnten Lebensjahr gelebt. Nein!

Lisbeï sah Kelys an. Die Entdeckungsreisende hatte ihr Handtuch auf dem Schoß gefaltet und zog es gedankenverloren mit einer Hand glatt. »Du findest, ich sollte es ihnen nicht sagen.«

»Je weniger Leute es wissen, desto besser«, sagte Kelys schließlich. Sie wirkte merkwürdig mutlos.

»Ich soll ihnen die Entscheidung aus der Hand nehmen?« Der Gedanke war ihr auch schon gekommen, aber es von jemand anderem zu hören, provozierte bei ihr, wie üblich, eine ganz automatische Reaktion.

»Wenn du es ihnen nur aus Prinzip sagen wolltest, würdest du ihnen dann nicht die Entscheidung aus der Hand nehmen?«

»Wenn es so wäre, würden wir nie irgend jemand etwas anvertrauen.«

»Man platzt nicht immer und überall mit der Wahrheit heraus. Und ganz sicher nicht, um selbst etwas loszuwerden, das man allein vielleicht nur schlecht tragen kann.«

Als Kelys das sagte, protestierte ich, aber sie zuckte nicht mit der Wimper. Das zwang mich, das Argument genauer unter die Lupe zu nehmen – ein solch vertrautes Argument, aber inzwischen klingt es anders. Wenn ich es Toller (und Guiseïa) sagen würde, wäre es nicht ›aus Prinzip‹ oder aus einem Schuldgefühl heraus oder um Toller in die

Pflicht zu nehmen. Das weiß ich, und Kelys weiß es auch. Aber als ich in jenem Jahr vor der ganzen Versammlung über das Notizbuch sprach, war es vielleicht wirklich so, daß meine eigentliche Motivation der Wunsch war, mich zu rächen, mich zu befreien – und mich selbst zu bestrafen. Was genau also spricht dafür, daß ich mit Toller – und Guiseïa – rede, und was dagegen?

Und was würden sie tun? »Natürlich«, hatte ich Kelys geantwortet, natürlich würden sie Stillschweigen bewahren, es würde nicht weiter nach außen dringen. Aber bin ich mir da so sicher? Kann ich das Risiko eingehen? Andererseits: Habe ich das Recht – haben wir das Recht –, die Wahrheit zu verschweigen, und für wie lange?

Am nächsten Tag fragte Kelys Lisbeï nur, ob sie darüber nachgedacht habe, was sie nach ihrer Rückkehr aus der *Schlimmen Zone* in Bethely sagen sollten. Immerhin wurde ja gemeinhin angenommen, sie erforschten die Zone.

Lisbeï betrachtete das Schlangenbaumgehölz. Plötzlich wurde ihr das Ausmaß ihrer Niederlage klar, jetzt mußte sie sich diese Niederlage eingestehen. »An der Grenze weniger verseucht als angenommen, aber immer noch zu viele Mutationen. Wir mußten uns damit begnügen, das Gebiet an der Grenzlinie der blauen Steine zu erforschen. Auf jeden Fall zu gefährlich, um ins Landesinnere vorzudringen.«

Sie sahen einander an. Kelys schaute als erste weg. Keine würde das Thema noch einmal anschneiden. Lisbeï hatte angenommen, Kelys werde mit ihr weiter über Toller und Guiseïa sprechen. Aber vielleicht dachte Kelys, sie könne die Antwort im Licht dessen, was Lisbeï hinsichtlich der *Schlimmen Zone* gesagt hatte, erraten. Vielleicht hatte Kelys aber auch gemerkt, daß Lisbeï nicht mehr alles akzeptierte, was sie ihr sagte.

Lisbeï und Kelys sollten andere, ruhige Gespräche führen, während sie mit ausgestreckten Beinen vor dem großen Ofen saßen, der hin und wieder die Hütte erwärmte. Und später, als es wieder Frühling wurde, bei Spaziergängen über die Hügel. Wenn Lisbeï laut dachte, konnte sie nicht mehr unterscheiden, ob sie dabei Kelys oder sich selbst Fragen stellte. Es spielte inzwischen kaum noch eine Rolle, ob sie herausfand, was Kelys wußte – auch nicht, ob sie ›alles‹ wußte. Während das Baby wuchs, wurde Lisbeï schwerer und langsamer. Die Zeit und ihre Anforderungen waren zugunsten einer ungeheuer großen, organischen Zufriedenheit aufgehoben. Die Außenwelt trat mehr und mehr in den Hintergrund, als habe sich das Taïtche, das sie jeden Morgen praktizierten, weiter und weiter in den Tag ausgedehnt. Selbst ohne Taïtche konnte Lisbeï in sich das Herz des Kindes schlagen hören und die zartesten Bewegungen seiner winzigen Glieder spüren. Sie konnte fast sehen, wie es langsam Fortschritte machte: das allmähliche Entfalten seiner menschlichen Form aus Rosa und Perlmutt, zuerst durchsichtig, dann immer kompakter, die Finger wie aufblühende Blumen, der Kopf gesenkt, vielleicht schon gedankenvoll gesenkt, wer konnte schon sagen, über was sie, diese Kleine von sechs, sieben, acht Monaten, nachdachte?

Beim Taïtche schien das Baby selbst eine Miniaturlandschaft zu sein, noch unvollendet, aber schon mit eigenem Leuchten ausgerüstet. Bei der Bewegung der Transformation zeichneten sich seine Konturen ab, Konturen, die entschlossenes Werden verkörperten und ständig in Fluß waren.

Und es ist in uns und nicht in uns, es ist von uns und doch von uns getrennt, uns ähnlich und doch anders als wir … Könnte Toller das verstehen? Aber Verstehen ist nicht dasselbe. Darüber sollte sie ein Weilchen nachdenken und dann weiterschreiben: *Es ist nicht dasselbe. Er muß darüber nachgedacht und sich vorgestellt haben, wie seine Kinder im Schoß ihrer Mutter heranwuchsen, muß es, genau wie ich, als Wunder empfunden haben. Aber es selbst fühlen, so wie ich es jetzt fühle, nein, das konnte er nicht. Trotz des Lichts und all unserer Nähe – mehr als Nähe, wir waren miteinander verwoben – war meine Lust nicht die seine. Nicht einmal die Lust, die ich mit Guiseïa empfand, war so wie ihre. Nein, wir sind jede, jeder für sich, im eigenen Körper, und selbst wenn die Körper sich ähneln: Die Seelen ähneln sich nicht. Erst recht nicht, wenn auch noch die Körper ganz verschieden sind. Und das ist auch gut so: Wie könnten wir sonst einander berühren und dennoch unabhängig von einander existieren?* Und sie lächelte der toten Selva, der abwesenden Tula zu. Sie war ein bißchen traurig, daß sie es nicht früher verstanden hatte, aber glücklich, daß sie es schließlich doch noch begriffen hatte – selbst wenn sie vielleicht immer diese nostalgische Sehnsucht nach der völligen Einheit haben würde. Völlige Einheit, die sie sich bei Tula immer gewünscht, aber nie erfahren hatte. Jetzt wußte sie, wo dieses Begehren, diese Erinnerung ihren Ursprung hatte, so wie es eines Tages auch das noch ungeborene Kind wissen mochte.

Drei Tage vor der Geburt (es war Lisbeïs letzter Tagebucheintrag aus dieser Zeit) hatten sie eine Besucherin. Es war heiß. Das hätte Lisbeï zu schaffen gemacht, hätte Kelys ihr nicht beigebracht, wie sie sich geistig von der Hitze lösen konnte. Wie sie ihr auch beigebracht hatte, die Unannehmlichkeiten der Schwangerschaft zu ignorieren. Sie mußte sich in leichte Trance fallen lassen und sich vorstellen, wie ihr Körper sich von der Mühsal befreite. »Das sollte man in die Ausbildung der Roten mit aufnehmen«, fand Lisbeï. »Es würde nicht bei allen klappen«, antwortete Kelys. Lisbeï war nicht weiter überrascht. Anscheinend klappte es nur bei einer jungen Lisbeï, die sich das Bein brach, einer Tula, die sich den Knöchel verstauchte, einem Toller, einer Guiseïa. Antonë hatte es trotz aller Bemühungen nie geschafft.

Lisbeï, die nur ein kurzes, weites Hemd aus Baumwollvoilée trug, hatte sich in den Schatten eines großen Schlangenbaums vor dem Blockhaus zurückgezogen. Dieser Baum mußte wohl der Urvater des Gehölzes sein, er war höher und breitete seine Äste weiter aus als alle anderen Bäume. Gegen den Stamm gelehnt, den Nacken auf ein Kissen gestützt, konnte sie ihre ausgestreckten Beine wegen des vorgewölbten Bauchs gar nicht mehr sehen. Sie versuchte, der Hitze gedanklich zu entfliehen und das dauernde, nervende Zirpen der Insekten zu ignorieren. Die Augen hatte sie geschlossen. Am liebsten hätte sie ihren Körper in diesem Stadium der Schwangerschaft ganz und gar vergessen. Wahrscheinlich hätte sie das sogar geschafft, aber als sie es im vierten Monat probierte, hatte Kelys sie mit ihrem unruhig und grell leuchtenden Licht sofort zurückgerufen. »Tu das nie, Lisbeli! Es ist zu gefährlich für dich und das Kind. Tu's nie, egal in welcher Situation! Versprich es mir!« Lisbeï dachte flüchtig an die Nacht mit Guiseïa und Toller, an die Dunkelheit jenseits von Zeit und Raum, in die sie versucht hatte einzutauchen. Sie versprach es und verzichtete auf die Fragen, die Kelys, wie sie wußte, nicht beantworten würde.

Nein, der Versuch, sich zu konzentrieren, war eindeutig zum Scheitern verurteilt. Seufzend machte Lisbeï die Augen wieder auf und sah sich nach Kelys um. Aber Kelys war nirgendwo zu sehen. Unbeholfen drehte sie sich auf die Seite und fischte unter dem Stoß der Sachen, die sie zu ihrer Beschäftigung mit nach draußen genommen hatte, nach ihrem Tagebuch. Wenn die Trance sich nicht einstellen wollte, konnte sie versuchen, sich mit etwas anderem abzulenken. Schreiben war eine Art Ersatz, wie sie vor langer Zeit entdeckt hatte. Ein Weilchen blieb sie auf der Seite liegen, aber zum Schreiben war das wirklich nicht besonders praktisch. Schließlich hatte sie die

Nase voll und mußte gleichzeitig über sich selbst lachen. Sie legte das Notizbuch auf ihren Bauch, der unterhalb ihrer angeschwollenen Brüste so gespannt wie eine Trommel war. Sie hatte ihre Schwangerschaft gründlich satt. *Neun Monate sind einfach zu lang, vor allem die letzten,* schrieb sie rachsüchtig. *Man sollte das Kind während der letzten Monate irgendwo anders unterbringen. Es herausnehmen und es irgendwo anders heranwachsen lassen. Jedenfalls ist es nicht richtig, daß ein Baby durch eine eindeutig viel zu kleine Öffnung aus seiner Mutter kommen muß.*

Für die Mutter und das Kind mußte das doch schmerzhaft sein. Lisbeï war nie eine Rote gewesen und hatte deshalb nie bei einer menschlichen Geburt zugesehen, aber sie konnte sich ganz gut vorstellen, was da passierte. Zumindest hatte Antonë es ihr beschrieben. Jetzt machte sie sich trotz all der Lektionen und der Ermutigung von Kelys Sorgen. Es war ja schön und gut, sich zu sagen, daß sie weder die erste noch die letzte sein würde, die ein Kind bekam. Mit neu gewecktem Mitgefühl dachte sie an Ysande, Fraine, Selva, Tula und all die Roten, die dazu verdammt waren, auf diese Weise Kinder auszutragen.

Verdammt? Dachte ich wirklich ›verdammt‹? Ja, jetzt kann ich die Verbitterung meiner Vermieterin in Wardenberg viel besser verstehen. Das ist auch so etwas, das Toller nicht wirklich begreifen könnte, und diesmal könnte er nicht einmal daran teilhaben. Keinesfalls darf ein Mann dabeisein. Hat Sygne ihm erlaubt, bei den Geburten in Wardenberg dabeizusein? Bestimmt nicht, das wäre selbst für Wardenberg zu weit gegangen. Du mußt es einfach hinter dich bringen. *Turri hat wieder einmal recht gehabt. Und eine Alternative ist schwer vorstellbar. Babies herausholen, um sie anderswo heranwachsen zu lassen, kann man ja nur, wenn sie noch winzig sind – aber wie? Und wie den Mutterschoß simulieren? Durch eine Maschine ersetzen? Unmöglich. Guiseïa würde sagen: Nichts ist unmöglich, alles, was Menschen tun, kann auch eine Maschine ausführen. (Bloß gut, daß sie es nicht sagt! Die Judditen würden schreien, bis ihnen die Stimmen versagten). »Aber das würde uns ja auf Maschinen reduzieren, Guiseïa«, würde ich sagen. »Nein«, würde sie entgegnen, »ganz im Gegenteil. Es würde uns zu wirklichem Menschsein befreien, indem die Maschine in uns beseitigt wird.« Ich weiß es nicht. Ich glaube es nicht. Ein schwaches Argument, aber ich glaube es wirklich nicht. Bestimmt gibt es in uns nichts, das ›beseitigt‹ werden muß, sonst hätte Elli uns nicht so geschaffen. Natürlich hat uns Elli nicht ein für allemal so ›geschaffen‹. Wenn man Garde und dem Versprechen glaubt, sind wir nicht vollendet, wir müssen wie Elli werden. Sogar zu Elli werden. In der Weise also, wie Garde es getan hat? Sterben und wiedererweckt werden? Wirklich wiedererweckt, nicht in dem symbolischen Sinn, wie Rowène vorschlägt. Aber was geschieht in diesem Fall mit dem ›von nichts kommt nichts‹? Gilt das dann nicht mehr? Feuer ohne Holz, Rauch ohne Feuer, Leben ohne Tod? Irgend etwas stimmt da irgendwo nicht.*

Als Lisbeï das geschrieben hatte, merkte sie, daß irgend etwas irgendwo in ihrer Umgebung nicht stimmte. Die Insekten in der Lichtung zirpten nicht mehr, und sie spürte, daß jemand da war. Sie hob den Blick und sah die weiße Tigerin.

In Wirklichkeit sah sie gar keine Tigerin. Sie würde das Wort nur später von Kelys übernehmen und in ihrem Tagebuch benutzen. Lisbeï sah ein Tier, das in bestimmter Hinsicht einer sehr großen Katze ähnlich sah. Etwa dreißig Fuß von ihr stand es völlig still da und starrte sie an. Eigentlich war es gar nicht richtig weiß: Das Spiel des Lichts auf seinem Fell enthüllte schwache Streifen, die sich beim Atmen ausdehnten. Die Augen des Tiers, die kein einziges Mal blinzelten, waren von sehr blassem Blau, aus seinem halb offenen Maul hing eine knallrosa Zunge.

Lisbeï empfand keine Furcht. Wie sie sich später erinnerte, hatte sie keinen Augenblick Angst. Vielleicht, weil es sowieso keinen Zweck gehabt hätte. An Flucht konnte sie, auf dem Boden liegend, dazu noch mit einem solchen Bauch, nicht denken. Sehr bedächtig und ohne ihre Augen von dem Gast abzuwenden, legte sie das Tagebuch auf die eine Seite, den Federhalter auf die andere. Sie dachte ›Gast‹, denn das legte die entspannte, freundliche Haltung des Tieres nahe. Prompt ließ es sich auf seinen Hinterläufen nieder und begann eifrig, die vor seinem Maul wie eine Blume aufgespreizte Vorderpfote zu lecken. Einfach eine sehr penible, sehr große Katze.

Immer noch vermied Lisbeï jede plötzliche Bewegung, lehnte sich aber ein bißchen gerader gegen den Stamm des Schlangenbaums. Aus den Augenwinkeln blickte sie sich nach Kelys' schwarzer Silhouette um und sah sie schließlich am Rand der Lichtung auftauchen. Und innehalten. Um dann mit schwungvollen, unbekümmerten Schritten auf Lisbeï und die Tigerin zuzukommen.

Lisbeï konzentrierte ihre ganze Aufmerksamkeit auf das Tier. Es hatte aufgehört, sich zu putzen, und wandte den Kopf Kelys zu. Mit stetem Schritt durchmaß diese die Strecke zwischen ihnen. Sie war nackt, trug nicht einmal ein Lendentuch. Ein Teil in Lisbeïs Gehirn bewunderte das Muskelspiel unter der festen Haut ihrer Oberschenkel, ihres Gesäßes und Rückens. Der andere Teil fragte sich, trotz allem leicht hysterisch, ob selbst Kelys es schaffen würde, mit bloßen Händen gegen dieses Tier zu kämpfen. Die Tigerin beobachtete Kelys, bewegte sich aber nicht. Als diese erneut stehenblieb, erhob sich das Tier und ging zu ihr hinüber. Jetzt konnte Lisbeï die beiden miteinander vergleichen: Die Tigerin reichte Kelys bis an die Hüfte und mußte doppelt so schwer sein.

Kelys ließ ihre Hand auf dem großen, flachen Kopf ruhen, der sich gegen ihren Oberschenkel drückte.

Aus der Kehle des Tiers kam etwas, das einem Schnurren sehr ähnlich war. Dann setzte die Tigerin ihren Weg fort und blieb neben Lisbeï stehen. Aus der Rückenlage wirkte sie riesig. Aber Lisbeï hatte noch immer keine Angst. Die blauen Augen bohrten sich mit einem jener äußerst neugierigen, dennoch distanzierten und prüfenden Katzenblicke in ihre, dann wandten sie sich ab. Die Tigerin streckte den Hals und legte den Kopf auf Lisbeïs Schoß – sehr sanft, ohne ihr Gewicht darauf abzuladen, mit leicht erhobenem Kiefer, als wolle sie gestreichelt werden. Lisbeï merkte, wie ihre rechte Hand reagierte und die weißen Schnurrhaare gegen die Backen strich. Sehr schnell hielt sie inne und unterdrückte einen Schrei. Sie sah Kelys an, aber die lächelte nur, während sie beide beobachtete.

Die Tigerin strahlte das Licht ungeheurer Zufriedenheit aus, ein Licht, das Lisbeï umfing. Sie nahm das Streicheln wieder auf und versuchte, die beiden scharfen Fangzähne auf der unteren Lippe nicht weiter zu beachten. Die Tigerin schnurrte so, daß Lisbeïs Wirbelsäule vibrierte. Sie streichelte das weiche Fell zwischen den jetzt halbgeschlossenen Augen. *Zwischen den Bögen der Augenbrauen,* schrieb sie kurz danach in ihr Tagebuch, *bildeten die glänzenden Streifen in dem weißen Fell ein fast perfektes ›M‹.*

FÜNFTES BUCH

*

Bethely

519 – 560 N.G.

Kapitel 1

Lisbeï / Tagebuch

Bethely, 21. Juna, 519 N.G.

Ist es traurig oder einfach nur bemerkenswert? Oder sollte man sich, wenn man zurückblickt, über all jene Geschichten wundern, die fast Wirklichkeit geworden wären, aber es nie so recht wurden? Muster, die aus dem Teppich hervortraten, mit Fäden, die sich nach und nach zu völlig anderen Mustern verwoben. All diese anderen, vorgestellten und doch nie realisierten, Seiten.

Ich bin nie zur Riesigen Schlimmen Zone *zurückgekehrt, bin nie weiter vorgedrungen als damals mit Kelys, während jener acht Monate der Jahre 498/499. Das Baby wurde geboren, ein paar Tage später kehrten wir nach Bethely zurück. Es war dunkel. In Tulas Armen begann das Baby zu strampeln und versuchte sie an der Nase zu packen. Tula lachte. »Sie sieht aus wie ich, Lisbeï!« Das stimmte. Durch und durch eine Bethely, mehr noch als selbst Tula, falls so etwas möglich war. Meine Tochter. Ihre Tochter. Yemen.*

Nein, keine der Geschichten, die ich mir während der letzten zehn Jahre ausgemalt habe, ist Wirklichkeit geworden. Sie alle veränderten sich im Laufe des Erzählens. Ich kehrte nach Angresea zurück, aber Guiseïa konnte den Druck nicht aushalten. Toller jedoch konnte es, würde es immer können. Mein armer Toller. »Es gibt Situationen, in denen niemand gewinnen kann.« Ja, und Geschichten, die einfach nicht gut ausgehen wollen, trotz all unserer Bemühungen – vielleicht auch wegen all unserer Bemühungen? Ich bin auch nicht für immer nach Bethely zurückgekehrt, allerdings bin ich dort regelmäßig zu Besuch. Früher dachte ich, die Tribüne *würde mich auf Trab halten, aber Fraine und Livine schaffen es fast ohne mich, sie am laufen zu halten. Ab und zu schreibe ich Beiträge. Ich übersetze einige der Bücher aus Belmont und schreibe zur Ab-*

wechslung kritische Kommentare (und das ist auch sehr wirkungsvoll!). Was ich jedoch wirklich ›mache‹, ist etwas, das ich mir nie hätte träumen lassen, obwohl es in bestimmter Hinsicht ganz logisch ist: Ich reise mit Antonë oder Kelys kreuz und quer durch Maerlande und suche nach kleinen grünen Dottas (oder roten und inzwischen auch blauen Frauen), die die Schlimme Krankheit *früh, spät oder auch sehr spät hatten und sie überlebt haben. Es sind mehr und mehr. Manchen ist es leider wie Sylvane ergangen. Und einige sind Spätentwicklerinnen. Jüngst ist in Maroilles ein Fall aufgetreten, eine junge Blaue von neunzehn Jahren, die plötzlich zu menstruieren begann. Ein neuer Beleg für Antonës Statistik.*

Hinsichtlich weiblicher Blauer, die erst spät fortpflanzungsfähig werden, habe ich eine Theorie. Und auch hinsichtlich männlicher Blauer, obwohl man bei ihnen längst nicht so sicher sein kann und die Verifizierung eine delikatere Angelegenheit ist, vor allem, weil man allzu persönliche Fragen stellen muß. Wie auch immer, ich glaube nicht, daß Antonë bereit ist, meine Theorien zu akzeptieren. Kelys wohl eher. Aber es ist noch viel zu früh – denkt sie, selbst, wenn sie nichts sagt, und natürlich braucht sie auch gar nichts zu sagen. Für den Augenblick werden wir uns damit zufriedengeben, daß wir alle Familien über das Phänomen aufgeklärt haben – oder die Existenz eines Phänomens, eine ›neue Mutation‹. Den Ausdruck hat selbst Anelore von Nevenici letztes Jahr in der Versammlung von Litale benutzt. Bestimmt hätte sie lieber einen anderen Ausdruck verwendet, aber es waren ein bißchen zu viele dieser ›neuen Mutationen‹ im Publikum vertreten.

Nach den Lektionen von Kelys in der Schlimmen Zone *weiß ich inzwischen sehr genau, was das ist, was ich im Trancezustand sehe. Wie könnte es auch anders sein, nachdem ich gelernt habe, meinen Körper bewußt zu steuern, so wie sie es mir gezeigt hat? Und Toller, der in jener Nacht auf dem Turm in meine Trance, in meine Vision eintauchte… Toller, der seinen Körper all die Jahre so mühelos*

›neutralisiert‹ hatte, um weiterem Leid als Roter aus dem Wege zu gehen… Genau so hatte auch ich es getan, um keine Rote zu werden, um niemals das Blut sehen zu müssen, das mich zu Selva gemacht hätte, das mich Tula hätte verlieren lassen. Wenn Knochen sich schneller zusammenfügen können, Verletzungen schneller heilen… warum nicht auch das? ›Gardes Töchter‹, in der Tat. Die mit Zauberkräften begabten Abkömmlinge der Prinzessin. Das dreifache Rätsel des Geistes. Die winzigen Skelette in den Zellen. Und der Schlüssel, der im Hinke-Pinke-Spiel verborgen ist…

Natürlich werde ich es nie genau wissen. Falls Kelys irgend etwas weiß, wird sie es nie sagen. Sie beobachtet und wartet ab. Allerdings wohl nicht mehr sehr lange. In den vergangenen Jahren ist sie sehr gealtert. Ihr Haar ist inzwischen schneeweiß. Sie reist nicht mehr, obwohl sie immer noch rüstig ist. Tatsächlich ist sie seit Yemens Geburt in Bethely geblieben. Sie muß inzwischen… mal sehen… Elli, fast siebzig sein? Ich habe nie genau gewußt, wie alt sie eigentlich ist. Unsere geheimnisvolle Kelys, die die weiße Tigerin verzaubert hat. Übrigens stammt der Namen ›Yemen‹ von ihr. Früher hat sie uns all diese Reisegeschichten erzählt und die alten Namen afrikanischer Länder erwähnt. Und Tula hat diesen Namen für die Tochter ausgesucht, die sie mir geschenkt hätte, wenn die Natur nicht dagegen gewesen wäre. Die Tochter, die wir einander geschenkt haben, weil der Teppich so gewebt ist. (Noch eine Geschichte, die sich nie erfüllen wird: Tula wird nie zu fernen Ländern reisen. Sie wird hier bleiben und Yemen erziehen. Und ich, die ich nicht gern reise, werde weiter auf Reisen gehen. Aber ich komme wirklich gern zurück. Ich komme gern nach Bethely zurück).

Heute hat Yemen Geburtstag. Immer dieser unwiderstehliche Drang, Jahrestage zu markieren. Zu messen, wieviel Zeit vergangen ist und welche Dinge sich verändert haben oder gleichgeblieben sind. Zu prüfen, ob sie sich nur ein bißchen beziehungsweise gar nicht verändert haben oder gerade auf der Kippe stehen. Die Reise der Westflotte war ein großer Erfolg und brachte Neuigkeiten von einem Land, das durchaus besiedelbar ist und, soweit bekannt, keine Einwohnerinnen hat. Der neue Bericht müßte bald bei uns eintreffen. Wer weiß, was die Entdeckerinnen inzwischen herausgefunden haben?

Zeit – die Vergänglichkeit der Zeit … Es ist wie mit den Büchern aus Belmont: Glücklicherweise übersetzen oder lesen sie nur wenige von uns. Und heute würde ich sogar so weit gehen zu sahen: »Glücklicherweise ist kaum jemand daran interessiert!« Das Gewicht all dieser Bücher, all dieser fremden Vorstellungen, all dieser Tatsachen, die so schwierig zu entschlüsseln und in der Regel kaum richtig einzuordnen sind … All diese Epochen, all diese vom Erdboden verschwundenen Gesellschaftsformen, diese Sprachen, die wir dechiffrieren können, nur um auf Worte zu stoßen, die sich auf tote Realitäten beziehen. Realitäten, die wir in Wirklichkeit gar nicht neu erstehen lassen können. Kelys hat wohl recht: Es ist besser, wenn die Dinge nicht zu schnell oder alle auf einmal geschehen. Es wäre besser – aber wir können jede Situation nur bedingt steuern. Nehmen wir zum Beispiel den in Angresea entwickelten Kühlhaltungsprozeß: Zwar ist er noch nicht ausgereift, aber er wird ständig weiter entwickelt. Inzwischen wissen alle, daß es dieses Verfahren gibt, und sind sich der damit verbundenen Möglichkeiten bewußt. Irgend jemand wird irgendwann dieselben Schlüsse daraus ziehen, wie ich es hinsichtlich seines potentiellen Nutzens für die menschliche Fortpflanzung getan habe, ganz abgesehen von der Konservierung von Impfstoffen oder Nahrungsmitteln. Vielleicht hat es sogar schon jemand getan und behält es aus ganz persönlichen Gründen für sich. Nichts kann irgend jemand davon abhalten, zu demselben Schluß oder sogar zu noch weiteren Schlüssen zu kommen, bis diese Frage vor die Versammlung der Mütter gebracht wird. Und dann … kann sich alles ändern. Oh, es wird sich lohnen, diesen Wortschlachten beizuwohnen! Nie zuvor war

Maerlande mit der Perspektive einer solchen Möglichkeit zur Umwälzung konfrontiert. Vielleicht können wir all das gar nicht akzeptieren. Noch nicht. Man wird den Judditen zugestehen, daß sie jedem unmittelbarem Handeln mit ihrem empörten Geschrei einen Riegel vorschieben. Aber das Thema wird nicht aus der Welt sein. Im Unterschied zu einigen Gesellschaften in der Zeit des Zusammenbruchs bringen wir unsere Erfinderinnen ja nicht gleich um.

Bin ich wirklich eine solch distanzierte Beobachterin? Nein. Ich praktiziere das, was ich normalerweise von Kelys erwarte. Nachdem ich so häufig mit ihr zusammengewesen bin, ist es einfach die Macht der Gewohnheit. Jedenfalls ist diese ›Distanz‹ einfacher zu bewältigen als Angst, allerdings nicht unbedingt produktiver, wie ich früher annahm. Es gibt nichts besseres, als hin und wieder so richtig zu erschrecken, dann klären sich die Vorstellungen.

Wenn du über den Menschen und Ereignissen schwebst – oder so tust, als ob, wie es Kelys manchmal macht –, dann verlierst du den Kontakt zur menschlichen Perspektive. Aber klar ist natürlich, daß manche Änderungen eher zu begrüßen sind als andere. Du mußt alle Seiten einer Frage gegeneinander abwägen: wer was verliert, wer was gewinnt, und wie. Ich glaube, wir würden sehr viel mehr verlieren als gewinnen, wenn sie herausfinden würden, wie man Sperma einfrieren und nach dem Auftauen nutzen kann. Es scheint so, als ob die Männer, kurzfristig gesehen, davon profitieren würden. Aber sie hätten dann mit uns und mit dem Geburtsvorgang noch weniger als heute zu tun. Ich bin mir nicht darüber im klaren, ob wir – wir Frauen und Männer – das zulassen dürfen. Trotz aller nicht zu leugnenden Schwächen, Schwächen, die wir dauernd zu beseitigen versuchen, vereinigt uns der Dienst in Elli. Der Tanz vereinigt uns. Und Guiseïa hat nicht recht: Ich glaube nicht, daß sie aufhören werden, Agvite zu nehmen, zumindest nicht, bis wir, wir ›Töchter Gardes‹, viel zahlreicher vertreten sind. ›Töchter Gardes‹ – wo habe ich diesen Ausdruck zum ersten

Mal gehört? Ich kann mich jetzt nicht mehr daran erinnern. Aber es war hier in Bethely. Von Antonë? Jedenfalls blieb er haften, und das ist gut so. Es ist ein besserer Ausdruck als ›Mißgeburt‹, er birgt weniger Gefahren.

Der Teppich, das WORT, *das Versprechen: die Samen Gardes. Vielleicht war ihr freiwilliges Leiden auf dem Scheiterhaufen das Opfer wert. So konnte sie uns lehren, leichter im Zusammenfluß von veränderlichen und unveränderlichen Realitäten zu leben. Damit gab sie uns die Chance, vorausschauend zu begreifen, was sich ändern muß – was sich ändern kann. Irgendwann gibt es vielleicht Schwestern im Westen. Männer, die in den Versammlungen vertreten sind. Eine Kühlhaltung, die eines Tages den Dienst verändern mag. Das hat jedoch noch einen weiteren Aspekt. Reisen ist schön, unsere Einrichtungen sind sicher ganz ausgezeichnet, ebenso wie die Technik, die Guiseïa so am Herzen liegt. Die Technik, die Zeit und Raum überwinden möchte. Aber all das hat noch eine andere Seite. Etwas, das nicht so offensichtlich ist und vielleicht viel tiefgreifendere Veränderungen in jedem von uns, ob Frau oder Mann, in Gang setzen wird. Und auch den Faden tiefgreifend verändern wird, auf dem unsere Seelen mit unseren Körpern tanzen. Und wer weiß, mit welchem Körper unsere Kindeskinder tanzen werden?*

Kapitel 2

Hier bin ich also, wieder zurück in Bethely. Bethely, anders und dennoch unverändert. Wo alles begann – zumindest für Lisbeï. Und wo alles endet – zumindest für Lisbeï. Sie liegt jetzt neben Tula. Neben Selva, Mooreï und Antonë. Nicht neben Kelys. Kelys starb vor vierzig Jahren oder so, irgendwo zwischen Bethely und Wardenberg. Sie hatte darauf bestanden, allein zu reisen. Die Reisende beherrschte die Kunst der Überredung immer noch sehr gut: Sie ließen sie ziehen. Sie zeltete am Ufer der Arhone. Ihr Leichnam wurde nie gefunden. Bei der Trauerfeier für Kelys sagte Lisbeï nur: »Sie war eine Reisende, und sie starb auf einer Reise, wie sie es sich ganz bestimmt gewünscht hätte.« Natürlich weinten die Menschen um Kelys. Aber mit siebzig oder mehr Jahren hatte sie ein langes, reiches Leben hinter sich. Ihren Frieden in Elli hatte sie wirklich verdient.

Wahrscheinlich hat Lisbeï nie gedacht, daß sie selbst noch vierzig Jahre leben würde. Am Ende ihres Lebens war sie müde.

Ihre größte Angst – sie könne Tula überleben – wurde Wirklichkeit. Sie überlebte auch Guiseïa, Toller und all ihre Wardenberger Freundinnen. Das einzige, was sie jetzt noch fürchtete, war, Yemen zu überleben. Das trat nicht ein. Mit fünfzig hatte Yemen noch kaum ein weißes Haar auf dem Kopf. Sie hatte Kinder, viele davon Jungen, und fast alle lebten lange. Es war eine ihrer Töchter, Chanale, die Cynria vor fast zwanzig Jahren unter der neuen Familiencharta zu ihrer Nachfolgerin als Capta von Bethely auserkor. Yemens Kinder haben allerdings keine Ahnung, daß Lisbeï ihre Großmutter war. Inzwischen bin ich die einzige, die das weiß. Lange war ich mir nicht darüber im klaren, ob Lisbeï es Toller und Guiseïa erzählt hat. Jedenfalls gab keiner von beiden, wann immer sie in Bethely waren, zu erkennen, daß er oder sie es wußte. Und trotz Lisbeïs Notizbüchern bin ich mir dessen bis heute nicht sicher.

Langsam gehen wir die Straße vom Friedhof zur Südpromenade hinunter. Die kleinen Mädchen in Grün und jungen Frauen in Rot singen. Ebenso die kleinen Jungen in Grün. Die Frauen und Männer in Blau fallen ab und zu mit ein, aber die meisten sind nachdenklich. In Bethely ist eine ganze Epoche mit Lisbeï verschwunden, eine Epoche, die sie als einzige überlebt hat. Die Sonne geht unter, es ist einer dieser zauberhaften Sonnenuntergänge, die phantastische Landschaften an den Himmel malen. Solche Sonnenuntergänge hat sie geliebt. Wenn ich an sie denke, bin ich eigentlich gar nicht traurig. Sie hat lange gelebt, lange genug, um sich sehr viele Geschichten ausmalen zu können. Und bei einigen hat sie sogar erlebt, wie sie Wirklichkeit wurden. Männer in den Versammlungen – Blaue und selbst Rote, letztes Jahr in Baïanque. Das hätte sie fast noch verpaßt. Schwestern in Elli auf dem westlichen Kontinent – Schwestern, die nie von Elli gehört hatten, und einige, die es auch gar nicht wollen. Aber wir lernen dazu, beide Seiten lernen dazu. Und es gab eine ENTSCHEIDUNG, die der Kühlhaltungsforschung einen Riegel vorgeschoben hat – vorläufig.

Die *Riesige Schlimme Zone* jedoch wurde nie erschlossen. Lisbeï verband allerdings auch keine Hoffnung damit. Das geht aus den Tagebüchern, die sie mir vor ihrem Tod gab, deutlich hervor. Tatsächlich war sie sogar *gegen* die Erschließung. Inzwischen hatte sie viele Dinge begriffen. Warum hätte sie mir sonst die Tagebücher anvertraut? »Die sind für dich, Cheïre«, sagte sie und zeigte mir den Stapel Notizbücher in einem Schrankkoffer. »Warum sollten wir warten, bis ich tot bin. Du schreibst doch was über die Töchter von Garde, stimmt's?«

Ich bejahte natürlich und reagierte mit der Überraschung und melancholischen Dankbarkeit, die die Situation erforderte. Sie lächelte mich nachdenklich an, meine alte, uralte Lisbeï. Ließ sie sich etwas vormachen? Ließ sie sich je etwas vormachen? Ich weiß es nicht. Und werde es auch nie wissen, denn selbst in den Tagebüchern sagt sie nicht klar und deutlich, was sie von mir hält. Das ist meine Strafe, wenn ihr so wollt. Es ist meine Strafe, die Seiten durchzublättern und da und dort auf sorgfältig ausgestrichene

Abschnitte, eingeschwärzte Zeilen stoßen zu müssen. Stellen, bei denen sie sich entschlossen hat, etwas zu enthüllen, indem sie es verbarg. Das beginnt in der *Schlimmen Zone*, während sie auf Yemens Geburt wartet, am Abend ihres Gespräches mit Kelys – nach der Seite, die nur einen einzigen Eintrag aufweist: *Wäre ich so entschlossen gewesen, all das zu verstehen, wenn jene stummen, eingeschwärzten Zeilen in Gardes Notizbuch nicht solche Macht gehabt hätten? Wenn die Wahrheit auch verborgen war, so war sie doch nicht aus der Welt. Andere werden kommen und versuchen, diese Wahrheit mit eigenen Augen zu sehen, und ganz bestimmt werden sie begreifen.*

Natürlich konnte sie nicht aufhören, Tagebuch zu führen – schließlich hatte sie das ihr Leben lang getan. Ehrlich gesagt, strich sie größtenteils Zeilen auf den Seiten aus, die von ihren beiden letzten Monaten in Bethely und den ersten Monaten in der *Schlimmen Zone* handeln. Nachdem sie in der *Schlimmen Zone* erst einmal ihre Entscheidung getroffen hatte, eignete sie sich sehr schnell die Kunst an, die Dinge auf unpersönliche und nicht eindeutige Art auszudrücken – als Offenbarung für alle, die genügend wußten, harmlos jedoch für andere, die das Geschriebene schlimmstenfalls symbolisch nehmen würden... Wie in »Meine Tochter. Ihre Tochter.« Oder auch bei ihren stets mit Tula verbundenen Reflektionen über Schwangerschaft und Mutterschaft. Und sie vertraute mir die Notizbücher an. Mir.

Wir kehren zu den Türmen, zum Westturm zurück. Die Veränderungen in Bethely sind nicht von der Art gewesen, die ihre Spur auf Steinen hinterläßt. Die Veränderungen liegen in den Herzen und Köpfen der Menschen. Sie liegen in der Tatsache, daß grüne Mädchen und Jungen sich vermischen, während sie hintereinander zu den heimatlichen Türmen marschieren. Sie liegen in dieser Frau und in diesem Mann, beide Blaue, die in einem Kleinlastwagen zum Bauernhof im Hochland abfahren. Die Veränderungen liegen in ihren Körpern, selbst wenn es diesen Körpern noch gar nicht bewußt ist. In Chanale, die sich auf mich stützt, Chanale mit dunklen Ringen um die Augen. In ihren Kindern. In Dutzenden von anderen Kindern in Bethely, Hunderten und Tausenden anderswo.

Als wir am Westturm ankommen. entfernt sich Chanale, weil sie sich um das Abendessen kümmern will. Wir trennen uns und gehen zu unseren Zimmern auf den verschiedenen Stockwerken. Wir, Lisbeïs Kolleginnen, fast schon ihre Jüngerinnen, die Töchter – und Söhne – Gardes, angereist aus ganz Maerlande, um ihrer Totenfeier und Beerdigung beizuwohnen. Ich finde mich im vierten Stock auf dem Weg zur Bibliothek und dem kleinen Besprechungszimmer wieder. Hier begann Lisbeïs Geschichte. Hier begegnete ich vor so langer Zeit Selva.

Ja, in Bethely kommen entschieden zu viele Erinnerungen hoch. Ich hätte nicht zurückkehren sollen. Vielleicht täte ich richtig daran, mein Erinnerungsvermögen einzuschränken, sollte versuchen, es ein wenig zu trüben. Vielleicht mache ich das wirklich. Schließlich sind wir dazu ja durchaus imstande, nicht wahr? Alles, was dazu nötig ist, ist eine sehr einfache biochemische Manipulation … Allerdings bin ich mir ganz sicher, daß ich in dieser Hinsicht nichts unternehmen werde. Obwohl ich jetzt, da sich diese Erzählung ihrem Ende nähert, meine Erinnerungen eigentlich gar nicht mehr brauche. Sobald ihr dies in den Händen habt, würde ich mit euch viel lieber über die Zukunft als über die Vergangenheit reden – würde euch viel lieber davon überzeugen, daß es auch für euch an der Zeit ist, in diese Zukunft einzutreten. Während meiner ersten vorläufigen Bemühungen habe ich stapelweise Datenmaterial gesammelt – Zahlen, Statistiken, sachliche Beschreibungen. Ich habe meine Illusionen eingebüßt – dazu habe ich ja auch alle Zeit der Welt gehabt. Jetzt ist es an der Zeit, daß ihr eure Illusionen verliert. Für einen kurzen Augenblick seid ihr mit Lisbeï zusammengewesen, seid ihr *Lisbeï gewesen*. Ich hoffe, das überzeugt euch mehr als all die Akten, die ich zusammengetragen habe. Die Akten habe ich aufbewahrt. Nur für den Fall, daß das Gefühl, das durch die Ereignisse in dieser Erzählung geweckt wurde, noch nicht ausreicht. Für den Fall, daß ihr fragt, welche Logik dahintersteckt. Gibt es unter euch immer noch diejenigen, die glauben, Gefühl und Vernunft seien Gegensätze? Aber falls ihr darauf besteht, liefere ich euch beides.

Das Besprechungszimmer. Zu dieser Tageszeit hätte niemand dort sein sollen: Deshalb hatte ich ja diese Stunde zur Installation der neuen Sensoren vorgesehen. Eigentlich hätte es schnell über die Bühne gehen sollen – rein und raus, ohne daß es jemand mitbekam. Aber als ich eintrat, fand ich dort Selva. Sie tat so, als lese sie in einem Buch, aber weinte lautlos. Und ab diesem Punkt hatte die Vernunft bei mir nicht mehr die Oberhand. Sie erzählte mir alles, diese junge, fünfzehnjährige Selva. Sie muß hoffnungslos einsam gewesen sein, daß sie sich mir so bedingungslos anvertraut hat. Schließlich kannte sie mich ja gar nicht. Aber sie hatte so schreckliche Angst, versteht ihr? Angst vor dem Tanz, vor ihrem Mann, vor dem, was bei der ersten Feier nach ihrer Einsetzung als Mutter passieren würde. Das war zu Cemmelias Zeit. Es gab keine Antonë, die ihr helfen konnte. Mooreï – mußte gerade mit dem Tod ihrer Gefährtin Jetta fertigwerden, und Cemmelia war sowieso viel zu besitzergreifend, was Selva betraf. Mooreï und Selva hatten eigentlich kaum Zeit gehabt, einander richtig kennenzulernen. Selva war wirklich allein – und da war auch noch Loï, weit weg in Cartano, die auf keinen ihrer Briefe antwortete! Und dieser Mann... Zu dieser Zeit durfte in Bethely die neue Mutter ihren ersten Mann vor der Feier nicht einmal *sehen*. Selva hatte allerdings einen Blick auf ihn werfen können. Sie hatte erraten, zu welchem Zweck die neuen Gäste – die neuen *Männer* – da waren, die Cemmelia so steif begrüßte. Sie hatte den Geheimgang zwischen dem dritten Stock und der Bibliothek benutzt, um das Büro der Mutter auszuspionieren. Er war alt, dieser Mann aus Callenbasch. Sie empfand ihn als müde und vielleicht auch... gemein. Sie *empfand* ihn so. Sie wußte nicht, wie sie es anders ausdrücken sollte.

Ich war nur auf der Durchreise, auf einem Besuch von höchstens zwei oder drei Tagen. Aber ich beschloß, mir diesen Callenbasch näher anzusehen. Als ich mit ihm sprach und seine Müdigkeit, seine Angst und, ja, auch seine potentielle Grausamkeit spürte, sagte ich mir, daß ich diese Geschichte nicht zulassen konnte. Nicht noch eine junge Rote mit einem seelischen Schaden fürs ganze weitere Leben – dazu noch eine der meinen, trotz der zwei Generationen seit meinem letzten Aufenthalt in Bethely. Ich beschloß, lieber zu bleiben, als sofort nach Angresea zurückzukehren. Und nachts Ernes Platz an Selvas Seite einzunehmen. Von der ersten Nacht an. Der arme Stoffel – die Droge haute ihn so leicht um, daß er wohl eh nicht hätte tanzen können... Vor Selvas Angst wäre er schreiend davongelaufen, und was für eine schöne Feier *das* wohl gegeben hätte!

Ihr seht, ich hatte einige sehr vernünftige Gründe für meine Handlungen. Aber ich will nicht so tun, als hätten sie mehr Gewicht gehabt als der andere Grund – die anderen Gründe. Selvas Einsamkeit, meine Einsamkeit, meine Müdigkeit. Und mein Schuldgefühl, wenn ihr so wollt. Und Bedauern, warum auch nicht? Das kann ich euch eingestehen.

Aber Bedauern oder Schuldgefühl waren nicht lange die treibenden Kräfte. Tatsächlich hatte Garde in manchen Punkten unrecht und ihr in manchen Punkten recht. Und nachdem ich eure Irrtümer geteilt hatte, beschloß ich, auch das zu teilen, was mir an Gardes Auffasssungen als richtig erschien: Ich wollte damit aufhören, die Menschen in der ›Außenwelt‹ lediglich zu beobachten, ich wollte unter ihnen leben, eine von ihnen sein, wie sie sein – Frauen und Männer. Ich blieb allerdings nicht so lange wie Garde. Ich mogelte. Gewöhnlich blieb ich ein Jahr, zwei Jahre, zehn Jahre, aber immer ging ich fort, ging irgendwo anders hin, fing von vorne an. Ich würde gern glauben, daß es das war, was mir half, meine geistige Gesundheit zu bewahren. Sehr viel besser zu bewahren als Garde – auch wenn das ein strittiger Punkt ist. Aber auch ich hatte einen Plan. Natürlich nicht denselben wie sie. Angesichts der ziemlich weitsichtigen Änderungen, die Haller und Ari an Gardes Plan vorgenommen hatten – Entschuldigung: ›Hallera‹ und ›Ariane‹, aber was spielt das schon für eine Rolle? –, brauchte dieser Plan sowieso nicht mehr groß verbessert zu werden. Maerlande hatte das Taïtche, den Tanz und Agvite: Irgend etwas mußte irgendwann und irgendwo passieren, sobald die ›richtigen‹ Gene erst einmal in Umlauf waren.

Und so passierte das mit Selva, aber dieses eine Mal hatte ich es gar nicht geplant. Ich änderte das Muster: Was bedeutete schon ein weiterer Faden nach einem Jahrhundert systematischer Veränderungen? Und nach meinen Leuten in Angresea und der Katastrophe, die ich trotz all meiner Bemühungen auf Toller und Guiseïa zukommen sah, war es, na ja, erfrischend, der kleinen Selva zu helfen, die ja gerade erst anfing. Und dem armen Erne, der es so gern hinter sich gebracht hätte. Nie hätte ich gedacht, daß Selva den Erne ihrer Nächte so ins Herz schließen und daß der Erne ihrer Vormittage sie so sehr nerven würde. So weit ich konnte, versuchte ich, ihre Enttäuschung zu mildern. Wieder begann ich zu planen – Macht der Gewohnheit. Selva war eine geeignete Testperson. Sie war nicht so engstirnig wie ihre Mutter. Tatsächlich war sie durchaus bereit, sehr weit zu gehen, um bloß nicht wie ihre Mutter zu sein. Lisbeï wurde geboren…, und ich mußte wegen Yoldes Tod nach Angresea zurückkehren! Bis ich dort ankam, hatte Guiseïa das Problem natürlich schon gelöst. Also *da* war inzwischen wirklich ein Kind, das mich nie brauchte! Sie mochte mich nicht einmal besonders. Erzählt mir bloß nicht, Blut sei dicker als Wasser! Ich hatte nicht viel Glück mit denjenigen, deren Schicksal ich aus der Nähe verfolgte. Antonë verliebte sich in mich. Lisbeï… wurde nach und nach ein bißchen mißtrauisch oder zumindest in gewisser Hinsicht vorsichtig. Mit den Jungen lief es besser. Aber ich war ja nicht absichtlich darauf aus, daß mich jemand liebte oder ablehnte, nicht wahr? Fügt das meinem Strafregister noch hinzu, wenn ihr wollt.

Während ich vor dem Tisch im Besprechungszimmer stehe, die alten ins Holz geritzten Kritzeleien ansehe und an Selva denke, an Lisbeï und all die miteinander verwobenen Fäden, spüre ich jemand hinter mir. Yemen. So sehr wie Lisbeï und doch so anders.

Als ich sie in meinen Händen hielt, ganz naß vor Blut und Schleim, als ich ihr Licht spürte (ja, ich habe den Ausdruck schließlich übernommen), als ich sie untersuchte, sagte ich mir: Da, es ist passiert… Ich habe Erfolg gehabt. Fast hätte ich damals das Manuskript abgeschlossen, fast hätte ich gepackt und mich auf den Weg nach Lakewood gemacht, um euch den Beweis unter eure versammelten Nasen zu halten. Aber ich wollte sichergehen. Dies Kind hätte ja eine weitere Sylvane sein können. Ich habe abgewartet. Und abgewartet. Habe ich gebetet? Nein. Das taten

Antonë und Mooreï für mich. Ich nehme an, manchmal auch Lisbeï. Das Kind wuchs heran. Weitere Hoffnung. Und nichts passierte! Sie hatte die *Schlimme Krankheit* während der Pubertät, genau wie wir, aber es dauerte kaum einen Tag, und sie verlor nicht einmal richtig das Bewußtsein! Ich begann zu hoffen. Zu hoffen, meine Sünde sei mir vergeben worden, wie einige von euch sagen würden. Aber wie hätte ich eine solche genetische Entwicklung in der Außenwelt auch vorhersehen können? Vorhersehen bis zu dem Punkt, an dem die systematische Einführung meiner Gene diese Wirkung zeitigt? Allerdings hatte ich meine sieben besonders fortpflanzungsfähigen Familien ja auch sorgfältig ausgesucht... Hätte man euch geglaubt, dann hätte man davon ausgehen müssen, daß die Mutation in der Außenwelt *gar nicht mehr auftritt!* Hätten wir Garde geglaubt, als sie uns das Gegenteil erzählte..., hätte sie nicht freiwillig den Tod auf dem Scheiterhaufen gewählt, eine Gefangene ihrer eigenen, halbverrückten Geschichte..., hätten wir einen Finger gerührt, um sie davon abzuhalten... *Hätte, hätten...* Wenn all dieses *hätte* anders ausgegangen wäre, dann wäre ich nicht in einem Haushalt aufgewachsen, in dem ihr Name tabu war. Dann hätte ich nicht all diese Zeit darauf verschwendet, die Außenwelt zu beobachten und nichts zu tun. Dann hätte ich schneller gehandelt, und mit weniger... Berechnung. Vielleicht hätte ich auch weniger Fehler gemacht, und weniger Menschen hätten gelitten. Wie ihr seht, bin ich sehr wohl imstande, die Verantwortung dafür als schwarzen Peter meinem Gegner zuzuschieben.

Yemen läßt sich auf dem Stuhl nieder, der Lisbeïs war, wenn sie an den Sitzungen des inneren Familienrates teilnahm. Er steht direkt neben dem Stuhl der Capta – immer noch und wohl auch noch ein paar Jahre der Stuhl von Yemens Tochter. Yemens

Augen sind vom Weinen entzündet. Lisbeï hat ihr die rotblaue Halskette und den Anhänger mit dem Vergrößerungsglas hinterlassen. Und mich gebeten, ihr einige Worte zu übermitteln. Ich habe Yemen die Kette und den Anhänger bei meiner Ankunft übergeben. Die Worte – na ja, dies ist eine genauso gute Gelegenheit wie jede andere. Ich setze mich neben sie und nehme ihre Hand. Schweigend teilen wir das Licht. Nach einem Augenblick sage ich: »Ehe Lisbeï starb, bat sie mich, dir zu sagen, daß du ihr immer die liebste warst.« Yemens blaugrüne Augen, umgeben vom Netz der Falten, füllen sich wieder mit Tränen. Aber sie bemüht sich, die Tränen zurückzuhalten, und sie fließen gehorsam zurück in die Tränenkanäle. Sie merkt es kaum. Wie sie ja auch keinen Gedanken darauf verschwendet, daß ihre kleinen Kratzer und selbst ernstere Verletzungen so schnell und leicht heilen. Für sie wie für alle Töchter – oder Söhne – von Garde und alle Menschen, die ihnen nahestehen, ist das ganz selbstverständlich. Inzwischen gelten diese Heilungsfähigkeit und das besonders entwickelte Einfühlungsvermögen in andere Menschen als bekannte und erwartete positive Nebeneffekte der *Schlimmen Krankheit*, so man sie übersteht. Von Yemen hatte ich mir mehr erhofft, das gebe ich zu. Schließlich hatte ja Lisbeï von sich aus gelernt, einige ihrer Fähigkeiten ohne viel Hilfe von außen nutzbringend einzusetzen, nicht anders als wir. (Allerdings weiß ich wirklich nicht genau, welchen Anteil Toller daran hatte, ich sollte mich hier mit meinem Urteil zurückhalten).

Ja, ich hatte mir von Yemen viel versprochen, und so mischte ich mich – anders als bei Lisbeï und den Zwillingen aus Angresea – überhaupt nicht in ihre Entwicklung ein. Aber abgesehen von der Intensität ihres Lichts, von der Fähigkeit, schnell zu gesunden, und einer ganz bestimmt langen Lebenserwartung, ist Yemen sehr normal. Sie sind alle sehr normal, diese Töchter Gardes und ihre Brüder – immerhin ein angemessener Ausdruck, findet ihr nicht? Ich werde jedoch nicht mehr lange abwarten. Und ich werde auch nicht zulassen, daß ihr Maerlande noch viel länger ignoriert. Sie haben sich verändert, sie ändern sich jetzt, und sie werden sich auch weiterhin ändern. Es ist an der Zeit, daß auch ihr in der *Schlimmen Zone* euch ändert.

Yemen, die ihre Tränen bezwungen hat, lächelt mich liebevoll an. »Sie hat auch dich sehr geliebt, Cheïre.« Sie berührt mein krauses Haar und die schwarze Wange. »Du hast sie an eine männliche Kelys erinnert, das hat sie mir oft gesagt. Du warst ihr Lieblingsschüler.«

»Ich weiß«, murmele ich und senke den Kopf. Denn plötzlich ähnelt sie Lisbeï so sehr, daß ich es kaum ertragen kann. Ich muß müder sein, als ich dachte. Yemen spürt das wohl. Sie steht auf, diese Frau, die ja auch nicht mehr so jung ist, wie sie einmal war, diese Frau, die bald alt sein wird. Und so winzig war, als ich sie bei ihrer Geburt in meinen Armen hielt. Sie legt mir den Arm um die Schultern. »Du bist müde, mein Kleiner. Zeit, zu Bett zu gehen.« Sie drängt mich sanft zur Tür und begleitet mich bedächtig, mütterlich durch den Flur. Yemen, die Tochter von Lisbeï und Toller, die Tochter meiner Kinder, die Tochter der Urenkel Gardes.